김윤식

1936년 경남 진영에서 태어나 서울대학교 사범대학 국문과를
졸업하고 같은 학교 대학원 국어국문학과에서 박사학위를 받았다.
1962년『현대문학』을 통해 비평을 발표하기 시작했다. 1979년
10월부터 2001년 8월까지 서울대학교 인문대학 국어국문학과
교수로 재직하였고, 2001년 11월부터 명예교수를 지냈다.
2018년 10월 작고하였다.
지은 책으로『한국근대문예비평사연구』『한국문학사』(공저)
『한국근대문학사상비판』『한국근대문학사상사』『한국 현대
현실주의 소설 연구』『한국소설사』(공저)『일제 말기 한국 작가의
일본어 글쓰기론』『해방공간 한국 작가의 민족문학 글쓰기론』
『일제말기 한국인 학병세대의 체험적 글쓰기론』『문학사의 새
영역』등의 문학사 및 문학이론 연구서와『이광수와 그의 시대』
(전 3권)『김동인 연구』『이상 연구』『임화 연구』『김동리와 그의
시대』『백철 연구』등의 개별 작가론,『오늘의 작가, 오늘의 작품』
『비평가의 사계』『현장에서 읽은 우리 소설』등의 현장비평서와
『김윤식 선집』(전 7권) 등이 있다. 1973년 현대문학 신인상(평론
부문), 1987년 한국문학 작가상과 대한민국문학상(평론 부문),
1990년 김환태평론문학상, 1991년 팔봉비평문학상, 1994년
요산문학상, 2002년 대산문학상(평론 부문), 2003년 만해대상(학술
부문), 2008년 청마문학상, 2011년 수당상(인문사회 부문), 2014년
이승휴문화상(문학 부문)과 민세상(학술연구 부문) 등을 수상했다.

한국근대문예비평사연구

한국근대문예비평사연구

펴낸날 2024년 10월 25일

지은이 김윤식
책임 편집 서경석 손정수 윤대석 이수형 정호웅 진정석
펴낸이 이광호
주간 이근혜
편집 유하은 김필균 이주이 허단 윤소진
마케팅 이가은 최지애 허황 남미리 맹정현
제작 강병석
펴낸곳 ㈜문학과지성사
등록번호 제1993-000098호
주소 04034 서울 마포구 잔다리로 7길 18(서교동 377-20)
전화 02)338-7224
팩스 02)323-4180(편집) / 02)338-7221(영업)
대표메일 moonji@moonji.com
저작권 문의 copyright@moonji.com
홈페이지 www.moonji.com

ISBN 978-89-320-4325-8 93800

김윤식 지음

한국근대문예비평사연구

문학과지성사

일러두기

1. 이 책은 1976년 일지사에서 발행한 『한국근대문예비평사연구』(개정판)를 저본으로 삼았
   다(초판은 1973년 한얼문고에서 발행). 원본에 수록된 이미지 자료('문예비평 전개의 진
   용(陣容)' '주요 저서 표지')와 부록의 「임화 연구」 '참고문헌' 'Summary'는 제하였다.
2. 이 책의 맞춤법은 국립국어원의 '한글 맞춤법'에 따르는 것을 원칙으로 하되, 띄어쓰기는
   본사의 내부 규정에 따랐다. 단, 저자의 문체와 개성에 영향을 준다고 판단되는 경우 그
   대로 두었다.
3. 외래어 표기는 국립국어원의 '외래어 표기법'에 따르는 것을 원칙으로 하되, 원어를 확인
   할 수 없는 경우 그대로 두었다.
4. 원본의 한자는 한글로 바꾸었으며, 필요한 경우 괄호 안에 한자를 병기하였다.
5. 본문에 언급된 자료의 출처와 내용에서 발견한 오류는 확인을 거쳐 바로잡았다.
6. 영어, 일본어 등 외국 원문이 그대로 실려 있는 경우 이해를 돕기 위해 한글로 번역해 수
   록하였다.
7. 근현대 잡지 자료 출전 표기 시, 해당 저작물의 발표 시기를 가늠할 수 있도록 'ㅇ권 ㅇ호' 대
   신 '19ㅇㅇ년 ㅇ월' 형태로 기재하였다.

『한국근대문예비평사연구』를 다시 펴내며

『한국근대문예비평사연구』는 1973년 한얼문고에서 처음 간행되었다. 겉으로 보아 비평을 다루는 분야사이지만 전체사인 문학사의 체계를 담고 있으니 그것은 비평사이며 문학사이다. 저자는 '머리말'(p. 11)에서 "면밀한 자료의 확인과 분석을 통한 '사실의 학(學)'"을 강조하며 '사실로서의 한국 문예비평사의 구조 복원'을 겨누었다고 하였다. 이 말은 한국 근현대문학사가 사실에 바탕하여 새롭게 구성되었으며, 이를 딛고 한국 근현대문학사에 대한 본격 연구가 비로소 시작되었음을 알리는 역사적인 의미를 지닌다.

　『한국근대문예비평사연구』의 출간 이후, 이 책은 거듭 다시 돌아가 찾아보아야 하는, 한국 근현대문학사에 대한 이해와 연구의 바탕이고 출발이었다. 연구자를 비롯하여 많은 독자가 이 책을 계속 찾지만 이미 절판되어 서점에서 구할 수 없게 된 지 여러 해이다. 저자인 김윤식 선생이 돌아가시고 6년이 지난 이 시점, 우리 근현대문학사에 관심 둔 독자들이 만날 수 있도록 교열하여 이 책을 다시 펴낸다. 그 만남이 우리 근현대문학사에 대한 이해를 넓고 깊게 하고 새로운 연구로 이끄는 길잡이가 되기를 바란다.

2024년 가을
교열자들을 대표하여 정호웅 씀

머리말*

처음 이 책이 간행된 것은 1973년 2월이었다. 그러나 불행히도 이 책을 낸 출판사가 해체된 것 같고, 또한 이 책에 여러 가지 거친 점이 있었고, 뿐만 아니라 저자 자신이 이 책에 대해 부분적인 불만을 품고 있었기 때문에 이 기회에 철저한 재검토와 부분적인 수정을 가하여 이에 수정판을 펴내는 바이다.

원래 저자의 계획은 '한국근대문예비평사연구'라는 표제의 3부작을 정리하는 일이었다. 제1부는 금세기 초에서 1920년대 초기까지이며, 제2부는 본 저서로서, 1920년대에서 해방 전까지이고, 제3부는 을유 해방 이후부터 현재까지이다. 이 중 제1부는 졸저 『근대한국문학연구』(일지사, 1973) 속에 포함되어 있고, 제3부는 부분적 논문 이외는 아직 쓰지 못하고 있다.

---

* 　일지사, 1976. 12.

이 책에서의 저자의 근본 태도는 사실 자체를 가능한 한도에서 정리하고 분류하여 기술하는 것에 그치고, 비판이나 해석은 될 수 있는 한 보류해두는 입장을 취하였다. 일본 측 자료를 많이 취급한 것도 이 사실과 무관하지 않다. 그리고, 두 개의 부록을 첨가하였다. 그중 「임화 연구」는 비판적 안목으로 다룬 것으로서, 일제시대에서 해방 직후에 걸치는 해석의 한 단서를 다루어본 것이며, 「평론 연보」는 이 방면의 연구자들에게 약간의 참고가 되게 하기 위해 마련한 것이다. 이 「평론 연보」는 이 책의 '참고문헌'과 함께 이 책의 내용에만 관계된 것이 아니고, 저자가 위에서 말한 제1부의 「평론 연보」와 '참고문헌'을 겸한 것임을 밝혀두는 터이다.

이 수정판은 많은 선학, 동학 및 독자들의 비판과 견해를 수용하였다. 이에 깊은 사의를 표하며, 아울러 이 책에 대해서도 아낌없는 비판과 질정을 해주신다면, 저자에겐 그 이상 다행한 일이 없을 것이다.

끝으로 영리를 돌보지 않고 이 책을 출판해주신 일지사 김성재 사장 및 까다로운 교정에 오래도록 애쓰신 편집실 여러분의 노고에 깊이 감사하는 바이다.

1976년 12월
김윤식

재판을 내며*

졸저가 간행된 지 6개월 만에 재판을 내게 되었다. 그동안 서평을 써주신 여러 비평가나 독자들의 개인적 의견 제시가 의외로 많았으며, 또한 그들의 탁월한 견해와 관심에 대해 이 자리를 빌려 깊은 감사의 뜻을 드리는 바이다. 그러나 그러한 비평이나 견해가 있음에도 불구하고 저자는 졸저에 대해 수정할 용의가 아직까지는 없다.

그 이유는 다음 두 가지에 있다.

첫째, 사람들의 비판이 당시의 자료를 공정한 차원에서 섭렵한 후의 것이 아니라 어떤 일방적인 선입견이나 어떤 한쪽 자료의 편린만을 보고 비판에 임하고 있어 보이기 때문이다.

둘, 이 저서의 의미는 이 저서의 내용 자체로 일단 끝나기 때문이다.

---

* 　한얼문고, 1973. 10.

그것은 졸저가 속하는 세대의 기억이 지평 내에 속하는 역사적 실체의 한 부분의 제시이지 해석의 차원이 아니기 때문이다.

만일 그 해석에 대한 문제라면 다른 졸저『한국문학사논고』(법문사)를 참고하시기 바란다.

재판에 즈음하여 그동안 송구스럽게 생각하던 활자의 오식과 용어 색인을 보충하였다.

1973년 10월

김윤식

머리말*

(1) 한국 신문학에 임할 때는 다음과 같은 모순 개념에서 아무도 자유로울 수가 없을 것이다. 그 하나는 신채호의 명제이며, 임화의 명제가 그 다른 하나이다. 단재의 명제에 의한다면 일제시대의 일체의 합법적 문화 행위는 노예화에 귀착하게 된다. 즉 한국 신문학은 노예 문학의 일종인 것이다. 한편 만약 우리가 단재의 명제를 거부한다면, 임화의 명제에 부딪치게 될 것이다. 즉 한국 신문학은 일본의 메이지·다이쇼 문학의 이식사라는 명제가 그것이다.

이 두 명제를 추상적이며 관념적으로 규정, 선택할 수 없는 문제로 보는 것이 본 연구의 기본 입장이다.

(2) 한국 및 그 문학에 대한 터무니없는 애정으로 인하여 자기의 관념

---

*   한얼문고, 1973. 2.

이 이미 경직화되어 있거나 반대로 외국 이론에 대한 자기비하증에 놓여 있는 사람들에게 본 연구의 내용 자체가 읽혀지기를 스스로 거부하고 있다. 체계 확립상 과거형이지만 그것이 다시 출발되어야 할 미래형이라는 것—그러한 역사 자체에의 회의와 방황으로 본 연구가 씌어졌기 때문이다. 이 진술은 빌려온 이론의 전개가 어떻게 역사 앞에 패배해갔는가를 실증해 보임으로써 오늘날 한국 평단의 현장성을 돌아보게 한다는 의미를 내포한다. 앞으로 전개될 한국문학의 이론이 뒷날에 가서 돌이켜볼 때 역사 앞에 또 하나의 패배가 되어서는 안 된다는 보장은 어떻게 하든 발견되어야 하기 때문이다.

(3) 본 연구는 1920년대 초기에 대두한 프로문예비평에서 1940년대 소위 신체제까지에 이르는 한국 문예비평의 전개 과정을 서술한 것이다.

이 기간 이전에 이미 이광수, 김동인, 김억, 염상섭, 박월탄 등의 비평활동이 있어온 것은 사실이나 한국 신문학에서 문학 및 비평이 대중 개념을 의식하면서 하나의 커다란 사회적인 문제로 등장한 것은 프롤레타리아문학운동에서 비로소 선명해진 것이며, 또 하나의 커다란 문학사상의 실체인 민족주의문학도 전자에 의해 대타의식화된 것으로 파악된다. 따라서 프로문학 이전과는 보편성을 띤 사회적 역동성의 질과 양의 면에서 구분되는 반면 프로문학 퇴조 이후의 혼란된 전형기 모색 비평계와는 뚜렷한 사상적 연결을 가능케 하는 것이다.

(4) 비평사라 했을 때 부딪치는 방법론적 문제는 일반 문학사와 사상사 내지는 정신사의 접점에 놓이는 것으로 볼 것이나, 또한 비평이라

는 한 분야로서의 그 나름의 정신활동의 체계나 역량을 고려함이 원칙으로 판단된다. 이러한 총체적 구조 파악이라는 과제는 한 부분의 사관(史觀)으로 재단되는 것이기보다는 오히려 그것은 면밀한 자료의 확인과 분석을 통한 '사실의 학(學)'의 문제라 볼 것이다. 무엇보다 사실로서의 한국 문예비평사의 구조는 일단 복원되어야 하기 때문이다. 본 연구가 역사의 직접적 서술의 형태를 취한 것은 바로 이 때문이며 역사의식의 결여 및 도착으로 판단되는 비평 행위나 비평가를 탈락시키지 않은 것도 바로 이 때문이다.

(5) 원래 본 연구는 6부로 구성, 집필되었는데 분량의 과다로 그중 제3부와 제4부만을 따로 떼내어 묶은 것이 본고이다. 한편 본 연구의 자매편이라 할 수 있는 비평가에 대한 개별적 연구는 「회월 박영희 연구」(『학술원 논문집』 7집, 1968), 「눌인 김환태 연구」(『서울대 교양과정부 논문집』 1집, 1969), 「소천 이헌구 연구」(동 2집, 1970), 「용아 박용철 연구」(『학술원 논문집』 9집, 1970) 등이며 본 연구 중의 제1부와 제2부는 졸저 『근대한국문학연구』(일지사, 1973) 속에 포함되어 있다.

(6) 본 연구는 그 전체적인 체계를 고려한 나머지 두 편의 부록을 포함한다. I. 임화 연구, II. 중요 평론 목록 등이 그것이다. 특히 중요 평론 목록은 이 방면 연구에 편의를 도모한 것이다. 여기서 「임화 연구」는 일제시대의 식민지 문학과 을유 해방 이후의 문학 전개의 연속성의 문제점을 제시하기 위함이다.

(7) 만일 이 자리에서 개인적 언급이 허용된다면 다음 두 가지 점을

말하고 싶다. 첫째, 본 연구가 1965년에서 1967년 사이에 집필되었으나 1970~71년 간의 체일(滯日)을 통해 일본 측 자료 고증으로 부분적 수정이 가해졌다는 점, 둘째, 사실의 재구성에 대한 혐오감을 역사의식이라 착각하기 쉬운 유혹에서 벗어나기에 힘썼다는 점이다.

끝으로 이 책을 출판해주신 황활원 사장, 임중빈 님 및 편집부 제위께 사의를 표하는 바이다.

1973년 2월

김윤식

차 례

제 I 부 프로문학운동을 중심으로 한 문예비평

제II부 전형기의 비평

제III부 비평의 내용론과 형태론

프로문학운동을 중심으로 한 문예비평

서론

프롤레타리아문학은 1917년 러시아혁명의 성공과 1차 대전 전후의 불안으로 인해 현대사의 전면으로 대두한 계급 사상에 거점을 둔 문학운동이라 할 수 있으므로, 국제적인 광범한 사상 문제와 결부되어 있음을 알 수 있다. 1920년대 세계 사상계를 풍미한 이 조류는 또한 그 자체의 속성으로 사회사와 경제구조에 직결되어 있는 것이다. 따라서 프로문학을 연구하려면 필연적으로 그것을 사회운동과 깊게 관련짓지 않으면 안 된다. 엄밀히 말해서 1920년대의 한국 사회운동의 전모가 밝혀진 마당에서만 비로소 한국의 프로문학을 완전히 구명할 수 있는 이유도 바로 여기에 연유하는 것이다. 그러나 현재까지 이 무렵의 사회운동사가 만족할 만큼 구명되어 있지 않으므로 한국의 프로문학을 연구하기 위해서는 이러한 작업까지도 동시에 밝혀가야 할 처지에 놓이게 됨은 피하기 어려우며, 이것은 강렬한 사적(史的) 유혹이라 할 만하다.

3·1운동의 좌절 의식과 1919년 8월에 부임한 사이토 마코토(齊藤
實) 총독[1]의 관제개혁(官制改革)의 일부로서의 '민의창달(民意暢達)'이
란 명목의 민간 신문의 발간 허가와 중추원의 활용 등으로 인한 언론
의 돌파구가 어느 정도 가능했고, 이 기회를 타고 재래의 민족주의 의
식 위에 주로 일본에서 배운 지식인을 통해 사회주의 사상이 수입된
것이다. 따라서 1920년대에는 민족주의와 계급주의 사상이 표면상으
로는 이원적 구조를 지녔으나 이들의 대의명분은 항일적(抗日的) 자세
에 있었던 것이다.[2] 그러나 그 내면에 있어서는, 일제가 민족주의 측
을 약화시키기 위해 정책적으로 사회주의 사상의 전개를 어느 정도
용납한 듯하다.[3] 이 점은 민족 단일 단체인 '신간회'[4] 전말(顚末)에서
도 엿볼 수 있을 듯하다. 이러한 상황에서 유상무상의 많은 단체가 속
출하여 사회주의 운동을 전개한 것이다.[5] 이러한 바탕에서 신흥 문학

---

1)　사이토 총독은 1919년 8월에서 1927년 11월까지 8년 8개월 재임하였고, 그 후 1929년 다
　　시 총독으로 부임, 1931년까지 재임했다. 한국 사회운동은 사이토 총독의 정책과 깊은
　　관련이 있는 것이다.
2)　『동아일보』는 1925년 1월 2일부터 '사회운동과 민족운동―그 차이점과 일치점'에 대한
　　설문을 특집한 바 있으며, 한용운(韓龍雲), 주종건(朱鍾建), 김찬(金燦), 육당(六堂), 조봉암
　　(曹奉岩), 현상윤(玄相允) 등이 답변했는데, 한결같이 양 운동은 부합하며, 또 부합하도록
　　노력해야 한다고 주장하고 있다.
3)　이원혁, 「신간회의 조직과 투쟁」, 『사상계』, 1960. 8, p. 279.
4)　1927년 2월 15일에 민족주의와 사회주의 운동이 단일화된 것인데, 1930년 국제공청에서
　　신간회가 민족개량주의자의 집단이며 조선공산당이 발을 붙일 곳이 없어졌다고 하여 해
　　소를 주장하였다. 공산 측은 신간회를 일제의 주구(走狗)라고까지 공격하였으며, 이러한
　　내분으로 인해 1931년 5월 16일 해소되고야 말았다. 이것은 회원 3만을 보유한 최대의
　　사회단체였다(이석태 편, 『사회과학대사전』, 문우인서관, 1948, pp. 389~90).
5)　조선노동공제회(1920. 4. 3), 갈톱회(1920. 6. 28), 조선청년회연합회(1920. 12. 1), 서울
　　청년회(1921. 1. 23), 고려공산당(1921. 5. 23), 조선노농연맹(1922. 10. 18), 민중사(民衆
　　社, 1923. 9. 1), 조선노동연맹(1924. 2. 4), 조선노동총동맹결성(1924. 4. 20), 조선청년
　　총동맹(1924. 4. 21), 여성동우회(1924. 5. 21), 언론집회압박탄핵회(1924. 6. 7), 화요회

으로서의 프로문학이 성립할 수 있었고, 또한 대중의 지지를 받을 수 있었다.

이렇게 본다면 프로문학과 민족주의문학의 이동점(異同點)과 그로 인한 허다한 논쟁을 예기할 수 있고, 1920년대 및 1930년대 초기까지에 이르는 양 파 문학의 구조 파악이 비평사의 과제가 되는 것이다. 그런데 문학 및 사상에서 민족주의의 대타의식(對他意識)이 프로문학에 의해 가능할 수 있었다는 가설을 둘 수 있으므로, 프로문학 속에서 민족주의문학을 다루려는 것이 본고의 태도의 하나이다. 민족주의문학과 프로문학을 함께 비판하면서 등장한 해외문학파를 민족주의문학파에 포함한 혹은 그 연장상에 둔 것도 마찬가지로 프로문학과의 대타의식에서 보았기 때문이다.

이 시대의 문학이 사회운동과 유달리 관련되어 있음이 강조되어야 하며, 동시에 일본 문학과의 관련도 밀접한 상태에 있을 것이다. 그것은, 사회주의 운동의 사상이 일본에서 거의 직수입되었기 때문이다. 특히 프로문학은 흔히 국제적 추수주의(追隨主義)로 알려져 있지만, 실제로는 도쿄 문단의 지부적(支部的)인 혐의가 농후한 것이다. 고쳐 말하면, KAPF 문학은 소련 문학과는 무관한 채 거의 전부가 일본 프로문학과의 관련에서 명멸해간 것이다. 내용과 형식론에서부터 심지어

(1924. 11. 19), 북풍회(1924. 11. 27), 사회주의자동맹(1924. 12. 6), 경성여자청년동맹 (1925. 1. 20), 조선공산당(1925. 4. 17), 정우회(正友會, 1926. 4, 14).

이상이 1920년에서 1926년 신간회 결성 전까지 신문에 보도된 중요 단체 결성이거니와 1926년 11월 23일 경무국에서 발표한 조선 사상단체 수는 동 9월 현재로 청년 단체 1092, 정치사상 단체 338, 노동 단체 182, 형평 단체 130으로 되어 있다(이석태 편, 『사회과학대사전』 부록, p. 16). 이러한 단체의 조직 계보는 사회운동사의 영역이므로 여기서는 밝히지 않는다.

는 전향 문제에 있어서도 일본 측의 효빈(效)임이 드러난다. 따라서 일본 프로문학 비평과의 비교문학적 고찰은 불가피한 바가 있을 것이 예견된다. 또 하나 비교문학적 방법을 보강케 하는 것으로 프로문학론 자체, 즉 이데올로기의 비동화성(非同化性)을 들 수 있다. 자칫하면 한국 프로문학 비평은 번안 비평이란 한정사가 붙을지도 모르는 것이다. 따라서 일본 측의 자료도 2차 자료의 성격을 띨 수가 있는 것이다. 그렇다고 해서 한국의 프로문학이 일본 프로문학의 완전한 추수라고만 볼 수 없음도 물론이다. 식민지하에 있어서의 한국 프로문학이 그만큼 한국적 전개와 투쟁과 내외적 갈등에 놓여 있었을 것임은 분명한 것이다. 창작에서는 더할 나위 없는 일이거니와 비평 혹은 이론 전개에서도 한국적 특성이 엄연히 있을 것이다. 민족주의문학과의 대비를 본고가 시도한 것은 그 때문이다. 그럼에도 우리의 이러한 기대가 얼마나 허망한 것인가는 전향론(轉向論)에서 암시를 받을 수 있을 것이다.

이상과 같이 본고가, 프로문학을 중핵(中核)으로 하여 1920년대의 문학비평을 고찰한다는 의도를 밝혔다. 그러면 구체적으로 어떤 기술 방법이 될 것인가. 프로문학이 조직론을 우위로 한다는 것은 문학을 사회주의 운동의 수단으로 보는 것과 무관하지 않으므로 이 점에 관심을 돌릴 필요가 있었으며, 마르크스주의 문학 원론도 살펴볼 필요가 있지만, 특히 각국에 있어서의 전개 과정에 역점을 둘 필요가 있다. 그것은 대체로 논쟁의 형태를 취했는데, 이것은 두 면으로 가를 수 있을 것이다. 하나는 자체 내부의 논쟁이며, 다른 하나는 외부와의 논쟁이다. 이 논쟁을 구명하는 문제가 본고의 가장 핵심적인 부분이 된다.

프로문예 비평은 일종의 과학주의라 불린다. 프로문예는 창작보다 비평이 승한 입장에 있었고, 그 혁명성의 이데올로기를 근간으로한 정론성(政論性)을 띤 것이었다. 이 문제는 매우 중요한 대목이라 생각된다. 문예비평이 단순한 문학주의가 아니라 사회비평 혹은 정론성을 띨 수 있었다는 것은 그 사회가 정치적으로 폐쇄되어 있음을 방증하는 것이기 때문이다. 이것은 크로폿킨이 제정러시아 말기의 비평에서 언급한 바 있는 것이며,[6] 임화도 일찍이 이 점을 지적한 바 있다.[7] 한국의 1920년대 혹은 그전의 문화 활동은 광범한 문학운동이었다. 즉 문학으로 다른 문화 활동을 감행한 것이라 할 수 있다. 신문 학예면의 대부분이 문학, 특히 문학론 및 논쟁으로 채워져 있고, 이러한 문학론 중 상당한 부분이 복자(覆字)를 담고 있음이 이 점을 방증하는 것이라 볼 수 있다.

---

6) "과거 50년 동안 러시아에서 정치사상을 표현할 수 있었던 주요한 영역이 문예비평인데, 그 필연적 결과로 다른 나라보다 러시아에서 더 발달되었고, 더 중요하게 되었다"(P. A. Kropotkin, *Russian Literature — Ideals and Realities*, 伊藤整 譯, 『ロシア文学講話』, 改造社, 1938, p. 228).

7) "조선에서 소위 비평적인 문화사업 가운데 문예비평만치 융성하였던 영역이 없었고, 또 의식 무의식 간에 정도 이상의 기대를 문예비평에 둔 것은 부정될 수 없을 것입니다. 저는 크로폿킨의 논법을 빌려, 문예비평의 조선적 성격의 가장 중요한 점을 두색(杜塞)된 정치사상 혹은 사회비평의 한 개의 방수로라는 점에서 찾고 싶습니다"(임화, 「조선적 비평의 정신」, 『문학의 논리』, 학예사, 1940, p. 696).

제1장 프로문학의 성립

제1절 팔봉·회월의 활약

1. 팔봉·회월의 정신적 상황

'화려한 백조파'의 후기 동인(3호부터 방정환과 함께)이면서 정작 '백조'파를 붕괴시킨 팔봉(八峰) 김기진(金基鎭)은 '역(力)의 예술'을 주장한 바 있는 월탄(月灘) 박종화(朴鍾和) 및 회월(懷月) 박영희(朴英熙)와 더불어 한국에 프로문학의 초기 이론을 도입한 논객이 된다.[1] 팔봉은 도쿄 유학 중 아소 히사시(麻生久)와 친구가 되어 그의 사회주의문학론에 자극된 바 있음을 이렇게 기록하고 있다.

긴상은 문학을 해서 무얼 하오? 당신은 투르게네프를 좋아하신댔

---

1) ① 1903년생인 김기진은 1920년 배재중학을 마치고 18세 때 도일(渡日), 릿쿄대(立敎大)를 다녔고, 동창인 회월 박영희는 1920년 『장미촌』을 황석우와 함께 편집하고는 도일, 세이소쿠(正則) 영어학교에 다니다가 1921년에 귀국하여 『백조』 동인이 되었으며, 팔봉은 1923년 5월에 귀국하게 된다. 이 사이, 회월을 통해 서신으로 월탄과의 교우가 있었던 것이다(김기진, 「한국문단측면사」 2, 『사상계』, 1956. 9, p. 137).
② 팔봉이란 아호를 사용하게 된 것을 다음처럼 쓰고 있다. "『개벽』 잡지에 「지배계급교화, 피지배계급 교화」를 쓴 일이 있는데 김기전 씨가 먼저 그 내용이 좀 과격하다 해서 변명(變名)을 권고하므로 고향 충북 청주의 팔봉산으로……"(「아호의 유래」, 『삼천리』, 1932, 1, p. 35).

죠? 당신의 조선은 50년 전의 ×××(러시아―인용자)와도 방불(彷佛)한 점이 있소. 처녀지에 씨를 뿌리시오. 솔로민이 되기 쉽소. 투르게네프가 되는 것이 아니라 인사로프가 되든지 솔로민이 되는 것이 얼마나 유의(有意)하오?[2]

투르게네프에의 경도는 팔봉뿐만 아니라 당대 한국의 진보적 인텔리층의 한 풍조였으니, 이는 그들의 서양 근대문학에의 체질의 상당한 부분이 북구적(北歐的)임을 드러내는 것이 된다. 러시아 작가 중 그 사회 추세나 현실을 가장 선명히 묘사한 자가 투르게네프이며, 「연기」 「그 전날 밤」 「처녀지」 「엽인일기(獵人日記)」 「부자(父子)」 등 제 작품은 예술의 영원성보다 그 시대 정신을 모르고는 그 진가를 파악할 수 없는 것들이다. 이들 작품은 제정러시아의 자각 있는 진보적 인텔리의 대변이었고, 혁명의 준비를 위한 맑은 정신이었다.[3] 이 무렵 러시아에서는 브나로드 운동이 일어나 젊은 나로드니키의 일단이 사상 전면에 나타난 바 있는데 팔봉은 여기에 꽤 유의한 듯하다. 1920년대 초의 한국 사회가 19세기 말의 러시아의 상황과 방불한 듯이 특히 지식

---

2)   김기진, 「나의 문학청년 시대」, 『신동아』, 1934. 9, p. 131.
3)   「그 전날 밤」(1860)의 주인공은 제정러시아의 식민지였던 불가리아의 지사 인사로프와
      엘레나인데 국경을 건너다 인사로프가 피살되는 혁명 전야 피압박 민족의 해방을 그린
      것이며, 「처녀지」(1876)는 황량한 무산계급의 처녀지를 위해 "여기 있겠어요. 여기는 황
      량하긴 하지만 이제부터 개간해야 할 처녀지랍니다"라고 외치는 한 도시 청년의 결의를
      보여준 것이다. 그러나 투르게네프는 K. 마르크스의 사상을 이용한 흔적은 전혀 없는 것
      으로 되어 있다. 가령 「부자」(1862)에 나오는 니힐리스트 바자로프는 "어떤 권위에도 굴
      복지 않으며, 신앙의 어떤 원리도 갖지 않으면서 부(父) 세대(世代)의 모든 권위를 부정하
      는 것이며, 그러나 그는 마르크스는 전혀 모르는 인간형"(「부자」 영역, Modern Library판,
      H. J. 뮐러의 서문, p. 6)으로 알려져 있다.

인들에 의해서 이해된 듯하다.

팔봉에게 또 하나의 사상적 지주를 준 것은 H. 바르뷔스의 클라르테 운동이다. '유물론적 변증법에 의거하여서 현실을 분석하고 탐구하고 파악'하는 것이 바르뷔스의 작가적 양심 및 창작 방법이라 할 것인데, 소위 클라르테 운동의 배주골(背柱骨)은 "무자비한 자본가들의 허위에 가득 찬 '기독주의(基督主義)'와 온갖 불합리한 현상의 모태가 되는 '상속법'"[4]에 대한 항거로 되어 있다. 팔봉이 대상으로 한 바르뷔스는 R. 롤랑과의 논쟁기에 있을 무렵에 해당된다.

팔봉의 사상 형성에 두 지주가 된 투르게네프와 바르뷔스의 민중운동은 당시 일본에서는 커다란 세력권을 형성하고 있었고, 팔봉이 일본을 통해 이것을 흡수한 것이 사실이므로 일본의 현상을 검토해보지 않을 수 없게 된다.

일본 프로문학의 출발점은 『씨 뿌리는 사람(種蒔〈人)』[5]의 출현으로 봄이 통설인데, 이 운동의 선구적 요인으로는 (1) 자유민권 이데올로기를 배경으로 한 메이지(明治) 초기의 정치소설, (2) 휴머니즘에 기저를 둔 사회소설 및 반전문학, (3) 민중예술론, 노동문학, 제4계급

---

4) 김기진, 「투르게네프와 바르뷔스」, 『사상계』, 1958. 5, p. 39.
5) 『씨 뿌리는 사람』은 1차는 쓰치자키(土崎)에서 동인지 형식으로 3호까지 1921년에 나왔으나 문단에 영향을 미치기 시작한 것은 도쿄에서 제2차 운동으로 1923년에 그 제1호가 나온 후부터이다. 그 창간사는 "사상가에게 호소한다. 사상가여, 빈사(瀕死)하려는 동포에게 그대의 행동과 그대의 외침으로 빵과 의약을 주어라. 그대, 사상가여, 그대의 외침이 언제나 공허한 비애를 피와 땀의 소유자인 영원한 노예에게 부여하는 것에 지나지 않는 것이라면, 더러워진 역사의 굴복자여, 영원한 명상가여, 참패자여, 잘 있거라. 탁상의 사상가여, 그대의 영겁의 무덤에 잠들라!"(이것은 김기진이 박종화에게 보낸 편지 내용과 매우 흡사하다. 이 잡지 『씨 뿌리는 사람』은 1923년 관동 대지진 때 한국인 학살 고발로 발매 금지 됨.)

의 문학론, (4) 민중지(民衆誌), (5) 민중연극 운동 등이 지적되고 있다.[6] 1917년 10월 러시아 혁명의 성공은 세계적으로 심각한 영향을 미쳤는데, 이로 인해 마르크스주의가 사상적, 실천적 각광을 받게 되고, 한편 데모크라시를 중핵으로 한 잡다한 조류가 휩쓸게 된다. 이 무렵 민중예술론과 제4계급 예술론이 대두되었는데, 전자는 혼마 히사오(本間久雄)의 「민중예술의 의식과 가치(民衆藝術の意義及び價値)」(『早稻田文學』, 1916. 8), 가토 가즈오(加藤一夫)의 「민중예술론(民衆藝術論)」(1919), R. 롤랑의 「민중예술론(民衆藝術論)」[1917, 오스기 사카에(大杉榮) 옮김] 등이 평단의 유행 테마가 되었고, 후자는 나가노 슈이치(中野秀一)의 「제4계급 문학(第四階級の文學)」(『文章世界』, 1920. 9)이 유명하다. 제4계급으로서의 무산계급문학은 반항 투쟁의 문학으로 되어 있다. 한편 『씨 뿌리는 사람』의 발간은 H. 바르뷔스의 영향을 받고 귀국한 고마키 오미(小牧近江)가 클라르테 운동을 이식한 것이다. "우리들은 생활을 위해 혁명의 진리를 옹호한다. 씨 뿌리는 사람은 여기에서 일어난다. 세계의 동지와 함께"[7]라는 선언에서 그 저의를 짐작게 한다.

이 잡지의 이론적 지도자는 히라바야시 하쓰노스케(平林初之輔)로서, 그 논문은 「유물사관과 문학(唯物史觀と文學)」(『新潮』, 1921. 12), 「문예운동과 노동운동(文藝運動と勞動運動)」(『種蒔く人』, 1922. 6)이며 무기로서의 문학의 의의를 강조한 것이다. 이 잡지는 정치 사실의 폭로(관동 대진재에 관련된)로 인해 폐간당한 후 그 후신으로 『문예전선(文藝

---

6)   長谷川泉, 『近代日本文學評論史』, 有精堂, 1958, p. 46.
7)   『씨 뿌리는 사람』 창간호 선언서.

戰線)』(1924)이 나오고, 드디어 1925년 12월에 NAPF의 결성을 보게된다.

이제, 이상과 같이 일본을 통해 받아들인 민중운동을 팔봉이 한국적 상황에서 어떻게 전개해나갔는가를 살펴볼 차례이다.

팔봉은 1922년 여름 '토월회(土月會)' 공연 관계로 귀국할 때까지 미지의 벗이었던 박종화에게 다음과 같은 서신을 보냈고, 먼저 귀국한 회월에게도 여러 차례 서신이 전달되어 있다.

> 월탄 형, 사(死)에 대한 불복―즉 운명에 대한 항의, 현실에 대한 반역, 여기에서 우리의 문학이 출산(出産)치 않으면 안 되겠습니다. 형의 도피적 영탄조(詠嘆調)의 시가 일전기를 획(劃)하여 현실의 강경한 열가(熱歌)가 되기를, 형이 『개벽』에서 '역(力)의 예술'이라고 부르짖은 것이 형의 시가(詩歌) 위에 나타나기를…… 형이나 회월의 도피적 푸루구름한 상아탑 속의 영탄이 열을 띄워오기를 비는 것이올시다. 지금 우리의 책임이 얼마나 무거운지 알 수 없습니다. 민중의 인도자, 허위에 대한 투쟁, 제일선에 선 전졸(戰卒)의 두 어깨가 무거운 것이외다. [……] 소위 예술이니 무엇이니 하는 서푼짜리 학사들의 머리 위에 바늘을 한 개씩 꽂아놓으소서.[8]

또 팔봉은 종래의 일체의 문학을 부정하면서 회월에게 "예술은 길다란 말은 새빨간 거짓말이다. 모든 예술은 죽었다. [……] 그들의 모든 것은 모다 계급의 죄악뿐"[9]이라고 1922년에 쓰고 있다. 이러한 기성

---

8) 박월탄, 「백조 시대의 그들」, 『중앙』, 1936. 1, pp. 134~35.

문단 파괴 동의는 시, 수필, 소설, 평론 등 장르를 가리지 않고 전개된다.

팔봉의 시로는 「애련모사(哀戀慕思)」(『개벽』, 1923. 8), 「백수(白手)의 탄식」(『개벽』, 1924. 6), 「지렁이」(『생장』, 1925. 5) 따위가 문제점을 지니고 있거니와 그중에서 유명한 「백수의 탄식」은 브나로드 운동과 인텔리의 고뇌를 나타낸 것이다. 이 시는 일본의 국민 시인 이시카와 다쿠보쿠(石川啄木)의 「끝없는 의논 후(はてしなき議論の後)」(1911)와 직결되어 있음을 쉬 알 수 있다.[10] 이시카와의 시는 러일전쟁 후 사회주의 운동이 좌절되던 시대의 진보적 인텔리들이 행동 없는 논의만을 거듭하는 무기력을 비판한 것이다. 「백수의 탄식」은 브나로드만 외치

9)   박영희, 「화염 속에 있는 서간철(書簡綴)」, 『개벽』, 1925. 11, p. 123.
10) 「백수(白手)의 탄식」의 첫째 연과 이시카와 다쿠보쿠의 시 첫째 연을 비교하면 다음과 같다.

카페 의자에 걸터앉아서
희고 흰 팔을 뽐내어 가며
"우 나로드"라고 떠들고 있는
60년 전의 러시아 청년이 눈앞에 앉아 있다.
cafe chair revolutionist.
너희들의 손이 너무도 희구나!
　　　　　　　　　　　　　　　　—「백수의 탄식」

우리가 읽고, 또 격렬하게 논의하는 것,
그리고 우리 눈이 빛나는 것,
50년 전 러시아 청년에 못지않다.
우리는 무엇을 해야 할 것인가를 논의한다.
그러나 누구 하나 움켜쥔 주먹으로 탁자를 두드리며,
"브나로드!"라고 외치는 자 없다.
　　—이시모다 쇼(石母田正), 『역사와 민족의 재발견 초(歷史と民族の發見抄)』, 신조사, p. 87.

고 행동으로는 옮기지 못하는 인텔리의 모순과 비애에 대한 비판인 것이다. 이외, 「화강암(花崗巖)」[11] 같은 시에서 전사적 의식이 엿보이며, 「지렁이」[12]는 매우 순화된 아름다운 시이기도 하다.

팔봉은 자기주장을 표출하는 방법으로 서신, 시, 수필, 소설, 평론 등 어느 장르나 자유로이 시도했는데 그중 득의의 것으로는 감상문이라는 이름의 수필을 거쳐 정착된 평론이다.

「눈물의 순례」에서는 "조선의 백성아, 조선의 백성아, 네가 오느냐, 어둠 속으로, 걸어오느냐 눈을 뜨고서?"[13]라고 외쳤고, 「십자교 위에서」(『개벽』, 1925. 5)에서는 '광화문'을 외쳤다. 「신록」(『개벽』, 1924. 6), 「통곡」(『개벽』, 1924. 11), 「불이야 불이야」(『개벽』, 1924. 12), 특히 「MALHEUR」(『개벽』, 1926. 6)에서는 러시아에의 열렬한 동경을 보여주기도 한다.[14] 이와 같은 수필은 감동력 있는 문장과 피지배계급으로서의 조선 민족의 아픔과 자각을 촉진한 점에서 생생한 공감을 불러

---

11) "나는 보고 있다/역사의 페이지에 낫 하나 있는/화강석과 같은 인민의 그림자를"(『개벽』, 1924. 6, p. 137).

12) "가을 푸른 하늘 아래서 모래 깔린 시커먼 흙 위에 잠자고 있는 검붉은 몸뚱이의 지렁이야//나는 지금 가을의 해가 약하게 부드럽게 오색(五色)으로 반사하는 너의 죽은 몸뚱이를 들여다보면서 생각하고 있다"(『생장』, 1925. 5, p. 37).

13) 김기진, 「눈물의 순례」, 『개벽』, 1924. 1, p. 235.

14) ① "1925년 아비가 되었는데 그 자식 이름을 생 피에르의 「폴과 비르지니」라는 소설에 나오는 주인공 Malheur(불행이라는 뜻)의 이름을 지었다"(『개벽』, 1926. 6, p. 23).
② "사실 그 당대 일본 내의 프롤레타리아 싸움은 맹렬하여서, 어쩌면 가까운 시일 내에 일본에 혁명이 일어날 것 같았다. 다른 사람 눈에는 어떻게 비쳤는지 모르나 적어도 우리들 눈에는 그렇게 보였었다. [……] 그런 까닭으로 소련을 국조(國祖)같이 생각하면서 국제적으로 단결된 노동계급의 혁명이 조선에서 이에 발을 맞추어 함께 일어나야 우리의 앞날은 있다는 것이 그때의 나의 생각이었다"(「나의 회고록 4—ML당 사건과 프로예맹」, 『세대』, 1964. 11, p. 144).

일으켰다. "기진의 수필은 당금필주(當今匹)를 볼 수 없다. 「눈물의 순례」를 읽고 나는 눈물을 흘리었다"[15]고 일찍이 월탄은 말했거니와 팔봉의 감상문의 맨 처음이자 프로의식 문자화의 효시이며 전형적인 것으로는 「Promeneade Sentimental」(『개벽』, 1923. 7)이다.

> 힘! 이것뿐만이 우리가 바라는 것이다. 모든 것을 살라버리는 힘.
> [……] 문학에도 힘이 있어야 한다. 투쟁 속에서 힘을 노래하고 파괴속에서 영성(靈性)의 음악을 찾아야 하고 건설의 미를 찾아야 한다.
> [……] 사람들아 붓대와 괭이를 들고서 전선으로 나서라.[16]

초기 민중의식의 고조는 이런 형태를 취한 것이다. 이 양식은 감염성이 높은 것으로, 이러한 양식의 발견은 필연적이기도 했고, 프로문예 비평의 초기 양식으로서의 의의를 가진 것이다. 다음과 같은 당위적 강력한 발언은 벌써 논리 이전의 정세이고 힘일 따름이다.

> 생활은 예술이요, 예술은 생활이어야 할 것이다. 생활의 예술화가 되지 않으면 안 될 것이요, 예술의 생활화가 되지 않으면 안 될 것이다.
> [……] 책상 앞에서 만들어낸 예술은 우리에게 무용한 것이다.
> [……] 생활은 엄숙한 실재다. 우리는 이 실재 앞에 눈을 떠야 한다.
> 수음문학(手淫文學)의 붓대는 잘라 없애야 한다.[17]

---

15) 박종화, 「문단 방언(放言)」, 『개벽』, 1924. 5, p. 138.
16) 김기진, 「Promeneade Sentimental」, 『개벽』, 1923. 7, p. 92.
17) 김기진, 「떨어지는 조각조각」, 『백조』, 1923. 9, p. 140.

이러한 팔봉의 감상문에 대해 나중에 회월은 "선동적인 문장, 청신한 감각, 전투적 기질의 필치는 당대 유일의 수필가로 문단의 주목은 그에게 집중하였다"[18]라고 회상한 바 있다.

감상문에서 보다 논리성을 띠기 시작한 평론문으로의 전개는 H. 바르뷔스 소개 때부터이다. 「클라르테 운동의 세계화」(『개벽』, 1923. 9), 「바르뷔스 대 로맹 롤랑 간의 논쟁」(『개벽』, 1923. 10), 「또다시, 클라르테에 대해서」(『개벽』, 1923. 11) 등이 그것이다. 클라르테 운동을 설명하기 전에 그는 먼저 조선 문학을 진단한다. "그들은 사회가 어떻게 되든 미(美)만 창조하면 된다고 느낀다. 끼니에 쫓기는 민중에게 무슨 미가 있느냐?"[19]고 반문하고, "무산계급만 프롤레타리아가 아니다. 온 세계의 모든 학대받는 인구들은 모두 프롤레타리아다. 그러므로 국경이 없는 것"[20]으로 봄으로써 정신주의와 현실주의가 세계적으로 논의된 클라르테 운동의 일단을 처녀지 한국에 소개한다. '광명과 진리의 사랑'으로 집약되는 이 운동은 만 2년이 못 되어 바르뷔스와 롤랑 간의 분열로 나타나거니와 바르뷔스주의는 예술이 제한당하는 사회적 제 조건을 지닌 현대의 모든 사회를 부정하고 생의 본연한 자유의 길로 예술을 해방시키기 위하여, "현재 사회조직과 데카당한 부르주아 문화의 근본적 파괴를 도모"[21]하는 현실 혁명이며, 롤랑주의는 예술의 절대적 자유를 주장한 결과 "예술은 사회적 환경에 지배되지 않는 것이다. 그러므로 우리는 부르주아 계급에 부축이 된다든지 신

18)   박영희, 「현대한국문학사」 3회, 『사상계』, 1958. 9, p. 313.
19)   김기진, 「클라르테 운동의 세계화」, 『개벽』, 1923. 9, p. 11.
20)   같은 글, p. 11.
21)   같은 글, p. 15.

흥 프롤레타리아 계급에 아첨한다든지 할 필요가 절대로 없다"[22]는 입장에 섰다. 롤랑이 보기엔 바르뷔스의 문학은 사회 혁명의 선전 이상을 지니지 못하는 노예라 할 수 있는데, 팔봉은 롤랑을 "현실 회피의 고독적 자유의 정신"[23]이라고 비판하고 있다. 바르뷔스와 롤랑의 논쟁은 바르뷔스가 「로맨티시즘에 대하여」(『클라르테』 2호, 1920)를 쓴 것을 계기로 비롯되어 『자유예술』 및 『클라르테』 10호까지에 걸치는 세기적 논쟁의 모습을 띤 것이다. 이 논쟁을 소개한 팔봉은 "재산 그것은 도적하는 것La Propriété, c'est le vol"이라는 바르뷔스의 말을 들고, "혁명은 신질서를 의미한다. 그리고 그것은 바르뷔스다. 벌써 클라르테도 프랑스의 것이 아니라 우리 만민의 것"[24]이라 주장하고 있다.

이와 같이 팔봉의 정신적 지주는 클라르테 운동이 중심이 되었음을 알 수 있고, 또 하나의 지주는 「백수의 탄식」에서 보여준 브나로드 운동이라 할 수 있다. 한국문학을 팔봉은 제4계급 문학이라 했고, "지식계급이 민중으로 파고들 것, 이것이 지식계급(글 쓰는 자)의 임무다. 브나로드! 백수 노동자인 인텔리겐치아의 임무는 이것뿐"[25]임을 역설하고 있음을 본다. 회월과 팔봉은 분리해서 논할 수 없을 만큼 상관되어 있다. 이상화(李相和), 박월탄과 더불어 "소위 데카당티즘으로 깊이 빠져들어갔던"[26] 백조파의 중심 멤버인 회월은 팔봉과의 관계 및 그

---

22) 같은 글, p. 16. 바르뷔스와 롤랑의 논쟁은 『種蒔〈人』(3卷 10, 11號)에 다섯 편의 왕복 논쟁이 번역되어 있는데, 팔봉이 읽은 것도 물론 이것이다.

23) 김기진, 「바르뷔스 대 로맹 롤랑 간의 논쟁─클라르테 운동의 세계화」, 『개벽』, 1923. 10, p. 33.

24) 같은 글, p. 25.

25) 김기진, 「지식계급의 임무와 신흥문학의 사명」, 『매일신보』, 1924. 12. 14.

26) 박영희, 「『백조』─화려하던 시절」, 『조선일보』, 1933. 9. 14.

상황을 다음처럼 쓰고 있다.

> 그전부터 김 군과 나와는 이 점에서 많은 토론을 거듭하였으나, 이때
> 부터 정식으로 '아트 포 아트'에 관한 한 개의 항의를 제출하였으나
> 김 군이 불국(佛國)의 바르뷔스를 인용하고 「붉은 쥐」를 창작하였을
> 때는 다만 항의뿐이었다. [……] 내 자신도 급격한 예술상 변화와 현
> 실의 새로운 정당한 인식이 시작되었다. 그리고 동인들은 김 군과 나
> 두 사람의 예술에 그다지 반대는 아니했으나 증오(憎惡)가 생기기 시
> 작했으며, 그럼으로 김 군과 나는 『개벽』지로 필단(筆端)을 옮기고야
> 말았다. 여기서부터 신경향파 문학이라는 한 매개적 단계가 시작되
> 었다.[27]

프로문학의 온상은 회월이 문예부장으로 취임한 『개벽』지이며 이와
더불어 팔봉·회월이 주동 인물임을 확인할 수 있다.

　팔봉이 브나로드와 클라르테 운동을 주축으로 한 선명한 기폭을
세웠던 것과는 달리 초기 회월은 단지 팔봉에 동조하였음을 또한 알
수 있다. 따라서 회월도 평론으로 발전하기 전에 수필이라는 감상문
과 소설의 단계를 거치게 되는데, 그것은 또한 자연스러운 현상이라
할 것이다.

　회월의 처음 산문은 「감상의 폐허」(『백조』, 1922. 5), 「생의 비가」
(『백조』, 1923. 9) 등 상화(想華)·수상(隨想) 따위의 명칭을 붙인 수필이
될 것이다. 그리고 프로의식에 눈을 뜬 수필로는 「조선을 지나가는 비

---

27)　같은 글, 1933. 9. 16.

너스」(『개벽』, 1924. 11)가 된다. 그다음 자리에 오는 중요한 글은 「숙명과 현실」(『개벽』, 1926. 2), 「번뇌자의 감상어(感傷語)」(『개벽』, 1926. 6) 및 「향락화(享樂化)한 고통, 고통화(苦痛化)한 현실」(『문예운동』, 1926. 5) 등이다.

> 모든 버러지 모든 나무는 다 각각 자침(刺針)이 있고 독액(毒液)이 있고 보호색이 있어 생명을 전개한다. 생명을 위한 반항은 인생의 본능이다. 이 본능이 상실될 때는 오직 파멸이 있을 뿐 [……] 우리는 그리로 나가자.[28]

여기서 회월의 비감염적(非感染的) 생경한 이론을 엿볼 수 있고 또한 고통에 대한 해방감을 민중에 주려 한 점을 지적해둘 필요가 있다. "우리에겐 갖은 고통을 주는 이 현실들로부터 새로운 진리를 찾지 않으면 아니 될 그러한 때"[29]가 있다는 것이다. 고통이란 무엇인가. "부르주아는 고통을 향락화하지만 우리는 현실을 고통화한다"[30]는 대목에서 그 성질이 드러나고 있다. 팔봉의 수필이 감성적이며 자유분방하고 애상적임에 비하여 회월은 보다 관념적임을 알 수 있다. 전자가 민족주의적 요소가 풍기는 때도 있었다면 후자는 계급의식이 앞서 있음을 본다.

한편 회월은 「정순이의 설움」(『개벽』, 1925. 2), 「사냥개」(『개벽』, 1925. 4), 「전투」(『개벽』, 1925. 1), 「지옥순례」(『조선지광』, 1926. 11)

---

28) 박영희, 「번뇌자의 감상어」, 『개벽』, 1926. 6, p. 7.
29) 박영희, 「숙명과 현실」, 『개벽』, 1926. 2, p. 85.
30) 박영희, 「향락화한 고통, 고통화한 현실」, 『문예운동』, 1926. 5, p. 1.

등의, 팔봉은 「붉은 쥐」(『개벽』, 1924. 11), 「젊은 이상주의자의 사(死)」(『개벽』, 1925. 6~7) 등의 소설을 썼다.

1924년과 1926년에 다음과 같이 신경향적 작품이 나타났는데 이것은 이미 문단에 커다란 세력권을 형성하게 된 모습인 것이다.

김기진의 「붉은 쥐」(『개벽』, 1924. 11), 조명희의 「땅속으로」(『개벽』, 1925. 3), 이익상의 「광란」(『개벽』, 1925. 3), 이기영의 「가난한 사람들」(『개벽』, 1925. 5), 주요섭의 「살인」(『개벽』, 1925. 6), 최학송의 「기아와 살인」(『조선문단』, 1925. 6), 이상화의 시 「가상(街相)」(『개벽』, 1925. 5), 박영희의 「전투」(『개벽』, 1925. 1), 박길수의 「땅 파먹는 사람들」(『개벽』, 1925. 7), 송영의 「늘어가는 무리」(『개벽』, 1925. 7), 최승일의 「두 젊은 사람」(『개벽』, 1925. 8) 등의 작품은 그 공통된 요소로서 계급의식을 볼 수 있으며 또 소재가 빈곤으로 되어 있어, "금춘(今春)은 문단에 있어서 새로운 첫걸음을 시작하였다"[31]고 주장될 수 있었다. 이 가운데 가장 문제성을 띤 회월의 소설도 성공한 것은 물론 아니었다. 「지옥순례」도 소위 내용과 형식 논쟁의 실마리가 되는 것이며, 「사냥개」에 대해서는 "설명과 묘사가 극히 빈약하고 표면적 치기"[32]라는 팔봉의 평과 "사냥개가 주인을 문 것이 부자연"[33]하다는 양백화, 염상섭의 평을 볼 수 있다. 팔봉의 「젊은 이상주의자의 사(死)」 역시 민족주의 쪽에서는 호평을 받지 못하고 있음을 본다.[34] 결

---

31) 박영희, 「신경향파의 문학과 그 문단적 지위」, 『개벽』, 1925. 12, p. 3.
32) 김기진, 「신춘 문단 총관」, 『개벽』, 1925. 5, p. 2.
33) 염상섭 외, 「조선문단 합평회」 5회, 『조선문단』, 1925. 6, p. 145.
34) 양백화는 「조선문단 합평회」 11회에서 혹평한 바 있다. 「조선문단 합평회」 6회, 『조선문단』, 1925. 7, p. 118.

국 팔봉, 회월은 소설이 그들의 득의의 수단이 될 수 없었음을 깨닫는
다. 회월은 「출가자의 편지」(『동아일보』, 1928. 3)를 끝으로 평론에 정
착하게 된다.[35]

팔봉과 회월은 이론과 월평을 주로 썼고, 이 두 이론 분자의 논설
은 프로문학의 우이(牛耳)를 잡아, 세칭 제3전선파(第三戰線派)가 나타
날 때까지 버티게 된다.

2. 팔봉·회월의 평론

팔봉과 회월 외에도 이들과 함께 동조한 문인이 있다. 김안서(金岸曙)
가 번역한 R. 롤랑의 「민중예술론」(『개벽』, 1922. 8~10)을 위시하여 김
석송(金石松)의 「숨 쉬는 목내이(木乃伊)」(『개벽』, 1922. 3), 「불순한 피」
(『개벽』, 1923. 7), 「민중문예 소론」(『생장』, 1925. 5) 등의 민중적 예술
론과 이종기(李宗基)의 「사회주의와 예술을 말하신 임노월 씨에 묻고
저」(『개벽』, 1923. 8), 주종건의 「국제 공산 청년운동과 조선」(『개벽』,
1923. 9) 및 임정제(任鼎濟)의 「문사 제군에게 여(與)하는 일문(一文)」
(『개벽』, 1923. 9) 등이 그것이다. 특히 임정제의 논설은 퍽 중요한 의
의가 있음이 밝혀져 있다.[36]

35) 박영희, 「서(序)」, 『소설·평론집』, 민중서원, 1930, p. 2.
36) ① "백철의 말과 같이 문사가 아닌 임정제의 「문사 제군에게 여하는 일문」도 소위 신경
      향 문학의 발생을 촉구하고 경고와 자극을 주었던 것임을 간과할 수 없다"(김기진, 「한국
      문단측면사」, 『사상계』, 1956. 11, pp. 137~38).
      ② "이 신경향이 확실한 논조로서 등장한 것은 1923년 『개벽』 7월호에 발표된 임정제의
      「문사 제군에게 여하는 일문」과 동지(同誌)의 팔봉의 「Promeneade Sentimental」이라는

"독립운동으로부터 문화운동에, 문화운동으로부터 사회운동에, 문제는 이렇게 뒹굴었다. 그러나 새로운 운동이 생겨났다고 해서 먼저 운동이 쉬어지라는 것은 아니다."[37] 이미 이때는 문화운동이 사회운동의 새 물결을 타고 나타났고, 그 운동의 중심은 문학운동이었다. 문사 아닌 임정제가 문사에게 향한 발언을 이러한 문맥으로 옮겨 올 필요가 있다. 이 평문은 "문화사(文化社) 일파의 데카당적 경향과 문인회(文人會) 일파의 저널리즘적 경향"이라는 부제를 달고 있다.[38] 문화사 일파와 문인회 일파를 "사상적으로 초월하려는 중간계급적 사상 경향은 조선 사회 상태의 적라(赤裸)한 산아(産兒)"[39]이며 이 산아가 바로 프롤레타리아문학인 것이다. 임정제는 "계급을 초월한 인간, 예술이 있을 수 없다"[40]는 단정에서 출발한다. 신흥혁명예술운동자야말로 현대 예술의 소유자인 것이며, 그렇지 않은 침체된 자본 계급의 인간·예술을 문단에서 제거할 것을 주장한 것이다. 이러한 주장은 벌써 표면화된 사회운동의 바탕에서 비로소 가능한 것이었다.

팔봉의 초기 논설의 중요한 것은 「지배계급 교화, 피지배계급 교화」(『개벽』, 1924. 1), 「금일(今日)의 문학·명일(明日)의 문학」(『개벽』, 1924. 2), 「피투성이 된 프로 혼의 표백(表白)」(『개벽』, 1925. 2), 「너희

일문이다"(백철, 『조선신문학사조사—현대편』, 백양당, 1949, p. 3).

37) 「점점점 이상해가는 조선의 문화운동」, 『개벽』 권두언, 1924. 2, p. 2.

38) '문화사'파란 곧 『백조』파를 말한다. "문화사란 노작(露雀)의 큰 사업의 포부를 대표하는 출판사의 이름이었는데……"(박영희, 「초창기의 문단측면사」 3회, 『현대문학』, 1959. 11, p. 188). 이에 대한 '문인회'파란 아마도 『폐허』파가 아닌가 한다(염상섭, 「문인회 조직에 관하야」, 『동아일보』, 1923. 1. 1).

39) 임정제, 「문사 제군에게 여하는 일문」, 『개벽』, 1923. 9, p. 29.

40) 같은 글, p. 32.

의 양심에 고발한다」(『개벽』, 1924. 8), 「현 시단(詩壇)의 시인」(『개벽』, 1925. 3~4), 「신춘 문단 총관」(『개벽』, 1925. 5), 「1월 창작계 총평」 (『개벽』, 1925. 2), 「문단 최근의 일경향」(『개벽』, 1925. 7) 등이며, 회월 의 것으로는 「자연주의에서 신이상주의에 기울어지려는 조선 문단의 최근 경향」(『개벽』 1924. 2), 「문학상 공리적 가치 여하」(『개벽』, 1925. 2), 「문학상으로 본 이광수」(『개벽』, 1925. 1), 「창작 비평과 평자」(『개벽』, 1925. 1), 「시의 문학적 가치」(『개벽』, 1925. 3), 「고민문학의 필연 성」(『개벽』, 1925. 7) 등이다.

팔봉 논설의 특질은 '감각의 혁명'에 있고, 회월의 그것은 '현실 고통'의 문제 제기에 있음이 드러난다. 전자는 필치의 예리, 호소력과 함께 대상에 대한 분석 정신이 번뜩이고, 후자는 관념적이며 다분히 급진적임을 보여주고 있다. 양자의 초기 이론을 아래에서 비교해보기 로 한다.

팔봉은 "감각의 혁명은 금일 제일착으로 행하지 않으면 안 된 다"[41]고 보고 이러한 인간 개조 위에 작가는 금일 명일의 문학을 위해 전진해야 하는데, 그렇다면 슬프게도 선전 문학이 되지만, 그래도 해 보자고 주장하고 있다.[42] 프로문학의 미(美)를 규명한 「피투성이 된 프로 혼의 표백」은 팔봉 평론의 한 척도가 된다. 문학은 생활 의식에 서 형성되는 것이다. 사회 상태의 변천은 계급의 대립을 낳았고, 여기 서 생활이 분열되고 따라서 생활 의식의 분열이 오며, 이 생활 의식의

---

41) 김기진, 「금일의 문학·명일의 문학」, 『개벽』, 1924. 2, p. 52.
42) "내가 문학이 단지 선전문으로만의 작용을 하는 것을 슬퍼하는 정도는 예술지상주의자 를 슬퍼하는 정도보다 못지 아니한다는 말을 해둔다. 참말로 슬퍼할 일이다. 그러나 탄식 할 것은 아니다. 해보는 것이다. 성취하는 것이다"(같은 글, p. 54).

분열은 필연적으로 미의 분열을 초래하는바, 그 결과 "기교(技巧)의 미를 찾고 인종(忍從)의 미를 설하는 것이 부르주아 미학이면, 반대로 정의미(正義美) 반역의 미를 고창하는 것이 프롤레타리아의 미학 미감(美感)"[43]으로 나타난다. 즉 부르주아는 모든 것을 긍정하는 데서 출발하는 데 반해 프로는 사회악을 부정 혹은 부정하는 준비로 출발한다. 전자가 기교적, 말초신경적, 유희적이라면 후자는 정세적, 전투적임을 강조한다. 이 주장은 프로문학의 내용 항목에 대한 언급에 불과하다. 그렇더라도 태도에 대한 미학의 도인(導引)은 프로문학의 한 유파로서의 의의를 드러나게 한 것이다.

팔봉의 다른 한 발자취는 프로문학의 소재관(素材觀)을 들 것이다. "계급 공기(空氣)며 계급 음료수라는 것이 존재할 가능성이 없는 것과 마찬가지로 계급문학이란 것도 존재치 못할 것"[44]이라는 김동인의 발언이 있기 전에 미리 이에 대한 답변을 제시하고 있다. "강아지 문학 도야지 문학과 같다는 것은 그 근본이 오류다. 계급문학이란 본질적 경향적 문제로, 결코 피상적 제재 문제가 아니다."[45] 그것은 '작가가 프로의식을 가지고 작품을 제작하느냐 아니냐가 그 근본 문제'인 것이다. '피투성이의 프로 혼(魂)'에다 분석 정신을 지닌 팔봉은 이후 월평에서 그의 본령을 발휘한다.

한편 회월은 고통의 극복에 초점을 둔다. '신경향파'라는 말을 창안한 회월은 종래의 문학은 자연주의이며, 신경향인 프로문학은 신이상주의라 하여 이것은 "소극적 비관주의가 아니고 적극적 인생의 긍

---

43) 김기진, 「피투성이 된 프로 혼의 표백」, 『개벽』, 1925. 2, p. 48.
44) 김동인, 「예술가 자신의 마지못할 예술욕에서」, 『개벽』, 1925. 2, p. 48.
45) 김기진, 「피투성이 된 프로 혼의 표백」, 같은 글, p. 45.

정"이라 규정하고, "우리 현 상태는 문예가 우리의 생활을 창조한다는 것보다는 우리의 생활이 우리의 문예를 창조한다는 것"⁴⁶⁾이라는 문예관을 세우려 했다. 계급이 투쟁하는데 문학이 그냥 있을 수 없고 "시대정신의 공리적(公利的) 부분인 무산문예의 혁명적 사상"⁴⁷⁾에 닿아야 한다는 것이다. 이러한 이론이 치밀하지도 않고 체계화되지도 못하고 있으나 고뇌의 해부에는 회월의 분석적 정신이 엿보인다. 「고민문학의 필연성」이 특히 그러하다. "고민기엔 읍울(鬱) 외에는 암흑"뿐인데 이것은 곧 회의와 부정으로 발전하며 그로 인해 사회생활은 진화하게 된다. 문학은 사회적 생활을 원인으로 한 그 시대의 이상이므로, 문학운동의 가치 문제는 활동의 적극화에 있음을 말하고 있다.⁴⁸⁾

이로 보면 회월은 팔봉의 보조적인 데서 더 나아가지 못하고 있음을 알 수 있다. 그러다가 「문학상으로 본 이광수」(『개벽』, 1925. 1)를 기점으로 해서 점점 이론 면에서 볼셰비키화하여 목적의식론 및 팔봉과의 논쟁을 통해 KAPF의 우이를 잡게 된다.

3. 계급문학 시비론

1923년 이래 팔봉과 회월이 씨를 뿌린 프로문학의 온상이 『개벽』지였는데 이에 대하여 반대하는 측은 『조선문단(朝鮮文壇)』에 집결하였다.

---

46) 박영희, 「자연주의에서 신이상주의에 기울어지려는 조선 문단의 최근 경향」, 『개벽』, 1924. 2, p. 96.
47) 박영희, 「문학상 공리적 가치 여하」, 『개벽』, 1925. 2, p. 51.
48) 박영희, 「고민문학의 필연성」, 『개벽』, 1925. 7, pp. 64~65.

이광수 주재의 『조선문단』(1924. 11 창간)은 대부분의 집필자가 비·반 계급문학자로, 이른바 민족주의 진영으로 의식화된 것이다. 그 집필자는 춘원, 횡보, 월탄, 전추호(田秋湖), 김동인, 주요한, 주요섭, 김소월, 오천원, 이동원, 나빈, 양백화, 백주, 이병기, 최서해, 이은상, 조운, 양주동 등으로서 프로 측의 팔봉, 회월, 이기영, 한설야(韓雪野), 조명희, 이익상, 이상화, 송영(宋影), 최승일(崔承一) 등과 대립하게 된다. 이러한 대립은 자연발생적인 현상으로 보인다. 이 양자의 문단적 대립이 표면화된 것은 1925년 2월 『개벽』지의 특집 「계급문학 시비론(是非論)」에서부터이다. 이 특집에 동원된 문인은 프로 측에서는 팔봉, 회월, 석송, 월탄이고, 반대 측은 횡보, 나빈(羅彬), 춘원, 김동인 도합 8명의 구성을 보인다. 이 특집은 아마도 회월의 기획인 듯하며[49] 프로 측이 공격적이라면 부르 측은 수동적이며 단편적, 상식적이라고 할 수 있겠다.

　팔봉과 회월의 소론(所論)은 서상(敍上)에서 언급되었으므로 이번엔 석송과 월탄의 소론을 살펴볼 필요가 있다. 석송 김형원(金炯元)은 일찍이 휘트먼에 경도된 바 있는 민중주의적 시인으로, 설사 프로 측에 서긴 했지만 "사람에게는 계급이 없다"[50]고 본다. 그러나 이 계급이 생긴 이상 마땅히 싸울 것이나 그렇더라도 계급의 이익보다는 전 인류의 생존을 중시해야 할 것 같다는 회의를 보였고, 일찍이 '역(力)의 예술'을 주장했던 월탄은 "문학은 인생의 그림자요 인생을 떠나서

---

49)　"나는 먼저 계급문학에 대하여 세상의 여론을 일으키려는 목적으로 동지(同誌) 1925년 2월호를 「계급문학 시비론」으로 특집을 내어보았다"(박영희, 「초창기의 문단측면사」 4회, 『현대문학』, 1959. 12, p. 263).

50)　김석송, 「계급을 위함이냐 문예를 위함이냐」, 『개벽』, 1925. 2, p. 46.

는 문학이 없다. 계급이 있는 인생인 이상 문학에도 확실히 계급이 있을 것"[51]이라 하여 두 계급의 문학은 시대에 따라 서로 교체한다고 봄으로써 절충적 입장을 보였던 것이다.

비프로 측의 소론 가운데 가장 치밀한 이론은 횡보의 것이며, 나머지는 한갓 비유에 그쳤고, 김동인 같은 논리 이전의 한갓 기지(機智)에 떨어진 소론도 볼 수 있다.

춘원은 "나는 계급을 초월한 예술의 존재를 믿습니다"[52]라는 일구(一句)로 설진(說盡)하고 있다. 작가를 거미에 비유하여, 거미로 하여금 명령할 수 없는 것과 같이 계급문학을 절규함은 비평가의 소리일 뿐 큰 수익은 없으리라는 것이다. 작가를 거미에 비유한 사실 자체가 춘원의 이론적 패배를 의미한 것이라 할 수 있을 것이다. 나도향은 프로문학이 일어난 것을 당연한 사실로 보지만, "문학은 인생의 전부를 내놓을 수 없는 것이므로 반드시 부르니 프로니 할 수는 없다"[53]는 입장이었다. 이와는 달리 가장 분석적이며 이론가다운 반프로 측의 효장은 횡보였다. "소위 예술이니 인생을 위한 예술이니 하지만 그 어느 견지로든지 예술의 완전한 독립성을 거부할 수 없다"[54]고 그는 단정한다. 경향, 주의, 유파 따위가 작가와 작품을 지배하는 주형(鑄型)이 아닌 이상, 유파에 대한 질문은 작가 쪽에서 볼 땐 무의미하다는 것이다. 작품이 완성된 뒤에 무슨 주의, 파라 평가함은 자유이며 따라서 작

---

51) 박종화, 「인생 생활에 필연적 발생의 계급문학」, 『개벽』, 1925. 2, p. 49.
52) 이광수, 「계급을 초월한 문학이라야」, 『개벽』, 1925. 2, p. 55.
53) 나도향, 「부르니 프로니 할 수는 없지만」, 『개벽』, 1925. 2, p. 54. 그 후 나도향은 "예술이란 좋은 의미로든지 나쁜 의미로든지 절대로 구속을 거절한다"(『동아일보』, 1926. 1. 1)라는 강경한 태도를 보이게 된다.
54) 염상섭, 「작가로서는 무의미한 말」, 『개벽』, 1925. 2, p. 52.

품 이전과 이후를 별개의 것으로 본 것이다. 문학론의 핵심을 개성의 발현에다 두는 염상섭으로서는 예술의 자율성을 내세운 것은 당연한 일이나, 작가가 소재에 대하는 태도와 생활 의식이 작품을 결정한다는 사실을 오인 또는 등한시하고 있음을 볼 수 있다.

이상의 「계급문학 시비론」은 프로 측의 기획에 의해 제시되었고, 프로 측의 이론이 훨씬 분석적이었고, 따라서 설득력이 있었다. 반면, 부르 측은 횡보를 제하고는 한결같이 단편적이며 비유적이었다. 이러한 사실로 미루어볼 때, '뿔르' 또는 '부르'라 불린 민족주의문학자의 자기의식은 프로문학자에 의해 비로소 자각된 것이다.

제2절 조직

1. 염군사

프로문학은 운동으로서의 조직론의 우위를 갖고, 이에 따라 전개되었으므로 평론의 상당한 부분이 조직론에 관계되어 있음을 보여주고 있다.

염군사(焰群社)는 1922년 9월 이적효(李赤曉), 이호(李浩), 김홍파(金紅波), 김두수(金斗洙), 최승일, 심대섭(沈大燮), 김영팔(金永八), 송영 등이 조직한 최초의 프로문화 단체인데 그 강령은 "본사는 해방문화의 연구 급(及) 운동을 목적으로 함"[55]으로 되어 있다. 『염군(焰群)』이라는 경향적 잡지는 2호까지 편집되었으나 미간(未刊)에 그치고 말았는데,[56] 이 단체는 사회적으로 알려지지 않은 좌익 문학 청년 집단이었으며, 팔봉, 회월에게 자기들과 합동하기를 제의했으나 거절당한 것으로 알려져 있다.[57] 염군계와 파스큘라계는 처음부터 "미묘한 불화"[58]가 있었고, 결과적으로는 전향축(轉向軸)의 체질을 여기서 엿볼 수도 있을 것이다. 염군사는 파스큘라계보다는 사회적 명성이나 문예에 대한 역량이 훨씬 얕았고, 후자가 해외 유학에서 돌아온 문사들임에 비하여 전자는 모처럼의 조직이 유야무야해진 뒤에야 유학의 길을 떠나 문학 수업을 하게 되며[59] KAPF 조직에서 이들은 파스큘라와 만나게 된다.

2. PASKYULA

파스큘라의 조직 연월은 이설이 있기는 하나 1923년으로 보는 것이 타당할 듯하다.[60] 박영희, 안석영(安夕影), 김형원, 이익상, 김기진, 김

---

55) 앵봉산인(鸎峯山人, 송영의 호),「신흥 예술이 싹터 나올 때」,『문학창조』, 1934. 6, p. 70;
     「조선프로예술운동소사」,『예술운동』창간호, 1927. 11, pp. 60~61.
56) 『염군』지 목차.
     1호(미간): 적효(시「지새는 새벽에 어린애 죽었어요」), 홍파[소설「광도(狂盜)」], 송영(소
     설 미상), 이호[시「가로(街路)를 넘어서」], 박세영[시「양자강반(揚子江畔)에서」].
     2호(미간): 송영[희곡「백양화(白洋靴)」], 홍파(소설「어둔 마을」), 기타.
57) 박영희,「초창기의 문단측면사」4회,『현대문학』, 1959. 12, p. 264.
58) 조연현,『한국현대문학사』, 인간사, 1961, p. 415.
59) "이호는 일본으로 박세영은 중국으로……"(임화,「외우 송영 형께」,『신동아』, 1936. 5, p.
     273).

복진(金復鎭), 연학년(延鶴年) 등의 두문자(頭文字)를 따서 명명한 이 조직은 일종의 문예 단체로서 중견 문인들의 집단이다. 염군사가 문단 외적 현상이라 한다면 파스큘라는 문단적 현상에 가까운 편이다. "일언으로 말하면 염군이 비교적 높은 사회적 관심과 좀 얕은 문화적 교양을 가지고 있던 대신 파스큘라는 사회적 관심에서 전자에 미급했고 문화적 교양에 있어서는 높았다"[61]고 알려져 있다. 또 염군사는 다른 생활을 거쳐 문학에 돌아온 데 대하여 파스큘라는 처음부터 문학의 길을 걸었음을 지적할 필요가 있다. 파스큘라 자체의 대외적 활동으로는 문예 강연회를 가졌다는 점이다.[62]

3. KAPF

'조선프롤레타리아예술가동맹'을 약칭하여 KAPF('Korea Artista Proletaria Federatio'라는 에스페란토 성어)라 통칭하는데, 이 명칭이 일반화된 것은 1927년 소위 방향전환 이후부터이다.[63] KAPF의 결성 연대는 구구불일(區區不一)이나 1925년 8월이 옳은 듯하다.[64] 그렇다

---

60) 김기진의 「나의 문학청년 시대」(『신동아』, 1934. 9)에 의하면 1924년 10월로 되어 있으나 임화, 백철, 앵봉산인 등의 기록은 1923년으로 되어 있다.
61) 임화, 「외우 송영 형께」, 『신동아』, 1936. 5, p. 275.
62) 천도교기념관에서 파스큘라 주최로 '문예강연 및 시각본(詩脚本) 낭독회'를 가졌는바 연제 급 연사는 다음과 같다. 「서적 이전과 이후」(김석송), 「저널리즘과 문예」(민우보), 「문예의 시대성」(이성해), 「이별하는 이」(이상화), 「체호프 연구」(박회월), 「잡감단편(雜感斷片)」(김기진), 「제목 미정」(김억), 「제목 미정」(박월탄), 「월출(月出)·각본」(연학년), 「제목 미정」(안석주) 등이다(『동아일보』, 1925. 2. 8).
63) 김기진, 「한국문단측면사」 완, 『사상계』, 1956. 12, pp. 64, 197.

면 이 연대는 RAPP나 NAPF보다 동계 명칭상으로는 더 지속적인 것이다. KAPF는 염군계와 파스큘라계의 합동이며 그 구성원은 박영희, 김팔봉, 이호, 김영팔, 이익상, 박용대(朴容大), 이적효, 이상화(李相和), 김온(金), 김기진, 안석영, 송영, 최승일, 심대섭, 조명희, 이기영, 박팔양(朴八陽), 김양(金陽) 등이다. KAPF의 사회적 거취가 분명해진 것은 1926년 『문예운동(文藝運動)』이라는 준기관지를 발간한 이후로 봄이 통설이다.[65] 그 변모 과정을 보이면 다음과 같다.

1) 제1차 방향전환

KAPF는 1927년 9월 1일 방향전환을 조직적으로 결정한 역사적인 맹원 총회를 개최하여 문호 개방, 지부 설치에 의해 조직 확장을 시도한바 있다.[66] 제1차 방향전환이란 종래의 자연발생적 단계에서 목적의식을 뚜렷이 파악하여 활동함을 의미한다. 여기에 『제3전선(第三戰

---

64) KAPF의 조직처(組織處)는 관철동 이인(李仁) 아우 집으로 알려져 있으며, 회월과 팔봉이 쓴 여러 편의 회고록에서 KAPF 결성 연대가 각기 다르다. 그러나 앵봉산인의 「조선프로예술운동소사」(『예술운동』, 1927. 11) 및 전주 사건 공판 기록(『조선중앙일보』, 1935. 10. 2)에 의하면 1925년 8월 23일로 되어 있다. 또 하나의 자료는 김태준의 「조선소설발달사」(『삼천리』, 1936. 1)인데, KAPF는 1925년 8월 23일에 결성되어 1935년 5월 21일에 해체된 것으로 되어 있다. KAPF를 염군계와 파스큘라계의 합동으로 볼 수 있는데, 전자를 따로 '북풍회'(송영, 이적효, 김영팔, 이호), 후자를 '서울청년회'(김복진, 박영희, 임화, 윤기정, 한설야, 박팔양, 이익상, 최승일, 안석주)라 하기도 한다. 한편 조선총독부 경무국에서 낸 『고등경찰보』 제1호(부록)에 의하면 10월로 되어 있으나 믿기 어렵다.

65) 백철, 『조선신문학사조사 — 현대편』, p. 80.

66) 이 대회는 그 규모가 가장 크고 역사적인 것이었다. 박영희가 회장이었고, 100여 명의 맹원이 참석한 것이다[임화, 「평정(平靜)한 문단에 거탄(巨彈)을 던진 신경향파」, 『조선일보』, 1933. 10. 5~8]. '조선프로예술동맹 전국대회'는 1928년 8월 26일 개최될 예정이었는데 이때의 대회 준비회장은 김기진이었고, 서무에 윤기정, 임화, 회월, 재무에 최학송(최서해), 조중곤, 이기영이었다(『동아일보』, 1928. 8. 11). 실시 여부 미확인.

線)』을 들고나온 도쿄 유학생인 조중곤(趙重滾), 김두용(金斗鎔), 한식(韓植), 홍효민(洪曉民), 이북만(李北滿) 등이 등장한다. 초기 KAPF 구성원은 예술적 기능인이었으나 조직 확대 이후 비예술인이 많이 섞여들었다는 것은 의미 있는 일이다.[67] 제3전선파는 도쿄에서 『개척(開拓)』 동인과 함께 예맹(藝盟) 도쿄지부를 조직하였다. 표지에 '조선 프롤레타리아'라 서명한 그들의 기관지 『예술운동(藝術運動)』 1호(1927. 11. 15)가 도쿄에서 인쇄되어 나오자마자 압수되었고,[68] 그 익년 2호가 나올 때 도쿄와 서울 간의 의견 차이로 종간된다. 과감한 이론 투쟁, 소작 운동, 대중 투쟁을 아울러 병행한다는 이 제1차 방향전환론은 신간회(新幹會)[69]에 자극된 바 있다.

2) 제2차 방향전환

1931년을 전후한 제2차 방향전환의 외적 자극은 아마도 '신간회' 해체에서 찾을 수 있을 것이며, 내적 자극은 팔봉이 주장하고 나선 프로문학 대중화에 대한 극좌적 소장파의 안티테제에서 찾을 수 있다. 대중화란 객관적 정세의 어려움에 의한 프로문학의 구제책으로 "먼저 목

---

67) 「최근 문예이론의 신전개와 그 경향」(『동아일보』, 1934. 1. 2~16)에서 회월은 볼셰비키화의 요인으로 이 점을 들고 있다.

68) 『예술운동』 1호 목차(「평정한 문단에 거탄을 던진 신경향파」에서 재인용): 「무산계급에 대한 논강(論綱)」(본부 초안), 「무산계급 문예운동의 정치적 역할」(박영희), 「일본 프롤레타리아예술연맹에 대하여」(中野重治), 「예술운동의 방향전환론은 과연 진정한 것이었다」(이북만), 「노농 러시아(露西亞)×× 10주년 기념」(장준석), 「담(曇) 1927」(시 임화), 「××처녀지에 드리는 송가」(시 홍양명), 「앞날을 위하여」(소설 윤기정), 「×앗기고만 살까」(소설 조중곤), 「모기가 없어지는 까닭」(아동시 송영).

69) 조선민족 단일당(單一黨)으로 1927년 2월에 발족, 1931년에 해체됨. 계급주의와 민족주의의 정치적 단일화는 외세와 내분에 의해 해체된다. 서론의 '주 4' 참조.

52   제Ⅰ부 프로문학운동을 중심으로 한 문예비평

적을 교묘히 달(達)하는 수단으로 재미있게 평이하게 대중이 친할 만큼"⁷⁰⁾ 오락적 요소를 내포해야 한다는데, 이러한 타협안을 거부한 극좌파는 '전투하는 계급의식'으로 대결한다. '전위의 눈으로 사물을 보라'와 '당(黨)의 문학'의 두 명제로 요약되는 극좌파는 도쿄에서 돌아온 안막(安漠), 김효식(金孝植, 金南天), 임인식(林仁植, 林和), 권환(權煥) 등이 중심분자였다. 이에 대해 구(舊) KAPF 측은 침묵을 지켰을 뿐이었으니, 이때부터 KAPF의 실권은 임화에게로 넘어가게 된다.⁷¹⁾

3) 전향축·비전향축·제3세력

초기 KAPF는 파스큘라계가 리드했으나 방향전환과 더불어 파스큘라계의 자유주의적 색채가 표면화된다.⁷²⁾ 이 틈을 타서 도쿄파가 조직의 주도권을 쥐게 되는바, 이것은 옛 염군사계의 정신적 승리로 볼 수도 있을 것이다.⁷³⁾ 이것이 소위 비전향축의 핵심이 된다. KAPF의 이러한

---

70) 김기진, 「프로시가의 대중화」, 『문예공론』, 1929. 6, p. 109. 팔봉은 또 이렇게도 주장한 바 있다. "우리는 처음부터 '작용'할 수 없고 '성장'할 수도 없는 것을 가지고 프롤레타리아 예술이라 하지는 않았다."

71) 1929년부터 임화의 전면적 활동이 비롯한다. 「네거리의 순이」(『조선지광』, 1929. 1), 「우리 오빠와 화로」(1929. 2) 등의 애상적·낭만적 시를 썼고, 팔봉의 변증법적 사실주의 속에 숨어 있는 우익적 편향을 적발하고, 동 7일 도쿄에서 귀국했다. 팔봉과의 논전은 「탁류(濁流)에 항(抗)하여」라는 것이었고, 1930년 여름 『중외일보』의 「프로예술운동의 당면한 중심적 과제」 이후로 그는 KAPF의 실질적 지도자가 되었으며, 1931년 3월 27일 KAPF 확대대회 때는 완전한 지도자의 입장이었다(김남천, 「임화에 관하여」, 『조선일보』, 1933. 7. 22). 실권은 임화에게 넘어갔으나 명의상으로 회월은 의연 KAPF의 간부로 되어 있었으며, 사표는 받아주지 않았고, 또 제출할 데가 없게 되어 드디어 회월은 전향 논문을 썼다는 것이다(박영희, 「초창기의 문단측면사」 최종회).

72) 김기진의 「대중소설론」(『동아일보』, 1929. 4. 14~20)이 그러한 우경(右傾)의 지목을 받았다.

73) 송영, 이기영, 한설야 들은 토착적 기질이 짙어 지하(地下)적·음성적인 것에 통할 수 있었던 듯하며, 소장파는 상당한 재질을 지닌 자도 있어, 과격할 수 있었던 것이 아닌가 추측

이원적 구조 틈에 제3세력이 깃든 바 있는데 세칭『군기(群旗)』파가 그들이다.『군기』는 KAPF의 기관지로 타협을 보아 개성지부에서 양창준(梁昌俊), 이적효, 엄흥섭(嚴興燮) 등 KAPF에 대한 불평분자의 세력이 모여 출간한 것인데, 이 사건은 이들과 KAPF 본부와의 욕설에 가까운 성명서 공방으로까지 발전한다.[74] 결국 염군사를 이은 소장 극좌파가 KAPF를 이끌고 해체 때까지 견디게 된다.

4) 제1차 검거

1931년 2월에서 8월까지 70여 명이 검거되었는데 이것은 신간회 해체, KAPF의 볼셰비키화, 동북사변(만주사변) 등이 간접적 원인이며 직접적 원인은 이북만 등이 도쿄에서 출판한『무산자(無産者)』를 안막 등이 국내에 유포하다가 발각된 것, 박영희가 신간회 경기지부 해소 위원장이 된 것,「지하촌(地下村)」이란 영화 사건 등이다. 그 결과 김남천, 고경흠(高景欽) 등은 유죄 판결, 나머지는 불기소된 바 있다.

5) 제2차 검거

1934년 2월부터 12월까지 80여 명이 검거되었는바, 이것은 KAPF의

된다. KAPF 도쿄지부 및 NAPF 내의 조선인 조직은 '무산자(無産者)', '동지사(同志社)', '선협(鮮協)', '우리 동무', 기타 연극 단체가 있었다. 이에 대한 자료 정리는 김정명(金正明)이 편찬한『明治百年史叢書·朝鮮』(原書房) 제4권 제1편에 자세히 되어 있다.

74) 『군기』는 1931년 7월 20일에 발간되었으며, "프로예술운동의 투쟁적 분자에 의하여 노동자 농민 대중잡지로『군기』를 발간"(p. 13)함을 선언했다. 그 주동자는 민병휘(閔丙徽)였으며, 개성지부는 그의 개인의 회(會)에 불과했기 때문에 중앙 카프와는 물론 개성지부 내에서도 갈등이 있었다. 민병휘 일파를 "반카프적 행동으로 보고 쇄신동맹을 감행하려는 본부로부터 제명"함에 대해 개성지부의 김용길은 찬성하고 있다(김용길,「반 카프 음모 급『군기』에 관련된 문제」,『이러타』, 1931. 9).

연극 단체인 '신건설(新建設)'의 삐라를 가진 학생이 전북 금산에서 발각되었음이 직접적인 원인으로 되어 있으나, 이미 이때는 내외 정세가 프로문화운동을 용납하지 않았다. 1935년 12월 21일, 박영희 등 4명은 유죄 판결, 나머지는 집행유예로 석방된다.

6) 내분과 전향축

KAPF의 몰락 원인이 객관적 정세뿐만 아니라 자체 내부의 약점에 기인함이 크다는 것은 초기부터 수차 논의된 바 있다. 그 내분을 다음과 같은 단계별로 볼 수가 있다.

첫째, 팔봉이 형식우위론(型式優位論)을 1927년에 내세워 회월과 격렬한 논쟁을 벌인 것을 들 수 있다. 이 논쟁은 표면상으로는 팔봉이 회월에 머리를 숙인 것으로 되어 있으나 만족할 만한 문제 해결이 아니었다.

둘째, 1931년 소장 극좌파의 볼셰비키화에 대한 구 KAPF과 팔봉, 회월의 애매한 태도.[75]

셋째, 1934년 박영희의 전향선언.[76]

KAPF 해소에 대한 대담한 논의가 조직의 한 구석에서 대두하기까지에는 도쿄 문단의 자극을 무시할 수가 없다. KAPF 해소를 최초로 제의한 자는 맹원인 이형림(李荊林, 李甲基)인데 그의 소론은 다섯 항목

---

75) 권환은 「조선 예술운동의 당면한 구체적 과정」(『중외일보』, 1930. 9. 1~16)에서 이것을 '우익적 복본 박사식(福本博士式)'이라 비난한 바 있다.

76) 박영희, 「최근 문예이론의 신전개와 그 경향—사회사적 급(及) 문학사적 고찰」(『동아일보』, 1934. 1. 2~11) 및 「문제 상이점의 재음미—김팔봉 군의 문예시평에 답함」(『동아일보』, 1934. 2. 14~19).

으로 요약될 수 있다.[77] (1) KAPF는 실제에 있어 조선의 프롤레타리아와는 동떠 있으며, (2) 종파적 알력과 구래의 악습인 조직이 목내이화(木乃伊化)하여 신기운(新氣運)의 숨을 막았으며, (3) KAPF가 대중운동의 조직에서 이탈하여 프로 문사(文士)의 등록부의 구실밖에 하지 못하며, (4) 종파화되어 신진 작가의 진출 불가능, 지도부의 관료화, (5) 사회의 급전환으로 변증법적 창작방법이 폐기에 이른 것 등이다. 요컨대 KAPF는 극단적 종파주의로, 가장 자유로워야 할 문예의 활동성을 대부분 억압하였으며, 모든 누적된 오류가 객관적 압력에 의해 KAPF의 정신 자체의 붕괴를 유발한 것이다. '목내이화한' 조직의 재정비를 위해서도 KAPF는 해소되어야 한다는 주장이다.

이러한 상태에서 (1) 회월과 신유인(申唯仁)이 탈퇴했고, (2) 팔봉이 회월을 반박하는데 겨우 용어 비판에 급급했을 따름이었고, (3) 백철(白鐵)이 인간론을 주장하다가 '비애(悲哀)의 성사(城舍)'를 빠져나갔고, (4) 김남천은 관념론에 도피했으며, (5) 송영, 이기영, 한설야, 윤기정(尹基鼎)은 극히 애매한 태도였고, (6) 이 속에서 낭패한 것은 임화였다. 조직 면에서 신뢰하고 있던 이갑기가 해소를 주장했을 때 임화는 이동구(李東九), 홍구(洪九) 등이 이끄는 『아등(我等)』파를 맞아 KAPF를 재조직하려 했으나 이들은 너무 미약했다. 이보다는 연극부의 김승일 중심의 『신건설』 세력이 일관성 있게 나갔으나 이들은 이 무렵에 옥중에 있었던 것이다.[78]

회월과 신유인이 탈퇴원을 제출했을 때, KAPF 중앙집행위원회는

---

77) 이형림, 「예술동맹의 해소를 제의함」, 『신동아』, 1934. 7, pp. 184~88.
78) SK생, 「최근 조선 문단의 동향」, 『신동아』, 1934. 9, p. 149.

이를 보류한 바 있는데 그 전말은 다음과 같다.

본 동맹 내에서는 양 군(兩君)의 탈퇴가 하등 조직인의 의미의 분규를 상반(相伴)치 않고 또 현재 동맹 내에는 조그만 내분이나마도 없다는 것을 본 중앙위원회는 확인하고 또 이것을 천명할 필요를 느낀다. 박영희와 신유인의 탈퇴원은 개인 사정이라고는 하나 그 후의 박영희의 언동 또는 동 군(同君)이 『동아일보』 신년호 지상에 발표한 주문(主文) 「최근 문예이론의 신경향과 전개」 등을 중심으로 보건대 그가 카프의 현 지도부와 또 그 일반적 방침에 대한 불만과 그것에 대한 일정한 비판적 견지에서 나옴이라는 것은 이미 명백한 일이다. 신유인은 하등 구체적 의견을 볼 수 없으나 박영희와 동일하다. 박영희는 그 행동이 창당인(創黨人)의 일원으로서 적당치 않다. 운동을 위한 의견과 운동에 적대하는 의견을 구별치 못하고, 또 승려적(僧侶的) 참회와 진정한 자기비판을 혼동하고 있다. 박영희는 그 기본적 견해가 오해된 점도 있으나 우리 운동에 대한 비판은 인정하고 또 필요를 느낀다. 이것은 우리 동맹 전체의 문제이므로 이 문제를 광범위하게 토론하기 위해 박영희와 신유인을 보류한다.[79]

여기서 두 가지 사실을 지적할 수 있으니, 그 하나는 그때의 KAPF 중앙위원회[80]이며 다른 하나는 박, 신의 탈퇴원으로 인해 야기된 KAPF

---

79) 카프 서기국, 「카프 중앙집행위원회 결의문」, 『우리들』, 1934. 3, pp. 2~3.
80) 이때 카프 중앙위원 부서는 다음과 같다. 문학부(이기영, 김기진, 송영, 권환, 백철, 이갑기, 이동규), 연극부(나웅, 이상춘, 김욱, 고영, 홍구), 미술부(박진명, 이갑기, 이상춘), 영화부(전평, 나웅, 박완식).

내부의 자기비판을 엿볼 수 있다는 것이다. KAPF 중앙위원의 부서가 이때까지도 건재했다는 사실은 이 운동의 조직성을 새삼 인정케 한다. KAPF 서기국(書記局)의 자기비판은 "프로문예운동의 기본적 결함 특히 종파주의의 청산, 특히 비평에 있어서의 정치와 예술의 추상적 견해, 창조적 활동의 부진의 타개, 창작방법론의 재검토와 전 운동(全運動)으로 지배하는 정치주의의 변향"[81] 등의 항목을 문제 삼았던 것이다. 이것은 그의 전향 논문에서 회월이 지적한 것과 일치한다. 이러한 서기국의 태도는 방향전환 직후, "프로예술운동이 작품 운동이 아닌 다음에야 어찌 작품만으로 운동의 본질을 삼겠는가"[82]라는 입장과는 현격한 차이를 볼 수 있게 한다.

　해소와 해산의 용어상의 시비[83]에까지 나아간 이 논의는 벌써 막다른 길목이었다. 드디어 임화는 조직을 버리고, 순문학 비평가로 전향하게 된다.

7) 해산

1935년 5월 21일 김남천, 임화, 김팔봉의 협의하에 김남천이 경기도 경찰부에 해산계(解散屆)를 제출함으로써 KAPF는 RAPP나 NAPF계보다 단일 명칭으로서 이합(離合) 없이 오래 견딘 것이다. KAPF 해산으로 인해 야기된 몇 개의 평문이 있다. 학령산인(鶴嶺山人)의 「카프 해산과 문단」(『조선중앙일보』, 1935. 6. 5~12), 엄흥섭의 「카프 해산의 생물학적 의의」(『조선중앙일보』, 1935. 6. 5), 신고송(申孤頌)의 「카프 해산

---

81)　『우리들』, 1934. 3, p. 3.

82)　윤기정, 「문예시평」, 『조선지광』, 1928. 10, p. 72.

83)　박승극, 「조선 문학의 재건설」, 『신동아』, 1935. 6, p. 134.

후의 문단」(『조선중앙일보』, 1935. 11. 15) 등이 그것이다. 학령산인은, 카프 해산을 가장 즐거워할 자는 (1) 해외문학파의 정인섭 등, (2) 구계(舊系)의 신유인, 박영희, (3) 군기계의 이갑기, 한효(韓曉), 박승극(朴勝極) 등 해소론자라 했다.

8) 일본 측 조직 변모와의 관계

KAPF 소장파의 실권 장악 및 구파에 대한 저항적 자세와 구파의 후퇴는 조직론의 방사적 발원체인 NAPF의 즉각적 반응으로 보아야 될 것이다.

　1927년경 NAPF는 목적의식을 둘러싸고 아오노 스에키치(青野季吉), 하야시 후사오(林房雄)로 대표되는 구파와 가지 와타루(鹿地亘), 나카노 시게하루(中野重治) 등으로 대표되는 소장파로 대립되어, 경험 위주의 전자가, 급진적인 후쿠모토주의(福本主義)[84]의 실천을 주장한 후자에 의해 패배당한 것으로 알려져 있다. 이들 소장파가 보는 예술의 역할은 그 특수한 감동적 성질을 이용, 정치적 폭로에 의해 조직화하여 대중의 진군나팔이 되는 것에 집약된다.[85] 구파가 '사회주의문학도 우선 예술이어야 한다'는 명제에 섰다면 소장파는 '세계를 변혁함이

---

84)　후쿠모토주의(福本主義)란 경제학자 후쿠모토 가즈오(福本和夫)의 이론으로 1926년 3월에서 익년 5월까지 일본 공산주의 운동 분야에 큰 영향을 미쳤다. 그의 명제는 "통합하기 전에 분리하라. 마르크스주의적 요소를 분리해서 재결정하지 않으면 안 된다"이며, 이것은 당시 정당조합, 문화단체의 조직 방침으로 침투되어 처처에 분열을 일으켰고, 특히 청소년 학생 간에서 열광적이었다. 이 지도 이념에 의해 '프로문예'는 첨단화되어 정치지상주의로 되었던 것이다. 이와 대립된 것은 야마카와주의(山川均主義)이다(이석태 편, 『사회과학대사전』, 같은 책, pp. 263~64).

85)　"예술 역할은 그 특수한 감동적 성질에 의한 정치적 폭로이고 조직되어가는 대중의 진군나팔이 되는 것이며"(鹿地亘, 『無産者新聞』, 1927. 2. 5).

간요(肝要)'[86])하다는 명제 위에 선다. 전자에서 팔봉, 회월이, 후자에서 임화, 김남천의 모습이 오버랩 됨은 자연스러운 바 있다. 1932년에 들어서서 NAPF계(1930. 11. KOPF로 개칭)는 객관적 내외 정세, 동북사변, 고바야시 다키지(小林多喜二)의 학살, 구라하라 고레히토(藏原惟人)의 검거, 사노(佐野)와 나베야마(鍋山)의 전향 성명 등에 의해 해체하게 되는데(1934. 2) KAPF의 해소 과정도 이와 유사한 길을 밟는다. 여기서 한국 문인으로 일본 프로문학에서 활동한 문인들을 간략히 살펴보면 다음과 같다.

『라프(ナップ)』지의 김용제(金龍濟)의 「사랑하는 대륙이여(愛する大陸よ)」(2권 10호), 「국경(國境)」(2권 11호), 『전기(戰旗)』지에 실린 이북만(李北滿)의 「조선에 있어서 무산계급예술 운동 과거와 현재(朝鮮に於ける無産階級藝術運動過去と現在)」[창간호, 이 논문은 『전기』의 전신인 『프롤레타리아예술(プロレタリア藝術)』 1928년 4월호에 실린 글의 속편], 이병찬(李炳璨), 김봉저(金鳳苧), 김병호(金炳昊)의 투고 및 김두용의 「조선의 메이데이(朝鮮のメーテー)」(2권 3호), 「가와사키 난투 사건의 진상(川岐亂鬪事件の眞相)」(2권 4호) 등이다. 특히 이 『전기』지는 2권 2호가 표지부터 조선 특집이었고, 김민우(金民友)와 김철악(金鐵岳) 등을 동원하여 『조선 문제(朝鮮問題)』(1930. 6) 별책을 내었다. 그 외 안막, 김두용 등이 『우리 동무』계 및 『동지사(同志社)』계에 깊이 관여한 바 있다. 그 내용은 『프롤레타리아 문예(プロレタリア文藝)』(2권 2호)에

---

86) 中野重治, 「結晶しつつある小市民性」, 『文藝戰線』, 1927. 3, p. 120. 나카노 시게하루와 가지 와타루는 일본공산당의 비밀문화부 파견연락원으로 후쿠모토주의 노선상에 서서 구파인 아오노 스에키치, 하야시 후사오의 미온적 태도에 도전적이었다(片岡良一·中島健藏, 『文學 50年』, 時事通信社, p. 206).

소상히 해체 과정까지 기록되어 있다.

4. 조직론의 논거

"우리는 '예동(藝同)'을 말하기 전에 무산계급의 성질을 간단히 말할 필요가 있다"는 전제 밑에 조직 책임자 회월은 다음처럼 말한다. "무산계급문학이라면 흔히 생각하기를 낭만파 문학이나 자연파 문학이나 이상파 문학과 같이 문학상의 한 유파로만 볼는지 모르나 무산계급의 문학이란 전 계급을 포함하였다는 사이비적으로 광범한 문학은 아니다."[87] 즉 기성 사회에 입각한 평범한 유파가 아니라는 것, 따라서 프로문학은 무산계급적 생활에서 발생하는 무산계급의 투쟁 의식과 문학운동을 일원적으로 봐야 하고, 이 한에서만 의미를 지닌다는 것이다. 무산계급 인식과 그 인식에 대한 이론은 필연적으로 계급의 문학을 출생시키는 것이며, 프로문학이 계급의 영향을 받아 그것을 문학적 가치로서 독립시키려는 것은 아니다. 여기서 KAPF 조직의 논거를 발견할 수 있다. 회월은 KAPF의 기능을 사회적 훈련과 조직 현실의 두 측면으로 나눈다.[88] KAPF는 단지 예술에만 국한된 것이 아니라 예술의 본질적 가치를 제공하는 무산계급 의식을 가져야 한다는 것인데, 물론 이런 주문이 작가 개인에겐 불응의 공론일지 모르나 동맹이라는 집단에서는 가능한 것으로 보았다.

---

87) 박영희, 「무산예술운동의 집단적 의의─조선프롤레타리아예술동맹에 대하여」(『조선지광』, 1927. 3), 『소설·평론집』, p. 98.
88) 같은 책, p. 99.

회월의 이러한 사회와 예술의 일원론적 견해와 대립되는 것은 팔봉이 내세운 이원론이다. "KAPF는 프롤레타리아 예술가의 단체이며, 결코 프로의 정치단체는 아니다"[89]라는 입장에 선 팔봉은, 그러므로 작가의 할 일은 문학 행동이지 정치적, 사회적 행동과는 무관한 것이라 주장하였다. 여기서 흥미 있는 사실은, 조직론의 이원론자는 문예상엔 일원론자라는 점이다. 요컨대 조직상의 이원론자는 그 반대파들이 기성 부르주아 문예관에 안주하고 있다고 선전하지만 오히려 예술의 특수성을 고려한 태도를 지녔다고 봄이 타당할 것이다.

KAPF가 '예술가적 집단'이 아니고, '예술가의 사회적 단결'이라면, KAPF의 조직론이 미묘 복잡해질 것은 충분히 예상된다. 이 점은 동맹원의 선택을 보면 잘 알 수 있다. 우선 무산계급 투쟁 의식만 있으면 맹원 자격이 있는 셈이었고, 그 결과 다음 세 이질적 유형을 볼 수 있다. 개인적 자유주의에 입각한 부류, 집단주의에 입각한 부류, 허무적 공산주의에 입각한 부류가 그것이다. 고쳐 말하면 무정부주의자, 공산주의자, 허무주의자 따위이다. 이 때문에 방향전환 이후, 팔봉 중심의 리버럴리스트, 김화산(金華山) 중심의 아나키스트와 격렬한 논쟁이 KAPF 내부에서 야기된 것이다.

제1차 방향전환기에 접어들자 지도 이념으로 정론성 일변도의 체제가 강화되었고, 그 결과 창작론보다는 조직론이 더 중시되었음은 물론이다. 이런 사정에 대한 증언은 다음과 같다.

조직 문제! 프로예술운동에 있어서 조직 문제란 가장 중요한 문제

---

89)   김기진, 「문예월평」, 『조선지광』, 1926. 12, p. 3.

다. 무수한 투영(投影) 기술자 화가 배우 연출자 등을 어떠한 방법으로 조직하여 어떻게 움직여야 할 것인가, 또는 예술층에 있는 대중을 어떻게 집단적으로 조직할 것이며, 한편으로 ××××××예술층을 ×××예술활동을 하기 위해 먼저 근본 방침을 확립해야 한다.[90]

제2차 방향전환 이후엔 이 조직론이 거의 예술을 배제하는 쪽으로 기울게 된다. 그들의 조직에 대한 원리와 신념은, 조직의 힘이나 질은 구성 요소의 수학적 논리적 총계보다 항상 위대해진다는 데 두고 있다. 즉 그 질이나 힘은 부분의 단순한 집합이나 통계에 합치되지 않는 것으로, 가령 구성요소가 만(萬)이면 그 질(質)은 만보다 훨씬 큰 법이며, 이 경우 마르크스주의자들은 '새로운 강조된 힘'이란 말을 사용한 바 있다. 문예운동의 투쟁도 항상 이 전체적 진출에의 유기적 범위 위에 그 기능의 효용이 결정된다는 데 KAPF 조직의 논거가 세계관상의 의미를 띠었다고 주장된 것이다. 이러한 주장이 예술의 특수 조건을 몰각한 것은 췌언의 여지가 없으나, 한국적 특수 조건을 고려할 때 그 의의를 발견할 수 있다. 그것은 예술도 하나의 조직론상에 올려놓을 수 있다는 가능성을 시도한 것이기 때문이다.

---

90)   윤기정, 「문예시평」, 『조선지광』, 1928. 10, p. 73.

제2장 논쟁—자체 내의 문제점

제1절 마르크스주의 문학론

1. 그들의 문학관

문학을 객관적 시점에서보다 우리와의 어떤 직접적 관계에서 파악하려 할 때엔, 다음 두 견해로 나눌 수 있다. 그 하나는 '거기에 도달하는 점terminus ad quem'으로 보는 입장이고, '거기서부터 출발해가는 점terminus a quo'으로 보는 입장이 그 다른 하나이다. 전자에 있어서는 작품 그것이 예술품이라 불리는 한, 그것 자체로서 완결된 것이므로 우리는 거기에 대해 결점이 있더라도 그것으로 완결된 것으로 보아 하등의 문제도 제출할 수 없다. 즉 예술작품이란 생의 흐름이 하나의 형상으로서 최후적 구경(究竟) 형태를 획득한 것으로, 그 이상의 발전, 수정, 개정을 거부하는 생의 하나의 결정상태definitivum라고 보는 견해이다. 이 견해는 무엇인가 본질적인 것이 우선한다는 전제하에서 출발된 것이다. 이에 반하여 그 작품의 이상을 설정해두고 암암리에 작품을 수정, 개량하는 것으로 보는 것이 후자이다. 작품의 사회적, 역사적, 이데올로기적 요인을 분석해서 이 제 요인과 우리가 처하고 있는 사회적, 역사적, 이데올로기적 제 견해와의 사이에 존재하는 거리를 측정하면 그 결과가 바로 작품의 위치를 결정하는 것이 된다. 이 측정이 평가의 기준인 것이다. 이 경우 그 측정자의 원망(願望), 이상 등의 요인이 개입하기 때문에 수정을 면할 수 있는 작품은 거의 있을 수 없을 것이며, 특히 고전을 평가할 때 이 점이 두드러지게 나타난다. 이러한 관점은 생의 하나의 잠정적 상태provisorium라 할 것이다.

이러한 두 입장을 다른 측면으로 고찰해보면 순문학과 통속문학으로 바꿔놓을 수도 있다. 그것은 저 Poesie와 Literatur의 대립으로, 전자는 순수히 가치 개념을 품는 데 대하여 후자는 그렇지 못하다. 전자가 한 시대의 가장 보편적인 것을 형상화하는 데 목표를 두어 영원한 인간성의 일면을 구명하는 것이라면, 후자는 한 시대의 역사적 양상을 외면적으로 반영하며 그 가상(假像)의 반영과 해석에서 상대적, 유동적 생의 전면을 포착하려는 것이다. 혹은 이렇게 말할 수도 있다. 전자는 한 시대의 표면적 경향을 인간 존재의 영원적인 것에 환원해서 그 보편타당한 것을 시대의 경향과는 비교적 무관하게 추구하는 것으로서 일종의 비정론성(非政論性)을 띤 것이라 할 때, 후자는 사회적 정론성 성격을 짙게 띠는 것이다.[1]

이와 같은 이원적 분류법의 저류에는 전자를 후자보다 상위에 두려는 의도가 담겨 있음을 엿볼 수 있으며, 이로 인해 문학사 기술의 두 방법이 갈라진다. 광의의 문학사를 문예사와 문화사로 나누는 방법이 고안된 바 있다. 문예사는 참된 위대한 시인, 작가를 취급하며 미적 방법을 적용할 수 있으나, 문화사는 범용한 작가는 모방, 보수에 그치기 때문에 단지 역사적 방법에 의해 고찰하면 된다는 것이다.[2] 이러한 태

---

1)   W. Mahrholz, *Literaturgeschichte und Literaturwissenschaft*, 2Aufl, hearb, v. F. Schultz, Leipzig, 1933, p. 18.
2)   B. Croce, *La Poesia*(W. Kayser), *Das sprachiche Kunstwerk*, Francke AG, 6 Aufl., 1960, p. 15.

도의 난점은 위대와 범용의 구별 척도의 곤란에 부딪히지만, 요컨대 이원론으로 전자를 우위에 두려는 의도를 읽을 수 있다.

그러나 한편 이러한 이원론에서 후자를 오히려 우위에 두려는 견해가 금세기 초에 하나의 강력한 스펙트럼으로 나타났는바, 그 대표적인 것이 마르크스주의 문예관이다. 그들은 문학의 본질을 이렇게 규정한다.

> 다른 이데올로기와 마찬가지로 마르크스주의 문학은 계급사회에 있어서 일정한 계급적 기초 위에 성장한 일정한 사회적 의식의 한 형식이다. 인간의 의식 행위 등이 계급적 생활과 계급투쟁의 제 조건에 의해 결정되는 계급사회에 있어서는 모든 의식활동을 내포하여 인간적 사회활동은 계급투쟁의 제 과제에 봉사한다. 임의의 다른 이데올로기와 마찬가지로 문학은 계급적 인식의 한 형태다. 여기에 다른 종류의 이데올로기와 과학과의 사회적 발생과 사회적 기능과의 공통점이 있는 것으로 문학은 이러한 이데올로기와 함께 일반적인 생산적 계급적 기초 위에서 성장한다.[3]

그리고 마르크스주의 문학의 특수성은 언어의 그 형상적(形象的) 성질에서 구해야 할 것이며, 작가의 자기의 사상, 현실에 대한 자기의 태도를 표현함에 있어 그것을 형상에 의하는 점에 문학의 특수성이 있는 것이므로 "예술문학은 사회의식과 현실에 대한 인식과의 특수한 문자

---

3) 콤 아카데미 문학부 편,『문학원론』, 백효원 옮김, 문경사, 1949, pp. 18~19; コム·アカデミー文学部編,『文芸の本質』, 熊澤復六 譯, 淸和書店, 1936, p. 129.

66   제 I 부 프로문학운동을 중심으로 한 문예비평

로 표현된 형상적인 형식"[4]으로 규정되어 있다.

이상에서 보아온 두 인용에서 마르크스주의 문예론의 본질과 특수성이 약간 드러났을 것이다. 마르크스주의 문예이론의 근본 개념은 '형상적 사유(思惟)'에 집약되는데, '형상적'이란 한정사를 뗀 '사유'는 '현실의 계급적 인식'을 의미하는 것이다. 한정사 '형상적'은 문학의 특수성으로서의 언어 기능을 지시하는 것이다. 따라서 '형상적'이란 이 경우 '사유'에 종속적인 상태에 놓여 있음을 드러내는 것이라 할 수 있다.

마르크스주의 문학론이 내용 우위임은 바로 이 계급적 인식으로서의 사유의 우위성과 직결된 것임을 알 수 있고, 이로 인해 내용과 형식 논쟁의 귀결을 예측할 수 있는 것이다. 요컨대 사유가 '현실의 계급적 인식'을 지시하는 것이라면, 그리고 '형상적'인 것보다 '사유'가 우위를 점하는 것이라면 마르크스주의 문학사는 필연적으로 Poesie의 역사가 아니라 Literatur의 역사가 되는 것이다.

그러므로 마르크스주의 문예론의 입장은 필연적으로 문예사가 아닌 문화사 혹은 고유명사 없는 문학사가 되는 셈이다. 여기서는 삼류 작가를 무시하고서는 성립되지 않는다. 설사 미적 가치가 적거나 그 형식이 미숙하며 덜 형상적인 작품일지라도 역사 분석의 플랜에 의한 계급의 문학적 발전 경향을 이끌며 그 성장을 특색 짓는 까닭에 필요한 것이다. 물론 이 방법은 한 사조의 대량성에 의해 특징지어진 과거 시민계급의 문학에 관해서도 필요한 것이다. 요컨대 "계급의 문학적 발전을 연구하여 그 성장을 특색 짓는 것을 문학사의 주요한 과

---

4)   같은 책, p. 19.

제"로 본다면 문학사상의 거장들도 현실의 계급적 인식으로서는 미적 가치가 낮은 범용한 작가와 같은 자료에 불과한 것이다. 명백히 이 입장은 몰개성적인 문학사가 된다.

우리는 앞에서 거듭 '현실의 계급적 인식'이란 말을 썼다. 문학과 현실이란 어떤 관계를 맺는 것인가. 현실의 반영이 문학에서 현실화가 가능한가. 문학은 현실의 반영으로 현실의 연속일 수 있는가, 혹은 설사 현실에서 나타나기는 하나, 그러므로 현실을 반영하기는 하나, 일단 문학으로 성립되고 나면 다시 환원되지 않는 비연속적인 것인가 하는 문제가 남는다. 마르크스주의 문예론이 연속적인 입장을 투철히 견지한다는 사실은 이미 앞에서 밝힌 바와 같다. 그러나 그리스 예술에 관한 마르크스의 관찰은 예술이 사회 경제의 발전과 일치되지 않는다는 모순을 드러낸 바 있다.[5]

플레하노프는 재래의 철학적 미학을 배제한 과학적 미학에 입각함으로써 예술 평가의 과학성을 주장하여 마르크스에 의해 기초가 놓여진 예술론을 미학에까지 끌어올리려 했는데, 그가 말하는 과학적 미학이란 작품의 '사회적 등가물social equivalent'을 발견하는 데 두고 있다. 아마도 H. 텐으로부터 도출된 듯한 이 사회적 등가물 사상은 예술 작품의 사상을 예술의 언어에서 사회학의 언어로 번역하는 것이

---

5)　마르크스는 『정치경제학 비판 강요』의 「서설」에서 문화 형태의 불균등한 발달을 논한 바 있다. 물질적 생산의 발달과 예술적 발달과의 부등한 관계의 예로 희랍 예술을 들어 우연을 시인할 것을 조심스럽게 살펴놓았다. "그렇지만 곤란은 희랍 예술 및 영미 시가 일정한 사회적 발달 형태와 결부된다는 것을 이해하는 점에 있는 것이 아니다. 곤란은 그것이 우리에게 대하여서도 역시 예술적 감흥을 주고 일정한 관계에 있어서는 규범으로서 또는 도달키 어려운 모범으로서 가치가 있다는 것을 이해하는 점에 있다"(『맑스·엥겔스 예술론』, 박찬모 옮김, 건설출판사, 1946, p. 23).

다.[6] 따라서 가치 평가의 척도는 사회적 계급의식에 의해 결정되는 것이다. 제 작품에 사회적 계급의식의 어떤 방면이 표현되었는가를 구명하는 것이다. 플레하노프의 과학적 미학은 사회적 등가의 적용이 예술적인 작품의 경우에는 어떻게 적용되는가의 불철저한 구명이어서 루카치에 의해 속류 사회학으로 비판된 바 있고, 레닌에 의해 사회학적 상대주의로 비판된 바도 있다.[7]

마르크스·엥겔스 미학이 학문의 개별적 구별 및 그 독립성을 인정치 않음은 사실이다.[8] 학문 예술 따위는 내재적 독자적인 변증법을 갖지 않는다. 모든 것의 발전은 사회적 생산의 역사 전체에 의해 규정되며 이 기반 위에 개개의 변화를 설명한다. 문화의 발생, 발전 역시 사회의 전 역사적 과정의 일부이다. 작품의 미적 가치와 영향은 인간이 의식에 의해 세계를 극복하는 그 일반적 관련의 사회 과정의 일부인 것이다. 고쳐 말해서, 마르크스주의 문학사는 제1의 관점에서 보면 사적 유물론(史的 唯物論, Historischen Materialismus)의 일부이며 제2의 관점에서 보면 변증법적 유물론(辨證法的 唯物論, Dialektischen Materialismus)의 일부가 된다. 그러나 속류(俗流) 마르크시스트Vulgärmarxist의 견해처럼 이 문제가 획일적일 수는 없다. 그들은 상부구조(上部構造)를 기계적으로 보지만, 어느 경우에는 변증법은 순연한 일방적 원인, 결과 관계를

6) G. Plekhanov, Preface to the 3rd edition of the collection, *The Past Twenty Years*, *1908*(G. Lukács, *The Historical Novel*, Beacon Press, 1962, p. 11에서 재인용).

7) 예술을 사회학적 등가물로 본다면 가치 있는 혹은 가치가 낮은 여러 예술작품에 있어서 동일한 등가가 되고 만다는 모순에 빠질 것이다(A. Hauser, *Sozialgeschichte der Kunst und Literatur*, München, 1953, p. 92).

8) G. Lukács, *Einführung in die ästhetischen Schriften von Marx und Engels*, Soziologische Texte. 9. Luchterhand, 1953, p. 55.

부정하기 때문이다. 정치, 법률, 철학, 종교, 문학, 예술 따위의 발전은 경제의 발전에 의하지만, 이것이 경제적 토대에 대해서도 반작용을 일으킨다. 경제적 상태가 원인으로 이것만이 능동적이며 다른 것은 수동적이라는 것은 아니다. 이 문제는 경제적 필연성을 기반으로 하는 교호 작용으로 파악되고 있다.[9]

마르크스주의 문예론에서의 문학의 정의는 '형상에 의한 사유'[10]로 규정되어 있다. 형상이란 작가의 사회적 사유와 계급적 관념의 특수한 표현 형식인 것이며, 작가의 계급적 존재에 의하여 결정되고 또 일정한 계급적 과제에 봉사하는 작가의 계급적 관념이 곧 예술작품의 조직적 근원이 되는 것이다. 물질적 생산력에 대응하여 만들어지는 상부구조로서의 법률, 종교, 철학 따위와 문학은 사회적 발생과 사회적 기능상 동질적인 것이다. 문학이 다른 모든 이데올로기와 함께 일반적 계급적 기초 위에서 성장한다고 한다면, 이 관점에 입각한 문예 비평의 형태 또한 자체적으로 규정된다. 그것은 맨 먼저 비평이란 어느 일정한 대상에 대한 판단에만 한정되는 것이 아니라는 사실이다.

문예 작품의 원칙에 대한 완전한 판단은 발생적 연구 즉 어떠한 사회제 세력이 그 문예 작품을 산출케 하였는가에 대한 완전한 고려 없이는 무의미하다.[11]

만약 비평가 자신이 정확한 사회적 윤리적 규준을 갖지 않고, 또 그 표

---

9) 같은 책, p. 216.
10) 콤 아카데미 문학부 편, 『문학원론』, p. 13.
11) 콤 아카데미 문학부 편, 『문학의 본질』, 백효원 옮김, 신학사, pp. 84~85.

현자인 계급에 있어 좋고 나쁜 것이 무엇인가를 알지 못한다면 그 판단은 불가능해진다. 여기까지 나오면 문예비평가는 윤리학자, 경제학자, 사회학자가 아닐 수 없다. "문예비평사는 문학사와 구별하여 철학, 사회과학 영역에 있어서의 연구를 부단히 행하지 않고서는 전연 쓸 수 없는 것이다."[12]

그들이 말하는 문예비평의 구경(究竟)은 그것이 계급적 승리를 위한 하나의 수단이요 무기이며, 무엇이 계급의 적(敵)이며 무관심이며 수용할 수 있는 것인가를 단호히 결정하는 것이며, 계급의 결정적인 승리 후에는 무산계급적 사회주의적 양식(良識)의 원칙을 만들어내기 위해 노력한다는 데 그 이상을 두고 있다.

2. 외재적 비평 형태

한국에 있어서의 계급문학의 문예비평이 플레하노프나 루나차르스키의 원론적인 이론을 일본을 통해 받아들였음은 사실이지만 한국적인 특수 사정에 대비 적용하는 데 대부분의 노력을 집중하였다. 의식의 혁명, 계급적 투쟁 따위의 정치적, 이데올로기적인 표면적 파악이 먼저 문제된 일본이나 한국적 상황에서는 세계관상의 본질적 파악, 미학적 고찰을 탐구하고 연구해갈 여유도 능력도 없었다. 다만 러시아에서 입수된 이론을 일본 측이 저들의 방법에 맞게 이끌어낸 것으로는 외재적(外在的) 비평이란 것이 있었다.

---

12)   같은 책, p. 86.

외재적 비평이란 아오노 스에키치에 의해 1925년 말경에 제기된 것이다. 작품을 하나의 사회적 현상으로, 예술가를 사회적 존재로 보아 그 현상 그 존재의 사회적 의식을 결정하는 비평을 의미한 것이다.[13] 결과적으로 외재적 비평이란 내재적(內在的) 비평에서 추출된 것임을 알 수 있다. 내재적 비평이란 무엇인가. 아오노 스에키치가 의미하는바 내재적 비평이란 주어진 작품을 작품 자체의 조건에서 내적으로 분석, 판단, 처리하는 비평 태도를 뜻하는데, 이것은 광의의 일본적 자연주의 비평(프로 문예비평 직전 단계)을 염두에 둘 때 비로소 그 의의가 명확해진다. 일본 자연주의문학의 특징은 (1) 강렬한 자아의식, (2) 창작에 있어서의 태도, 방법, 목적으로서의 자연에의 육박, (3) 가정 문제, (4) 인생, 사회에 대한 관조적 방관적 태도 등이라고 알려져 있다.[14] 이 중 (1)과 (4) 항목의 부정적 자세에 외재적 비평의 의의가 있다. 자연주의 비평을 중심한 일체의 기존 비평에의 반대 자세로서, 작품·작가를 개인 중심에서 사회적 의식으로 방향을 돌리는 것이 바로 외재적 비평인 것이다. 아오노 스에키치는 외재적 비평을 달리 문화사적 비평 혹은 객관적 비평이라 부르기도 했으며, 이것이 프로문학 비평의 '과학주의'[15] 수립의 기초가 된 것이다. 아오노의 외재적 비평이 한국에 도입된 것은 1927년 무렵 목적의식론(目的意識論)이 대두될 시기에 해당한다. 이때의 비평가로는 팔봉, 회월, 무애(无涯)

---

13) "주어진 예술작품을 하나의 사회현상으로서, 주어진 예술가를 하나의 사회적 존재로서, 그 현상 그 존재의 사회적 의의를 결정하는 비평이다. 이것을 앞의 것과 대립하여 문화사적 비평이라 해도 좋을 것이다"(青野季吉,「文藝批評の一發展型」,『文藝戰線』, 1925. 10, p. 2).

14) 吉田精一,『自然主義の研究』下, 東京堂, p. 39.

15) 丸山眞男,『日本の思想』, 岩波新書, p. 82. 그는 '문학주의'의 대칭으로 '과학주의'라 쓰고 있다.

를 대표적 존재로 칠 수 있을 것이다.

외재적 비평이란 이러하다. 나타난 예술작품을 일개의 사회현상으로서, 나타난 예술가를 일개의 사회적 존재로서 그 현상 그 존재의 사회적 의의를 결정하는 비평이니, 이것을 전(前) 것과 대립해서 문화사적 비평이라 해서 무관하다.[16]

회월의 이러한 소개는 지극히 방관적인 태도임을 알 수 있다. 가령 무애의 "요새 도국(島國) 문단에서 무산계급 문예비평가들의 이른바 외재적 비평 내지 '객관적 비평' '마르크스주의적 비평' 운운"[17]이라는 언급과 별 차이를 발견할 수 없다.

외재적 비평이란 말은 프로문예 비평 또는 객관적 비평이라는 말로 대체되는데 과학적 비평이란 말이 지시하는 바와 같이 비평의 방법, 기능의 자각이 이때부터 가능한 지평을 연 것이라는 데 한국적 의의가 있다고 본다. 즉 자연주의 비평의 잔재인 주관적, 감각적, '설리적(說理的)' 비평에 대한 반대의 입장이었다. 그런데 일본 측은 자연주의 비평의 지반이 다소 확립되었기 때문에 소위 외재적 비평이 전 문단을 풍미할 수는 없었으나 한국에서는 자연주의 비평 혹은 다른 비평이 확립된 바 없는 무풍지대에 가까웠기 때문에 외재적 비평이 상당한 힘을 획득할 수 있었다고 보아진다.

외재적 비평은 지도 원리로서의 테제를 가졌다는 것이 최대의 강

16)   박영희, 「투쟁기에 있는 문예비평가의 태도」(『조선지광』, 1927. 1), 『소설·평론집』, 민중서원, 1930, p. 70.
17)   양주동, 「문예비평가의 태도·기타」, 『동아일보』, 1927. 2. 26.

점일 것이다. 원래 비평이란 독자의 비평 기능을 대표하여 문학의 동향에 발언하고 평가에 참여할 때만이 그 권위가 확보되는 것이라면, 당시 프로문예 비평은 아무리 정론성 일변도라 할지라도 그리고 아무리 유치한 논리였더라도 그것이 가능했던 것이다. 처음으로 지식계급에게 정치, 철학, 경제, 예술의 상호 관련을 고찰하는 방법을 배우게 한 것은 외재적 비평의 커다란 매력이었고 의의였다고 볼 수 있다.

제2절 내용과 형식 논쟁

1. 논쟁의 발단

프로문예 비평이 감당해야 할 두 가지 중요한 문제가 있다면, 그 하나는 문예 본질에 대한 것이고 이 본질론에서 빚어진 내용 항목을 현실적으로 적용, 처리하는 것이 그 다른 하나이다. 그러나 전자의 확립이 1920년 초기엔 종가(宗家)인 소련에서도 아직 완수되지 못했다는 점에 상도할 때, 여타 종파국(宗派國)에서의 혼란은 추측할 수 있는 일이다. 즉 원론 자체의 미확립과 이런 원론의 현실적, 민족적 단위를 무시한 계급적 단위 적용 일변도는 일본이나 한국에 있어서 심한 내적, 외적 동요를 일으켜 필연적으로 논쟁의 형태를 띠게 되었고, 그 결과 이때의 비평사는 논쟁사의 모습을 띠게 된다.

　이 논쟁은 외부와의 것과 자체 내에 비중을 둔 것으로 대별할 수 있는데 전자는 민족주의문학파 및 해외문학파와의 논쟁이며, 후자는 형식론, 목적의식론, 대중화론(大衆化論), 농민문학론(農民文學論), 창작방법론 등이 된다. 이 후자 가운데 가장 원론과 직결된 중요한 문제는 내용과 형식 논쟁이다. 내용과 형식 문제는 창작방법과 직결되기도 했지만 작품 평가의 기본적 방법이 되었음에 큰 의의를 가진다. 부하린, 플레하노프에 대한 비판에서 비롯되는 소련 비평계는 루나차르스키, 누시노프, 로젠탈의 논쟁을 불러일으켰고 일본에서는 『전기』파를 중심으로 이 문제의 논쟁이 또한 치열했으며, 한국에서는 팔봉, 회월, 권구현(權九鉉), 무애, 횡보 등에 의해 평단의 중심적 논쟁이 된 것이다.

한국에서의 이 논쟁은 1926년 말 팔봉의 「문예시평」(『조선지광』, 1926. 12)에서 비롯되어, 1929년 무애의 「문예상의 내용과 형식」(『문예공론』 3호) 및 횡보의 「'토구(討究), 비판' 3제(三題)」(『동아일보』, 1929. 5. 4~15)에 수렴되는 것으로 그 진폭과 심화 과정은 짐작할 수 있을 것이다. "소설은 한 개의 건축이다"라는 명제로써 관념주의자 회월을 비판한 팔봉 역시 관념주의자였음은 그의 작품 「붉은 쥐」「젊은 이상주의자의 사」 등을 보면 알 수 있지만, 그러나 초기 프로 이론의 우이를 잡은 두 지도자의 논쟁인 만큼 문단 전체에 미치는 영향력은 지대한 것이었다. 그러면 회월의 단편인 문제의 「철야(徹夜)」「지옥순례(地獄巡禮)」에 대한 팔봉의 비평을 보기로 하자.

작가는 인생이 무엇이냐, 생활이 무엇이냐, 빈부의 차별이 정당한 것이냐? 아니다, 우리는 빈곤하다, 우리는 무산계급자다, 무산계급은 타 계급의 적과 투쟁하지 않으면 안 된다는 것을 말하기 위하여 너무도 쉽사리 간단하게 처리하였던 것이다. 그 결과 이 1편은 소설이 아니요, 계급의식 계급투쟁의 개념에 대한 추상적 설명에 시종하고 1언 1구가 이것을 설명하기 위해서만 사용되었던 것이다. 소설이란 한 개의 건물이다. 기둥도 없이 서까래도 없이 붉은 지붕만 입혀 놓은 건축이 있는가? [……] 어떤 한 개의 제재를 붙들고서 다음으로 어떠한 목적지를 정해놓고 그 목적지에서 그 제재를 반드시 처분하겠다는 계획을 가지고 그리고서 붓을 들어 되든 안 되든 목적한 포인트로 끌고 와버리는 것이 박 씨의 창작상 근본 결함이다.[18]

팔봉의 이러한 발언은 (1) 프로문학 내부의 최초의 대립이라는 점, (2) 팔봉과 회월이 KAPF의 지도적 간부라는 점, (3) 프로문학 전반의 급소를 찔렀다는 점, (4) 프로문학 운동의 방향전환 직전에 정리하지 않으면 안 되었던 내분의 표면화라는 점, (5) 프로문학 창작이 내적 성숙 시기에 접어들었다는 사실 등의 문제점을 제시한 것이다. 이들 항목 중 본질적인 것은 (3)항일 것이다. 이를 둘러싸고, 두 거두의 논쟁은 드디어 전 문단적으로 번져 제3자인 권구현, 양주동, 염상섭의 복수적(複數的) 논쟁으로 발전하게 된다.

　　회월의 반론은 마르크스주의라는 외적 권위를 빌려 일반화의 차원으로 상승시킴으로써, 문제를 추상화하는 태도를 취한다. "논쟁이라는 것은 개인과 개인의 공리적(功利的) 욕구에서 나오는 것이 아니라 더욱 우리의 논의라는 것은 우리 문화의 사회적 과정에서 늘 통일을 목적하고 진리를 세우기 위한 것"[19]이라 전제하고 레닌의 소론(所

---

18)　김기진, 「문예시평」, 『조선지광』, 1926. 12, p. 94.

論)을 내세웠다. "문학적 활동은 프롤레타리아의 모든 일의 한 부분이 되어야 한다. 문학은 조직되고 안출(案出)하며 통일되며 ××××아당(我黨)의 모든 일 가운데의 한 부분이 되어야 한다"(레닌, 「아당의 기관지와 문학」). 이와 같이 한 작가가 계급의식을 초월할 수 없는 것과 같이 문예비평가도 계급을 초월할 수 없는 것이다. 어느 의미에선 비평가는 프로 작가를 적극적으로 지도할 수 있는 능력이 있어야 하는데 이때의 지도 표준은 조직체적 계급투쟁 위에서 비로소 가능하다. 이 길을 따라 나오면 철학자는 세계를 여러 가지로 설명함에 불과하였지만 중요한 것은 세계를 변혁하는 것이라는 마르크스의 발언에 직면하게 된다. 따라서 비평가는 작품을 통해 사회를 해부, 설명하는 것으로 그칠 것이 아니라, 소여(所與)의 작품을 통해 민중과 작가를 매개하여 사회를 변혁하는 데 그 목적을 두어야 한다는 것이다. 이상과 같이 투쟁기의 프로 비평가의 목적을 제시한 회월은 팔봉을 향해 다음과 같은 답변을 보낸다.

> 프롤레타리아의 작품은 군의 말과 같이 독립된 건축물을 만들려는 것이 아니다. 프롤레타리아의 전 문화(全文化)가 한 건축물이라면 프롤레타리아의 예술은 그 구성물 중의 하나이니, 서까래도 될 수 있으며 [……] 군의 말과 같이 소설로서 완전한 건물을 만들 시기는 아직은 프로문예에서도 시기상조한 공론(空論)이다. 따라서 프로문예가 예술적 소설의 건축물을 만들기에만 노력한다면 그 작가는 프롤레

---

19)   박영희, 「투쟁기에 있는 문예비평가의 태도」(『조선지광』, 1927. 1), 『소설·평론집』, pp. 61~62.

타리아의 문화를 망각한 사람이니, 그는 프로 작가는 아니다. 다만 그는 프로 생활묘사가에 불과하다. 군은 "묘사의 공과는 실감을 줌에 있다"라고 하였다. 그러나 나의 생각으로 말하면 "묘사의 공과는 가공의 미를 창조함"에 있다.[20)]

회월은 이에 머물지 않고 더욱 극좌적 견해를 보인다. "문예의 전 목적은 작품을 선전 삐라화하는 데 있다. 선전문 아닌 문학은 프로문예가 아니요, 프로문예 아닌 모든 문예는 문예가 아니다"[21)]라든가, 내용이 형식을 규정한다는 루나차르스키의 형식 제2주의를 들어 "프롤레타리아의 문학에 있어서는 빛나는 내용이 중요하지 형식은 제1의적이 아니다. 그것은 오직 마르크스주의 내용이 있는 데 한해서만 유용"[22)]하다는 것이다.

　　2차 접전은 팔봉의 「무산문예작품과 무산문예비평」(『조선문단』, 1927. 2)과 회월의 「문예비평의 형식파와 마르크스주의」(『조선지광』, 1927. 2)이었는데 이 틈을 타 절충적, 중재적 역할의 논객이 나타난다. 회월 측에서는 아나키스트 시인 권구현이었고, 팔봉 측에 가까운 자로는 세칭 절충파인 무애 양주동이었다.

　　여기 권구현의 참신한, 장검(長劍)과 백인(白刃)의 비유법이 나타난다.

---

20)　같은 글, p. 66.
21)　양주동, 「정묘(丁卯) 평단 총관—국민문학과 무산문학의 제 문제를 검토 비판함」(『동아일보』, 1938. 1. 10)에서 재인용.
22)　박영희, 「예술의 형식과 내용의 합목적성」, 『해방』, 1930. 12, p. 8.

미구(未久)에 짓쳐들어오는 적을 격파하기 위하여 응급히 제작하는 이 장검에서 무엇을 요구할 것인가? [……] 여기에서 오로지 바라는 것은 먼저 양호한 강철을 취택한 다음에 낙락장송이라도 일도(一刀)에 참단(斬斷)할 날카로운 백인(白刃)뿐이다. 우리가 취택하는 제재는 강철이다. 표현은 백인이다. [……] 참된 프로예술 비평가가 있다면 그 강철의 양부(良否)를 심사하고 다음으로 검인(劍刃)을 만져봄에 그칠 것이다.[23]

권구현이 제재와 표현의 관계를 강철과 백인에 비유한 것은 상당한 적절성을 보인 것이라 할 수 있다. 초기 프로문학에서 미사여구의 요구에 대한 부당성을 지적한 것이나, 장검의 장검다운 소이는 그 날카로운 칼날에 있다 할진대, 이 비유법의 결함이 드러난다. 즉 제재는 강철이며 표현은 백인이므로 문제는 백인의 예(銳)·둔(鈍)에 달렸기 때문이다. "김 씨의 소위 '소설은 한 개의 건축이다'라는 말은 그 결론이 예술의 독립적 존재성을 주장하는 데 떨어진다"[24]고 주장하는 권구현은 강철 제일주의에 입각한 것이다.

　　이 비유법은 비평의 한 고충을 의미한다. 명확성과 체계를 그 근저로 하는 외재적 비평의 마당에서 비유로 사태를 처리함은 비평정신의 결여밖에 안 된다. 또는 이 문제 자체의 오묘함을 드러내는 것이기도 하다. 루나차르스키의 형식합목적성(形式合目的性)의 설명 방법과 흡사하다.[25]

23)　권구현, 「계급문학과 그 비판적 요소─김기진 군 대 박영희 군의 논전을 읽고」, 『동광』, 1927. 2, p. 89.
24)　권구현, 「전기적(前期的) 프로예술」, 『동광』, 1927. 3, p. 66.

한편 이에 비하면, 무애의 소론은 훨씬 구체적이다. 팔봉이 선전 문학도 문학인 이상 문학상의 요건을 구비해야 한다고 했을 때 무애는 "선전 문학일수록 무산문학일수록 더욱 한층 문학 표현 방식에 치중해야 한다"[26]고 강조하면서 "김기진 씨의 소설은 언제나 진솔한 프로문예가의 태도를 망각하지 않는 점에서 극단의 오류와 위험을 구출하는 데 임무가 있었다"[27]고 하여 팔봉을 지지하고 있다. 그러면 무애와 팔봉은 어떤 점에서 일치하고 또 다른가.

절충파(折衷派) 혹은 중간파(中間派)라는 어사(語辭)는 흔히 무애를 가리키는 용어인데, 이 말은 무애 자신이 자가선전으로 명명한 것이다. 그는 당시 문단을 순수문학파 즉 정통파, 순수프로파 즉 반동파, 중간파로 3분하고 이 중간파는 다시, 좌익중간파(사회 7, 문학 3)와 우익중간파로 나누고 팔봉이 전자이며 자기는 후자임을 주장한 바 있다.[28] 그는 문학상의 주의를 광의와 협의로 나누는데 프로문학을 광의 즉 내용상으로 볼 때는 문학상의 주의로 인정할 수 있으나 협의 즉 표현 방식에서 볼 때는 문학상의 주의가 될 수 없다고 주장했다. 프로문학이 종래의 표현 방식을 습용하는 한 문학상의 주의라 할 이유와 권리가 없다는 것이다. "이것은 나의 지설(持說)이거니와 프로문예에서 표현적 기교를 무시하는 것은 용서할 수 없는 착오"[29]라 단언한다. 문예란 광의 즉 사상, 내용만으로 성립하는 것이 아니기 때문이다. 그렇

25) 박영희, 「예술의 형식과 내용의 합목적성」, 같은 책, p. 5.
26) 양주동, 「문단 3분야(分野)」, 『신민』, 1927. 5, p. 106.
27) 양주동, 「정묘(丁卯) 평단 총관—국민문학과 무산문학의 제 문제를 검토 비판함」, 『동아일보』, 1928. 1. 16.
28) 양주동, 「문단 3분야」, 같은 글.
29) 양주동, 「다시 문예비평의 태도에 취하여」, 『동아일보』, 1927. 7. 12.

다면 "프로문학은 타당한 표현 양식을 완전히 발견하기까지 재래의 표현 양식을 습용(襲用)하여 가(可)하되 개중(個中)에서 가장 진보한 양식만을 택할"[30] 방법밖에 없다는 것이다.

팔봉과 회월의 이 형식 논쟁은 KAPF의 강력한 지도 이념에 결정적인 혼란을 가져올 우려가 있었다. 더구나 절충파 무애의 공격은 프로문학의 사활에 관계된 것이기도 했다. 이에 KAPF 간부인 팔봉과 회월은 스스로 저질러놓은 혼란을 시급히 수습하지 않으면 안 되었다. 그들의 논쟁이 계속될수록 단체 내에 미치는 영향은 두려운 것이 되었다. "이 문제로 하여 팔봉과 나의 논전(論戰)은 간단히 해결되지 않았다. 바쁜 시대에 그리고 급한 경우에 서로 지상(紙上) 논쟁만으로는 의사를 충분히 소통할 수 없었으므로 나는 군을 만나선 의견의 일치점을 찾아야 하게 되었다"[31]라고 회월은 쓰고 있다. 김복진, 이성태(李星泰)의 발의에 의한 당사자 간의 철야 공개 토론의 결과는 팔봉의 자설(自說) 철회로 나타났다.

박 군 개인뿐이 아니라 우리들의 동지의 대부분이 나의 비평적 태도에서 소위 프로문예비평가가 되기 전에 계급의식의 불선명한 점이 있는 것이 공인하는 사실이라면 마땅히 나는 동지들 앞에서 고개를 숙이고 사죄하고 앞날을 맹세하겠다.[32]

---

30)   같은 글.
31)   박영희, 「초창기의 문단측면사」 6회, 『현대문학』, 1960. 2, p. 86.
32)   ① 김기진, 「문예시평—인식불구자의 미망」, 『조선지광』, 1927. 9, p. 5.
        ② "너는 박영희의 이론에 져라 [……] 지금은 우리들의 무산계급운동이 완전한 건축을 요구하는 시기가 아니다라는 김복진(김기진의 형—인용자)의 설득에 의해 자설 철회를 했으나 그렇다고 내가 그때 내 형님이나 이성태(『조선지광』 발행자—인용자)가 공

이 논쟁은 외적 압력에 의해 표면상 해결이 난 것처럼 보였다. 문학이 유파 운동으로 나타날 때, 자기주장을 죽이면서 그 유파에 머무느냐 탈퇴하느냐의 중대한 문제를 팔봉은 깊이 있게 고뇌하지 않았다는 사실을 우리는 발견한다. 이것은 한국 비평사의 희한한 패배의 예가 될 것이며, 단체의 중압을 실증한 것이 된 셈이다. 그러나, 이것은 어디까지나 표면적인 현상이며, 회월이나 팔봉, 무애 등은 이 문제를 숙제로 남겨놓고 이것을 암암리에 1930년까지 끌고 나가면서 각자가 이론적으로 체계화하기에 노력했음이 드러나며 회월은 그 후 소설을 완전히 포기하게 된다.

이 논쟁에서 외재적 비평과 내재적 비평의 관련과 일원론(一元論)·이원론(二元論)이란 말이 등장한 바 있다. 먼저 외재적 비평과 내재적 비평에서 형식론을 고찰해보자.

부르주아 평가(評家)는 작품으로 평할 때에 먼저 '어떻게 묘사하였느냐' 하는 것이다. 그러나 한 개의 작품이 그 사회적 가치를 가졌다면 그것은 주인공의 의식과 작품 자체의 이상이 얼마나 새로 성장하는 사회의식을 나타냈으며 민중의 사회생활에 대한 ×××을 얼마나 움직이었나 하는 것이 예술의 사회적 가치를 말하는 평자의 표준이

산당 간부인 것을 안 것은 아니었다"(김기진, 「한국문단측면사」, 『사상계』, 1956. 12, pp. 199~200).

③ 1926년 12월 24일 「조선프롤레타리아예술동맹 강령」을 발표했는데 그 첫째 항은 "우리는 단결로써 여명기에 있는 무산계급 문화의 수립을 기함"(이석태 편, 『사회과학대사전』, p. 16)으로 되어 있거니와 KAPF 강령을 김복진이 기초한 것으로 알려져 있다(김기진, 「우리가 걸어온 30년」 5, 『사상계』, 1958. 12, p. 226).

다.[33]

> 내가 비평의 붓을 드는 목적은 우리가 가진 문예가의 개인적 창작에
> 서 그 일반적 가치를 발견함에 있다. 따라서 작가가 제시하고자 한 인
> 생의 의의에 대하여 또는 사회적 문제에 대하여 주석(註釋)하며 또는
> 작품에 나타나는 작가로서의 용의(用意)를 해부 비평하여서 그것을
> 사회적으로 평가함에 있다.[34]

앞의 인용은 회월의 소론인데 '예술의 사회적 가치'의 발견이 비평의
표준임을 주장하고 있으므로 이것은 완전히 외재적 비평이며, "개인
적 창작에서 그 일반적 가치를 발견함"을 비평의 목적으로 보는 팔봉
은 외재적 비평만을 우선적으로 내세운 것이라 할 수 없다. 개인적 창
작에서 일반적 가치를 발견한다는 것은 작품의 예술적 가치이며, 그
이하는 인생적 가치 혹은 사회적 가치를 말하는 것이니까, 외재적 비
평을 주로 하고 내재적 비평을 종으로 한 것임을 알 수 있다.[35]

한편 일원론자 및 이원론자란 무엇인가.

팔봉의 「무산문예작품과 무산문예비평」에 대해 회월은 "기진은
이원론 즉 형식과 내용을 구별해서 비평하나 나는 일원론"[36]이라 하
여 내용·형식은 구별 불가임을 주장했다. 그러면 과연 팔봉은 내용과
형식을 분리하는 이원론자이며 회월은 분리 불가론으로서의 일원론

---

33) 박영희, 「문예시평과 문예잡감(2)」, 『조선지광』, 1927. 9, p. 80.
34) 김기진, 「문예월평」, 『조선지광』, 1926. 12, p. 4.
35) 양주동, 「정묘 평론단 총관—국민문학과 무산문학의 제 문제를 검토 비판함」, 같은 글.
36) 「문사 방문기—회월 편」, 『조선문단』, 1935. 8, p. 39.

자일까를 검토해볼 필요가 있다. 다시 두 사람의 요점을 대립시켜 보자. "형식파가 문학비평에는 문학의 과학적 요소인 형식에 머무는 데 반하여 마르크스주의자는 이 문학의 사회적 의의를 알기 위하여 반드시 문학 특유의 영역에서 벗어남으로써 알 수 있는 것"[37]이라고 회월이 말했을 때 팔봉은 "소설이 요구하는 것은 현상의 배열과 묘사와 설명에 의한 표현에 있다"[38]고 하여 예술은 표현에 있기 때문에 어떻게 표현하느냐가 문제가 된다. 그러므로 내용·형식은 분리 불가이며 대립도 아닌 것이다. 표현과 내용은 둘이 아니라는 결과가 된 것이다. 그렇다면 회월의 결론과 팔봉의 결론이 이 점에서만은 완전히 일치하고 있음을 알 수 있다. 적어도 회월은 팔봉을 이원론자로 몰 수는 없을 것이다. 그러나 양자의 결론에 도달하는 방법은 판이함을 볼 수 있으니 회월은 내용이 형식을 결정한다는 내용 중심의 일원론이고, 팔봉은 형식과 내용의 대등한 입장의 결합이라는 점에서의 일원론인 것이다. 형식이 내용에 포함되는 것이니까 회월 주장은 일원론이요, 내용·형식을 동일 차원에서 대등한 결합이라 보니까 팔봉의 주장은 이원론이라 할 수도 없지는 않다. 그러므로 일원론이니 이원론이니 하는 것보다는 문학의 사회적 의의를 알기 위하여 '문학 특유의 영역에서 벗어나야 하느냐', 아니면 '문학 속에서' 찾아야 하느냐로 보는 것이 보다 자연스러울 것이다.

내용과 형식 문제는 결국은 마르크스주의 문예 원론에서 조명해 보아야만 비로소 그 진면목이 드러날 것이다.

---

37)   박영희, 「문학비평의 형식파와 마르크스주의」, 『조선문단』, 1935. 8, p. 10.
38)   김기진, 「문예시평」, 『조선문단』, 1935. 8, p. 61.

2. 내용·형식의 본질

"예술문학은 사회의식과 현실에 대한 인식과의 특수한 문자로 표현된 형상적인 형식"[39]이라 콤 아카데미는 규정하고 있다. '형상'이란 이 경우 작가의 사회적 사유와 계급적 관념의 특수한 표현 형식으로서 작가의 계급적 존재에 의하여 결정되고 또 일정한 계급적 과제에 봉사하는 작가의 계급적 관념이야말로 예술작품의 조직적 근원이 되는 것이다. 그렇다면 문학에서의 내용이란 또 무엇인가? 그것은 "예술 속에 반영되어 있는 계급적 현실이며 계급의 사회적 실천"[40]이라 규정되어 있다. 계급의 이데올로기적 체계는 계급의 실천을 기초로 하여 성장하는 것이며 따라서 계급의 사회적 실천이야말로 모든 이데올로기의 제 형태의 내용으로 된다. 여기서 중요한 문제 하나를 명백히 할 수 있으니 문학은 타 이데올로기와도 다른 특이한 자기의 내용을 달리 갖고 있는 것은 결코 아니라는 점이다. 다만 문학이 가진 형식이 다른 이데올로기와 상이할 뿐이다. 그다음 문제는 마르크스주의에 입각한 문학론에서도 내용·형식의 이원적 대립을 배척하며 양자 통일을 목표로 하는데 그 원리가 내용 중심으로 되어 있다는 점이다. 세번째로는 내용과 제재에 대한 명백한 구별이 요청된다. 내용과 제재의 구분을 혼용하는 곳에 내용·형식 대신 제재·형식의 사고 혼란을 야기하기 쉬운 까닭이 여기 있는 것이다.

일찍이 부하린이 내용·형식의 통일을 설정할 때, 내용·제재를 동

---

39) 콤 아카데미 문학부 편, 『문학원론』, p. 19.
40) 같은 책, p. 63.

일시한 오류를 범한 바 있다. 내용은 확실히 사회적 환경에 의해 결정된다. 여하튼 일정한 순간 일정한 시간에 있어 인간의 심금을 울리는 것이 예술적 형상을 빌려 표현된다. 그러나 중요한 점은 동일한 제재도 작가의 소속하는 계급을 달리함에 따라 다른 형식을 빌려 개시(開示)된다는 사실이다. 가령 죽음이란 제재는 각 시대 각 작가에 따라 다각적인 양상으로 표현된다. 따라서 형식과 제재 사이의 통일이라든가 제재가 형식을 결정한다는 명제는 성립되지 않는다. 여기서 우리는 제재와 내용이 통일될 수 없음을 알 수 있다. 그러면 내용이란 무엇인가? 그것은 제재도 아니며 플롯도 아니며 모티프도 아니다. 내용을 가장 보편적으로 고찰하면 "계급적 실천이며 모든 사회적 현실에 대한 계급의 일정한 관계 즉 계급의 사회적 실천을 통하여 주어진 사회적 현실"[41] 이외의 것이 아님을 명기해야 할 것이다. 또 예술가란 일정한 시간 내에 인간의 심금을 울리는 것을 그리는 것이 사실이나, 여기서 말하는 인간이란 계급사회에 있어서는 제각기 그 계급적 소속을 달리하고 있으며, 그들을 움직이는 것도 또한 그것을 받아들이는 인간의 계급적 성격에 따라 서로 다른 것이다. 제재에 대한 관심은 이상과 같이 그것을 다루는 데 있어서의 특징에 의해서도 결정된다는 사실을 간과할 수 없다. 결국 문학에 있어서의 내용이란 모든 계급적 존재, 계급적 실천에서 빚어지는 현실에 대한 계급의 관계이며 따라서 계급의 세계관과 별개의 것일 수 없다. 이처럼 내용과 형식이 계급적 존재에 그 기초를 두고 있는 한, 제재를 다루는 데 있어서의 태도, 재료의 선택과 함께 재료를 수용하고 재현하는 특질 등을 결정하며 작품이 보

---

41)   같은 책, p. 66.

여주는 형상을 조직하는 것이다. 따라서 내용과 형식의 통일은 작가의 세계관과 그 양식, 개념과 형상성의 통일인 것이다.

프로문학의 내용·형식에 대하여는 구라하라 고레히토(藏原惟人)의 유명한 견해가 있다. 그에 의하면, 각 계급 혹은 층, 단체가 주어진 시기에 있어서 필연적으로 과해진 사회적 과제란 여러 가지 모양을 띤다. 이 과제란 정확히는 그 종국에 있어서는 인간 사회의 생산력의 발달과 그것에 의하여 규정되는 계급 관계에 의하여 결정된다. 또 이것은 인간 사회 활동―정치, 경제, 종교, 철학, 과학 등의 진실, 객관적 내용을 위한 것이며 예술의 내용도 이 이상일 수는 없다. 즉 단테 예술의 내용을 만든 것은 단테에 의해 대표되는 계급의 필요이며 톨스토이 예술의 내용도 마찬가지다. 그러므로 우리는 예술작품의 혁명적, 반동적 혹은 부르주아적, 프롤레타리아적 내용이라 이름 붙일 수 있다는 것이다.[42]

구라하라 고레히토에 있어서는 결국 내용·형식 관계는 두 개념의 통합에 귀일(歸一)된다. 고쳐 말하면 생산적 노동 과정에 의해 미리 만들어진 형식적 가능성과 사회 및 계급의 필요에 의한 내용과의 변증법적 교호 작용 속에서 비로소 결정되는 것이다. 내용은 결코 형식주의자들이 말하는 그 형식에 의해 결정되는 것이 아니라 반대로 사회적, 계급적 내용이 생산 과정에 의해 미리 예견된 형식적 가능의 범위에서 그 예술적 형식을 결정하는 것이다. 구라하라의 이러한 견해는 루나차르스키 이론보다 진경(進境)이라 할 수 있다. 요컨대 이러한 내용·형식의 철학적 탐구에서 알 수 있는 것은 형식이 단순한 기교, 표

---

42) 藏原惟人,「プロレタリア藝術の內容と形式」,『戰旗』, 1929. 2, p. 92.

현, 실감, 디테일의 차원이 아니며, 내용 또한 제재, 주제의 차원보다 더 원천적이라는 사실이다.

이상 소론을 요약하면 (1) 문학은 다른 이데올로기와는 다른 특이한 자기의 내용을 달리 갖지 않으며, (2) 내용은 제재도 스토리도 모티프도 아니고 보다 본질적인 계급 현실이자 그 사회적 실천이며, (3) 내용이 형식을 규정하나 서로는 통일적 일원론에 귀착한다는 것이다.

이와 같은 사실을 염두에 두고 회월과 팔봉을 비판해보면 서로의 한계를 드러낼 수 있을 것이다.

> 군은 "묘사의 공과는 실감을 줌에 있다"고 하였다. 그러나 나의 생각으로는 "묘사의 공과는 가공의 미를 창조함에 있다." 또한 군의 그 실감이란 것은 무엇을 표준한 말인지도 좀 막연하다. 소설을 소설화하게 하는 실감인지, 그렇지 않으면 계급 ××과 ×××× 대한 실감인지 알기 어렵다. 만일 소설을 소설화하는 실감을 의미한다면 나는 더 군에게 항의를 제출치 않는다. 그것은 예술적 비평가라는 결론에 도달한 까닭이다. 그러나 만일 군의 그 실감이 프로작품이 가져야 할 계급 ×××××××× 대한 실감이 없다고 책한다면 이것은 감사하게 동지의 충고로서 감수할 것이다.[43]

회월의 이 발언에서 결론지을 수 있는 것은 문제점이 묘사의 개념 규정에 있지 내용의 본질적 파악까지 접근되고 있지 않다는 점이다. 또

---

43) 박영희, 「투쟁기에 있는 문예비평가의 태도」, 같은 책, pp. 66~67.

팔봉의 묘사에 대한 개념을 '소설화하는 기교'의 뜻으로 사용했느냐 '작품 속에 담긴 계급의식과 계급적 현실'에다 두었느냐고 따져볼 때, 팔봉은 명백히 전자에 든다. 그렇다면 팔봉은 지극히 초보적인 차원에서 발언한 것임을 알 수 있다. 실감이란 것도 '읽을 수 있는' 것을 의미한 것에 불과하다. 이로써 프로문학의 본질적 탐구 이전의 발언이 바로 '소설은 한 개의 건축'이란 명제임이 밝혀진 셈이다.

이에 비하면 회월의 내용·형식에 대한 구명은 훨씬 프로문학의 본질적 차원에 접근하려는 노력을 보인 것이라 할 수 있고, 이 점에서 팔봉보다 회월이 본래적 의미의 프로 이론가라 할 수 있다. 그렇다고 팔봉의 건축론이 무의미하다는 것은 결코 아니다. 결국 이것은 한국 소설의 지나친 미발달 상태와 관련된 것으로 이해할 필요가 있다. 소설의 수업을 거치지도 않은 회월이, 또 소설 문학의 진정한 리얼리즘이 확립되지도 않은 한국적 소지에서 계급적 관념만으로 급조적으로 창작을 했을 때, 월평(月評)을 맡은 팔봉이 소설건축론을 내세운 것은 소설 제일보(第一步)를 언급한 것이며, 이것은 지극히 당연한 지적이 아닐 수 없는 것이다. 이 논쟁의 결과가 프로문학 창작에 커다란 자극을 주었음은 회월 자신이 소설을 이후부터 포기한 것에서도 확인할 수 있으며, 더욱 이 내용·형식 문제는 표면상으로는 팔봉이 자설(自說) 철회로 후퇴한 것 같으나 실제로는 오히려 더욱 치밀한 연구에 돌입하여 팔봉의 변증법적 양식고(樣式考)를 낳게 하였고, 무애와 횡보 간에 또 다른 차원의 논쟁으로 발전하게 되는 것이다.

3. 형식의 중요성에 대한 시비

1927년 팔봉과 회월의 형식 논쟁이 표면상 팔봉의 자설 철회로 일단락을 지은 것처럼 보였음은 위에서 밝힌 바이다. 그러나 이것은 문제 자체의 해결이 못 되었기 때문에 절충주의자 양주동이나 민족주의문학 측에서 프로문학을 공격할 때마다 이 형식론의 결함을 들었던 것이다. 그 결과 1929년에 팔봉은 「변증적 사실주의」(『동아일보』, 1929. 2. 25~3. 7)에서 「양식 문제에 대한 초고(草稿)」를 쓰고 있는데, 이것은 팔봉이 그동안 형식 문제에 깊은 관심을 기울이어 상당히 세련된 이론을 보여준다.

> 돌이라는 말은 사실을 설명하는 제일단(第一段)의 설명으로는 정당하나 그다음 단계는 본질에서 분석해야 된다. 표면에 구체적 존재를 주는 것을 형식이라 한다. 존재를 최후로 결정하는 것은 형식이다. 무엇이 존재하려면 그 무엇이 발생하면서 동시에 필요한 형식을 동반하고 그 무엇의 성질에 따라 그 형식은 많든지 적든지 간에 변경되어야 한다. 그러므로 형식이라는 것은 언제든지 내용에 따라 달라지는 것이다.[44]

왜 형식 문제가 재론되느냐에 대해 팔봉은 프로문학이 독자적 형식을 갖지 못하고 부르주아문학의 형식을 그대로 사용하기 때문이라 보았다. 무애나 팔봉이 프로문학은 독자의 형식을 가져야 한다고 본 것은

---

44) 김기진, 「변증적 사실주의」, 『동아일보』, 1929. 3. 1.

물론 정당한 견해이나, 그렇다고 세기적인 문예사조처럼(낭만주의나 자연주의와 같은) 프로문학을 생각한 것은 지나친 것이라 본다. 프로문학은 기법의 혁명이기보다 이데올로기의 문제였던 것이다. 따라서 종래 문학 형식과 매우 구별되는 새로운 형식이 따로 있을 수는 없는 노릇이었다(이 점은 트로츠키의 「문학과 혁명」이 묵살된 소련 이론 자체의 결함과 관계된다). 가령, 프로문학이 부르의 형식을 그대로 답습하고 있음을 인정하고 이를 지양 극복하기 위해 팔봉은 다음과 같은 대책을 세운 바 있다. (1) 프로 작가는 현실 사물을 있는 그대로 객관적으로 현실적으로 보는 태도를 가질 것, (2) 사건의 발단과 귀결을 추상적 요인에 끌어대지 말 것, (3) 사물을 운동의 상태에서 보며 또 전체 위에서 볼 것, (4) 추상적 인간성을 버릴 것, (5) 제재에 구애될 것은 없으나 자본가와 소시민을 그릴 때는 반드시 노동자와 대립시킬 것, (6) 묘사 수법은 필연적 객관적 실제적 구체적일 것, (7) 객관적 태도라야 한다고 해서 초계급적 냉정한 태도를 취할 수는 없다는 것 등을 들었다.[45]

팔봉의 "존재를 최후로 결정하는 것이 형식"이라는 원론적 설명은 정당하다고 치더라도 프로문학 형식론을 철학적으로 구명하지 못하고 바로 프로 작가의 창작 태도를 일곱 항목이나 제시한 것은 그 한계로 보인다. 그러면 과연 이 일곱 항목이 프로 작가와 부르 작가의 태도상의 구별이라 할 수 있는가. 이 의문에 대한 답변은 염상섭의 「'토구, 비판' 3제」(『동아일보』, 1929. 5. 4~15)에서 볼 수 있다.

염상섭은 형식주의자임을 자처한 바 있는데 그가 의미하는 형식

---

45)   김기진, 「변증적 사실주의」, 『동아일보』, 1929. 3. 7.

이란 '주관이냐 추상이냐 사실이냐라는 문제'라 본다. 이 관점에서 볼 때 팔봉이 제시한 항목들은 프로문학만의 것일 수 없음을 이렇게 반박한다.

현실 사물을 있는 그대로 그리는, 객관적으로 현실적으로 있는 그대로 보는 태도가 프로 작가의 태도라는 것은 애써 부정할 필요는 없는 것이나, 이것으로 하필 프로 작가 독특한 경지인 듯이 생각함은 우스운 일이다. 플로베르는 무산계급자가 아니라 자연주의의 거두(巨頭)였다. 객관적 현실적임을 역설함은 도리어 반프로적이 아닌가.[46]

이렇게 볼 때 팔봉의 일곱 항목 중, (5)항과 (7)항 이외는 전부 리얼리즘문학 일반에 통용되는 것이지 프로문학에만 적용되는 것이 아님을 염상섭은 담담히 지적하고 있다.

이 논쟁을 무애가 「문예상의 내용과 형식의 문제」(『문예공론』, 1929. 6)에서, 윤기정(尹基鼎)의 「문학적 활동과 형식 문제」(『조선문예』, 1929. 6)와 함께 팔봉의 자설 철회 과정과 그 후의 프로문학을 이른바 '춘추필법'이라는 입장에서 재론하였고, 이에 팔봉은 「문예적 평론—소위 춘추필법 기타」(『중외일보』, 1929. 10. 1~9)에서 답변했으며, 다시 무애는 「문제의 소재와 이동점(異同點)」(『중외일보』, 1929. 10. 20~11. 9)에서 팔봉의 형식과 민족주의와의 관계를 논하고 있다.

형식 논쟁이 1927년에 일어나, 1929년에 재론된 이유는 프로문학의 1927~28년의 주력이 목적의식에 의한 방향전환 문제와 '반동적 조

---

46) 염상섭, 「토구, 비판' 3제—무산문예 양식문제 기타」, 『동아일보』, 1929. 5. 8.

선주의’ 즉 민족주의와의 논쟁에 집중되었기 때문이며, 팔봉이 이 형
식론에서 소위 ‘통속소설론’이라는 프로문학 대중화의 문제를 이끌어
낸 점이 특기할 만한 사실일 것이다.

4. 결산

형식 논쟁의 범문단적 결산은 무애를 저변으로 하여 이루어졌다고 볼
수 있다. 한국 비평사에서 무애의 강점이 그의 정확한 문장력에 있었
음은 일찍이 지적된 바 있다.

> 만일 김·박 양 씨와 무애가 역지(易地)를 하였던들 본래부터 문제도
> 되지 않았을 것이다. 더구나 박 씨의 무기는 소련제인 신예(新銳) 유
> 물변증법인데 양 씨의 그것은 그야말로 케케묵은 관념론을 가지고
> 도 그만큼 적대(敵對)했으니 [⋯⋯] 여태껏 (1935년 현재―인용자)
> 문장으로서 양 씨의 오른쪽에 나선 자는 없다.[47]

회월은 이론 자체도 어렵고 사회학적인 데다 그 문장은 퍽 난삽했고,
팔봉은 다소 순탄한 대신 맺힌 데가 없는 무해무득한 것이라면, 무애
는 어휘의 정확성, 논리 창달(暢達)에 비상하여 허튼 문맥이 없는 편이
다. 이러한 문장력 배후에는 한적(漢籍)의 소양, 고문 규범(古文規範)의
습득에, 또 낡은 미학이나마 소화한 때문일 것이다. 「문예상의 내용과

---

47)　신산자(新山子), 「현역 비평가 군상」, 『조광』, 1937. 3, p. 253.

형식」에서도 논리의 명확성을 과시하여 부르적인 입장에서 형식론의 본질을 구명하게 됨을 본다.[48]

무애는 먼저 내용과 형식의 정의에서 출발한다. 내용은 '그 작품 속에 포함된 정신적 실질'인데 보통 작품 내용이라면 그 작품 총체가 작용하는바 전체를 의미한다. 정신적 실질이란 작가가 취해온 소재, 그 소재에 융합된 사상, 표현 형식 전부를 뜻하게 된다. 그의 결론은 열 항목으로 벌여놓았다. (1) 내용에 대한 인식은 인간 활동이요 형식을 부여함이 작가 활동이며, (2) 내용은 존재 자체인데 형식은 존재의 표시인 동시에 가치의 양상이다. (3) 따라서 내용만으로는 예술이 성립될 수 없다. 단순한 존재 자체에서는 가치를 추출할 수 없으므로. (4) 형식이 예술을 구성하는 제일의적 요건이다. 예술은 가치의 세계에 속하니까. (5) 그런데 내용은 형식을 결정한다. 작가 활동 곧 내용이 형식을 결정하는 순간부터 예술이 시작되는 것이다. (6) 사회적 사조나 주의는 엄밀히는 예술상의 주의가 될 수 없다. (7) 그것은 내용상의 주의에 불과한 것이다. 형식도 내용을 결정할 수 있다. 왜냐하면 가치는 이미 그 자체 안에서 존재를 상정(想定)하므로. (8) 예술에서의 형식과 내용 그 어느 것에 편중되느냐 하는 문제는 시대에 따라 다르다. (9) 타락한 예술은 한쪽으로 편중한다. (10) 완전한 예술은 양자의 일치 조화로써만 가능하다. 이상 무애의 소설(所說)은 단편적이나마

---

48) 양주동, 「문예상의 내용과 형식의 문제」, 『문예공론』, 1929. 6; 『한국문학전집』 36, 민중서관, pp. 47~49. 이것은 나카가와 요이치(中河與一)의 『フォルマリズム藝術論』(天人社, 1930, p. 15)과도 관계가 있을 것이다. 그리고 나카가와 요이치에 대한 반론으로 씌어진 다니카와 데쓰조(谷川徹三)의 「形式主義再論」(『新潮』, 1927. 7, p. 88)을 그대로 옮긴 점이 많다.

미학적 설명을 도입한 것이며, 회월이 내세운 프로예술의 유물론적 설명과 대립되는 것이다. 즉 민족주의문학론을 뒷받침하는 내용·형식론을 무애가 세운 것에 그 의의가 있다. 그러나 실상 무애의 이론은 다니카와 데쓰조(谷川徹三)의 「형식주의 재론(再論)」(『新潮』, 1927. 7)을 그대로 옮겨놓은 것이라 할 수 있다.

내용·형식 논쟁은 약 3년간에 걸치는 프로문학 창작에 직결된 중요 과제였고, 진폭이 큰 논쟁이었다. 특히 이것을 계기로 해서 절충파의 대두를 볼 수 있으며, 대중화 문제로 번지게 된다. 1930년 회월은 이 문제를 다음처럼 결론짓고 있다. "이것은 (내용·형식론─인용자) 팔봉, 송영(宋影)의 소론(所論)과 같이 초창기 시대의 우리들의 의식 없이 형식 발전이 되지 아니할 것이며 이 의식이 통일되니까 형식이 대두된 것인데 이것은 필연의 결과다. 그러므로 내용과 형식은 균형되어야 한다. 균형은 사회적 내용의 발전에 따른다."[49] 여기서 언급된 '의식의 통일'이란 곧 목적의식기로 접어들어 방향 전환함을 의미한 것이라 볼 때, 이 시기에 팔봉의 형식론 대두는 꽤 인상적인 것이라 하지 않을 수 없다.

---

49) 박영희, 「예술의 형식과 내용의 합목적성」, 『해방』, 1930. 12, p. 8.

제3절 목적의식론

목적의식론(目的意識論)은 아오노 스에키치의 「자연생장과 목적의식 (自然生長と目的意識)」(『文藝戰線』, 1926. 9)에서 비롯된 것으로 외재적 비평의 필연적 귀결로 되어 있다.

그에 의하면 프롤레타리아예술은 자연히 생장하며 이와 함께 표현욕도 자연 생장한다. 프롤레타리아 입장에 서는 인텔리가 나타나고 시를 짓는 노동자가 나오고 희곡이 공장에서 태어나며 소설이 농민의 손에서 씌어지고, 이렇게 자연히 발생한다. 그러나 이러한 현상은 하나의 무브먼트가 되지 못한다. 이것이 프로문학 운동으로 되기 위해서는 자연발생적인 단계에서 목적의식으로 끌어올려져야 한다. 프로생활을 그리는 것만으로는 개인적 만족이며 계급투쟁 목적을 자각했을 때 이른바 목적의식을 띠는 것이다. 이때 비로소 전체성에 관계되며 운동으로서의 의의가 있다는 것이다.[50] 아오노 스에키치와 함께 하야시 후사오(林房雄)의 이론도 목적의식론의 기초를 이룬 것으로 "사회주의 문예운동은 전위의 운동"에 집약됨을 볼 수 있다.[51] 그들의 사회 문학은 사회주의적 세계관에 의해 침윤되지 않으면 안 된다는 데

---

50) "목적의식이란 무엇인가? 프롤레타리아의 생활을 그리고, 프롤레타리아가 표현을 추구하는 것은 그것만으로는 개인적인 만족이지, 프롤레타리아계급의 투쟁 목적을 자각한, 완전히 계급적인 행위는 아니다. 프롤레타리아계급의 투쟁 목적을 자각해서야 비로소 계급을 위한 예술이 된다"(靑野季吉, 「自然生長と目的意識」, 『文藝戰線』, 1927. 1. p. 103).

51) "사회주의 문예운동은 전위의 운동이다. 만약 그것이 전위의 운동이 아니라면 존재 의의가 없다"(林房雄, 「社會主義文藝運動」, 『文藝戰線』, 1927. 2, p. 25); "사회주의 문예의 문예운동은 전위의 운동……"(「同誌社說」 3項, 『文藝戰線』, 1927. 2, p. 7).

서 더 나아가 예술가이기 전에 사회주의자이어야 한다는 데까지 이르고 있다. 일본 측은 후쿠모토주의(福本主義)와 결부되어 『문예전선(文藝戰線)』의 볼셰비키화로 이 문제가 나타났는데, 한국에선 회월이 중심이 되어 방향전환을 시도했으며 마침내 임화, 이북만 등의 소장파 볼셰비키와 대립적 양상을 드러낸다.

목적의식을 도입하는 마당에서 회월이 "조선의 문예운동이라 하면, 그리고 그 문예운동이 참으로 있어야 할 것이라면 그 문예운동에는 반드시 조선의 현실성을 말할 수 있어야 할 것"[52]을 문제 삼은 것은 중요로운 일이다. 임화의 "무산계급의 문학이란 프롤레타리아계급을 내용으로 한 문학"[53]이니, 윤기정의 "목적의식기의 문예가로서 파악해야 할 태도는 작품을 쓰지 않아야 한다. 변혁의 의지는 마르크스주의적 의식하에 조직적으로 표현하기를 노력해야 한다"[54]니, 이북만의 "우리 문예운동의 새로운 계급이 규정한 우리의 임무 중의 하나의 작품 행동은 대중을 전 무산계급적 정치투쟁에까지 동원하는 매개체로서의 예술이 아니면 안 된다"[55] 등등의 관념적 소장파의 목적의식론보다 회월의 온건성은 리버럴리즘liberalism의 맹아와 관계있는 것이기도 하며 회월의 문인으로서의 최저선을 확보한 점이기도 하다.

회월이 말한 현실성이란 사회적 현실을 뜻하는 것이며 사회와 함께 변모하는 유동적 현실이라 할 것이다. 이것은 세계 현실이라 할 수도 있는 것으로 부르주아 현실이 붕괴하는 현실이라면 프로의 것은

---

52) 박영희, 「문예운동의 방향전환」, 『조선지광』, 1927. 4, p. 62.
53) 임화, 「분화와 전개─목적의식론의 서론에 도입」, 『조선일보』, 1927. 5. 11.
54) 윤기정, 「무산문학의 창작적 태도」, 『조선일보』, 1927. 10. 7.
55) 이북만, 「방향전환론」, 『조선일보』, 1927. 10. 11.

성장하는 것을 말하는 것에 관계된다. 따라서 프로의 현실 가치는 언제나 성장, 전진하는 현실 속에 있다. 방향전환론도 문예운동과 성장현실과의 관계의 변증법적 발전에 불과한 것이다. 이 시점에서 방향전환기에 있는 한국 사회의 현실성을 문예운동으로 하여금 어떻게 방향전환케 할 것인가. 이 답변은 다음처럼 명백하다.

소위 신경향파 문학이나 경제투쟁의 문학은 자연생장적이라고 하는 이름 밑에 들어갈 수 있는 것이니, 하루하루 임금을 다투는 노동자나 차별과 ××에서 필연적으로 생기는 개별적 ××뿐만으로는 무산계급의 계급적 의의를 얻기 어렵다. 이에 있어서는 목적의식적으로 나가야 한다. 원래 계급문학은 그 기능을 다하기 위해서 늘 새로운 과정을 지나게 되는 것이다. 계급의식을 고양하던 계급문학은 경제투쟁에서 목적의식적으로 이르게 되는 것이다. 조선에 있어서는 자연생장적 문학에서 목적의식적 문학으로 과정(過程)한다는 것이 지금 필연한 현실이다. 그러나 소위 방향전환이니 목적의식을 문학에 있어서 너무 과도히 과장(過長)하게 생각해서는 안 된다. 그것은 정치투쟁은 대중이 하는 것이지 문학이 하는 것이 아니다.[56] (방점—인용자)

여기서 1차 방향전환으로서의 목적의식론의 행방, 한국적 필연성(현실성)을 알 수 있거니와 특기해둘 것은 정치투쟁과 프로문학을 구별한 점이다. 회월은 소장파처럼 문학 즉 정치투쟁으로 보지 않았던 것

56) 박영희, 「문예운동의 방향전환」, 같은 글, p. 65.

이다. 제2차 방향전환 때, 팔봉과 회월 등 구 카프계가 탈락하고 소장파가 헤게모니를 쥐게 될 때는 완전히 볼셰비키화해버린다. 적어도 구 카프계는 조선주의적 색채에서 끝내 벗어날 수가 없었고, 또 문학주의에서도 벗어날 수 없었는 데 대하여 소장파는 조선주의 및 문학주의를 배격하는 오류를 범하게 된 것이다.

회월이 현실성이란 말과 함께 제시한 소론은 어디까지 뻗을 수 있는 것일까. 그는 문예운동의 3대 구성 요소를 제시한다. 첫째는 무산문예운동 자체의 결정, 둘째는 무산문예의 실천과 이론의 현실적 통일, 셋째 진정한 문예운동의 임무 등이며, 이렇게 하기 위해 (1) 목적의식으로 나가기 위해 부분적 투쟁에서 전체적 투쟁, 경제적 투쟁에서 정치적 투쟁에로 나아갈 것, (2) 전선적(前線的) 이론투쟁이 선행할 것, (3) 제2선적 문예에서 제1선적 문예에로, (4) 조합주의를 극복할 것, (5) 보수적, 부르주아적 국민문학을 배격하여 사적 필연적 과정인 민족문학운동을 전개할 것, (6) 식민지에 있어 문학운동 속에 어떻게 좌익의식을 전취(戰取)할 수 있는가를 모색할 것 등이 나열되어 있다.[57] 이로써 회월의 문학주의와 조선주의가 잘 드러나 있음을 알 수 있다. 결국 방향전환이란 문예상의 방향 전환인 것이다. "문예운동의 진출은 전 무산계급운동과 동일한 것은 아니다."[58] 문학은 문예의 특수성을 가진다. 그러나 이것과 무산계급운동은 동일한 두 개가 아니라 통일될 수 있는 전선적 일익(一翼)으로 파악되어야 한다는 것이다. 그러기 위해 회월은 신간회 회원이 되어 KAPF를 신간회 산하에

---

57) 박영희, 「문예운동의 목적의식론—문예의식 구성과 계급문학의 진출」, 『조선지광』,
     1927. 7, pp. 1~6.
58) 같은 글, p. 6.

소속시키려 하였다. 그러나 한설야 등이 이것을 조산적(早産的) 추수주의자로 공격하여 실패하고 만다.

이상이 회월이 주도적으로 내세운 제1차 방향전환론인데, 여기에 대해서 일찍이 팔봉은 이렇게 비판한 적이 있다.

(1) 종래의 자연생장적 신경향파의 문예운동이 신경향파 자체의 성장과 전 무산계급운동의 주체의 성장과 일본 급(及) 중국 기타 무산계급의 정치적 진출의 정세(情勢) 등으로 인하여 마르크스주의적 진정한 무산계급의 운동으로 방향전환케 되고 (2) 지도자의 성급한 공식주의적 절충주의 의식의 협잡물로 인하여 최초의 방향전환론은 비변증법적 비마르크스주의적이었으며 조직적 실천과 이론투쟁 과정은 차등(此等) 잡물의 극복과 진정한 방향전환의 의식의 섭취를 위하여 상당한 시일을 요하였고 (3) 필연의 결과로 이론투쟁의 전성과 창작자의 적요(寂寥)를 보게 되었고, (4) 사이비 무산계급 문예이론과 국민 여론과의 대립 투쟁을 본 것이다.[59]

제2차 방향전환에서는 소장파들의 문예운동 곧 정치운동이라는 극단적 선언을 볼 수 있으며, 민족주의문학에 철저한 대결 의식을 고조하여 고독한 전진을 부르짖었다. 그러나 이러한 볼셰비키화는 예술의 특수성의 인식이 없는 곳에 한계가 나타났다. 문예운동의 특수성을 무시하고 다만 문예의 효용만을 고양해서 무산계급운동과 동일시하

---

59) 김기진, 「조선 문예 변천 과정」, 『조선일보』, 1929. 1. 『조선사상통신』 37집(1929. 5. 27)
    에서 재인용.

고 과장한다면 그것은 문학주의와 민족주의를 함께 사상(捨象)하는 것이 될 것이다.

　회월이 목적의식을 논하면서 현실성을 끝까지 염두에 두어 문학주의와 조선주의를 포회(抱懷)한 사실은 고평(高評)되어야 한다. 소장파에 의해 볼셰비키화한 전투 의식은 창작과는 별로 관계없는 한갓 논의를 위한 논의의 느낌을 주었으니, 회월은 이때부터 침묵을 지키며 전향의 기회를 엿보게 된 것이다.

제4절 아나키스트와의 논쟁

방향전환기에 접어든 1927년 초에 "프로문예 중에 아나키즘 문예와 볼셰비즘 문예의 대립을 상상할 수 있다. 공산주의자가 그의 파악하는 인생관 내지 사회관에 입각하여 무산계급 문예를 수립할 수 있다면 아나키즘 역시 그의 사상적 견지에서 무산계급 문예론을 수립할 수 있을 것"[60]이라는 주장이 김화산(金華山)[61]에 의해 나왔다. 아나키즘과 볼셰비즘이 각각 다른 체계라는 이 견해가 나오게 된 것은 "종교

---

60)　김화산, 「계급예술론의 신전개」, 『조선문단』, 1927. 4, p. 16.
61)　"金華山人이란 익명으로 평필(評筆)을 든 사람이 있으니 그 사람은 별(別)사람이 아니라 권구현이었던 것이다"(홍효민, 「문단측면사」 5, 『현대문학』, 1959. 2, p. 277). 그러나 이 점은 약간 의심스럽다. 여기서의 '金華山人'은 변호사 방준경(方俊卿)으로 추정된다(이하윤·이태준의 증언).

신자와 같은 심리—미망(迷妄)이 현금(現今) 마르크스주의자의 일부에 침윤(浸潤)"했기 때문이다. "예술은 독립할 수 있고 독립할 가치가 있기 때문"[62]에 프로문학을 두 부분으로 나눌 수 있고 또 나눠져야 한다는 것이다. 이렇게 되자 KAPF 진영은 자기 자체 내의 내분인 내용·형식 논쟁과 함께 또 하나의 내분이 일어난 것이 되어, 방향전환기에 들어서서 볼셰비키화의 노선을 걸었어야 할 KAPF 주류는 청산기를 맞지 않을 수 없었다. KAPF는 방향전환의 여세를 몰아, 자유주의적 아나키즘을 자체 내에서 박멸하지 않으면 안 되었다.

이 논쟁은 아나키즘 측에서 KAPF 목적의식을 의욕적으로 비판한 데서 발단되는 것인데, 김화산·강허봉(姜虛峯)·이향(李鄕)이 아나키스트였다. 이 중 김화산이 중심인물로서 그 논쟁문은 「계급예술론의 신전개」(『조선문단』, 1927. 3), 「뇌동성 문예론의 극복」(『현대평론』, 1927. 6), 「속 뇌동성 문예론의 극복」(『조선일보』, 1927. 7) 등이며, 이에 대한 반론은 조중곤(趙重滾)의 「선전과 예술」(『중외일보』, 1927. 3), 윤기정의 「'계급예술론의 신전개'를 읽고」(『조선일보』, 1927. 3), 조중곤의 「비마르크스주의적 문예론의 배격」(『중외일보』, 1927. 6), 윤기정의 「상호비판과 이론 확립」(『조선일보』, 1927. 6), 임화의 「착각적 문예이론」(『조선일보』, 1927. 9), 한설야의 「무산문예가의 입장에서」(『동아일보』, 1927. 4), 박영희의 「계급예술론의 신전개를 읽고」(『중외일보』, 1927. 4) 등이다.

이 논쟁을 검토하기 전에 대체 아나키즘이란 무엇인가를 살펴볼 필요가 있다. 아나키스트 이향이 「예술가로서의 크로폿킨」(『동아일

---

62)   김화산, 「계급예술론의 신전개」, 같은 책, p. 17.

보』, 1928. 2. 7)을 쓴 바 있거니와, 아나키즘은 크로폿킨이 주장한 것이다. 원래 사회주의 사상은 많은 주의를 내포하고 있었다. 마르크시즘, 아나키즘, 니힐리즘을 위시해서 포이에르바하주의, 후쿠모토주의, 안광천(安光泉)주의 등의 분화를 볼 수 있다. 아나키즘이란 무정부주의로 번역할 수 있거니와 이는 국가 없는 분산적 소생산(小生産) 사회의 건설을 목표로 하는 사회주의 일파인데, 부르주아 국가를 타도한다는 점에서 마르크스주의와 일치하나, 그 방법이나 내용에 있어서는 전혀 달라, 프로계급 독재도 완전히 부정하는 자유주의적 무정부주의라 할 수 있다.[63] 아나키즘 문예론도 "새로운 예술형식은 묵은 문장법의 파괴로 비롯"[64]한다는 점에서는 볼셰비즘 문학론 쪽과 일치하나 그 방법은 전혀 대립적이다. 아나키즘이 리버럴리즘을 바탕으로 한 혁명문학이라면 볼셰비즘은 절대를 신봉하는 형이상학적 요인을 가진다. 따라서 후자는 중앙위원회의 명령에 의해, 그런 방법에 의해서만 창작해야 하는 공식주의에 떨어진 것으로 본다. 윤기정이, "아나키스트는 극단의 개인주의자다, 고로 부르주아"라 비난했을 때 김화산은 아나키스트의 최대의 안목이 볼셰비키처럼 무산계급을 의식적으로 외재(外在)의 강권에 의해 이룩하려는 것이 아니고, "가장 자연적인 내부 법칙에 의하여 자유연합―집단성을 위한 개성의 자유로운 발양(發揚)은 이곳에서만 비로소 취득할 수 있다―을 형성코자 함"[65]에 있음을 천명했다. 이것을 예술론으로 번역하면 예술의 임무는 다음과

---

63) 이석태 편, 『사회과학대사전』, p. 401; P. A. Kropotkin, *Modern science and Anarchism*, Freedom Press, London, 1912, pp. 91~93.

64) 김화산, 「계급예술론의 신전개」, 같은 책, p. 21.

65) 김화산, 「뇌동성 문예론의 극복」, 『현대평론』, 1927. 6, p. 3.

같다.

　구태여 나 역시 마르크스주의적 의견을 부정 않는다. 아나키스트도 같다. 그러나 아나키즘에서는 그러한 교호(交互) 관계가 있기 때문에 투쟁의 기관인 당(黨)에 예술을 예속시키지 않으면 안 된다고 말하지 않는다. 예술의 영감은 외부에서 강제하는 목적관(目的觀)에서 오지 않는다. 그러나 예술은 그 내적 필연성에 의하여 자기 자신이 어떠한 목적관을 형성한다. 즉 투쟁기에 있어서는 필연적으로 투쟁 관계의 내적 호상(互相) 흡수 작용에 의하여 프롤레타리아 내에 결성된 목적의식이 극히 자연적인 방법으로 예술 내부에 침투한다. 이야말로 아나키스트가 의도코자 하는 자연생성적을 통한 목적의식이다. 문예와 사회투쟁기에 대한 예술의 임무는 오직 이에 의해서만 정확히 해결된다.[66]

　이와 같이 아나키스트가 당의 혹은 중앙 집권회의 명령을 철저히 부정한다는 사실을 KAPF가 발견하게 되었고, 그것은 투쟁기에 들어선 프로문학으로서 극히 위험스럽고 치명적인 것이 되었다. KAPF도 이 자체 내의 위험물부터 박멸하지 않으면 안 되었다. 특히 이 무렵엔 팔봉의 형식론이 펼쳐지고 있을 시기로서 김화산은 프로문학도 예술인 다음에서 예술의 본질적 요소를 무시할 수 없다고 했고[67] "박 씨의 설은 벌써 예술론으로 볼 수 없을 뿐 아니라 이러한 예술은 볼 수 없다.

---

66)　같은 글, p. 6.
67)　같은 글, p. 5.

예술로서의 성립 조건을 무시하는 사회××의 선전만으로 전(全) 목적을 삼는다면 그것은 선전 포스터나 정견 발표문에 불과"[68]하다고 공격을 가했던 것이다.

KAPF 강경파들은 우선 팔봉을 납득시킨 후, 김화산을 집중적으로 강타하기에 전력을 기울이게 된다. 물론 그들은 아나키즘 이론을 이해하여 논리적으로 극복하지 않고 "일언(一言)하면 피등(彼等)은 좌익문예가의 가면을 쓰고 대중에게 부르주아 이데올로기를 주입코자 하는 예술파적인 소시민의 근성을 발견한 이외에의 아무것도 아니다"[69]라는 단정에서 일언으로 단죄하고 있음을 보여준다. 그중 한설야의 견해가 오직 약간의 진지성을 보여줄 뿐이다.

김화산의 아나키즘적 이론의 근거는 일본의 프로문예 비평가인 다니 하지메(谷一), 혼조 카소(本莊可宗), 아오노 스에키치에 닿아 있으며, 특히 "일본 『신조』 1월호(1927—인용자)에 실린 니이 이타루(新居格)의 「공산주의 당파 문예를 평함」을 야끼마시(燒增)한 것"[70]이라는 고발도 있다.

이러한 고발을 한 한설야는 프로문학에는 여러 유파가 있어야 하고 그중의 하나가 아나키스트라는 김화산의 견해를 "마르크스주의 이외의 무산계급 운동을 제창하려거든 우선 명확한 방법을 표현하라"[71]

---

68) 김화산, 「계급예술론의 신전개」, 같은 책, p. 20.
69) 임화, 「착각적 문예이론」, 『조선일보』, 1927. 9. 20.
70) ① 한설야, 「무산문예가의 입장에서: 김화산 군의 허구문예론—관념적 당위론을 박(駁)함」, 『동아일보』, 1927. 4. 15.
     ② 일본에선 1926년 말에 NAPF로부터 아나키스트가 분리되었다(藏原惟人, 『藝術論』, 中央公論社, 1932; 『예술론』, 김영석·김만선·나한 옮김, 개척사, 1948, p. 11).
71) 한설야, 같은 글.

고 요구한다. 명백한 이념 및 방법론이 없다면 그것은 한갓 공론이며, 적어도 이 점에서 마르크스주의적 계급운동만이 방법과 이념을 뚜렷이 가진다는 것이다. 박영희가 "무정부주의자는 조산아적(早產兒的) 이론"[72]이라 한 것도 같은 이유이다. 이리하여 KAPF는 아나키스트를 조직에서 제명하게 된다.

이 논쟁은 KAPF의 조직적 집단석 세력에 눌려 그로부터 후퇴하고 말았다. 그러나 이 논쟁은 KAPF 측 가슴에 박힌 가시가 되어 오래도록 고민하게 되는 데 그 의의를 발견할 수 있다.

아나키즘은 하나의 집단적인 운동으로 되지도 못했고 구체적 작품 행위도 없었지만[73] 무산계급 의식을 고조하면서도 예술의 독자성을 주장하여 프로문학의 질적 향상을 도모한 것은, 팔봉의 형식론과 함께 KAPF 이론의 일면을 견제한 것이다.

만일 이 문제가 집단화되었더라면 팔봉 노선과 같은 것이 되었을 것이고 좀 뒤에는 회월과도 일치될 수 있어, 그만큼 프로문학을 윤택하게 피웠을 것이다. 그러나 볼셰비키화가 일본을 위시해서 세계적 추세로 등장하게 되고, 또 크로폿킨의 중단된 이론으로 말미암아, 그리고 트로츠키즘에까지 나아가지 못한 김화산 자신도 시(詩) 및 시평(時評)에 머물고 만 것이다.

1928년 아나키스트는 '자유예술연맹'을 결성하고 『문예광(文藝狂)』이란 기관지를 냈으며 김화산의 이론, 이향의 시와 논문을 실었는데 그들의 선언은 "마르크스주의의 선전 삐라식 사이비 예술운동을

---

72) 박영희, 「무산예술운동의 집단적 의의」, 『조선지광』, 1927. 3, p. 60.
73) 양주동, 「정묘(丁卯) 평단 총관―국민문학과 무산문학의 제 문제를 검토 비판함」, 『동아일보』, 1928. 1. 15.

철저히 배격하고 신사회의 건설을 합리화한 정통 무산계급의 예술을 강조"[74]한다는 것으로 되어 있다. 아나키스트가 KAPF에서 제명당하게 된 것에 반발하여 새로운 조직을 만들기는 했으나, 사회의 지지를 받지 못하고 말았던 것이다. 김화산은 「마르크스주의의 문학론 음미」(『조선문학』, 1933. 11)에서 다시 아나키즘의 예술적 입장을 논하는 집념을 보인 바 있다.

제5절 대중화론

1. 『전기』파의 대중화론

1926년 말 NAPF계의 기관지 『프롤레타리아예술(プロレタリア芸術)』은 프롤레타리아의 예술을 전(全) 피압박 민중 속으로 보내는 것을 무산계급 예술운동의 중요한 임무의 하나로 보고 그 구체적 방법으로 (1) 조직이 단순한 소극단에 의한 연극, (2) 그림 삐라와 포스터의 분포, (3) 극히 저렴한 소출판 등을 열거하였다.[75] 이러한 방법 수단에서는 이의가 없었으나, 어떠한 예술을 대중 속으로 보내느냐 하는 문제는 NAPF 지도층 사이에 상당히 큰 의견의 차이를 보였고, 1928년 『전

---

74) 『동아일보』(1928. 3. 11) 보도.

75) 中野重治, 「如何に具体的に闘争するか?」, 『プロレタリア芸術』, 1927. 12. 구라하라 고레히토, 『예술론』, p. 12에서 재인용.

기(戰旗)』창간호부터 자체 내의 논쟁의 제기를 보여주고 있다. NAPF
가 당초 자기 규정의 예술 대중화 문제를 제기하지 않으면 안 되었던
근본적 원인은, 마르크스주의 정치운동 및 그 예술과 이를 지지하는
대중 사이에 커다란 심연이 가로놓여 있는 데서 찾을 수 있다.

이 논쟁은 나카노 시게하루(中野重治)의 「소위 말하는 예술 대중
화론의 오류에 대하여(いわゆる藝術の大衆化論の誤りについて)」(『戰旗』,
1928. 6)에서 발단한다. 나카노 이론의 골자는 '전위적(前衛的) 엘리트
주의'로 집약할 수 있다. 즉 대중은 그 의식 정도가 낮으므로 문예의
정도를 낮추어 대중에 영합함을 부정하는 입장인 것이다. 이것은 '있
어야 될 대중'은 결코 저급하지 않다는 전제에서 출발한 것이다.[76] 그
러나 '있어야 될 대중'은 '있는 대중'은 아니다. 이 논점의 결함은 '대
중＝피지배계급＝계급의식의 소유자'로 사유한 일원론적 인식에 있
다.[77] 나카노 이론에 대한 반론은 구라하라 고레히토에 의해 나타났
다. 그에 의하면 나카노의 이론은 일종의 이상적 추상론이어서 실제
적이 못 된다는 것이다. 프로운동은 실천적으로는 대중을 교양함에
중대한 임무가 있다는 견해이다. 구라하라는 프로문예운동이 이후 수
차 공장·농민 대중 속에 침투하려 했으나 실패했는데 그 실패는 당연
한 것이라 한다. 가령 『전기』를 프로예술운동의 지도 기관지 또는 대
중의 아지프로의 기관이라 보는 것은 오류라는 것이다. 이 양자는 단
연 구별되어야 하며, 『전기』에 예술운동의 최고 권위를 갖게 하면서
따로 대중지를 만들어 대중을 지도 획득하는 쪽을 주장하였다.[78] 이

---

76) 吉本隆明, 『藝術的抵抗と挫折』, 未來社, 1959, p. 118.
77) 같은 책, p. 119.
78) "우리는 지금까지 기관지 『전기』를 대중화하고자 그것을 널리 공장, 농촌의 광범위한 말

견해는 루나차르스키적 노선으로, 프로예술 확립을 향한 노력과 예술을 이용하여 대중을 아지프로화하는 운동과를 혼동하지 말 것을 주장한 것으로, 나카노 이론이 일원적, 이상주의적이라면 이것은 이원적이라 할 수도 있을 것이다.

이 양자의 대중화론이 원칙적이고 이념적이며 추상성을 띤 데 비하여 대중의 본질을 지적하여 해결을 모색한 이론가는 하야시 후사오이다. 하야시 후사오는 프로 대중문학을 다음처럼 정의한다.

'대중'이란 원래 정치적인 개념으로, '지도자'에 대립되는 말이다. 마르크스주의적으로는 대중이란 정치적으로 무자각한 층이라 정의된다. 프롤레타리아 운동 내에 있어서의 의식적인 활동 요소에 대(對)하는 무의식적인 요소인 것이다. 현실의 프롤레타리아 계급 속에, 이러한 심리에 있어, 의식에 있어, 나아간 층과 뒤떨어진 층이 있다는 것으로부터 심리적 의식적 산물인 우리들의 문학에도 두 종류가 발생한다. 진보된 층에 수입되어지는 문학과 뒤떨어진 층에 수입되어지는 문학과 이 후자를 가리켜 우리들은 프롤레타리아 대중문학이라 한다.[79]

단 조직 대중의 중심으로 가지고 들어갔으나 실패했다. 실패는 당연하다. 우리가 잘못한 것이다. 과거에 『전기』는 예술운동의 지도 기관이면서 동시에 광범위한 대중 선전선동 기관이 될 수 있다고 생각했다. 그것은 틀렸다. 우리는 지금 이러한 예술운동의 지도 기관과 대중의 선전선동 기관을 단연 구별해야 한다. 여기서 생겨나는 실천적 결론은 무엇인가? 그것은 매우 간단하다. 우리의 기관지 『전기』가 진정 예술운동의 지도 기관이 될 수 있도록 노력함과 아울러 널리 공장, 직장, 농촌 등으로 가지고 들어갈 수 있도록 대중적인 그림이 들어간 잡지를 창간하기 위해 모든 노력을 기울이지 않으면 안 된다"(藏原惟人, 「藝術運動當面の緊急問題」, 『戰旗』, 1928. 8, p. 18).

79) 林房雄, 「プロレタリア大衆文學の問題」, 『戰旗』, 1928. 10, p. 99.

이와 같이 대중의식의 개별적 차이에 착안한 것은 그만큼 구체성을 띤 것이라 할 수 있다. 하야시 후사오는 루나차르스키가 프롤레타리아의 이중 부분, '완전히 의식적인 당원, 이미 어느 문화적 수준을 획득한 독자를 향한 작품'을 본래의 프롤레타리아문학이라 하고, '대중의 눈에 맞는 문학'은 프로문학이 아니라고 본 것은 잘못이라 지적한 바도 있다.

하야시 후사오의 대중화에 대한 결론은 필연적으로 두 개의 점에 이른다. 첫째, 현실에서 노농대중(勞農大衆)이 애독하는 작품을 연구할 것이며, 이때 그 작품 속에는 비(非)프로적 내용이 있더라도 두려워할 필요가 없다는 것이다. 둘째는 대중에 읽히기 위해서도 복잡 고급한 내용은 필요치 않으며, 유희적 요소로서의 재미를 포함하지 않으면 안 된다는 것이다. 유희적 요소를 강조하는 이 견해가 원칙론자들의 눈에는 NAPF적인 것에서의 일탈로 보였음에 틀림없을 것이다. 하야시 후사오의 이 견해는 결국 성공을 거두지 못하고 말았는데, 이것은 일본 프로예술운동이 구체적인 대중사회로부터 유리된 '독선적 운동'[80]임을 방증하는 것이 될 것이다.

제2차 논쟁은 1930년, 하야시 후사오의 노선 연장상에 기시 야마지(貴司山治)가 서서 구라하라 고레히토와 다시 치열해지는데, 여기서 문제된 것은 프로문학의 내용·형식 논의, 즉 다음 단계에 오는 프로문학의 형식과 직결된 창작기법에 관한 것이다. '산 대중을 그려라'(구라하라), '대중의 생활을 발가숭이로 그려라'(나카노)라는 것은 제재만

---

80)   吉本隆明, 같은 책, p. 123.

의 문제가 아니라 바로 형식의 문제이기도 한 것이라고 기시는 주장한다. 그에 의하면, 아무리 제재가 프로적일지라도 그것을 표현하는 형식이 난삽한 인텔리적이면 대중화는 실현될 수 없다. 격리되고 동떨어진 모든 형식, 전문적 탐미가(耽美家)의 좁은 범위를 상대로 한 형식, 모든 예술적 조건과 세련성(洗 性) 따위는 마르크스주의자의 손에 비판받아야 하며(루나차르스키) 그리하여 대중에 이해되고 대중의 감정·사상·의지를 결합하고 높일 만한 형식을 만들어내는 것이 중요한 과제라는 것이다. 그렇게 하기 위해 그 방법으로 기시 야마지는 노동자·농민의 문학적 수준에서 출발할 것을 주장했다.[81] 번쇄스러운 리얼리즘 수법을 버리고 '강담사(講談社)'적인 대중문학, 통속소설에서 출발해야 된다는 것이다. 이에 대해 원칙론자 구라하라는 세 가지 점에서 그 부당을 지적한다. 첫째 현대 대중이 '강담사'적인 작품 이상의 것을 이해하지 못한다 함은 노동자 농민의 문화적 수준이라는 것을 부르주아적으로 고정화된 것으로 생각하는 까닭이며, 둘째 이런 '구물(口勿)'을 흉내 낸다면 또 우리는 번쇄스러운 마르크스주의 유물변증법의 인식 방법을 버리고 대중적 형식논리의 관점에 돌아가게 된다는 것이며, 셋째 통속소설 형식이란 사물에 대한 비현실적인 부르주아 세계관이라는 것이다. 그러므로 "현재에 있어서 이 대중소설·통속소설이 부활하고 있다면 그것은 현재의 소시민층 속에 부르주아 자유주의 이전으로 돌아가려는 반동적 이데올로기가 대두되고 있다는 것을 증명하는 이외의 아무것도 아니다".[82] 설사 이러한 경향을 실지 노

---

81)　구라하라 고레히토, 『예술론』, pp. 76~77에서 재인용.
82)　같은 책, p. 79.

동자의 일부가 갖고 있다 하더라도 프로 비평가는 그것을 조장하는 것 같은 예술 형식을 무원칙하게 이용해서는 안 된다는 것이다. 이 대중화 문제는 기시 야마지를 우익기변주의(右翼機變主義)라 규정한 프롤레타리아 리얼리즘의 노선이 승리하여 1930년 5월 NAPF 중앙위원회 명의로 된「예술 대중화에 관한 결의」로써 일방적으로 극복한다.

2. 팔봉의 대중화론

형식 논쟁에서 자설 철회로 인해 좌절된 팔봉은 대중화론으로 그 출구를 찾았다고 할 수 있는데 이것은 일본의 하야시 후사오·기시 야마지의 노선에 닿아 있음을 알 수 있다. 또한 팔봉에 대한 반론은 구라하라 고레히토·나카노 시게하루의 노선에 닿아 있는 원칙론자 임화와 안막(安漠) 등에 의해 일어난다.

대중화론은 팔봉이 중심이었으나 기타 수삼 인의 동조자가 없지는 않다. 팔봉은「통속소설 소고」(『조선일보』, 1928. 11. 9~20),「대중소설론」(『동아일보』, 1929. 4. 11~20),「프로시가의 대중화」(『문예공론』, 1929. 6),「단편서사시의 길로」(『조선문예』, 1929. 5),「예술운동의 1년간」(『조선지광』, 1931. 1) 등을 썼고, 그 외 이성묵(李性默)의「예술 대중화 문제」(『조선일보』, 1929. 3), 유완식(柳完植)의「프로시의 대중화」(『조선일보』, 1929. 2), 유백로(柳白鷺)의「프로문학의 대중화」(『중외일보』, 1930. 9. 4), 박영호(朴英鎬)의「프로연극의 대중화 문제」(『비판』, 1932. 3), 민병휘(閔丙徽)의「예술의 대중화 문제」(『대조』, 1930. 9) 등이 있다. 이에 대한 반론은 임화의「김기진에게 답(答)함」(『조선지광』, 1929. 11), 안막의 「조직과 문학」(『중외일보』, 1930. 8. 1), 「조선 프로예술가의 당면의 긴급한 임무」(『중외일보』, 1930. 8. 16~22), 권환 (權煥)의 「조선 예술운동의 당면한 구체적 과정(過程)」(『중외일보』, 1930. 9. 1~16) 등이다.

팔봉의 대중화론은 소설과 시를 포함한 것인데, 대중화론 제기의 논거는 두 가지 면에서 고찰할 수 있다. 하나는 프로문학 창작의 위축이며, 다른 하나는 검열 문제에 관계되어 있다. 전선적(戰線的) 방향전환과 이론투쟁의 고조로 비롯된 KAPF 제2기까지, 대중에 영합하는 통속소설을 제작함은 현상추수주의이며 프로 작가가 아니라고 규정되었으며, 그 결과 "작품 행동을 다시없이 미약한 물건으로 만들고, 초보적 마르크스주의 작가·시인으로 하여금 거지반 통속적 작품의 제작을 단념케 하였다".[83] 대중을 의식화시켜 집단적 운동으로 이끌어야 할 KAPF의 예술은 이처럼 위축해버렸던 것이다. 또한 고압적 목적의식의 강행은 필연적으로 검열 문제에 부딪치지 않을 수 없었고, 심지어 「낙동강(洛東江)」(『조선지광』, 1927. 7) 같은 작품마저도 심한 복자(覆字)로 문맥을 알기 어려웠다.

온갖 조직적 집단적 활동을 우리들의 운동에서 거세해버린 일본은 최후로 우리 작품까지 질식하게 만들었던 것이다. 그러면 우리들은 소위 문예의 붓까지 꺾어버리고 말아야 옳을 것인가? 저들로부터 던져진 조건 아래서도 우리들이 당면한 행동을 취해야 옳을 것인가? [……] 우리들은 대중을 저들의 의식의 감염으로부터 구출할 의무를

83)   김기진, 「통속소설 소고」, 『조선일보』, 1928. 11. 13.

느끼지 않으면 안 된다. 통신소설(通信小說)[84] 기타 통신적 일반작품으로의 길은 이러한 용의(用意) 아래서 개척되어야 한다.[85]

결국 팔봉은 "우리는 처음부터 '작용'할 수 없고 '성장'할 수도 없는 것을 가지고 프롤레타리아예술이라 하지는 안 했다"[86]라는 생각을 끝까지 버릴 수는 없었던 것이다.

팔봉의 대중화론은 통속소설론에서 출발한다. '프로시가(詩歌)'에서도 이 견해를 피력하고 있다. 프로시의 대중화론은 시라는 특수 형태로 인해 대중에 접근하기 어려웠으므로 이것을 '시가(詩歌)'라 해서 대중이 노래 부를 수 있도록 흥미를 가미, 통속화해야 할 것을 주장했으며,[87] 그 후 「단편서사시의 길로」(『조선문예』, 1929. 5)에서 임화(林和)의 「우리 오빠와 화로」(『조선지광』, 1929. 2)를 정히 프로시가의 표준으로 삼을 것을 역설한 바 있다. 그가 말하는 통속이란 무엇인가.

통속소설은 (1) 보통인(普通人)의 견문과 지식의 범위[부귀공명·연애와 여기서 생기는 갈등, 신구(新舊) 도덕의 충돌, 계급의 불합리], (2) 보통인의 감정(감상적, 퇴폐적), (3) 보통인의 사상(종교적·배금주

---

84) 통속소설의 일종으로 '벽소설(壁小說)'이란 것이 있다. 이것은 『전기』파에 의해 고안된 프로예술 대중화를 위한 새로운 형식인데 벽신문, 즉 노동조합 따위의 일터에 뉴스, 르포 등의 신문적 형식 등사판 강령에 예술성을 가미한 것이다. 공장벽에 붙여 노동자로 하여금 읽게 함으로써 그들을 아지프로화하는 것이 목적인데, 한국에서는 송영, 이동규 등이 『별나라』『아등(我等)』 같은 잡지에서 시도하여 다소 성공한 바 있음을 현인(玄人)은 「문예시평」(『비판』, 1932. 3)에서 지적한 바 있다.

85) 김기진, 「통속소설 소고―시대관 단편」, 『조선일보』, 1928. 11. 20.

86) 김기진, 「프로시가의 대중화」, 『문예공론』, 1929. 6, p. 109.

87) 같은 글, pp. 109~12.

의적·영웅주의적·인도주의적), (4) 보통인의 문장(평이·간결·화려) 등의 요소의 대부분을 종합한 것으로 팔봉은 보았다. 그 구체적 방법으로는 (1) 문체와 용어의 평이, (2) 낭독에 편하게 할 것, (3) 화려하게 할 것, (4) 간결하게 할 것, (5) 성격묘사보다 심리묘사와 사건의 기복(起伏)을 명백히 할 것, (6) 가격을 싸게 할 것 등을 들었다. 그러면 원칙적 프로소설과 통속소설과의 관계는 어떠한가. 소설의 독자를 팔봉은 두 그룹으로 나눈다. (1) 보통 독자(부인, 소학생, 봉건적 이데올로기를 가진 노인, 청년)와 (2) 교양 있는 독자[각성한 노동자, 진취적 학생, 실업(實業) 청년, 투쟁적인 인텔리겐치아]로 나눌 수 있는데 그가 말하는 통속소설은 보통 독자를 토대로 한 것이며, 원칙적 프로소설은 교양 있는 독자를 토대로 한 것이다. 이 양자의 동일점은 마르크스주의적 이데올로기를 주입하려는 것이며 상이점은 전자가 암시적이라면 후자는 투쟁적인 데 두었다.[88]

그러나 팔봉은 1929년 4월 「대중소설론」을 썼고, 여기서 사용하는 대중소설은 통속소설과는 별개의 것임을 주장하였다.

대중소설이란 대중의 향락적 요구를 일시적으로 만족시키기 위한 것이 결코 아니요 그들의 향락적 요구에 응하면서도 그들을 모든 마취제로부터 구출하고 그들로 하여금 세계사의 현단계에 주인공의 임무를 다하도록 끌어올리고 결정케 하는 작용을 하는 소설이다.[89]

---

88) 김기진, 「통속소설 소고」, 『조선일보』, 1928. 11. 20.
89) 김기진, 「대중소설론」, 『동아일보』, 1929. 4. 15.
　　　팔봉의 이러한 대중화론은 온건파로 된 『문예전선』지의 아오노 스에키치의 견해로서 강경파인 『전기』지의 일원론과 대립한다. 전자는 프로문학을 예술소설과 대중소설로 나누

이러한 대중소설이 필요한 이유는 또 무엇인가. 프로소설은 물론 전대중의 것이 되어야 하지만 대중 중에는 일반적 교양의 차이로 말미암아 그 정도에 따라 상층과 하층의 두 방법을 취하게 되는데, 이 두 개는 그 목적과 정신이 전혀 동일하다. 그런데 대중소설은 흥미를 붙잡는 것이 극히 중요하다는 전제하에 '무엇을 써야 할 것인가'와 '어떻게 써야 할 것인가'를 예시한다. 내용으로는 (1) 제재를 노동자·농민의 일상 견문에서 취할 것, (2) 물질생활의 불공평과 그 제도의 불합리로 야기되는 비극을 주요소로 하고 그 원인을 명백히 인식하게 할 일, (3) 숙명적 정신의 참패를 보이고 동시에 새로운 힘찬 인생을 보일 것, (4) 신구 도덕의 가정적 충돌에서 반드시 신사상의 승리로 할 것, (5) 빈부 갈등은 정의로써 다룰 것, (6) 연애를 취급함도 좋으나 배경으로 사용할 것 등을 들었고, '어떻게 써야 할 것인가'에서는 (1) 문장은 평이할 것, (2) 한 구절이 너무 길지 않을 것, (3) 운문적(韻文的)일 것, (4) 화려할 것, (5) 묘사나 설명은 간략할 것, (6) 성격묘사보다 사건의 기복을 중시할 것, (7) 전체의 구상성(具象性)과 표현 수법은 객관적·현실적·실재적·구체적인 변증법적 태도를 취할 것 등을 열거하고 있다.[90]

팔봉의 대중화론은 이상에서 보아온 바와 같이, 통속소설론에서 대중소설론으로 변모되었음을 보여주는데, 통속소설론이 비교적 팔봉 자신의 육성에 가까운 것이라 한다면, 대중소설론은 거의 하야시

는 이원론이며 후자는 나눌 수 없다는 견해이다. 일본에서 구라하라·가지 등 소장 강경파가 주도적이었음은 임화 중심이 주도적인 한국과 사정이 같다.

90) 김기진, 「대중소설론」, 『동아일보』, 1929. 4. 18, 19.

후사오의 이론을 그대로 도입한 것임을 보여주고 있다. 팔봉 자신은 대중소설이 통속소설과는 전혀 다른 것이라고 했지만, 1928년에 주장한 통속소설의 방법과 1929년의 이 대중소설의 방법상의 차이는 별로 나타나지 않음을 발견하게 된다.

팔봉의 대중화론은 대중의 한국적 파악, 사회적 구조와의 해명이 없었다는 데 그 한계가 있다. 대중을 막연한 무지의 독자층으로 보고 출발했다는 것은 이론의 안이성을 의미한다. 방법론으로 제시된 여러 항목이 혹은 불투명하고 중복되기도 하고, 혹은 지나치게 상식적인 점에서 이것을 확인할 수 있다. 뿐만 아니라 그가 제시한 항목은 군이 프로대중소설이라고만 할 수도 없는 것들이다. 이것은 일본 측의 하야시 후사오·기시 야마지의 대중화론과 그 궤가 같은 것이다. 이에 대하여 원칙론자인 나카노 시게하루·구라하라 고레히토에 닿아 있는 임화, 안막, 김남천, 조중곤 등은 팔봉을 개량주의자이며 대중 편승주의라 규탄하게 된다. 그들은 팔봉이 마르크스주의적 혁명과 원칙을 포기하고 무장해제적 의견을 토로한 것으로 간주했던 것이다. 이들의 팔봉 비판은 서상(敍上)에서 밝혀본 일본의 구라하라 이론의 반복일 따름이다.

대중화론의 한국적 의의를 찾는다면, 매스컴의 위축, KAPF 자체의 기관지 미확보, 엄격한 검열제도, 대중의 향배 등을 극복하려는 위장적 방법으로 제시되었다는 데 있다. 이것은 또 일본 측이 계급만의 일원적 저항이었다면 한국은 계급적 저항에다 민족적 저항이 융합된 이원적 저항을 뜻하는 것이기도 하다.

팔봉의 대중화론이 결과적으로 실패하고 만 것은 일본에서처럼 대중과 프로운동이 유리되었음을 방증하는 것이라 해도 좋을 것이다.

그러나 대중이란 노동자·농민이었고, 이들을 대상으로 하는 대중소설이 한국적인 소지에서 새로운 문제점을 가능케 한 것이 있었으니, 그것은 바로 농민문학론이며, 프로계급 속에, 전 국민의 8할이 농민이므로 이 문제는 논의의 과녁이 되지 않으면 안 되었다.

제6절 농민문학론

"금년(1931년—인용자)에 있어서는 안함광(安含光) 씨의 '농민문학론(農民文學論)'과 백철 씨의 같은 문제의 검토적 제 제창 등과 또 카프 동지들이 전력으로 여기에 대한 공동 토의를 거듭한 사실"[91]에서 농민문학이 본격적으로 논의되었음을 확인할 수 있다. 안중언(安重彦)이란 이름으로 시평(時評)을 쓰던 그가 안함광이란 이름으로 본격적인 평론을 농민문학론으로서 출발하게 됨은 시인 백세철(白世哲)이 백철(白鐵)이란 필명으로 농민문학론을 발판으로 하여 본격적 비평 활동을 하게 됨과는 우연의 일치일까. 전자는 주로 창작방법론에 그 역량을 보이며 후자는 인간론, 휴머니즘론으로 각각 저널리즘의 각광을 받아 평론가로서의 왕성한 활동을 보인다.

신경향파 시대는 물론 KAPF 목적의식기에 들어서서도 프롤레타리아 기폭 아래 '광휘(光輝) 있는 투사'로 자임한 계층은 '사색하는 프

---

91)   송영, 「1931년의 조선 문단 개관―회고와 비판」, 『조선일보』, 1931. 12. 13.

롤레타리아' '노동하는 인텔리겐치아'로서의 도시 중심의 노동자 및 인텔리들이라 할 수 있다. 따라서 자연의 제 원소에서 원료를 생산하는 어부나 농부는 직접 이 운동의 대상이 되지 못했으니 같은 노동자로서 이 운동에서 소외됨이 옳을 수 없었다. 그 후 하리코프시에서 개최된 '프롤레타리아 혁명작가 제2회 국제대회'(1930. 11. 6~15)에서 비로소 프롤레타리아문학운동에 있어서의 농민문학에의 관심이 제기되고, 이 대회의 일본문학위원회의 결의에 의해 일본 프롤레타리아 작가동맹 내에는 '농민문학연구회'라는 새로운 기관이 결성되기에 이르렀다[마쓰야마 사토시(松山敏), 「일본 프롤레타리아문학운동에 관한 보고」, 『ナップ』, 1931. 7] 그 보고 속에는 조선에 관한 제(諸) 테제가 포함되었는데 그중 다음과 같은 일절이 들어 있다.

조선에 있어서의 ××은 그의 사회적 경제적 내용에 기초를 두고, ×××주의에 대해서뿐만 아니라 조선의 봉건주의에 대하여서도 향하고 있는 것이다. 조선에 있어서의 ××은 전(前) 자본주의적 유물과 잔재의 파괴, 농업 제 관계의 근본적 ×× 급 전 자본주의의 예속 관계로부터의 토지의 ××을 목적으로 하고 있다. 조선에 있어서의 ××은 결코 농업×× 이외에는 있을 수 없다.[92]

즉 조선의 특수한 입장—사회적 경제적 제 관계에 있어서의 진정한 프로문학은 일단 농민문학을 거치지 않을 수 없다는 것이다. 이러한 견해는 1925년에 발표된 한 테제[93]보다는 농민문학의 지위를 훨씬 높

---

92)   안함광, 「농업문학문제에 대한 일고찰」, 『조선일보』, 1931. 8. 12에서 재인용.

인 것이라 할 수 있다. 물론 NAPF 작가동맹 중앙위원회 명의로 발표된 「예술 대중화에 관한 결의」(1930. 5) 다섯 항목 중 제2항과 4항 속엔 농민문학의 지위 및 제5항엔 '노농통신(勞農通信)'의 새로운 가능성을 시사하고 있다.[94] 대체 농민문학이란 무엇인가.

농민문학은 자세히는 농민소설을 의미하거니와 마르크스주의적 입장에서 보는 정당한 농민문학은 부하린이 지적하고 '러시아 공산당 중앙위원회'의 결의에서 보인 바와 같이 농민 해방의 길을 이끄는 정책적인 의미를 띠어야 하고, 프로문학이 단지 공장에 치우친 직공 조합 문학이 아닌 수백만 농민을 그 배후에 거느린 광범한 내용을 포용해야 된다는 것이다.[95] 물론 이것은 다소 애매한 것이다. 러시아에서는 1926년 이래 농민문학 일파(一派)가 아나키즘 문학과 함께 프로문학 진영에서 분리된 바 있는데 이는 백철이 예세닌을 예로 들어 말한 대로 반도시적인 것이며 자본주의적 생산 관계에서 자신을 보호하고자 하는 입장을 가졌다.[96] 그 후 1929년에 반도시 작가 그룹이 생겼고 일본에선 이누타 시게루(犬田卯) 등에 의해 농민문예가 나타난 바 있다.

그런데 농민 자체로 볼 때, 일본이나 한국에서는 생산 방식의 봉

---

93) "문학의 영역의 지도적 위치는 그와 온갖 물질적 이데올로기적 부원(富源)과 함께 전체적으로 노동계급에 속했다. 농민 작가는 우정 대우를 받으며 우리의 무조건적 지지를 받아야 된다. 우리들 과제는 그들, 성장하고 있는 일단을 프롤레타리아 이데올로기의 궤도에 도입시키는 데 있다"(백철, 「농민문학 문제」, 『조선일보』, 1931. 10. 9에서 재인용).

94) 구라하라 고레히토, 『예술론』, 가운데의 부록; 山田淸三郎, 「日本プロレタリア文學史槪論」, 『マルクス·レーニン主義芸術学研究』第1輯, 1932, pp. 233~34.

95) 片岡鐵兵, 「プロレタリア小說の創作」, 『文藝春秋』, 1931. 6, pp. 44~45.

96) 백철, 「농민시인 예세닌 6주기에 제하여」, 『조선일보』, 1931. 12. 25~1932. 1. 17.

건적 잔재를 지녔던 것이나, 그들 대부분은 소소유자(小所有者)라는 점을 알 수 있고, 그로 인해 소부르주아적 요소와 보수적 성격을 완전히 탈피하기가 어려운 점이 그 한계로 드러났다. 따라서 농민문학은 광휘 있는 역군이 되지 못하고 프로 지도하에 있는 우정 혹은 동맹군으로 포섭하는 길밖에 없다는 결론이 나온다. "자본주의 시대의 사회적 존재로서 농민계급의 존재의 특징은 그것이 근본적으로는 프로계급과 동일한 조건하에서 생활하고 있으며 따라서 구극(究極)에는 농민은 프로계급과의 투쟁적 동맹 밑에 동일한 궤도를 밟을 역사적 필연성을 가지고 있음에도 불구하고 이것을 금일(今日)의 제 실제 생활 기초 위에서 생각할 때에는 거기에 역사적으로 사회적으로 여러 특수 조건이 유재(留在)"[97]한다는 것은 바로 이러한 사정을 의미함이다.

일본 농민문학의 특수성을 세밀히 검토하고 안함광의 견해를 비판한 백철의 장문의 출세 논문 「농민문학 문제」(『조선일보』, 1931. 10)에서 한국 농민문학의 존재 이유와 그 가능성을 엿볼 수 있다.

KAPF에서 소위 농민문학을 주장했을 때 그 대상은 농민 중에도 빈농(貧農)이었다. 1928년경의 한국 빈농은 전체 농민의 압도적 숫자를 헤아린다.[98] 이 빈농층이 프롤레타리아의 선동·지도를 받지 못한다

---

97) 백철, 「농민문학 문제」, 『조선일보』, 1931. 10. 1.
98) 같은 글, 1931. 10. 11.

지주 { 갑: 20,777호
      을: 83,827호
자작: 510,983호
자작 겸 소작: 894,381호
빈농: 1,225,954호
화전 { 갑: 94,483호
      을: 33,269호

면 정당한 자각을 할 수 없음은 물론 부동(浮動)하는 자작 겸 소작층을 확보할 수 없을 것이다. 따라서 농민문학이란 "언제나 프로문학의 헤게모니하에 성립되며 발전되는 그것을 의미"[99]하게 된다. 농민 하층부의 계급적 기초와 요구에서만 농민문학은 고찰될 수 있는 것이다. 이러한 문학의 제재나 형식 문제는 팔봉이 제시한 흥미 중심의 안이성을 벗어날 수 없을 것이라고 백철도 보고 있다.

백철은 나카노 시게하루·시바타 가즈오(紫田和雄) 등의 주장에 따라 "농민문학은 종국에는 프로문학에 일치되는 것"[100]으로 본다. 이러한 농민문학을 현 단계에서 어떻게 지도하여 프로화할 것인가. 이 답변을 안함광은 "빈농 계층에 대한 프롤레타리아 이데올로기의 적극적 주입"[101]이라 했는데, 백철은 "자생적으로 그 영향하에 들어오는 것"[102]이라 하여 결코 기계주의적 주입으로는 불가하다는 견해로 서로 맞선 바 있다. 이 경우 백철의 견해가 타당하였는데 안함광의 주입식은 이미 각국에서 실패를 보았기 때문이다. 안함광도 그 후 빈농 계급에 프롤레타리아 이데올로기를 주입함이 무리임을 자각하고 NAPF처럼 KAPF도 '농민문학연구회'를 두어 점진적 시도를 기할 것을 다시 말하게 된다.[103]

이상 백철과 안함광의 주도 논문을 살펴보았는데 백철의 회고와 같이 이러한 이론은 창작에 엄정한 영향을 주지 못했는지도 모른

99)   백철, 「농민문학 문제」, 『조선일보』, 1931. 10. 4.
100) 백철, 「농민문학 문제」, 『조선일보』, 1931. 10. 16.
101) 안함광, 「농민문학 문제에 대한 일고찰」, 『조선일보』, 1931. 8. 13.
102) 백철, 「농민문학 문제」, 『조선일보』, 1931. 10. 10.
103) 안함광, 「농민문학 문제 재론」, 『조선일보』, 1931. 10. 21~11. 5.

다.[104] 그러나 적어도 프롤레타리아소설의 대표작인 「서화」『고향』『농민소설집』(1933)과 농민문학론이 무관하다고는 보기 어렵다.[105]

여기까지 우리는 프로문학 자체 내의 중요한 논쟁을 살펴왔다. 내용·형식론, 목적의식론, 대중화론, 아나키스트 논쟁, 농민문학 등의 항목별 논거와 논쟁은 마침내는 오직 한 가지 문제로 귀착하기 위한 것이라 할 수 있다. 이 여러 항목을 꿰뚫고 이를 집약하는 것은 소위 창작방법론이다. 이 창작방법론의 이형태(異形態)가 이상에서 논한 것의 전부라 할 수도 있다.

---

104) 백철,『조선신문학사조사─현대편』, 같은 책, p. 157.
105) 프로소설의 대표작들이 농촌을 소재로 한 것이 많음은 흥미 있는 사실이다. 농민문학과 농촌소설의 구별은 앞에서 보인 바 있다. 민족주의 측의 브나로드 운동(『동아일보』중심)에 의해 나타난 『흙』(1932),『상록수』(1934) 등과 민촌의『고향』(1933)은 서로 대립되면서도 쌍벽이었다. 문학과 사회의 관계의 밀접함을 보인 것으로 의의가 있으며『동아일보』가 「조선 농민문학」(1933. 5. 1)이란 사설까지 쓰고 있음은 이를 설명하는 것이다.

제7절 창작방법론(Ⅰ)

1. 창작방법의 의미

프로문예의 이론—내용·형식론, 목적의식론, 대중화론 등은 그 모두가 '무엇을' '어떻게' 쓸 것인가에 대한 것, 즉 창작방법론이라 할 수 있다. 그러나 그들은 직접적인 창작방법론을 따로 논했는데, 이것이 이른바 창작방법 논의이다.

프로문학은 빈약한 창작에 비해 이론이 과승(過勝)한 문학이라 할 수 있다. 프로문학이 유물론에 의거한 이데올로기이기 때문에 이 세계관에 맞는 예술을 창작한다는 것은 예술 본래의 자율성과 심한 상거(相距)를 야기하여 이론과 창작의 괴리를 가져왔고 특히 이 운동 초기에는 투쟁해야 했던 많은 내외 논적과 정론성(政論性) 때문에 창작을 등한시하는 결과를 낳았던 것이다. 그러다 1930년을 넘어서자 소련의 사회적 경제적 문화적 이론의 정비가 일단락을 지음과 동시에 새로운 창작 의욕이 대두되고 이것이 일본 및 한국에 파급되어 이른바 창작방법 논의가 활발해지게 된다.

창작방법 논의는 다음과 같은 점에서 퍽 중요한 입장에 선다. 첫째는 프로문학이 부르주아문학 측에서 항상 비난의 목표가 되었던 창작의 빈곤을 이론으로 어떻게 극복할 것인가에 대한 기대이며, 둘째는 창작방법론이 종가인 소련 이론을 기계적으로 도입한 위성적 문단권에서는 이 이론을 어떻게 소화했던가 하는 점, 즉 사회적 경제적 정치 구조 및 토대가 이질적인 다른 나라에서 어떻게 이 이론을 흡수했는가 하는 문제이며, 셋째 시기적으로 보아 일본이나 한국에서는 객관적 정세로 말미암아 프로문학이 해체되어야 하는 가장 불행한 기간에 해당된다는 점이다.

대체로 프로문학론은 소련보다 일본이 1년쯤 후에 논의되고, 한국이나 중국은 일본보다 또 1년쯤 뒤에 수입됨이 일반적 현상이었다. 창작방법으로서의 사회주의적 리얼리즘이 소련에서는 1932년에 대두되었고 일본에서는 1933, 34년에 논의되었으며 한국에서는 1933년에서 1936년까지 논의되었다. 1934년이면 NAPF계(KOPF)가 해체된 해이며, KAPF 역시 실질상 기능이 완전히 정지된 해이다. 그러므로 한국에서는 이 창작방법 논의가 프로문학 최후의 논의가 되며 또한 전향론을 업고서 작가·비평가들의 자위와 새 출발의 계기를 마련해 준 것으로 보이는 데 그 중요성이 깃들고 있다. 고쳐 말하면 다른 주제를 이미 상실한 프로 비평가들은 이 최후의 창작방법론으로 공허에 가까운 논의를 열심히 전개했던 것이니, 이것으로써 타성에 가까운 논쟁의 허세를 외견상 충족할 수 있었고 작가들은 무관심한 척하면서 창작에 파고들게 되었다.

창작방법론의 매력은 막다른 골목에 쫓긴 프로문학의 탈출구였다는 점에서 찾아질 것이다. 구체적으로는 기계적 추수(追隨)에 대한 비판, 자국 사정을 고려해야 된다는 실로 오랜만의 자율적 비판력의 회복과 전향론의 소지를 장만한 것이다. 그 결과 창작방법론은 프로문예 비평의 퇴조에 관련되는 전 문단적 현상으로서 리얼리즘 문제에 결부되었고, 김용제, 한효, 박승극, 임화, 안함광, 백철, 최재서 등에 의해 프로문학을 극복하여 기교주의적 모색 비평의 길을 열게 된다. 창작방법론을 검토해나가면 마침내 프로문학에서 방향을 바꾸는 전환기 비평의 진면목이 드러나게 되는 소이연(所以然)이 여기에 있다.

이렇게 진폭이 큰 창작방법론을 구명하기 위해서는 소련 측 및 일본 측의 전개를 고찰한 후에야 한국적 사정을 밝힐 수 있을 것이다.

2. 소련에 있어서의 사회주의적 리얼리즘 논의

1932년 11월 소련 예술조직위원회 제1차 총회(의장 고리키) 이후 종래 RAPP 및 볼프가 걸어왔던 창작방법론에 있어서의 변증법적 유물론을 오류로 비판하고 사회주의적 리얼리즘이라는 새로운 창작방법이 제기되어 제1회 작가동맹(1934. 8) 규약으로 확인된 바 있다.[106] 이것은 제2차 5개년 계획의 성공에 의한 예술가의 지위와 대중의 수준 향상 등 새로운 현실에 적응키 위해 필연적으로 제기된 것이다. 종래의 유물변증법이 오히려 이런 현실에 구속력이 되었으므로 그런 법전(法典) 공식이 아닌 현실을 정관하여 현실의 참다운 형상화를 가능케 함이 사회주의적 리얼리즘의 제창 이유였고 그 주창자는 그론스키, 킬포틴, 라진, 오우이진스키, 와시로코프스키 등으로 알려져 있다.

사회주의적 리얼리즘은 한 슬로건이다. 슬로건의 힘은 무엇보다

---

106) "사회주의적 리얼리즘은 소비에트 예술문학과 비평의 기본 방법이어서 그것의 올바른 발전에의 현실을 정확히 역사적 구체적으로 묘사하기를 예술가에게 요구하고 있다. 여기에서 예술적 묘사의 정확성과 역사적 주체성과는 사회주의적 정신에서 근로자를 사상적으로 개조하고 교육하는 임무와 결합되지 않으면 안 된다. 사회주의적 리얼리즘은 예술적 창조에 대하여 창조적 이니셔티브의 현현과 다양한 형식, 양식, 그리고 장르의 현저한 가능성을 보증하고 있다"(누시노프, 「세계관과 방법의 문제의 검토」, 로젠탈 외, 『창작방법론』, 홍면식 옮김, 문경사, 1949, p. 66).

도 먼저 그 슬로건이 얼마나 일반적 정세를 파악하고 있는가, 일반적 목적과 과제를 주어진 정세의 특수성에서 제기되는 구체적 과정에 얼마나 적절히 결부되어 있는가, 특히 이 슬로건이 대중에게 전염하여 그들을 투쟁에 궐기시키는가에 의하여 규정된다. 따라서 유동적으로 조직된 힘의 상호 관계를 고려하지 않은 슬로건이란 생명이 없는 것이다. 사회주의적 리얼리즘이 참신한 슬로건이 되기 위해서는 그전에 있었던 변증법적 사실주의의 오류와 해독이 비판되어야 한다. RAPP 가 주장했던 유물변증법적 사실주의의 오류는 변증법적 유물론을 고정된 것으로 보아 작가에게 무조건 학교식으로 주입하려 했다는 점에 있다.[107] 그 결과 예술가의 활동, 그 창조된 형상은 작가의 의식을 통해 구속된 현실의 일정한 설명, 전달—현실의 언어에의 이식으로서가 아니라 순전히 사변적 유물론적 무형적 존재를 가진 관념과 개념의 반영으로서 제출되었던 것이다. 즉 예술 창작이 예술가와 현실의 상호 관계의 실천적 과정이란 사실을 몰각한 데서 연유한 것이다. 그러면 사회주의문학의 새로운 슬로건인 사회주의적 리얼리즘은 무엇인가. 이 슬로건의 진의는 작가를 향해 "절대로 그의 현실에 대한 이해가 무조건적으로 마르크스·레닌주의적이라는 것을 완전히 자신할 만큼 되기 전에는 붓을 들어서는 안 된다고 제언하는 것이 아니다"[108]라는 데서 찾을 수 있다. 이것은 어떤 작품이 이데올로기적 강도(强度)의

---

107) "예술가의 창작에 미치는 세계관의 영향을 예술가가 타입에 주는 조직화된 이념의 체계의 단적인 직정(直情)적인 작용으로서 정시(呈示)되었다. 예술가의 세계관상의 신념은 기계적으로 아무런 이식도 없이 예술적 형상 속에 옮겨졌다. 객관적 현실 자체, 예술가의 창작에 주는 그것의 작용과 영향—이런 것은 모두 배제되고, 후면으로 밀려나버린 것이다"(로젠탈, 「예술작품에 있어서의 세계관과 방법」, 『창작방법론』, p. 21).

108) 누시노프, 「세계관과 방법의 문제의 검토」, 같은 책, p. 69.

정도, 예술적 실천에 있어서의 사회주의적 리얼리즘 파악의 정도가 새로운 현실 이해에 얼마나 접근하고 있는가의 정도 여하에 의해 규정된다는 것을 의미하고 있음에 불과하다.

사회주의적 리얼리즘의 본질을 밝히기 위해서는 리얼리즘, 양식, 소재 등을 고찰할 필요가 있다. 첫째, 사회주의적이란 말을 떼버리고 남은 리얼리즘은 무엇인가. 그것은 "디테일의 정확성뿐 아니라 전형적 제 성격의 정확한 표현"[109]이라 규정되고 있다. 둘째 사회주의적 리얼리즘의 양식 문제는 어떠한가. 가령 양식이란 개념이 서구 문예 사조상에서도 다소 모호함이 사실이나 그렇다고 혼란을 일으킬 정도는 아니다. 리얼리즘, 로맨티시즘 혹은 클래시시즘에 있어서의 부르주아문학 양식의 개념은 퍽 뚜렷한 것이다. 이 점이 사회주의적 리얼리즘에서는 어떠한가. 이에 대해서는 루나차르스키 대 누시노프, 두 지도자의 의견 차를 볼 수 있다. 루나차르스키는 사회주의적 리얼리즘이 다양한 양식을 예상 요구하며 그 다양한 양식은 현실에서 직접 발생한다고 보는데, 누시노프는 사회주의적 리얼리즘은 계급으로 유일하고 사회적으로 완전한 경향이라 주장하고 따라서 그 양식도 유일한 것이 되지 않을 수 없다는 견해를 가진다.[110] 셋째 사회주의적 리얼리즘의 소재관은 어떠한가. 현실의 소재는 작품 속에 기계적으로 반영되거나 정착되는 것이 아니라 작가의 세계관, 작가의 현실에 대한 태도에 의존해서 변형되는 것이지만 현실의 소재와 작품 양식과는 상호관계에서 사상적 방향을 규정하는 것으로 보았다.[111]

---

109) 엥겔스, 「발자크론」, 『맑스·엥겔스 예술론』, 박찬모 옮김, 건설출판사, 1946, p. 63.
110) 누시노프, 「세계관과 방법의 문제의 검토」, 『창작방법론』, p. 70.
111) 유진, 「레닌과 문학비평의 2, 3의 문제」, 『창작방법론』, p. 74.

일반적으로 말해서, 사회주의적 리얼리즘의 예술적 형상은 사회적인 것과 개인적인 것과의 통일이지만 전자를 우위에 두는 것이다. 개인적인 것, 특수적인 것 없이는 문학의 형상성이 있을 수 없다. 그러나 사회주의적 리얼리즘은 역사적인 것, 계급적인 것 속에서 개인주의적인 것, 일반적인 것을 구하지 않고 도리어 정치적·계급적 의의를 획득하려 한다. 얼핏 보아 단일한, 혹은 개인적 성질을 가진 것 속에서 일반적·전형적·계급적인 것을 제시하려는 것이다. 킬포틴은 이렇게 말하고 있다.

> 사회주의적 리얼리즘의 슬로건은 그 정치적 의의에 있어서도 양식적 의의에 있어서도 아무렇게나 정한 것이 아니다. 이 슬로건은 프롤레타리아문학 소비에트문학의 창작상의 경험 속에 있는 모든 좋은 것을 개괄한 것이다. 그것은 마르크스 엥겔스 레닌에 의하여 우리에게 제시된 바에서 나오는 것이다.[112]

이상으로 슬로건적 의미를 살펴보았다. 여기서 강조해두어야 할 점은 소련에서 이러한 슬로건이 나오게 된 배경의 이해이다. 왜냐면, 소련 자체 내에서도 지도부의 혼란이 있은 것도 사실이지만, 이른바 종파국에서는 사회주의적 리얼리즘이 상당한 혼란을 일으켰고, 그 이식이 거의 불가능했던 이유의 일단이 여기에 있기 때문이다. 앞에서 사회주의적 리얼리즘이 사회적인 것과 개인적인 것의 통일이라 했거니와 이것은 또 그 본질상 교육적 작용으로 보면 사회주의적이요, 형식상

---

112) 킬포틴, 「창작방법의 확립을 위하여」, 『창작방법론』, p. 180.

으로는 높은 예술적 문학을 창조하려는 요구를 아울러 포함한 것이다. 물론, 예술적이든 교육적이든 계급을 초월할 수는 없다는 지상명제가 선행되어 있다. 그렇더라도 개인적인 것의 인정, 예술적인 요구 따위는 당시의 소련 사회 변동과 직결된 데서 이해되는 것이다.

> 5개년 계획의 총개(總槪)는 일국 내에 사회주의를 건설하는 것이 전혀 가능하다는 것을 표시하고 있다. 왜냐하면 그 같은 사회의 경제적 기초는 이미 소비에트 동맹에 있어서 건설되어 있음으로써이다.[113]

문학은 사회적 건축물의 상부구조의 하나이다. 일정한 경제적 계급적 제 관계의 기초 위에 발생하여 역사적으로 발전 과정을 혹은 빠르게 혹은 느리게 하여, 하부구조에 역작용한다. 이와 같이 사회주의적 리얼리즘은 5개년 계획이 성공으로 끝난 상승 사회에 있는 사회주의적 경제 체제 아래서 비로소 그 효용성이 보장되는 것이며, 이것은 동적 세계관상에 선다.

종래의 도식적인 변증법적 사실주의가 종파국에서도 관념상에서는 다소 들어맞았으나 사회주의적 리얼리즘에 와서는 소련 이외의 종파국에서는 그 이입(移入) 한계가 명백히 드러나고 마는 까닭이 이에 연유한다.

---

113) 로젠탈·우시에비치, 「창작방법 논쟁의 총결산」, 『창작방법론』, p. 221.

3. 일본에 있어서의 창작방법 논의

1928년경 구라하라 고레히토에 의해 프롤레타리아 리얼리즘이 논의 되었고 1930년경엔 변증법적 유물론으로 바뀌었는데 이 양자가 본질 적으로 다른 것이 아니라 다만 프롤레타리아 리얼리즘에 대한 개념의 혼란을 방지하고 뚜렷한 의미를 부여하고자 하여 변증법적 유물론이 란 용어를 창작방법론으로 사용한 것 같다.[114] 이것은 그러므로 프롤 레타리아 리얼리즘의 발전이라 볼 수 있으며 대체로 '전위의 눈으로 세계를 볼 것', 엄정한 리얼리스트로서 세계를 볼 것을 요구한 것이다. 더 자세히는 집요한 사실에서 출발할 것, 언제나 사회적 관점에서 모 든 것을 보고 표현할 것, 전체적으로 파악할 것 등이 강제되어 있 다.[115] 창작이 이러한 강제된 도식으로 말미암아 질식하기 직전에 사 회주의적 리얼리즘의 방법이 들어온 것이다. 따라서 처음 이 방법은 NAPF가 만장일치로 받아들였던 것이 되었다. 그러나 이 의의 이외에 는 정작 그 방법의 본질적 파악을 의미하는 것은 아닌 것으로 지적되 어 있다.[116]

---

114) 구라하라 고레히토, 『예술론』, p. 130.

115) 같은 책, pp. 45~47.

116) "이것은 나에게만 그렇게 보이는지도 모르지만, 오늘날 일부 작가와 비평가들을 들여다 보면 대개 많은 사람은 사회주의적 리얼리즘이란 것에 대해 의외로 무관심, 아니 냉담하 기조차 한 듯이 생각된다. 누구도 정면으로 반대하는 것은 아니지만 그렇다고 해서 이것 을 열심히 치켜들려고 하는 사람이 적다. 소극적인 묵인이라 할 정도의 것이 대다수 사 람에게 공통된 것은 아닐까. 그렇다. 사회주의적 리얼리즘의 문제가 이식된 당초에는 구 NAPF의 거의 전원에 의해 환호의 박수를 받으며 받아들여졌다. 어쨌든 이 경우 열렬한 환영은, 그 자체보다도 유물변증법적 창작방법의 비판과 관료적 도식적 비평의 배격을 향한 것이라 추측된다. 아마 새로운 길이 사회주의적 리얼리즘이 아니라 어떤 다른 길이

일본이 이 새로운 창작 이론을 받아들이는 곤란점은 두 가지로 분석할 수 있다. 하나는 당면한 정세 속의 작가의 동요를 들 수 있다. 이 방법이 정당하기는 하나 작가 자신이 이 방법에 임할 만한 능력이 없다는 비교적 솔직한 측도 있어 정세 부족의 미지근한 방관적 태도로 인해 사회주의적 리얼리즘이 뿌리를 내릴 수 없었고, 둘째로는 생산관계로서의 사회주의가 일본에 존재하지 않는 이상, 이 리얼리즘은 일본에서는 자랄 풍토가 못 된다는 것이다.[117] 특히 당면한 사회 정세가 결정적 이유가 됐을 것이다. '문화연맹'의 탄압(1932. 3. 24), 구라하라 고레히토·미야모토 겐지(宮本顯治)의 투옥, 사노(佐野)·나베야마(鍋山)의 전향선언(1933. 5), 고바야시 다키지(小林多喜二)의 학살(1933)…… 드디어 NAPF(KOPF)는 1934년 2월 22일 해체 성명을 발표하게 된다. 이러한 정세 속에 들어온 사회주의적 리얼리즘이 창작방법으로 받아들여지지 않은 것은 충분히 생각할 수 있는 일이다. 그러면서도 또한 이 어수선할 무렵에 들어왔다는 것은 프로문학 최후를 장식하는 한 빛이 될 수 있었던 것이다.

이 논의는 비전향축(非轉向軸)인 구라하라 고레히토·미야모토 유리코(宮本百合子)·나카노 시게하루 들이 지지하였고 하야시 후사오·가

<hr />

었다 해도 만약 그것이 그들을 괴롭혔던 유물변증법적 창작방법의 주박(呪縛)과 관료적 비평의 질곡(桎梏)을 타파하는 것이었다면 역시 똑같은 박수로 환영받았을 것이다. 그리고 이 주박과 질곡이 일단 제거된 지금, 사람들은 사회주의적 리얼리즘을 도외시하는 것으로 보인다. 그러므로 이 나라 프롤레타리아문학에 사회주의 리얼리즘이 이입된 것은 과거 병근(病根)의 절제라는 소극적 의의는 가지고 있어도 건설적 의의를 어느 정도 발휘하고 있는가는 지금 의문이라 하지 않을 수 없다. 결국 사회주의적 리얼리즘은 프롤레타리아문학의 방향을 인도하는 통일적 깃발이라 인정하기는 어렵다"(川口浩,「歷史的 檢討への要望」,『理論』 1輯, p. 183).

117) 森山啓,『文學論爭』, ナウカ社, 1935, pp. 269~70.

와구치 히로시(川口浩) 등 전향축은 이를 부정하여 '일본 낭만파' 속으로 스며들었고 그 중간엔 부동하는 방관자들이 있었다. 따라서 사회주의적 리얼리즘은 전향론과 깊은 관계를 지닌 것임을 알 수 있다. 이 논의는 구체적으로는 소토무라 시로(外村史郎)가 번역한 「사회주의적 리얼리즘의 문제(社會主義的リアリズムの問題)」(1933)에서부터 1934년 이후 주로 『문학평론(文學評論)』지를 무대로 하여 가지 와타루·나카노 시게하루·가미야마 시게오(神山茂夫)·모리야마 게이(森山啓)·구보 사카에(久保榮)·미야모토 유리코 간에 논의되었다. 이 가운데 적극적 주장자는 모리야마 게이였고, 이를 비판하는 입장이 구보 사카에로, 이 논의는 '일본적 현실을 앞에 두고 우리들 전체의 리얼리즘에 사회주의라는 말을 관자(冠字)할 수 있느냐, 그렇지 않느냐'에 집약시킬 수 있는데 이 논쟁은 미결로서 침묵 속에 잠기었고, 다시 패전 후에 재론하게 된다.[118]

4. 한국에 있어서의 창작방법 논의

신경향파의 작품이 어떤 일정한 창작방법론이 선행한 것이 아니고 자연발생적, 개인적 빈궁 문학의 일종이었다면, KAPF 결성 이후의 창작은 마르크스주의 의식 밑에서 계급적 투쟁으로 집단화할 것이 강조되었으나(민촌의 「종이 뜨는 사람들」, 한설야의 「홍수」) 1927년 방향전환 이후는 최서해의 「홍염」(『조선문단』, 1927. 11)과 조포석의 「낙동강」

---

118) 野間宏, 『文學の方法と典型』, 靑木書店, 1956, pp. 159~60.

(『조선지광』, 1927. 7) 두 작품이 나와 제2기 창작론을 실작(實作)으로 보인 셈이다. 이 두 작품이 방향전환 직후의 창작을 대표하는 것으로 물의를 일으켰을 때, 비평가가 두 무리로 갈라져 창작방법을 논하게 됨을 본다. 엄격한 의미에서 「홍염」이나 「낙동강」은 프로문학이라기보다는 오히려 민족적인 것에 더 깊은 관계를 지닌 것이라 할 수 있다. 이전까지 프로문학에서는 생경한 투쟁만을 그렸고 애성이나 눈물은 투쟁 의식을 마비시키는 독소로 보았던 것인데 이 두 작품에 대해 김팔봉은 고평을 내렸고 조중곤은 혹평을 하여 대립을 노정시켰다.[119] 이 대립에서 조중곤의 주장이 KAPF에 받아들여졌다는 사실은 그 당부당(當不當)은 차치하고 형식 논쟁에서 팔봉이 KAPF 강경파에 의해 후퇴한 사실과 표리의 관계에 있음을 말해주는 것이 된다. "우리들의 예술작품 가운데는 그 전편을 통해 일관하는 새빨간 빛을 가진 이 선이 선명하고 그 선명은 곧 감상자로 하여금 자기 자신의 빛으로 물들이지 않고는 마지않은 것이나 우리들의 예술품의 존재 가치는 그것을 통하여 일관된 ××이 선명할수록 그 작품은 위대"[120]한 것으로 주장되었고, 문학은 당의 것이며, "볼셰비키화하기 위하여 김기진의 대중화론을 폭로해야 된다"[121]는 것이 강경파의 주장이다. 이들 볼셰비키

---

119) ① "낙동강은 1920년 이후의 조선 대중의 거짓 없는 인생 기록이다. 이만큼 감격으로 가득 찬 소설이—문학이 있었던가!"(김기진, 「시감(時感) 2편」, 『조선지광』, 1927. 8, p. 9).
  ② "낙동강은 ××××적 사실을 내용으로 할 것을 강조하고 있다"(조중곤, 「낙동강과 제2기 작품」, 『조선지광』, 1927. 10, p. 11).
120) 조중곤, 「예술운동 당면의 제문제」, 『중외일보』, 1928. 4. 1.
121) 안막, 「조직과 문학」, 『중외일보』, 1930. 8. 16. 권환은 「조선 예술운동의 당면한 구체적 과정」(『중외일보』, 1930. 9. 1~16)에서 안막의 주장을 부연하고 있으며 유백로는 「프로문학의 대중화」(『중외일보』, 1930. 9. 3~10)에서 100퍼센트의 이데올로기 문학일 것을 주장한 바 있다.

의 창작론을 좀더 고찰해볼 필요가 있다. KAPF는 창작 기술 본위로부터 투쟁 본위로 하여, 기술 미숙의 노동 출신 작가, 직업적 요소의 다소를 표준으로 확장되었고 그 결과, 창작 기술은 비록 미숙하더라도 인텔리성이 없고 희생심이 강한 운동가에게 중임(重任)을 담당시켜야 한다는 것이다. 권환은 예술운동의 볼셰비키화를 위해 다음 열 개의 방법론을 항목화하고 있다.

1. ××의 활동을 이해하기 위한 것에 주목 환기시키는 작품
2. 사회주의, 민족주의, ×활동의 본질을 ××하는 것
3. 대공장(大工場)의 ×××× 제너랄 ×××
4. 소작××
5. 공장 농장 내 조합의 조직 어용조합의 ××쇄신동맹의 조직
6. 노동자와 농민의 관계 이해
7. ××××의 조선에 대한 ×××× 등 ××시키며 그것을 마르크스주의와 결합
8. 반동 폭로
9. 반××××××의 ××을 내용
10. 일본과 연관[122]

한편 팔봉은 이들 볼셰비키와 대립된 입장에서 형식론 대중화론에 걸치는 창작방법론으로 '변증법적 사실주의'를 내세웠다. 이로써 1930년까지 대립된 창작방법론이 프로문학 자체 내에 공존한 셈이다.

---

122) 권환, 「조선 예술운동의 당면한 구체적 과정」, 같은 글, 1930. 9. 4.

그런데 KAPF 주도권은, 2차 방향전환 이후 팔봉·회월이 제2선으로 물러선 것이니까 강경소장파에 넘어갔고, 따라서 볼셰비키화된 창작방법론이 강제되어 창작의 질식이 초래된 터이다. 이에 대한 비판이 마땅히 제기된다. 뿐만 아니라 여기엔 두 개의 여건을 생각할 수 있다. 그 하나는 KAPF 자체가 최악의 궁지에 몰렸다는 점이며[123] 다른 하나는 하리코프대회의 소식이 일본을 통해 전해지고 사회주의적 리얼리즘이 잇달아 들어온 것이다.

이러한 상황에서 KAPF 창작방법에 첫 항의를 제출한 것은 신유인의 「문학 창작의 고정화에 항(抗)하여」(『중앙일보』, 1931. 12. 1~8)이다. KAPF 맹원인 그는 "프로문학이 완전히 개념화하고 노예화하고 고정화하고 그리고 발전의 질곡이 되고 현실의 심대한 이반(離反)에 의해 표면의 공허한 포말(泡沫)로 되어 떠 있다"[124]라고 퍽 과격한 표현으로 나왔으며 이를 반박한 이기영의 「문예시평」(『중앙일보』, 1931. 12. 14)은 지극히 소극적 감상에 그치고 있다. 이것을 계기로 1932년에 접어들어, 창작방법론이 KAPF 자체 내에서 토의되기 시작한다. 그러나 1932년에도 퍽 애매한 상황에 놓여 있음을 본다. 임화는 "주제의 일양화(一樣化) 관념의 고정화 좌익적 편색(偏色)과 문학의 일양화의 위험성"[125]을 경고했고, 송영은 대중화 문제에 큰 관심을 보이지만,

---

123)　이 점에 대해서는 임화의 두 논문 「1931년간의 카프 예술운동의 정황」(『중앙일보』, 1931. 12. 7~13), 「1932년을 당하여 조선 문학운동의 신단계」(『중앙일보』, 1932. 1. 1~28)에서 지적할 수 있다. 특히 뒤의 논문에 나오는 "금(今)은 최불량(最不良)의 정세 속이다"(1. 4), "지금 KAPF가 일화견주의(日和見主義)에 의해 혼란의 딜레마……"(1. 1) 등의 표현이 그러하다.

124)　신유인, 「문학 창작의 고정화에 항하여」, 『중앙일보』, 1931. 12. 1.

125)　임화, 「1932년을 당하여 조선 문학운동의 신단계」, 같은 글, 1932. 1. 24.

136　제 I 부　프로문학운동을 중심으로 한 문예비평

구상(構想)은 유물적 기초 위에 서야 할 것을 주장하는 후지모리 세이키치(藤森成吉)류의 관념적 형이상학의 모방에서 벗어나지 못했고, 한설야(韓雪野)는 주제의 강화를 내세워 자신도 명백히 모르는 관념을 나열하고 있다.[126] 결국 사회주의적 리얼리즘은 1933년에 도입되기에 이른다.

1933년이 사회주의적 리얼리즘이 도입된 해이다. 백철의 「문예시평」(『조선중앙일보』, 1933. 3. 2)의 "변증법적 창작방법에서 사회주의적 리얼리즘으로"라는 논술이 보이며, 추백(萩白)이란 필명으로 KAPF 강경파 안막의 「창작방법 문제의 재토의를 위하여」(『동아일보』, 1933. 11. 29~12. 7)라는 논문이 나왔다. 특히 이 후자는 논의의 전면성뿐만 아니라 반성적 태도가 비록 기계적이며 추수적 도입 자세라 할지라도, KAPF 강경파의 논설이라는 점에서 KAPF 측의 가장 큰 관심의 대상이 된 것이다.

안막의 논문에서 중시해야 할 부분은 이른바 자기비판의 서술이다. 그것은 첫째로 한국 프로문학은 구 RAPP 혹은 NAPF의 이론을 극히 조잡히 적용 연장했을 뿐이지 그것을 섭취하지 못한 점, 그 결과 창작방법론은 훗베르드의 말대로 작가를 위협하는 수단으로 사용되었다는 것이다. 둘째 임화·김남천·한설야 등 프로 비평가들은 작품의 객관적 진실성, 생활에의 충실의 정도, 확신력에 의해서가 아니고, 작가의 주관적인 태도에 의해 작품평을 했다는 것이다. 그 결과 작품이란 작가들의 정치적 견해의 표백으로 만족하는 경향을 낳아, 소련 작가

---

126) ① 송영, 「1932년의 창작의 실천 방법」, 『중앙일보』, 1932. 1. 3~17.

　　　② 한설야, 「변증법적 사실주의의 길로」, 『중앙일보』, 1932. 1. 18.

에 비교할 수 없을 만큼 정치적이었다는 것이다.[127] 안막의 자기비판은 백철의 「인간묘사 시대」(『조선일보』, 1933. 9. 1)보다 훨씬 대담한 발언이 아닐 수 없다. 안막에 대한 반박은 김남천에 의해 제기되거니와, 이는 꽤 의미심장한 관계를 갖는 것이라 아니 할 수 없다.

김남천의 사회주의적 리얼리즘에 대한 태도는 어떤가. 「창작방법에 있어서의 전환의 문제」(『형상』, 1934. 3)는 "추백의 세의를 중심으로"라는 부제하에 안막을 비판하고 있다. 김남천은 안막이 소련, 일본에서 전개되고 있는 사회주의적 리얼리즘을 먼저 소개했다는 그 이니셔티브는 인정하나 과거 프롤레타리아 리얼리즘이나 변증법적 창작방법도 한국에서는 한 번도 진정한 토론을 거치지 않은, 한갓 슬로건으로 시종한 사실을 상기시키면서, 안막이 새 창작방법을 기계적으로 도입한 점을 지적, "비창조적 왜곡된 이식"[128]이라 단정한다. 그 이유로 다음 몇 가지를 든다. 첫째, 소련에서 제기된 사회주의적 리얼리즘은 창작방법의 문제를 조직 문제와 분리시킨 것이 아니라는 점, 킬포틴이 주장한 이 창작방법을 방향만 지지하고, 그 조직과의 밀접한 관계를 외면함은 안막의 의식적인 색맹을 의미한다는 것이다. 가령, 일본에서는 이 문제가 도쿠나가 스나오(德永直)의 청산주의적(淸算主義

---

127) ① 추백, 「창작방법 문제의 재토의를 위하여」, 『동아일보』, 1933. 11. 29~12. 7.
   ② 안막이 「1932년의 문학 활동의 제 과제」(『중앙일보』, 1932. 1. 11)에서 하리코프대회를 벌써 소개한 바 있다. 1931년까지만 해도 그토록 강경히 제2차 방향전환을 외치던 그가 추백이란 필명에 이르기까지엔 상당한 전향을 겪고 있다. 이러한 구차한 필명은 KAPF 문인엔 흔히 볼 수 있다. 동경 문단의 새로운 현상에 따라 지극히 번역 비평을 해온 사실의 방증이 될 것이다. 권구현이 김화산으로 된 것이라던가, KAPF 해산 때 이갑기가 이형림으로 된 것 따위이다('해외문학파'와의 논쟁 때 임화가 김철우로 된 것은 앞엣것과는 성질이 다르다).
128) 김남천, 「창작방법에 있어서의 전환의 문제」, 『형상』, 1934. 3, p. 48.

的) 태도, 하야시 후사오의 분산주의적 태도로써 조직 문제 속에 휩쓸리고 있다는 것도 안막이 외면하고 있다는 것이다. 둘째로 킬포틴이 '진실을 그려라' 혹은 '예술은 객관적 사실의 내용을 형상화하는 것'이라 한 명제를 안막은 곧 정치로부터의 이탈을 의미한 것으로 오해하고 있다고 주장한다. 김남천은 '사실을 그려라'는 명제가 당의 문학이란 것과 대립된 것이 아니라 변증법적으로 발전되어야 하는 것이라 본다. 이러한 오해는 안막뿐 아니라 임화의 「서화」평, 백철의 『흙』평에도 감춰지지 않고 있다고 김남천은 보았다.[129]

　김남천은 이러한 역경 속에서 자못 고군분투한 느낌이 없지 않다. 그는 끝까지 조직에의 충성을 저버리지 못한 것이다. 그 자신의 손으로 KAPF 해산계를 경기도 경찰부에 제출하지 않을 수 없도록 그는 조직을 지킨 사람이다. 따라서 조직을 떠난 사회주의적 리얼리즘은 그로서는 인정할 수가 없었다. 김남천의 딜레마는 바로 여기에 있다. 유물변증법적 창작방법에 비판은 있어 마땅하나, 그 결과 "그것이 '사회주의적 리얼리즘'이 되리라고는 아직 생각할 근거를 알지 못하고 있다"[130]는 것, 그렇다고 도쿠나가 스나오 모양 다시 프롤레타리아 리얼리즘에 복귀할 수는 더욱 없다는 것이 그 딜레마이다. 이 김남천 편에 안함광이 서서 안막을 비난하고 있음을 볼 수 있다. 안함광은 안막을 추수주의적이며 사대사상이라 규정하고 "사회주의적 리얼리즘을 자기의 좌익적 편향에 대한 변호의 수단으로 이것을 말하게 되는 데서부터 필연적으로 작가의 정치적 과제에 대한 충실이란 것에 대해서

---

129)　김남천, 「임화적 창작평과 자기비판」, 『조선일보』, 1933. 7. 29~8. 4.
130)　김남천, 「창작방법에 있어서의 전환의 문제」, 같은 글, p. 54.

까지 부당한 공격의 화살을 보내고 있음"[131]이라 한다. 이왕 변증법적 창작방법도 모른 채 사회주의적 리얼리즘으로 넘어와서는 이것을 조직의 파경 및 좌익적 전향의 구실로 삼아 자기 합리화의 수단으로 이용하려는 의도가 KAPF 내부에 있음을 안함광은 지적, 김남천과 함께 이를 배격하고 있다. 이미 박회월의 전향선언문이 이해 정월에 나왔고, 이러한 전향론의 여세로 사회주의적 리얼리즘은 조직을 벌써 떠났던 것이다. 꼼짝없이 폐색(閉塞)된 KAPF는 사회주의적 리얼리즘에 최후로 매달려 1936년까지 평론의 형식을 취하고 논의된다.

사회주의적 리얼리즘에 대한 논의의 목록은 대략 아래와 같다. 1934년부터 권환의 「현실과 세계관 및 창작방법과의 관계」(『조선일보』, 1934. 6. 24~29), 「창작방법 문제의 토의에 기하여」(『문학창조』 창간호, 1934. 6), 이기영의 「창작방법 문제에 관하여」(『동아일보』, 1935. 6. 4.), 이동규의 「창작방법의 새 슬로건에 대하여」(『조선중앙일보』, 1934. 6. 10~13), 안함광의 「창작방법 문제─신이론의 음미」(『조선중앙일보』, 1934. 6. 17~30), 한효의 「우리의 새 과제」(『조선중앙일보』, 1934. 7. 7~12), 「문학상의 제 문제─창작방법에 관한 현재의 과제」(『조선중앙일보』, 1935. 6. 2~12), 안함광의 「창작방법 문제 재검토를 위하여」(『조선중앙일보』, 1935. 6. 30), 김두용의 「창작방법의 문제」(『동아일보』, 1935. 8. 24~9. 1), 한효의 「창작방법의 논의」(『동아일보』, 1935. 9. 27~10. 5), 김두용의 「창작방법 문제에 대하여 재론함」(『동아일보』, 1935. 11. 6~12. 10), 안함광의 「창작방법 논의의 발전 과정과 그 전망」(『조선일보』, 1936. 5. 30~6. 5), 박승극의 「창작방법논고」(『조

---

131) 안함광, 「시사문학의 옹호와 타합(打合) 나이브 리얼리즘」, 『형상』, 1934. 3, p. 56.

선중앙일보』, 1936. 6. 2~7), 한식의 「사회주의 리얼리즘의 재인식」
(『조선문학』, 1936. 7·8) 등이 대표적인 논의이다. 이 중 김두용과 한효의 논쟁이 중심적인 것으로 1935년 절정에 달했고 그 여세가 1936년까지 뻗고 있음을 본다.

이 논의의 핵심은 사회주의적 리얼리즘의 한국 수용의 가능성을 두고 찬반의 두 면으로 대립된 현상을 보인다. 한효는 김남천, 안함광 등의, 소련과 한국은 현실이 다르므로 사회주의적 리얼리즘을 그대로 받아들일 수 없다는 주장에 대하여, 이것을 인식 부족의 미망이라 하여 프로 대중이 존재하는 한 가능하다는 입장을 취한다.[132] 박승극도 한효에 동조하는 입장을 갖게 되어[133] 결국 한효·박승극 대 김남천·안함광·김두용의 대립으로 사태가 발전되었으며 이 양자의 대립이 첨예화된 논문은 김두용의 「창작방법의 문제」와 한효의 「창작방법의 논의」가 된다.

안함광의 질문 "왜 과거에는 유물변증법적 창작방법이었고 지금에는 사회주의적 리얼리즘이냐"에 대해 한효의 답변은 "창작방법으로서의 유물변증법의 도식적 오류—말하자면 현실을 심각히 정당히 묘사하는 길을 작가와 현실과의 사이의 실천적 상호 관계의 과정에서 규명하려고 하지 못하는 오류를 정당히 지적 비판할 수 있을 정도의 이론적 구체성이 문학의 이론적 영역에 있어서 파악하지 못한 이론"[134]이기 때문이라 했는데 김두용은 이것을 완전히 인식 부족이라

132) 한효, 「1934년도 문학운동의 제 동향」, 『조선중앙일보』, 1935. 1. 3~8.
133) 박승극, 「리얼리즘 소고」, 『조선중앙일보』, 1935. 3. 11~4. 2. "필자는 전일의 리얼리즘을 무조건하고 배제해온 과오를 자인한다"(『조선중앙일보』, 4. 2).
134) 한효, 「신창작방법의 재인식을 위하여」, 『조선중앙일보』, 1935. 7. 24.

고 본다. 본래 유물변증법은 "마르크스주의의 철학적 방법인 이상, 유물변증법적 창작방법이라는 것은 마르크스주의적 창작방법이요 현실의 역사적 내용—진실을 정확히 구체적으로 그리려 하는 원칙 방법이니 이 방법론에 잘못 없다".[135] 그러므로 소련에 있어서의 사회주의적 리얼리즘이란 다른 나라에 있어서는 의연 변증법적 리얼리즘이라는 것이 김두용의 논거이다. 즉 소련의 사회주의적 리얼리즘이란 변증법적 리얼리즘에다 그들 작가동맹 규약인 (1) 사회주의 정신으로 근로 대중의 사상을 개조하고 교육하는 임무에 결합되도록 그릴 것, (2) 그럼에는 문학운동을 프롤레타리아트의 긴절한 문제와 관련시키고 작가는 사회주의적 건설에 참가하고, (3) 그 속에서 현실을 신중하게 연구하고 이러한 활동을 통일 강화하기 위한 조직을 가질 것 등을 합한 정신으로 본다. 그러므로 사회주의적 리얼리즘과 유물변증법은 근본적 차이가 있는 게 아니라는 것이다. 김두용은 일본 비평계에서도 이 문제로 활약을 한 바 있거니와 한효는 모리야마 게이와 이어져 있으며 특히 이누타 에이이치(沼田英一)의 논문을 표절하고 있다고 김두용은 주장한다.[136] 물론 사회주의적 리얼리즘이 다른 점이 다소 없지는 않다. 종래와 달리 사회 건설 상승의 한 부분으로 영웅주의적 감정의

---

135) 김두용, 「창작방법의 문제」, 『동아일보』, 1935. 8. 25.
136) 한효의 「문학상의 제 문제」(『조선중앙일보』, 1935. 6. 8)의 "우리들은 우리들의 현실 생활에서 체험하는 로맨티시즘을 부인할 수 없다. 연애는 다른 생활적 감정보다 훨씬 로맨틱한 것이며, 젊은 인쇄직공이 식자를 하면서 노래 부르는 것도 로맨틱한 것이요······"라는 구절은 『文學評論』지(1934. 12)의 누마타의 "우리들은 우리들의 현실 생활 속에서 체험하는 로맨티시즘을 부인할 수 없다. 연애는 다른 감정보다 훨씬 로맨틱하다······ 인쇄공의 점심시간에 하모니카······"의 완전한 표절이라고 김두용은 주장한다(「창작방법의 문제」, 같은 글, 1935. 8. 29). 김두용은 일본의 『文學評論』지 '生きた新聞(살아 있는 신문)'난에 창작방법론을 두어 편 발표한 바 있다.

과장을 승인한 바 있었고 그 결과 로맨티시즘의 기풍이 조성된 것이다. 이것을 '기술(技術)의 로맨티시즘'이라 해서 광의의 리얼리즘 속에 포함시킨 바도 있다. 김두용의 이러한 부정적 입장에 대해 한효의 반박은 로젠탈, 킬포틴의 이론으로 이를 봉쇄한다. "유물변증법은 세계관은 될 수 있으나 창작방법론은 될 수 없다"[137]는 원칙 명제를 김두용이 몰각했다는 것이다. 킬포틴의 다음 선언은 바로 한효의 출발점이다.

> 우리는 예술에 있어서의 변증법적 유물론에 가담한다. 그러나 그럼에도 불구하고 유물변증법적 창작방법의 슬로건은 잘못된 슬로건이다. 그것은 문제를 단순화하고 그것을 예술적 창조와 이데올로기적 주견(主見)과의 복잡한 의존을 예술가와 자기의 단계의 세계관과 복잡한 의존 관계를 절대적으로 자율적인 법칙에 변형하고 있다.[138]

킬포틴의 이 말 속에 김두용의 주장과 한효의 견해의 공통점과 차이점이 함께 놓여 있음을 볼 수 있고, 이 양자의 차이는 이 범위를 크게 벗어나지 않고 있음을 알 수 있다.

한효에 의하면 한국 문예비평사는 수입사와 창작무관사(創作無關史)라 했거니와[139] 프로문학 최후의 수입론인 이 사회주의적 리얼리즘도 결국 창작무관론으로 시종한 것인가. 『조선문학』지의 특집을 살펴보기로 한다.

---

137) 한효, 「창작방법 논의」, 『동아일보』, 1935. 9. 29.
138) 한효, 같은 글. 재인용.
139) 한효, 「창작방법론의 신방향」, 『동아일보』, 1937. 9. 22.

1936년 6월에서 8월까지, 『조선문학』지는 "사회주의의 리얼리즘의 재검토"라는 표제 밑에 한효·안함광·임화·김두용 네 사람의 서간특집을 담고 있다. 문제 제기는 한효에서이다. "금후의 지도이론의 확립과 그에 관한 구체적 논의는 현재 무자비한 패배적 참경에서 일부의 무원칙한 공포증에 걸려서 전율하고 있다는 인텔리층의 의식적 회피로써 지극히 곤란한 단계"[140]인데 이러한 위기를 극복하는 길은 오직 창작방법의 확립을 위해 일층 집요한 논리적 달성을 기해야 하며, 이로써 전향자, 전율하는 인텔리층을 이길 수 있을 것이라 보았다. 고쳐 말해서 전향자의 화려한 이론에 대항할 수 있는 이들 비전향축의 최후의 보루가 창작방법론에 놓여 있음을 확연히 알 수 있다. 여기서 안함광은 전주 사건에서 돌아온 여러 동지들과 함께 저 국제적으로 아직 '밧줄이 없는 바 아닌' 사회주의적 리얼리즘에 한 가닥 희망을 걸고 있지만, 임화는 사회주의적 리얼리즘 문제를 우선 창작방법 일반에 관한 논쟁과 구별되어야 할 것, 즉 세계관과 창작방법의 일반 관계를 논하는 견지에서 철저히 구별할 것을 주장한다. 세계관과 창작방법의 관계는 순연히 이론 문예학, 미학상의 문제라는 것이다. 임화의 이러한 견해는 KAPF 서기장이었던 임화가 전향축으로 돌아가는 확실한 포석이라 보아 무방하다. 한효와 김두용은 임화의 견해에 대해 즉각적 반론을 폈다. 김두용은 임화가 문예학과 작품 비평을 일원화하는 경향을 경고했고 한효는 방법론과 작품 비평을 혼동하는 태도를 성급한 행동이라 비난했다. 또 임화가 사회주의적 리얼리즘의 혼란이 소련이나 일본도 동일 현상이며 한국의 이론도 모리야마 게이의 추종

---

140) 한효, 「사회주의의 리얼리즘의 재검토」, 『조선문학』, 1936. 6, p. 125.

의 역을 벗어나지 못한다고 속단한 것에 대해, 한효는 적어도 이 논의만은 현금까지 일본에 그렇게 뒤지지 않는다고 반박하고 있다. 김두용과 한효가 서로 대립했지만 임화를 향한 반격에는 한 덩이가 되었음은 퍽 흥미 있는 사실이며, 이는 그들이 창작방법론에 최후를 걸고 있었다는 방증으로 삼을 수가 있다. 결국 사회주의적 리얼리즘 논의에서 어느 정도 주체적 일관성을 견지하려 한 평론가는 김두용과 한효라 할 것이다.[141]

5. 결산

사회주의적 리얼리즘이 한국 문단에 논의되기 시작한 것을 1933년이었고 1934년을 거쳐 1935년엔 그 절정에 달하고 1936년까지 뻗었던 것이나, 이 동안 명확한 해설이나 납득될 만한 문제 제출이 되지 못하고 여전히 창작과 유리된 공론의 느낌이 없지 않다. 따라서 작가들은 무관심한 태도를 취했고, 그들의 창작 생명에 관한 문제가 아닌 것으로 흥미를 잃은 것은 일본의 경우와 같다.

---

141) "사회주의적 리얼리즘은 일본 이론에서 아직껏 선명치 못하고 금후 해결될 문제이나, 이러한 문제가 극히 간단하나 조선에서 지적되었다는 것은 그만큼 조선의 이론은 일본 내지보다 진보되고 있다. 전자에 구보 사카에를 신협(新協) 사무소에서 만났을 때에도 그는 조선의 이론이 여상히 전개되고, 사회주의적 리얼리즘의 결론이 나온 것을 경탄한 일도 있고, 무라야마 도모요시(村山知義)·모리야마 게이도 그것이 정당하다는 소감을 표시한 일도 있다…… '유물변증법적 창작방법이 본질적 방법 원칙의 잘못이 아니라 그 실천이 그름이었다'고 나는 주장한다"(김두용, 「조선 문학의 평론 확립의 제 문제」, 『신동아』, 1936. 4, p. 58).

이러한 사정이 초래된 까닭을 한식은 이렇게 요약하고 있다. 첫째 당시의 역사적 순간—객관적 내용 압력을 들 수 있다. 전주 사건, KAPF 해산으로 인해 원칙론자들이 기진했으므로 이미 의욕을 상실케 되었으며 또 사회주의적 리얼리즘 자체가 혁명적 선동적 이론과는 차원이 다른 데도 까닭이 있다. 둘째, 사회주의적 리얼리즘에 대한 인식과 통찰을 문예학적으로 파악하지 못한 것을 든다.[142] 여기에다 우리는 소련과 한국 현실의 차이를 첨가해두고자 한다. 특히 이 창작방법 논의를 통해 한국 문예비평의 일본으로부터의 직수입적 한계를 엿볼 수 있다. 이와 같은 결과 한편 이 논의는 한정된 몇 사람의 논쟁의 소재, 도그마의 형식을 취하게 되었고, 다른 한편 전향축 및 문단 전체는 인간묘사론, 리얼리즘론으로 방향이 돌려져 전형기를 이룩하게 되며, 이로써 사회주의 이데올로기의 문학은 종언을 고하게 된다.

문학에서 사회성이 소멸되어간 것은 문예비평사의 한 시기 구분을 뜻한다. 마르크스주의 문예비평이 미학적 문예학적 영역으로 흡수되어 지도성의 우위를 잃었고, 회월·신유인·백철 등 전향축이 윤리적 비난 속에서도 엄숙한 시기적 사명으로 시인되기에 이른 것이다. 이에 비평은 새로운 지평을 편다. 리얼리즘론, 작가론, 인상주의적 창조적 비평, 혹은 주지주의적 영미계 비평, 행동주의적 휴머니즘인 프랑스적 비평 체질 등등의 다양성이 열리게 된다.

---

142) 한식, 「사회주의 리얼리즘의 재인식」, 『조선문학』, 1936. 8, pp. 119~25.

제8절 창작방법론(Ⅱ)

창작방법론이라 하면 일반적으로 프로문학의 창작방법론만을 연상케
된다. 그것은 변증법적 사실주의가 이데올로기적 세계관을 작가에게
강요하고 또 작가는 이러한 방법론을 기다려 비로소 창작에 임할 수
있었다는 점에서 비평의 우위가 확보되었고 그만큼 실질적인 논의가
될 수 있었던 것이다. 그러나 새로 들어온 사회주의적 리얼리즘은 지
도적이 되지도 못했고, 실질성을 띠지도 못했다. KAPF 소속 비평가들
의 태도는 사회주의적 리얼리즘을 가운데 두고 세 가지의 길을 모색
하여 전형기를 맞게 되는데, 그 하나는 사회주의적 리얼리즘을 최후
의 보루로 삼는 층으로서 한효·안함광·김두용을 들 수 있고, 그 둘째로
는 김남천의 모럴과 고발문학론을 들 것이며, 그 셋째로는 임화·백철
등에 의한 리얼리즘, 자세히는 낭만주의와 사실주의론을 들 수 있다.
이 가운데 사회주의적 리얼리즘론과 표리의 관계에 있는 것이 임화의
낭만주의론이라 할 수 있다.

임화는 일찍이 사회주의적 리얼리즘을 원칙적으로 찬성한다고
발언한 적이 있다.[143] 그러나 사회주의적 리얼리즘이 논의되는 소용
돌이 속에서 그는 「낭만적 정신의 현실적 구조」(『조선일보』, 1934. 4.
19~25), 「위대한 낭만정신」(『동아일보』, 1936. 1. 1~4)을 썼다. 이 낭
만주의의 이론적 발상은 소련의 사회주의적 리얼리즘에서 찾아진다.
한효가 「문학상의 제 문제」(『조선중앙일보』, 1935. 6. 12)에서 로맨티

---

143) 임화, 「조선 문학의 신정세와 현대적 양상」, 『조선중앙일보』, 1936. 2. 13.

시즘을 사회주의적 리얼리즘의 한 방법으로 도입한 것도 같은 궤이다. 5개년 계획의 성공에서 낭만을 인식한 것은 소련의 현실이었다. 임화는 여기서 살아 있는 인간의 의식성, 주관이 전면에 서 있는 문학을 바로 "낭만주의적 요인이라 보아 문학사 가운데 절대적으로 순수한 사실주의와 조금도 사실적이 아닌 낭만주의를 구별하는 것은 오직 추상계에 있어서만 가능한 것이고 사실적으로 양자가 상대적인 한에서 사실적이고 낭만적"[144]이라 했다. 달리, 이 말은 과거의 자연주의에서 말하는 사실주의가 기계적·비인간적·트리비얼리즘 혹은 부패한 순수 예술의 그것임을 비판하고 인간적·주관적인 면에서 다이내믹한 것이 요청되었음을 의미한다.

이것으로 현실을 극복해야 된다는 저의를 헤아릴 수 있다. 킬포틴의 용어를 빌리면 '현실적인 몽상'이 낭만적 정신의 기초가 된 것이다. 이것은 백철의 초기 인간론과 별 차이 없음에 유의할 필요가 있다.

그다음 단계로 임화는 꿈을 끌어들인다. "문학상의 일방향으로서의 낭만주의는 꿈꾸는 것을 알고 또 그 몽상을 문학의 현실을 가지고 구조(構造)한 문학 위에 씌워지는 성격적 호칭"[145]이다. 진실한 꿈은 미래에의 지향, 창조를 체현한다는 것이다. 이 논문에서 임화가 전향한 A. 지드의 이론을 도입하고 있음은 백철의 휴머니즘론과 함께 주목할 것이다. 그러나 백철이 고민·불안을 강조함에 대해 임화는 김용제 같이 이 꿈을 가지고 이상주의적 입장에서 낙관하고 있음은 흥미로운 사실이 아닐 수 없다. 항시 중후하고 관념적·추상적 문체인 임화의 논

---

144) 임화, 「낭만적 정신의 현실적 구조」, 『조선일보』, 1934. 4. 20.
144) 임화, 「낭만적 정신의 현실적 구조」, 『조선일보』, 1934. 4. 20.
145) 임화, 「위대한 낭만정신」, 『동아일보』, 1936. 1. 1.

문이지만 이 대목에 와서는 감동적이고 설득적이며 조리 있고 명쾌하다. 그 이유는 어디서 연유하는 것일까. 그가 말하는 낭만주의는 새 활력소로서 신낭만주의이자 동시에 새로운 리얼리즘인데 이 "리얼리즘 가운데 시를 존재케 하는 것"[146]이다. 우리는 여기서 임화가 소설 중심의 사회주의적 리얼리즘이라는 창작방법론에 왜 불만을 품었는가를 알게 된다. 그는 본래가 「현해탄」(1936)의 낭만적 시인이다. 따라서 그가 체질적으로 알맞은 이 낭만을 주장할 때 비록 소련이나 일본의 가메이 가쓰이치로(龜井勝一郎)에 의해 이미 이런 견해가 있었다 치더라도 임화 득의의 영역이 아닐 수 없다. 문장을 예리화하기 위한 어지러운 조어(造語)의 나열, 난해하고 생경한 어법, 동사와 형용사·부사의 교대가 지극히 빈약한 신경질적인 현학적 문장을 이 낭만론에서는 별로 동원할 필요가 없었던 것이다.[147]

이것을 계기로 낭만주의 쪽으로 기운 창작방법의 논제가 상당히 표면화된다. 송강(宋江)은 「낭만과 사실」(『동아일보』, 1934. 12. 7)에서 로맨티시즘과 리얼리즘의 조화를 주장했고, 한효는 「문학상의 제 문제」(『조선중앙일보』, 1935. 6. 2~12), 「창작방법 논의」(『동아일보』, 1935. 9. 29)에서 역시 양자 융합의 가능성을 시사했다. 그 외에도 정

---

146) 같은 글, 1936. 1. 4.

147) ① "만일 그(임화—인용자)의 시문(詩文)에서 보이는 바와 같은 애상적 문장이 그의 논문에도 있다면 논적의 적의를 논문 속에서 해소하여 버렸을지도 모르겠으나 여하간 그의 논문의 문장은 경고(硬固), 난삽하여 일견 시인의 필치라고는 생각되지 않는다"(박영희, 「현역 평론가 군상」, 『조선일보』, 1936. 8. 28).
② "임 군은 원래 리얼리스트 되기에는 너무나 생활이 대중과 유리하고 있다. 그의 시는 좋은 정열을 가진 로맨티시즘의 시다. 그는 대중생활의 리얼리즘을 요구하면서 리얼리즘의 시를 각성하기에 너무나 경험이 적다"(김두용이 한 말. 박승극, 「창작방법논고」, 『조선중앙일보』, 1936. 6. 4에서 재인용).

래동(丁來東)의「낭만정신의 주류」(『동아일보』, 1938. 6. 5.), 유치진의「잃어버린 시혼(詩魂)을 찾아서」(『조선일보』, 1938. 3. 9), 「낭만성을 무시한 작품은 기름 없는 기계」(『동아일보』, 1937. 6. 10.), 백철의「리얼 이후에는 낭만주의가 대두?」(『동아일보』, 1937. 6. 6), 정인섭의「금일 이후의 문학은 리얼과 로만의 조화」(『동아일보』, 1937. 6. 9) 등을 들 수 있지만 이 가운데 꿈을 전면적으로 내세운 이론은 김우철의「낭만적 인간탐구」(『조선중앙일보』, 1936. 4. 15~28)이다. 김우철의, 꿈을 실질적 내용으로 하여 리얼리즘을 타개하려는 의도는 임화의 견해와 같다. 즉 윤백남(尹白南)의 회고적 야담, 김동인의 '강담(講談)'에의 전락, 이광수의 역사소설 따위는 꿈을 잃은 데서 연유한다는 것이다. 꿈은 미래이며 미래에다 좌표를 두는 열의는 바로 낭만정신이라 연역한 것이다. 킬포틴에 있어서는 사회주의적 리얼리즘은 '종합적 스타일'이거니와 그것은 리얼리즘과 낭만주의가 꿈을 매개로 융합될 수 있다는 것이다. 김우철은 이러한 대표적 예로 E. 졸라를 들었다. 김우철의 견해는 가쓰모토 세이이치로(勝本淸一郎)의 이론과 같은 것으로, 프로문학이 가질 낭만주의는 부르주아 리얼리즘의 최고 측면인 심리적 리얼리즘과 대립하고 파쇼적 낭만주의(국수주의적)와도 대립하는 것으로 인간 본래의 감정에 역점이 있는 것 같다. 김우철은 임화만큼 의욕적이었다. "내가 보기엔 소련 현실은 진실을 그리라는 리얼리즘이 가능하나 우리나라는 반대로 꿈의 창조로 향한 ××적 낭만정신이 강조되어야 하며 그것이 본질이어야 한다"[148]는 당위적 주장에서 아직도 그의 프로비평가의 체취를 느낄 수 있다.

---

148) 김우철,「낭만적 인간탐구」,『조선중앙일보』, 1936. 4. 24.

한편 사회주의적 리얼리즘이 설사 종합적 스타일일지라도 그것
은 어디까지나 방편적인 측면이며 문학의 본도(本道)는 어디까지나 사
회적·사상적 입장에서 진실을 그리는 리얼리즘이라는 주장을 내세운
비평가가 있었으니, 김두용·박승극·김용제·안함광이 그들이다. 이 가
운데 김두용이 이 방면의 주도적 입장을 견지한다. 그의 「창작방법의
문제」(앞의 글)은 중요한 논문이다. 소련에서 설사 로맨티시즘이 인정
되더라도 그것을 모순으로 이해한다는 사실, 즉 '이렇게 되었으면 오
죽 좋을까' 하는 기술의 로맨티시즘이지 그 본도(本道)는 어디까지나
리얼리즘이란 것이다. 박승극은 「창작방법논고」(『조선중앙일보』,
1936. 6. 3~7)에서 꿈을 비판하고, 리얼리즘의 길, 전형의 창조를 강력
히 주장함으로써 임화를 혹독히 비판한다. 비상 시기에 임화가 꿈을
과도히 찬양함은 백철의 정열과 혼돈될 우려가 있을 뿐만 아니라, 창
작방법론의 미망을 유발하기 쉽다는 것이다. 자칫하면 그 꿈은 현실
도피가 되기 때문이다. 김용제는 「문학에 있어서의 진취적 낙천주의」
(『조선중앙일보』, 1936. 9. 22~27), 「조선 문학의 신세대―리얼리즘으
로 본 휴머니즘」(『동아일보』, 1937. 6. 11~16), 「리얼리즘문학 전개론
(展開論)」(『동아일보』, 1937. 9. 14~16) 등을 발표한 바 있으며, 이런 평
론에서 그는 한강에 꽃잎도 떠 있듯이 혁명에도 낭만은 있을 수 있으
나 한강의 주류는 어디까지나 리얼리즘이며, 이것만이 바른 길임을
낙천적으로 주장했다. 최재서도 「문단 화제의 빈곤」(『조선일보』,
1936. 4. 24~25)에서 낭만주의에 대해 심상치 않은 관심을 표시했다.
일본서도 프로 비평가였던 가메이 가쓰이치로, 하야시 후사오, 야스다
요주로(保田與重郎)뿐만 아니라, 예술파인 요코미쓰 리이치(橫光利一),
가와바타 야스나리(川端康成) 등도 리얼리즘에 싫증을 느낀 사실이 지

적되고 있다.[149]

이상과 같은 낭만주의 대두와 이에 대한 비판은 정작 '위대한 낭만정신'을 주창한 임화 자신이 자기비판을 함으로써 리얼리즘의 길로 귀환하게 된다. 이것은 자기비판이 시도된 우리 문예비평사상 흔하지 않은 감격스러운 대목이라 할 것이다.[150] 임화의 자기비판은 「사실주의의 재인식」(『동아일보』, 1937. 10. 8~14)에서 표면화되었다.

> 물론 현재일지라도 나는 김남천 씨와 같이 일체의 '로맨티시즘'을 부정한다거나 김용제 씨처럼 '로맨티시즘' 하면 그 개념이 19세기에 만들어졌다는 간단한 이유로서 복고주의의 낙인을 찍는 데는 철저하게 반대하나, 나의 '로맨티시즘'론이 의도 여하를 물론하고 신'리얼리즘'으로부터의 주관주의적 일탈의 출발점이었다는 점을 지적하기에 인색하고 싶지 않다. 생각하면 이러한 과오는 당시 유형적 매너리즘에 빠졌던 시의 상태가 대단히 딱했던 사정과 현상을 통하여 본질을 적출(摘出)하는 예술적 인식 과정 중에서 주관적 추상적 예술적

---

149) "동경 문단 주류 측에서 로만주의를 내세운 것은 그들이 계급적 입장을 버린 것이 아니라 야스다(保田)의 말을 빌리면 '우리는 빼빼 마른 문학엔 견딜 수 없다. 단맛도 쓰라린 맛도 없는 시정잡화(市井雜話)엔 참을 수 없다'는 것이며 하야시 후사오는 일본의 리얼리즘을 '쿠소 리얼리즘'이라 비난하여 「감상의 옹호(感傷の擁護)」(『문예』, 1936. 5)까지 나왔다"(최재서, 「문단 화제의 빈곤─낭만주의의 부활인가」, 『조선일보』, 1936. 4. 25). 그러나 최재서 자신은 본도(本道)는 어디까지나 리얼리즘이며 낭만주의 주장도 다소 인정한다는 주장이다.

150) "전형적 도시인이며 겨울밤 새벽달같이 쌀쌀한 그의 성격과 안색"[안석주, 「조선의 발렌티노 청로(靑爐) 임화」, 『조선일보』, 1933. 1. 21]의 소유자인 임화는 「우산 받은 요코하마의 부두」(『조선지광』, 1929. 9), 「우리 오빠와 화로」(『조선지광』, 1929. 2) 등의 낭만적 시인이었으나, 1931년 KAPF 서기장이 된 이래 초조와 예리함과 비정으로 가랑잎에 불붙은 듯이 논적 잔멸(殘滅)의 예봉(銳鋒)을 휘둘렀음도 하나의 장관이라 할 것이다.

상상력 등이 연(演)하는 역할에 대하여 명백한 이해를 가지지 못한 데 인(因)하지 않았는가 한다.[151]

이상에서 임화가 낭만주의를 지지한 중요한 까닭의 하나가 시 때문이란 사실을 알 수 있다. 그가 문학의 경향성을 완강히 지켜야 할 책임감을 느껴, 파행적 리얼리즘과 관조주의적 아이디얼리즘을 동시에 극복하지 않으면 안 된 이유는 무엇인가. 아마도 그것은 낭만주의가 비평상에 나타날 때는 자칫하면 백철이 보이는 것 같은 극단의 감상적 인상주의적 비평이 되어, 무이론(無理論), 불가지론(不可知論)으로 떨어질 우려가 있었기 때문이다. 시인으로서는 그것이 필요했으나, 이론가로서는 이것을 더 진전시킬 수 없었던 것이다. 그가, 이로부터 비평의 학, 문예학, 문학사 연구 등의 분야에 깊은 관심을 갖고 또 이 방면에 업적을 남기게 되는 이유가 여기에 있다.

임화가 새삼 주장하는 사실주의란 표면상 사회주의적 리얼리즘을 의미한다. 문학적 진실을 심오한 본질에서 주체적으로 파악하는 것이며, 김남천의 고발문학처럼 소시민이 아닌, 그것을 떠나 객관적 현실에의 침체의 과정을 통해 세계관의 압도적 역할을 의식하는 것이 신창작방법론의 기본 태도임을 임화가 다시 내세우게 되는데, 이것은 사회주의적 리얼리즘이라기보다는 그 전의 단계인 유물변증법과 같은 것이다. 「사실주의의 재인식」에서 다시 출발한 임화는 「주체의 재건과 문학의 세계」(『동아일보』, 1937. 11. 11~16), 「현대문학의 정신적 기축(基軸)」(『조선일보』, 1938. 3. 23~27), 「사실의 재인식」(『동아일

---

151) 임화, 「사실주의의 재인식」, 『동아일보』, 1937. 10. 13.

보』, 1938. 8. 24~28) 등을 썼다. 그가 리얼리즘에 문학의 주체를 확보해야 된다고 나설 때, 그 의도는 '문예비평의 지도적 임무'의 재발휘에 있었다.[152] 창작방법은 본시 문학이 이런 세계관과 합일될 때 가치 있는 예술이 창조되고 그것으로 문학적 경향과 특색을 해명할 수 있으며 이로써 작가를 지도하는 실천성을 지녔던 것이다. 변증법적 사실주의 시대에 임화는 이 점을 누구보다 과격히 주장한 바 있었다. 그런데 사회주의적 리얼리즘은 정작 고정적인 것이 아니었고, 다시 낭만주의가 개입되어 방법론 자체의 혼미를 가져왔고, 창작방법이 KAPF 해산으로 '창작하는 방법'뿐만 아니라 '생활하는 방법'까지 암시해야 될 판국에 이르렀을 때 임화는 인간탐구라는 낭만적 요소에 곁눈질을 하게 된 바 없지는 않으나, 막상 휴머니즘이 실천성을 잃고 비평이 "비참히 이론까지도 잃어버리는 최악의 참경(慘景)"[153]을 그는 직접 체험했을 것이다. 끝까지 기대어 의탁할 주체성이 그에겐 필요했고 이것을 리얼리즘에다 다시 찾아야 될 것으로 그는 본 것이다. 그는 비교적 창작방법으로서는 충실한 고발문학론마저 소시민적이라 하여 비난하고 엥겔스의 「발자크론」을 유일한 무기로 내세우게 된다.[154] 그

---

152) 임화, 「주체의 재건과 문학의 세계」, 『동아일보』, 1937. 11. 12.

153) 같은 글, 1937. 11. 13.

154) 엥겔스의 「발자크론」은 1933년에 발표된 창작 및 리얼리즘 문제에 대한 특수 초고인데 1890년대 영국 사회주의 여류 작가 마거릿 하크니스에게 보낸 편지이다. 이 속에는 디테일과 전형에 대한 유명한 통찰이 들어 있다. 그중, 다음 대목은 의미심장한 리얼리즘론이다. "발자크는 자기 자신의 계급적 동정과 정치적 편견과는 반대하고 나가지 않으면 아니 되었다는 것, 자기가 사랑하는 귀족계급의 몰락이 불가피한 사실이라는 것을 예측하고, 따라서 그들은 이미 다시는 좋은 운명을 갖지 못할 사람들로서 표현되었다는 것, 그리고 그는 참된 미래의 담당자를 남 먼저 재빨리 볼 수 있었다는 것, 이것이 내가 노(老)발자크의 최대의 특장(特長)의 하나라고 인정하는 점입니다"(로젠탈 외, 『마르크스·엥겔스

러나 그는 이러한 의도만 앞섰지 정작 「사실의 재인식」에 와서는 구체성을 띠지 못하고 있다. 이러한 상태에서 임화의 탈출구는 두 개로 나타났다. 하나는 비평을 문예학 쪽으로 올려 문학사적 정리에 눈을 돌리는 일이고, 다른 하나는 언어적 형상을 세계관상의 문제에 초점을 올려 본격소설론으로 기울게 된 것이다.

예술론』, p. 66).

제3장 민족주의문학론

제1절 민족주의문학파의 성립

1. 민족주의문학의 개념

한국 근대사에 있어 광의의 민족주의는 비·반계급주의로 통칭할 수
있는 일체의 주의·사상이라 할 수 있다. 이 어사(語辭)는 보수적 리버
럴리즘을 기지로 하는 우파 모두가 포회(包懷)될 것이다. 따라서 계급
주의처럼 자명한 용어는 아니다.

　문학에 있어서의 민족주의라는 것은 계급주의 문학의 대타의식
에서 출발하는 것이다. 민족주의를 의식적인 것과 무의식적인 것으로
대별할 수 있는 것과 같이 민족주의문학도 두 면으로 나눌 수가 있다.
1930년에 나타난 한 증언에 의하면 한국의 우파 작가가 (1) 순수예술
지상주의자 김동인, (2) 통속적 모더니스트 최독견, (3) 심리해부적
리얼리스트 염상섭, (4) 민족적 인도주의자 이광수 등으로 사분되어
있다.[1] 이 가운데, 의식적 민족주의자는 절충파로 자칭된 양주동 및
이광수·염상섭·김동인 등이고, 여타는 무의식적인 민족주의 추수에
머물렀다고 할 수 있다. 뿐만 아니라, 의식적 민족주의라 했을 때도,

---

1)　　정인섭, 「조선 문단에 호소함」, 『조선일보』, 1931. 1. 3~18.

"좌익적 문예운동의 출발이 우익파란 것을 규정해주었었고, 선전포고함으로 말미암아 소극적으로, 또는 간접적으로 그 대립을 느꼈을 따름이지 [……] 집합적 단결로서의 의식적 깃발을 가지지 않은 것"이라 지적되고 있다. 이런 사실은 문학뿐만 아니라 사상사 전반에서도 충분히 적용될 수 있는 것이다. 또한 이것은 한국 사상사뿐만 아니라 일본 사상사에서도 해당되는 것이라 할 수 있다. 가령, "일본에, 자유주의자의 자기의식은 마르크스주의에 의해 처음으로 의식되었다는 것은 문학뿐만 아니라 학문사, 사상사를 이해하는 데도 결정적인 점"[2]이라 한 견해가 그것이다.

민족주의문학은 범박히 말해서, 조선주의를 바탕으로 한 국민문학으로 대두되었고, 이것이 발전하여 절충주의적 민족주의문학운동이 되며, 1925년으로부터 1930년 이후까지 프로문학과 함께 한국 문단을 양분하게 된다. 앞에서 본 바와 같이, 계급문학의 대타의식에서 자동적, 수동적으로 규정된 민족주의문학은, 1930년 이후 프로문학이 퇴조하자 그 참여의 긴장과 의의를 상실하게 된다.

민족문학과 민족주의문학은 엄격히는 별개의 것이라 할 수 있다. 일반적으로 민족문학이라 하면, 그 민족이 산출한 문학 전부이어서, 가령 한국 민족이 생산한 문학 총체를 한국 민족문학이라 할 수 있으나, 민족주의문학이라면 사회운동 노선상의 민족주의에 근거한 문학으로, 민족주의의 이상을 실천하는 것으로서 그 중요 임무를 삼는 형태의 문학만을 가리킨다. 민족주의는 개개인의 최고의 충성심을 으레 민족 국가에 바쳐야 한다고 느끼는 하나의 심리 상태라고 일반적으로

---

2)   丸山眞男, 『日本の思想』, 岩波新書, 1961, p. 78.

말한다. 향토나 지방적 전통 또는 지역적 기득 권위에 대한 애착은 어느 시대에나 있어왔지만 민족의식을 한 개의 관념체계로 하여 형성된 근대적 의미의 민족주의는 그 발생 초기에 있어서는 단일 민족에 의한 단일 국가 구성의 요구로 주장되어왔거니와, 민족은 역사의 생동하는 소산이어서 썩 착잡한 성격을 갖는 집단이므로 엄정한 정의를 내리기란 거의 불가능하다. 이 민족주의는 19세기 제국주의 시대에는 파시즘의 관념적 요소를 제공했고 밖으로는 타민족을 약탈하고 안으로는 노동 계급의 투쟁을 말살하는 도구로 사용되는 반면, 피압박민족에 있어서는 부르주아 계급의 민족 해방의 사상적 무기로 사용되었던 것이다.[3] 그렇다면 민족문학이란 포괄적 용어 속엔 프로나 부르를 가릴 것 없이 조선인이 조선어로 조선의 사상 감정을 형상화한 작품 전부를 의미하게 되며, 사회운동으로서의 이데올로기의 형태를 띤 민족주의문학은 프로문학과 대립되는 개념에 의해서만 성립되는 것이다. 그렇지만, 민족주의문학을 논하기 위한 전제 조건은 당시 한국이 피지배 민족이었다는 데서 먼저 찾아야 된다. 피지배 민족의 해방이라는 과제를 계급주의와 민족주의가 동시에 추구한 것이며, 따라서 함께 저항 문학의 의식을 지닐 수 있었고, 이로 말미암아 양자의 절충 문제도 떳떳한 명분으로 나타나 소위 절충파가 대두할 수 있었던 것이다.

---

3) ① 이석태 편, 『사회과학대사전』, 문우인서관, 1948, p. 233. ② H. Kohn, 『민족주의 *Nationalism, Its Meaning History*』, 차기벽 옮김, 삼성문화재단, 1974, p. 17. ③ C. Hayes, E. H. Carr 등의 이론은 한국적 상황과는 너무 먼 거리에 있다. 오히려 공산주의와 결부된 레닌의 명제를 상기시킨 이정식·R. A. Scalapino의 공동 논문 "The Origin of the Korean Communist Movement", *The Journal of Asian Studies*, Vol. 20, No. 1, 1960. 11 이 유익하다.

이상 민족문학과 민족주의문학의 차이점과, 프로문학과의 관계를 규명하였다. 그러나, 여기서 하나 더 지적되어야 할 것은, 습관상 민족주의문학을 그냥 민족문학이라 약칭했고, 따라서 민족주의문학자를 민족문학자 또는 민족문학파라 불렀다는 점이다.

2. 민족주의문학의 성립

'신간회' 발족 직전인 1926년 9월 현재 경무국에서 발표한 조선 사상단체 수는 청년단체 1,092, 정치사상단체 339, 노동단체 192, 형평단체 130으로 되어 있다.[4] 1921년에서부터 사회운동으로서의 계급 사상이 차차 보급되어 1926년까지에는 이렇게 많은 사상단체가 만들어졌던 것이다. 이 중, 프로문학과 민족주의문학과의 관계를 논한 논설을 들어보면 대략 아래와 같다.

「혁신 문학의 건설」(『동아일보』 사설, 1921. 9. 1), 이필수의 「조선 민족의 반성을 촉하는 조선 문학」(『동아일보』, 1922. 8. 2), 이병도·염상섭·오상순·황석우·변영로의 「문예운동의 제일성」(『동아일보』 기사, 1922. 12. 26), 「민족주의와 코스모폴리타니즘」·「민족주의와 무산계급운동」(『신생활』 특집, 1922. 11), 취공(鷲公)의 「문학혁명의 기운」(『동아일보』, 1922. 10. 13), 서유준의 「연애문학 박멸론」(『동아일보』, 1924. 11. 24), 이성태의 「가두의 예술」(『동아일보』, 1924. 12. 1), 「사회운동과 민족운동」(『동아일보』 특집, 1925. 1. 2~8), 양주동의 「예술과 생활」

---

4) 이석태 편, 『사회과학대사전』, 부록 「조선 사회운동 일지」, p. 16.

(『동아일보』, 1926. 2. 5), 김억의 「프로문학에 대한 항의」(『동아일보』, 1926. 2. 7), 정태연(鄭泰然)의 「조선을 무시하는가」(『동아일보』, 1926. 11. 10~13) 등을 들 수 있다.

1926년에 또 하나 중요한 사실은 동 10월에 조직된 '가갸날'이다. 이것은 정음 반포 8회갑(回甲)으로 범사회적 조선어 정리운동이며, 동 11월 4일 '정음 반포 8회갑 기념식'이 거행되었는데 이는 민족주의 운동과 표리의 관계를 가진다.[5]

계급 사상과 민족 사상의 두 운동이 일제하의 조선 민족의 사회 운동의 두 바퀴임은 물론이다. 이 양자의 궁극적인 목표의 하나가 함께 조선 민족해방이라면 각각의 이념·방법이 다를지라도, 공동의 적을 향한 투쟁에 합치점을 발견할 수 있을 것이라는 전제하에 『동아일보』는 1925년 1월 2일부터 '사회운동과 민족운동'의 일치점과 차이점에 대한 명사들의 앙케트를 벌인 바 있다. 여기에 동원된 명사는 한용운, 주종건, 김찬, 최남선, 조봉암, 현상윤 등인데 그들의 의견은 대체로 일치하는 방향을 모색하고 있다. 한용운은 양 운동이 서로 부합한다고 보는데, 그 이유는 장애가 서로 같고 과정이 동일하며, 사회운동은 필연적으로 정치와 관련이 있기 때문이라 했고, 주종건은 양 운동이 본질적으로는 합일될 수 없으나, 대외적 객체로는 일치되도록 정책화해야 된다고 보았고, 김찬은 민족운동이 일부에 그치면 부르에 지나지 않으므로 부합해야 한다고 보며, 육당은 양 운동이 지금 과정

---

5) '조선어연구회'는 1921년 임경재, 최두선, 이승규, 장지영, 권덕규, 이병기, 이상춘, 신명균, 김윤경 등에 의해 조직됨. '가갸날'(1926년 11월 4일)의 거행에 의해 사회문제화했다. 1929년엔 '조선어사전편찬회' 구성, 1931년 '조선어학회'로 개칭, 1933년 「한글 맞춤법 통일안」을 완성하게 된다.

상태로는 여부없이 합일할 것이며, 일단 국가를 찾은 후에 양자를 구분하라는 것이며, 현상윤도 같은 의견이다. 조봉암도 양 운동이 일치할 수는 없으나 현 단계로는 합일되도록 노력할 것을 주장했다. 이러한 의견의 일치는 명분을 향한 이념의 후퇴를 감행한 전형적인 예가 될 것이다. 그렇지만, 철저한 투쟁 방법론을 지닌 계급주의 쪽에서는 이 명분이 항상 뒤흔들린 느낌을 우리는 수시로 발견하게 된다. 1926년 『동아일보』와 『조선일보』가 이 문제로 하여 동시에 사설을 실었을 때도, 이 사실이 드러난다. 『동아일보』는 「민족의식과 계급의식과의 논점」(6. 19 사설)에서 "민족주의와 계급의식 구별은 해방운동상 무용임을 단언"했지만, 『조선일보』는 동일자 사설 「국가·민족·계급」에서 "국가·민족은 계급의식에 대립"한다고 이에 맞서고 있음을 본다.

민족과 계급 문제는 결국은 '신간회'와 직결되어 있다. 신간회의 조직 전말을 살피려면 필연적으로 일제의 정책을 살피지 않으면 안 된다. 1920년 이후 결사 집회가 일어났고 그중 '조선청년연합회' '조선노동공제회' 등이 좌익적 경향을 대표하는 중요한 조직이었다. 이 사회주의 사상을 일제의 위정자들이 묵인함으로써, 민족주의 사상을 말살하려는 정책을 사용했는지도 모른다.[6] 그러나 계급주의와 민족주의가 서로 대립하는 것이 아니라 오히려 합심하여 총독 정치에 항거하였다. 그 주동 인물은 박중화(朴重華), 박이규(朴珥圭), 장덕수(張德

---

6) 이원혁, 「신간회의 조직과 투쟁」, 『사상계』, 1960. 8, p. 279. "우리 운동이 차츰 조직화되고 좌익적 경향이 농후하여졌다. 그러나 소위 일제의 위정자들 생각에는 우리의 민족주의의 사상을 근저적으로 말살하기 위해서는 이 새로 들어오는 신사상의 흡수를 눈감아 두므로 사상적 전환이 이루어질 수 있으며 동시에 좋은 성과를 거둘 수 있을 것이 그들의 간계이었다."

秀), 오상근(吳尙根), 김철수(金喆壽), 김사국(金思國), 김약수(金若水), 유진희(兪鎭熙), 신일용(辛日鎔), 김명식(金明植), 홍증식(洪璔植) 등이었고, 1922년 이후 '서울청년회' '화요회' 등 좌익 사상 조직이 거침없이 표면적 행동을 나타내어, 민족주의와 배타되기도 했지만 일제로서는 이것이 더욱 두렵게 생각되어 1925년 제1차 공산당 사건, 1926년 6·10 만세 사건 등을 일으켜 탄압을 철저화했다. 1927년 반항 운동이 지하화되자, 일제는 취체를 완화하는 정책으로 나왔고, 그 결과 민족주의와 사회주의의 단일 전선이 가능해진 것이다. 일제가 신간회를 인정한 것은 "일적(日敵)은 표면화 운동이 좋지 못하지마는 탄압하는 데에는 유리하다는 것"[7]으로 보았기 때문인지도 모른다. 그리하여 1927년 1월 (1) 우리는 정치적 경제적 각성을 촉구함, (2) 우리는 단결을 공고히 함, (3) 우리는 기회주의를 일절 부인함 등 세 개 강령에 합의, 동 3월 2일 신간회가 드디어 창립되었으니, 회장 이상재(李商在), 부회장 홍명희(洪命熹), 위원엔 안재홍(安在鴻), 권동진(權東鎭), 신석우(申錫雨), 김준연(金俊淵), 이승복(李昇馥), 한기악(韓基岳), 홍성희(洪性熹), 문일평(文一平), 박희도(朴熙道), 김활란(金活蘭), 장지영(張志暎), 이순흠(李順欽), 박동완(朴東完), 명제세(明濟世), 최익환(崔益煥), 백관수(白寬洙), 박래홍(朴來弘), 최선익(崔善益), 김명동(金明東), 유각경(兪珏卿), 조병옥(趙炳玉), 이동욱(李東旭), 이정(李淨), 이관용(李灌鎔), 송내호(宋乃浩), 오하영(吳夏榮), 권태석(權泰錫), 이종기(李鍾冀), 안석주(安碩柱), 김순복(金順福), 김영섭(金永燮), 정춘하(鄭春河), 이옥(李鈺), 홍순필(洪淳泌) 등이 주동 인물이었고, 1931년 5월 16일 해체될 때까지 일제하 조선 민

---

7) 같은 곳.

족 최대의 단일 단체로서 지회 142, 회원 3만을 옹유(擁有)한 바 있다. 이 조직이 항일 운동으로 '색새끼[色繩]'적 위력을 발휘하게 되자 일제는 좌우익 합작 노선을 교란 분리시키려는 정책을 탄압과 함께 썼고, 그 결과 신간회 속의 좌익은 반기를 들게 된다. 이 사정은 다음 기록에서 명백히 알 수 있을 것이다.

> 원래 신간회의 구성은 토착 부르주아지들도 많이 참가하였으므로, 반일제적 요소가 총망라된 신간회는, 노동자 농민에게는 일종의 반동단체화하여 일제와 그 방조자인 지주에 적극적으로 투쟁하지 못하고, 평화적 수단과 점진적인 개혁으로써, 조선 민족을 해방시킨다는, 민족개량주의가 대두하기 시작하였던 것이다. 여기에서 일부 극단론자들은 신간회의 비혁명성만을 간취하고, 즉 신간회의 반동성만을 지적하고, 이 단체 내부에서 공작할 요소가 없다는 좌경적 경향이 광범하여져서 필경 해소 문제가 일어나게 된 것이다.[8]

심지어, 국제공청(國際共靑)에서는 "민족개량주의자가, 일본 제국주의자의 지시에 의해서 솔선 개시한 신간회"[9]라고까지 극언하게 되었던 것이다.

민족주의와 계급주의가 민족 해방이라는 대의명분에 의해 신간회로 단일화되었지만, 양자의 본질적 이데올로기의 상극성과 그 위에 일제의 간계에 의해 분열되고 마는 현상을 보게 된다. 결국 신간회는

---

8)   이석태 편, 『사회과학대사전』, p. 390.
9)   같은 곳.

지하 운동이 아닌, 당당한 등록 단체이었으므로 일제와의 타협 없이
는 불가능했던 것이었다. 그러므로 신간회 존속 시기까지는 적어도,
민족주의나 계급주의가 다 같이 숨구멍을 찾을 수 있는 활동의 자유
가 일제의 취체 완화 정책에 의해 어느 정도 보장되었다고 볼 수는 있
다. 이러한 정세 밑에서, 소위 프로문학과 민족주의문학의 위치와 행
방을 지켜볼 수 있는 것이다. 적어도 신간회 해체 선까시 프로문학과
민족주의문학은 어느 정도까지는 발표의 자유가 주어졌던 것이며, 두
계급 문학의 합치점과 차이점이 중점적으로 논의될 수 있었던 것이
다. 절충파 문학이란 바로 이러한 추세하에서 비로소 그 존재 이유를
드러내는 것이다.

제2절 절충파

1. 국민문학론

민족주의문학론의 초기 형태는 최남선이 제창한 국민문학론에서 비
롯된다. 이 국민문학이란 용어는 최남선의 논문 「조선 국민문학으로
의 시조」(『조선문단』, 1926. 5)에서 남상(濫觴)되었다고 볼 것이다. 그
는 이 논문 외에도 「시조 태반(胎盤)으로의 조선 민족성과 민속」(『조선
문단』, 1926. 6)이 있거니와, 『백팔번뇌』(1926)로 현대시조를 개척한
바 있는 육당은 "시조가 조선 국토, 조선인, 조선심, 조선 음률을 통해

표현한 필연적 양식"[10]으로 보았으며, '선영(先螢)의 주요한 일 범주인 시조'를 통해 국민문학의 정신을 규정하고 있다. 이것은 달리 국수주의적 복고사상에 집약시킬 수도 있는 것이다.

시조를 근간으로 하여 국민문학을 전개한 육당의 뒤를 이어, 이병기의 「시조란 무엇인고」(『동아일보』, 1926. 11. 20), 조운의 「병인년과 시조」(『조선문단』, 1927. 2), 염상섭의 「시조에 관하여」(『조선일보』, 1926. 12. 6), 양주동의 「병인 문단 개관」(『동광』, 1927. 1) 등의 소론들이 나타났고, 김영진의 「국민문학의 의의」(『신민』, 1927. 3)로 발전한다. 또, 시조 작가 조운은 「병인년과 시조」(『조선문단』, 1927. 2)에서 정음 반포의 '가갸날'과 시조운동을 국민문학의 이론적 근거로 내세웠고, 양주동도 "우리 글자 운동에서 한 걸음 더 나가서 우리말의 연구와 그것의 보급 정리 운동을 일으키는 것"[11]이라 하여 국민문학을 이룩할 기초로 국어 조건을 내세워 '가갸날'과의 관계를 논하고 있다. 염상섭은 「시조에 관하여」, 「시조와 민요」(『동아일보』, 1927. 4. 30)에서 시조나 민요가 인습적 봉건적 골동품일 수 없으며 그 형식과 리듬의 생산 관계, 정치 현상에 비춰볼 수 없을 뿐만 아니라 시조를 주장함이 애국적이라든가 국수적이 아니라 인생을 위한 예술의 견지임을 주장한다. 최남선에서 비롯되어 노산·이병기·조운 등에 이른 주장은 다음 염상섭의 언급 속에 집약시킬 수 있을 듯하다.

자기 민족이 처한 시대 환경, 자기 민족이 가지고 있는 사상 감정 호

---

10) 최남선, 「조선 국민문학으로의 시조」, 『조선문단』, 1926. 5, p. 4.
11) 양주동, 「병인 문단 개관」, 『동광』, 1927. 1, p. 5.

소 희망을 떠나서는 세계적일 수도 없고, 인생을 위한 것일 수도 없으며, 심하여는, 예술적인 가능성도 없을 것이다.[12]

이들의 시조에 거점을 둔 '조선적'이란 어사에 귀착되는 국민문학론은 그 논거가 퍽 형식적이고 심정적이어서 논리성을 띠지 못한 것이라 할 수 있다. 이것을 극복하여 보강한 것이 양주동과 김영진의 이론이다.

양주동의 문학관은 「예술과 생활」(『동아일보』, 1926. 2. 5)에 잘 나타나 있다. 그는 H. 텐의 예술철학의 일편으로, 예술은 생활의 표현이며 그 생활이란 곧 시대성이라 주장하고 심지어 "예술가는 다만 시대정신 속에서 그 시대와 사회의 생활 현상을 표현할 뿐"[13]이라는 데까지 이른다. 이 속에 이미 절충파적 체질이 비쳐 있거니와, 그가 국민문학을 최종 단계로 보지 않는 이유도 이 속에 있다.

> 내 생각에 의하건대 우리 신문학운동의 이상은 국민문학 건설에 있다 할 것이다. 이것이 우선 완성된 다음에 비로소 우리 문단도 세계문단에 들어간다. Cosmopolitanism도 Nationalism도 다음 문제다. [……] 프로문학 같은 것도 국민문학의 시대적 요소를 근저로 하는 것이라 보고 우리의 총체적 이상과 배치하지는 않는다고 생각하는 바이다.[14]

---

12) 염상섭, 「시조에 관하여」, 『조선일보』, 1926. 12. 6.
13) 양주동, 「예술과 생활」, 『동아일보』, 1926. 2. 5.
14) 양주동, 「문단 신세어(新歲語)」, 『동아일보』, 1927. 1. 4.

양주동은 문예를 시대정신 속에서 파악하므로 국민문학 속에 프로문학을 포함시킬 수 있다는 견해임을 우리는 알 수 있다. 국민문학 건설이 제일의적이며, 프로문학은, 외래 사조의 일시적 감염으로 봄으로써 제이의적인 현상이라 한 것이다.

무애의 이러한 절충적 조선주의 옆에 김영진의 「국민문학의 의의」(『신민』, 1927. 3), 정노풍(鄭蘆風)의 「조선 문학 건설의 이론적 기초」(『조선일보』, 1929. 10. 3) 등이 있다. 여기서 김영진은 "조선민족에 희망과 노력과 힘, 그리고 투쟁과 생명을 주어, 즐겨 조선의식을 찾고 기르고" 나갈 방향을 지시한 것이다. 그는 「현대문학의 구조」(『조선문단』, 1926. 3)에서 이미 이러한 뜻을 나타냈거니와, 국민문학을 논하기 전에 먼저 민족의 개념을 규정하려 했다. 국민문학의 심정적 기저가 조선 민족의 심정이기 때문이며 국민문학이 그러므로 곧 민족주의문학이기 때문이다. 그는 텐의 인종·환경·시대의 3요소에서 민족의 유전성을 들어 (1) 혈통, (2) 역사적 정신적 일치, (3) 문화적 공통, (4) 종교적 공통, (5) 언어 및 습관의 공통, (6) 공통 감정 등을 기초하여 이룩된 책임과 연대감이 곧 민족성이라 규정했다.[15] 그러므로 국민문학이란 시조와 민요만을 가리킴이 아니라, 시조와 민요야말로 그 대표적 존재일 따름이다. "고전이건 현대적이건 또는 부르적이건 프로적이건 그 작품이 진실한 조선 사람의 가치, 그 작품의 심금을 울려주는, 조선 민족이 아니면 가질 수 없는 것"[16]이면 전부가 국민문학일 수 있다는 것이다.

---

15) 김영진, 「국민문학의 의식」, 『신민』, 1927. 3, pp. 97~100.
16) 같은 글, p. 100.

이상과 같이 국민문학은 1925년 육당의 조선주의로 대두되어 1926년 '가갸날' 및 시조를 이론적 바탕으로 하여 1927년까지 밀고 나갔으나, 프로문학 측의 맹공격을 받았고, 그럴 때마다 이론적 근거의 빈약으로 더 이상 전개해나가지 못하고 일부는 절충주의적 중간파로, 나머지는 이광수 중심의 민족주의문학으로 분리된다. 그러나, 이 분리는 프로문학에 대항키 위한 방법론적인 것이라는 혐의가 짙다. 절충파라 했지만 이들은 결국 민족주의자였고, 또 민족주의 쪽으로 돌아오기 때문이다.

2. 절충파의 논거

프로문학과 민족문학의 타협, 모색을 발견하려 노력한 문학가를 광의의 절충파라 할 수 있다면, 이에는 김팔봉·김화산·이향·양주동·염상섭·김영진·정노풍 등이 전부 포함될 수 있다. 그러나 협의의 절충주의는 프로문학과 민족문학의 공변된 절충의 입장보다는 프로문학을 비판하는 쪽이 승한 양주동과 염상섭으로 대표되는 이론을 의미한다. 더욱 범위를 한정한다면 자칭 절충주의자라 한 바 있는 양주동의 이론만을 의미할 것이다.

무애의 절충주의의 윤곽은 「문예비평가의 태도 기타」(『동아일보』, 1927. 2. 28)에서 처음으로 찾을 수 있다. 팔봉, 회월의 '내용·형식 논쟁'으로 프로문학 진영 내에 대립이 발생하자 무애는 이 틈을 이용, 대담하게 팔봉, 회월을 비판한다.

문학을 유심적으로만 해석하는 것이 오류인 것만치 유물적으로 해석함도 역시 편견의 일종이다. 나는 여기서 구태여 절충설을 주장함도 아니다. 진실로 공정한 견해로는 심리학상 심신상관론(心身相關論)의 귀결과 같이 문학에도 나는 이원론에 서고자 하는 것이다.[17]

이 이원론이 이른바 절충주의의 소박한 논거이다. 소박하다는 것은 이론의 상식성 혹은 단순화를 뜻한다. 무애는 회월의 표현 무시를 문예가 아닌 삐라라 지적했고, 또 팔봉의 외재적인 것을 주(主)로 하고 내재적인 것을 종(從)으로 하는 비평 방법을 본말전도로 비판했던 것이다.

절충주의가 심화, 체계화된 것은 「다시 문예비평의 태도에 취하여」(『동아일보』, 1927. 10. 12)와 「문단 3분야」(『신민』, 1927. 4)이다. 무애는 여기서, 문단을 셋으로 나눠 구별했다. (1) 순수문학파 즉 정통파, (2) 순수사회파 즉 반동파, (3) 중간파로 나누고 이 가운데 중간파는 다시 좌익과 우익으로 나누었으니, 좌익중간파는 사회 칠분 문학 삼분, 우익중간파는 문학 칠분 사회 삼분의 비율을 갖는데 무애 자신은 우익중간파임을 천명하였다. 무애의 이토록 명백해 보이는 비율 분배라든지 문단의 분류는 지극히 편리해 보일지 모르나, 문학을 논하는 마당에서는 실로 소박한, 소인적(素人的) 견해가 아닐 수 없다. 대체 문학 현상을 이렇게 추상적 비율로 분류함은 지나치게 방편적인 것이다. 그러나 이러한 단순성이 카오스 상태에 있는 문단에서 볼 땐 명쾌한 질서로 보였고 논리의 명확성으로 비쳐 설득력을 획득할 수

---

17) 양주동,「문예비평가의 태도 기타」,『동아일보』, 1927. 3. 1.

있었던 것으로 보인다.

무애는 예술론을 다음 세 가지로 따질 수 있다고 한다. 첫째, 예술의 존재 가치인데 이것은 'art for art'(O. 와일드)이거나 'art for human' (L. 톨스토이)으로 고찰할 수 있으며, 둘째, 예술가의 사상적 태도 면, 셋째, 작품 구성상의 예술가의 태도 면으로 고찰할 수 있는데 이 중 셋째 것은 협의의 문예상의 제 주의(諸主義)에 관계된 것이며, 이것으로써 프로문학의 약점을 적발하여 내세우게 된다. 즉, 문예상의 주의란 표현 방식(협의)을 말할 때와 내용을 말할 때(광의)가 있는데, 프로문학은 후자의 관점에서 볼 때 문학상의 주의라 할 수 있으나 전자의 입장에서 볼 때는 문학상의 주의라 할 수 없다. 그런데 문예는 광의의 사상만으로는 성립될 수 없는 것이다. 따라서, 프로문학은 종래의 표현 수단을 습용(襲用)하는 동안은 문예상의 주의가 될 수 없다는 결론이 된다. "프롤레타리아 문예에서 표현 기교를 무시하는 것은 용서할 수 없는 착오"[18]라고 무애는 단언하고 아울러 프로문학의 방향을 지시하기도 한다. 프로문학은 타당한 표현 양식을 완전히 발견하기까지 재래의 표현 양식을 습용하여 가하되 그중 알맞은 양식을 택할 것이며, 그렇게 되면 프로문학의 성과를 무시할 수 없다고 주장했다.

무애는 「잡상 수칙(數則)」(『동아일보』, 1927. 12. 23)에서 자기비판을 보이기도 한다. 소위 절충적 이론이란 일견, 현명 온건한 듯하나, "결국 보수적이고 언짢게 말하면 소극적"[19]이 아닐 수 없다. 절충론은 결국 'Synthesis'로서만 필요가 있다고 했는데 이것은 벌써 중용을 의

---

18) 같은 글, 1927. 3. 2.
19) 양주동, 「잡상 수칙」, 『동아일보』, 1927. 12. 23.

미한 것이다. 춘원의 중용사상에 반론을 폈던 무애가 자기비판에서 중용으로 돌아온 것은 원래 무애의 체질이 민족주의문학론에 혈연되어 있었음을 방증하는 것이 된다. 이때부터 무애는 염상섭·이광수와 함께 민족주의문학의 논객이 된다. 요컨대, 무애의 프로문학 비판이 얼마나 가외(可畏)로웠는가는 팔봉의 다음 지적에서 확인할 수 있다. "양 씨의 최대의 탄환은 '무산파 작가의 소설은 소설이 아니다. 그들은 표현을 모른다'이다."[20]

프로문학에 반격을 가하면서도 민족문학과의 절충을 내세운 이론가에 염상섭을 무애 다음 차례에 둘 수 있다. 물론 무애와 횡보의 차이는 다음에서 찾을 수 있다. 사회를 위한 예술은 국민문학과 계급문학으로 나눌 수 있다. 전자는 총체적 단위인 국민의 애국심에, 후자는 총체적 단위인 계급의 투쟁 의식이 기저로 되어 있다. 그런데, 전자는 또 다음 세 갈래로 쪼개볼 수 있다. 그 첫째는 국민문학의 건설을 우리 문예 운동의 제일선으로 보고 프로문학을 국민문학 속에 포함될 시대적 요소로 보는 양주동의 입장, 둘째는 국민문학과 프로문학의 필연적 대립을 승인하면서 양자의 충돌점과 타협점을 병설하는 염상섭의 입장, 셋째는 이광수의 조선주의가 될 것이다.[21]

"국민문학은 민족적 전통 위에서 그것을 옹호 지지할 것이요, 계급문학은 사회적 운동 위에서 그것을 파괴하기에 노력할 것이다. 그러나 양자는 본질적으로 다르다고는 못 할 것"[22]이라 본 횡보는 그 이유를 다음과 같이 말한다.

---

20) 金八峯, 「朝鮮文藝變遷過程」, 『朝鮮思想通信』, 1929. 5. 28.
21) 양주동, 「정묘 평론단 총관」, 『동아일보』, 1928. 1. 3.
22) 염상섭, 「조선 문단의 현재와 장래」, 『신민』, 1927. 1, p. 87.

민족적 전통 속에도 자연에서 받은 전통뿐이 아니요 사회적 혹은 계급적 전통을 받은 부분이 있으므로 그 계급적 전통 파기에 대하여 국민문학에서 노력해야 할 것을 자각하고 계급문학에서도 민족적 전통의 필연성과 필요성을 시인할 지경이면, 실제 방법론에서는 상이점을 발견할지나 결코 반발성을 가진 것은 아닐 것이다. 피차에 많은 공통점을 찾을 수 있을 뿐 아니라 협력하여 나갈 것이요, 또 그리하는 것이 필요하다.[23]

이 양자 제휴의 구체적 방법으로 그는 농민문학을 내세운다. "피압박 민족의 실제 행동에서 양자가 합동 일치함이 각자의 운동을 일층 권위 있게 함"[24]이며, 그 가능성은 농민문학으로 본다. "민족적 전통이 흙에서 나오고, 조선 노동운동의 본무대가 농촌의 소작운동에 있는 것"[25]이므로 양자의 공통 기반이 바로 여기 있다는 것이다. 김기진은 이 주장을 '향토성 민족주의'[26]라 했거니와 염상섭 자신은 그의 주장과는 달리 농민소설을 쓰지는 않았다. "내가 소설을 쓰는 데 표준을 동호자(同好者)에게 두거나 중학생 정도를 그 평균점으로 한다"[27]고 고백하고 있을 정도이다.

이렇게 보아올 때, 국민문학 및 절충주의에 대한 이론은 구체성

---

23) 같은 곳.
24) 염상섭,「반동전통문학(反動傳統文學)의 관계」,『조선일보』, 1927. 1. 15.
25) 염상섭,「조선 문단의 현재와 장래」, 같은 책.
26) 金八峰, 같은 글.『朝鮮思想通信』, 1929. 5. 29.
27) 염상섭,「소설과 민중」,『동아일보』, 1928. 5. 27.

이 상당히 빈약하다는 결론을 우리는 내리지 않을 수 없다. "이삼 인이 기분적으로 그 필연성을 역설하고, 그 당위성을 주장하였을 뿐"[28]이며, 이 이론에 부합하는 구체적 작품은 약간의 시조, 역사소설 외에는 거의 없었던 것이다. 무애는 『조선의 맥박』(1932)을 내었을 뿐이다. 이에 비하면 이광수, 김동인, 염상섭 등이 오히려 실작(實作)으로 민족문학을 이룩하려 노력했던 것이다. 이광수의 「혈서(血書)」(『조선문단』 창간호, 1924. 10), 「혁명가의 아내」(『동아일보』, 1930. 1)는 작품으로 프로문학을 직접 공격한 것이다. 특히 "나라는 위인은 본시 이러하다는 주의(主義)에 매달린 사람이 아니다. 주의가 없고 보니 흑색 회색 그 아무것에도 해당함이 없다. 다만 자기 생활이라는 것이 있을 뿐"[29]이라는 염상섭의 이러한 겸허의 고백과는 달리 그는 평론에서 대(對) 프로문학 투쟁에 크게 활동한 바 있다. 그의 작품 「윤전기(輪轉機)」(『조선문단』, 1925. 10)는 당시 물의를 일으켰으며 회월은 이 작품을 "고민하는 직공을 조소"[30]한 것이라 하여 분개한 바 있다.

---

28) 양주동, 「정묘 평론단 총관」, 같은 글, 『동아일보』, 1928. 1. 18.

29) 염상섭, 「민족사회운동의 유심적 고찰」, 『조선일보』, 1927. 1; 홍기문, 「염상섭 군의 반동적 사상을 반박함」, 『조선지광』, 1927. 2, p. 37에서 재인용.

30) 박영희, 「신경향파 문학과 무산파 문학」, 『조선지광』, 1927. 2, p. 59.

제3절 춘원의 이론

춘원과 무애는 체질상 민족주의적 요소를 공분모로 지녔음에도 불구하고, 이따금 논쟁을 벌였다. 늘 공격 태세에 있는 무애는 이로써 프로문학 측의 방관적 박수를 노린 듯하다. 그 대표적 논쟁이 '중용과 철저'론이 된다. 춘원은 「중용과 철저」(『동아일보』, 1926. 1. 2~3)를 썼는데, 이것은 "조선이 가지고 싶은 문학"이란 부제를 달고 있다. 이에 대해 무애는 「철저와 중용」(『조선일보』, 1926. 1. 23)에서 춘원을 비판했고, 춘원의 답변은 「양주동 씨의 '철저와 중용'을 읽고」(『동아일보』, 1926. 1. 27~30)이다. 그 후에도 양주동은 기회 있을 때마다 이광수를 비판하기에 인색지 않았다.

춘원의 「중용과 철저」는 프로문학을 비판한 것이다. 'Aurea mediocritas' '무과불급(無過不及)'을 언급, '상적(常的) 문학론'을 내세웠고, 이것이 곧 민족주의문학의 중핵을 이루는 것이다. "비록 상적(常的)은 아니라 할지라도 혁명문학은 때로는 필요하다. 아니, 오늘의 조선도 그러한 경우에 있을는지도 모른다. 아니 진실로 그러한 경우에 있다. 그러나 [……] 그것은 혁명이 병이라는 것과 상적이 아니요 변적(變的)이란 것"[31]이란 주장 속에 중용의 의미를 엿볼 수 있다. 당시 한국 정신계는 중병 앓는 사람과 같은 허약한 시기이며, 따라서 여기에다 자극적 힘의 문학, 혁명 이론을 주입함은 마치 극약과 같다. 이 허약한 민기(民氣)를 보양키 위해서 그 처방으로 상적 문학, 소위 중용

---

31) 이광수, 「중용과 철저」, 『동아일보』, 1926. 1. 2.

의 문학을 내세운 것이다. 프로문학의 병적 자극제로부터 정상적 한 국문학의 방향을 지시하려는 의도가 확연하다. 이에 대한 문단의 반향은 프로 측에서도 비평이 나왔지만 무애의 비판이 가장 중요한 관심거리였고, 이것만을 춘원도 상대했던 것이다.

　양주동의 이론은 철저 쪽에 역점을 두려 했지만, 가치 있는 부분은 춘원이 미처 인식하지 못한 점을 보강했다는 데서 찾아야 할 것이다. 무애는 첫째, 춘원이 예술철학과 민족심리학을 외면했다는 것, 둘째, 시대정신을 너무 경시했다는 점을 들어 문학은 그 시대의 'Manier의 transcription'이라는 텐의 예술철학을 빌리고 헤겔의 변증법까지 동원하여 조선이 가질 문학이 적극적 혁명적일 것을 주장한다. 춘원이 조선 문학의 müssen을 주장한 것이라면 무애는 dürfen을 주장한 셈이다. 이러한 무애의 소론 가운데는 프로문학 측에선 생각도 할 수 없는 민족심리학, 영문학과 그 전개 방법의 합리성을 구비하고 있다. "씨의 논에서 제외된 제일 점(第一點)이 […⋯] 민족예술론적 발생론적 심리의 무시"[32]라고 무애가 공격했을 때, 춘원은 그 답변을 거의 하지 못하고 있음을 본다(이광수는 manicres 등의 용어를 오기하고 있음).

　춘원과 무애의 차이점은 무애가 "예술의 영원성과 시대성을 병립시키자 함"[33]에 대해 춘원은 "시대정신보다도 인성의 깊은 흐름(거의 영구적이라고 할 만한)이야말로 문학의 본질이요 시대정신 또는 시대상은 그 본질이 표현되기 위하여 의존하는 재료"[34]로 보는 데서 찾을

32) 양주동, 「철저와 중용」, 『한국문학전집』 36권, 민중서관, 1960, p. 44에서 재인용.
33) 같은 글, p. 45.
34) 이광수, 「양주동 씨의 '철저와 중용'을 읽고」, 『동아일보』, 1927. 1. 27.

수 있다. 춘원이 원칙론의 주장이라면 무애는 다분히 전략적 입장임이 드러난다. 이 논쟁에서 어느 쪽도 민족 예술의 심리학까지 이르지 못했음은 민족문학론의 피상성을 말해주는 것이 된다.

그 후에도 무애는 처처에서 춘원에 대해 언급했지만 다시 춘원이 답변하지 않으면 안 될 발언을 한 것은 1931년의 다음과 같은 구절이다.

민족주의문학은 이론이 아직 서지 못했다. 이광수의 이론 제시가 없다. [……] 민족주의 문예가가 사물을 인식 파악하는 방법 그 인생관 사회관 세계관 등이며, 또 민족주의문학의 관념적 근거가 되는 민족주의 의식 자체의 과학적 해부 검토 더구나 현단계에 있어서의 그 특수한 체계 양상 의의 등 제 문제에 관한 씨의 해설을 나는 들은 적이 없다.[35]

이에 대한 춘원의 답변은 「여(余)의 작가적 태도」(『동광』, 1931. 4)가 된다. 무애가 질문한 것은 춘원의 작가적 태도의 고백이 아니라 민족주의문학론이었다. 정면으로 민족주의론을 다루지 못하고 작가적 태도로 춘원이 임했다는 것은 이 민족주의론이 얼마나 비합리적인 심정의 문제인가를 말해주는 것이 된다.

조선의 예술은 다분(多分)으로 민족적 색채를 아니 띨 수 없는 것이다. 그것이 아이 낳는 것 모양으로 저절로 나온다고 하더라도 백인이

---

35) 양주동, 「문단 측면관」, 『조선일보』, 1931. 1. 5.

백인을 낳고 흑인이 흑인을 낳는 모양으로 조선적 민족적이 아닐 수 없다.[36]

"조선인의 요구에 응하니까 조선 민족적"이 아닐 수 없으며 "조선인에게 읽혀 이익을 주려는 것은 바로 민족주의적"이라 보는 것이다. 이광수가 포회하는 민족주의문학은 굳이 민족주의적 문학이라 했음에도 지극히 심정적일 따름이다.[37]

그러면, 그가 "조선 민족을 위하여"라고 했을 때, 대체 어느 계급을 주축으로 한 발언인가를 질문할 수 있는데, 그 답변 역시 지극히 관념적이다.

누구든지 조선 민족을 배반하지 아니하는 한에서 그가 어떠한 주의, 어떠한 계급에 속한 것을 물론하고 그는 조선 민족에 포용된다고 [……] 그러므로 새로운 세대가 와서 국경과 민족적 모든 차이—언어·생활상태·습속 등—가 소멸되기까지는 민족적 결뉴(結紐)는 절대적이다.[38]

이것은 계급을 초월한 추상적 조선주의일 따름이다. 민족애의 고조, 민족의 찬미로 집약시킬 수 있는 민족주의가 춘원에겐 이미 하나의 신념이었다. 신념 앞에 어떤 논리가 있을 수 없는 것이다. 민족주의와

---

36) 같은 글에서 재인용.
37) 같은 곳.
38) 이광수, 「여의 작가적 태도」, 『동광』, 1931. 4; 『이광수 전집』 16, 삼중당, 1963, p. 195에서 재인용.

사회주의는 대립적일 수 없고 민족주의에 대립할 수 있는 것은 오직 세계주의밖에 없다는 것이다. 결국 춘원의 민족주의는 모든 논리를 초월하는 신념에서 분비된 것이며 또 신념 자체였던 것이다. 여기에는 모든 논의가 정지하는 상태에 이르게 된다.

> 내가 소설을 쓰는 구경(究竟)의 동기는 [……] 곧 '조선 민족을 위하는 봉사—의무의 이행'이다. 이것뿐이요, 또 이밖에 아무것도 없다.[39]

이처럼 춘원의 민족주의가 심정적이고, 신념적임을 알 수 있고, 이 신념은 벌써 한 개의 절대 관념화되어버렸고, 따라서 모든 논의의 가능성은 소멸하고 만 것이다. 이것은 일제 말 친일문학론에서 이광수·최재서가 논리를 발견할 수 없는 마당에서 신념을 내세운 것과 동곡이음이라 할 수 있다. 바로 이론을 앞세워야 하는 마당에서 그것을 포기한 비평의 패배를 우리는 여기서 확인해둘 수 있다.

---

39) 같은 곳.

제4절 프로문학과 민족주의문학의 대립

1. 조선심(朝鮮心) 시비

1927년 초에 국민문학론이 문단에서 약간 조직화되었음을 서상에서 밝힌 바 있다. 이것은 시조를 통한 조선주의에 집약되어 있음도 보아 온 바다. 이 조선주의에 대한 비판을 김동환, 김팔봉을 중심으로 살펴 보려 한다.

파인 김동환은 「애국 문학에 대하여」(『동아일보』, 1927. 5. 12)와 「시조 배격 소의(小議)」(『조선지광』, 1927. 6)를 썼는데 전자는 애국 문학과 국민문학과의 관계를 논한 것이고, 후자는 시조를 정면으로 공격한 것이다. 파인은 조선 국민의 88퍼센트가 농민임을 지적, 이러한 무산대중인 농민을 무시하는 국민문학은 반동적이 아닐 수 없으며 그 반면 "이러한 무산대중의 손에 이루어질 ××××운동을 애국주의라 명명하자. [······] 이 애국주의적 사상을 배경으로 한 문예 행동을 애국 문학 운동"[40]이라 주장하여, 국민문학과 애국 문학의 구별을 제시한다.

이 주장이 직선적으로 시조 공격으로 발전, "시조는 문예상 일대 (一大) 감옥이다. 오히려 배격할 가치조차 없는 사(死)문학"[41]이라 단정한다. 시조나 민요는 그 양식상으로서는 현대적 의의를 띨 수 없고,

---

40)   김동환, 「애국 문학에 대하여」, 『동아일보』, 1927. 5. 12.
41)   김동환, 「시조 배격 소의」, 『조선지광』, 1927. 6, p. 1

부흥되어야 한다는 시조 역시 복고적이며 현대적 양식이 될 수 없음은 사실일지도 모른다. 그러면서도 시조는 육당, 춘원, 노산(鷺山), 가람(嘉藍), 조운 등에 의해 부단히 씌어졌고, 파인 자신도 나중엔 민요적 시풍으로 돌아간 바 있다. 결국 국민문학이 내세운 시조는 그 의의가 그 속에 흐르는 정신으로서의 조선주의를 의미한 것인데, 파인은 이러한 근본적인 통찰을 하지 못하고 양식만을 고찰한 것이라 볼 수 있다. 파인에 비하면 팔봉은 과연 당대의 비평가답게 조선주의의 핵심까지 통찰하게 됨을 볼 수 있다.

프로 비평가 팔봉은 그의 논적인 염상섭, 양주동에게 이론적인 면에서나 인간적인 면에서 퍽 호감을 얻고 있다. 가령 염상섭은 "박군을 궁지에서 구원해내라는 김 군의 노력은 박부득이(迫不得已)한 일 크게 필요한 일이다. 다만 입론(立論)이 불철저할 따름"[42]이라 했고, 무애는 "김기진 씨는 명석한 해부적 두뇌로써 평단의 적임자임을 특기하고 싶다. 프로파 중 씨(氏)가 특히 선전문 제작자와는 상이하게 독보적"[43]이라 본 것이다. 반면 프로파는 오히려 팔봉을 수정주의자로 매도하기도 한다.[44] 요컨대, 팔봉은 남성적 미덕뿐 아니라 이론에 무리가 적고 비감정적이며 포용력이 있었던 것이다.[45] 그렇다면 무리가

---

42) 염상섭, 「작금의 무산문학」, 『동아일보』, 1927. 5. 6.
43) 양주동, 「병인 문단 개관」, 『동광』, 1927. 1, p. 5.
44) 가령 임화는 "김기진은 일화견(日和見)적 오류"(「김기진 군에게 답함」, 『조선지광』, 1929. 11, p. 65)라 했고, 권구현은 "김기진의 문예시평은 단편적이며 너무 막연하다. 묘사 심각, 실감 위주이나 예술의 독존성의 주장에 떨어짐"(「계급문학과 그 비판적 요소」, 『동광』, 1927. 2, p. 85)이라 보았다.
45) "김기진을 나는 좋아하는데, 김기진이 박영희를 능가하는 이유는 이론에 무리가 적고, 비감정적이기 때문 즉 포용력 때문이다. 그러므로 논적에게도 호의를 준다. 또 남성적 미덕도 있다"(염상섭, 「김기진 인상」, 『중외일보』, 1929. 12. 28).

적고 명석한 해부적 두뇌를 구사한 팔봉의 조선주의 비판은 어떠한가.

팔봉은 「문예시평」(『조선지광』, 1927. 2)에서 '문단상 조선주의'란 항목을 설정하여 다음과 같이 분석했다. 우선, 국민문학의 핵심을 조선주의라 보고 이 주의는 조선 민족정신의 발현이라 본다. 이것이 문학에 나타날 때는 고전의 부활, 형식의 창조를 향상하기 위해 일체의 외래 사조의 배격을 그 골자로 하게 되며, 향토성·민족성·개성을 그 본질로 하며, "일개의 국수주의 보수주의 등의 정신주의 반동주의가 그 현상"[46]이라 했고, 이 주장은 「문예시평」(『조선지광』, 1927. 4)에서 재론된다. 여기서 팔봉은 문학 고전의 가치는 전통적 생활 양식이 현재 소멸하고 있으므로 그 부흥은 불가하며 더구나 시조·민요는 "봉건 군주국의 전통적 사상과 취미의 산물에 불외(不外)하므로 시대적 태풍 하에 처한 조선인의 사상 감정에 적합한 문예품이 아닌 것"[47]임을 강조하기에 이른다. 그러면서도 팔봉은 여기서 고전 연구는 시인하고 있다.[48]

이에 대한 즉각적인 반박은 정병순(鄭昞淳)의 「조선주의에 대하여」(『동아일보』, 1927. 2. 17)에서 나타난다. 그다음 차례에 염상섭의 「문예만담」(『동아일보』, 1927. 4. 16), 「시조와 민요」(『동아일보』, 1927. 4. 30), 「작금의 무산문학」(『동아일보』, 1927. 5. 6)이 있다. 특히 횡보는 여기서 팔봉이 시조와 민요가 봉건적 골동품, 현상 유지, 우상 숭배로 도피적이긴 하지만, 고전 연구는 시인했음을 지적, 팔봉 이론의 진

---

46) 김기진, 「문예시평」, 『조선지광』, 1927. 2, pp. 93~94.
47) 김기진, 「문예시평」, 『조선지광』, 1927. 4, pp. 134~35.
48) 같은 글, p. 134.

일보라 하여 고평하고, 그를 통해 시조 내용에 대한 토의의 여지를 남기고 있다.[49]

2. 팔봉과 무애의 논쟁

무애와 팔봉의 논쟁은 그 이동점의 폭과 깊이 때문에 1927년에서 1930년까지 진폭이 큰 것이며 논쟁의 기풍을 확립하여 문예비평 논쟁의 한 전형을 보여주게 된다. 양자가 함께 문장 및 이론의 분석적이며 일사불란의 장관을 이루어 비평사에 빛을 던지고 있다.

　1927년 비평계의 주요 과제는 두 가지였는바, 그 하나는 내용·형식 문제이며 다른 하나는 국민문학론이다.[50] 내용·형식론 때문에 무애는 소위 절충주의를 표명하게 되었고 이 문제에 한해서만은 팔봉과 무애는 거의 일치하게 된다. 그러나 팔봉의 조선주의에 대해서는 의견을 서로 달리한다. 1929년 5월 무애는 『문예공론』을 발간, 거기에서 절충 사상을 다음처럼 반복해놓았다.

　민족문학과 사회문학이 빙탄불상용이라 보고 호상 배격하는 자류(眥流)는 소위 종파주의의 여독이다. 그러나 우리는 둘 다 현 정세에 타당한 것으로 보고 더구나 양자는 그 합치점을 연관하여 합류함이 필요하다. [……] 현 정세에 있어서는 민족을 초월한 계급 정신도 없고

---

49)　염상섭, 「시조와 민요」, 『동아일보』, 1927. 4. 30.
50)　염상섭, 「작금의 무산문학」, 『동아일보』, 1927. 5. 6.

계급에서 유리된 민족 관념도 있을 수 없다. 우리의 문학은 민족적인 동시에 무산계급적이어야 한다.[51]

1927년에 이미 절충주의를 내세운 무애가 1929년에 와서 다시 반복하고 있었고, 이미 이때는 민족주의론이 상당히 유포된 후이다. 팔봉은 「시평적 수언(數言)」(『조선지광』, 1929. 6)에서 상기 『문예공론』의 절충주의를 들어 1927년 국민문학론 때보다 무애 이론이 진보된 것이 아무것도 없음을 첫째로 들고, 둘째는 '조선심'이란 무엇인가를 묻고, 답변을 요구하였다. 이 팔봉의 두 가지 질문이 무애의 결정적인 허점을 찌른 것임은 명백한 사실이 된다.

이 질문에 대한 무애의 답변은 지극히 수세적이고 소극적이라 할 수 있다.

> 팔봉은 조선심의 정체를 얄궂게도 추급(追及)한다. [……] 설마 팔봉이기로 조선이란 땅과 환경과 기후, 생활, 풍습이 모든 가운데서 필연적으로 생긴 전통과 정조 및 동족애 같은 것을 망각하지는 않았으리라 생각한다. 조선심이란 [……] 유령적 현상이 아니요 보수적 협소한 의미의 애×심을 말하는 것도 아니요, 조선이란 땅과 민족생활 관계에서 [……] 필연적으로 산출된 의식이다.[52]

이 답변은 추상적이라 하지 않을 수 없거니와, 조선심을 신념으로 본

---

51) 양주동, 「문예공론란」, 『문예공론』 창간호, 1929. 5, p. 105.
52) 양주동, 「문제의 소재와 이동점」, 『조선일보』, 1929. 8. 15.

춘원의 견해보다 현명하지 못한 것이다. 구체적으로 민족문학론을 제시치 못함을 무애는 스스로 자인하여 그 이유를 "우리의 소루한 죄과를 사(辭)치 않으려 하거니와 일방(一方)으로는 이 방면에 관한 선인의 정설이 이미 있었음으로써 쓴대야 그에게 더 진출(進出)하기 어려움을 생각한 까닭"[53]이라 한다. 여기 선인이란 『종족과 문학』을 쓴 H. 텐, 『민족심리학』을 쓴 르봉 박사라는 것이다.[54] 이와 같은 평계는 민족주의로서의 조선심에 대한 무(無)이론을 방증하는 일일 따름이다. 또 절충주의에 대한 답변도 민족문학과 무산문학의 교섭을 그 가능성만 일방적으로 역설했을 뿐 구체적 세론(細論)의 여지를 남겨놓고 있음을 무애는 자인할 뿐이다.[55]

1929년을 전후한 문단을 무애는 네 분야로 가른다. 사조상으로 볼 때, 무산파와 절충파로 대립되었고, 예술상으로 볼 땐 (1) 형식과 기교를 전연히 무시하는 무산파 좌익 즉 박영희, (2) 내용이 형식을 결정하고 형식이 내용을 규범한다는 무산파 우익 즉 김팔봉, (3) 형식과 내용은 둘이 아니요 하나로 보는 절충파 즉 양주동, (4) 내용이 형식을 결정하고 형식은 내용의 반사작용을 행한다는 한설야 등 사분(四分)이 가능한데 이 중 (2)~(4)는 형식·내용 상호 작용을 말하는 절충주의라 무애는 주장한다.[56] 이 점에 있어서는 무애의 분석이 뛰어난 점이라 할 수 있다. 이것을 무애는 이른바 춘추필법(春秋筆法)이라 호

---

53)   같은 곳.
54)   같은 곳.
55)   무애는 이 구체적 세목에 대한 논구를 뒤로 미루었지만 그 후설(後說)이 종내 나오지 못
       했던 것이다.
56)   양주동, 「문제의 소재와 이동점」, 『조선일보』, 1929. 8. 16.

언하였다. 이에 대하여 팔봉은 「문예적 평론의 평론―소위 춘추필법과 기타」(『중외일보』, 1929. 10. 1~9)에서 반박을 시도했다. 이것은 『문예공론』 2호의 무애 소론을 거론한 것인데, 무애와 자기의 형식론의 차이점은 형식을 "필연적으로 산출된 의식"[57]으로 보는 데다 두었다.

무애의 이에 대한 답변은 「속(續) 문제의 소재와 이동점」(『중외일보』, 1929. 10. 20~11. 9)이다. 역시 '민족문학'과 '내용·형식' 문제를 중점적으로 다루고 있는데, 여기서는 민족문학 부분만을 살펴보기로 한다. 팔봉이 주문한 조선심을 무애는 이렇게 답변한다. 조선심은 첫째, 생존 관계 속에 나타난 의식, 둘째 민족문학의 의의는 민족의식의 표현과 억양, 셋째 조선인은 민족이면서 무산자이므로 병행이 가능하다. 따라서 그가 말하는 민족, 전통, 정조는 관념적이 아니라는 것이다. 특히 팔봉이 1922년에서 1926년까지 민족의식을 원칙적으로 인정하다가 방향전환 이후 차차 이를 부정하기 비롯했음을 지적하고 있다.[58] 팔봉, 무애의 차이점은 현 단계의 조선의식의 전부는 계급의식이라고 팔봉이 봄에 대해 무애는 민족의식과 계급의식이 원칙적으로는 다르나, 현 단계에서는 교차한다는 데서 찾을 수 있다. 그러나 어느 쪽이든지 관념적인 데서 벗어난 것은 아니었다. 여기에 구체성을 부여하려 노력한 자는 정노풍과 이향이다.

정노풍은 「조선 문학 건설의 이론적 기초」(『조선일보』, 1929. 10. 23)에서 무애 쪽에 서서 무애를 비판했고 이향은 「쟁론에 역(逆)하여」

---

57) 김기진, 「문예적 평론의 평론」, 『중외일보』, 1929. 10. 2.

58) 양주동, 「속(續) 문제의 소재와 이동점―형식 문제와 민족문학 문제에 관하여 김기진 씨 소론에 답함」, 『중외일보』, 1929. 11. 9.

(『조선일보』, 1929. 11. 1)에서 팔봉 편에 서서 팔봉을 비판함으로써 이 논쟁은 하강하게 된다. 정노풍은 민족 계급 관계를 세 분야로 가른다. 첫째는 팔봉으로 대표되는 계급파, 둘째는 계급의식을 부정하고 맹목적 민족의식만을 고조하는 일파(一派), 즉 일부의 역사적 경향을 띤 문인과 샤머니즘을 즐겨 연구하는 역사학파 곧 육당·춘원·노산·가람 등의 민족주의, 셋째는 절충파 양주동 등인데, 첫째 것은 민족과 계급을 피지배 계급 내의 관계로 파악하지 못하고 기계적으로 대립시킨 점이 오류이며, 둘째 것은 조선주의를 역사적 산물 그대로 신앙하고, 영웅에 대한 귀의적(歸依的) 신뢰 속에서 민족의식을 보는 까닭에 그 의식은 현실적으로 전취하지 못하게 되어 미래와 현재가 없으며, 셋째 것은 양자를 기계적으로 교차시키려 했기 때문에 역시 관념적 오류라 보았다. 정노풍은 이러한 제 오류를 지양하기 위해서 민족적 계급 의식은 계급적 민족의식일 수밖에 없다고 주장한다. 그러므로 그 민족에서 필요한, 또는 요구되는 투쟁은 계급적 민족 감정에서 솟는 것이며, 민족이 한 덩이가 될 세대는 계급적 민족 감정에서 흐르는 계급 민족애가 된다는 것이다.

> 민족운동은 세계운동의 일환으로서의 계급운동이 아니라, 민족적 ××을 ××로 하는 계급적 민족의식에 거립(擧立)한 운동이다. 그리고 그 목적은 민족 ××사업이 세계운동과의 관련을 요구하는 한에 있어서만 세계운동이 민족의 운동에 중요한 의의를 가질 뿐이다.[59]

59) 정노풍, 「조선 문학 건설의 이론적 기초」, 『조선일보』, 1929. 10. 31. 이 외에 정노풍은 「문예이론의 청산기」(『중외일보』, 1930. 2. 7)에서도 같은 말을 하고 있다.

이러한 주장은 일종의 절충적 태도임엔 틀림없으나, 계급적 민족의식은 무애를 넘어선 경지라 볼 것이다.

3. 민족주의에 대한 비판

1931년 무애는 「문단 측면관—좌우파 제가에게 질문」(『조선일보』, 1931. 1. 1~13)와 「회고·전망·비판—문단 제 사조의 종횡관」(『동아일보』, 1931. 1. 1~9) 두 편을 동시에 발표한 바 있다. 이 둘 중 민족주의 문학을 다룬 것은 후자이며 이로 말미암아 송영, 정래동, 한설야, 이영숙(李英淑), 김우철 등의 치열한 공격을 받게 된다.

무애는 민족문학의 방향을 열두 항목으로 분류하였다. (1) 민족문학은 재래와 같은 봉건적 구속적 보수적 태도를 양기(揚棄)하고, (2) 그 민족의 계급적 사실을 회피 은폐하지 말고, 적극적으로 추출할 것이며, (3) 민족적 이해와 범위 내에서 될수록 광범위한 사회층의 의식을 포용할 것, (4) 민족적 문화재의 보존과 향상, (5) 민족적 단결 통일 역량 고조, (6) 계급과 교차하는 입장을 취할 것이며, (7) 부득이 대립할 경우엔 보다 큰 사실을 신중히 할 것, (8) 민족적 감정의 선동이나 과장을 삼가고, (9) 계급 쪽에서도 계급적 사실 외, 민족적 사실이 있음을 망각지 말 것이며, (10) 현 단계에서 계급적 사실을 무시하는 이론 및 실천의 비현실성을 폭로할 것, (11) 현 단계에서 계급적 사실을 은폐하는 자체의 비겁성을 양기할 것, (12) 민족의식이 궁극의 이상이 아님을 대중에게 보여줄 것 등을 들었다.

이에 대하여 송영은 「1931년의 조선 문단 개관」(『조선일보』, 1931. 12. 17~27)에서 무애의 '민족적 계급'은 춘원의 '민족 부르주아' 보다 더 교활하다고 지적한다. 그 이유는 "무산파라고 민족적 사실을 부인하는 것이요, 일부러 일원적 논리를 세우기 위하여 사실을 왜곡 하는 것이 아니기"[60] 때문이며 "양 씨는 무산계급은 민족의식의 존재 를 부인한다고 하면서 은연중 '민족'과 '민족주의 의식'과를 혼동"[61]한 다고 주장한다. 이것은 무애의 허점을 찌른 것이라 할 수 있다.

정래동의 「문예평론」(『조선일보』, 1932. 1. 17~2. 25)은 민족문학 론을 제삼자적 입장에서 비판 정리한 문장이다. 먼저, 민족문학과 민 족주의문학을 구별, 민족문학은 그 민족이 생산한 문학의 총화로서 프로문학도 포함되나 민족주의문학은 사회운동 선상의 이데올로기를 지닌 문학임을 명시한다.[62] 그렇다면 무애가 말하는 절충주의는 한 개 량주의가 되어 그 존재 이유가 극히 애매해진다.

왜냐하면 양 씨는 자기의 주장한 민족주의의 최고 이상은 마르크스 주의와 동일하다는 것을 먼저 시인하고, 그의 민족주의는 일시적 일 계단적 의의밖에 없다고 명언한 까닭이다. 혹 사회운동 선상에 이와 같은 이론을 가진 운동이 이후에 일시적으로 존재할지 모르거니와 그 이론의 무체계한 것으로 보아, 한 개량주의로 존재할 수 있을까는 아직 의문에 속할 수밖에 없다.[63]

---

60) 송영, 「1931년의 조선 문단 개관」, 『조선일보』, 1931. 12. 24.
61) 같은 글, 같은 곳.
62) 정래동, 「문예평론」, 『조선일보』, 1932. 2. 10.
63) 같은 글, 1932. 2. 11.

정래동의 이와 같은 민족주의적 절충론 비판은 여타의 무애 비판보다 단연 빼어난 것이라 할 수 있다. 무애가 이에 대한 반박을 시도하지 않은 것으로 보아도 알 수 있거니와 중국 문학 연구가인 정래동의 민족 부르의 작품론에 대해서도 경청할 바가 많다. 가령, 시조라 해서 다 민족주의문학일 수 없다는 것, 또 역사소설이라도 그 소재만 보고는 민족주의문학이라 볼 수는 없다는 것이다.[64]

민족주의문학은 창작이 이론을 리드하였거니와, 따라서 이론 방면은 중심되는 문제가 거의 해결되지 못하고 토론에 시종(始終)한 느낌이 있다. 여기서 중심되는 문제란, (1) 민족에 관한 연구가 없었던 것, (2) 민족의식에서 정치적 의의를 내포할 것인가의 문제, (3) 민족주의의 건설 이상 등인데, 양주동 이론에서는 (3)만 나와 있다고 할 수 있다. 양주동은 (1)의 최대 원인을 혈통, 그다음 생활, 셋째로 언어, 넷째로 종교, 다섯째 풍속으로 단순히 보지만 정래동은 버나드 조셉의 '민족론'을 들어 열두 항목까지 분류 고찰하고 있다.

이 외에, 이갑기의 「양주동 씨의 계급적 기반」(『조선일보』, 1933. 1. 25), 「양주동이즘의 코스와 그 계급적 기초」(『조선일보』, 1933. 2. 18~21), 이영숙의 「무산문학가 제씨에게」(『조선일보』, 1931. 1. 29), 한설야의 「민족개량주의 비판」(『신계단』, 1932. 10), 김우철의 「민족문학의 문제」(『조선일보』, 1933. 6. 6) 등이 있다.

---

64) 같은 글. "이광수야말로 작품 행동으로 민족주의문학의 정도를 보여준다. 물론 그의 역사소설 『단종애사』는 자기비판 없는 소아왕(小兒王)의 과대평가, 존왕(尊王) 사상 즉 종교적 색채가 농후한 숭배이며, 시조 중 이은상의 『송도영언(松都永言)』, 춘원의 『이순신사(李舜臣詞)』 등만이 민족주의문학이다."

무애 양주동 이론의 결정적 약점은 민족주의문학상의 절충주의를 우연적 일시적 현상으로 본 것에 있다. 내재적 현상의 본질을 이론적으로 파악한 것이 아니라 일시적 현상으로 보았기 때문에 궁극적 문제는 당분간 덮어두자는 방향을 취했던 것이다. 춘원이 원시적 민족주의자라면 무애는 모던 민족주의자라 할 수 있을지 모르나, 이론의 정확성과 이념적 이상의 설치에 있어서는 춘원 쪽이 보다 건실하다. 무애 이론은 만약 그의 문장력과 적절한 비유법이 아니었던들 단순한 종합주의에 전락할 위험성이 출발 때부터 내포되었던 것이다. 무애는 결국 시기적 편승주의에서 크게 벗어나지는 못한 것이다.

제5절 민족주의문학의 위치

민족문학과 프로문학에 대한 전 문단적 설문을 『삼천리』지와 『동아일보』가 각각 특집으로 게재한 바 있다. 이것은 양 파 문학이 갖는 문단적 농도를 측정하는 한 자료가 될 수 있다.

　『삼천리』 창간호(1929. 6)에 「민족문학과 무산문학의 합치점과 차이점」이라는 앙케트가 실렸는데 이때는 주간 김동환이 계급문학에서 민족문학으로 전향한 후가 된다. 여기 동원된 문인은 춘원, 김동인, 김영팔(金永八) 등인데, 김동인은 양 문학의 차이점은 찾기 곤란하나 합치점은 쉽게 발견되는데 그것은 바로 양자가 함께 변변치 못하다는 점에 두었고, 김영팔은 합치점 전무를 주장했으나 춘원만은 이에 성실히 답하고 있다. "역사적 지리적이 같고 철학적 주의적이 다르다"[65]는 전제하에 합치점은 (1) 어학, (2) 형식, (3) 기질, (4) 풍속 등이 같고, 차이점은 (1) 반드시 저쪽은 유물론적이나 민족 측은 그럴 수도 있고 아닐 수도 있는데 계급 측은 (2) 계급투쟁, (3) 선전적, (4) 반드시 반항적, (5) 반드시 세계적이어야 하나 민족 측은 반드시 민족이어야 한다는 것을 들었다.

1932년 정초, 『동아일보』는 일곱 항의 설문을 특집에서 다루었는데 그중 첫 항은 '민족주의문학은 어디로'이며, 둘째 항은 '시조는 어디로', 셋째 항이 '프로문학은 어디로'로 되어 있다. 여기 동원된 문인은 김동인, 김진섭(金晉燮), 염상섭, 함일돈, 김안서, 이태준, 최독견(崔獨鵑), 양주동, 송영, 이서구, 황석우(黃錫禹), 이하윤(異河潤), 윤백남(尹白南), 김기림, 한설야, 홍해성(洪海星), 심훈, 정인섭(鄭寅燮) 등인데 이러한 인적 구성은 송영, 한설야를 제하면 전부 민족문학파 혹은 그와 동질인 해외문학파로 되어 있다. 따라서 그 설문의 방향이 편파적임을 면치 못할 것이다. 다만, 비교적 무게 있는 논자로 염상섭과 한설야를 각각 양 계급 대표로 들어 고찰할 수는 있다.

염상섭은 우선 '민족주의문학'이란 용어 폐기를 주장한다. 민족주의문학이란 무산계급과의 대립 용어였는데 프로문학 쪽이 '없어졌으니까' 자연 민족주의문학이란 용어는 그 존재 이유가 없다는 것이다(1일 자). 이것은, 민족주의문학이 문학상의 유파가 아니라 일시적 편의로 사용된 것임을 새삼 방증하는 것이다. 염상섭은 시조에 여전히 전폭적인 지지를 보여주고 있어(2일 자) 함일돈의 "시조는 파쇼화한 사회에서만 필요"(2일 자)하다는 견해와 대조적이다. 양주동은 부르주아 이데올로기를 근거로 한 구민족주의의 문학은 점차 몰락한다고 보았고(7일 자), 한설야는 이렇게 보았다.

> 민족문학—이것은 존재하지 않다고 보는 것이 정당한 견해일 줄 안다. 이 파(派)의 우수한 작가 몇 사람이 있다고 보는 것은 논할 필요가 없지만 운동으로서의 예술을 논하는 때에는 이것에 공민권을 부여할 아무 현실적 기초도 근거도 없는 줄 안다.[66]

이것은 민족주의 이론의 빈곤에 대한 예리한 비난이라 할 수 있다. 한설야의 결론은 '다만 민족문제가 계급적 인식하에서만 가능'하다는 것인데 이것과 염상섭의 소론은 시대착오적이라는 데 그 일치점이 있다. 계급문학이 1932년의 현시점에서 벌써 민족문학과의 대립 의식이 없어졌다고 보는 것은 상당한 비약이며, 민족문제가 계급적 인식하에서만 가능하다는 논리의 일방통행도, 비평의 지평을 폐쇄하는 태도임에는 마찬가지다.

---

65) 『삼천리』 창간호, p. 32.
66) 『동아일보』, 1932. 1. 13.

제4장 해외문학파

제1절 해외문학파의 성립

1. 문단적 배경

민족주의문학이 프로문학에 의해 비로소 의식화되어 조직적 운동으로 발전했고, 그로써 프로문학과 대결한 것이라면 세칭 해외문학파는 이상 양자를 의식한 데서 출발한 것이라 할 수 있다. 그러나 해외문학파가 하나의 유파로서 문단에 커다란 영향을 미치게 되었을 때 이들의 성격이 분명해지는데, 그것은 프로문학과의 철저한 대립이라는 사실이다. 따라서 하나의 집단적 유파로서 해외문학파의 본질적 존재 이유는 프로문학과의 관계에서 파악되어야 할 것이다.

1930년대 초 한국 문단을 민족문학파, 프로문학파, 해외문학파의 대등적 대립으로 분류한 한 정리가 있는데[1] 이것은 여러 가지 점에서 확인할 수 있는 일이다. 해외문학파의 문단적 집단화 및 그 활동은 1930년 이후이며, 1935년경의 프로문학과의 과격한 논쟁에서 그 절정에 달하며, 프로문학이 퇴조하자 해외문학파는 그 존재 이유를 대부분 상실하여, 극예술·고전론·수필화·창작화로 기울어, 유파로서의 의

---

1)   정인섭,「조선 문단에 호소함」,『조선일보』, 1931. 1. 3~18.

의는 소멸하게 된다.

해외문학파가 1930년대의 문단에 커다란 세력으로 받아들여지게 된 까닭은 무엇인가. 그것은 프로문학과 민족문학 양측의 결함에 그 근본적인 이유가 있다고 볼 수 있다. 프로문학이 이데올로기 일변도의 공식성으로 인해 문학을 위축시켰다면 민족문학 역시 신념적, 심정적인 이데올로기의 매너리즘에 빠져 창작을 황폐화시켰던 것이다. 이 양자는 함께 논리의 절대성 혹은 그 극단에 달한 점에서 그 의식 구조의 차원은 동일한 것이라 할 수도 있다. 이들의 대립이 주로 평론 방법에서였다는 점도 고려될 수 있다. 이러한 상태는 문학을 질식시키기에 충분한 풍토라 할 것이다. 또한 이 양자를 종합하려는 절충주의가 실패했다는 사실도 앞에서 보아왔다. 따라서 이러한 정세하에서 새로운 제삼의 문학이 도입되기를 문단은 의식적이든 무의식적이든 갈망하고 있었다고 볼 수 있다. 이런 상황에서 해외문학파가 나타나게 된 것이다. 도쿄에서 돌아온 해외문학 연구가들의 전문가적인 외국 문학 소개 및 이론은 하나의 참신한 매력을 지닐 수 있었고, 이 점이 곧 문단에 받아들여지게 된 까닭이다.

해외문학파가 대학에서 외국 문학을 전공한 자들이라는 조건은 한국문학을 풍요히 하는 데 강조해둘 만한 점이다. 더구나 근대문학이 바로 서구 문학을 의미하는 마당에서 프로문학 측이나 민족문학 어느 쪽도 대학에서 외국 문학을 전공한 자가 거의 없었던 것이다. 그러므로 해외문학파의 등장은 한국문학의 체질 변화에 현저한 작용을 할 것이라는 예견이 가능했던 것이다.

어느 나라에서나 그 문학의 초기 형성 과정에서는 외국 문학의 직접적인 영향이 고려되고 있다. 한국문학사의 경우는 그 사적 유혹이 더욱 심했다고 볼 수 있다. 이것은 범박히 말해서 (1) 창가·신소설·신체시의 시기, (2) 김안서의 활동 시기, (3) 해외문학파의 활동 시기의 세 단계로 볼 수 있다.[2] 『소년』 『청춘』을 비롯, 『태서문예신보』엔 투르게네프, 베를렌, 예이츠, 롱펠로 등의 작품이 나타났고, 『학지광』 『공영(共榮)』 『개벽』 및 몇 개의 동인지에 상당한 외국 문학의 소개 비판이 나왔고, 특히 『매일신보』의 번안물 붐은 가히 현란한 바가 있었다. 한편 『오뇌의 무도』(1921)의 영향은 대단한 바 있었거니와 한국 문단은 일본을 거쳤기는 하나, 외국 문학 유입 속에 부단히 성장해간 것은 부정할 수 없는 사실로 되어 있다. 그러나 이러한 현상 속에서 섣불리 간과할 수 없는 가혹한 사실이 내포되어 있는바, 그것은 즉 서상된 허다한 번역물의 역자의 번역가로서의 자격 문제이다. 사람들은 흔히 번안·중역·직역·의역 따위의 어사를 사용하고 있다. 어떤 번역된 작품을 두고, 이 넷 중 어느 것에 해당하느냐를 식별함이란 중요하기는 하나 용이한 일은 아니다. 특히 일어에서의 중역의 가능성은 측량하기 어려운 정도이다. 비교적 역자로서의 가치가 인정된 바 있는[3] 김안서의 「오뇌의 무도」만 하더라도 에스페란토 및 우에다 빈(上田海)의 『해조음(海潮音)』과의 관계를 외면할 수 없다. 이 문제를 제하더라도 초창

---

2) 해외문학이란 개념 속엔 일본 문학을 포함하지 않는다. 『백조』 『폐허』 등도 해외문학과 관계가 있기는 하나, 오히려 이것은 일본 자연주의 말기 현상과 관계가 깊은 것이며, 프로문학도 국제주의로서 해외문학으로 보이지만, 이것도 일본 프로문학의 추수하에 있었기 때문에 해외문학적인 의미는 지극히 엷은 것이다.

3) 포경생(抱耿生), 「『오뇌의 무도』의 출생에 제하여」(『동아일보』, 1921. 3. 29) 가운데 "안서 군의 역자적(譯者的) 가치"에서 안서는 (1) 우수한 시인이며, (2) 중역이 아니라 3개 국어를 비준(比準)하였으며, (3) 내용의 실감에 있다고 주장되어 있다. 필자의 연구에 의하면 김억의 역시(譯詩)는 에스페란토에 의거한 부분이 매우 많은 것 같다(졸고 「에스페란토를 통해 본 김억의 역시고」, 『국어교육』 14호, 한국국어교육연구회, 1968).

기 서구 문학 도입의 놀랄 만한 김안서의 자세도 그것이 조직적 집단
화되지 못하고 어디까지나 그 개인의 행위에 시종한 것은 명백한 한
계가 아닐 수 없다. 여기 비로소 해외문학파의 존재 이유의 일단이
있다.

　　당시 해외문학파의 한 사람이며, 평론 분야에 가장 많이 활동한
이헌구의 해외문학파의 존재 이유에 대한, 다소 주관적 색채가 있는,
한 증언을 밝혀보면 이들의 거처가 분명해질 것이다. 해외문학파의
존재 이유는 첫째 일본을 통해서 문예를 수입한 한국문학은 따라서
언제나 뒤떨어지게 마련이었다는 점에 관련된다. 그 일본 문학의 혈
관 역시 독창적인 것이기보다 서구 문학의 영향에 의한 것이다. 그렇
다면 우리 문학 수준을 향상시키기 위해서는 일본의 중간적 단계를
거칠 것이 아니라, 우리가 직접 서구 문학의 작품과 사조에 접촉하는
길밖에 없다. 여기 비로소 하나의 새로운 야심과 필연적 요구가 있다.
둘째, 외국 문학을 통한 그쪽의 문학적 감정이 따로 있다. 이것을 한국
적 현실과 감정에 도입함으로써 한국문학의 질적 향상을 도모한다.
셋째, 외국 문학 연구 소개의 범위는 어느 유파에 한정할 수 없는 광범
위한 것이라야 한다는 것이다.[4] 물론 이것은 해외문학파 출발의 가설
이었을 따름이고, 그들의 활동 경과가 그대로 전개된 것이라 할 수는
없다. 그러나 이상의 제 조건은 해외문학파의 등장을 충분히 뒷받침
하는 것이 된다.

---

4)　　이헌구, 「『해외문학』 창간 전후」, 『조선일보』, 1933. 9. 29; 졸고, 「소천 이헌구 연구」, 『서
　　울대 교양과정부 논문집』 2집, 1970.

2. 해외문학파의 성립

해외문학파의 발생지는 도쿄이다. 도쿄가 한국문학의 "제이 산모(第二産母)요, 온상"[5]이라 함은 역사성을 염두에 둘 때, 과장일 수 없다. 이 도쿄 유학생으로 해외문학연구회가 조직되었는바, 때는 1926년 가을이었고, 그 제1차 구성원은 이하윤, 김진섭, 홍재범(洪在範), 손우성(孫宇聲), 이선근(李瑄根), 정인섭, 김명엽(金明燁), 김온(金) 등이며 대부분이 예과(豫科)생이었고, 김진섭만이 학부였다. 이들의 온상은 자세히는 호세이(法政) 대학이라 할 것이다.[6]

제2차 구성원은 1927년 1월, 서울서 창간된 『해외문학Litterae Exoticae』의 집필자라 할 수 있다. 그 내용을 소개해보면 다음과 같다.

소설

「적사(赤死)의 가면」(포) …… 정인섭 옮김

「크랭크비유」(아나톨 프랑스) …… 노재비(驢再鼻) 옮김

「신부(神父)의 목서초(木犀草)」 외 2편(아나톨 프랑스) …… 이하윤 옮김

「문전(門前)에 일보」(하인리히 만) …… 김진섭 옮김

「고기의 설움」(에르센코) …… 이은송(李殷松) 옮김

---

5) 이헌구, 같은 글, 같은 곳.
6) 이하윤(호세이대 영문과), 김진섭(호세이대 독문과), 홍재범(호세이대 철학과), 손우성[호세이대 불문과, '노재비(驢再鼻)'란 호], 이선근(와세다대 사학과, 예과에선 노어), 정인섭[와세다대 영문과, 호 '화장산인(花藏山人)'], 김명엽(도쿄고사 영문과), 김온(도쿄외국어대). 이하윤, 「해외문학」, 『사상계』 78호, p. 263.

시

「가을 노래」 외 7편(메테를링크 외) …… 이하윤 옮김

「악마」 외 5편(푸시킨) …… 이선근 옮김

「추억」 외 6편(사맹 외) …… 노재비 옮김

「모든 것은 유희였다」 외 10편 …… 김진섭 옮김

「나이팅게일」 외 2편(브리지스) …… 김석향(金石香) 옮김

희곡

「구혼」(체포드) …… 김온 옮김

「월광」(마티비치)

평론

「표현주의 문학론」 …… 김진섭

「'포'를 논하여 외국 문학 연구의 필요에 급(及)하고 『해외문학』 창간
호를 시(視)함」 …… 화장산인

「최근 영시단의 추세」 …… 김석수(金石首)

「노서아 문학의 창간자 푸시킨의 생애와 그의 예술」 …… 이선근

이 외에 포와 베를렌의 소전(小傳), 문예 한담, 독여록(讀餘錄), 가십 들
이 수록된 국판 200여 면이었다.[7]

---

7) 『해외문학』 창간호의 출간 자금은 강원도 이천의 문학청년 (이하윤의 고향 후배) 이은송
    이었으나 실질적인 편집자는 이하윤이었다. 창간 서문, 후기, 문예 한담, 가십, 그리고 이
    은송의 이름으로 번역된 글도 이하윤의 집필이었다. 2호는 도쿄에서 정인섭이 책임 출간
    했다.

제3차 구성원은 1927년 7월, 도쿄에서 정인섭이 편집 겸 발행한 『해외문학』 제2호의 집필자로, 함일돈(咸逸敦), 정규창(丁奎昶), 김한용(金翰容), 이병호(李炳虎), 장기제(張起悌), 유석동(柳錫東) 등이 추가되고 있다. 2호 목차를 보면 다음과 같다.

평론

「버나드 쇼 인상기」 …… 레이몬 백토주

「여명기 노서아 문단 회고」 …… 이선근

「명치 문학의 사적 고찰」 …… 함일돈

「쇼 극의 작품과 사상」 …… 정인섭

「핀란데조로와 그의 독창성」 …… 헨리 피프스

시

산문시 2편(피오나 매클라우드) …… 정규창 옮김

애송시(愛頌時) 9편(스티븐슨 외) …… 이하윤 옮김

「서풍(西風)에게 보내는 노래」(셸리) …… 김한용 옮김

「2 노병에 기(寄)하는 헌가」(휘트먼) …… 이병호 옮김

소설

「아를의 소녀」(알퐁스 도데) …… 노재비 옮김

희곡

「백조의 노래」(체호프) …… 김온 옮김

「그가 그네 남편 속인 이야기」(B. 쇼) …… 장기제 옮김

이 외에 「한글 사용에 대한 외국 문학 견지의 고찰」이란 좌담회가 김온, 김한용, 이병호, 이선근, 이하윤, 장기제, 정인섭 등에 의해 이루어졌으며, 그 의도를 "제2기 르네상스에 들어간 우리 사회는 벌써 일본화된 피상적 문헌으로 만족하지 않고 직접으로 세계 문화를 섭취하고자 한다. 타율적 일면과 향토적 독자성을 밝히려는 운동의 일부를 한글 비판이란 자율적 표기와의 양면"[8)]에다 둔다고 정인섭은 밝히고 있다.

제4차 해외문학파의 구성 분자는『시문학』,[9)]『문예월간』,[10)] '극예술연구회'(1931) 등과 관련된 것으로 이헌구, 함대훈(咸大勳), 김광섭(金珖燮), 서항석(徐恒錫), 박용철(朴龍喆), 최정우(崔珽宇), 김상용(金尙鎔), 이형우(李亨雨), 이홍종(李弘鍾), 허보(許保), 김삼규(金三奎), 조희순(曺希淳), 유치진(柳致眞) 등을 포함시킬 수 있다. 여기에서 비로소 해외문학파의 집단 운동화가 가능했던 것이라 할 것이다.

정인섭의 단계별 고찰에 따르면 해외문학의 발전은 '동경시대'와 '경성시대'로 나눌 수 있으며[11)] 이 구분적 고찰은 필요하다. '동경시

---

8) 『해외문학』2호, 1927. 7, p. 60.
9) 『시문학』은 1930년 3월 박용철 출자, 이하윤 편집. 김영랑, 정지용도 동인이었으나 그 중심은 해외문학파라 할 수 있다. 2호엔 정지용의 블레이크 시 역, 이하윤의 사맹 시, 박용철의 하이네 시, 김영랑의 예이츠 시의 역출(譯出)이 있다. 이들은 순수시의 건설에 목표가 있었다(박용철,「시문학 창간에 제하여」,『조선일보』, 1930. 3. 2).
10) 『문예월간』(1931. 11)은 이하윤의 편집이었고, 함대훈, 이헌구, 고영환(高永煥), 장기제, 김진섭, 홍일오(洪一吾), 유치진, 박용철 등으로『해외문학』지 재판의 느낌이 있다. 이것도『시문학』처럼 3호로 종간됐지만 3호의「괴테 100년제(百年祭)」는『조선일보』상의 그것과 함께 기세를 올린 것이다.
11) 정인섭,「조선 문단에 호소함」,『한국문단논고』, 신흥출판사, 1959, pp. 94~95.

대'는 다시 두 기로 나눌 수 있는데 그 제1기는 동호적 시련(2년간 상호 의견 교환과 대내적 연구)이었고, 제2기는 대타적 선언으로 2년간의 외부에 대한 서술과 사업[『해외문학』 발간, 지상(紙上) 문호 백년제, 세계 아동예술 지방순회 전람, 한국 최초의 다방(茶房) '카카듀' 개시 등]이었고, 경성시대는 제3기에 들어 세계문학 소개(1929년에서 1930년까지 각 신문 잡지에 해외 문단 소식과 연구 발표)에 주력하였고 제4기는 1931년 현재라는 것이다. 정인섭의 증언은 여기서 끝이 나 있으나 계속 부연한다면 제5기는 『문예월간』 『극예술』 운동이 될 것이며 제6기는 고전론과 수필·기행의 전개가 될 것이다. 그런데 제4기부터 6기까지의 이데올로기상의 문제는 단연 프로문학과의 논쟁에 집약시킬 수가 있다.

해외문학파의 출발이 단순한 외국 문학의 소개 비판에다 목적을 둔 것이 아니었음은 앞에서도 밝혔다. "우리가 외국 문학을 연구하는 것은 결코 외국 문학 연구 그것만이 목적이 아니요, 첫째로 우리 문학의 건설, 둘째로 세계문학의 상호 범위를 넓히는 데 있다"[12]는 『해외문학』 창간사를 보아도 족하다. 그들이 이 선언을 충실히 이행하려 한 결과 정작 해외문학의 연구보다 문단에 알몸으로 뛰어들어 창작, 극작, 수필 그리고 평론을 감행했고, 그로 인한 기성 문인과의 대립은 그들의 의욕과 비례하는 것이라 할 수 있다.

해외문학파의 활동은 학업을 끝내고, '경성시대'에 들어와서 이들이 저널리즘을 대부분 점령한 것에서부터 본격적으로 시작된다. 따라서 『해외문학』 자체는 2호까지 목차를 살펴보아도 각양하기는 하나

---

12) 『해외문학』 창간호 권두언, 1927. 1.

현대적인 것을 외면했고 일종의 소인(素人) 번역 시험장에 불과하다. 우선 그 무주견성만으로도 그러하다. 그들이 겨우 예과 시대에 활동했다는 점에 상도해보면 족하다. 따라서 『해외문학』지 자체에 가치가 있는 것이 아님을 알 수 있다. 그렇지만 해외문학파의 성격을 규명키 위해서는 『해외문학』지의 근본적 태도를 떠날 수 없다. 특히 프로문학 측이 이 『해외문학』지의 허점을 들어 비방하게 되는 것이다.

『해외문학』 창간호 출간으로 인해 야기된 논쟁 하나를 소개해볼 필요를 느낀다. 여기서 우리는 해외문학파의 자기방어 태세의 조직화 및 번역 태도의 일단을 엿볼 수 있기 때문이다. 『해외문학』 창간호에 대한 양주동의 시비에 대해 이하윤, 김진섭의 반론이 그것이다. 이 논쟁은 양주동이 이하윤이 역출한 베를렌의 「가을 노래」 등에 대해 연문체(軟文體), 즉 대중화라 주장했고, 또 그 자구에 대한 해석상의 의견 차이를 토로한 것에서 발단된 것이다. 이하윤은 「해외문학 독자 양주동 씨에게」(『동아일보』, 1927. 3. 19)에서, 김진섭은 「기괴한 비평 현상—양주동 씨에게」(『동아일보』, 1927. 3. 22~3. 26)에서 각각 반박했는바, 그중 후자를 중시할 것이다. 이 반박문 속에는 해외문학파 한 사람의 초기 번역 태도가 노출되어 있다.

김진섭은 양주동이 지적한 '비어(非語)'란 말에 대한 반박부터 개시한다.

서양의 생활과 조선의 그것이 얼마나 형식 의지를 달리하고 따라서 일견 자명적으로 보이는 역어조차 얼마나 그 내포와 외연에 있어 다시 부합할 수 없는 것이 결합할 수 없는 차착(差錯)이 있는가를 우리가 알면, 소위 비어에 대한 불쾌감은 별로 과시할 만큼 명예로운 시

적 감각이 될 수 없으리라.[13]

그러나, 적어도 서구시에서 그 독특한 감정을 번역으로 나타내기 위하여는 비어를 사용하지 않을 수 없다는 것이다. "타고르의 시가 산문시고 사상시·종교시, 그러니까 비유시이므로 가장 완전에 가깝게 번역될 수 있다. 그러나 여타의 서구시는 기교시"[14]라 본다. 이때 기교란 스타일이며 스타일이 그 사람 자신이다. 그러니까 그 고유성을 잊고는 역출될 수 없다는 결론이 된다. 김진섭은 아직도 "조선 그 자신은 현재에 완전한 번역문학을 요구할 책임도 없고, 그것을 운위할 시기도 아니다"[15]고 보아, 비록 비어라는 무리를 하더라도, 국어를 풍부히 조출할 것을 주장한 것이다. 국어를 풍부히 하는 방법은 (1) 외래어 차용, (2) 직역, (3) 자국어에 새로운 의미 부여 등 세 조목을 들고, 이 셋은 경중이 없다는 것이다. 이러한 태도는 김진섭 개인의 번역 태도라 봄이 원칙이겠으나 그의 초기의 비중을 고려한다면, 어느 정도 해외문학파의 태도를 대변한 것으로 볼 수가 있다.

해외문학파가 학업을 마치고 귀국, 소위 '경성시대'가 시작된 것은 1929년 전후이며 1930년에는 전원 귀국한 셈이고, 1931년엔 본격적 활동을 하게 되거니와, 이들은 주로 각 신문사 학예면, 편집인의 지위를 차지하였고[16] 그로 인해 저널리즘을 지배, 문단적 영향력을 발휘

---

13) 김진섭, 「기괴한 비평 현상」, 『동아일보』, 1927. 3. 23.
14) 같은 곳.
15) 같은 글, 1927. 4. 2.
16) 『동아일보』엔 서항석, 『중앙일보』에 이하윤(후엔 『동아일보』로 옮김), 『조선일보』엔 이선근, 함대훈, 이헌구 등.

하게 된다.

제2절 프로문학과 해외문학파의 논쟁

해외문학파라는 명칭은 대체 누가 언제부터 명명한 것일까. 적어도 해외문학파 자신이 명명하지는 않은 것이다. "해외문학파는 19세기 말의 데카당의 이름과 같이 남이 지어준 이름으로 점차 문단상에 자리를 차지한 명호(名號)"[17]라 한다면 이때 '남'이란 누구인가. 그것은 해외문학파를 비판하는 입장에 있는 사람들을 말하는 것이 된다.[18]

해외문학파가 치른 논쟁은 (1) 송영, 임화, 백철, 홍효민, 이갑기, 한설야, 권환, 현인 등의 프로문학 측, (2) 동반자적 입장에 섰던 현민(玄民)과 예술파 김동인, (3) 최재서, 정래동, 김환태 등 해외문학파가 아닌 외국 문학 전공자 등의 세 부분으로 나눌 수 있다. 이 가운데 이데올로기상에서 대립한 본질적 논쟁은 (1)이며 (2)와 (3)은 번역 문제에만 국한시킨 지엽적인 것이라 할 수 있다. 이 논쟁 중 프로문학과의 논쟁부터 고찰하기로 한다.

---

17) 박용철, 「문학 유파(流派)의 개념」, 『조선일보』, 1936. 1. 3.
18) 정지용: 해외문학파란 일개의 조직체가 있는가요?
   이헌구: 조직했다는 것보다도 송영, 임화 씨 등이 해외문학파가 있는 것같이 가상적으로 이름 지은 것입니다.
   (「신년 좌담회」, 『동아일보』, 1933. 1. 8.)

해외문학파가 문단에 크게 세력을 떨치기 시작한 것은 1931년부터라 할 수 있으며, 해외문학파 정인섭이 「조선 문단에 호소함」(『조선일보』, 1931. 1. 3~18)에서 민족파·프로파·해외문학파로 문단을 삼분하고, 민족문학파와 프로문학파에 각각 비판을 가한 바 있다. 이 논문은 1930년의 문단 총결산으로 씌어진 것이다. 그는 먼저 해외문학파의 활동이 1930년 문단에 현저했음을 과대평가하고 국제 정세를 논하고 있다.

> 작년(1930) 1년간의 한국 문단에 있어서 세계 문단에 대한 고찰을 위하여 노력한바 연구적 내지 소식적(消息的) 견해는 재래의 어느 해에 비해서 양에서나 질에서나 보다 훨씬 더 중대한 정도에까지 이르렀었다. [……] 요컨대 작년으로부터 한국의 대(大)신문 학예란(『조선일보』·『동아일보』·『중외일보』)에 해외 문단 소식란이란 것이 일률로 시작되었던 것은 특히 주목할 바로 생각할 수 있고 이리하여 세계 문단의 동향에 대한 관심이 심각하면 할수록 한국 문단의 한계가 넓어질 것은 물론이요 또한 기뻐할 일이다.[19]

정인섭은 그다음 차례에 민족파를 비판했으나 구체성을 띠지는 못했다.[20] 그러나 프로문학에 대한 비판은 자못 날카롭고 또 구체적이었다.

---

19) 정인섭, 「조선 문단에 호소함」, 『한국문단논고』, 신흥출판사, 1959, pp. 70~71.
20) 같은 책, p. 84. 그는 여기서 민족파 문학은 (A) 사어(死語)된 고어(古語) 피할 일, (B) 한시 직역식을 피할 것, (C) 너무 먼 과거 시대의 감각에 취하지 말 것, (D) 착상을 심각히, (E) 시조 자수(字數)를 넘을 수 있을 것 등을 들고 있을 따름이다.

한국 문단에 있어서 '프로문예파'는 예술파 또는 민족파보다는 비교적 국제 정세에 많이 유의했으며 또한 그 본질상 당연히 국제 정세에 관심하여야 될 것인데 사실상 그러한 현상에도 불구하고 그 문예운동의 실제적 효과에 있어서는 다른 단일 정체(政體)로서의 독립 사회와는 다른 능률을 보이고 있다. 일례를 든다 하더라도 세계에 공황의 추세로 다른 사회에서는 1930년이 '프로문예 운동'에 있어서 필연적 활동을 농후하게 보였으되 조선의 프로문예 진영에는 일종의 반비례가 있는 듯하게 그 수확의 기대보다는 훨씬 저조했다는 것은 이미 이상에 말한 바이다. 이것은 하필 1930년만을 말함이 아니요, 더 광의로 말한다면 '조선 문학운동의 특수성'이란 것이 물론 우파에도 있겠지만 좌익의 '프로문예 운동'에도 마땅히 있는 것을 말하고자 하는 바이다.[21]

정인섭은 프로문학을 국제주의적 입장에서 비판한 것이다. 그 국제주의적 입장 위에 문학으로서의 한국적 특수성을 문제로 삼아 프로문학이 일본의 철저한 모방, 추수주의임을 공격한다. 해외문학파의 출발이 "문학주의의 일체를 내포하고 객관적 견지에서 외국 것을 한국화하고 한국 것을 외국화하는 데 그 종합적 명제의 초점과 목표"[22]가 있었음을 생각할 때, 정인섭이 프로문학의 한국적 특수성을 요구 비판한 것은 당연한 것이다.

21)   같은 책, p. 87.
22)   정인섭, 「번역 예술의 유기적(有機的) 직능」(1927), 같은 책, p. 49.

프로문학이 한국적 특수성을 갖지 못하고 '모방적 직역적 국제주의'로 비판된 것은 종래의 프로문학의 논적인 민족파나 절충주의로부터 일찍이 비판받아 보지 못한 결정적인 허점이라 아니 할 수 없다. 더구나 그 구체적 예로 정인섭은 레마르크의 『서부전선 별일 없다』[23]를 들었다. 이것은 보고문학인데 일본 프로 작가 무라야마 도모요시(村山知義)가 반전극으로 꾸몄고 한국에선 '신건설사'가 공연한 바도 있다. 이것을 정인섭은 한국 프로문학이 "유행심리적 소아병적 감응주의(感應主義)"에 불과하다는 것이다. 다음과 같이 그는 질문하고 있다.

독일의 국수당원(國粹黨員)이 이 작품 때문에 소동까지 일으켰다는 효과를 우리의 사회에도 볼 수 있는 정도의 작품 가치로 긍정하는가? 단일 정체의 사회와 일정하(日政下)의 이중사회의 현 단계를 전연 동일하게 볼 수 있는가?[24]

그는, 또 1930년 11월 8일 소련 하리코프에서 개최된 '프로 작가단체 대표의 확대총회'(22개국 참석)에서 프로문학의 원칙적 테제는 대략 규정되어 있는 것이 세계 대세이므로, 금후의 역할은 각 사회의 특수성을 어떻게 모색할 것인가 하는 데 문제점이 있음을 지적하였다. 또한 1930년 프로문학은 '역량 함축을 위한 자동적 일시 침묵'파, '틀려진 불여의(不如意)'파 및 생활 보장에 관련된 '전향'파 등이 있다고도 했다.

---

23) 이 작품은 미국인 피득(被得)에 의해 1930년 11월 국역된 바 있다.

24) 정인섭, 「조선 문단에 호소함」, 같은 책, pp. 91~92.

이에 대하여 프로문학 측은 송영의 「1931년의 조선 문단 개관」(『조선일보』, 1931. 12), 임화의 「1931년간의 카프 예술운동의 정황」(『중앙일보』, 1931. 12) 및 「당면 정세의 특질과 예술운동의 일반적 방향」(『조선일보』, 1932. 1) 등에서 반격을 시도하였다. 송영은 "해외문학파는 조선의 좌우익을 함께 비난하였으나 실은 우익적인 데 입각하여 있다"[25]고 주장하여 해외문학파의 반프로 운동을 비난했다.

> 1931년은 비교적 해외문학 그룹의 활동이 컸으나 그 번역 행동은 소부르적 행동에 그치고 말았다. '해외문학 소개에는 계급이 없다' 하는 듯한 중간파적 순전한 학자나 혹은 소개자의 태도를 가졌으면서도 기실 번역해놓은, 시가와 소설은 중산계급 이상의 소시민과 인텔리층 등을 표준한 것이다.[26]

임화의 두려움은 이것뿐이 아니다. 임화가 보기엔 해외문학파를 중심으로 하여 새로운 예술파가 형성, 조직되려는 운동이 1931년에 와서는 극히 주의할 사실이라 보았다. "해외문학파와 유기적 관련이 없는 『문예월간』과 『시문학』을 흡사히 해외문학파의 기관지시(機關誌視)하는 것은 더욱 오인(吾人)을 유감으로 생각"[27]하게 한다는 것이다.

두번째 논쟁은 이헌구와 임화의 대결로 나타났다. 이번에도 프로문학파가 공세적 입장에 선 것이다. 해외문학파 가운데 비평에 주력한 이헌구가 「해외문학과 조선에 있어서의 해외문학가의 임무와 장

---

25) 송영, 「1931년의 조선 문단 개관」, 『조선일보』, 1931. 12. 25.
26) 같은 글.
27) 1932. 1. 10.

래」(『조선일보』, 1931. 1. 1~10)를 쓰자, 프로 측의 김철우가 「소위 해외문학파의 정체와 장래」(『조선지광』, 1932. 1)로써 공격한다. 이 논쟁은 해외문학파와 프로문학파의 전면적인 대결로 발전하기에 이른다.

이헌구의 상서의 논설은 이렇게 요약할 수 있다. 해외문학과 조선 문학의 교섭을 3기로 나누고 제1기는 육당·춘원의 낭만·인도주의적인 외국 고전의 소개, 제2기는 염상섭·김동인 등의 자연주의문학 소개, 제3기는 이른바 해외문학파인데, 해외문학파의 장래 임무는 외국 고전 번역 소개와 현대 세계 문단의 주의를 파악, 이를 소개, 평론할 것 등이다. 이헌구의 논점은 해외문학파란 (1) 중심을 가진 조직이기보다 (2) 자유로운 각자의 입장에서 (3) 해외문학을 사적으로 학구적으로 연구 (4) 또는 조선 현실 문단에 적합한 (5) 현대적 가장 진보된 문학을 소개함이 목적이며 (6) 해외문학파 자체는 우의(友誼)적 단체이며 (7) 그런 가운데 문학적 여러 주의, 학파도 있다는 것이다. 이에 대하여 김철우의 공격이 나타난다. 김철우는 임화의 익명인데 "동지 철우군은 문인도 아니고 또 문학의 세계에 들어올 그런 여유 있는 사람도 아니다. 그 책임은 내가 진다"[28]라고 임화는 변명하면서 해외문학파는 철부지이며 소부르주아적 그룹인데, 이들이 장래 임무로 내세운 것은 (1) 자기네의 너무 조직적인 것의 카무플라주이다. (2) 하나의 문학 단체가 대체 각자의 자유가 있을 수 있는가. (3) 문학을 가장 진보적인 듯 가장하며 (4) 그 진보된 문학이란 바로 부르주아문학이라 주장하며 (5) 너무도 조직적이며 (6) 아무 문학상의 주의도 없으면

---

28) 김철우, 「소위 '해외문학파'의 정체와 임무」, 『조선지광』, 1932. 1, p. 56.

서 하나의 조직을 가지려는 것은 일종의 사기술이라 주장했다.[29)]

　이상에서 다음 몇 가지 사실을 끌어낼 수 있을 것이다. 첫째는 해외문학파가 1931년경에 새로운 예술파의 모습을 띨 정도로 세력을 가졌다는 것, 둘째 이것이 프로문학 측엔 가장 위협적인 대상이 되었다는 것, 셋째 문학적 유파와는 다른 점에서 해외문학파는 매우 조직적이었다는 사실을 드러내는 것이다.

　이헌구의 반박은 「비인격적 논쟁을 박(駁)함」(『조선일보』, 1932. 3. 2), 「비과학적 이론」(『조선일보』, 1932. 3. 10), 「프로문단 위기」(『제1선』, 1932. 2), 「문학 유산에 대한 마르크스주의자의 견해」(『동아일보』, 1932. 3. 10~13) 등인데 이 가운데 맨 끝의 논설이 임화 이론의 허점을 찌른 것으로 중요한 것이다. "오인(吾人)은 여기서 다만 어찌해서 오인이 해외문학을 사적으로 연구 소개해야 되며 또는 어떠한 문학만을 오인은 논위(論爲) 연구해야 된다는 그 한계와 견해에 대해서 마르크스주의자의 이론을 논고함으로써 근일에 자주 나오는 비마르크스주의적 비과학적 폭론과 미망에 답하려 한다"[30)]는 전제하에 이헌구는 마르크스가 희랍 비극을 논한 점, 즉 마르크스가 고전 연구를 했다는 사실을 들어 이러한 사실도 모르는 임화 따위는 차라리 비마르크스주의적, 비과학적 폭론자라고 몰았던 것이다. 임화가 "사적 연구 소개를 그저 소부르인텔리의 하는 짓이라고 규정하였는바 마르크스주의적 현명한 견해는 어디서 나온 것인가?"[31)]고, 이헌구는 반문하고, 문제는 고전이거나 문학 유산을 어떻게 계승 비판할 것인가에 있는 것이지

---

29)　같은 글, p. 58.
30)　이헌구, 「문학 유산에 대한 마르크스주의자의 견해」, 『동아일보』, 1932. 3. 10.
31)　같은 곳.

결코 과거 문예를 연구 소개하는 것이면 모조리 비현대적이며 비진보
주의적이라는 논리는 성립되지 않는다고 주장했다. 레닌의 문화유산
이론의 의미도 모르는 임화는 그러므로 비마르크스주의자가 되어야
한다는 것이다. 마르크스주의 문학론의 정예 분자로 자타가 공인하는
입장에 있던 당시의 임화로서는 무지의 마각을 드러낸 셈이다. 적어
도 엥겔스는 노동자 계급이 고전 철학의 계승자라 했던 것이다. 임화
의 이러한 무지는 어디서 오는 것인가. 그것은 번역 이전의 이론 때문
으로 보아, 이헌구는 이렇게 결론지었다. "그네들의 일체의 편견과 불
순한 당파적 언사와 불소화(不消化)한 번역 전(前) 이론 나열에서 이탈
할"[32] 것을 주장, 임화의 이론을 봉쇄시키려 했다. 그 후 임화는 이 논
전이 초점이 맞지 않는 것이라 한 적이 있다.[33] 임화는 해외문학파가
'고전문학의 방법론적 무원칙'을 문제 삼은 데 대해 이헌구는 마르크
스, 레닌, 엥겔스 등이 모두 고전을 언급하고 있지 않느냐로 나온 것이
기 때문에 이 논쟁은 일단 여기서 끝나고, 프로파와 다른 형태로 발전
하지 않으면 안 되었다. 그 후에도 이헌구는 프로문학을 반박한 바 있
다.[34]

---

32) 같은 글, 1932. 3. 13.
33) "내가 고전연구 방법론적 무원칙을 힐난한 데 대해 이헌구는 체르킨을 들어 응수하여 초
점이 안 맞는 싸움이었다"(임화, 「지난날 논적들의 면영」, 『조선일보』, 1938. 2. 8).
34) "프로문학은 실전을 떠난 것을 용납할 수 없다"는 전제하에, 다음 일곱 항목을 들어 비판
한다. 프로문학파들은,
   (1) 일반적 이론과 목전의 문제를 혼동한다.
   (2) 평론에 있어서 좀더 치밀 명석할 것.
   (3) 작품을 좀더 생생히 할 것—사회와 인간 심리를 결부하라.
   (4) 문장을 평이하게 하라.
   (5) 미숙한 기술을 극복하라—보고문학에 충실하라.

임화 다음 차례에 프로문학파에서 해외문학파를 비평한 자는, 안재좌(安在左)라는 익명의 홍효민과 백철을 들 수 있다.

홍효민의 「조선 문학과 해외문학파의 역할」(『삼천리』, 1932. 5~6)은 "그의 미온적 태도를 배격함"이란 부제를 단, 두 달에 걸쳐 연재된 성실한 해명이다. 홍효민은, 먼저 여기서 현민이 해외문학파를 가리켜 "언학적(言學的) 기술(技術)의 공통성을 그 표현적 연쇄체로 하여 포함된 소시민 중간층을 대표하는 도색적 예술 분자"라 한 독설을 인용하고 있기는 하나, 자기 자신의 견해는 누구보다도 온건한 편이다. 해외문학파가 계급을 종으로 하고 민족을 횡으로 하여 외국 문학을 도입했더라면 좋았을지도 모른다고 보는 일부 문단의 의견은 홍효민이 보기엔 사실상 성립될 수 없다는 것이다. 어느 정도까지는 그것이 가능할지 모르나 궁극에 가서는 문학을 한다는 사실은 자기 생명의식과 같은 것이므로, 어느 중간적 위치는 실제로 불가능한 것이다. 그러므로 해외문학파의 체질이 민족파에 가깝게 나타나며, 점점 그 접근이 심해지는 것은 당연한 이치라 본다. 홍효민이 여기까지 관찰한 것은 해외문학파를 이해하려는 애착에서 가능했는지도 모른다.

홍효민은 해외문학파의 이러한 체질을 시비하지는 않았다. 그는 해외문학파의 창간호 선언문과 정인섭의 외국 문학 수입 태도를 중심으로 비판한다.

---

(6) 노동자, 농민만의 접근만이 아니요, 일반 ××층 지식군과의 관계

(7) 평론 작품의 고정화 경화(硬化)로 유물변증법의 창작방법을 나열 말고 외국 작품을 소개하라.

(이헌구, 「프로문학의 위기」, 『제1선』, 1933. 1, pp. 19~21.)

무릇 신문학의 창설은 외국 문학 수입으로 그 기록을 비롯한다. 우리가 외국 문학을 연구하는 것은 결코 외국 문학 연구 그것만이 아니요, 첫째는 우리 문학의 건설, 둘째는 세계문학의 상호 범위를 넓히는 데 있다.[35]

여기서 보는 바와 같이 해외문학파는 한국문학 건설이라는 당돌한 주장이 앞선 것이다. 이 선언 속엔 한국문학 건설이 첫째로 되어 있고, 그다음에 외국 문학 수입 문제가 따르는 것이다. 그러면 정인섭이 내세운 외국 문학 수입 방법부터 살펴보기로 하자. 그는 수입 태도를 열두 항목으로 세분하고 있다.

(1)은 세계문학상의 각종 양상을 이해시켜야 할 필요한 특수한 일익만을 소개하지 않고 전면적 입장을 가질 때.

(2) 자기의 취미와 목적에 맞는 것만을 수입하지 않고 그와 반대되는 것도 연구할 필요가 있는 특수한 것의 소개.

(3) 남의 부탁을 받아서 그 부탁을 위하여 그 개인 연구를 돕기 위하는 입장에서 피동적으로 수입하는 때.

(4) 인류의 예술적 유산을 조사해보기 위하여 훨씬 과거에 올라간 그 고전적 상태를 연구 인용하는 태도.

(5) 개인 어학 공부를 위한 번역 행동에는 자기의 문예사조의 입장을 떠나서 시험해보는 때.

(6) 수입할 때 자기의 주의로써 비판하고 시비를 명백히 하여 독자

---

35) 『해외문학』 창간호 권두언, 1927. 1.

에게 주창(主唱)을 강화하는 때.

(7) 일(一) 작가의 총서를 번역 발간하기 위하여 연대적으로 소개하는 데 그치는 때.

(8) 재래(在來) 이미 남이 세상에 나타낸 중에서 오전(誤傳)이 있으면 그것을 개정하기 위하여 다시 수입하는 때.

(9) 편집 지면 매수(枚數)를 위하여 사족적(蛇足的)으로 번역품을 보충하는 때.

(10) 구고(舊稿)를 버리기 아까워서 재록하는 때.

(11) 검열 통과를 위하여 본의와 본문을 다소 변경하기도 하고 생략하기도 하는 때.

(12) 원고료를 위한 생활상의 형편으로 의뢰받은 것을 대상(對象)하는 때.[36]

도대체 이러한 항목은 무슨 의의가 있는가. 이러한 외국 문학 수입의 태도가 있을 수 있고 해외문학파는 이 열두 항목 중 어느 것에나 상관 없이 수입할 수 있다는 것은 해외문학파가 외국 문학에 갖는 무원칙, 무질서, 무권위를 노출한 것 외에 아무것도 아닐 것이다. 홍효민은 "이것은 어학이지 문학이 아니다"[37]라고 지적한다. 정인섭의 사안(私案) 때문에 해외문학파의 트리비얼리즘에의 전락 현상이 뚜렷이 드러난 셈이다.

외국 문학 수입의 어학적인 면에만 서상한 무원칙이 아니라, 그

---

36) 정인섭, 「1932년 문단 전망」, 『동아일보』, 1932. 1. 22.
37) 홍효민, 「조선 문학과 해외문학파의 역할—그의 미온적 태도를 배격함」, 『삼천리』, 1932. 6, p. 27.

들이 수입하는 작품, 주의, 사상에 있어서도 무주견성이 여지없이 드러난다. 가령 김진섭은 표현주의 문학론을 『문예월간』 때까지 지켜갔으나 그 외의 사람들은 물을 것도 없이 무주견적이었다. 이하윤의 첫 번역은 A. 프랑스의 「신부의 목서초」였지만 『문예월간』 2호엔 나이두 여사의 시로 바뀌었으며 여타도 마찬가지다. 상당히 대내적·대외적 진로를 내세운 정인섭의 또 다른 열네 항목[38]도 마찬가지로 하등의 주견을 찾을 수 없다. 그러면서도 해외문학파라는 말을 사용한다면 그것은 문학상의 유파의 의미가 아니라 한갓 문단 사교 집단에 불과한 것이라 볼 수밖에 없을 것이다. 홍효민의 이러한 의문은 프로파와 민족파의 대결에서 서로가 일관된 주의, 주장을 내세우려 많은 노력을 기울였던 바로 앞 수년 동안을 생각할 때, 지극히 자연스러운 바가 있다.

임화와 거의 비슷한 입각지에서 해외문학파를 비판한 자로, 백철

---

38)   (1) 거짓 역(譯)과 유령 역(譯) 퇴치에 대한 적극적 폭로.
  (2) 역(譯)이 결코 창작보다 용이치 않는다는 걸 이해시킬 일.
  (3) 번역 원고료의 정당한 수정.
  (4) 역의 왕성을 이룰 일.
  (5) 연구총서 발행.
  (6) '한국문단'의 창간을 연구할 것.
  (7) 우리 작품을 외국에 소개 겸 수출.
  (8) 창작 능력 있는 자는 창작으로 나갈 것.
  (9) 외국 문호(文豪)의 기념 행사를 적극적으로 할 일.
  (10) 외래어 표기 규정과 그 오신(誤信)의 감시.
  (11) 한국 문단을 방관하는 것보다 협조.
  (12) 해외문학의 중요성을 무시하려는 창작계 또는 평론계의 저능아를 배격.
  (13) 해외문학의 시사적(時事的) 소개에 완전을 기할 것.
  (14) 각자가 문예상의 '이름'은 달라도 해외문학의 연구와 수입과 소화에는 일치할 것.
  (정인섭, 「조선 문단에 호소함」, 같은 책, pp. 97~101)

을 들 수 있다. 해외문학파를 "부동하는 중간적 사회군을 대표하는 인 텔리 소시민적"이라 하여 "그들의 특성은 완전히 과거 계급을 의미함 에는 너무나 영리하며 그렇다고 해서 한 걸음 뛰어나가서 프롤레타리 아 계급운동에 참가 혹은 동반함에는 너무나 비겁하다. 저널리즘의 지위를 이용하여 그들은 총애를 받고 있다"[39]고 백철은 비난했다. 이 논쟁이 있은 지 수삼 년 후 백철은 다음과 같이 회고한 바 있는데, 이 속에서 당시 프로문학파와 해외문학파 간의 감정의 응고를 엿볼 수 있을 것이다.

> 정인섭이 21개조를 들어 카프를 공격하자 나는 그 카프의 일원으로 같은 『동아』지에 「사악한 분위기」(1933. 9. 29~10. 1—인용자)라는 소론으로 반격하였더니 의외로 해외문학파의 분개를 사게 되어 함 대훈도 상당히 감정적이었고 [……] 정 씨는 이 때문인지 지금도 (1938년 현재—인용자) 사이가 꺼리다. 그중에서도 이하윤과의 다방 충돌, 심한 욕설(이 씨는 취중이었다), 그때 이 씨는 해외문학파다운 말로 as well as라 했다. 그때 이 뜻은 '누구도 でしゃばる하지만(주제 넘게 굴지만) 너도 마찬가지다'[40]로 들렸다.

이러한 사실은 해외문학파와 그 논적들의 학식이나 연령이 동일한 차 원임을 말해주는 것이 된다. 백철, 홍효민이 1906년, 1907년생이며 이 헌구와 임화는 보성 동창이었던 것이다. 그러므로 그들의 대결 의식

---

39) 백철, 「조선 문단의 전망」, 『혜성』, 1932. 1, p. 19.
40) 백철, 「평론으로 일관한 정열」, 『조선일보』, 1938. 2. 9.

은 강했고 또 자유로웠고 아무런 핸디캡도 없었던 것이다.

해외문학파에 대한 프로문학 측의 일반적인 비난에 대한 답변은 김진섭, 이하윤, 함대훈 등에 의해 시도되었는데 이들 답변을 살펴봄으로써 그들에 대한 비난의 모습을 엿볼 수 있을 것이다.

김동인은 현민과 함께 해외문학파가 소개하는 외국 문학은 벌써 문인치고는 일역을 통해 읽은 것으로 조금도 새로움이 없다고 했다.[41] 이 점에 대해서 김진섭은 "왜 일역 이용을 버리고 유치한 번역 문화를 이곳에 수립할 필요가 있는가"에 대하여 이 비난을 벗어나려면 일본서 토구(討究)되지 않은 것을 소개 비판하는 길밖에 없을 것을 시인하였다.

그러나, 그것은 실로 어려운데 그 이유가 해외문학파 자체의 황금의 궁핍, 학문의 지반 빈약, 학자로서의 역량 부족에 있음을 그는 솔직히 인정한다. 일언이폐지해서 "우리의 힘에 부치며" 도저히 공부할 여유가 없음을 들고, 해외문학파는 대학 문과 졸업생으로서 당연히 할 수 있는 그만한 역량을 나타내었을 뿐이라 했다.[42] 이것은 해외문학파에 당시 문단이 지나치게 기대를 많이 걸었다는 사실을 방증하는 것이며, 동시에 해외문학파의 어쩔 수 없는 한계를 의미하는 것이 된다.

이하윤의 해외문학파 옹호론은 주체성의 강조와 약간의 타협안을 내세웠다. "조선 사람으로서 외국 문학을 감상할 것이요, 그 영향

---

41) 김동인, 「번역문학」, 『매일신보』, 1935. 8. 31. 그는 해외문학파들이 국역하는 것은 일본 역으로 충분하며, 그런데도 금력과 정력을 소비하여 구태여 조선어로 번역한다는 것은, 또 그 번역이 일역보다 나을 것도 없다면, 그야말로 쓸데없는 짓이라 보았다.

42) 김진섭, 「외국 문학 연구의 지장」, 『동아일보』, 1933. 11. 5.

도 조선 사람답게 나타날 것이며 평론가가 외국 영향을 너무 지적하므로 작품의 질이 좋지 않아짐"[43]을 들었다. 김진섭이 솔직히 역량 부족을 시인했다면 이하윤은 그것대로의 가치를 주장한 것이라 할 것이다. 해외문학파의 자기 옹호로서는 함대훈의 「해외문학과 조선 문학」(『동아일보』, 1933. 11. 11~14)이 퍽 구체적이다.

함대훈은 해외문학파를 비난하는 여론을 (1) 조선 사람이 조선 문학을 연구하지 않고 하필 해외문학이냐, (2) 왜 한 작가만을 연구하지 않고 이것저것이냐, (3) 왜 새로운 외국 문학을 우리에게 이식시키지 않고 언제나 낡은 것만 소개하느냐의 세 항목으로 분류한다. (1)은 춘사(春士)가 「번역」(『조선중앙일보』, 1933. 5. 23)에서 해외문학파는 "외국어는 잘 아는 듯하나 조선문은 모른다" 및 "이헌구 등 사대당(事大黨)은 조선 문학은 그렇게 형편없고 프랑스 것만 제일인가"[44]를 지칭한 것이며 (2)는 앞에서 보아온 홍효민의 비난이며 (3)은 백철과 현민의 비난이다. 현민은 「해외문학파의 재출발」(『동아일보』, 1933. 10. 3)에서 다음과 같이 비판한 바 있다. 해외문학파가 대두될 때 찬반론이 상반했으며 반대론의 골자는 해외문학파가 정치적 반동적 역할을 한다는 데 있었다. 그러나 그들이 반동적 의미를 가질 뿐이지 행동에까지 나가지 못했으므로 기대를 가져도 좋을 것으로 생각했는데, 거기에는 조건이 있다는 것이다. 즉 전문가이냐 자기 교양을 위해서냐에서 해외문학파의 존재 이유는 당연히 전자이어야 한다. 그렇다면 그들은 이 전문가로서의 사명을 다했다고는 도저히 볼 수 없다는 것

---

43)   이하윤, 「외국 문학 연구 서설」, 『동아일보』, 1934. 8. 14.
44)   춘사, 「대두된 번역 운동」, 『조선중앙일보』, 1935. 5. 20~23.

이다. "그들은 일반적으로 너무 초보적 개론적이었고, 그들이 소개하는 해외문학은 너무나 무계통 무질서"[45]하며 대학 졸업 논문의 수준을 넘은 일이 없을 뿐만 아니라, 소개된 90퍼센트가 문외한인 사람들도 10여 년 전에 이미 읽은 것이다. 그러므로 일어로 옛날에 이미 번역된 ABC라는 것을 조선에 옮기는 계몽적 교육가가 되든지, 아니면 재출발하라는 것이다.

이러한 비난에 대해 함대훈은 해외문학의 업적을 들어, 그 근거 없음을 주장한다.

> 영국 …… 버나드 쇼 연구(장기제), 골즈워디 연구(김광섭), 베네트 연구(이하윤), 영국 시인 연구(이하윤)
>
> 아일랜드 …… 오케이시 연구(유치진)
>
> 프랑스 …… 에밀 졸라 연구(이헌구), 프랑스 2대 여류 시인(이헌구), 프랑스 극단 동향(이헌구), 발모르(이헌구), 불문단 종횡관(이헌구), 불문 여류 문단(이헌구), 현대 불시단(이하윤)
>
> 독일 …… 괴테 연구(서항석), 괴테 연구(김진섭), 괴테 연구(조희순), 하웁트만 연구(조희순)
>
> 오스트리아 …… 슈니츨러 연구(조희순), 슈니츨러 연구(서항석), 슈니츨러 연구(김진섭), 독일의 극단(김진섭)
>
> 러시아 …… 안톤 체호프 연구 (함대훈), 예세닌 연구 (함대훈), 마야콥스키 연구(함대훈), 혁명 이후 소비에트문학(함대훈), 혁명 14년간 소비에트문학 전망(함대훈)[46]

---

45) 현민, 「해외문학파의 재출발」, 『동아일보』, 1933. 10. 3.

이상의 제 업적이 한갓 ABC에 불외한가를 반문한다. 또『동아일보』의 「심금을 울린 작품」 설문란에서, 작가 대부분이 외국 작가와 작품을 들었는데 그 이유는 (1) 조선 문학 유산의 빈약 (2) 이국에 대한 매력 (3) 우수 작품 등이라 할 수 있다. 그렇다면 그들은 (1)만을 비난하고 왜 (2)와 (3)엔 언급하지 않는가를 반문한다.[47]

이상 함대훈의 주장은 단순한 논지로 되어 있어 정작 제(諸) 비난에 대한 만족할 만한 답변이 못 되고 있다. 어차피 1933년 무렵엔 해외문학파의 재정비가 불가피하였다. 그 자체 검토는 이하윤의 「세계문학과 조선의 번역 운동」(『중앙일보』, 1933. 1. 1~3)에서 비롯된다.

먼저 그는 해외문학파란 (1)『해외문학』지 집필자만이냐, (2) 외국 문학 연구가 일반이냐, (3) 단지 외국 문학을 언급하는 자냐라는 질문을 한다. 그리고 이러한 것은 '조선 문단 특이현상'이라 못을 박아 통념으로는 해외문학파란 (1)을 중심하여 발전된『시문학』『문예월간』『극예술』중심 분자임을 명백히 했다. (1)을 중핵으로 했다면 그 (1)의 의도는 무엇이었던가.

『해외문학』지는 사방에서 흔히 보이는 어떠한 문학적 주의하에 모인 그것과 다르다. 또 제한된 일부의 발표를 위주하는 문예지 동인지 그것도 아니다. 동시에 주의나 분파를 초월한 광범한 그것이 아니면 안 된다.[48]

46) 함대훈,「해외문학과 조선 문학」,『동아일보』, 1933. 11. 12.
47) 같은 글, 1933. 11. 14.
48) 이하윤,「세계문학과 조선의 번역 운동」,『중앙일보』, 1933. 1. 2.

결국 이러한 이하윤의 발언은 해외문학파의 무성격, 무주견을 재천명한 것일 따름이지, 구체적 변호는 되지 못한 것이다. 구체적으로 번역론에 대한 언급은 김진섭의 「번역과 문화」(『조선중앙일보』, 1925. 4. 17~5. 5)을 들 것이다. 그는 여기서 '세계문학의 개념' '번역의 문화적 역할' '번역의 가치' '문화의 복사적(輻射的) 영향' '문화의 일대 집성' '번역가의 문화사적 사명' '번역의 한계' '번역술' 등을 광범위하게 다루고 있다. 그는 "감정을 자국어로 어느 정도까지 표현하지 못한다고 할 수는 없을 것"[49]이라 보기 때문에 "번역에서 잃는 것은 거의 없다"[50]는 입장에 섰고, 해외문학파에 대한 문단의 비난은 문학 자체의 교양 면을 고려한다면 충분히 극복할 수 있다는 데 이르렀다.

요사이 문단 유식(有識)의 사(士)가 걸핏하면 그들이 마치 모든 해외문화의 수입을 홀로 청부(請負)하는 것같이 피칭(彼稱) 해외문학파의 무위를 통론(痛論)함을 듣는다. 그러나 이것은 실로 문화 개념에 대한 상식의 전무를 폭로함에 그칠 뿐이니 조선에 있어서는 펜을 잡는 데 있어서 모든 문필인은 해외문학파에 속하는 영광을 가져야 될 것이다. 즉 조선은 이 제일의 번역가에게 요구하되 항상 번역 이상의 것을 창조하기를 절망(切望)하고 있는 듯이 보인다. 다시 말하면 이곳에서 요망되는 바 문화의 중개자는 너무나 직업적인 번역가는 결코 아니고 그는 실로 그 자신이 해외문화를 조선적으로 소화(消化)한

49) 김진섭, 「번역과 문화」, 『조선중앙일보』, 1935. 5. 2.
50) 같은 곳.

바, 창조적 문화 자체가 아니면 아니 된다.[51]

새로운 세계관을 제시하는 일, 세계문학과의 거리 단축으로서의 문학사적 적용, 이것은 비단 해외문학파뿐만 아니라 전 문단인의 임무요 사명인 것이다. 그렇다면 해외문학파를 향한 비난은 문인 전부에 향한 것이라야 할 것이며 또 해외문학파라는 한 유파가 존재할 필요가 없다는 결론이 될 것이다. 그들의 무주견성이 한 의의를 띠려면 김진섭이 도달한 길이 가장 무난한 것이라 할 수 있다.

이상의 논쟁에서 하나의 공통점을 발견할 수 있다. 그것은 임화가 '소부르주아 그룹'이라 했고, 김동인·현민이 일역의 ABC라 했고, 홍효민이 문학이 아니라 어학이며 무주견성이라 했을 때 해외문학파들의 자기변명이 한 번도 명확하게 제시되지 못했다는 점이다. 그것은 해외문학파 자신이 그러한 문제점을 사실로 포회하고 있었다는 뜻으로 된다. 이 속성 가운데 해외문학파가 일본보다 다른, 새로운 해외문학적 사실의 소개 비판을 할 수 없었던, 김진섭의 고백대로 해외문학파에게 그런 역량이 없었던 사실은 바로 해외문학파의 한계를 의미하는 것이다. 해외문학 전문가의 집단이 그들이 정작 해외문학의 실력에 있어, 문단의 요청을 충족시켜주지 못한다면 그것은 마땅히 존재 이유를 상실해야 옳을 것이다. 이 시점에서 그들은 당연히 재출발해야 했고 자기 한계를 벗어나야 했다. 그러기 위해 그들이 발견한 출구는 직접 창작으로, 또는 평론(작품평)으로, 혹은 수필, 기행 그리고 연극 운동 쪽이었다. 해외문학파의 문학사적 의의가 정작 해외문학

51) 같은 글, 1935. 5. 5.

소개 비판 쪽이 아니라 『시문학』 『문예월간』을 통한 순수시 운동 및 『극예술』을 통한 연극 활동의 집단화에 있음은 해외문학파라는 명칭을 생각할 때 아이러니한 일이기도 하다.

결국 해외문학파는 정작 해외의 새로운 문학의 소개, 비판에 무력한 딜레탕트였을 따름이었고, 새로운 소개 비판을 담당한 문인으로는 오히려 외국 문학 전공자이면서 비(非)해외문학파들인 최재서, 김환태, 이원조, 정래동 등을 들 수 있을 것이다. 다시 한번 지적한다면 원문이나 일역에서 중역하더라도, 가령 중국의 루쉰의 태도처럼, 서구의 일류 작품이나 고전이 당시의 시점에서 자기 나라 문단에 어떤 이유에서 절실히 필요한가에 대한 투철한 자각의 결핍이 해외문학파의 한계로 보인다.

제3절 비해외문학파

1931년 외국 문학자 정래동·이경손(李慶孫)·김광주(金光洲)는 중국 문학, 이헌구·김진섭·함대훈·유치진은 신극 운동(新劇運動), 이헌구·서항석 등은 수필(隨筆), 안자산(安自山)·김태준(金台俊)은 조선 문학에 노력하고 있다는 총평이 있다.[52] 이 기록은 퍽 자세하지 못하다. 이들을 함께 '외국 문학자'라 할 수도 있으나 해외문학파라 할 수는 없는 노릇이

---

52) 이하윤, 「1931년 평론계에 대한 감상」, 『중앙일보』, 1931. 12. 8.

다. 즉 외국 문학을 소개 비판한다고 해서 다 해외문학파가 될 수 없음은 앞에서 이미 밝힌 바 있다. 즉 해외문학파는 아니면서 외국 문학을 소개·비판하는 자에 비(非)해외문학파라는 명칭을 붙이기로 한다.

비해외문학파의 일군은 한흑구(영문학), 최재서(영문학), 김환태(영문학), 이양하(영문학), 정래동(중국 문학), 김광주(중국 문학), 최규창(중국 문학), 양백화(중국 문학), 이원조(불문학), 김기림(영문학), 김태준(조선 문학 및 중국 문학), 이종수(영문학) 등인데 이들의 특질과 이들 중의 몇 사람이 해외문학파를 비판한 바 있음을 아울러 밝혀보면 양자의 모습이 뚜렷이 드러날 것이다.

첫째로, 비해외문학파로서의 정래동, 이경손, 김광주, 최규창의 존재는 해외문학파 속에 중국문학 전공자가 없음을 의미한다. 해외문학파들의 해외라는 어사는 영·독·불·노의 언어권의 문학에만 국한되었던 것이다.

둘째로, 최재서, 김환태, 이원조, 김기림, 정래동 등은 외국 문학의 소개, 비판보다도 한국문학의 비평에 주력했다는 사실이다. 이들은 외국 문학의 수준과 한국문학을 비교하여 방향전환에 상당한 역량을 발휘했다.

셋째, 비해외문학파는 현대성을 띠었고 그것이 문단에 직결, 새로움을 줄 수 있었다. 이원조의 지드 연구(이헌구는 에밀 졸라였다), 최재서의 엘리엇, 헉슬리, 윈덤 루이스 등의 주지주의 및 풍자문학론은 가장 새로운 것이었고 특히 최재서의 헉슬리 연구는 도쿄 문단에까지 두각을 나타낸 것이었다. 이러한 현상은 물론 이헌구의 페르난데스의 행동주의 연구가 있긴 하지만 해외문학파의 기껏 시효 넘은 19세기 작품의 상식적 차원의 소개와는 비교가 되지 않는다. 이양하의『황무지』소개, 김기림의 신고전주의 시론 등은 바로 프로문학 퇴조 후의 전형기 문단의 주조(主潮) 형성에 직결되는 것이기도 하다.

　비해외문학파가 해외문학파를 비판한 것에는 김환태와 최재서의 것이 있다.

　김환태는 「문예시평」(『사해공론』, 1935. 11)에서 해외문학파란 하등의 문학상의 유파가 될 수 없으며 따라서 이런 명칭이 있을 수 없다고 다음처럼 주장한다.

　　우리 문단에서 가장 없지 못할 희비극(喜悲劇)의 하나는 해외문학파라는 출산(出産) 유파를 만들어놓고 그에 대한 당치 않은 공격(攻擊)을 하는 돈키호테적 존재의 도량(跳梁)이다.[53]

최재서의 해외문학파에 대한 비판은 본질적인 곳을 지적했다는 점, 자기 자신이 해외문학 전공자라는 점에서 흥미 있고 또 결정적이다.

　　이 집시(해외문학파—인용자)는 저명한 외국 작가가 죽으면 부전(訃電)이 보도된 다음 날 아침 두건 도포에 장장(葬杖)을 짚고 나와 축문(祝文)을 읽고 그들의 50년기 혹은 100년기가 되면 제주(祭主)가 되어 […] 그들은 6분의 불안과 4분의 자신을 가지고 고전 세계에 소요한다.[54]

53)　김환태, 「문예시평」, 『사해공론』, 1935. 11, p. 75.
54)　최재서, 「호적 없는 외국 문학 연구가」, 『조선일보』, 1936. 4. 26.

최재서의 비난 요점은 '4분의 자신'과 '고전 세계의 소요'로 수렴된다. 이것은 해외문학파의 허점을 폭로한 결정적인 것이다.

이 평론(評論)과 번역된 시가·소설·희곡에서(『해외문학』 창간호에 실린―인용자) 어떤 종합된 감정을 주출(鑄出)한다면 이 번역 연구가 대개는 19세기 후반기 후(後)의 구주문학(歐州文學)에의 관심이었다는 것이다. 그들은 멀리 역사적 고전으로 올라가지 못했고 또 현대적 대전(大戰) 이후의 신흥문학에 미치지 못했다.[55]

이와 같이 자인한 이헌구의 증언은 최재서가 말하는 '고전 세계에 소요'한다는 것과 일치한다. 서구의 현대 문학의 소개 비판에서 이들은 무력했던 것이다.

최재서는 이러한 해외문학파를 일종의 딜레탕티즘이며, 이것은 차라리 우리 문학 발전을 저해시키는 독소적 엘리먼트라 보았다.[56] 판연한 호적이 없는 오합지졸을 해외문학파라 하여 운위하나 난센스라는 것이다.[57] 물론 최재서는 외국 문학 소개, 비판을 중요시한다. "나는 외국 문학의 연구가 현재 조선 문학에 유일한 자극은 못 될지언정

---

55) 이헌구, 「새로운 영양(營養)의 운반자」, 『조선일보』, 1933. 10. 1.

56) 최재서, 「딜레탕티즘을 축출하자」, 『조선일보』, 1936. 4. 29.

57) "내가 젊은 주지주의자 아베 도모지(阿部知二)를 만나, 그가 조선 문학을 묻기에 나도 (1) 신문이 제일의적 중요성을 가지고 있는 점, (2) 외국 문학 연구가 문단 표면에 나타나 중요한 역할을 한다고 했더니, 그의 대답은 조선이 지금 과도기니까 (1)은 할 수 없으나, (2)는 대단히 반가운 일이 아니냐? 했다. 즉 일본엔 외국 문학 연구가는 문단과 절연 상태에 있음에 대한 불만의 표시일 것이다. 나로서는 입장이 매우 거북스러웠다. 비록 일본 외국 문학 연구가는 문단과 상관없더라도 그들의 입장, 호적이 판연히 있다"(최재서, 「호적 없는 외국 문학 연구가」, 『조선일보』, 1936. 4. 28).

가장 중요한 자극의 하나"라 본다.[58]

　외국 문학자가 외국 문학을 한다는 것으로 문단에 상당한 지위를 차지하게 되는 사례는, 즉 해외문학파가 한국 문단에 상당한 지위를 차지한 것은 한국 문단이 과도기임을 암시하는 것이다. 그러나 어느 정도 과도기가 정리되면 그들이 이에 상응하는 노력을 기울이지 않고는 반드시 비난의 대상인 무용지물이 된다는 것이다.

　해외문학파들은 이러한 무용지물이 되지 않기 위해, 두 가지 노력의 길이 남아 있었다. 하나는 그때에 상응하는 노력을 외국 문학에 경주하는 것과 다른 하나는 외국 문학을 아주 혹은 거의 포기하고 그 대신 창작, 평론, 수필, 희곡 등에 전력을 기울이는 쪽이다. 대체로 해외문학파가 이 후자를 택하게 되었을 때, 그로부터 정직히는 해외문학파라는 명칭에 아무런 의의도 없게 된 것이라 할 수 있다. 따라서 이 후로는 해외문학파라는 명칭이 해소되어 사용되지 않게 된다.

　해외문학파 중 시를 쓰게 된 자는 이하윤, 박용철, 김광섭 등이며 소설에는 함대훈, 희곡에는 유치진, 비평은 김광섭, 이헌구, 함일돈, 서항석, 수필에는 김진섭, 김상용 등을 들 수 있고, 이들의 극예술 및 월평·총평에 있어서의 활약은 자못 다채로운 바 있었다.

---

58)　최재서, 「해혹(解惑)의 일언」, 『조선일보』, 1936. 6. 30.

제4절 해외문학파와 연극 운동

해외문학파는 수필·기행(紀行)과도 관계가 있지만 극예술과의 관계는
중요하며 또한 필연적이라 할 수 있다.

'극예술연구회(劇藝術研究會)'는 1931년 7월 해외문학파인 서항석
(도쿄대 독문과), 김진섭(호세이대 독문과), 조희순(도쿄대 독문과), 이
헌구(와세다대 불문과), 유치진(릿쿄대 영문과), 이하윤(호세이대 영문
과), 장기제(호세이대 영문과), 정인섭(와세다대 영문과), 최정우(도쿄
대 영문과), 함대훈(도쿄외대 노어과) 등이 중심이 되어 윤백남, 홍해
성을 포섭하여 조직한 연극 단체이다.[59] 이들은 20여 회의 공연을 가
졌고,『극예술』(1934. 4)이란 전문지를 5호까지 발간했으며, 레퍼토리
의 대부분이 번역극이었다. 이들은『극예술』및 3대 신문 학예란을 통
해 연극에 대한 선전, 계몽, 평론 등의 광범한 운동을 벌였던 것이다.

이 항목에서 밝히고자 하는 것은 해외문학파가 연극 운동에 활약
하게 되는 근본적 이유, 즉 그 필연성이 무엇인가이다. 이 필연성에 의
해 그들의 체질이 일부 밝혀질 것이기 때문이다.

---

59) "극에 대한 일반의 이해와 우리 신극 수립을 위하여 극예술에 대한 일반의 이해를 넓히
고 기성 극단의 사도(邪道)에 흐름을 구제하는 동시에 나아가서는 진정한 의미의 '우리
신극'을 수립하려는 목적"(「극예술연구회 창립」,『매일신보』, 1931. 7. 19)으로 창립했고,
그 사업 내용은 연구부에서는 1. 내외 제국의 희곡, 희곡론, 연출론, 극평 등의 연구, 1. 희
곡의 창작(또는 합작), 번역, 번안 등이며, 사업부로는 1. 관중 (특히) 학생의 교도, 배우
양성과 기성극단의 정화, 1. 학생회 또는 기타에 극예술의 요소 내지 극예술 정신의 침윤
보급을 도(圖)하기 위한 극예술연구반의 설치 등을 내세웠다. 또 이들 해외문학파의 대
부분이 첫 번역극 고골의「검찰관(檢察官)」에 직접 출연한 바 있다.

그 필연성이란 시대적 배경과 해외문학파 자체 내의 조건으로 갈라볼 수 있다. 전자로는 1930년의 극단 침체를 들 수 있다. 극단 침체 이유는 여러 가지가 있겠으나 그중 중요한 것은 각본의 빈곤인 듯하다. 벌써 이 무렵엔 신파조를 다소 탈피한 시기인 것이다. 각본 극복을 위해 "극본난(難)의 완화를 위하여 문단인과의 밀접한 연락을 권고"[60] 할 정도였다. 극본난으로 인해 함부로 남의 번역 혹은 번안을 상연한 까닭에 불충실함은 말할 것도 없고, 또 일반인들이 연극에 이해를 갖기 위해서는 문단인과 관계를 맺는 것이 극단 측으로 볼 때도 훨씬 바람직한 것이었다. 또 문학 장르 중 극문학이 당시 가장 저조했던 것이다. 이 점이 계몽적 역할에 소질이 있는 해외문학파의 용기를 불러일으킨 것이라 할 수 있으며, 더구나 번역 극본의 요청은 이들에겐 안성맞춤[61]이었던 것이다. 또 하나 지적할 것은 프로연극단인 '신건설사'에 대한 대립 의식도 작용한 것으로 볼 수 있는 것이다.

자체 내의 조건으로는 이들 대부분이 독문학과 영문학 전공이었다는 사실에서 찾을 수 있다. 독문학은 극문학이 중심이었고, 영문학 중 아일랜드 문학 역시 극문학이 중심이라 할 수 있다. 서항석, 조희순, 김진섭, 박용철(도쿄외국어대 독문과)이 독문과였고 김광섭, 장기제, 이하윤이 아일랜드 문학에 관심을 가졌고, 유치진은 아일랜드 극문학(오케이시)을 직접 연구했던 것이다. 아일랜드 문학에 대한 경도

---

60) 취원생(翠園生), 「극단의 전망」, 『매일신보』, 1931. 9. 9~17.
61) 1932년부터 이들이 번역한 각본을 들면 다음과 같다.
고골의 「검찰관」(함대훈), 어빙의 「관대한 애인」(장기제), 그레고리의 「옥문(獄門)」(최정우), 괴링의 「해전(海戰)」(조희순), 카이젤의 「우정」(서항석), 쇼의 「무기와 인간」(김광섭), 피란델로의 「바보」(박용철), 「베니스의 상인」(박용철), 「인형의 집」(박용철), 르나르의 「빨간 머리」(이헌구), 체호프의 「앵화원(櫻花園)」(함대훈).

는 두 가지 사실과 관계가 있다. 하나는 아일랜드가 영국 지배하에 있었지만 우수한 문인들에 의해 세계적 수준을 보인 데 대한 한국인으로서의 공감이며 다른 하나는 오케이시, 예이츠, 쇼 등이 심혈을 기울여 범국민 운동으로 전개 고양된 그들의 극문학이다. 해외문학파는 이미 1927년 『해외문학』 2호에 B. 쇼를 소개하며 희곡을 번역한 바도 있었다.

독문학과 극문학의 관계는 서항석과 김진섭을 통해 엿볼 수 있다. 서항석의 졸업 논문은 「쉴러의 희곡」이며 김진섭의 것은 「아르투어 슈니츨러론」으로 되어 있거니와, 독문학이 극문학 중심임을 양자가 똑같이 주장하고 있다.[62] 특히 김진섭은 "독문학의 본령은 극문학이다. 연극에 뜻 두는 이는 독문학 연구가 필요하다. 독어 자신이 절대로 연극적이다. 독문학에 내가 지금 실망낙담하고 있는데 그것은 내 자신이 비배우적이기 때문"[63]이라 한 것은 인상적이다.

제5절 해외문학파의 위치

앞에서 보아온 바와 같이 1930년 초엽 한국 문단은 민족파·프로파와 함께 해외문학파 이 세 파의 할거였다. 이때 문제되는 점은 문학 유파école

---

62) 김진섭, 「외국 문학 전공의 변」, 『동아일보』, 1939. 11. 7~12.
63) 같은 글, 1939. 11. 12.

의 규정에 관한 것이다. 일반적으로 문학사에 있어서의 유파란 이데
올로기, 기법, 로컬리티, 인생관 등의 공분모에서 비로소 가능한 것이
다. 그렇다면 해외문학파는 하나의 유파라 볼 수 있는가. 이 점에 대해
서는 일찍이 구구불일한 견해가 있었고, 이를 둘러싸고 1936년 1월
『조선일보』에서는 「문학 유파의 개념 규정」이란 설문란이 있어, 장덕
조, 박용철 등이 동원된 바 있다. 이 가운데 박용철의 소론은 다음과
같다.

> 그들은(해외문학파—인용자) 적극적으로 주장한, 선언한 일은 없을
> 지라도 속물주의에 대한, 정치주의에 대한, 저비(低卑)한 예술에 대
> 한 투쟁에서 소극적이나마 은연히 그 공통성이 나타나 있음으로 한
> 유파로 본다.[64]

그가 속물주의, 정치주의, 저비한 예술—이 세 개의 적에 대한 태도에
서 해외문학파를 하나의 유파로 본 것은 해외문학파가 하나의 교양
있는 딜레탕트 집단이란 말과도 같은 것이다.

해외문학파의 특성을 (1) 외국 문학의 소개 비판, (2) 창작에의
관여, (3) 이데올로기 문제 등 세 분야로 고찰할 수도 있을 것이다.
(1)은 당연한 것으로 그 결과 어느 정도 유령 연구·유령 번역·유령 소
식이 많이 없어졌다고 할 것이다. 그러나 문제는 (2)와 (3)에 있다.
(2)에서 그들의 최대의 역량을 발휘했음은 주지의 일이다. (3)의 문제

---

64) 박용철, 「문학 유파의 개념—조선 문학의 건설안 설문」, 『조선일보』, 1936. 1. 3. 박용철
     의 비평 활동이 시 분야보다 현저했는데 이것은 '비평의 내용론'에 취급했다. 졸저, 「용아
     (龍兒) 박용철 연구」, 『학술원 논문집』 9집, 1970.

역시 평론 분야의 일각을 이룩한 것이라 할 수 있다. 해외문학파의 예술론은 문학의 예술성, 창작과 개성, 민족적 특수성으로서의 고전과의 관계뿐만 아니라, 문학의 사회성, 시대성, 국제성을 논했다. 전자에 대해서는 재래의 민족파와 통하는 입장이었고, 그들과 공동 전선으로 프로파에 대립했으며, 그로 인해 프로파로부터 반동적이라 불리었다. 한편, 문학의 사회성에 대해서는 민족파와 차질되어 중간 인텔리 집단이라 불리기도 했다. 그들은 역시 막연한 종합주의이나 대개 편협한 전통적 보수주의에 만족하지도 않았고 공식적 계급주의에는 전적으로 찬동치 못했다. 즉 그들은 민족의 특수성을 부인하지 아니하는 국제적 세계주의를 지향한 것으로 볼 것이다.

해외문학파의 문학사적 의의는 흔히 상식으로 생각하듯 해외문학의 소개, 비판에 있는 것은 아니다. 제주(祭主) 노릇 하는 것도 물론 필요하고 또 쉬운 일이 아니긴 하다. 그러나 해외문학파의 소개, 비판 자체는 우리 문학과의 비동화적 요소가 많았다. 이것은 김진섭이 솔직히 고백한 바와 같이 그들의 한계였던 것이다. 그들의 존재 이유는 다음 네 가지 내용 항목으로 요약할 수가 있다.

첫째, 해외문학파는 도식적인 프로문학파와 침체한 민족파에 새로운 활기를 불어넣었다는 점이다. 즉 양 파에 대해 의욕적 비판의 입장을 취했던 것이다. 그 결과 프로 측으로부터는 소부르의 책상물림이란 비난을 받았고 비해외문학파로부터는 제주라는 혹평을 받았다. 다만 민족파 측에서는 양주동의 어휘상의 시비를 제하고는 별 이의가 없었는데, 그것은 이들 양자 체질상의 유사성을 방증하는 것이 된다.

둘째, 해외문학파는 순수문학의 온상이었다는 점이다. 그들은 『시문학』 『문예월간』 『극예술』 등을 통해 창작에 임했으며, '시문학'

파를 구심적으로 형성, 한국 순수시의 온상 역할을 담당한 것이다. 특히 극 운동의 활동은 눈부신 바 있었다.

셋째, 이들이 저널리즘을 확보했다는 점이다. 그들은 대개가 명편집인들이었고 안목이 있었으므로, 여태까지의 구태의연한 신문학 예술면의 생경한 추수주의적 지면을 서서히 정화 세련시켰다고 할 수 있다. 특히 수필 장르의 개척은 지적해둘 만한 것이다. 물론 이들의 이러한 의욕 외에 독자층의 수준 향상도 관계된다. 프로파나 민족파가 함께 생경한 이론으로 독자를 지도·계몽한 것은 이러한 양 파가 함께 일본 식민주의에 항거한다는 엄숙한 투쟁, 참여 의식에서 말미암은 것이리라. 그 결과 문학 자체를 질식시키고 있었던 사실에서 독자층의 염증을 일으켰다고 볼 수 있다. 해외문학파의 참신한 편집 태도는 문예의 세련된 오락화, 중간독물(中間讀物)을 요구하는 당시 독자층과도 깊은 관계가 있다. 『신동아』『조광』『중앙』『신가정(新家庭)』『여성』『사해공론』 등의 종합 오락지의 속출은 이를 방증하는 것이다.

넷째로 그들이 이룩한 비평 영역의 확대를 들 수 있다. 그들이 이룩한 비평 영역은 해외문학의 소개·비판, 극문학에 대한 것에서부터, 순문학 비평인 월평·총평·서평 등에까지 광범한 것이었으며, 활동 횟수도 퍽 많은 편이었다. 신문을 비롯, 이들의 논문 수를 조사해보면 이들이 얼마나 많은 평론을 썼는가를 알 수 있을 것이다. 이러한 평론 활동은 대부분 독자들을 향해 씌어졌음을 지적해둘 필요가 있다. 즉 하나의 교양으로 알아둘 만한 것이 대부분이다. 고쳐 말하면 제일급의 비평 활동이라 보기는 어렵다. 작가를 향한 비평, 문단의 방향을 제시하는 본격적인 비평 활동과는 다소 거리가 있는 것이다. 그렇지만 서평·극평 및 외국 작품 소개의 요령 즉 하나의 비평의 리뷰화(化)의 형태를 보여준 것은 비평계에 던진 업적이라 볼 수 있다.

　해외문학파의 문제는 한국 문단의 특수성을 의미하는 것이라 할 수 있다. 범박하게 말해서, 해외문학파의 존재 이유는 당시 한국 문단이 계몽기 최후에 처했음을 방증하는 것이다. 일본어를 외국어로 볼 수 없었던 특수한 식민지적 상황에서 월등히 수준 높은 일본 측 번역권의 세력이 해외문학파의 존재 의의를 앗아가 버렸고, 해외문학파는 시, 소설, 극, 수필 등의 창작 및 평론으로 방향을 돌려 1935년 전후에는 이미 한국 문단의 중견 문인이 되었던 것이다.

제5장 전향론

제1절 전향의 의미

비평의 현대화 과정은 전향 문제와 직결되어 있다. 프로문예 비평과 같이 이데올로기를 중핵으로 하는 사상 문제에 있어서 특히 각국의 전개에 따르는 굴절과 사회적 여건의 차질로 인해 전향축(轉向軸)의 고찰은 필연적이라 하지 않을 수 없다. 특히 일본이나 한국에 있어서의 마르크스주의의 좌절은 전향축을 에워싼 퍼스펙티브의 파악에서 비로소 그 구조를 들여다볼 수 있을 것이다.

전향이란 무엇인가. 전향의 개념 규정은 다각적으로 고찰할 수 있을 것이다. 이러한 다원적 파악은 전향을 현상적 입장에서 볼 때 당연한 것이 아닐 수 없다. 전향 문제를 넓은 뜻으로는 외래의 수입 사상이 토착화하는 과정에서 필연적으로 발생하는 어떠한 현상에 대한 명칭 일반이라 본다면, (1) 공산주의자가 그 주의를 포기하는 경우, (2) 일반적으로 진보적 사상가가 그것을 포기하는 것을 의미하는 경우, (3) 사상적 회심 현상 일반을 의미하는 경우로 갈라볼 수도 있다.[1] 이보다 더 깊은 곳에서 고찰할 수도 있다. 즉, 그것은 외래 사상뿐 아니라 전통에 대한 것도 포함할 수 있는 것이다. 즉 사회 구조 전반에

---

1)　本多秋五,「轉向文學」,『岩波講座 文學』第五卷, 岩波書店, pp. 266~67.

걸친 모티프로서 사회적 구조 총체에 대한 자신의 비전을 명확히 하려는 욕구에 뿌리를 둔 것이다.[2] 이것은 가령 일본의 경우 근대 사회 구조를 총체의 비전으로 삼지 못한 그들 인텔리 사이에서 일어나는 사고의 전환과 관계되어 있다. 사회의 열악한 조건에 대한 사상적 타협, 굴복, 굴절뿐만 아니라 우성 유전의 총체인 전통에 대한 사상적 무관심과 굴복도 전향 문제의 핵심이 될 수 있다는 것이다. 그러나 상식적, 습관적 의미에서 전향이라 할 땐, 마르크스주의자가 그 주의에 무관심 혹은 타 주의로 옮기는 것을 의미하며, 더 협의로는 당원의 조직으로부터의 일탈 및 무관심하게 됨을 뜻하는 것이다.

이상의 전향 개념에서 우리는 다음과 같은 문제를 제기할 수 있다.

첫째, 전향은 윤리적 문제와 어떤 관계가 있는가.

둘째, 전향을 사상 일반의 변모라 본다면, 원칙론과의 차질 및 비전향축은 어떤 문제를 띨 수 있는가. 혹은 엄밀한 의미에서 비전향축이 있을 수 있는가.

셋째, 전향의 원인은 무엇인가. 전향의 외적 조건으로서의 권력의 강제, 압력 따위가 과연 사상 전환의 결정적인 모티프가 될 수 있는가.

넷째, 사상의 전환, 당에서의 이탈, 조직에의 무관심 따위와 문학 예술상의 전향의 관계는 어떠한가.

다섯째, 전향론이 현실의 발전에 어떠한 작용을 할 수 있었는가 등을 들 수 있다.

---

2)   吉本隆明,「轉向論」,『藝術的 抵抗と挫折』, 未來社, p. 168.

먼저 전향을 윤리적 규준에 결부시킬 수 있는가를 살펴보자. 이른바 절개와 변절은 사상의 절대화를 전제한 것이다. 사상의 절대화는 사상의 비판성을 거부하는 것을 의미하며 사상을 신념화했을 때 일어나는 현상이며 닫힌 사회에서만 일어나는 현상이라 할 수 있다. 개방된 사회에서는 사상은 마땅히 비판되어야 하는 상대적 의미를 띠게 되며, 끝없는 자기 수정에서 비로소 결합된 새로운 제삼의 방향이 모색되고, 그로 해서 전진되는 것이다. 따라서 전향이 어떤 결과를 바람직하게 초래하는가에 문제가 있지, 전향 자체를 선험적으로 선악시(善惡視)할 수는 없는 노릇이다. 개개의 예(例) 속에, 개성적인 전개 속에서 보다 옳은 방향, 보다 나쁜 방향이 선택될 수 있다. 다만 전향에서 선악을 따질 수 있다면 그 전향이 자기를 발전적으로 이끌 수 있는 세계관에 얼마나 부합하느냐에 달렸다고 볼 수 있다. 따라서 비전향의 능선에 규준을 두고 이로써 발전하는 제 사상을 잰다면 마치 어린애 생각으로 어른의 사상을 재는 것과도 같은 것이다.[3] 이러한 태도는 전향을 윤리적 관념에서 분리한 것이며 나아가 전향 옹호의 입장이기도 하다. 이 입장은 윤리적 관념이 승한 한국 문예비평사에 있어 하나의 시금석이 될 것이다. 회월, 백철, 신유인(응식), 이갑기 등 전향파에 대한 변절이란 선입관이 당시의 비평과 시대성의 구조를 정당히 파악할 수 없도록 방해한 사실을 간과할 수 없기 때문이다.[4]

---

3) ① 鶴見俊輔,「轉向の共同硏究について」,『共同硏究 轉向(上)』, 平凡社, p. 3.
     ② 鶴見俊輔,「轉向硏究の方法」,『思想史の方法と對象』, 創文社, pp. 85~88.
     ③ 本多秋五,「轉向文學」,『岩波講座 文學』第五卷, pp. 266~67.
4) 당시 한국은 식민지였으므로 우리 왕조에 대한 회고적 충성이 감상적 민족주의와 언제나 결합할 수 있는 태세에 있었다고 본다면 전향에 대한 무의식적 선입관이 작용할 수 있었다고 볼 수는 있다.

둘째, 비전향이란 엄밀한 의미에서 성립될 수 없다는 명제를 검토해볼 필요가 있다. 즉 비전향도 일종의 전향일 수 있다는 것이다. 1934, 5년 전후의 원칙론자 임화, 송영, 윤기정, 한설야 등은 실질상으로는 대중적 현실적 동향에서 접촉 지지를 벌써 받지 못했다는 한에서 그들도 일종의 전향이라 할 수 있다.[5] 프로문학의 본질적 거점이 대중적 현실적 동향에 직결되어 있어야 그 효용이 보장되는 것이기 때문이다. 그러므로 현실적 대중적 지지를 잃었을 때 이들 비전향파도 이전의 지지를 받을 때와는 변질된 것이며, 이것은 곧 일종의 전향이라 할 수 있다.

셋째, 전향을 일으키는 요인을 고찰해볼 필요가 있다. 이것은 외적 요인과 내적인 그것으로 살필 수 있다. 일본의 경우를 보면 외적인 요인은 동북사변(1931), 상해사변(1932)을 전후해서 군국주의로 완전히 기울게 되자 KOPF(NAPF 후신) 해체(1934)를 가져왔다. 1933년 이후의 객관적 정세의 악화는 다음 증언에서 자세히 알 수 있다.

첫째, 객관적 정세의 불리 즉 적의 야만적 공세에 직면한 일본 프롤레타리아운동의 사노(佐野), 나베야마(鍋山)의 전향선언(1933. 5)을 기호(旗號)로 공산당원의 전향자의 속출을 보아 그 전선적(全線的)인 혼란과 위축이 급격히 표면화되었으며 이는 그것의 유기적인 일익으로서의 예술문화운동에도 필연적으로 파급되었다. 둘째 다수의 동맹원 작가, 평론가의 투옥(고바야시 다키지의 변사), 그리고 전향에

5)   임화, 송영, 이기영 등이 1938년 전향자대회에 참가하여, 의장적(擬裝的) 전향을 한 바 있다.

의한 위축 등으로 말미암아 동맹의 창조적, 조직적 역량과 및 그 활동이 현저히 저하되었다. 셋째, 구라하라 고레히토, 미야모토 겐지 같은 탁월한 지도적 이론가의 대부분을 상실한 데 기인한 동맹 지도부의 취약화—이론과 실천의 전역(全域)을 통하여 지도부는 정확히 그 이니셔티브를 파지(把持)하지 못하였다. 예를 들면 사회주의적 리얼리즘의 문제에 있어서도 지도부는 기민하게 이를 캐치하여 일본의 현실적 조건 위에 발전시켜 나갈 능력이 없이 만연(慢然)히 종래의 이론 위에 칩거하는 태도로 나왔던 까닭에 운동의 획기적인 전진에 기여되었어야 할 이 이론이 도리어 동요 분자들의 투항주의적 해당파적(解黨派的)인 자기의 합리화의 이론적 무기로 역이용된 감이 없지 않았다. 또 운동의 곤란한 정세에 처하여 합법 비합법의 양면 활동을 융통성 있게 통일적으로 조직 구사하지 못하고 동요 분자에 대한 관료적인 비난 공격에 시종하여 그들을 가능한 방면으로 유도 고양시키는 데에 있어 전혀 무력했던 것 등이 그것이다.[6]

이에 대하여 내적 요인은 어떠한가. 그것은 일본 국가에 대한 충성이라 할 수 있다. 일본 공산당 고위 간부 사노 마나부(佐野學)와 나베야마 사다치카(鍋山貞親)가 옥중에서 성명한 「공동 피고 동지에게 고하는 글(共同被告同志に告ぐる書)」(1933. 5)에서 천황제의 신봉과 일본주의의 재발견을 내세웠던 것이다.

　　이들이 전향선언을 한 것은 강압에 의해 불가피해서 행한 처사는

---

6)　야마다 세이자부로(山田淸三郎), 「일본 프롤레타리아문학사 개론」(김영석 등이 옮긴 구라하라 고레히토의 『예술론』 부록, 개척사), pp. 249~50.

아니라고 일반적으로 말해지고 있다. 흔히 전향의 요인으로 내세우는 강제 압력은 제일의적 요인이 못 된다는 것이다. 전향의 제일의적 요인은 '대중으로부터의 고립감'[7]이라 한다. 전쟁에서 포로가 되는 것처럼 수치가 없다고 강조하는 군국주의 사회관 속에서 무명의 시민까지도 포로보다 죽음을 택하는 행동을 원칙으로 하는 연대 의식이 미만할 때, 이를 등진 고립감보다 절박한 것은 없을 것이니 전향의 제일의적 요인을 이것으로 보는 것은 충분한 이유가 된다.

한국에 있어서의 사정은 객관적 정세로 볼 때는 일본 측과 비슷한 점이 적지 않으나 내적 요인은 매우 다르다. 그것은 일본과 같은 국가 관념을 가질 수 없는 식민지 문단이라는 이유에 집약시킬 수 있다. 이것은 비전향파의 고고(孤高)와 자만심과 관계되어 있다. 대체로 한국에선 정몽주나 사육신을 경앙하게 되어 있고 단종애사(端宗哀史)에 낙루(落淚)함이 1930년대의 풍조라 볼 수 있다. 공부자(孔夫子)의 가르침과 함께 민족 심층 심리에 뿌리박힌 무의식이 일제로 하여, 다시 민족주의와 직결될 수 있고, 여기서 소위 절개라는 윤리적 도식적 선(善)의 개념이 자동적으로 규정되었던 것이다.

이러한 도식적 선의 관념이 전개 도상에 있는 사상 특히 문학 발전을 저해하고 있음은 가끔 목도할 수 있거니와 여기서 나타날 수 있는 것은 '닫힌 사회' 의식으로서의 신념일 뿐이다. 이 점에서는 일본의 천황제 신봉과 동궤이기도 하다. 이땐 이미 현실적 패배를 의미하게 되어 현실적 대결의 고뇌와 투쟁을 신념이라는 절대로 바꾸어, 닫힌 사회의 대상 없는 우월성에 도피하는 것이다. 다음과 같은 점에서 프

---

7)   吉本隆明, 「轉向論」, 같은 책, p. 173.

로파의 정신적 우월감을 짐작해낼 수 있다. 첫째는 프로파들이 이중의 저항에 임했다는 데서 찾을 수 있다. 코민테른Comintern을 내세우면서 항일적이었기 때문에 한쪽 바퀴가 없어져도 민족의식으로 커버할 수 있었던 것이다. 그 때문에 문예상에 있어서 설사 대중의 지지를 상실했어도 그들은 고립감을 통감하지 않아도 되었던 것이다. 이들이 위장적 전향을 해도 혹은 침묵에 임했을 때도 대중은 그들을 동정하고 있다는 연대감을 느끼고 있었던 것이다. 이 믿음과 자신이 없었더라면 전주에서 돌아온 그들이 그토록 의젓하게 카무플라주한 자세로 다시 문학에 임할 수가 없었을 것이다. 둘째로 비전향파가 그들의 현실적 패배를 인정하려 들지 않은 것은, 전향파의 이론이 빈약, 불투명했다는 데다 둘 수 있다. 전향파의 이론은 자칫하면 일본 프로파의 그것과 직결되기 쉬웠고, 또 그것에서 벗어나기 어려웠다. 한국 프로문학 자체가 NAPF에 추수적이었기 때문에 그 전향론도 동궤에 떨어질 가능성이 있었다 할 것이다. 한국의 전향론자들의 이념이 제3의 새로운 세계의 지평을 펼치지 못하고 응고되어버린 것은 이와 같은 사실과 관련된다.

카프파의 전향론은 회월, 백철, 신유인, 이갑기 등이지만 그 중심은 회월과 백철이며 이들의 본격적인 전향은 전주 사건 전후이다. 그러나, 더 엄격히 따진다면 절충파라는 이름의 중간파의 변모 과정도 포함시킬 수 있다. 이에는 1927년 전후 중간파 무애와 팔봉을 들 수 있다. KAPF 측에서 중간파로 접근한 것은 팔봉이며, 민족주의 측에서 접근한 것은 무애이다. 그러나 내용·형식론이 해결될 무렵 무애는 완전히 형식주의자로 전향하게 된다. 이것은 곧 원점 회귀를 뜻하는 것이라 할 수 있다. 이와 정반대로 팔봉의 원점 회귀도 생각할 수 있다.

팔봉이 개량주의자로 지목받았을 때, 그는 원칙론에서 이탈한 것이지만 방향전환 이래 일단 자기 주의를 철회했을 때, 그리하여 마침내 회월의 결정적 전향선언문이 발표됐을 때, 정면으로 대결한 자가 팔봉이었으니 그는 무애와는 역으로의 회귀적 전향이라 할 수 있을 것이다. 또 하나 지적되어야 할 것은 소위 동반자 작가의 전향이 있다. 현민, 이효석, 이무영, 채만식 등의 변모도 전향 문제로 포함시켜 다룰 수 있을 것이다.

제2절 회월의 전향론

'얻은 것은 이데올로기이며 잃은 것은 예술'이라는 회월의 선언은 1934년 이래 한국문학계를 풍미한 명구로 되어 있어 프로문학을 논하는 자마다 한 번씩은 인용하는 편리한 말이기도 하다. 그러나 자세히 분석해보면 퍽 오해하기 쉬운, 약간의 다른 의미의 언설임을 발견하게 될 것이다. 회월이 잃은 것이 예술이라 했다면 언젠가 회월에겐 예술이란 것이 있어야 했을 것이다. 갖지 않은 자, 잃을 것이 없기로서이다. 그렇다면 회월이 가졌던 그 예술은 무엇이었던가. 이에 대한 답변은 회월이 밝힌 바 없다. 우리가 다만 유추할 수 있는 것은 그가 KAPF에 전향하기 전, 『백조』파 시절에 지녔던 유미주의적, 퇴폐적 문학을 연상하기에 이른다. 또 얻은 것이 이데올로기뿐이라면 이 이데올로기가 예술에는 오직 상극적인 것, 전적인 방해물에 불과하단 말인가. 이 두 개의 물음에 대한 만족할 만한 구명이 없는 한 서상의 명제는 일종의 구호의 범위를 넘어설 수 없을 것이며, 객관적 정세에 추수, 가세하는 선전적 효과에만 공헌할 따름일 것이다. 이상의 두 논점이 회월의 논문 속에서는 명백히 되어 있지 않다. 따라서 '얻은 것은 이데올로기이며 잃은 것은 예술'이란 명제는 다분히 표어적인 차원을 넘어선 것이 못 된다고 볼 수밖에 없다. 문학에서 특히 문예비평에서 도입된 이데올로기는 시대성과 결부되었을 때 상당한 힘을 발휘할 수 있는데, 이것을 이데올로기의 문학상의 획득으로 볼 수도 있을 것이다. 프로문학 시대의 "형식적으로나 내용적으로나 오늘의 비평에 비하여 월등히 유치한 당년의 평론이 무엇 때문에 그 후광을 우금(于今)껏 앙시(仰視)하게 되며 또한 비평의 제국 시대로 불려지는가"에 대해, 윤규섭은 "그것은 첫째, 당년의 지도적 원리, 테제를 가졌다는 데 있다. 그러나 그것이 최고 심판자로서의 권위를 갖게 된 그 근본적인 원인은 원리 그것보다도 그 근저에 흐르는 대중의 비평정신을 백back으로 하였다는 데"[8] 있다고 본 바 있다. 비평에서는 직선적으로 이데올로기 도입을 낮게 평가할 수는 없다. 또 창작에서도, 이데올로기의 작용은 "관념과 묘사의 조화에 관한 새로운 가능성"[9]이라는 중요한 변모를 가져왔던 것이다.

이상에서 회월 선언의 표어적 선입견을 검토해보았다. 여기에서 문제의 그 전향선언 논문을 살펴봐도 될 것이다.

"사회사적 급 문학사적 고찰"이란 부제를 단 「최근 문예이론의

---

8) 윤규섭, 「현계단과 문예평론」, 『조선일보』, 1939. 1. 31(『조선작품연감』, 인문사, 1940, p. 435 재인용).
9) 임화, 「소설 20년」, 『동아일보』, 1940. 5. 2.

신전개와 그 경향」은 1934년 1월 2일부터 11일까지『동아일보』권두 논문의 하나로 발표된 것이다. 이 논문이 부제가 보이는 바와 같이 하나의 문학사적 정리이며, "이 논문은 특별히 드러낼 아무러한 가치도 없고, 또 창작적인 아무것도 없다"[10]라는 자신의 회고에도 불구하고 비평사적 면에 있어서는 중요한 의의를 가진다.

이 논설이 머금고 있는 문제 제기는 다음 세 가지 면에서 일차적으로 살필 필요가 있다.

(1) 회월이 내용파이며 볼셰비키였다는 점, (2) 1931년부터 수정주의적 경향의 편린을 보인 단계식 전향이라는 점, (3) 회월이 비평가이자 한때 작가였다는 점 등이다. (1)은 극에서 극으로의 전향이며 구 KAPF의 중심인물임으로 해서 내외에서 볼 때 큰 파문을 던질 수 있었다. 팔봉과의 논쟁에서, 또 목적의식론에서, 볼셰비키의 전형이던 회월을 대중은 잊지 않았던 것이며, 그 때문에 이 선언이 풍문화된 것이다. (2)는 1930년에 들어서부터 점진적으로 드러난다. 우익적 편린을 처음으로 보인 것은 「조선 프롤레타리아 예술운동의 작금」(『동아일보』, 1931. 1~4)이다. 회월은 여기서 프로문학이 1927년엔 민족주의, 무정부주의, 조선주의와 투쟁했고, 1929년엔 팔봉의 소위 '변증법적 사실주의'와 싸웠는데, 이러한 투쟁에서 KAPF는 두 가지 과오를 범했는바, 그 하나는 KAPF 조직 형태상의 것이고 다른 하나는 '예술제작상(上)을 등한시'했다는 것, 그 결과 프로문학은 1930년에 침체 일로를 걸었다는 것이다. 물론 이에 대한 반박이 임화·권환에 의해 나왔으나 회월은 침묵으로 일관했고, 그 후 신유인과 함께 KAPF에 탈퇴서

10) 박영희,「초창기 문단측면사」연재 최종회,『현대문학』, 1960.˙5, p. 247.

(1933. 10)를 제출했으나, 서기국은 성명서를 발표하여 정당한 이유가 없다고 하여 양인의 탈퇴를 거부했던 것이다. 이에 회월이 취할 수 있는 방법은 자신의 입장을 지상을 통해 명백히 해두는 도리밖에 없었으므로, 이 논문을 쓴 것이다. 그렇다면 회월의 전향은 백철의 자유개방적이고 공격적인 전향과 대조되는 것으로, 퍽 소극적이라 할 수 있으며, 이러한 소심증은 회월의 사려 깊은 체질상의 일단을 드러내는 것이기도 하다.[11] (3)에서는 창작론의 고정화를 문제 삼고 있다. 신유인의 「문학 창작의 고정화에 항하여」(『중앙일보』, 1931. 12. 1~8)를 들어 회월은 "아, 이 심정을 뉘 알리오!" 혹은 "이데올로기에 어긋나지 않으려고 창작 개성을 죽이는 남모르는 눈물"이라 하여 작가의 괴로운 심정을 대변하고 있다. 이것은 회월 이론 중 가장 소박 졸렬한 부분이라 할 만하다. 회월이 창작방법론을 얼마나 안이한 차원에서 파악하고 있었는가를 이 논설 도처에서 찾을 수 있다. 그가 적어도 리얼리즘을, 더욱이 사회주의적 리얼리즘을 정확히 모르고 있었음은 명백하다. 한껏 신유인의 "한 권의 정치 교정(教程) 한 쪽의 신문보도에 의한 만용"을 버릴 때가 왔다는 정도에서 그는 그것을 구호화하고 있는 것이다. 창작방법을 그토록 중시하여, 전향의 모티프로 삼았다면 리얼리즘과 세계관의 탐구가 필지(必至)해야 했을 것이다. 따라서 "이러한 의미에서 예술은 무공(無功)의 전사(戰死)를 할 뻔하였다. 다만 얻은 것은 이데올로기이며 상실한 것은 예술 자신이었다"[12]는 선언은 거의 공허

---

11) "회월은 신장이 작지는 않으나 중키는 못 되고 목은 길지 않으나 음성이 크고 생원님 같으나 웃음소리가 두루미의 소리 같고, 꽁한 듯하나 다변이다. 그러나 실언이 없음은 깔끔한 성격 까닭이다"(안석주, 「두문불출의 박영희 씨」, 『조선일보』, 1933. 1. 31).
12) 박영희, 「최근 문예이론의 신전개와 그 경향」, 『동아일보』, 1934. 1. 4.

한 울림일 따름이다.

결국은 KAPF의 조직 및 그 구성과 그에 따른 주변 문제를 프롤레타리아문학 자체의 결함으로 단정해버린 데 회월의 근본적인 착오가 있는 것이다. 프롤레타리아문학 자체에 대한 비판이 아니라, KAPF에 대한 비판일 따름이다. 이 둘은 별개의 것이라 아니 할 수 없다. 즉 프롤레타리아문학을 마르크스주의에 입각하여 새로이 파악하려는 노력은 전혀 보이지 않고, 과거 신경향파 시대의 사고와 그 후의 KAPF의 여러 가지 처사를 프로문학 전부인 듯이 착각한 것이다. 다음에 그가 여덟 항목화한 것은 바로 이 사실을 증거하는 것이 된다.

(1) 지도적 비평가가 창작가에 대한 요구와 창작가의 부조화된 실행에서 생기는 즉 지도부와 작가와의 이반.

(2) 그러므로 창작가의 진실한 길은 편파(偏頗)한 협로에서 진실한 문학의 길로 구출할 것. 즉 진실한 의미에서 프로문학은 부르주아문학의 믿을 만한 계승자가 될 것.

(3) 이것을 실행함에는 이론적 동결 상태에서 창작을 정서적 온실 속에로 갱생시킬 것. 즉 창작의 고정화에서 구출할 것.

(4) 그러자면 지금까지 등한히 생각되었던 기술 문제에 급(及)하여 예술적 본분을 다해야 할 것.

(5) 또한 계급적 사회생활을 정확히 반영할 수 있는 인간의 제반 활동과 그 생활의 복잡성을 자유로 광대한 영역에서 관찰할 것.

(6) 집단의식에만 얽매이던 것을 양기하고 집단과 개인의 원만한 관계에서 오히려 개인의 특성과 그 본성에 정확한 관찰을 할 것.

(7) 정치와 예술과의 기계적 연락 관념의 분쇄.

(8) 따라서 카프의 재인식.[13]

이상의 항목을 일언이폐지하면 예술의 문학사적 전향이라 할 수 있다. 그리고 그는 이것을 "부르주아문학을 완전히 계승해야 하는 사적 의미"라 단정하고 있다. 이것은 KAPF에 대한 공격임을 분명히 해둘 필요가 있다. 그런데, 회월이 KAPF를 공격하여, 프로문학을 해체한다면, 그가 귀착하는 것은 어디인가. 그것은 곧 '부르주아문학의 지향'이라 천명하고 있다. "이렇게 문학의 진실한 형상의 탐구와 문학이 가져야 하는 모든 조건의 완비를 탐구하는 최근의 이 경향(백철, 신유인, 이갑기 등의 KAPF 비판을 말함—인용자)은 비로소 부르주아문학을 완전히 계승할 만한 용의(用意)라고 생각한다"[14]고 본 것이다. 새로운 제삼의 입장으로 방향을 전개하지 못하고 기존의 부르주아문학에로의 도피적 정착은 회월의 한계이자 한국 문예비평의 취약성을 의미하는 것이 된다.

회월이 전향하게 되는 이유가 이데올로기로 인한 창작의 질식화에 있었고 그 귀착점이 부르주아 예술에 있음을 보았다. 특히 그가 공격하는 것은 KAPF의 조직 및 그 정책에 있다. 그가 KAPF를 탈퇴하는 문학적 이유의 첫째는, 소설 대중화론과 관련된다. 그들이 읽게 평이하게 하자는 소위 대중화론이 KAPF 정책의 하나인데, 그러기 위해 제작된 예술은 예술이라 하기 어렵고, 창작을 질식시키기 때문이라고 그는 보았다. 둘째 이유는 소(小)프로 인텔리로서는 프로계급의 생활

---

13) 같은 글, 1934. 1. 6.
14) 같은 곳.

감정을 알 수 없으므로, 그것을 알기 위해 그 속으로 들어가야 하는데 그것이 사실상 불가능하다. 셋째 이유는 좀더 극(極)으로 나아가면 이데올로기의 선전을 의미하게 되기 때문이다. 이러한 세 가지 이유도 지극히 소박한 견해가 아닐 수 없고, 이론가 회월다운 데는 조금도 없다.

이상으로 회월 전향의 성격을 고찰해보았다. 이를 정리하면 다음과 같다.

첫째, 회월은 KAPF의 결함을 과장함으로써 프로문학 일반을 이와 동일시하려는 오류에 빠졌다.

둘째, 회월 전향 이론의 대부분이 창작 옹호론의 모습을 띠고 있다.

셋째, 그러나 창작방법의 질식 때문에 전향한다는 이유에도 불구하고 전혀 새로운 탐구가 없다. 따라서 진보적 건설적인 시점이 결여되어 있다.

넷째, 그의 전향 유형은 제삼의 입장이 못 되고, 기껏 부르주아 예술로의 안이한 귀환을 의미했던 것이다.

다섯째, 이 논설은 결산적 의의가 있으며, 동요하는 KAPF 문사에게 태도 결정의 교량적 의의는 있다.

끝으로 파스큘라계의 기질적 리버럴리즘의 표면화라 볼 수도 있다. 인텔리층의 관념적 프로화 혹은 동반자적 취향이 토착적 프로 및 본질적 프로에 비하면, 마침내 시간이 지날수록 어떠한 결과가 빚어지는가에 대해 전향 의식 전반에 대한 암시를 얻을 수 있을 것이다.

회월의 「최근 문예이론의 신전개와 그 경향」이 나타나자 정작 가장 먼저 반박한 사람은 의외에도 김팔봉이었다. 팔봉은 「문예시평—

박 군은 무엇을 말했나」(『동아일보』, 1934. 1. 27~2. 6)에서 회월이 KAPF 탈퇴를 주장한 점을 아쉽게 여기면서 '상실한 것은 예술 자신'이라 한 데에 집중적 공격을 가했다. 누가 한 권의 유물론, 정치 교정으로 작품을 썼는가, 그 증거를 대라는 것이다. 아무도 한 권의 유물론 서적으로 창작한 자는 없기 때문에 창작의 자유를 상실했다 함은 박영희의 과장이 아닐 수 없다. 상실한 것이 예술이라 했지만 이것은 '자기 명제를 전반화'한 것이지 구체적인 지적은 못 된다. 따라서 한갓 무고(誣告)라 보았다. 한설야의 「씨름」「과도기」, 김남천의 「조정안」, 송영의 「일절 면회를 사절하라」 등이 뼈만 남은 이데올로기라 할 수는 없다. 회월이 잃었다는 예술은 그 자신의 소설인 「전투」「사냥개」「철야」「지옥순례」 등을 위시한 1926년 무렵의 윤기정, 조중곤 등의 신경향 소설에나 해당하는 문구일 따름이다. 결국 작가가 실패한 것은 이데올로기 때문이 아니고, 도식주의 때문이다.

계급 속의 인간을 그리는 것이 한갓 '분홍빛 문학'이라 함은 오해라고 팔봉은 주장했다. 팔봉을 가리켜 분홍빛 문학이라 한 것은 일찍이 회월 자신이었던 것이다.

1933년 팔봉은 문학에 대한 자신의 태도를 밝혀, "문학은 선전 도구인가? 그렇다. 그러나, 그것은 여하한 장소를 물론하고 도처에서 제가 담아가지고 있는 이데올로기를 선정하고 있는 것"[15]이라 한 바 있다. 문학이 선전 도구가 아니라고 주장하는 문학가의 작품까지도 그 자체의 이데올로기를 선전하기 위해 존재한다고 볼 수 있으며, 이 견해는 정당하다.

---

15) 김팔봉, 「나의 문학에 대한 태도」, 『동아일보』, 1933. 10. 8.

이런 기본적 일반론에도 불구하고, 팔봉이 분홍빛 문학자로 규탄 당한 것은 대체 무슨 이유인가.

팔봉이 '변증법적 사실주의' 이후 분홍빛이란 낙인이 찍혀 제2선 으로 물러섰던 사실과 이번 회월 비판은 모종의 감정이 개재된 듯한 느낌을 준다. 회월이 이러한 팔봉의 비판을 반박한「문제 상이점의 재음미」(『동아일보』, 1934. 2. 9~16)에 논리성보다 감정이 앞서고 있음도 목도된다.

이 외에 이동규의「카프의 새로운 전환과 최근의 문제」(『동아일보』, 1934. 4. 6~8), 이기영의「문예적 시사감(時事感)」(『동아일보』, 1934. 5. 31)에서 직접 간접으로 회월의 전향을 비판했으며[16] 정순정의「프로예맹에 일언(一言)」(『조선중앙일보』, 1934. 3. 6~12)만이 회월 전향을 옹호한 문헌이라 할 수 있다.[17]

---

16) "팔봉, 회월은 각각 일장일단이 있다. 문학이 무기가 되어야 함도 옳고 또 예술이 되어야 함도 옳다. 그러나 우리들은 어디서나 언제나 당파성을 떠나서는 안 될 줄 안다. 문학은 결코 문학 자체를 위해 존재한 것이 아니다"(이기영,「문예적 시사감」, 『동아일보』, 1934. 5. 31).

17) 정순정은 자기는 KAPF 최초의 조직원이었으나, 최승일, 김영팔이 방송국에 취직했다는 이유로 제명되고 안석영, 홍효민 및 자기는 잡문(雜文)을 썼기 때문에 제명되었다고 주장하고 있다. 그러나 정순정이 말하는 최초 조직원이 무엇을 의미하는지 확인할 수 없다 (정순정,「프로예맹에 일언」, 『조선중앙일보』, 1934. 3. 6~12).

제3절 백철의 전향론

1935년 '신건설사' 사건 집행유예로 전주에서 돌아온 백철은「출감 소감―비애의 성사」(『동아일보』, 1935. 12. 22~27)를 썼는데 그 가운데는 다음과 같은 일절이 있다.

> 공판정에서는 대부분이 온건한 어조로 문학의 진실에 돌아갈 자신의 태도를 진술하였다. 이것은 카프가 정치주의를 버리고, 문학의 건설에 귀환할 것을 결정한 시기와 동시에 피검된 사실을 이해하고 나면 조금도 부자연한 태도가 아니고 실로 당연한 진술이다. 문학인이 과거와 같은 의미에서 정치주의를 버리고 마르크스주의자의 태도를 포기하는 것은 비난할 것이 아니라 문학을 위하여 도리어 크게 찬하(讚賀)해야 할 현상이라고 나는 누구 앞에서도 공연히 선언하고 싶다.[18]

백철의 이러한 적극적인 선언은 그 패기 있는 태도가 상당히 인상적이라 할 수 있다. 서상의 인용에서 보인 바와 같이, 백철은 옥중의 강압에 의해 마르크스주의를 버린다고 선언한 것이 아니라, 오래전부터 전향의 편린인 자유주의적 색채를 수차 보였고, 이제나저제나 전향을 마음먹고 있을 때, 피검되어 전주로 압송되었던 것이다.[19] 따라서 백

---

18) 백철,「출감 소감―비애의 성사」, 『동아일보』, 1935. 12. 27.
19) 1934년 '신건설사' 사건 때 피검 범위가 확대되었고 백철은 1935년 여름 인천서 피검된 것이다.

철의 이러한 전향선언은 문단에선 회월의 것보다 시기 문제를 제하더라도 충격적일 수가 없었다. 또한 백철 자신도 전향에 있어 회월 모양 소심하지 않았고 저돌적, 정열적이었던 것이다.

백철은 KAPF의 한 사람이었지만 그 비평 활동에서 리버럴리즘이 전면에 분출하기 때문에, 고쳐 말해서 KAPF의 지도 이념과 배치되는 발언을 거침없이 해버리기 때문에 임화, 윤기정 등 KAPF 간부들의 비판을 종종 받았던 것이다. 백철이 1933년 3월에 발언한 다음과 같은 것은 정히 그 예가 될 것이다.

> 이용을 당한다는 숙어에 대하여 다시 더 생각하기로 하자. x.씨는 어느 대화 끝에 웃으면서 나에게 말하였다. "인텔리인 백철 씨는 노력을 많이 하는 모양이나 결국은 카프에 이용을 당하는 이외 아무것도 아닙니다"라고. 그것은 나에게 대한 x.씨의 솔직한 감상인 동시에 정당한 지적이었다. 현대 교실의 교육을 비교적 계급적으로 받았다는 의미에서, 그리고 세익스피어의 『R & J』을 원서로 읽을 알파벳적 지식을 갖고 있다는 점에서 인텔리인 나는 정당한 말 그대로 프로문학의 이용을 당하고 있다는 그것을 몇천 번 시인하고 있다. 그러나 그것은 조금이나 나의 보잘것없는 존재에 수치의 조건이 될 것인가? 그와 반대로 나는 이 창백한 얼굴과 거기에 동반하는 소시민적 근성에 몇 번이고 자멸감을 느끼면서 프로문학에 좀더 효능(效能)하게 이용되기를 희망하고 왔으며 또 희망하고 있다.[20]

---

20)   백철, 「인텔리의 명예」, 『조선일보』, 1933. 3. 3.

이처럼 백철은 스스로 KAPF에 이용당한다는 방관적 자부심의 이상한 형태로 KAPF에 몸을 담고 있었고, 이러한 자유주의적 태도 때문에 임화는 「동지 백철 군을 논함」(『조선일보』, 1933. 6. 14)에서 간곡한 말투로, KAPF로부터 이탈하지 말 것을 당부하고 있는 형편이었다.

1933년 이후의 한국 문예비평은 백철을 축으로 하여 몇 개의 에포크를 긋게 된다고 볼 수 있다. 그 첫 단계는 인간탐구론이며, 둘째 단계는 전자의 심화로서의 휴머니즘론이며, 셋째 단계는 이른바 사실수리설이 된다. 여기서는 인간탐구론과 그 주변을 고찰하여 백철 전향의 본질을 구명하기로 한다.

인간탐구론의 첫 논문은 「인간묘사 시대」(『조선일보』, 1933. 9. 1)일 것이다. 인간탐구의 동기는 당대가 인간성 말살의 위기에 처했다는 데 있으며 여기에 두 가지 원인이 내포되어 있다. 그 하나는 마르크스주의의 도식이 인간성을 질식시켰다는 것이며, 다른 하나는 새로이 세계사에 등장한 팽배한 조류로서의 파시즘이 르네상스 이후 부단히 옹호되어온 휴머니티를 말살하려는 위기에 처했다는 데 있다.

> 라오콘, 그는 신을 배신한 까닭에 사랑하던 두 아들과 함께 독사에 감기어 민사(憫死)했다는 그 고민, 여기에는 프로메테우스의 예와 같이 커다란 현대적 상징이 있다. 그 라오콘의 고통, 그 고민을 현대의 작품에 심각히 그려갈 때에 금일에 있어 조그마한 문예부흥의 길이 암시되지 않을까?[21]

---

21) 백철, 「문학의 성림(聖林) 인간으로 귀환하라」, 『조광』, 1935. 12, p. 197.

파시즘의 계절에 지성의 자세를 상징한 이 프로메테우스 신화의 해석은 백철 전향의 출발점이다. 인간성 말살의 계절에 지성인 작가의 방향을 제시하려는 의욕적 열성이 백철 전향의 강점을 의미하는 것이다. 물론 이러한 발상이 일본을 통한 서구적 문예사조에 직결된 것임은 물을 것도 없는 것이다. S. 스펜더, A. 지드의 원점 회귀의 전향이 코뮤니즘과 파시즘에 항(抗)한 인간성 옹호의 표본이라 할 때, 그것이 서구 문예사조에 민감한 일본에 나타났고, 그로 인한 전향의 속출 현상을 일으켰던 것이다. 백철의 전향 요인이 보다 더 지드적임은 그만큼 문단의 지지를 받을 수 있는 소지가 되었다고 볼 것이다. 일본 측의 경우는, 동북사변 이후의 대중 개념의 변이에 따라, 비전향축의 프로문학에 대하여 그 안티테제의 입장에 있었던 예술파가 그 정면적 대립장의 패퇴 후 사회 정세의 급격한 악화에 대응해서 능동적으로 되었고, 그로 인해 종래의 예술을 위한 예술적 유심론을 지양하여 여기다 사회 정세를 내포한 사상성을 얻게 되었다. 그 결과 전체로서의 경향성을 띠는 것으로 변모되어 마침내 이것을 당위로 알게 되기에 이른 것이다.[22] 이러한 일본 측 예술파의 정신 위에 프랑스 지식 계급의 반파쇼 통일 행동주의 사상이 백철 비평의 능동적 전향에 강한 모티프를 제공한 것이다. 그러나 서구의 경우, 지식 계급은 예술파, 마르크스주의자 할 것 없이 합일하여 반파쇼 통일 전선을 형성했는 데 비하면 일본 측은 각파가 저마다의 존재 이유를 주장하여 평행선의 모습으로 진행되다가 차례차례로 패배당한다. 이러한 정세하에서 백철 비평은 KAPF 해체 이후의 지도 이념, 대중 지지의 상실에서 오는 문단

---

22) 吉本隆明,「近代批評の展開」, 桑原武夫 編,『藝術論輯』, p. 316.

의 공백 지대를 극복하는 데 그 비평사적 의의와 한계가 있다.

인간탐구의 논의는 인간성의 유린을 전제로 한 것이다. 현실적 생활에 대한 창작 행동이 기계적으로 강제되던 시기엔 인간성에 대한 구체성이 무시되고 막연한 공장 노동자 집단을 묘사한다는 구호가 작가의 뇌리를 지배하였다. 프로문학 쪽에서도 이를 극복 지양하기 위해 새로운 창작방법으로서 사회주의적 리얼리즘이 제시되어 어느 정도 인간성의 회복, 낭만적 요인을 도입하려 했는데, 백철의 인간론은 여기에도 그 연결점을 가졌던 것이다.

백철의 인간론은 휴머니즘론에서 자세히 언급되겠거니와, 여기서는 전향과 직접 관련된 인간탐구론의 구조만을 항목화하여 고찰하기로 한다.

첫째, 백철은 현대를 정열 상실의 시대로 규정한다. 근대문학의 정열은 자연주의와 사회주의인바, 현대는 이 양자가 함께 결부되어 있다. 따라서 이 시대를 극복하기 위해 필연적으로 새로운 시대적 정열을 탐색하지 않을 수 없고 그 해답은 인간 귀환뿐이라 한다. 인간 귀환의 새삼스러운 뜻은, 주변엔 인간이 없는 메커니즘뿐이며 이것은 프로문사들의 행동을 보면 족하다는 것이다.

둘째, 이 정열 상실 시대를 극복하기 위해서는 관조적 태도를 배격하고 차라리 능동적 인간성을 발견하기에 노력한다면 정신문화의 왕성을 초래할 수 있다는 것이다. 이 왕성에 의해 현실 위에 색채와 음향을 가미할 수 있다고 확신하였는데, 그 논거는 단편적이기는 하나 현실(자연)이 인간을 모방한다는 오스카 와일드의 명제에 닿아 있으며, 셸리, 바이런의 창작론의 일절도 무질서하게 아전인수 하고 있다.

셋째, 이 시대가 문학 왕성을 초래할 수 있는 것은 반드시 외부적 정열을 동반해서만 가능한 것이 아니라고 보았다. 즉 의욕적으로 노력하지 않으면 안 된다는 것이며, 당시 한국 문단은 또 하나의 유리한 조건으로 저널리즘이 전에 없이 왕성했음을 든다. 따라서 우리의 의욕에 의해 이를 이용하여 르네상스를 일으킬 수 있다는 것이다.

넷째, 인간탐구의 문학이 도래하더라도 낭만주의 문학과 같은 형태는 아니라고 보았다. 이것은 아마도 임화의「위대한 낭만정신」(『농아일보』, 1936. 1. 1~4) 계열, 즉 사회주의적 리얼리즘의 한 요소인 낭만적인 것에 대한 반대의 자세에서 연유한 듯하다. 그렇더라도 한때 임화가 하야시 후사오에 연결된 낭만정신을 운위한 것은 백철의 인간론과 매우 접근한 것이라 할 수 있다. 백철은 현대에 요청되는 정신이 재래의 색채적 표현적 로맨티시즘보다는 오히려 조각적 리얼리즘에 가까운 것이라 보았다. 이것은 저 레싱의『라오콘』과 무관하지 않다. 요컨대 이 시대의 문학의 정열은 외부 현실에서만 동반되는 것도 아니며 전세기 로맨티시즘과 같은 것은 더욱 아니며, 암흑과 고뇌의 정열이며 라오콘적 민사상(悶死像)이라는 것이다. 이 점에서는 회월이 "프로메테우스여, 고난의 밤은 밝아 온다"[23]고 그의 전향선언에서 결론지은 것과 같은 발상이라 할 것이다.

백철 전향에 대한 비판은 거의 인신공격에 충만해 있고, 그 비판자들은 대개 KAPF의 중심분자들이었다. 먼저 임화는 이렇게 말하고 있다.

백은 인간론을 조종하고 있습니다. 마르크시즘을 포기한 것을 대성

---

23) 박영희,「최근 문예이론의 신전개와 그 경향」, 같은 글, 1934. 1. 11.

(大聲)으로 자랑하는 이 비평가는 무엇을 말함인지 퍽 궁금 재미있게 읽고 있습니다. 씨가 입옥(入獄)하기 전에 지론이던 선견지명을 자랑하고 있습니다. A. 지드까지도 씨의 추종자로 자랑하고 있습니다. [24]

한설야의 비판은 임화보다도 과격하다.

백은 야끼나오시, 가장 천한 글을 체계 없는 글을 쓰고 있다 [……] 재미롭지 못한 액면의 스타트는 백철 군으로부터 '화개(火蓋)'를 '切ル' 하였거니와 금후의 전개 그것은 비상한 주목의 적(的)이 되지 않을 수 없겠습니다.[25]

한효의 비판도 감정이 앞서 있다.

저간(這間), 백철 씨를 이론적 대표자로 하는 일부 문학층은 A. 지드에의 분장(紛裝)의 신비를 다하여 인간탐구 및 예술가의 양심과 자기반성 등 실로 다각적인 예언(言)의 속에서 문학을 단지 개인적 자아확충의 의욕의 표현으로서만 추상하고 그의 사회적 계급적 역할에 대한 등가(等價)의 문제를 전혀 도외시하는 악영향까지 함익(陷益)된 실로 한심(寒心)을 극한 현상을 노정하고 있는 것이다.[26]

이상과 같은 백철 비판은 백철 비방론이라 할 것이다. 그들은 이론적

---

24) 임화, 「편지」, 『조선문학』, 1936. 6, p. 72.
25) 한설야, 같은 글.
26) 한효, 「진정한 리얼리즘에의 길」, 『조선문학』, 1936. 8, p. 55.

으로 백철을 극복하지 못하고 한갓된 윤리적 멍에로서 배신한 동지를 참주(斬誅)하는 데만 급급한 상태를 보여줄 따름이다. 물론 그것은 백철 이론이 이론으로 대할 수 없을 만큼 취약성을 가졌다는 점과 동시에 사상 전환을 배신으로 간주하는 동양적 관습에 관계되어 있을 것이다. 이러한 원칙론자들의 욕설보다는 김기림이 "백철 비평은 농후하게 딜레탕티즘을 갖고 있다"[27]고 본 것이 훨씬 시사적이다.

백철이 이들로부터 집중 공격을 당한 것은 한마디로 백철 비평의 진폭이 전 문단적임을 의미하거니와 이것을 다음 네 가지로 세분해볼 수 있다.

첫째, 전향을 절의(節義) 관념과 관련시키는 한국적 풍토.

둘째, 백철 전향은 공격적이었고 정열적이었던 점.

셋째, 백철의 문체의 황잡, 만연성과 사상의 무체계를 들 수 있다. 백철 이론은 물론 전체적으로는 줄거리가 있으나 국부적 면에서는 다소 모순이 노정되어 논객들의 호구(好口)거리가 된 것이다.[28]

넷째, 인간탐구론 자체가 원래 애매한 것이라는 점을 들 수 있다. 그 위에 이를 전개하는 태도의 애매성도 있다. 「문학의 성림(聖林) 인간으로 귀환하라」(『조광』, 1935. 12)는 인간탐구의 주도적 논문의 하나인데, 이 속에도 낭만적인 것에 대한 혼란을 드러내고 있다.

백철은 KAPF 맹원일 때도 회월 같은 관념적 사고형이 아니었고, 임화·김남천 모양 지적(知的) 과격분자도, 한설야처럼 토착적 기질도

---

27) 김기림, 「비평의 재비평」, 『신동아』, 1935. 5, p. 123.

28) "그의 문장은 자못 총생(叢生)한 밀림지대라서 그 황잡한 백철산맥 속엔 한번 빠지면 길 없는 미로에 헤매게 되며, 또 그의 풍토에는 세계 각국 고금동서의 문호들이 감금되어 있다"[신산자(新山子), 「현역 평론가 군상」, 『조광』, 1937. 3, p. 255].

아니었다. 그는 늘 열기가 있는 리버럴리스트였던 것이다. 이런 점에서 정비석의 백철론은 시사적인 점이 있다.

> 카프의 한 사람으로 프롤레타리아를 부르짖을 때 백철 씨는 코뮤니스트였고, 스스로 코뮤니스트인 것을 긍지하였다. 허나 우리로서 냉정히 생각하건데, 그때의 백철 씨는 확고한 문학적 이론적 근거에서 현실을 토대로 한 코뮤니스트가 아니라 다만 코뮤니즘이라는 아름다운 꿈을 동경하는 정열의 범람을 이겨낼 수 없어 외부에 대하여 부르짖은 것이라 보는 것이 타당하겠다.[29]

요컨대 백철은 안주하지 않고 질서와 조화를 향해 부단히 자기를 수정해나간 것이라 할 수 있다. 물론 여기서 지드의 끝없는 조화의 탐구가 세기적 양심이라 할 수 있다면, 원점 회귀의 전향자 지드를 내세운 백철 이론은 성실성과 무관하지 않을 것이라고 할지 모르나, 내발성(內發性)의 검토에 이른다면 물론 부정적이다. 그러나 백철의 정열은 빌려온 의미일지라도 그 나름의 고뇌를 띤 것은 사실이다.

---

29) 정비석, 「백철론」, 『풍림』, 1937. 6, p. 25.

제4절 전향의 시대적 한계

이 전향 문제는 1940년 무렵에 이르면 국책문학과의 관계로 다시 나타나게 됨을 본다. 그 전초로서, 1938년 '전조선사상보국연맹'이 결성되었고, '전조선전향자대회'를 7월 22일 부민관에서 가진 바 있다. 여기서 전향이란 "공산주의에서 국민·애국정신으로 바뀜"[30]을 의미한 것이다. 국민 혹은 애국이란 소위 '황도사상(皇道思想)'을 의미하는 것이다. 이 회의의 수석 간부는 박영희, 권충일(權忠一)이며 민족주의자로는 동우회 사건의 집행유예 속에 있는 현제명(玄濟明), 갈홍기(葛弘基), 김여제(金輿濟), KAPF 측으로는 김기진, 임화, 이기영, 송영, 김용제가 포함되어 있다.

이로 볼 때, 회월·백철의 전향은 프로문학을 포기하고 부르주아 문학에의 전향이었는데 1938년 무렵에는, 제2차적인 변모를 하게 되었으니 그것은 소위 일제에의 야합인 것이다. 이 2차 전향 때는 KAPF 강경파인 송영, 임화조차 포함되어 있는 것이다. 이러한 현상은 이들 전부가 집행유예에 걸려 극히 불리한 정세하에서 취해진 행동이라 볼 수가 있을 것이다. 따라서 이들 대부분은 '의장(擬裝) 전향'이라 볼 수 있다. NAPF에서 일찍이 전향한 바 있는 하야시 후사오는 1941년 전 일본 내의 전향자가 약 6만 명인데 이들 대부분이 적어도 전향 후 5년 동안은 의장 전향에 불과하다고 보았다.[31] 그는 전향의 목적은 사회

---

30) 정삼봉, 「전선전향자대회 방청기」, 『사해공론』, 1938. 9, p. 32.
31) 林房雄, 「轉向に就いて」, 『文學界』, 1941. 3, p. 5.

복귀이며 "충량한 일본 국민으로 부활"[32]함을 뜻하는 것이기 때문에 일본의 마르크스주의자의 이론은 오류이나 마르크스주의 자체는 정당하다고 보는 것은 전향과는 거리가 멀다는 것이다.

여기까지 오면 전향은 국가 관념에로의 집중을 의미하는 것에 한정되고 만다. 이것은 국수주의에의 귀착을 의미하며 천황제의 신봉을 뜻하는 것이 된다. 여기까지 나오면 지적으로는 해명할 수 없는 것으로, 이른바 논리 이전의 신념을 의미하게 된다. 1940년 무렵의 일본의 전향이란 국가의식에의 회귀를 지시한 것이라 비판의 여지가 있을 수 없다. 그러면 한국의 경우는 어떠한가. 하야시 후사오의 「전향작가론서(序)」에서 조선 작가는 전향해도 돌아갈 조국이 없다는 의미의 발언을 한 바 있거니와, 이것은 최재서 중심의 소위 국민문학파들과의 관계에까지 발전하는 것이다.[33]

이제 전향에 대한 결과를 고찰해볼 차례이다. KAPF에서 전향한 회월과 백철이 다시 '황도문학'으로 전향하게 되었고, 해방 후에는 그들이 처음 KAPF에서 전향할 때의 상태로 회귀한다. 따라서 황도문학에의 전향은 의장적이라 볼 수 있다. 한편, KAPF 해체 후 어느 시기만큼 비전향파이던 임화 등이 황도문학으로 전향한 것은 역시 의장 전

---

32) 같은 글, p. 13.

33) 崔載瑞, 「朝鮮文學の現段階」, 『國民文學』, 1942. 7, p. 17 재인용. 이것은 김용제가 「日本への愛執」(『國民文學』, 1942. 7)에서도 지적한 바 있다. 여기서 김용제의 경력을 언급한다면 그는 일찍이 NAPF 소속 시인으로 「愛する大陸よ」(『ナップ』, 1931. 10), 「國境」(『ナップ』, 1931. 11), 「3月 1號」(『プロ文學』, 1932. 3) 등의 시를 썼고, 1933년 8월 현재 구라하라 고레히토, 나카노 시게하루 등의 거물과 함께 옥중에 있었다. 그 후 그는 1940년 이후 『동양지광(東洋之光)』 편집인이었고 철저한 친일문학에 종사, 『아세아시집(亞細亞詩集)』(1942)을 내었다.

향이라 본다. 왜냐하면 이들이 해방 직후 KAPF의 기치를 재빨리 내세우는 것을 볼 수 있기 때문이다. 그렇다면 마르크스주의에서의 전향 문제는 결국 회월·백철만이 전형적이고 유일한 것이며 그만큼 비평사적 의의가 있다는 것이 된다. 이러한 사실은 한국 문예에서의 전향 문제가 심각한 내적 변모를 경험하지 못했다는 것을 의미할 것이다.[34]

---

34) 가령 일본에서는 비전향자의 절조를 찬미한 무라야마 도모요시(村山知義)의 「白夜」(『中央公論』, 1935. 10)가 있고, 제2의 신(神)인 대중에로 자기 매몰에 의해 구제의 길을 보여준 시마키 겐사쿠(島木健作)의 『생활의 탐구(生活の探求)』(1935. 10) 등이 있고, 그 중간항으로 사상 방기(放棄)를 죄로 느끼면서 데카당스에의 길을 걸은 다자이 오사무(太宰治), 다카미 준(高見順)이 있다. 임화, 김남천, 한설야, 이기영 등에서는 이러한 세 노선을 확연히 찾기 어렵다.

결론

한국에 있어서의 프로문학은 1923년 전후 『백조』파의 박종화, 박영희, 김기진 등에 의해 신경향파 문학으로 시작되어 '파스큘라', '카프' 결성을 거쳐 1927년 이후엔 목적의식으로 방향 전환된다. 이때부터 조직의 명칭을 KAPF로 부르게 되었고, 조직의 확장, 세칭 도쿄 소장파의 헤게모니 확립 이후로는 이들 중심의 극좌적 볼셰비키화로 기울어 프로문학 내의 청산주의적 요소를 차례차례 배제하게 된다. 1930년을 넘어서자 문학 활동의 침체를 벗어나기는 어려웠고, 그로부터 두 차례에 걸친 검거 사건과 함께 1935년 KAPF는 해체하기에 이른다. 이러한 KAPF의 조직 전말에서 두 가지 사실을 발견한다. 하나는 한국 프로문학의 조직, 구조, 변모가 일본 프로문학의 그것과 극히 비슷하다는 점이다. 구 KAPF와 소장파와의 대립, 그로 인한 청산주의 전향 문제에까지 같은 구조와 발상을 지니고 있으며 이것은 조직에서뿐만 아니라 중요 논쟁에서도 동일한 현상임을 보게 된다. 다른 하나는 일본과 다른 점인데 그것은 KAPF가 단일 구조였으며, 공산당이나 혹은 소련의 RAPP와 아무런 유기적 관계가 없었다는 사실이다. 이것은 KAPF가 순수성 혹은 고립성을 띠었다는 것으로도 볼 수 있다. 그러니까 어떤 국제적 공산주의 기구의 지령을 받는다든가 하는 일은 없었던 것이다. 물론 KAPF 맹원 중에는 '신간회' 간부(박영희)도 있었고, 김복진 같은 공산당원도 있었지만 조직과 직접적인 관계는 별로 없었던 것 같다. 한국 프로문학이 일본 저널리즘의 추수주의에서 벗어날 수 없었던 근본적 이유가 여기 있다고 본다. 그들은 조심스럽게 도쿄 문단에 귀를 기울이었고, 대내적으로는 민족주의 혹은 절충주의와 논쟁을 일삼았기 때문에 국제적인 전개를 이룩하지 못한 것이다.

그다음으로 중요하다고 생각되는 것은 민족주의문학과 프로문학과의 관계이다. 프로문학이 들어오기 전에 이미 막연하나 뚜렷이 민족주의적 사조가 있어 항일적 저항 의식이 있었다. 프로문학의 도입은 회고적 현실도피적, 막연한 민족파 혹은 부르주아적 사고에 젖은 일부 층을 긴장시켰고, 그로 인해 대립 의식을 심어준 것이다. 프로문학 측의 이데올로기의 강경함이 문예비평에서 나타나면, 그만큼 막연했던 민족파 문학도 비례하여 이데올로기의 강도를 띠게 된 것이다. 이 양자 문학의 이동점을 정적(靜的) 입각지에서 파악하기란 지극히 간단하다. 가령, 양자가 함께 식민지하의 문학이라는 것, 그 때문에 항일적인 저항 의식을 띤 점에 일치하고 있다. 그러나 프로문학은 민족주의문학의 국수주의적인 조선주의와는, 계급적인 대립으로 투쟁하지 않을 수 없는 상태에 놓인 것이다. 이러한 양자의 이데올로기의 역학적 조정은 사실상 불가능했고, 설사 가능했더라도 그것은 이데올로기의 상쇄를 의미하는 것이다. 프로파와 민족파가 공동의 전면의 적을 외면해두고 서로 계급투쟁의 공방전에 몰두했다면, 이 양자는 일제의 고등 전술에 걸려든 것으로 의심해볼 수도 있는 것이다. 이 점은 신간회 해체 과정에서도 어느 정도 엿볼 수 있을 듯하다. 그러나 한편으로는 이러한 양쪽의 격렬한 논의 자체가 일제를 의식한 것으로서, 이를 통해 자체 내의 역량을 기른 방편의 하나로 볼 수도 있다. 특히 양자의 논쟁에서 이러한 결과를 느끼게 된다. 항일적 요소에는 검열 문제도 관련되어 있기 때문이다. 또 프로문학파는 단순한 이데올로기로 단일화되어 있었다면 민족문학파는 토착적 조선주의, 예술파, 통속파, 심리파 등이 집합되어 있었다. 그중 이데올로기가 비교적 투철한 것은 이광수의 소위 '조선심'이라 할 수 있다. 이 조선심은 이론 이전의 신념으로 내세운 것이다. 합리적 사고를 거부하는 신념은 마르크스주의 이데올로기가 하나의 신념인 것과 동일 차원이어서, 이 점에서 양자는 신념이라는 절대에서는 일치하고 있다고 볼 수 있다. 이러한 결과는 어디서 연유하는 것일까. 그것은 이 양자의 문학비평이 함께 역사의식 혹은 방향 감각을 갖지 못한 데 있는 것이다. 이 역사의식의 결핍 원인을 객관적인 상황을 떠나 문학평론 자체의 조건에서 따진다면, 이들 양 파의 비평이 내발적 성숙에서 분비된 것이 아니고 소위 번안 비평, 번안 사상이었다는 데서 찾을 수 있을 것이다.

프로문학과 민족주의문학이 함께 절대의 차원에서 대립, 응고되자 이를 종합해보려는 중간파인 절충파가 나타났으며, 그 대표적 논객은 무애와 팔봉이었다. 그러나, 이 중간파는 두뇌상의 추상론으로 혹은 방편적인 것으로는 가능할 수 있어도 이데올로기끼리의 대결장에 있어서는, 더구나 세계관에서 분비되는 예술의 세계에 있어서는 근본적으로 불가능한 것으로 보인다. 한동안 시류를 얻어, 절충파가 비평계에 등장했으나 얼마 못 가 좌익 중간파 팔봉은 프로문학으로, 우익 중간파 무애는 민족주의문학으로 귀착하게 된다. 무애는 마침내 민족주의문학파의 이론의 대변자의 위치를 지녀 염상섭과 함께 프로문학파와 정면으로 대결하기에 이른다. 이것으로 보아 절충파란 중간 단계적 의의만으로 보아야 할 것이다.

1930년을 전후해서 등장한 해외문학파도 그들의 의도는 민족주의문학파와 프로파의 문학을 함께 비판하려는 것이었으나, 그들의 이

넘과 체질은 민족주의문학의 연장선상에 서게 되어 프로문학파와 대결하기에 이른다. 해외문학파는 얼른 보기엔 교양 있는 문예 애호가의 집단으로 보였지만 점차 이들은 속물주의, 도식주의에 항(抗)하는 창작, 평론을 발표함으로써 순문학의 기틀을 장만하게 되었으며, 이것은 프로문학의 허를 찌른 것이라 할 수 있다.

　　프로문학비평은 비평의 과학주의를 도입, 확립시켰다는 네 최내의 의의를 들 수 있을 것이다. 이것은 일본 비평사에서도 마찬가지 현상이다.[1] 종래까지의 한국 문예비평은 감상적, 인상적, '설리적(說理的)'(월탄의 용어)인 것으로 독후감 단계를 넘어선 것은 아니었고, 따라서 엄정한 의미에서 문예비평이라 할 수는 없었던 것이다. 우선 문예관의 배경이 없었고, 비평의 방법론에 대한 자각이 없었던 것이다. 프로문예 비평이 그 자체의 당부당을 떠나서 이러한 비평의 근대화로서의 과학주의를 도입한 것은 커다란 공적이 아닐 수 없다. 물론 그것이 이데올로기 일변도의 도식주의여서 창작을 위축시켰다던지, 사회 구조와 너무도 차질한다던지 하는 것은 이것과는 별개로 다루어야 하는 것이다. 그다음 차례에, 소위 대중 개념을 도입했다는 사실을 들 수 있다. KAPF가 원리적으로 대중을 지도하느냐, 대중 속으로 들어가느냐의 문학적인 문제는 투쟁 방법에 귀착되는 것이겠지만, 그리고 NAPF(KOPF)나 KAPF가 함께 일본 제국주의의 의식 구조의 절대성에 의해 대중의 프로의식화는 실패하고 말았지만, 문학과 대중 개념을 이토록 접근시키려 했다는 사실은 중요한 것이다. 셋째로 비평 형태의 하나로서의 논쟁의 확립을 들 것이다. 특히 이들의 논쟁은 복수적

---

1)　　丸山眞男,『日本の思想』, 岩波新書, 1961, p. 80.

형태를 띤 것이기 때문에, 한 주제에 대해 언제나 문단 비평계 전부가 동원되었던 것이며 이것은 바로 문학이 문단 중심이 아니라 사회 중심임을 예증하는 것이 된다. 넷째는 문예시평이란 이름의 월평 같은 작품평에 있어서, 민족과 개인과 계급으로서의 총체적인 사회 비평을 시도한 점을 들 수 있다.

이제 남은 문제는 전향론에 관한 것이다. 프로문학은 전향론을 제시함으로써 비평의 현대화 과정에 일조를 한 것이라 본다. 전향 문제는 마르크스주의가 사회구조가 다른 나라에서 전개될 때 주체 의식의 좌절에서 이를 극복하기 위해 일어나는 현상이라 할 수 있는데, 이 전향의 동기는 외적 요인과 내적 요인으로 나눠 고찰할 수 있다. 객관적 정세에 의한 것이냐 혹은 내적인 어떤 요인이냐를 밝히는 것은 프로문학 퇴조 후의 문학정신을 규명하는 데 극히 중요시되는 것이다. 일본에 있어서의 전향축은 가령 하야시 후사오 같은 자의 경우를 보면 외적인 강압보다는 국가로부터의 고립감에서 구제되기 위한 내적 요인을 지녔던 것이다. 그러면 기치도 선명히 KAPF로부터 전향한 회월과 백철의 동인(動因)은 무엇인가. 이들에게 신봉할 천황제가 있는 것도 아니며 이들에겐 돌아갈 국가 개념도 없었던 것이다. 결국 이들이 전향에서 돌아간 곳은 부르주아 예술관이었던 것이다. 이것은 이들 전향이 원점 회귀적 유형은 뜻하는 것이어서 그것의 평가에 한계점이 인정된다. 물론 이들이 두번째로 전향해서 1938년경 '전선전향자대회(全鮮轉向者大會)'에 참가하게 될 때, 또 원칙론자들인 임화, 송영, 이기영조차 이 대회에 참가하게 되었을 때는 의장 전향이라 볼 수도 있을 것이다.

한국의 프로문학은 엄격히 말하면 마르크스주의 문학이라 할 수는 없다. 마르크스주의에 기초를 둔 이데올로기의 문학임은 틀림없으나 1920년대의 객관적인 입장에서 볼 때, 자체 내의 여러 오류를 아직도 청산하지 못했던 것이며, 창작방법론으로서의 사회주의적 리얼리즘은 그런 혼란의 하나이다. 프로문학은 오히려 일본이나 한국에서의 전개 과정에서 파악되어야 하는 것이다. 소련에서 제시된 이론은 일본에서는 외재적 비평이란 것으로 받아들이기도 하였고, 또한 그들은 내용과 형식 문제, 대중 개념, 창작방법론 등을 스스로 해결해나가지 않으면 안 되었던 것이다. 여기에 일본 이론가들의 고뇌와 혼란이 있었고 이것을 받아들여 식민지 문단에 적용했을 때, 팔봉과 회월의 내용·형식 논쟁 같은 것이 나타났던 것이다. 이러한 이론의 한국에서의 고뇌와 그로 인한 민족주의문학과의 대결 의식과 훈련을 통한 비평의 영역을 쌓아 올렸고, 이 토대 위에 다음 세대인 1930년대의 전형기의 모색 비평이 가능했던 것이다. 1933년 이광수가 다음과 같이 말했을 때 그것은 특히 프로문예비평의 역할을 의미한 것이다.

프로문학운동이 조선의 문학 속에 바친 공헌, 그 자극, 그 이데올로기의 영향은 불멸일 것이다. 금후의 문학은 어느 의미에 있어서는 프로문학의 이론 여과기(濾過器)를 투(透)하여 조성될 것이다. 이 의미에 있어서 조선의 프로문학은 벌써 그 역할을 수성(遂城)하였다고 할 수 있다.[2]

2)   이광수, 「조선의 문학」, 『이광수 전집』 16, 삼중당, 1963, pp. 203~204.

부록

1. 마르크스주의 예술론 서목

하기 서목(書目)은 한국 프로문학가에게 주로 읽혔던 것인데 거의가
일역 혹은 일서이며 그중 중요한 루나차르스키의『실제 미학의 기초』
와『예술과 사회생활』의 일부가 회월과 팔봉에 의해 각각 국역된 바
있다.

    (1) 에링크 오키트포켈 공저,『마르크스주의 미학』

    (2) 루나차르스키,『마르크스주의 예술론』

    (3) 루나차르스키,『현대예술의 경향』

    (4) 플레하노프,『마르크스주의 비평론』

    (5) 플레하노프,『예술론』

    (6) 소비에트문학연구회,『예술의 기원 급 발달』

    (7) 소비에트문학연구회,『예술의 사회적 기초』

    (8) 하우젠슈타인,『예술과 사회』

    (9) 부하린,『사적 유물론』

    (10) 아오노 스에키치(青野季吉),『마르크시즘 문학론(マルキシズム
文學論)』

    (11) 구라하라 고레히토(藏原惟人),『프로예술의 형식과 내용(プロ
藝術の形式と內容)』

—안덕근(安德根), 「마르크스주의 예술론」, 『비판』, 1932. 12, p. 68

2. 프로문학 활동지

1) 종합지

　(1) 『개벽(開闢)』…… 1920. 6에 창간. 현철이 문예부장이었으나 1923부터 회월이 문예부장이 됨과 함께 초기 프로문학의 온상이 됨. 통권 72호로 끝나며 그 후 복간된 바 있다. 『조선문단』과 대립되던 1924~26년이 가장 활발하던 때라고 볼 수 있다.

　(2) 『조선지광(朝鮮之光)』…… 1922. 11 창간. M.L.당 기관지. M.L.당의 이성태가 주관. 『개벽』지와 함께 신문지법에 의해 발간된 것. 60여 호까지는 주보였으나 그 후로 월간으로 바뀌어 100호를 넘긴다. 특히 1930년 전후의 프로문학 운동의 기관지의 임무를 띤 것이다.

　(3) 기타 『조선운동(朝鮮運動)』(1928. 2), 『이론투쟁(理論鬪爭)』(1928), 『신흥과학(新興科學)』(1927), 『대조(大潮)』(1930), 『사조(思潮)』(1927.6), 『제일선(第一線)』(1931), 『대중공론(大衆公論)』(1931. 5), 『비판(批判)』(1931. 5), 『현대평론(現代評論)』(1932. 2), 『중성(衆聲)』(1929), 『대중지광(大衆之光)』(1930) 등에도 프로문학 작품이 비교적 많이 발표된 것이다.

2) 문예지

　(1) 『염군(焰群)』…… 1922. 미간.

　(2) 『문예운동(文藝運動)』…… KAPF 기관지. 1926. 2 창간. 2호로

종간.

(3) 『예술운동(藝術運動)』 …… 1927. 11. KAPF 도쿄지사 간. 2호까지 나오고 3호는 『무산자(無産者)』라 개칭.

(4) 『제3전선(第三戰線)』 …… 1927. 2. 도쿄에서 조중곤, 임화, 한식, 홍효민, 김두용 등 세칭 제3전선파가 간행. 귀국 강연 때 압수당함.

(5) 기타 『문예(文藝)』(1928. 2), 『군기(群旗)』(1930. 12. 개성지부간), 『집단(集團)』(1931. 임화가 간행), 『문학창조(文學創造)』(1931. 송영이 간행), 『이러타』(1931), 『형상(刑象)』(1934. 2. 이갑기가 간행), 『조선문학(朝鮮文學)』(1936. 4)

3) 신문 학예란

프로문학이나 민족주의문학의 대립기에는 그 중심적 발표 기관이 3대 민간 신문 학예란이었다. 3대 신문 가운데 프로문학을 가장 많이 발표한 것은 팔봉, 회월이 사회부장 또는 문예부를 맡고 있었던 『중외일보(中外日報)』[1926. 11. 15~1931. 9. 2. 이 신문은 호수를 계승하여 『중앙일보(中央日報)』(1931. 11. 27~1933. 3. 6), 『조선중앙일보(朝鮮中央日報)』(1933. 3. 7~1937. 11. 5)로 이어짐]이다. 『조선일보』에도 계급주의 논문이 많이 실렸다. 그 외 『매일신보(每日申報)』도 약간의 기여가 있다.

4) KAPF 작품집

(1) 『KAPF 시인집』(1932)
(2) 『KAPF 작가집』(1933)

3. 예맹 분규와 KAPF 성명

[예맹(藝盟) 개성지부에서 중앙간부 불신임의 결의와 성명서를 발표하였음은 예보(藝報)와 같거니와 이에 대하여 조선프로예맹 중앙위원회 서기국에서는 다음과 같은 성명이 있었다.]

전국의 노동자 농민 제군!

『군기』 지국 독자 및 동지 제군! 조선프롤레타리아예술동맹 중앙위원회 서기국은 중앙위원의 합의하에서 이적효(李赫) 양창준(梁昌俊) 엄흥섭(嚴興燮) 민병휘(閔丙徽) 등 사인(四人)의 반카프적 반××적 분파적 파괴 행동의 음모와 『군기』 탈취 책동에 대하여 동인들을 우리 '카프'와 전 예술전선에서 방축(放逐)함을 결정하는 동시에 우(右) 음모에 가담하여 반××적 역선전으로 충만된 소위 성명서를 발표한 개성지부에 대하여 무기 정권(停權)의 처분을 가하고 아래와 같이 성명한다.

현하 미증유의 공황과 그에 인한 노농계급의 생활이 ××적 상태에 함(陷)하고 동시에 노농대중의 ××화가 급속도로 진행되고 있으며 일방 민족자본벌(閥)의 우경이 급진되고 노농계급에 대한 ××와 ××이 고도화하여 계급 진영에서의 탈주자가 일증(日增)하는 동시에 계급적 예술운동과 그 집중적 조직인 '카프'에 대한 계급×의 공격은 극도화하고 있다.

이러한 곤란무비한 제 정세하에서 '카프'는 자기 진영 내에 발생하는 일체의 우익 편향을 극복하고 마풍(魔風)과 같이 대두하는 개량주의적 탁류를 격파하여 고조된 ××적 앙양의 파두(波頭)에서 침착히 용감히 대중을 정직한 ××주의의 방향으로 획득하기 위한 즉 ××적 프롤레타리아의 조직 사실을 원조하기 위한 아지프로의 사실을 수행하지 않으면 안 될 절대한 임무를 부대(負帶)한 현세(現勢)에 있어 전기의 배반자 등은 무엇을 하였는가.

제일로 그들은 약 2개월 전부터 비교적 중앙 사정에 어두운 지방 수 개인의 동지를 '카프' 중앙위에 대한 기만적 역선전으로 책동하여 '카프' 전 조직을 파괴하고 그들의 반동적 분파만에 의한 소위 '전조선무산자예술단체협의회'를 결성하였던 것이다.

제이로 양(梁)은 『군기』의 법규상 책임자이므로 호의로 '카프'의 대다수의 성원이 협력하여 왔으며 노농대중의 일상생활의 정당한 요우(僚友)가 되려는 『군기』의 3, 4월호의 사업을 사보타주하여 ××계급의 의도를 원조하고 그 후 자기 분파만의 원고로 암암리에 반동적 편집을 진행시키며 지국과 독자에게는 허위의 서신으로 기만하여 왔다.

제삼으로 그들은 서기국에 경고가 있은 뒤 '카프'를 외부로부터 파괴시킬 계획인 '협의회'는 그들의 첩보자적(諜報者的) 파괴자적 정체를 폭로시킬까 두려워 그것을 보류하고 '카프'쇄신동맹을 결성하여 조직을 내부로부터 파멸시키려는 음모를 진행시켰고 『군기』를 자기들의 반××적 선전 기관으로 탈취하려 하였던 것이다.

제군! '카프'는 최후까지 노동자 농민의 최량 요우이고 ××적 프롤레타리아의 정치적 노선에 연행(沿行)하며 차등 '우익 배반적'들과 영원히 화해하지 않고 용서 없는 싸움을 계속할 것을 노농대중 『군기』 지국 급(及) 독자 제군에게 높이 맹세한다.

1. '카프' 파괴의 음모를 분쇄하라.

1. 우익 반'카프' 쇄신동맹을 타도하라.

1. ×××× 예술을 대중화시키자.

1. 『군기』를 방위하자.

1. '카프' 확대 강화 만세.

—『조선일보』, 1931. 4. 28.

4. KAPF 전주 사건

1) '신건설사 사건' 당시의 KAPF 기구

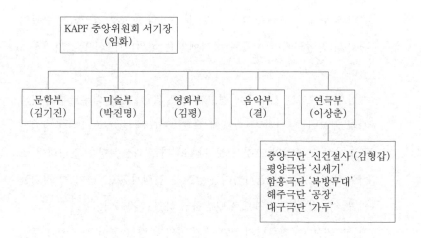

2) '신건설사 사건'은 1934년 9월 전북 금산에서 일어난 것으로 치안 유지법 제1조 2항에 의해 기소된 자는 총 23명이며 1935년 6월 예심 종결, 동 10월 28일 공판되었다. 그 명단을 보이면 다음과 같다.

	호	
박영희(朴英熙, 35세)	회월(懷月)	평론가
윤기정(尹基鼎, 32세)	효봉(曉峯)	작가
이기영(李箕永, 40세)	민촌(民村)	작가
송무용(宋武鎔, 32세)	송영(宋影)	작가
한병도(韓秉道, 36세)	설야(雪野)	작가
박완식(朴完植, 32세)	철민(哲民)	기자
권경완(權景完, 32세)	권환(權煥)	기자
이갑기(李甲基, 26세)	형림(荊林)	평론가
이상춘(李相春, 26세)		화가
김영득(金榮得, 28세)	유영(幽影)	영화감독
백세철(白世哲, 28세)	백철(白鐵)	평론가
정청산(鄭靑山, 27세)	녹수(錄水)	작가
이동규(李東珪, 25세)		작가
김형갑(金炯甲, 25세)	고영(高英)	배우
김귀영(金貴泳, 24세)	김욱(金旭)	기자
홍장복(洪長福, 28세)	홍구(洪九)	작가
김유협(金裕協, 25세)	김평(金平)	사진사
변효식(邊孝植, 24세)	녹산(錄山)	배우
나준영(羅俊英, 27세)	나웅(羅雄)	배우
추완호(秋完縞, 25세)	적양(赤陽)	기자
석재홍(石再洪, 26세)	일양(一良)	양복상
이의식(李義植, 31세)	이엽(李葉)	양복상
최정희(崔貞熙, 26세)		작가

임화는 병중이므로 검거에서 제외, 김남천은 제1차 검거의 집행유예 중이어서 불기소되었다. (『동아일보』, 1935. 10. 28. 및 『조선중앙일보』,

1935. 10. 27.)

5. 1934년을 전후한 한국 문인 계보

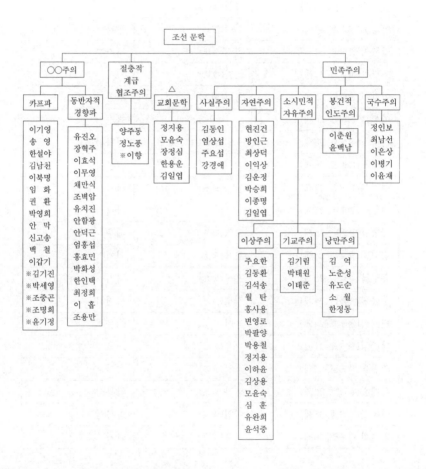

(김기진, 「조선 문학의 현재의 수준」, 『신동아』, 1934. 1, p. 46. '※'는 저
자가 삽입한 것임.)

6. 일본 측 자료

이 자료는 KAPF 조직 연대의 오류 및 기타의 확대 해석으로 인한 난 점도 있으나 총독부 경무국 조사라는 점에서 일단 참고가 될 수 있다. 이 이외에도 「KOPF 중앙위원회 결의문」(『プロ文化』, 2卷 3號)'제5항' 에 조선협의회(朝鮮協議會) 건이 상세히 보고되어 있다.

프롤레타리아 문예운동의 초기

조선에서의 프롤레타리아 문예운동은 다이쇼 10년 8월 당시 북풍회 원이었던 최승일, 이호, 박용대, 이용 등이 조선인 문사 30여 명을 규 합하여 경성에서 프롤레타리아예술동맹을 조직한 것이 그 시작 이다.

이로부터 회원 모집과 선전에 힘써 송영, 이호, 이적효 등은 잡지『염 군』을 발행하고 최승일, 박영희 김기진, 안석주 등은 언문 신문과 잡 지 등에 때때로 투고하여 여명기에 있던 프롤레타리아 문예운동의 보급과 발전에 노력하였지만, 당시 이 운동은 일부 인텔리 청년 학생 말고는 그다지 반향이 없었다. 그러나 하여튼 쇼와 2년에 들어 회원 이 45명을 헤아리게 되었고 같은 해 4월 총회를 열어 종래 이사제를 위원제로 고치고 간부를 다시 뽑아 진용을 새롭게 하여 세력 확장에 힘쓰게 되었다.

그러나 당시 예술동맹의 내부에는 아나키즘계(권구현 일파), 민족계 (김동환 일파), 볼셰비키계(박영희 일파) 등의 각파 분자가 뒤섞여 있 어 순연한 의미의 좌익 문예 진용이라고는 말할 수 없었다. 다이쇼

15년 11월 도쿄에서 홍양명, 조중곤 등의 좌익 청년들이 일본프롤레
타리아예술연맹을 모방하여 조선인만의 기관의 조직을 꾀하여, "프
롤레타리아예술의 임무를 작품 활동에만 국한하지 않고, 투쟁을 통
해 프롤레타리아 계몽을 실행하기 위하여 예술을 무기로 삼는다"라
는 주장 아래, 쇼와 2년 6월 잠정 기관으로서 제3전선사를 조직하고
기관지『제3전선』을 발행함과 함께 같은 해 여름 '귀선순회강연(歸鮮
巡廻講演)'을 열어 그 취지를 선전하고자 크게 노력하였고, 같은 해
10월 경성에서 프롤레타리아예술동맹의 볼셰비키계인 박영희 등과
합하여 조선프롤레타리아예술동맹을 조직하였으며, 도쿄의 제3전선
사는 그 지부로 하였다. 당시 이 모임의 강령은 아래와 같이 심히 온
당함을 결여한 자구를 늘어놓았기 때문에 그 발표를 금지함과 동시
에 엄중 경고를 하였던 것이다.

강령
우리는 무산계급 운동에 있어 마르크스주의의 역사적 필연성을 확
실하게 인식하기 때문에 우리는 무산계급 운동의 한 부분인 무산계
급 예술운동에 의해
(1) 봉건적 자본주의적 관념의 철저한 배격
(2) 전제적 세력과의 싸움
(3) 의식적 조성(調性) 운동의 수행을 기한다.

조선프롤레타리아예술동맹 중심 시대의 운동

조선프롤레타리아예술동맹은 위 도쿄지부를 시작으로 그 후 수원,

개성, 임실, 금산, 해주, 평양, 간도 등의 8지부를 조직하여 점차 그 활동을 진전시키고자 계획하였다. 그런데 쇼와 3년 홍양명이 소위 비이론파 공산당 사건으로 검거되어 일차 좌절한 데다, 같은 해 8월 경성에서 대회를 열려고 했으나 금지당하였고 그 후 계속하여 집회가 금지되었기 때문에, 본부 지부 함께 일시 활동을 중지하는 데 이르렀다.

나아가, 쇼와 5년 4월 간부인 권경완, 윤기정, 김기진 등은 내지의 NAPF(전일본무산자예술동맹)에 준하는 조직 결성을 전제로 중앙위원회를 열어 문학, 영화, 연극, 미술, 음악의 5부문을 두고 약칭을 KAPF(조선프롤레타리아예술동맹)라 하고, 각 전문위원을 들어 새 진용을 정비했지만, 때마침 당시 조선공산당 재건을 위해 양명, 한위건 등의 지령을 받아 상하이에서 도쿄에 잠입하여 무산자사라는 출판 그룹을 만들고 암중비약을 계속하고 있던 고경흠, 김소익, 김삼규 등이 그 기관지인 『무산자』를 통하여 발표한 「카프 볼셰비키화를 위하여」 기타의 비합법 조직이론을 출판하여 관계자에게 밀송하였는데 이에 자극받은 간부 임화, 안필승, 김효식, 권경완 등은 그 지도 아래 KAPF의 극좌화를 계획하여, 쇼와 5년 6월 『중외일보』 지상에 임화는 「조선 프롤레타리아예술운동 당면의 임무」라는 제목의, 또 권경완은 「조선 예술의 당면의 과정」이라는 제목의, 매우 과격한 KAPF의 극좌적 임무를 주장하는 글을 실어 내부적 공기를 통제하고, 쇼와 6년 3월 중앙간부회를 열어서 비합법 조직으로 전환, 조선공산당 재건 운동의 한 부문 역할을 하기로 협의하고, 프로 작가, 프로연극, 프로영화, 프로미술, 프로음악 등의 각 독립단체를 조직 통일하여, 흡사 일본프롤레타리아문화연맹과 동일한 조직을 완성하는 것을 목표로 나아가고 있었다. 그러나 그들의 숨은 행동을 관할 경찰서가 감지하게 되어, 같은 해 8월 이후 그 간부는 거의 구속되어 취조를 받고, 도쿄 무산자의 김삼규, 고경흠의 재건 계획 검거의 단서가 되어, 마침내 그 목적을 이루지 못하고 중도에 그치고 말았다. 당시 그들은 그 중앙기관지로서 『전선』의 발행을 계획하고(내용이 불온하여 불허가) 혹은 프로연극 책임인 임화의 계획에 의해 경성에 청복극장을 설치하고 대구의 가두좌, 개성의 대중극장, 평양극장, 해주연극공장 등을 저마다 가맹시켰으며, 또 프로영화 책임을 맡은 윤기정은 경성에 청복키노라는 촬영소를 설치하고 「지하촌」이라는 대단히 불온한 줄거리 아래 필름 작성 준비 중이었는데, 관할서에 연행되어 이들의 계획은 모두 미완에 그쳤다.

그 후 그들의 죄상이 명백하지 않다 하여 석방되어 다시 KAPF로 돌아와 그 진용을 다시 정비하고 그 확장에 노력하는 상황인데, 그 지도 또는 영향 아래 있다고 보이는 것은 아래와 같다.

연극부의 영향 아래 있다고 보이는 것에 개성 대중극장, 해주 연극공장, 경성 소형극장, 경성 태양극장, 평양 명일극장, 경성 메가폰, 공주 제3극장, 경성 신건설, 경성 춘추극단, 경성 신무대 등인데, 신건설 태양극장 말고는 적극적인 연락이 있다고 볼 수 있는 점은 없는 듯하다. 또 이들 가운데에는 조직 중도에 중지되어 실현되지 못한 것도 적지 않다. 또 영화부의 지도 아래 있던 것으로는 전기한 청복키노 및 작년 말 이상춘, 추완호 등에 의해 '동방키노'를 창립하려는 다른 계획이 있었던 것으로 보이지만 그 어떤 것도 제품을 내지 못하고 소멸하였다. 더하여, 문학부의 지도 아래 있던 또는 관계 있던 것으로 보이는 것에 아래와 같은 것들이 있다.

제호(題號)	창간 연월일	주재자	현황(쇼와 8년 5월 조사)
별나라	5년 5월	안준식	창간 중
우리들	6년 4월	신명균	상동
비판	6년 5월	송봉우	휴간 중
정보자(이러타―개제)	6년 6월	이남철	5월 휴간
집단(KAPF 기관지)	7년 1월	임 화	상동
신흥예술	7년 5월	문 일	상동
연극운동(KAPF 연극부 기관지)	7년 5월	이상춘	휴간 중
휴식장	7년 12월	박성구	5월 휴간
영화부대(KAPF 영화부 기관지)	7년 12월	이상춘	휴간 중
대중	7년 12월	김약수	속간 중
전선	8년 1월	이재훈	상동
신계단	7년	유진희	상동

조선프롤레타리아예술동맹과 일본프롤레타리아예술연맹과의 관계

쇼와 6년 10월 전일본무산자예술단체협의회(전일본무산자예술연맹의 후신)이 일본프롤레타리아문화연맹으로 바뀌자, 무산자사의 잔당 분자인 김두용, 박정석, 이북만 등은 같은 해 11월 "정당한 마르크스주의적 예술이론을 파악하고 기술을 수련하는 연구 단체로서 일본프롤레타리아문화연맹과 조선프롤레타리아예술동맹을 적극적으로 원조 지지하고 그 확대 강화를 위해 싸운다"라는 강령 아래 도쿄에 동지사(同志社)라는 집단을 결성하고 기관지 『동지』를 발행하려 했지만, 이 동지사는 도쿄에서 "내선 양 예술단체는 필연적으로 통일 공동 전선을 펴야 한다. 한 지역 내에서 민족적으로 두 개의 동종

단체의 존립은 불가하다"라는 조직 이론의 반대가 있어, 쇼와 7년 2월에 해체되고 일본프롤레타리아문화연맹(KOPF) 내에서 조선에 있어서의 혁명적 문예운동을 조성하게 되어 각 기술마다 KOPF 내의 각 부분으로 해소했던 것이다. (노동계급사가 일본공산당의 양해를 얻어 도쿄에 민족적으로 독자의 임무를 지닌 출판기관을 설치하여 당 재건에 임했던 것은 주의해야 할 여러 원인이 있지만 이것은 별도의 기회로 넘기고자 한다.)

이리하여 조선인 멤버는 KOPF 가맹의 연극, 영화, 작가, 사진, 음악, 프롤레타리아 에스페란토, 과학, 교육, 미술 각 동맹 내에 침윤하여 조선위원회를 설치하고 다음 해 3월에는 각 동맹 조선위원회로부터 대표자를 선출하여 KOPF 내 한 부문으로서 조선협의회를 조직하여 조선프롤레타리아예술동맹(KAPF)의 확대 강화를 목표로 그 임무로서,

(가) KAPF의 확대 강화를 지지한다.

(나) KAPF를 조선프롤레타리아문화연맹으로 발전시키기 위하여 모든 원조를 한다.

(다) 각 동맹의 조선 안 독자, 대리점[取次所], 조직을 동원하여 적극적으로 활동한다.

(라) 조선의 잡지에 계급적 논문 소설 등의 재료를 제공한다.

(마) 조선과의 연락을 한층 밀접하게 한다.

등의 결의를 하고, KOPF 기관지 『대중의 벗(大衆の友)』 부록으로 조선협의회 기관지 『우리 동무』를 발행하고 또는 각 동맹 기관지 뉴스에는 각각 조선어판을 특설(特設)하여 과격한 선전 선동의 기사를 가득 싣고[滿載], 때때로 조선 내 주의자 단체 등에 우송하여 KAPF의

운동 촉진에 노력하고 있지만 KAPF의 운동이 여전하여 크게 일어나지 못하는 것을 개탄하고, 드디어 조선프롤레타리아예술동맹은 그 조직에 근본적 오류가 있어 일부 인텔리 계급의 조직으로서 노농계급을 도외시하는 것이 부진의 최대 원인이므로, 속히 기 오류를 청산하여 혁명적 프롤레타리아 문화연맹으로 진전시켜야 한다는 기사를 그 기관지에 발표하여 선동함과 동시에 일면 개인적으로 KAPF 가맹자를 계속하여 지도 격려함으로, 이에 자극받아 내부 공기가 점차 첨예화하고 적극적으로 KOPF의 지도를 받고자 하는 경향을 드러낸 연극부의 이상춘, 추완호 등은 몰래 도쿄 프롤레타리아연극동맹의 지도를 받아 쇼와 7년 8월 KAPF 직속 극단으로 신건설을 창설, 재경성 좌익 배우 20여 명을 규합하여, 쇼와 8년 1월 15일 경성부 마포 도화관에서 제1회 공연을 열고 계속하여 과격한 선동적 연극을 속행할 것을 계획 중 올해 2월 검거됐던 것인데, 그 취조 결과 이들은 영화부의 아래서 프롤레타리아 영화의 제작을 겨누어 '동방키노'라는 영화제작소를 조직하고 자금 조달 운동에 분주하거나 또는 그동안 일본프롤레타리아영화동맹, 일본프롤레타리아연극동맹 소속 도쿄 삼일극장 등과 누차 불온한 메시지를 교환하여 긴밀한 연락 아래 운동을 계속해온 것 등도 판명되었던 것이다. 금후 KOPF 대 KAPF의 연락 관계에 대해서는 한층 주의가 필요하다고 생각한다.

일본의 프롤레타리아 문화 운동이 조선에 미친 영향

마지막으로, 일본 좌익운동은 직접 조선 내부에 영향을 비쳤다. 2, 3개의 실례를 들어보자.

(가) KOPF 가맹 신흥교육동맹이 발행하는 『신흥교육』은 쇼와 5년 9월 발간 이래 보통학교 훈도를 획득하여 순진한 아동에게 공산주의를 주입할 계획으로 각지에 선전의 마수를 폈다. 발간 직후 경남 곤명공립보통학교장인 조코 요네타로(上甲米太郎)는 신흥교육연구소 주간 야마시타 도쿠지(山下德治) 및 선전부장 니시무라 한조(西村範三)와 연락하여, 동소(同所)의 제창에 이어진 교육노동자조합 조식을 꾀하였다. 경성사범학교 생도로 본래 조코 요네타로와 사제관계였던 조판출로 하여금 사범학교 내부에 그룹을 결성하게 하거나 또는 지기(知己)의 교사에게 취지를 선전하여 독서반의 결성에 힘쓰게 하였다. 또 황해도 상정공립보통학교 훈도 김재윤은 쇼와 6년 11월 이후, 충북 삼승공립보통학교 훈도 박인섭과 동 경성공립보통학교 훈도 류필열은 쇼와 7년 1월 이후, 모두가 『신흥교육』의 직접 강독자(講讀者)가 되어 그 감화를 받아 서클을 조직하고 그 지도 이론에 바탕하여 담임하는 아동을 대상으로 계급적 교육을 해오다가 검거되었다.

(나) 프롤레타리아과학연구소는 쇼와 5년 12월 이후 대구공립상업학교 생도 사사키 다카시(佐佐木隆) 등으로 하여금 조선 제일지국을 조직하게 하여 독서 서클을 지도해오던 것을 검거했다.

(다) 후지모리 세이키치(藤森成吉) 일파의 '소비에트의 벗의 모임'은 KOPF와 같이 문화적 합법단체의 가면을 쓰고 '소비에트 문화단체와 연락하여 사회주의 건설을 옹호하기 위해 광범한 동일 전선을 펴는 초당적 대중단체'로서 쇼와 7년 9월 창립 이래 조선 내에 수차 격문 뉴스 등을 밀송, 적극적 선전에 애써 조선 안 각지에 상당 다수의 회원을 획득한 모양으로, 경상남도 밀양에 반(班) 조직에 착수한 것을

발견, 잘 타일러 중지시켰고, 쇼와 7년 12월 함경남도 신흥의 임시배 등의 책동으로 천불산 금광반을 조직하고 독서회를 조직하여 비합법운동을 계속해오던 것을 검거하였다.

(라) 일본프롤레타리아작가동맹 나라지부원 오에 조지(大江丈二)는 쇼와 7년 6월 조선으로 건너가 경성제국대학의 좌경 학생을 규합하여 조선지부를 조직하고자 책동 중인 것을 발견하였다.

—조선총독부 경무국 보안과, 『고등경찰보(高等警察報)』 제1호, 1933.

전형기의 비평

서론

1. 전형기의 의미

프로문학의 퇴조는 문학계의 정신적 구조 일반의 공백 지대를 초래한 것으로 볼 수 있다. 그것은 객관적 내외 정세에서 오는 대중 개념의 변이에서 필연적으로 야기된 것이었다. 문예비평이 정론성(政論性) 혹은 지도성의 기로에서 다시 시류적 초점과 세계성에서 속도 조절이 강요될 때, 마침내 문단은 비평을 선두로 하여 전형기를 감지하게 된다.

　전형기(轉形期)라는 어사가 암시하는 비평 형태는 무엇보다도 주조(主潮) 탐색이 그 초점의 문제가 될 것이다. 그 때문에 세계 문단의 동향에 민감해야 한다는 전제가 필요하며, 따라서 이 전제를 떠날 수 없을 것임이 예상된다. 여기서 세계 문단이란 무엇을 말하는가. 우선 이에 대한 답변 이전에 이 시기가 세계사적으로 격동기라는 점, 따라서 개방적 세계관에의 자세가 지식인에게 강요되고 있었다는 사실을 지적해둘 필요가 있다. 세계 문단이라는 개념은 물론 서구 문학권을 의미하는 것이지만 한국문학 측에서 볼 때, 이 서구 문학권의 영향에 민감했던 일본 문단이 차라리 그 일차적인 교섭으로 보인다. 이 문제는 퍽 까다로운 대목이라 할 수 있다. 정치적으로는 한국이 일본의 식민지에 놓여 있었지만 문화 및 문학에 있어서는 물론 독자성이 있었는데, 그것이 얼마만 한 가치와 저항성을 보여주었는가에 문제의 중요성이 있기 때문이다. 세계 문단이란 것에 또 하나 지적해둘 것은 파시즘과 '인민전선(人民戰線)'의 대립이 위기의식에 직결되어 있었기 때문에 정치적 사회적 배경, 문화적 사상적 배경 등이 예술적 배경보다 직접적인 것이었고, 따라서 예술가라는 입장보다도, 문화 옹호에 임한 지식인의 입장이 앞서고 있었다는 점이다.

비평의 영도성(領導性)이란 비평이 시대의 중심 사상에 거점이 주어졌을 때 비로소 가능해진다면, 먼저 시대의 중심 사상이 확고한 것이어야 할 것이다. 이것이 확고하지 못하고 유동적이며 모색적일 때 주조 탐구의 비평은 걷잡을 수 없는 카오스를 노정하게 될 것이다. 한편 비평의 다른 기능은 해석적인 것으로 나타나기도 하여, 비평의 '아르바이트화'(최재서의 용어, p. 613 참조), 문학사적 정리 등으로도 나타나게 된다.

전형기의 시기 구분은 범박하게 말해서 프로문학 퇴조로부터 시작해서 일제 말기까지 볼 수 있다. 이것을 다시 세 시기로 구분할 수 있을 것이다. 첫째는 프로문학이 남긴 후유증의 처리 기간이며, 둘째는 1933년에서 1939년까지에 있어, 주조 탐색의 시기로서 휴머니즘론, 지성론, 고전론 등이 여기에 포함된다. 셋째는 1940년을 전후로 한 세대론, 동양사론을 거쳐 『국민문학(國民文學)』지까지의 시기로 될 것이다. 이 세 기간 중의 내용 항목은 이질적인 제 요소를 머금고 있으나, 이 시기 전체를 꿰뚫는 비평의 원리는 시대의 중심 사상의 모색이라 할 수 있다. 고쳐 말하면 비평의 지도성 획득의 노력과 그것의 끊임없는 좌절로 볼 수 있다.

전형기의 내용 항목을 대별하면 셋으로 나눌 수 있을 것이다. 첫째는 모색 비평으로 휴머니즘론, 지성론, 비평예술론 등이 이에 포함되고, 둘째는 세대론인데, 이것은 다분히 한국 문단적인 사정에 기인한 것이며, 셋째는 『국민문학』지 중심의 소위 '신체제론(新體制論)'이다. 첫째 항목은 파시즘에 의한 자유주의 지식인의 불안 사상과 문화 옹호에 직결된 것이며, 둘째 항목은 한국 신문학의 자기반성에 관계된 것이며, 셋째 항목은 소위 '국책문학'으로, 동양문화론 및 일본 정신에 야합하는 논리와 과학주의의 포기가 중심으로 되어 있다.

2. 전형기의 배경 (1)—파시즘과 인민전선

1930년을 전후해서 구주(歐洲)에서는 구주적 관점을 획득하려는 사조가 지식인 사이에 선명한 스펙트럼으로 나타났는데, 그 발표지는 프랑스의 『신(新) 프랑스 평론*La Nouvelle Revue Française*』, 독일의 『유럽 평론*Die Europaeische Revue*』, 영국의 『크라이테리온*Criterion*』, 스페인의 『서구 평론*Revista de Occidente*』, 이탈리아의 『신(新) 앤솔러지*Nova Antologia*』 등이었고, 집필진은 A. 지드, M. 프루스트, P. 발레리, J. 리비에르, R. 페르난데스, J. 마리탱, C. 모라스, J. 방다, H. 마시스, W. 보링거, M. 셸러, Th. 만, E. R. 쿠르티우스, M. 데 우나무노, J. 오르테가 이 가세트, T. S. 엘리엇 등으로 서구 지성의 엘리트가 망라되어 있다. 이들이 문제 삼은 것은 간단하게 말해서 '구주적인 것'의 자각에 기초를 둔 문화론으로 집약시킬 수가 있다. 무엇 때문에 서구적 입장을 드러내야 했던 것일까. 그것은, 아마도 러시아와 미국이 구주적 입장에서 분리되어 새로운 문화로 뻗어나가자, 구주는 그 전통의 쇠미(衰微)를 자각하게 되어[1] 반성의 입장에 몰리게 된 것으로 볼 수 있다. 그들은 사상 면에서 종래의 국제주의와는 전혀 다른 성질인 문화연맹

interculturalism을 지향하게 된 것이다. 그들은 구주의 본질과 이질성을 판별하여 그 본질적인 것을 드러내어, 그 인식 앞에 국민성의 차별적 방면보다는 공통성을 추구하는 방향을 모색했다. 그 결과 국가주의의 역사관을 포기하고 구주를 하나의 문화적 유기체로 보는 사관이 요청된 것이다. 그 사관은 엘리엇의 기독교적 입장과 C. 도슨의 휴머니즘의 입장이 대표적인 것이었다.

이들의 입장을 한마디로 말한다면 이성reason 혹은 지성intelligence 이라 할 수 있는데 이것은 딜타이, 베르그송의 생명주의에 대한 비판의 입장이다. 이 이성의 개념은 문화의 개념에 직결되어 있다. 교양론이 문화론의 일부로 논의되었고, 구주 문화가 단순히 부르주아적 문화가 아니라 서구 기독교 문화이며 이 문화의 장소는 부르주아 정치 경제에 있는 것이 아니라 "오래된, 보다 영속적인 사회적 정신적 전통에 있는 것"[2]이라는 견해가 지배적이었고, 엘리엇도 공산주의와 자본주의는 동일한 것의 두 형에 불과하다고 보아 전통론을 다시 주장했다.

이와 같은 기독교 문화, 휴머니즘에 입각한 구주의 전통문화는 1930년을 전후로 해서 급격히 만연된 파시즘[3]의 신화와 정면으로 대

---

1)   O. Spengler, *Der Untergang des Abendlandes*(1922); H. Massis, *La Défence d'Occident*(1927) 등이 시사적이다.

2)   C. Dawson, *The Dynamics of World History*, Mentor Omega Book, 1956, p. 226.

3)   'Fascism'이란 1919년 3월 밀라노에서 '이탈리아 전투단Fasci Italiani di Combattrimenro'을 만든 무솔리니가 그의 운동을 'Fascimo'라 한 데서 유래하는데 이 단어는 결속을 뜻하고 있다. 파시즘의 이데올로기는 (1) 개인주의적 자유주의의 세계관을 배격하고 국가를 절대시하는 전체주의적 세계관, (2) 일당독재 체제, (3) 침략전쟁 및 군비확장, (4) 계급투쟁의 배격, (5) 논리와 지성보다 본능, 의지, 육체적 능력을 중시하는 것 등이다.

결하기에 이른다. 파시즘과 이에 대결하는 자유주의[4] 측의 인민전선이 대립되었고, 이것이 서구 지식인 간에 최대의 관심사였던 것이다. 왜냐하면, 이 불안의 사상 속에 어떻게 처할 것인가는 문화인의 초미의 생존 방식이기 때문이다.

1933년 독일은 히틀러가 나치스 당의 정권을 쥐자 같은 해 3월에 베르사유조약을 폐기하고, 같은 해 5월에 개인주의, 자유주의, 마르크스주의, 유대주의를 일체 배척하여 그러한 서적을 불태웠으며, 영웅숭배, 신화, 국수주의, 열광적 신앙 등을 내세웠다. 그리고 이에 항거하는 문화인을 국외 추방하기에 이르렀다.[5] 1934년 2월 파리에서 일어난 파쇼파에 의한 폭동 사건을 계기로 하여 종래 서로 갈등이 많던 사회주의와 자유주의가 파시즘에 대항하기 위해 단합하여 임시 위원회를 조직하였고, 같은 달엔 사회주의와 공산주의 및 자유주의가 통일 행동을 협정하여 소위 인민전선의 출현을 보았던 것이다.

1935년 4월 1일부터 3일간 니스에서 '지적협력국제협회'가 P. 발레리를 의장으로 하여 개최되었고, 특히 6월 21일부터 26일까지 파리에서 '국제작가대회'가 A. 지드를 중심으로 개최된 것은 문화 옹호에 대한 획기적 사건이 되었다. 같은 해 7월엔 '코민테른' 제7회 대회가 이 사태와 관계되어 있으며,[6] 1936년 7월에 일어난 스페인 내란은 파시즘과 데모크라시의 결전장이었고,[7] 1936년 11월 독·일 방공(防共)협

---

4)   여기서 자유주의란 광의의 뜻인데 인간성의 해방과 문화 옹호, 표현의 자유를 위해 특권과 독재에 불만을 가진 모든 사상을 망라한 것이다. 이 속엔 마르크스주의자들도 포함됨은 물론이다.

5)   Th. 만, K. 만, H. 만, R.M. 레마르크 등을 들 수 있다.

6)   1928년 제6회 이후 객관적 정세의 불리로 7년 동안 침묵한 '제3인터내셔널'이 1935년 7월, 65개국의 참가 속에 개최된 바 있다.

정, 1938년 3월 독일의 오스트리아 점령, 1936년 5월 이탈리아의 에티오피아 병합, 1938년 8월 독·일 군사동맹, 1939년 4월 독·이(伊) 군사동맹, 1938년 9월 독·이·일의 군사동맹, 드디어 1941년 6월 제2차 세계대전이 일어났던 것이다. 이러한 정세 속에, 나치스의 신화와 반달리즘에 대항한 문화옹호대회는 특기할 것이며, 지식인의 불안 의식과 이를 일신상의 문제로 다루어야 되는 문학과의 관계는 심각한 문제로 나타났고, 한국문학에서도 이 문제가 활발히 논의된 바 있다.

3. 전형기의 배경 (2)—문화의 옹호

'지적협력국제협회'는 '국제연맹문학예술위원회'의 자문에 응해 1935년 5월 1일부터 3일간 니스에 있는 지중해 대학에서 '현대인의 형성'을 주제로 토의했는데, 발레리를 의장으로 11개국 대표 16인 및 토마스 만과 포시온의 서간이 포함되어 있다. 이 회의의 주제는 현대의 불안, 위기를 구제할 인간형에 대한 것인바, 구주에서 지성이 파시즘에 의해 퇴각되고, 그 대신 선전 폭로주의, 감상적 내셔널리즘, 신비주의, 비합리적 사고 등이 만연함에 대한 대책의 성질을 띤 것이다. 이 회의는 그 규모나 반향이 큰 것은 아니었지만, Th. 만의 다음 구절은 이 회의의 근본정신을 보여주는 것이다.

---

7) 스페인 내란은 민주주의와 파시즘의 대립으로, 독일이 스페인 파시스트에 무기를 원조하였지만 자유주의 측의 영·불은 방관했을 뿐인데 이 때문에 민주주의의 많은 지식인이 의용병으로 가담한 바 있다. A. 말로의 『희망』, E. 헤밍웨이의 『누구를 위하여 종은 울리나』는 이 상황을 드러낸 것이다.

만일에 현대의 민중이 원시적이어서 다만 쾌활 소박한 야만인들로써만 성립되어 있다면 오히려 낫겠다. 그렇다면 거기서 무엇이나 한 가지 기대할 수 있다. 그러나 그들은 참으로 고약한 두 가지 성질을 가지고 있다. 즉 그들은 말할 수 없이 감상적이고 또 손댈 여지가 없으리만치 철학자들이다. 민중의 정신은 근대주의적이니 무엇이니 하고 떠들어대도 낭만적인 방언을 말하고 있다. 그것은 민족과 흙과 피와 그리고 전통적이고 경건한 구대(舊代) 관념의 축적을 말하고 그리고도 실상은 이 모든 것에 모욕을 준다. 이 결과로서 무잡(蕪雜)한 감정 과장에 빠진 감상성과 통속적 우열과의 위선적 혼합물이 생기고 만다.[8]

이러한 합의가 있은 지 2개월 뒤에, 파리 협조회관에서 6월 21일에서 26일까지 24개국 대표 230인 및 수천 명의 청중 공개 속에 '문화옹호 국제작가회의'[9]가 개최되었다. 이 대회의 중요성은 어디에 있으며, 이 대회의 배경은 무엇인가.

이 대회는 1930년 초엽부터 나타난 자유주의적 지식인의 여러 가지 사상이 드디어 파시즘이라는 비합리주의에 대항하기 위해 체계화된 것이라 볼 수 있는데, 이 대회의 필연성은 다음 네 가지로 고찰할

---

8) 최재서, 「이삼십년래(二三十年來) 지성(知性)의 퇴각—지적협력국제협회 담화회 보고」, 『조선일보』, 1937. 8. 25에서 재인용.

9) '국제작가회의'라는 명칭은 '국제적 작가의 회의'라는 의미가 아니며 '국제적으로 작가들이 협력하여 바른 의미에 있어 문화옹호 수단을 토의하는 회의'라는 뜻이다(小松清 編, 『文化の擁護』, 第一書房, 1935, p. 13).

수 있다.[10] 첫째는 파시즘 만연으로 인한 위기에 대한 대책을 들 수 있다. 종래까지 자유주의와 공산주의가 적대시되었으나, 파시즘이라는 공동의 적을 앞에 바라볼 때 그들은 연합 전선을 펴지 않으면 안 되었던 것이다. 이 대회를 전후해서 R. 롤랑과 H. 바르뷔스가 모스크바를 방문한 것은 바로 이 까닭이라 할 수 있다. 둘째, 사상적 근거를 들 수 있다. 제2의 세기말적인 지식 계급의 불안과 고민이 세계적인 현상으로 나타나 셰스토프의 불안 철학이 유행하였다. 이것은 나치스에 의해 독일서 감행된 100여 명의 지식인 추방에 대한 반발이 비등했고, 여기에 문학 정통파, 순수예술파, 휴머니스트, 인도주의, 세계주의, 마르크스주의, 민족개량주의 및 우익민족주의까지 이른바 인간성의 해방, 문화의 옹호, 표현의 자유라는 사상의 영역으로 통일의 기세를 현실적으로 보인 것이다. 셋째, 문학계의 이유로는 (1) H.G. 웰스가 중심이 되어 조직된 '국제펜클럽',[11] (2) 독일에서 추방된 작가, 특히 K. 만이 암스테르담에서 편집한 문예지『문학』이 지드, 헉슬리, Th. 만 등의 후원으로 반나치스 운동을 전개한 것, (3) N.R.F파의 변모를 들 수 있다. '문화의 위기를 극복하기 위해' 아라공이 좌경했고 콕토, 게온 등이 가톨릭화하고, 방다는 형이상학으로, 크레미외는 신인문주의(新人文主義), 페르난데스는 정치적 행동주의를 모색했다. 이들을 통틀어 신자유주의 문학 운동파라 할 수 있다. 넷째로, 예술파와 계급파의 근본적 차이로서 문학의 목적성 유무의 장벽이 있는데, 이것을 어떻게

---

10) 정인섭,「세계 문단의 당면 동의─1936년 1월 현재」,『세계문학산고』, 동국문화사, 1960, pp. 89~92.

11) 웰스, 롤랑, 발레리, 하웁트만, T. 만, 로빈슨, 고리키, 메레시콥스키, 타고르, 후스(胡適) 등이 가입되어 있었다.

극복할 수 있는가라는 문제와 관계된다. 물론 그것은 임시방편적일 뿐이긴 하지만, 계급문학의 창작방법론이 이 시기에 크게 방향 전환을 했다는 사실을 들 수 있다. 그것은 종래 변증법적 사실주의에서 사회주의적 리얼리즘으로 자기비판을 했으므로, 어느 정도 자유주의 예술론과의 교차점을 보였다는 점이다.

'국제작가회의'는 (1) 사회 생활에 있어서의 부르주아적 견해의 시정 및 이에 대한 항의, (2) 구주적 이성과 조화의 문화 옹호, (3) 파시즘의 정치적 강권주의 및 그에 의해 야기된 제(諸) 파괴적 현상에 반대하는 토의 및 결의인데, 문학상에 있어서는 구주적 휴머니즘의 필요, 나아가 개인과 집단의 조화된 '소련 문화의 우월성의 승인'에 이른 것으로 되어 있다.[12] 이 회의는 마치 마르크스주의에의 합의인 듯한 인상을 주었고,[13] 이는 중심인물인 지드, 말로가 좌경자라는 점과도 무관하지 않은 듯하다.[14] 이 회의의 중요 인물은 프랑스의 지드, R.

---

12) 小松清, 같은 책, p. 17.
13) 그러나 이 회의를 프랑스 국가나 대(大)신문들은 전부 묵살했으며, 이 점을 소련 신문들이 분개했다고 한다. 같은 책, p. 19.
14) 지드는 1934년 8월, 말로, 롤랑, 바르뷔스 등과 함께 모스크바 전노(全露)작가대회에 초청되었으나 일신상 사정으로 출석하지 못했다. 1935년 모스크바 대회에는 메시지를 전달했다. 그러나 그는 철저한 개인주의자였다. 1936년 6월 러시아 여행에서 돌아와 『소련 방문기Retouches à mon retour de l'U.R.S.S.』를 썼는데 러시아에 대한 실망 때문에 전향하게 된다. 그의 전향 동기는 명료하다.
　　"나의 소비에트 여행에는 뭔가 비극적인 게 있었다. 나는 새로운 세계를 기리는 확신과 열정을 품고 그곳에 갔지만, 그들은 내가 몹시 혐오하는 구시대의 모든 특권으로 나를 유혹하고 이기고자 하였다"(The God that Failed, ed. by R. Crossman, Bantam Books, 1949, p. 174).
　　지드가 러시아 비판으로 전향하자 R. 롤랑은 "친애하는 동지 제군! 지드 저서에 대한 제군들의 동요를 이해할 수 없다"(Le Serpent, 1937. 3, p. 40)고 하여, 지드의 기행문이 유치하다고 공격했고 B. 크레미외도 지드 비판을 썼다. 한국에 있어서도 롤랑, H. 바르뷔스, J. 브로크, V. 말게리트, 말로, L. 아라공, P. 니쟝, 독일의 H. 만, L. 핏트윈겔, 영국의 A. 헉슬리, E. 포스터, 스트레이치, 이탈리아의 I. 실로네, 스페인의 잉그란, 미국의 앤더슨, W. 프랑크, 러시아의 고리키, 이와노프 등을 들 수 있다. 이 회의의 성격은 지드의 연설「문화의 옹호Defense De La Culture」의 다음 구절에서도 찾아볼 수 있다.

먼저 첫째로 눈에 띄는 것은 국가주의자들이 국가주의와 자국에 대한 혐오 부인 이반(離反)과를 혼동하려고 애쓰고 있다는 것이다. 그들은 '애국자'라는 말에 우리가 이 말을 사용할 수 없도록, 편협 고루(固陋) 적기적(敵氣的) 의미를 부여했다. [……] 내 자신에 대해 말한다면, 나는 철저히 프랑스인이며 동시에 철저히 국제주의자라 주장하는 터이다. 이것은 내가 중심에서 코뮤니즘에 찬동하면서도 개인주의자라는 것을 주장하는 것과 전혀 같은 것이다. 왜냐하면 "각인(各人)은 가장 개성적일 때 가장 훌륭히 공동체에 봉사하는 것"이라는 것이 상시 나의 명제이기 때문이다. [……] 나는 작가로서 말하고 있으므로 여기서 문화와 문학에 대해 말하기로 하거니와, 이 개성속에 있어서의 일반의 승리, 개인 속에 있어서의 인류의 승리가 가장명백히 실현되는 것은 바로 이 문학 가운데서이다.[15]

이 대회 내용이 1935년 11월 고마쓰 기요시(小松淸)에 의해 일역(日譯)

지드의 전향이 백철과 유진오에 의해 논의된 바 있다.
15)   小松淸, 같은 책, pp. 53~54.

되어 도쿄 문단에 커다란 충격을 던졌다. 한국 문단에도 이것이 여러 가지 의미를 띠고 논의되어 주조 탐색의 혼란을 빚었는데, 그 문제점의 하나는 지드의 연설에서 보이는바, 이 대회의 사회주의 리얼리즘에 대한 고무적 선언에서 찾을 수 있다.

1935년이면 NAPF(KOPF)는 물론 KAPF도 완전히 해체된 뒤였고, 이른바 전향의 계절에 처했을 때이다. 이러한 상황 속에 지식인들은 국제작가회의를 접하고 종래 프로문학에 대한 정신적 애착을 불러일으키게 된 것으로 볼 수 있다.

한국에서 논의된 것은, 이헌구의 「국제작가대회가 개최된 동기와 원인의 필연성」(『조선일보』, 1936. 1. 1), 최재서의 「영국의 전통과 자유작가회의—E.M. 포스터의 연설을 중심으로」(『조선일보』, 1936. 1. 4), 정인섭의 「세계 문단의 당면 동의」(『조선일보』, 1936. 1. 12), 이원조의 「문화옹호작가회의 재음미」(『조선일보』, 1936. 8), 백철의 「문화의 옹호와 조선 문화의 문제—국제작가대회」(『사해공론』, 1936. 12), 박승극의 「문화옹호국제회의의 1주년을 맞이하면서」(『사해공론』, 1937. 7) 등을 들 수 있고, 니스의 회의에 대한 것은 최재서의 「이상적 인간에 대한 규정—지적협력국제협회 담화회를 보고」(『조선일보』, 1937. 8. 23~27)를 들 수 있다.

이러한 배경 아래, 소위 한국 1930년대 중엽의 모색 비평이 휴머니즘론, 지성론, 고발문학론, 교양론, 행동주의론 등을 펼쳐냈던 것이다.

4. 전형기의 배경 (3)―일본적 파시즘과 문화

전형기 비평은 객관적 정세가 지나치게 발호하는 기간인데, 이 객관적 외부 정세 중 일본적 파시즘이 식민지에 처한 한국문학에 결정적인 작용을 하였던 것이다. 따라서, 이 무렵의 한국문학의 대타의식과 이에 대처하는 사고의 궤도는 일본적 파시즘을 염두에 두지 않고는 온전히 다루기가 불가능한 것이다. 여기서는 다만 일본적 천황제 군국주의 파시즘의 특징과 그 소장(消長)의 중요한 사건을 나열하는 데 그치기로 한다.

1930년, 세계 경제 공황이 일본에 파급되었을 때부터 침략을 통해 이를 타개하기 위해 파시즘의 움직임이 활발해졌으며, 1931년 7월에 소위 '완바오산(萬寶山) 사건',[16] 같은 해 12월에 동북사변(東北事變)이 발생했다. 1932년 5월엔 만주는 관동군의 지배하에 놓이게 된다.

1933년엔 두 개의 중요한 사건이 파시즘을 촉진케 했는바, 그 하나는 적화(赤化) 교수 다키카와(瀧川) 사건이며, 다른 하나는 공산당 간부의 옥중 전향선언이다. 전자는 나치스의 분서(焚書) 사건을 방불케 한 것으로 교토대 교수 다키카와 유키토키(瀧川幸辰)의 형법 이론이 적화사상이라 하여 탄압받은 사건인데, 이로 인해 자유주의를 지키는 문화인 미키 기요시(三木淸), 다니카와 데쓰조(谷川徹三), 하세가와 뇨

---

16) 1931년 4월 16일 만주 창춘(長春)에 있는 완바오산(萬寶山) 지방에 이주한 한국 농민이 관개수로 공사로 중국인과 충돌이 일어난 것이 이른바 이 사건인데, 이 사건으로 한국에 와 있는 중국인에 대해 적대시하는 운동이 전개되었고, 그 결과 141명의 중국인을 살해했던 것이다. 그러나 이 사건이 완전히 일정(日政)의 모략(謀略)임이 판명되었다(이석태 편, 『사회과학대사전』, 문우인서관, 1948, p. 213).

제칸(長谷川如是閑), 기쿠치 간(菊池寬), 도쿠다 슈세이(德田秋聲) 등의 '학예자유동맹'을 낳은 바 있다. 후자는 공산당 간부 사노 마나부(佐野學)·나베야마 사다치카(鍋山貞親)의 '전향 성명서'인데, 이들은 천황제 지지, 아시아 문제 해결로서의 전쟁을 지지한 것으로, 이를 계기로 당국은 이것을 크게 선전하여, 90퍼센트 이상이 전향하는 이른바 전향 시대를 이룩했으며, 이 때문에 진보적 인텔리의 세력은 붕괴하기에 이른다. 한편 저널리즘에서는 마르크스주의가 퇴조하고, 예술주의가 불안 사상을 업고 대두하게 된다. 바로 여기에 "지식인이 정치를 향배(向背)"[17]하여 군국주의 파시즘을 급속화시킨 것이다. 지식인들이 파시즘에 동조하게 된 이유를 두 가지 관점에서 살펴볼 수 있다. 하나는 마르크스주의자들의 국수주의에의 전향이며, 다른 하나는 자유주의자가 불안 사상을 극복하기 위해 도리어 파시즘에 뛰어들어 파시즘에 역이용당하는 경우인데, 전향자들의 내적 심리도 근본적으로 이와 같은 것으로 불안, 실망, 고립감에서 벗어나려고 오히려 파시즘에 몸을 던져 맹목적 복종을 나타낸다. E. 프롬은 이것을 '자유에서의 도피'라 한 것이다.

1935년 2월의 천황 기관설(機關說) 파기, 1936년 2·26 사건으로 인해 파시즘의 일본적 특색이 드러났다. 일본의 파시즘은 독일이나 이탈리아의 그것과는 달리 독자적 대중 조직을 갖지 못하고 군부에 중심을 두고 있었으며, 그 정점에 천황제가 있었다. 이 2·26 사건을 전후해서 민간 우익, 청년 장교에서 육군성 참모부에 주도권이 넘어간 것으로 되어 있다.[18]

---

17)   遠山茂樹 外, 『昭和史』, 岩波書店, 1955, p. 111.

1936년 11월 베를린에서 독·일 방공협정이 이루어지고, 1937년 7월 루거우차오(蘆溝橋) 사건으로 중일전쟁이 발발하여, 동양문화권은 양상을 달리할 만큼 변동한다. 소위 준(準)전시체제가 나타난다. 1936년 3월 쉬저우(徐州) 작전, 같은 해 10월 우한(武漢) 작전, 같은 해 11월 고노에(近) 내각의 '동아 신질서' 성명, 팔굉일우(八紘一宇)와 천황귀일(天皇歸一) 등등의 측면이 나타난 것이다. 각 신문사의 전쟁 성쟁 보도, 르포르타주 문학, 동양문화의 반성, 서구 사상에 대한 비판, '일본적인 것'을 찾기 위한 고전에의 귀환, 광신적 대동아공영권 등이 '국가총동원'(1937. 9)에 의해 제기되었고 이 명제에 저해되는 작품은 발금(發禁)되었다.[19]

1938년 8월 일·독 군사동맹, 1940년 9월 독·이·일 동맹, 제3차 고노에 내각에 의해 소위 '신체제(新體制)' 운동이 외쳐졌고, 같은 해 11월 소위 '기원(紀元) 2600년'을 기해 일본 정신을 재천명했다. 이 신체제 운동은 곧 전쟁체제를 뜻하는 것이다. 드디어 1941년 12월 일본은 태평양전쟁에 돌입하게 된다.

5. 전형기의 내용

전형기에 논의된 한국문학은 구체적으로는 다섯 개의 내용 항목으로 대별할 수 있다.

---

18)   같은 책, p. 130.
19)   같은 책, p. 168.

첫째 프로문학 퇴조의 공백기를 메우기 위한 주조 탐색의 비평으로 지성론, 모럴론, 휴머니즘론, 행동주의론 등 서구적 사조에 거점을 둔 것을 들 수 있으며, 둘째 이러한 사상을 받아들여 주류를 삼으려 할 때 필연적으로 나타나는 비평의 예술화 혹은 주관적 비평 형태를 볼 수 있다. 또 해석적 비평의 경향은 '아르바이트화(化)'로 뻗는다. 셋째 고전 논의를 들 수 있다. 이것은 세계적 풍조이기도 하지만, 한국에서는 특수한 의미를 띠고, 비평계를 동원(動員)한 바 있다. 넷째 세대 논의의 커다란 진폭을 들 수 있다. 신세대와 30대의 갈등은 전형기를 드러내는 내발적인 것이고, 한국적 문단 사정에 기인한 것이며, 또 8·15 이후 이 문제가 재현하기 때문에 문학사적인 중요성이 있는 것이다. 다섯째로는 『국민문학』지 중심의 신체제론이다. 이것은 고전론에 이어진 동양문화사론과 함께 제3의 입장으로서의 비평의 영도성을 시대의 중심 사상에서 구하려 한 것이 그 원리였다. 소위 신체제론에의 일부층의 야합은 국민문학론에서 선명해지는데, 여기까지 나아가보면 일본 문학과 한국문학의 한계에 각각 부딪치게 된다.

6. 전형기의 연구 방법

(1) 전형기의 비평이 비평 혹은 문학의 지도 원리, 주조 탐색에 얼마나 고심하였으며, 그렇게 되지 않을 수 없었던 원인을 밝히기에 주력하였다.

(2) 전형기가 세계적인 사조와 직결되어 있었기 때문에 객관적 내외 정세를 밝히기에 주력하였다. 따라서 작품 연구, 작가론 등 문학

의 내부적 연구는 여기서 다루지 않고 따로 처리하기로 한 것이다.

(3) 자료 선택에 있어서는 일본 문학과의 비교문학적인 방법에 주안점을 두었다. 따라서 한국문학 측의 자료와 같은 비중을 둔 경우가 많은 것이다. 또 독단을 피하기 위해 자료를 가급적 많이 제시하였다.

(4) 국민문학론에 있어서는 왜 일급의 비평가들이 친일 노선에 야합하게 되었는가의 그 원인을 밝히기에 노력하였다. 그런 내용을 썼으므로, 혹은 일본어로 썼으므로 친일이라는 현상론이 아니라 그 체질을 파악하도록 노력하였고, 아직도 역사적 이유에서 판단을 보류한 점도 있다.

(5) 세대론은 아직도 살아 있는 문학론의 성격을 띠고 있다고 보기 때문에 이에 관계된 모든 자료가 단순한 논쟁의 모습에 머물지 않도록 노력했다.

제1장 휴머니즘론

제1절 백철의 인간탐구론

휴머니즘 논의는 백철이 중심적으로 도입, 전개한 것이나 그 바로 옆에 또는 아래, 김기림의 주지주의 비판으로서의 휴머니즘과 이헌구의 능동정신으로서의 페르난데스의 행동적 휴머니즘으로서의 말로의 이론 도입도 있다. 백철 이론은 김오성의 소론과 동궤이나 김기림, 이헌구의 소론과는 그 방법론의 차이가 있다.

인간론을 중심으로 1933년에서 1936년에 걸쳐 일관된 열정과 업적을 보여, 프로문학 퇴조 이후의 공백 지대의 비평계의 일익(一翼)을 담당한 자는 백철이다. 그는 이론 자체의 혼란 때문에, 또 창작방법론과 직결되었기 때문에 허다한 논쟁을 불러일으켰는데, 먼저 백철이 휴머니즘을 내세우게 된 이유, 그 방법, 전개 과정 등을 살펴보기로 한다.

KAPF 맹원으로 처음부터 자유주의적 색채를 강렬히 풍겨 종종 KAPF 지도층을 위기에 몰아넣어 문제를 일으킨 비평가로 유일한 존재가 백철이다.[1] 그러므로 그가 '신건설사 사건' 종료와 더불어 전주

---

1) 본명 백세철(白世哲). 1908년 평북 의주군 월화면(月華面) 정산(亭山) 생. 신의주고보를 거쳐 도쿄고사 영문과 졸. KAPF 회원. 『지상낙원(地上樂園)』 등 동인지 시대를 거쳐 약 1년간 『개벽』 기자를 지내고 평론에 전념하게 된다. 그는 도쿄 학창시대 김용제와 함께 일

에서 석방되자마자, "문학인이 과거와 같은 의미에서 정치주의를 버리고 마르크스주의의 태도를 포기하는 것은 비난할 것이 아니라 문학을 위하여 도리어 크게 찬하(讚賀)해야 할 현상"[2]이라 공언했을 때도 조금도 새삼스러운 일이 아니었고, 또 문단에서도 그렇게 알게 되었던 것이다. 이것은 백철이 정치주의를 포기하고, "문학의 건설에 귀환할 것을 결정한 시기와 동시에 피검(被檢)된 사실"[3]을 알면 충분히 이해할 수 있는 일이다. 백철은 시인으로 출발하여 「어머니」 「단장(斷腸)」 「무제」(『대중지광』, 1930) 등을 썼고, 평론가로서는 「문예시평」 (『혜성』, 1931. 12), 「농민문학 문제」(『조선일보』, 1931. 10. 1~20) 등이 첫 논문으로 되어 있다. 1932년에는 「1932년도 기성 신흥 양 문단의 동향」(『조선일보』, 1932. 12. 21~27)이라는 총평을 쓰는 데까지 발전한다. 그가 「창작방법 문제」(『조선일보』, 1932. 3. 9~20)를 쓸 때까지도 과격한 계급 투사의 모습과 함께 리버럴리즘이 공존하고 있었다.[4] 그런데 KAPF 지도부가 불안을 느끼게 된 것은 백철이 「인텔리의 명예」(『조선일보』, 1933. 3. 3)와 「조선의 문학을 구하라」 두 편을 썼을

본인 좌익 시인 그룹인 '프롤레타리아 시인회'의 멤버였으며, 「국경을 넘어서」 같은 시와 「프롤레타리아 시인과 실천의 문제」라는 극좌익적 편향의 논문도 썼다고 하며 KAPF 조직 내에 합류한 것은 1932년 초로 알려져 있다. 임화, 「동지 백철 군을 논함」, 『조선일보』, 1933. 6. 14~17 참조.

2) 백철, 「출감 소감—비애의 성사(城舍)」, 『동아일보』, 1935. 12. 27.
3) 같은 곳.
4) "정당한 계급적 분석 위에서 제작된 일정한 작품은 첫째 그 작품 속에 프롤레타리아적 관점에서 본 계급××이란 의미에서 그 중심주제가 ××적으로 살고 있을 것. 둘째 그 제재가 현실의 복잡성과 다양성이라는 의미에서 광범하게 자유롭게 취급되어야 할 것. 셋째 계급적 조건에 제약된 일정한 사회에서 구체적으로 생활하고 있는 인간을 취급할 것. 넷째 일정한 대중생활이 구체적으로 살아 있을 것"(백철, 「창작방법 문제—계급적 분석과 시의 창작」, 『조선일보』, 1932. 3. 9~20).

때부터라 할 수 있다.

　　현대 교실의 교육을 비교적 계급적으로 받았다는 의미에서, 그리고 셰익스피어의 『R&J』을 원서로 읽을 알파벳적 지식을 갖고 있다는 점에서 인텔리인 나는 정당한 말 그대로 프로문학의 이용을 당하고 있다는 그것을 몇천 번 시인하고 있다. 그러나 그것은 조금이나 나의 보잘것없는 존재에 수치의 조건이 될 것인가. 그와 반대로 나는 이 창백한 얼굴과 거기에 동반하는 소시민적 근성에 몇 번이고 자멸감을 느끼면서 프로문학에 좀더 효능하게 이용되기를 희망하여 왔으며 또 희망하고 있다.[5]

가장 활동성 있는 동지의 한 사람인 백철의 이러한 거침없는 회의적 발언은 일찍이 KAPF 이론가로서는 생각도 할 수 없는 것이라 할 만하다. 그렇다고 백철을 제명하기에는 KAPF는 지나치게 대가를 많이 지불해야 했던 것이다.[6] 따라서 문제 해결을 위해 KAPF 쪽에서 김우철과 임화가 나선 바 있다.

　　"조선의 부르문학은 '수척한 상가(喪家)의 개(하야시 후사오의 말—인용자) 행렬'이라 표현하고 이와 같은 빈약한 문학 유산을 물려받은 조선의 프로문학은 순조롭게 성장되어갈 왕성한 문학이 될 수

<hr>

5)　백철, 「인텔리의 명예—동반자 작가에 대한 감상」, 『조선일보』, 1933. 3. 3.
6)　1933년 KAPF 서기국은 성명서를 발표하여 박영희, 신유인의 탈퇴를 이유 부족이라 해서 거부한 바 있으며, 한 사람이라도 놓치지 않기 위해 임화는 "지금 일부의 악의에 찬 자들에 의하여 수행되는 것과 같이 백군에 대한 단순한 비방으로부터 우리는 군을 최대의 온정을 가지고 옹호하여야 할 것"(「동지 백철 군을 논함」, 『조선일보』, 1933. 6. 16)이라 했다.

없는 사정"[7]이라고 백철이 말했는데, 김우철은 이러한 논법이 이광수류의 민족주의 측 이론과 완전히 일치함을 지적, 비난하고 있다.[8] 임화는 이 문제를 백철의 체질에서 규명하려 했다. 백철의 장점은 부지런함과 자기 성실이나 그 약점은 규율 있는 조직 생활 즉 마르크스주의자로서의 훈련을 받지 못한 자유주의적 인텔리성에 있다고 임화는 보았다. 고쳐 말해서 백철이 "비평가로서의 정치적 무관심자"이며, 멘셰비키이며, "우익적 일탈"적이며, 투항주의적이며, 부르주아 철학의 아류들과 조금도 차이가 없다는 것이다.[9]

이로써 볼 때, 백철은 비록 KAPF에 소속되어 있었으나, 처음부터 자유주의적 인텔리 기질과 정열로 말미암아 마르크스주의 비평가가 될 수 없음이 명백히 드러난다. 백철이 인간론을 전개하여 휴머니즘론에 도달함은 그러므로 지극히 자연스러운 바 있다. 「인간묘사 시대」(『조선일보』, 1933. 9. 1)와 「심리적 리얼리즘과 사회적 리얼리즘」(『조선일보』, 1933. 9. 17~20)이 동시에 발표됨을 보아도 이 점을 확인할 수 있는 것이다.

인간론은 1933~34년에 그 기초가 놓이고, 1935년은 전주 사건으로 공백기가 되었다가 1936년부터 본격적인 휴머니즘론으로 펼쳐진다. 1936년의 서상의 두 논문의 인간론이 마르크스주의적인 미망(迷妄)에서 완전히 벗어난 것은 아니었다. 현대에 있어서 두 계급의 문학이 "비록 동일한 의미로서는 아니나, 함께 인간묘사에 주력을 집중하

---

7) 김우철, 「민족문학의 문제―백철의 논문을 읽고」(『조선일보』, 1933. 6. 6 재인용) 및 정서죽, 「'조선의 문학을 구하라'의 필자에게」(『조선문학』, 1933. 10 재인용).
8) 김우철, 같은 글.
9) 임화, 「동지 백철 군을 논함」, 『조선일보』, 1933. 6. 16.

고 있는 사실"¹⁰⁾에서 백철은 출발했다. 자유주의 문학의 대표자인 프루스트, 조이스, 헉슬리 등이 인간론에 집중되어 있다는 점을 들어 프로문학도 인간의 묘사에 주력해야 한다는 것이다. 백철의 부르주아문학 부분의 이론이 크레미외의 인간 분석의 시대라는 슬로건을 그대로 받아들인 것이지만, 프로문학도 인간묘사에 주력해야 된다는 것은 백철류의 당연한 귀결이라 할 만하다. 여기 백철의 의욕을 읽을 수 있는 것이다. 그 결과 인간묘사론의 구체적 방법은 "하나는 사회주의적 리얼리즘이라는 창작방법을 갖고 또 한편은 심리주의적 리버럴리즘이라는 문학적 수법"¹¹⁾을 내세웠다. 1934년에 들어 백철의 인간론은 사회주의적 리얼리즘 요소가 거세된 것으로 막연한 절충적인 방법을 지향하기에 이른다. 그는 "인간묘사론 기이(其二)"라는 부제(副題)를 단 「인간탐구의 도정」(『동아일보』, 1934. 5. 24~6. 2)과 「인간탐구의 정열과 문예부흥의 대망 시대」(『조선중앙일보』, 1934. 6. 30~7. 31) 두 편을 내놓아 자기주장을 재확인하는 한편 평단의 공격에 답변한다. 이 두 편은 그를 공격한 홍효민, 이헌구, 임화, 함대훈, 박영희, 한효 등에 대한 반론이지만, 그 속에는 그가 인간론을 제기한 근본 이유가 드러나 있다. 그것은 프로문학이 "인간적 개성을 무시한 집단과 사회를 묘사하는 대신 사회적 실천 관계에서 개인적 인간을 통일적으로 묘사"¹²⁾함으로써만 소생할 수 있고 이로 인해서만 제2의 르네상스를 준비할

---

10) 백철, 「인간묘사 시대」, 『조선일보』, 1933. 9. 1. 또 「심리적 리얼리즘과 사회적 리얼리즘」 (『조선일보』, 1933. 9. 20)에서는 "사회주의적 리얼리즘은 인간을 대상으로 할 때 결코 그 것은 개인적 심리 가운데 독립시키지 아니하며, 또 사회적 실천에서 격리시키지 않는다" 고 하여 심리적인 것이 부르문학의 것만이 아님을 강조하였다.

11) 같은 곳.

12) 백철, 「인간탐구의 도정」, 『동아일보』, 1934. 5. 27.

수 있다는 데 두었던 것이다.[13] 물론 백철의 이런 주장은 일본 문단의 동향과 연결되어 있다. 일본서는, 제2 르네상스란 프로문학의 소생이 기보다는 대가들의 창작에의 재등장, 셰스토프의 불안 철학, 행동적 휴머니즘의 작용에서 빚어지는 분위기를 의미한 것이다.[14] 여기까지에 있어 문단의 비판을 살펴보면, 백철 인간론의 비판의 선편을 쥔 홍효민은 인간묘사와 사회묘사를 인정하고, 프로문학의 처지에서 볼 때 백철 인간론이 "예술지상주의적 상업 부르주아의 인간만 의미하며 모방적"[15]이라 했고, 임화는 집단묘사도 사회묘사도 거부하고 오직 계급적 인간의 묘사라야 함을 주장하고,[16] 그 외 함대훈은 집단묘사를 주장, 이헌구는 사회묘사 쪽을 지지하였으며,[17] 가톨릭문학파의 이동구의 인간묘사 비판도 예리한 것이었다.[18] 이로써 볼 때, 백철의 인간론이 처음엔 인간묘사론의 형태로 제기되었고, 또 그것은 프로문학과 부르주아문학의 종합이지만, 실제로는 심리적 인간묘사 쪽에 기울어지고 있었던 것이다.

한편 1934년 백철은 인간묘사론에 상응하는 비평방법론을 모색하기에 이른다. 이것은 인간론이 단순한 주제 혹은 내용을 의미함이

---

13)   백철, 「인간탐구의 정열과 문예부흥의 대망 시대」, 『조선중앙일보』, 1934. 8. 12.

14)   長谷川泉, 『近代日本文學評論史』, 有精堂, 1958, pp. 96~97. 백철 자신은 『改造』(1934. 7) 및 『新潮』에 르네상스 논의가 일어났음에 자극되었음을 고백하고 있다(「인간탐구의 정열과 문예부흥의 대망 시대」, 『조선중앙일보』, 1934. 7. 30).

15)   홍효민, 「문단의 기근」, 『동아일보』, 1933. 9. 14. 그 외에 「형상의 성질과 그 표현—인간묘사와 사회묘사 재고」, 『동아일보』, 1934. 2. 27~29.

16)   임화, 「집단과 개성의 묘사」, 『조선중앙일보』, 1934. 3. 14.

17)   홍효민, 「형상의 성질과 그 표현」 재인용.

18)   "백철의 '인간묘사 시대' 이것은 '인형묘사 시대'이다"(이동구, 「문예시평」, 『가톨릭청년』, 1933. 10, p. 51).

아니라 창작의 방법 및 정신까지에 걸치는 것이므로 불가피한 현상이라 보아진다. 그것의 제1단계로는 '기준비평과 감상비평의 결합'이며, 제2단계로는 리얼리즘론이다. 비평 방법의 고찰은 후술하기로 하고 먼저 여기서는 인간론과 관계된 리얼리즘을 살펴볼 필요가 있다. 앞에서 임화가 백철의 체질을 검토한 사실을 다시 기억할 필요가 있다. 과거 프로문학의 기준비평의 결핍을 통박하고 이를 극복하기 위해, 감상비평을 이 기준비평에 종합시켜야 한다고 백철은 주장하지만, 결국 나타나는 것은 광의의 창조적 비평의 지평을 열게 된다.[19] 이러한 병행적 태도 즉 창작방법과 비평방법의 모색은 당시의 저널리즘을 매혹하기에 족한 것이기도 하다. 그러나 그가 이렇게 대담하게 프로문학론을 비판하면서도, 당분간은 프로문학의 영향권에서 완전히 벗어나지는 못했음을 또한 보여주고 있다. 그가 과도한 욕망으로 부르와 프로의 종합을 한 몸에 담아 주류 형성을 시도한 것이 바탕의 허약성으로 각종의 모순을 빚어낸다. 프로문학 이론에 대한 확실한 지식이 없었고, 다만 한국에 있어서의 프로문학론의 결핍만을 이용, 혹은 대세에 유리한 측면만을 받아들이며 또 이끌어와 종합하려 한 것이다. 백철을 가리켜 딜레탕트라 한 것은 이런 의미와 관계되어 있다.[20] 그는 문단에 일어나는 화제에마다 자기 영역임을 자각하고 활약했거니와 「리얼리즘의 재고」(『사해공론』, 1937. 1)에서도 이 점을 엿볼 수 있다. 최재서의 「리얼리즘의 확대와 심화」(『조선일보』, 1936. 10. 31~11. 7)와 백철의 「문학어(文學語)」(『조선일보』, 1936. 11. 5~8)가 거의 동시

---

19)   김기림, 「비평의 재비평」, 『신동아』, 1933. 5, p. 123.
20)   백철, 「비평의 신임무―기준비평과 감상비평의 결합 문제」, 『동아일보』, 1933. 11.
       15~19.

에 발표된 바 있는데, 이 속엔 이상의 「날개」 평이 또한 함께 나와 있다. 최재서는 「날개」를 리얼리즘의 심화로 보았고, 백철은 이를 리얼리즘의 타락으로 보았다. 전자가 보는 리얼리즘의 각도는 '작자의 보는 눈'에 있고 후자의 그것은 그 제재 및 내용 쪽이다. 하나는 기술(記述) 비평이라면 하나는 감상적 내용 비평이라 할 수도 있다. 전자는 분석적이나 후자는 좀 막연하다. 이를 극복하기 위해 백철은 「날개」를 리얼리즘으로 인정하면서도 반(反)휴머니즘에 지나지 않으며, 참된 휴머니즘의 리얼리즘으로 이기영의 『고향』을 들었다. "최재서의 리얼리즘은 사회와 현실의 변천을 고려하지 않았다. [……] 리얼리즘은 휴머니즘을 지향해야 되며 리얼리즘을 통해 심화 확대될 것"[21]이라 주장한다. 이것은 백철의 휴머니즘의 입각지와 함께 비평 방법의 모습을 엿보게 하여 '남에게 지기 싫어하는 성격적 일면'도 엿볼 수 있을 것이다. 백철에 대한 인간적 측면은 일찍이 안석주에 의해 성실성으로 지적된 바 있으나[22] 동반자적 입장에 선 문인들로부터는 비판의 대상이 된 바 있다.[23]

---

21) 백철, 「리얼리즘의 재고—그 안티휴먼의 경향에 대하여」, 『사해공론』, 1937. 1, p. 49.

22) 안석주, 「투계(鬪鷄) 같은 백철」, 『조선일보』, 1933. 2. 5. "호인(好人)으로 보이면서 웃는 그 눈에서는 자광선(紫光線)이 번쩍하는 데는 누구도 경시(輕視) 못할 점이 있다. [……] 새로 나온 이로 욕설이 없기는 씨이며, 남의 작품을 신중히 취급하며 꼬집고 뜯고 핥고 할퀴고 하는 수작이 없음이 앞으로 씨의 평론이 권위가 있게 될지도 모른다."

23) '작가로서 평론을 평론'이란 소위 '비평 SOS'(『조선일보』 특집)에서 이무영이 쓴 「문예비평가론」(『조선일보』, 1934. 2. 6~8)을 보면 백철은 양적으로 다른 사람의 약 세 배의 활동을 했으나 질적으로는 아무런 공적을 남기지 못했는데 그 이유는 첫째 백철의 비평이야말로 조선 문단의 실제의 현실을 떠난 외국의 신간과 월간에서 신(新)화제를 발견하는 데만 너무 충실했으며 둘째 기준이 없어 동요된다는 점을 들었다. 같은 난에 채만식(2. 16)도 조선의 문단 급 문예를 해외의 한 새로운 문예이론으로써 비평하는 것을 지적, 비난하고 있다.

1935년은 백철의 공백기라 할 수 있다. 이해 12월의 「출감 소감―비애의 성사」가 있을 뿐이다. 이것은 일종의 감상문이라 할 수 있는데, 그는 이보다 먼저 허다히 우경화를 공공연히 선언한 바 있기 때문에 회월 모양 선언서를 발표할 필요도 없었고, 임화, 김남천, 한설야같이 순문학, 소시민 문학에 달려가고 싶어도 체면 때문에 오래도록 스스로 멍들어야 했던 위선도 필요치 않았으므로 열렬히 주장할 수 있었다.

'인간으로 돌아가자'는 슬로건은 1936년에 들어와, 선명한 기치를 띠며 1937년까지 발전한다. 이에 백철의 「문예 왕성을 기(期)할 시대」(『중앙』, 1936. 3), 「문학의 성림(聖林) 인간으로 귀환하라」(『조광』, 1936. 4), 「인간탐구의 문학」(『사해공론』, 1936. 6) 등이 발표되었다. 이들 논설은 문화옹호국제작가회의에 힘입어 문학의 독자성, 자유성을 확보하기 위해 '위대한 결의'가 요청된다고 주장하고 있는데, 그것은 한마디로 정열이라 할 수도 있다. 문학의 정열이 내셔널리즘 쪽과 소셜리즘 쪽에도 아직 남아 있기는 하나, 파시즘의 문화 위기에 별로 구제될 가망이 없으며 낭만파 역시 불가능하고, 구할 수 있는 길은 오직 '고민의 정열'뿐이다. 그것은 인간탐구에 있으며, 따라서 '문학의 성림인 인간'으로 모든 정열이 귀환할 것을 외친 것이다.[24] 1933년부터 내세운 인간론에 정열을 가미한 것이며 그다음 차례에 휴머니즘론이 펼쳐진다.

한편 백철은, 정열을 띤 인간론에 상응하는 두번째의 비평 방법

24) 백철, 「문예 왕성을 기할 시대」, 『중앙』, 1936. 3, pp. 112~13; 「문학의 성림(聖林) 인간으로 귀환하라」, 『조광』, 1936. 4, pp. 184~92; 「인간탐구의 문학」, 『사해공론』, 1936. 6, pp. 21~22.

을 모색하게 되었는데 그것은 한마디로 고백적 자세라 할 수 있다. 작품평이란 "결국 자기 자신의 개성적 주관적 사상과 의사를 써가는 한 개의 창작"[25]이라 본 것은 지드의 「도스토옙스키론」과 같은 태도이다. 비평을 하나의 심정적 감상적인 것으로 보며 "창작의 정신에 접근시키려는 견해"[26]에 두게 되는바, 이것이야말로 시대의 조류일 뿐 아니라, 백철의 개성에 꼭 맞는다는 것이었다. 이러한 태도는 「개성적 감상의 중요성―나의 비평심(批評心)」(『조선일보』, 1936. 2. 13)에서 비롯된 것인데 작품을 이른바 과학적 기준, 논리적 명제, 수학적 방정식에 의해 판단 실증함이 아니라, "정리 이전 그 작품 세계의 혼란된 심연의 한가운데 일약(一躍)으로 뛰어들어서 무엇을 직접으로 생생하게 붙잡으려는 노력"[27]임을 명백히 드러내었다. 이러한 태도는 지드의 주아적(主我的) 비평, 혹은 A. 프랑스의 일락적(逸樂的) 비평의 도입이라 할 것이다.[28] 이와 정반대로 비평을 학(學)으로 보아 이 길을 개척한 자가 임화임을 지적해둘 필요가 있다. 백철의 심정적 감상비평이 임화에 반작용을 일으켜 임화로 하여금 문예학 수립의 길을 열게 한 것은 비평계의 한 수확이라 할 수 있다.

1936년 백철의 활동은 내용상으로는 인간귀환론이며 형태상으로는 비평의 감성화에 집약되어 있다. 여기에 대한 비판이 이헌구와 임화에 의해 제기되었다. 임화는 "백철이 현대문학의 기본 과제를 다

---

25) 백철, 「작품 평자의 변」, 『조선일보』, 1936. 5. 2.

26) 백철, 「과학적 태도와 몌별(袂別)하는 나의 비평체계」, 『조선일보』, 1936. 6. 28.

27) 같은 곳.

28) J.C. Carloni, J.C. Filloux, *La Critique Littéraire*, Presses Universitaires de France, 1966, p. 54. 'une critique voluptueuse'나 'une critique égotiste'는 함께 'L'Impressionnisme'에 속하고 있다.

루는 마당에서 그것이 성립하는 기저로서의 조선의 사회적 현실을 지식계급의 주관적 입장에 국한한 것이 오류"[29]라 지적, 그 결과 인간론 자체가 우상론에 떨어져 정작 파악해야 할 인간상을 저해한다고 보았다. 이와는 달리 이헌구는 혼미된 백철의 문장과 이론 전개의 비논리성에 초점을 두고 비판하였다. 문장의 진의 파악에 퍽 곤란하다는 근본 문제에서 나아가 이헌구는 "동서고금의 문호 사상가가 모두 씨의 오늘의 이 논문을 구성시키기 위한 명구 탁견만을 남겨놓았는가에 경도(驚倒)될 것"[30]이라 하여, 백철 이론의 무체계를 비판하기에 이른 것이다. 두 개의 백철 비판은 흥미로운 일이라 할 수 있다. 하나는 극단적인 KAPF 이론가였고, 다른 하나는 극단적인 자유주의 비평가였기 때문이다. 백철의 답변은 「비판과 중상(中傷)—최근의 비평적 경향」(『조선일보』, 1936. 9. 16~23)에서 찾아볼 수 있다.

> 내가 인증(引證)한 그 모든 명구와 탁견에는 사적 사실(史實)로서 왕왕히 모순되는 경우가 있다고 하더라도 그 인증이 현실적으로 요구되는 과제를 추구하는 도정(途程)에 자극을 주고 확신을 부여한 점에 있어서 충분히 현실적 의의를 보지(保持)한 것이라고 생각이 된다.[31]

백철은 자기의 인간론이 어디까지나 연역적이며, 전환기라는 시대적 요청에 그 의도가 있고 "일일이 문학사적 사실을 연구적(研究的)으로

---

29) 임화, 「현대적 부패의 표징인 인간탐구와 고민의 정신」, 『조선중앙일보』, 1936. 6. 11~14.

30) 이헌구, 「창졸(倉卒)에 빚어낸 전제(前提)」, 『조선일보』, 1936. 9. 20.

31) 백철, 「비판과 중상(3)」, 『조선일보』, 1936. 9. 18.

추구하고 거기서 사적(史的) 체계를 수립하려는 것이 아니"[32]라고 주장하였다.

　사면초가적 입장에 처한 백철을 끝까지 지지한 자로 회월을 들 수 있다. 1934년 전향선언 직후 회월이 순문학으로 직행한 것은 아니었다. 회월은 고백적인 문장을 가끔 발표했고, 문학이론 및 철학적인 구명에 관심을 보였지만 박태원 등이 도입한 신감각파의 영향이 문단에 스밀 때, 비로소 그는 순문학 쪽에 귀환하게 되며, 문예시평 검토를 통해 작품평을 시도하기에 이른다. 회월은 1936년 문장상으로 본 비평가론을 『조선일보』에 연재했는데 그중의 백철론이 비교적 온당하다. 회월은 이보다 먼저,「권태에 지친 근래 평단」(『조선일보』, 1936. 7. 23)에서, 백철의 인간탐구는 그 본 의도는 좋으나 너무 흥분, 초조했기 때문에 좋은 제재가 범속화되었고 정작 인간탐구의 구체적 이유가 드러나지 않은 대신 논적에 대한 자기변명에 치중되었음을 지적한 바 있다. 회월은 백철의 잡다한 인용구, 과장, 초조를 들어 '가지가 많아 나무가 뵈지 않는다'고 표현한다. 한편 백철의 장점은 논적을 "설득하려는 젠틀맨십"[33]이라 보았다. 백철의 문장은 예리하지 못하고 해설적이며 심중(深重)하며 중압감을 주는데 이것은 그의 인내력과 설득력에서 찾아야 될 것이다. "남이부정(濫而不精)이며 괴뢰조종사(傀儡操士)이며 그의 문학의 성림(聖林)은 차라리 밀림(密林)"[34]이라 비난되어도, 전환기에 임하여, 논책적(論策的)인 것이 요청된 한국 비평계에서는 역사적 사명을 수행한 것으로 볼 수는 있다.

---

32)　같은 곳.
33)　박영희,「현역 평론가 군상―백철 편」, 『조선일보』, 1936. 9. 2.
34)　신산자,「현역 평론가 군상」, 『조광』, 1937. 3, pp. 255~56.

그다음 단계인 1937년에 휴머니즘론이 오며 이에 따라 비평의 방법은 휴머니즘에 입각한 리얼리즘론이 뒤따른다.

백철은 인간탐구론과 휴머니즘론 사이에서 자기로서는 필연적인 전기(轉機)를 보여야 했었는데, 그것은 리얼리즘론과 함께 나타난 「창작에 있어서의 개성과 보편」(『조선일보』, 1936. 5. 31~6. 11)이다. 이 장편 논문은 회월의 전향 논문에 견줄 수 있는 위치와 비중을 갖는 것으로, 개성적인 것의 극치가 창작상에서는 보편성을 띨 수 있다는, 지드의 말로써 결론을 삼고 있다. 여기서 의미하는 보편성이란 인간의 본질적인 데서 발원하는 것으로, 백철이, 그의 비평 방법을 사담식(私談式), 수필식, 고백적인 것이라 오해한 문단을 향해 여기서 하나의 체계화를 시도한 것이며, 그것이 어느 정도로 정리되어 성공을 거두고 있음을 본다. 이러한 백철의 변모가 대부분 논쟁의 형식 속에서 이룩되었음은 흥미 있는 일이다.[35]

---

35) 인간묘사론 이후 좌우 할 것 없이(이헌구, 함대훈, 이동구, 임화, 한설야, 이원조, 김용제, 김남천) 1인이 3, 4차나 공격해왔다. 이에 대해 백철은 다음과 같이 술회하고 있다. "나는 방패를 들어 간신히 화살을 피하면서 어지러운 보조(步調)로 위태로운 외나무다리를 걸어왔다. 그런 과거를 돌아보면서 나는 이따금 '나도 꽤 비위가 좋은 놈이었다!'고 미고소(微苦笑)도 [……] 일종의 면역성이라 할까 차차 그 공격에 대해서 용감성이 생겨졌고 나중은 이상하게도 그 공격에 강렬한 애착까지 느끼게 되는 것이었다. 그러기에 지방에 있으면서 일전 나를 공격한 어떤 벗에게 나는 다음과 같은 의미의 사신(私信)까지 쓴 일이 있다. '나는 본래 공격에 신뢰를 두는 자입니다. 나에게 만일 공격이 끝나는 날이 오면? 이것은 생각만 해도 나에게 무서운 사실입니다. 일종 변태성인지는 모르나 [……] 운운' 그러나 이것은 본래 나의 지기 싫어하고 우겨나가는 북방의 기질이 모르는 동안에 자기 감정을 속여서 합리화한 것이요, 냉정히 생각해서 공격이 나에게 그리 유쾌한 일일 수 없으며 더구나 저마다 나와 같은 기질이라고는 볼 수 없는 일이다"(백철, 「논쟁으로 일관한 정열」, 『조선일보』, 1938. 2. 9).

제2절 휴머니즘 논쟁

휴머니즘이란 자세히는 네오 휴머니즘이다. 휴머니즘에 있어서 근본
이 되는 것은 인간성(Humanity, Humanité, Humanität)이다. 원래 휴
머니티란 두 개의 의미를 내포하고 있는데, 하나는 인간의 자연 현실
을 의미하며 다른 하나는 인간의 당위, 이상을 지시하는 것이다. 뿐만
아니라 수세기를 두고 펼쳐온 휴머니즘의 다면적 마스크는 휴머니티
의 속성과 함께 논리성과 체계화에 반발하여 논의의 혼란을 야기하는
것이다.

1937년에 백철의 「웰컴! 휴머니즘」(『조광』, 1937. 1)이 발표되었
는데 이것은 인간탐구론의 연장이며 휴머니즘의 일반성이 명시되어
있다. 그 일반성이란 첫째 무주류 그것이 곧 주류인 시대에 있어서는
이 시대성과 지극히 무성격적인 휴머니즘이 상부한다는 것이다. 둘째
정치적 바바리즘에 대항하는 의미로서 모럴리티와 행동성을 속성으
로 한다는 것이다. 파시즘으로 인한 비인간화의 계절엔 인간성을 주
장하기보다 그것을 유지하는 것이 급선무였던 것이다. 그런데 휴머니
즘의 일반성은 오직 개인적인 것에 의해 규정되었고 또 명확해진다.
외부에서 볼 땐 명확한 유형으로 잡을 수 없으나, 내부 곧 개인의 입장
으로 환원시키면 어느덧 자기 개인의 일부로서 절실한 요구가 되며,
이것이 바로 보편성과 개성 융합의 논거가 된다.[36] 프로문학이 이 양
자를 융합하지 못한 데 그 예술적 실패가 있었다고 한다면 휴머니즘

---

36) 백철, 「웰컴! 휴머니즘」, 『조광』, 1937. 1, pp. 288~96.

은 위의 논거와 정열로써 그 갭을 극복할 수 있다는 것이다. 네오 휴머니즘과 르네상스의 그것과의 차이는 과거의 어떤 인간형을 가져오는 것이 아니라 미래의 새로운 인간형을 탐구하는 데다 두고 있다. 그것은 보편적 개성을 그 본질로 하는 바 이 특질이 "우연히 우리 문단의 현상이 요구하는 성격의 주류와 휴머니즘이 가지고 있는 현실적 의의와 성격이 합치"[37]되며, 따라서 휴머니즘이라는 세계적 정열 속에 뛰어들어, 전형기 한국문학의 주류를 이룩하는 계기로 삼아야 한다는 데 그 의의와 목표가 있음을 알 수 있다.

백철의 일반론에 대하여 김오성은 「문제의 시대성―인간탐구의 현대적 의의」(『조선일보』, 1936. 4. 29~5. 8), 「네오 휴머니즘론」(『조선일보』, 1936. 10. 1~9), 「네오 휴머니즘 문제」(『조광』, 1936. 12), 「휴머니즘 문학의 정상적 발전을 위하여」(『조광』, 1937. 6) 등을 썼는데 이 논구는 철학적인 해명으로 되어 있다.

백철이 휴머니즘의 무성격, 무규정을 오히려 의욕적으로 강조한 데 반하여, 김오성은 휴머니즘의, 그 속성으로 지닌 무성격적 규정을 극복되어야 할 그 무엇으로 보아, 네오 휴머니즘이 무성격일 수는 없다는 것이다. 그에 의하면 페르난데스나 말로가 인간의 본질을 행동적인 것에 둔 이른바 행동적 휴머니즘에서 행동을 통해 인간성을 규정하려는 것이 불가능하지 않다면, 그것은 무성격일 수가 없는 것이다. 물론 완전한 체계를 갖추기 어렵다는 것은 사실이다. 그 이유는 네오 휴머니즘이 초창기이기 때문이며 또 반(反)휴머니즘의 그늘에 숨어서 그 명맥이라도 유지하려는 데 기인한다. 네오 휴머니즘의 특질

---

37)   같은 글, p. 295.

은 창조적 개성, 새로운 인간형의 조성에 있다. 그것은 조각적이며, 새겨야 하는 문학인바, 인간형 발견의 방법론으로는 첫째, 객관주의가 아니고 내면적, 입체적 파악이어야 하며, 둘째, 개성을 그린다 해도 심리주의가 아니라는 것이다. 심리주의는 성격을 발견했을 뿐, 타입을 발견하지는 못했기 때문이다. 타입이란 개인의 내면에서 형성되는 것이 아니고 개성이 대외적으로 자기를 주장하여 외부에 의해 자기를 실현하려는 곳에서만 창조되는 것이며 이렇게 창조된 인간 타입은 미래의 인간상이며 명일의 현실성이다.[38]

휴머니즘에 있어서의 인간 파악은 행위적 관점에 설 필요가 있다. 행위가 '감정과 의지가 순간마다 통일하는 정신적 자세'(페르난데스)라 할 때, 이것은 내면적인 것과 외면적인 것의 창조적 통일을 뜻한다. 이 행위성은 또한 초극성을 의미한다. 현실 인간을 보존하는 실체로 파악하는 것이 아니고 이를 초극하는 곳에만 주체성은 확보된다는 것이다. 니체는 인간은 초극할 어떤 것이라 한 적이 있다.[39] 간단히 말해서 휴머니즘의 근본 목표는 현실적 인간을 초극하는 곳에 새로운 인간형이 창조될 수 있다는 데 있다. 그렇다면 이것은 일종의 현실주의가 아닐 수 없다. 여기 휴머니즘론의 한계가 있다.

백철, 김오성이 주창한 네오 휴머니즘론의 시류적 효용 가치는 그것이 세계성일 수 있었다는 데서 찾을 수 있거니와, 그 계보는 두 유파로 살펴볼 수 있다. 후나하시 세이이치(舟橋聖一), 아베 도모지(阿部知二) 등이 제창한 행동주의 혹은 행동적 휴머니즘이 그 하나이고, 미키

---

38) 김오성, 「휴머니즘 문학의 정상적 발전을 위하여」, 『조광』, 1937. 6, pp. 318~28.
39) 김오성, 「네오 휴머니즘 문제」, 『조광』, 1936. 12, pp. 188~97에서 재인용.

기요시(三木淸), 다니카와 데쓰조(谷川徹三) 등이 제창한 문화사적 휴머니즘론이 다른 한 계보이다. 전자는 물을 것도 없이 지드, 말로, 페르난데스의 사상에서 시사된 서구 지식인의 인간 상실이 의식 과잉에 있다고 보고, 사회적 행동 속에서 이를 극복하려는 것인데, 백철이 이 계보에 가까우며, 후자는 휴머니즘의 문화사적 철학적 결단으로서, 김오성이 이 계보의 충실한 이행자라 할 수 있다. 미키 기요시의 주도 논문은 「인간주의(人間主義)」 「휴머니즘의 윤리 사상(ヒューマニズムの倫理思想)」 「네오 휴머니즘의 문제와 문학(ネオヒューマニズムの問題と文學)」 따위인데, 김오성은 미키 기요시의 추수적 상태에서 벗어나지 못하고 있음이 드러난다.[40] 그 외에 윤규섭의 「휴머니즘론—인텔리겐치아와 관련시켜서」(『비판』, 1937. 7)가 있다.

이와 같은 휴머니즘 논의가 '지적 이상주의'[41]라 불리기도 한 적이 있거니와, 휴머니즘은 인간의 재생을 확신하여 새로운 의욕하에 적극적으로 인간의 권리를 주장하는 것이 아니라, 반대로 인간의 해체 몰락을 확인하고 이를 두뇌 속에서 재생시키는 것일 따름이다. 휴머니즘이 인간 본래의 요구로서 전쟁에 대하여 평화를, 직감(直感)에 대하여 논리를, 현실에 대하여 이상을, 반달리즘vandalism에 대하여 문화를 관념적으로 정립할 때, 그 문화, 이상, 논리 따위는 거의 공허

---

40) 三木淸, 「ネオヒューマニズムの問題と文學」, 『續哲學ノート』, 河出書房, 1942, p. 244. "인간을 주체적으로만 추구하는 문학에서는 '성격'은 그릴 수 있겠지만 타입은 그릴 수 없다. 성격은 내적인 것이지만 타입은 단순히 내적인 것이 아니다. 인간을 객관적으로만 포착하려는 문학에서는 인간의 타입 또는 종류는 그릴 수 있겠지만, 개성은 그릴 수 없다. 타입은 일반적인 유형과는 달리 개별 인간보다 한층 개성적이다. 예술가가 창조한 유형은 개별 인간보다 훨씬 진실한 것이다."

41) 杉山平助, 『文藝 50年史』, 鱒書房, 1948, p. 419.

한 것이 되었다. 그것은 현실에 파멸, 몰락된 인간이 깊이 있게 현실과
싸워 극복하지 못하고 단지 지성적 사고에 의해 관념적으로 인간 재
생을 제창했기 때문이며, 여기 휴머니즘 논의의 어쩔 수 없는 한계가
지워져 있었던 것이다.

이 한계를 극복하기 위해 휴머니즘의 국수주의(國粹主義) 혹은 토
착화가 진행된 바 있고[42] 일본에서도 '일본 낭만파'[43]에 의해 내셔널
리티의 지방성으로 나타났고 한국에서는 풍류적인 인간상과 결부시
키려 했다.

> 휴머니즘의 구체적 전개는 그를 긍정하든 부정하든 간에, 조선의 토
> 양 위에서만이 수행되어야 할 것이다. 임화와 같이 현실에서 배반하
> 고, 한설야와 같이 개념의 세계에서만 방황한다면 한갓 관념의 유희
> 에 불과할 것이다.[44]

백철은 「동양 인간과 풍류성」(『조광』, 1937. 5), 「풍류 인간의 문학」
(『조광』, 1937. 6)에서 휴머니즘의 마지막 변호를 시도한 바 있다. 그
에 의하면 한국에 논의되는 휴머니즘론은 서구의 그것에 비해 광범하
며 특수한 의의를 갖는다고 보는데, 물론 이것은 동양문화론, 고전론
의 시류성과 무관한 것은 아니다.

---

42) S. 게오르게S. George를 중심한 독일 낭만파가 게르만 정신에 합류된 것.

43) 1935년에 주로 프로문학파의 전향자로 구성된 것인데 하가 마유미(芳賀檀), 아사노 아키
라(淺野晃), 가메이 가쓰이치로(龜井勝一郎) 등이 중심이었다. 프로문학이 민족주의를 배
제한 데 대한 반동으로 '서구문학말살반(反)진보주의'를 내세워 국수적 파쇼화에 기울었
다(『文學 50年』, 時事通信社, 1955, p. 239).

44) 윤규섭, 「휴머니즘론」, 『비판』, 1937. 7, p. 107.

여기서 문제되는 휴머니즘은 서구의 그것과 같이 금일의 암담한 현실에 봉착한 지식계급이 압박되는 인간성에 대하여 그 옹호와 재생을 요구하는 양심적 행위이기 전에 그 휴머니즘은 문예인으로서 동양의 지식계급을 대표해온, 풍류인의 봉건적 인간성을 비판, 섭취하는 위에 서지 않으면 그 문제는 과거에 수입된 사조와 같이 공허한 토론에 끝나고 말 것이다.[45]

물론 백철이 풍류적인 것을 명시하지는 못했으나 동양적인 사색과 멋에다 새로운 인간형을 발전시키려 한 의도는 충분히 엿볼 수 있다. 또 외래 사조의 수입 실패의 자각과 함께, 백철이 내세운 '조선 문학 전통의 일고(一考)'로서의 「동양 인간과 풍류성」은 그 후 서인식의 '전통론'(「전통의 일반적 성격과 그 현대적 의의」, 『조선일보』, 1938. 10. 22~30)과도 무관하지 않다.

　이상과 같이 백철은 서구적 휴머니즘의 직수입의 한계를 깨닫고, 웰컴의 구호를 철회하며 그것을 토착화하려는 노력 속에, 전형기 문예비평의 일익을 담당했던 것이다. 물론 여기에는 '만요(萬葉)로 돌아가라'는 일본의 국수주의 사상의 영향과도 무관하지 않다는 유보 조건이 놓인다.

---

45)　백철, 「풍류 인간의 문학」, 『조광』, 1937. 6, p. 376.

제3절 휴머니즘 논의의 문제점

1. 휴머니즘과 행동주의와의 관계

백철의 인간탐구론과는 다른 각도에서 휴머니즘이 문단에 언급된 것은 1934년 『조선일보』 하기 예술강좌인 최재서의 「현대 주지주의 문학이론의 건설─영국 평단의 주류」(1934. 8. 5~12)보다 수개월 후인, '장래할 조선 문학은?'이라는 특집 속의 김기림의 「문학상 조선주의의 제양자(諸樣姿)」(『조선일보』, 1934. 11. 14~18)에서 처음으로 볼 수 있다.

T.E. 흄에 의해 철학적 기초가 놓이고 T.S. 엘리엇에 의해 성립된, 낭만주의의 초극으로서의 신고전주의가 인간성을 배제한 것으로 보아, 김기림은 여기서 인간성의 옹호를 주장한 것이다. 여기까지는 명백히 흄, 엘리엇에 대해, 나아가서는 최재서가 도입한 주지주의─신고전주의에 대한 반대의 자세라 할 것이다. 그러나 김기림은 지적인 것을 배척하지는 않는다. 다만 지적인 것의 일변도가 아니라 로맨티시즘 즉 휴머니즘을 고전주의와 조화시키자는 것이다. "이윽고 문학은 인간을 그리게 될 것이었고, 심오한 '휴머니티' 위에 문학의 모든 분야를 건축하려는 욕구가 나타나고야 말 것"[46]이며, 이미 페르난데스의 행동주의, 지드의 전향, 쉬르리얼리스트의 집단적 전향 또는 주지주의 온상에서 자란 오든, 스펜더, 데이 루이스 등의 사회주의에의

---

46) 김기림, 「장래할 조선 문학은?─태만휴식 탈주에서 비평문학의 재건에」, 1934. 11. 17.

324   제Ⅱ부 전형기의 비평

관심이 이를 방증하고 있다고 진단했다.

새로운 휴머니즘이란 어떤 것인가. 이에 대해 김기림은 로맨티시즘도 톨스토이즘도 아닌 "그것은 이미 20세기적인 리얼리즘의 연옥(煉獄)을 졸업한 더 광범하고 심오한 인간성의 이해 위에 서서 더 고귀하고 완성된 인간성을 통해 실현할 것"[47]에다 두고 있다. 이러한 견해는 「오전의 시론」의 배경을 이루는 것이다. 그는 이른바 신고전주의가 문학에서 인간을, 육체를 완전히 제거하는 기하학적 비잔틴 예술에 접근하였고 그 결과 니힐리즘에 빠지고 만 것인데, 이것 역시 '동양적 센티멘털한 할미새 같은 오후의 피로한 시론'에 지나지 못하며, 정작 도래할 명일의 문명은 "르네상스에 의하여 부과된 휴머니즘과 고전주의가 종합된 세계를 가져와야 할 것"[48]을 내세웠다.

이것은 백철의 정열을 동반한 인간론보다는 펙 다른 각도임을 알 수 있다. 양자가 함께 서구의 휴머니즘 회복 문제에 자극된 점은 같으나, 전자는 심정적이며 고뇌에 싸인 프랑스적인 것이라면, 후자는 지적이며 경험주의적 태도에 발상을 둔 것으로 볼 수 있다.

휴머니즘이 능동 정신을 동반하여 집중적으로 나타난 것은, 지식 계급과 불안 사상이 수차 저널리즘에 오르내린[49] 그다음 차례의 이헌구에 의해 소개된 행동주의 문학론에서이다.

---

47) 같은 곳.
48) 김기림, 「오전의 시론—제1편 기초론」, 『조선일보』, 1935. 4. 28.
49) 「지식계급론 일별」, 『동아일보』, 1935. 3. 7; 유치진, 「일본 문단의 불안과 능동정신의 문학」, 『동아일보』, 1935. 5. 23; 박치우, 「불안의 정신과 인텔리의 장래」, 『동아일보』, 1935. 6. 12~14; 전원배, 「불안의식의 본질」, 『동아일보』, 1935. 7. 20. 이 중 박치우는 불안의 탈출을 (1) 숙명의 길(패배적 봉사), (2) 신화의 길(파시즘적 행동), (3) 자각의 길(역사적 각성)로 분류하고, 지드는 (3)에 든다고 했다.

이헌구는 「불문단 사조의 동태」(『조선일보』, 1935. 1. 1~4)에서 페르난데스 대 지드의 논쟁(*Nouvelle Revue Française*, 1934. 3)을 소개했고 「행동 정신의 탐구」(『조선일보』, 1935. 4. 13~19)에서는 R. 페르난데스의 「문학과 정치」(*Nouvelle Revue Française*, 1935. 2)를 중심으로 소개했다.[50] 코뮤니즘과 파시즘에 쉬르리얼리즘이 혼합된 문화 위기는 셰스토프적 불안을 낳고 이를 타개하기 위해 행동주의 혹은 능동정신이 프랑스에서 대두되어, 말로의 제 작품, 뱅자맹 크레미외의 '행동적 신인본주의'가 나타난 것이다. 페르난데스의 코뮤니즘에의 전향은 지식인에게 "새로운 세기의 능동적 역할을 행사할 지식계급의 다면(多面) 과제에 대한 종합적 결론"[51]이란 말까지 나왔고, 한편 지드는 오히려 코뮤니즘에서 탈퇴를 했던 것이다. 일본에서는 고마쓰 기요시의 『행동주의 문학론(行動主義文學論)』(1935)이 단행본으로 나왔고, 후나하시 세이이치의 「예술의 능동성(藝術派の能動性)」(『行動』, 1935. 1)이 나타났다. 그러나 행동 혹은 능동정신이 일본에서는 일련의 평론가의 '야점상인적(夜店商人的) 매물'에 그쳤고[52] 한국에서도 이렇다 할 작품 성과는 이루지 못하고 말았다.[53] 그렇지만 행동주의가

---

50) 페르난데스는 「문학과 정치」(*Nouvelle Revue Française*, 1935. 2)에서 "나는 문학이란 어구를 증오한다. [……] 차라리 힘과 생활을 연결시킨 'poésie'를 취할 것"이라 했다(이헌구, 「행동 정신의 탐구」, 『조선일보』, 1935. 4. 18 재인용).

51) 이헌구, 「행동 정신의 탐구」, 1935. 4. 19.

52) 長谷川泉, 『近代日本文學評論史』, p. 99.

53) 이헌구, 「행동 정신의 탐구」, 1935. 4. 14. "일본 문단의 제 논제는 반년 또는 3개월 후의 조선 문단에 형식만 전염시킨다." 김문집도 「동경 문단의 근모─행동주의를 중심 삼아」(『조선일보』, 1936. 1. 14)에서 행동주의의 불가능을 논했고, 유진오는 「현대문학의 통폐는 리얼리즘의 오인」(『동아일보』, 1937. 6. 3)에서 "행동 능동 양 주의는 휴머니즘만도 못한 전혀 이 땅에 발전 여지가 없다"고 했다.

신휴머니즘이라는 사실로 해서 휴머니즘론의 폭을 넓혔고, 박차를 가하게 된 것은 사실이다.

1936년 1월 이헌구는 「국제작가대회가 개최된 동기와 원인의 필요성」(『조선일보』, 1936. 1. 1)을 쓰고, 최재서도 「영국의 전통과 자유」(『조선일보』, 1936. 1. 4)에서 문화옹호작가대회에서의 E.M. 포스터의 연설 요지를 해설했는데, 이것은 백철의 인간탐구론과 관계를 가진다. 백철은 다시 지드적 의미의 행동주의는 감상주의밖에 안 됨을 인정, 인간탐구는 영원적인 것이 아니고 생활 속 시대성, 역사성에 제약됨과 아울러 정치적 사회적 조건도 자유와 사회의 통일 쪽으로 이끌 것을 강조하기도 한다.[54] 이에 동조한 자로는 홍효민, 한식, 박영희, 박승극을 들 수 있다.[55]

이로써 볼 때 인간론은 여러 가지 경향이 상호 작용되어 명멸했음을 알 수 있는 것이다.

2. 휴머니즘 논의에 대한 비판

휴머니즘에 대한 비판은 두 가지로 대별할 수 있는데, 하나는 휴머니즘 자체에 대한 비판이며 다른 하나는 이른바 휴머니즘의 토착화로서의 풍류인간론에 대한 비판이다.

휴머니즘이 한국적 상황에서는 뿌리를 박을 수 없음을 논한 자로

---

54) 백철, 「현대문학의 과제인 인간탐구와 고뇌의 정신」, 『조선일보』, 1936. 1. 16~18.

55) 박영희, 「문단 잡감」, 『중앙일보』, 1936. 7. 30; 한식, 「문학의 형상화와 언어의 확립」, 『동아일보』, 1936. 7. 21 및 「문학 문제 좌담회」, 『조선일보』, 1937. 1. 1.

는 임화를 들 수 있다. 그는 백철의 행동적 휴머니즘은 프랑스에서나 가능할지 모르나, 적어도 현대문학의 기본 과제인 이론을 주관적인 입장에 둔 것은 믿을 수 없는 일이라 했고, 유진오는 한국 문단에서 휴머니즘이 발전성이 없으며, 단지 예술지상주의나 부패적인 사소설에 흐르지 않는 한에서 고려될 수 있다는 태도를 취했다.[56] 김용제의 「인간성의 문제와 근대적 문학정신」(『조선일보』, 1937. 1. 9), 「조선 문학의 신세대」(『동아일보』, 1937. 6. 12~13), 안함광의 「지성의 자유와 휴머니즘의 정신」(『조선일보』, 1937. 6. 27), 한설야의 「조선 문학의 새 방향」(『조선일보』, 1937. 1. 3), 「문단 주류론에 대하여」(『조선일보』, 1937. 3. 23) 등도 대체로 부정적 비판을 내리고 있다.

백철이 내세운 동양적 '풍류인간론'에 대해서는 이원조의 「휴머니즘의 공론(空論)」(『조광』, 1937. 6), 임화의 「복고 현상의 재흥」(『동아일보』, 1937. 7. 15~20), 김남천의 「고전에서 귀의」(『조광』, 1937. 9) 등이 비판적 입장을 취했다. 임화는 조선 문화의 독자성은 없다고 보기 때문에 풍류적 인간성을 인정할 수 없었고, 김남천은 아시아적 조건의 극복이 시급하지 "역사의 왜곡과 주관으로 풍류성을 발굴하기란 복고사상"[57]에 불과하다고 주장했다. 조선적인 것의 탐구나 풍류성의 발굴 자체는 이 무렵에 논의된 고전열(古典熱)을 보아 인정하지만, 백철처럼 왜곡된 주관으로서는 방법 자체의 오류 때문에 아무런 성과를 거둘 수 없다는 것이다. 김남천이 백철 이론을 이해하려는 노력이 부족한 데 비하면 이원조의 소론은 다소 객관성을 띠고 있다. 그는 "휴

---

56) 임화, 「현대적 부패의 표징인 인간탐구와 고뇌의 정신」, 『조선중앙일보』, 1936. 6. 14; 유진오, 「현대문학의 통폐는 리얼리즘의 오인」, 1937. 6. 3.

57) 김남천, 「고전에의 귀의」, 『조광』, 1937. 9, p. 50.

머니즘 문제가 작품상으로 구현되지 아니하면 그것은 오히려 탁상공론"[58]밖에 안 됨을 지적했다. 휴머니즘은 리얼리즘과 같이 창작방법으로 제기되는 것이 아니고, 오히려 창작 이전의 문제이며, 또 작가들이 이 문제를 받아들일 만한 구체적 조건이 결여되어 공론이 되고 말았다는 것이다. 윤규섭은 「휴머니즘론」(『비판』, 1937. 7)에서, 백철의 '전통을 이해하고 휴머니즘을 소화'(「문단주류론」, 『풍림』, 1937. 2)함에 대해 "단목(檀木) 아래 제단을 쌓으려는 의도"[59]라 하여 그 부당함을 지적하였다. 또 안함광은, 백철을 '인상주의적 비평가' '관념론의 사생아'라 했고 김오성을 '철학의 서생(書生)'이라 하기도 했다.[60]

휴머니즘 논의에 대한 총결산은 임화에서 찾아야 될 것이다. 그는 「조선 문화와 신휴머니즘론」(『비판』, 1937. 4), 「문예이론으로서의 신휴머니즘에 대하여」(『풍림』, 1937. 4), 「르네상스와 신휴머니즘론」(『조선문학』, 1937. 5), 「휴머니즘 논쟁의 총결산」(『조광』, 1938. 4) 등 일련의 문예사적 정리를 하고 있다.

> 한 번도 인간이란 어떤 것인가를 이야기하지 않음에 불구하고 항상 자기를 주장함에 지나지 않는 백철 씨나 행동으로! 의욕으로! 정열로 급기야는 개인의 믿음으로 세계를 고쳐보겠다는 김오성 씨나 패배를 다 같이 각개의 절박한 진실성을 의심할 순 없으나, 적어도 만인에 의하여 영위되는 생활과 문학의 상태를 지나간 역사적 지평선에서 한 길 더 높이 비상시켜보겠다는 마당에서 그대로 보편적인 진

---

58)   이원조, 「휴머니즘의 공론」, 『조광』, 1937. 6, p. 210.
59)   윤규섭, 「휴머니즘론」, p. 98.
60)   안함광, 「문학에 있어서의 자유주의적 경향」, 『동아일보』, 1937. 10. 30.

리일 순 없다.[61]

임화가 휴머니즘 자체의 성실성을 의심하는 것은 아님이 명백하다. 그의 결산은 리얼리즘의 주장과 직결되어 있다. 임화는 먼저 휴머니즘 논의가 김기림에 의해 이성적 지적인 형태로 제기되었으나, 백철에 와서는 생물적 격정으로 혼란된 하등 예술이며 내용 자체가 공허하기 때문에 창작과 결부될 수 없음을 지적했는데,[62] 이것은 이원조의 소론과 비슷한 것이다. 김기림이 제기한 신휴머니즘이 현실과 사상의 발전이라 보고, 백철이 이 가운데 사상 면을 삭제한 것이라고 임화는 보았는데, 이것은 비평가로서의 임화의 안목을 보이는 것이기도 하다. 그다음으로 임화는 휴머니즘론이 각인각양으로 논의되었으나 그 공통점은 주관주의라는 데 귀착시켰고, 셋째로 어느 시대에나 휴머니티가 그 시대에 상응하게 존재했음을 들어, 휴머니즘과 휴머니티를 구별할 것을 지적했다. 임화가 가장 중요시한 것은 사실상은 이 휴머니티이다. 휴머니티야말로 각 시대를 통해 가장 인간적인 것이며, 그러므로 이것은 바로 리얼리즘과 관계된다는 것이다. 즉 휴머니티를 강조하려면 "집요한 사실을 주의로 하는 문학정신 위에 서지 않으면 안된다".[63] 따라서 문학상의 최대의 휴머니즘은 리얼리즘이며, 현실적으로 휴머니티는 리얼리즘 속에서 찾아야 된다는 것이다. 이에 대한 백철의 답변은 "나를 비판하는 태도는 나의 소론에 대하여 너무 그 전

61)   임화, 「휴머니즘 논쟁의 총결산」, 『조광』, 1938. 4, pp. 138~39.
62)   임화, 「조선 문화와 신휴머니즘」, 『비판』, 1937. 4, p. 147.
63)   임화, 「휴머니즘 논쟁의 총결산」, 『조광』, 1938. 4, p. 147.

부를 부인하려는 것인 때문에 도저히 신뢰하지 못한다".[64] 그러므로 다시 그 비평에 돌아와 자기를 신뢰하는 도리밖에 없다고 했으나, 1937년의 시점에서 볼 때, 무의미한 말이라 할 것이다.

이상 휴머니즘 논의의 진폭과 비판을 살펴보았다. 백철이 복고주의적 주관으로 그 토착화를 시도하려 했으나, 논리나 방법론 이전의 심정만 가지고는 창작방법으로서의 리얼리즘을 감당할 수 없었다. 그러나 휴머니즘론이 시대적 요청에 의해 제기되었고, 그만큼 문단의 관심사였음은 사실이라 할 수 있다. 리얼리즘을 새로이 모색케 한 상대적 작용만으로도 평가될 수 있는 것이다. 이처럼 휴머니즘이 전형기의 선구를 이루었고, 비평의 기능으로는 심정적인 것이었다. 전형기에 나타난 여러 가지 모습 가운데 휴머니즘론이 가장 보편적이었음은 최재서의 이러한 지적에서도 엿볼 수 있다. "지성론은 휴머니즘의 연장이다. 도리어 그 일부분으로 전개된 것이다. 휴머니즘을 떠난 지성론은 과거의 주지주의를 되풀이함에 불과하다."[65]

---

64) 백철, 「인간 문제를 중심하여」, 『조광』, 1937. 11, p. 232.
65) 최재서, 「지성·모럴·가치 —지성론 뒤에 오는 것」, 『비판』, 1939. 3, pp. 83~84.

제2장 지성론

제1절 주지주의 문학론

1. 주지주의 문학론의 의미

주지주의 문학론이란 일반적으로 영문학의 경험주의적 비평을 뜻하고 있다. 대체로 주지파Intellectual School란, 문학에 있어서 지성의 작용을 존중하는 유파를 말하는데, 이들이 말하는 이성 혹은 지성이 추론적이 아니라는 데, 그 특징이 있다. 예지적, 비체계적이라는 이유가 여기 있거니와, H. 리드에 있어 이성이란 자각의 총량을 의미하며, T.S. 엘리엇에 있어서의 지성이란 M. 아널드가 말한 상상적 이성 imaginative reason을 의미한다. 또 문예상의 주지주의와 철학상의 그것은 정확히 일치되지는 않는다. 인식론 중 지식의 발달론에 있어서는, 데카르트도 칸트도 포함시킬 수 있는 것이다. 주지적 작품이란 그것이 표현하고 있는 세계가 지적이라기보다 작가가 대상에 대하는 태도가 지적인 것을 말하는 것이며, 이것은 대상을 형태 혹은 물리적인 것으로 보며 그 결과 추상론을 띠는 것이다. 엘리엇의 주지주의는 P. 발레리의 기하학적 사고나, A. 헉슬리의 풍자 정신과는 구별되는 일종의 역사주의라 할 수 있다. 이러한 주지주의도 그 상위 개념으로 모더니즘을 가진다. 모더니즘이란 구래(舊來)의 문학에 대립하는 새로운 운동을 일으킨 유파 일반으로서 이 속엔 이미지즘, 주지주의 따위가 선명한 것이라 할 수 있다. "조선에서는 모더니스트들에 이르러 비로소 20세기의 문학은 시작되었다"[1]고 보는 한 기록이 있다. 그것은 20세기 문학 사조가 시에서는 이미지즘으로 시작되는 것으로, 정지용, 편석촌이 도입한 것이 바로 이것이기 때문이다. 물론 이것은 주로 영문학 쪽에서의 문제이다. 영문학상에서 금세기의 풍모를 지닌 비평론이 나타난 것은 1920년 이후로 볼 수 있다. 엘리엇의 『성스러운 숲The Sacred Wood』(1920), H. 리드의 『이성과 낭만주의Reason and Romanticism』(1922), J.M. 머리의 『문학비평론Essays in Literary Criticism』(1922), I.A. 리처즈의 『문학비평의 원리Principles of Literary Criticism』(1926), 그리고 T.E. 흄의 『스페큘레이션즈Speculations』(1924) 등의 비평론을 들 수 있으며, 또 영국에서는 『크라이테리온Criterion』 『런던 머큐리 앤드 북맨The London Mercury & Bookman』 『스크루티니Scrutiny』 『타임스 문학증보판Times Literary Supplement』 『뉴 스테이츠먼New Statesman』 『맨 앤드 네이션Man and Nation』 『옵서버Observer』 『스펙테이터Spectator』 등 문예 정기간행물의 융성이 1920년 이후의 주지주의적 문학론의 소지(素地)를 이룩했던 것이다. 물론 주지주의 문학론은 엘리엇의 경우는 차라리 역사주의적인 것이며 사회 비평 혹은 문명 비평과 불가분의 관계에 놓여 있다. 여기서 지적해두어야 할 것은, 마르크스주의가 영문학 풍토에서는 거의 뿌리를 내릴 수 없었다는 사실이다. 유럽에서 거의 반세기간 마르크스주의 문학론이 휩쓸고 있었다는데 그 영향이 영국서는 별로 없었다는 사실은 무엇을 의미하는가. 주지된 바와 같

---

1) 김기림, 「모더니즘의 역사적 위치」, 『인문평론』 창간호, 1939. 10, p. 83.

이 마르크스는 영국서 생활한 바도 있고 영국 사회 경제를 연구했던 것이다. 그런데 코뮤니즘 연구가 A.L. 로즈는 영국인이 체계화를 싫어하여 마르크스 이론 모양 극히 추상적 반(半)철학적 비실제적 이론은 기질적으로 맞지 않음을 지적하고 있다.[2]

한국에 있어서 주지주의 문학론의 도입이 프로문학을 의식할 필요가 없었던 점을 말해둘 필요가 있을 것이다. 뿐만 아니라, 프로문학 측에서도 주지주의론에 대해 별로 관심을 둘 필요도 없었던 것이다. 이때는 이미 프로문학이 퇴조하는 시기에 해당하였거니와, 휴머니즘론에 대해 전(前) KAPF 문인들이 허다한 논쟁을 펼쳤으나, 마찬가지로 전형기를 형성해나가는 주지주의론에 대해서는 이렇다 할 대결을 보이지 못했던 것이다. 그만큼 주지주의 문학론은 한국문학 풍토에서는 이질적인 것이었고 또 새로운 것이라 할 수 있다.

2. 김기림의 시론

한국 문단에 주지주의의 기치를 세운 비평가로는 김기림, 이양하, 최재서를 들 수 있다. 이 세 비평가들에 공통된 점은 영문학 풍토에서 자랐다는 것, 아카데미즘의 훈련을 거쳤다는 점을 들 수 있을 것이다.[3] 이 가운데 김기림과 이양하는 주로 시론을 소개 비판했고, 최재서는 비평론을 주로 소개했다.

---

2) A.L. Rowse, *Criterion*(1929)(深瀬基寛, 『英國の社會的批評論』, 英語英文學會刊, p. 4 재인용).

3) 이양하는 도쿄제대 영문과, 김기림은 니혼(日本) 대학 및 도호쿠(東北)제대 영문과를 졸업.

최재서의 「현대 주지주의 문학이론의 건설」(『조선일보』, 1934. 8. 6~12)이 소개되기 2년 전에 김기림은 영문학의 이미지즘을 위시한 신고전주의를 비판적으로 소개하고 있다.[4]

김기림의 시론이 조직화되어 나타난 것은 「시작에 있어서의 주지적 태도」(『신동아』, 1933. 4), 「포에지와 모더니티」(『신동아』, 1933. 7), 「오전의 시론—제1편 기초 편」(『조선일보』, 1935. 4. 20~28), 「오전의 시론—기술 편」(『조선일보』, 1935. 9. 17~10. 4) 등이 된다. 그에 의하면 '오전의 시론'은 19세기를 알지 못한 데서 출발된 것이다. 그다음, 시는 문명 비판이어야 하고, 그러기 위해서는 어느새 새타이어의 모습을 띠게 된다. Sein의 시가 아니라 Sollen의 시어야 한다는 까닭이 여기 있다 하고, "주지주의 시는 자연발생적 시와 명확하게 대립하는 것처럼 단순한 묘사와도 대립"[5]되는 것이라 했다. 김기림이 내세우는 '오전의 시론'이 주지주의적 태도를 갖지만, 정작은 주지주의 문학에 대한 비판임을 명백히 해둘 필요가 있다. 가령, 인간의 참여를 극도로 배제하는 예술, 즉 T.E. 흄의 불연속적 실재관discontinuity in reality에서 분비된 T.S. 엘리엇의 개성 탈각depersonalization의 시론impersonal theory of poetry을 김기림은 진공(眞空)의 예술론이라 단정한다. 이러한 인간성 결여가 현대 문명 자체의 본질이라 하더라도 이 신고전주의 속에는 시가 서식할 수 없는 것으로, 그것은 한갓 "대낮에 피로한 오후의 심리"[6]이다. 한편 동양으로 눈을 돌리면, 사물을 전체적으로 통

---

4)   『시론』(백양당, 1947)에 수록된 「시와 인식」(『조선일보』, 1931), 「시의 방법」(『조선일보』, 1932), 「시의 모더니티」(『예술』, 1933), 「현대시의 표정」(『조선일보』, 1933) 등이 그것이다.

5)   김기림, 「시작(詩作)에 있어서의 주지적 태도」, 『신동아』, 1933. 4, p. 130.

솔하는 지성의 결여가 나타난다. 즉 동양의 '육체적 비만'과 센티멘털리즘이 노출되어 있다. 그러므로 "고전주의로 대표되는 지성을 시의 골격이라고 하면, 육체 정서로서 대표되는 로맨티시즘 즉 휴머니즘은 근육이요 혈액"[7]으로 보아, 이 양자를 전체로 통일함에 오전의 시론이 열린다. 그러면 육체와 지성을 종합하는 방법은 어떠한가. 그것은 "동양적 내부의 센티멘털을 깨우쳐서 우선 지성의 문을 지나게 한다"[8]는 방법을 취한다. 여기까지 보아오면, '오전의 시론'은 센티멘털리즘에 대한 비판에서 지성의 도입을 주장한 것으로 볼 수가 있는 것이다. 이러한 방법으로 이끌어낸 시작(詩作)은 의미의 추방도, 음악이나 무도(舞蹈)로부터의 도피도 아니며, 더구나 여러 의미를 머금는 상징주의를 이용함은 더욱 아니라 한다. "시인은 우선 의미를 말의 다른 요소 즉 소리와 모양과 함께 요소의 하나로 파악하여 가장 정확한 계산에 의해 운용함으로써 명석분명한 것으로써 제시하여여 할 것"[9]으로 되어 있다.

김기림 자신이 과연 이러한 방법론으로 얼마만 한 시작의 업적을 냈는가와 이러한 이론과는 구별해둘 필요가 있다. 임화가 '오전의 시론'을 '수단으로서의 지성'이라 하여, 휴머니즘 논의의 시초라 한 것은[10] 여러모로 의미 깊은 바 있다. 백철이 도입 주장한 휴머니즘과 다른 가닥을 지성이란 이름으로 김기림이 벌써 도입해놓은 것이다.

---

6)   김기림, 「오전의 시론—제1편 기초 편」, 『조선일보』, 1935. 4. 24.
7)   같은 글, 1935. 4. 26.
8)   같은 글, 1935. 4. 28.
9)   김기림, 「오전의 시론—기술 편」, 『조선일보』, 1935. 10. 2.
10)   임화, 「최근 10년간 문예비평의 구조와 변천」, 『비판』, 1939. 6, pp. 60~65.

'센티멘털 로맨티시즘'에 항(抗)하여 진력하면서 그 수단으로 지성을 도입했고 그 지성으로 정작 주지주의 문학을 비판했던 김기림의 시론은, 산문에서 최재서가 이룩했던 것과 견줄 수 있을 것이며, 「조선 현대시의 연구」(『조선일보』, 1935. 10. 4~11)에서 이양하의 리처즈 비판도 중요한 임무를 띤 것이라 할 수 있다. 더욱 이양하의 I. A. 리처즈의 『시와 과학』 번역은 주지주의 문학론의 진전을 의미하는 것이 된다.[11]

3. 최재서의 주지주의 문학론

최재서의 최초의 논문은 「미숙한 문학」(『신흥』, 1931. 7)이 아닌가 추정된다.[12] 그가 평단에 나서게 된 것은 1933년인데, 아마도 경성제대 강사로 발탁된 전후로 보인다.[13]

해외문학 혹은 외국 문학을 전공한 자가 비평가로 평단에 등장하

---

11) I. A. 리처즈의 *Poetry and Science*(1926)를 이양하가 『詩と科學』(硏究社, 1934)이라 하여 역주(譯註)한 바 있는데, 이는 동양 최초의 리처즈 번역에 해당된다. 최재서는 「비평과 과학」(『조선일보』, 1934. 9. 5)에서 이를 소개하고 있다.

12) 「미숙한 문학」은 주로 A.C. 브래들리의 시론을 중심으로 한 것으로 1930년 '영문학회(英文學會)'에서 행한 석사논문 강연의 일부이다.

13) 해주(海州)생 최재서(1908~1964)는 제2고보, 경성제대 영문과 및 동 대학원 제3회로서 졸업논문은 「17세기부터 18세기까지의 영문학의 비평에 있어서의 상상설의 발견」으로 되어 있다. 그가 야마모토 도모미치(山本智道) 교수의 후임으로, 동교 졸업생으로서는 최초로 강사에 발탁되었는데 당시로서는 이것이 하나의 사건이 된 듯하다(『조선일보』, 1933. 4. 30). 그는 「批評とモラルの問題」(『改造』 20卷 8號)를 비롯, 일본 영문학지에 수다한 논문을 발표한 바 있다. 졸고, 「최재서론」(『현대문학』, 1966. 3).

기 위해서는 처음에 외국 작품 혹은 이론의 번역에서 출발하게 되어
있는데, 최재서도 그 예외일 수는 없었다. 1933년에는 「구미 현 문단
총관—영국 편」(『조선일보』, 1933. 4. 27~29), 휴 월폴Hugh Walpole의
「영국 현대소설의 동향」(『동아일보』, 1933. 12. 8~10) 등이 있고,
1934년엔 밀턴 월드먼Milton Waldman의 「미국 현대소설의 동향」(『동아
일보』, 1934. 2. 18~20) 및 A. 헉슬리의 「반공일(半空日)」 등의 작품 번
역이 있거니와, 그가 불문학자이며 『조선일보』 학예면 담당인 비평가
이원조의 도움을 입어 주지주의 문학론을 본격적으로 도입한 것은 박
영희, 김기림의 다음 차례로 하기 강좌란에 쓴 「현대 주지주의 문학이
론의 건설—영국 평단의 주류」(『조선일보』, 1934. 8. 5~8. 12) 및 「비
평과 과학—현대 주지주의의 문학론의 건설 속편」(『조선일보』, 1934.
8. 31~9. 7) 등에서이다.

　이 두 편의 주지주의 소개문이 문단에 크게 영향을 떨쳤는데 그
이유는 다음 세 가지로 볼 수 있다. 첫째, 1930년을 전후해서 큰 세력
을 형성했던 해외문학파가 외국 문학의 소지(素地)를 닦아놓았으나 그
들은 현대적인 이론이 아니라 19세기적인 것, 그것도 시와 극문학 방
면이 중심이었으므로 정작 외국의 현대문학의 이론 방면이 대망되었
다는 점, 둘째 KAPF 퇴조로 인한 문단 침체의 활력소가 요청되었다는
점, 셋째 김기림, 이양하 및 이원조의 협력을 들 수 있다.

　이에 최재서가 도입한 주지주의 문학은 무엇이며 그 진폭과 심도
는 어떠했는가를 살피기로 한다.

　병실의 공기가 문학을 덮고 있다. 현대에 있어서의 비평은 대부분이
진단이다. 이 새로운 각도로부터 볼 때에, 문학은 위대한 혹은 민감

한 정신의 증세로 나타난다.[14]

이것은 영국 청년 비평가 G.W. 스토니어가 평론집 『고그 마곡*Gog Magog, and other Critical Essays*』(1933)에서 한 말이다.[15] 스토니어가 그 민감성으로 병실을 진단했지만, 이 병실이라는 현대 속에는 희미하나마 길이 있으며, 이 광명과 길을 찾는 몇 사람의 건실한 비평가로는 엘리엇, 리처즈, 리드, W. 루이스를 들 수 있다. 이들이 각자 특색을 물론 지니지만 공통점을 찾는다면 (1) 주지적 경향이라는 점, (2) 건설적 문학론을 갖지 않은 점을 들 수 있다. 건설적 문학론을 갖지 않는다는 점은 현대 사회가 과도기적 혼돈에 처한 데 기인한 것이라 할 수 있다. 현대가 근대적인 것과 다른 국면을 철학적 세계관상에서부터 구명하기 위해 최재서는 흄의 불연속적 실체관을 들고 있다. 주지주의의 세계관은 흄의 사상에서 출발되었기 때문이다. 대체 이토록 현대 예술에 결정적인 영향을 미친 흄의 불연속적 세계관이란 무엇인가.

흄의 가설은 비상한 관심을 모을 수 있었는데, 그것은 매우 특수한 세계관이기 때문이다. 흄은 먼저 로맨티시즘에 반대한다. 로맨티시즘은 르네상스 이래의 유럽의 세계관을 의미하며, 그것은 바로 연속 continuity의 관념이다. 이것은 인간을 절대한 것으로 보고 모든 것이

---

14) 최재서, 「현대 주지주의 문학이론의 건설—영국 평단의 주류」, 『조선일보』, 1934. 8. 6.

15) 'Gog Magog'은 'Albion'이라 불리는 고대 영국에서 흘러왔다는 일종의 괴물인 거인을 뜻하는데, 이것을 평론 제목으로 택한 약 40쪽 정도의 논문은 스토니어 눈에 비친 현대 문학에 나타나는 괴물을 예리하게 묘파한 것이다. "전(前) 세기말의 천재형은 광인이었지만 현재에는 그것이 병인(病人)이다(The type of genius at the end of the last century was the mad man; now it is the invalid)." 그는 현대를 과도기로 보아 일종의 신경쇠약의 증상을 발견한다(成田成壽, 『英吉利現代批評文學』, 研究社, 1936, pp. 370~71).

진화, 발전한다고 사고하는 것으로 휴머니즘의 예술은 생명적vital이라 할 수 있는데, 이에 반하여 흄의 세계관은 불연속으로, 신을, 원죄를 인정한다. 휴머니즘이 상대적 가치관 위에 서 있음에 대하여, 흄은 절대적 가치 즉 도그마를 인정한다. 인간은 지극히 불완전한 것이며, 이러한 곳에 종교를 받아들이고, 이 종교적 태도를 받아들이는 예술은 '생명적'이 아니라 '기하학적'인 것이다. 생명적, 인간적 요소를 배제하는 것이다. 비잔틴 예술같이 엄숙한 직선이나 곡선이 작용하는 예술로서, 일시적 유동적 요소는 전부 제거한다. 흄은 이러한 세계관에 의해 혼돈된 현대를 구할 수 있다고 본 것이며 예술의 기계미를 제창한 것이다. 그는 불연속의 세계를 증명하기 위하여 (1) 수학 및 물리학의 무기적 세계The inorganic world of mathematical and physical science, (2) 생물학, 심리학, 역사에 의해 취급되는 유기적 세계The organic world, dealt with by biology, psychology and history, (3) 윤리적 종교적 가치의 세계The world of the ethical and the religious로 구분하는데 이것을 도표로 보면 다음과 같다.[16]

흄은 이 세 개의 세계가 전혀 별개의 것이라 주장한다. 물리학의 세계와 윤리·종교의 세계는 각각 절대적이며 한가운데 있는 생명의 세계는 상대적인 것이다. 이 세계의 가치관을 동일시하는 것이 휴머니즘의 특징이며, 그 때문에 오늘날의 혼돈이 야기되었다고 본다. 이 세 가지 세계 간에는 파열구chasm가 있고 불연속이 있을 따름이다. 생명적 사실은 물리적 법칙으로는 설명되지 않는다. 또 신은 진보와 생명의 관념으로는 설명되지 않는다.

> 종교적 윤리적 제 가치의 절대성을 본질적으로 상대적 비절대적 생명적 영역와 언어로 설명하려는 기도는 마침내 이들의 제 가치의 전적 오해 및 제 혼합 혹은 불순한 현상의 창조를 가져온다. 즉 문학에 있어서의 로맨티시즘, 윤리에 있어서의 상대론, 철학에 있어서의 관념론, 종교에 있어서의 순이론적 경향이 그것이다.[17]

이것이 곧 로맨티시즘의 초극이며, 신고전주의 문학론으로, 그 미(美) 개념은 '작고 메마른 것'이며, 어떤 말도 눈으로 보는 이미지가 아니면 안 되며, 시는 항상 언어에 있어서 전위인 것으로, 언어의 진보는 새로운 유비(類比)의 흡수이며, 마음에 대하여 두 개의 다른 이미지를 동시에 제출하는 것에 존재하는 것이며, 이것이 이른바 이미지즘 시론이 된다.

이상으로 볼 때 흄은 영문학의 현대비평의 기초를 세운 것이며,

---

16) 최재서, 「현대 주지주의 문학이론의 건설」, 1934. 8. 7.
17) T. E. Hulme, *Speculations*, K. Paul, Trench, Trubner & Co., Ltd., 1936, p. 10.

이것은 또한 주지주의 문학의 바탕이기도 하다.

그다음에 최재서는 엘리엇의 「전통과 개인적 재능」을 들어 역사 의식historical sense을 해설하였다. 두번째 논문, 「비평과 과학―현대 주지주의 문학이론의 건설 속편」에서는 H. 리드의 「정신분석과 비평」 및 I. A. 리처즈의 「시와 과학」을 중심으로 소개하였다.

최재서의 이러한 소개 비판문의 특색은 명료성과 간략성에 있다. 내용 자체도 한국 비평계에서는 새로운, 세계적인 것이었을 뿐 아니라, 불연속의 실재관, 낭만주의와 고전주의의 구조, 전통의 의미, 정신 분석적 방법, 시와 과학의 친근성과 묘한 관계는 평단의 새로운 지평을 열 수 있는 소지를 준 것이다. 상당히 난해한, 일견 아카데미즘에 속하는 이와 같은 이론이 최재서의 설득력 있는 문장력에 의해 명료해졌다는 것은 특히 지적해둘 만한 것이다.

1934년 최재서는 자신의 비평관이 "작가와 독자의 중개인 노릇밖에 한 것이 없겠다"[18]라고 했는데, 이것은 비평가의 존재 이유가 민중의 불평과 희망을 대표하여 작가에 호소하는 것으로 보는 입장인데, 그는 오래도록 이 입장을 견지함으로써 겸허하다든가 해설적이라는 평을 받게 된다. 이러한 태도는 1935년 벽두에 쓴 「조선 문학과 비평의 임무」(『조선일보』, 1935. 1. 1~7)에서 되풀이된다. 즉 현재의 한국문학을 건설기로 보기 때문에 비평이 까다롭게 굴면 발육 정지 우려가 있으므로, 비평은 당분간 창작 지대를 만들어주는 것, 활동 지대를 방위해주는 것으로 본 것이다. 아카데미션으로, 그가 이와 같은 자세를 가질 수 있있다는 것은 강단 비평의 약점을 자각한 데서 말미암

---

18) 최재서, 「문학 발견 시대」, 『조선일보』, 1934. 11. 21.

은 것이며, 이 점이 과도한 정론성의 비평에 시달린 문단으로서는 마땅히 매력을 가질 수 있었던 것이다.

여기까지 최재서의 초기 활동이라 한다면 그의 중기 활동은 1935년부터 『인문평론』까지가 될 것이며, 말기 활동은 『인문평론』에서 국민문학으로서의 신체제론까지라 할 수 있다.

중기 활동은 다음 몇 부류의 양상을 띠고 나타났는데 그것을 정리하면 (1) 지성론, (2) 지성론의 변형으로서의 풍자문학론, (3) 작품평으로서 리얼리즘론, (4) 비평의 방법 및 태도에 대한 것, (5) 단평란을 들 수 있다.

제2절 지성의 효용성

1. 지성과 행동과의 관계—지식인의 태도

지성은 행동과 대립적 관념이다. 현대적인 의미에서의 지성론은 이른바 행동주의의 안티테제로서 출발되는 것이다. 그러므로 최재서가 주장하는 지성론은 휴머니즘의 연장인 행동주의 문학에 대한 반대의 자세와 직결되어 있음이 드러난다. 현실 행동에 대해 지성인이 어떻게 몸가짐을 가질 것인가의 문제와 방향 제시가 최재서의 지성론의 중요 과제라 할 수 있다. 지식은 그 본래가 비행동적인 것으로 보이기 때문에 문학이 어디까지나 지식계급의 소산이라 할 때, 이 갭을 극복하려는 의도는 마땅히 구명해볼 만한 것이라 할 것이다. 리처즈에 의하면 행동이란 아래와 같다.

대체 행동이란 무엇인가. 행동은 근육의 운동이라 할 수 있다. 그런데 이 근육 운동은 근육 자체에서 생기는 것이 아니라 운동 중추에서 생긴다. 그러나 이것은 감각 중추와 독립하여 발동하지는 못한다. 반드시 감각 중추의 이니셔티브가 있어야 하는데, 이것을 충동의 조정이라 한다. 즉 감각이 어떤 자극을 받으면 정신 내부에 충동이 생기며 이 충동은 또 반드시 반대의 충동을 만난다. 이리하여 정신의 활동권 내에 들어오는 충동군(群)의 수는 실로 우리의 상상 이상이다. 그것들이 상호 조정되어 그들 사이에 계통을 짓게 되면 그것이 외부에 나타난다. 이것이 소위 행동이다. 따라서 행동은 충동의 만족한 외면적 형적(形迹)이다. 이러한 심리적 규정설은 지식인의 입장에서 볼 때에는 별로 의미가 없다. 지식인에겐 근육 운동으로 나타나는 행동은 중요한 것이 아니기 때문이다. 행동의 배후에는 상호 조정되는 충동이 복잡하고 풍부할수록 그것은 표면화되지 않고 내부에서 충족 상태를 이루고 만다. 그렇다고 그 효과가 표현화한 때보다 열등한 것은 결코 아니다. 도리어 충동 자체가 일일이 표면에 나타나는 것은 센시빌리티가 거칠고 유치함을 표시하는 경우가 많다. 충동의 만족이 외면화하지 않고 발단적 행동에 그치고 마는 태도 이것이 예술가의 태도이며, 이런 세계를 제공하는 것이 예술가의 임무이다.[19]

---

19) I. A. Richards, *The Principles of Literary Criticism*, Kegan Paul, Trench, Trubner, 1924, p. 86.

이러한 리처즈의 심리학설에서 볼 때, 행동의 심리 상태는 지식인의 '비행동의 행동성'을 구명하는 정확한 방법의 하나로 채택할 수가 있다.

> 오늘날 소위 행동이라고 일컫는 사람들의 행동을 조심하여 관찰하면, 그 대부분이 다음 두 타입의 어느 것이나 하나에 속함을 알 수 있다. 즉 그것은 기계적 행동이 아니면 충동적 행동이다.[20]

최재서는 이 경우 전자나 후자가 함께 사색의 경과를 밟지 않는 점에서 서로 일치한다고 본다. 전자는 외부의 힘대로, 후자는 내부의 힘대로 행동한다. 그 어느 것이나 자기 자신과의 상의를 요하지 않는다. 그러므로 참된 의미에서 지식인의 비행동성이라는 것이 오히려 기계적 혹은 충동적 행동의 기피를 의미한다면, 그것은 보다 지성적이라 볼 수 있다는 것이다. 왜냐하면 지식인의 행동이란 사색의 발전이고 가치관의 실현이기 때문이다. 지식인의 유일한 자랑거리는 그가 내부에 가치관을 가졌다는 것이므로 그 가치관의 심볼을 외부 세계에서 발견하지 못할 때, 그의 행동은 육체적 행동 이전에 그치고 만다. 그렇게 함이 자기 가치 보존에 더 적절하다고 생각하기 때문이다. 따라서 지식인이 참된 가치관을 가졌을 때는, 무행동이 가장 바른 행동인 경우도 있을 수 있다.

이러한 비행동적 존재인 지식인은 사실상 나약하기 이를 데 없는

---

20) 최재서, 「현대적 지성에 관하여」, 『조선일보』, 1937. 5. 16.

현대의 속죄양scape goat의 모습을 지닌다. 이 지식인들을 중간적 계급이라 할 수 있으며, 달리 프티부르주아 혹은 리버럴리스트라 할 수 있다. 그들은 무기력하고 교활하고 공리적이며, 이지적, 비행동적이며 향락적이기도 하며, 또 자의식과 지적 과잉 때문에 모럴 문제에 직면하면 집단적 취급도, 개인주의적 지성의 신뢰도 난처하게 되기 쉬운 것이라 할 수 있다.

최재서가 이 시점에서 특히 지성과 지식인, 그리고 행동에 대한 관계를 구명했던 까닭은 무엇이었던가. 이것은 1937년 한국 문단이 처한 문학인의 몸가짐과 불가분의 관계를 갖는 것이라 할 것이며, 다음 네 가지 면에서 이 점을 살펴낼 수 있다.

첫째, 최재서의 지성론은 행동주의적 휴머니즘의 안티테제의 입장이라는 점을 명백히 해둘 필요가 있다. 문학에 있어서의 행동이란 무엇인가. 파시즘의 계절에 갖는 지식인의 행동은 비행동적 행동이며, 이러한 까닭을 천명하여 행동 한계를 보인 것이라 할 수 있다. 이러한 발언의 이면에는 페르난데스, 말로 등의 테러리스트적 근육적 행동주의에 대한 경계와 감시가 횡재해 있는 것으로 보인다. 이는 프랑스적 행동주의에 대한 무언의 비판이기도 하다. 시기상으로 보아서는 지성론은 휴머니즘론과 동시적 현상이지만, 내용상으로 볼 때는 휴머니즘론이 끝난 지점에서 시작되는 것이라 할 수 있다.

둘째, 지식 옹호가 지성인의 옹호라는 명제를 쉽사리 세웠다. 지성인은 문학 옹호자이며 문학의 소속인이다. 이러한 층에서는 비행동적 행동이 문제이며 이러한 점에서 가치관을 포함했을 때, 지성의 승리와 그 모럴이 있다고 보았다. 그러나 지성은 어떤 주의나 주장 이전의 사고 작용이기 때문에 방향 제시나 운동화로 이끌어낼 수는 없었다.

셋째, 최재서는 그의 지성론을 체계화하지 못했다. 지성론 자체의 속성상 그것은 불가능한 것이기도 하다. 지성은 언제나 태도 및 감수성의 문제이기 때문이다. 그가 교양론·취미론을 논의한 이유도 이와 무관하지 않다.

넷째, 이 시대가 지성 위기에 처했던 세계적인 상황과 밀접한 관계가 있다는 점을 들 수 있다. 파리에서는 '국제작가대회'(1934. 6. 21~29), 니스에서는 '지적협력국제협회'(1935. 4. 1~3) 등의 모임이 있어 파시즘에 대한 문화의 옹호, 동양에 있어서는 1931년의 동북사변에 이은 군국주의, 이 속에 처한 한국의 지식인의 몸가짐이 자못 어렵고 까다로운 것이라 추측된다. 우선 서구적 사상계의 동향도 문제려니와 군국주의 치하의 식민지 지식인으로서는 한때 약간의 자유를 맛본 바 있기 때문에 더욱 심중한 것이 되었을 것이다. 이 시대를 피로서 그린 작가로는 이상(李箱)을 들 수 있다.[21] 이상의 예술에 대한 최재서의 다음과 같은 지적은 지적 몸가짐의 패배를 보여주는 것이기도 하다.

시대의 비난과 조소를 받는 인텔리의 개성 붕괴에 표현을 주었다는 것은 일개의 시대적 기록으로서 가치가 있을 뿐 아니라 이 간난(艱難)한 시대에 있어서 지식인이 살아갈 방도에 대하여 간접적이나마

---

21) 김기림, 「고 이상의 추억」, 『조광』, 1937. 6, p. 312. "상(箱)의 시에는 언제든지 상의 피가 임립(淋漓)하다. 그는 스스로 제 혈관을 따서 '시대의 서(書)'를 쓴 것이다. 그는 현대라는 커다란 파선(破船)에서 떨어져 표랑(漂浪)하던 너무나 비참한 선체 조각이었다. 상의 죽음은 한 개인의 생리의 비극이 아니다. 축쇄된 한 시대의 비극이다."

암시와 교훈을 주는 바 또한 적지 않다.[22]

2. 지성의 한국적 양상

지성 옹호가 세계 자유주의 국가의 지식계급의 존재 의의에 해당하는 문제임은 앞에서 보아왔다. 그러나 식민지 한국에서는 자유주의 국가의 지식계급의 문제가 과연 피안(彼岸)의 불이 아닌, 절실한 것일 수 있었는가. 이에 대해 최재서는 다음과 같이 말하고 있다.

우리들에게 절실한 문제는 어떻게 지성을 옹호할까가 아니라 옹호하는 지성이 있느냐 하는 것이다. 정치사상도 구라파와는 다를 뿐 아니라 지적 전통에 있어서도 우리는 그들과 사정을 달리한다는 단순한 사실을 고의로 혹은 무의식적으로 무시하는 데서 금일의 지성론의 혼란은 생겨난 것이다.[23]

신문학 이후 한국문학이 지성을 가져본 적이 있었을까에 대한 답변은 물론 긍정적일 수 있다. 문학이 사상을 가질 때 지성이 수반하지 않을 수 없기 때문이다. 특히 프로문학에서 그 합리주의와 강렬한 비판 정신은 외면상 고도의 지성을 수반했다고 볼 것이다. 그러나 프로문학에선 이 지성이 종속적인 것으로 전락되어서 공식화의 도구로 사용된

---

22) 최재서, 「고 이상의 예술」, 『조선문학』, 1937. 6, p. 130.
23) 최재서, 「문학·작가·지성—지성의 본질과 그 효용성」, 『동아일보』, 1938. 8. 20.

것이다.

이렇게 보아온다면 문학에서의 주도적인 지성론의 자각을 최재서의 주지주의론부터로 봄이 타당할 것이다. 그렇다면 한국의 이 시점에서의 지성론은 지성 옹호 이전에 지성과 문학의 관계 쪽으로 후퇴하지 않으면 안 되었고, 여기에 소위 '조선적 작가'와 지성의 문제가 나타나게 된다.

한국적 작가로서 대외적으로 내세울 수 있는 문인으로 최재서는 정지용과 이태준을 꼽았다. 정지용은 시가 근본적으로 언어 예술임을 자각하고, 한국어에 대해 뛰어난 노력을 보였던 것이다. 그러나 두뇌와 재기(才氣)의 시인인 그의 시는 의외에도 언어유희가 아니면 회고적인 것으로 전락된 것이 많은데, 그 이유를 최재서는 한마디로 말해서 지성의 결핍이라 보았다. "예술에 있어서 지성이란 예술가가 자기 내부에 가치의식을 가지고 그 가치감을 실현하기 위하여 외부의 소재 즉 언어와 이미지를 한 의도 밑에 조직하고 통제하는 데서 표시"[24]되는 것이기 때문이다. 이때 그 시인이 지적으로 진보한다면 조만간 그는 현대성에 직면하지 않을 수 없을 것이다. 그럼에도 불구하고 정지용은 현대성에 도달하지 못하고, 그 대신 가톨리시즘으로 도피하였고, 뿐만 아니라 가톨리시즘이 그의 시를 변형시키지도 못했던 것이다. 다른 한편, 지적 소질을 가지면서도 그 예술을 지적 성격에까지 형상화하지 못한 작가로 이태준을 든다. 여기서 물론 지력(知力)과 지성을 구별해야 될 것이다. 지성은 하나의 태도, 감수성의 문제인 것이다. 요컨대, 상허나 지용이 소멸해가는 고전적 취미, 조선적 성격, 무기력한

---

24) 같은 글, 1938. 8. 23.

인간상 따위에, 자의식을 가지고 어떤 의도 밑에 통일하려는 노력이 없기 때문에 현대성의 결핍을 노출한 것인데 이것이 곧 지력은 있으나 지성이 결핍된 사실을 의미한 것이다.

최재서가 가장 한국적인 두 시인 작가에 대해 지성의 결핍을 지적한 것은 이들이 업고 있는, 커다란 조류인 고전론 혹은 복고사상을 간접적으로 비판한 것이라 볼 수 있고, 이 점에 그 의의를 찾을 수 있다. 1935년을 전후해서 활발하게 논의된 복고적 사조는 프로문학과 대결하던 민족주의문학 측이 내세운 조선주의의 연장선상에, 일본이나 독일에서 일어난 국수주의 사조의 영향을 받은 것으로, 이것은 차차 그 일부가 일본의 동양문화론에 곁눈질하다가 1940년에 들어서면 소위 대동아공영권론에 야합하게 되는 것이다.

제3절 풍자문학론

1. 풍자문학론의 제창 이유

최재서가 주지주의 문학론의 소개에서 비약하여 문단 전체의 체질 변화에 커다란 그림자를 던진 것이 「풍자문학론」(『조선일보』, 1935. 7. 14~21)이며, 역시 창작방법론의 하나로 「빈곤과 문학」(『조선일보』, 1937. 2. 27~3. 3)이 있는데, 이러한 것은 지성론의 한 변형이며, 그 필연적 귀결이라 할 수 있다. 이것은 문단 위기 타개책으로 제창된 휴머니즘론이 미래적 입장만을 내세움으로써 창작과 실제 비평에 함께 공론을 거듭하고 있었던 당시 문단의 혼란의 타개책으로서, 그 현실적 요청과 의의가 있는 것이다.

KAPF 해산기에 해당되는 1935년의 문단은 표면상 퍽 침체 내지 위기의식이 미만했다. 여러 방면으로 위기의식이 추구되었지만, 그 대책은 지극히 공소(空疎)하고 빈약하여 별 효과가 없었다. 그 까닭을 최재서는 그러한 논의의 출발점에 무리가 있었다고 보았다. 즉 문단 위기를 관찰하고 분류하는 방법 자체에 결함이 있었다. 방법이 제한 고정되었기 때문에 그 결론 역시 고정되었던 것이다. 그들은 대체로 위기론에서 현 문단 정세의 분류법을 취했던 것이다. 예컨대 과거에는 국민문학이 있었다. 그 후로 프로문학이 전승했다. 그 신흥 문학도 최근엔 막다른 골목에 이르렀다. 따라서 주류 상실이다, 위기다―이러한 식의 분류 방법에서는 그 타개책을 발견할 수 없다. 부정의 논리로써 현실이 타개될 수는 없는 까닭이다. 그러므로 지적인 방법으로 임하지 않으면 안 된다는 것이다. "현재에 있어서 비평의 임무는 문학의 나아갈 방향을 지시하고, 아울러 창작지대를 방어함에 있다."[25] 이러한 비평관을 가진 최재서는, 당면한 문단 위기를 극복하며 창작의 미래를 지시할 수 있는 가장 합리적 방법이 바로 풍자문학이라 보았다.

풍자문학론은 다음 두 가지 태도 면에서 논점을 가진다.

첫째는 종래 막연히 발음된 위기의 문학적 본질을 명확히 했다는 점이다. 사회적 위기와 문학적 위기를 명확히 하지 못한 곳에 휴머니즘 논의의 혼란이 있었다. 사회적 위기가 그대로 문학적 위기로 될 수

---

25) 최재서, 「조선 문학과 비평의 임무」, 『조선일보』, 1935. 1. 1.

는 없는 것이다. 만일 사회적 위기가 문학적 위기로 되려면 모든 신념의 상실이 의식되어야 한다. 작가가 충분한 창작 의사를 가지면서도 창작할 수 없는 모순 상태, 즉 신념을 잃은 상태가 참된 의미의 문학적 위기이다. 이러한 뜻의 위기에 현재 도달해 있다고 보았다.

둘째, 문학 분류에 있어 최재서는 내용과 사상에 중점을 두지 않고, 작가의 태도와 기법에 중점을 두는 비평 방법을 취했다는 것이다. 이것은 작가의 인생관이나 사상 이전이며, 외부 정세에 대하여 작가가 취하는 태도론에 귀착하는 것으로 된다. 이 태도론은 수용적 태도, 거부적 태도, 비평적 태도로 나눌 수 있다. 첫번째 태도는 현재라는 그대로의 상태에서 승인하고 대립하는 것이며, 두번째 것은 외부 세계를 전면적으로 부인하는 것이다. 이상의 두 태도는 금일 작가가 취할 태도일 수는 없다.

현재와 같은 과도기에 있어서 작가가 취할 태도는 세번째 것인 비평적 태도일 것이다. 원래 비평이란 위기crisis라는 말과 같은 어원을 갖고 있다. 비평적 태도는 위기의식에 눈을 주는 것이다. 비평적 태도는 인생과 사회를 도매금으로 거부하는 위험을 배제하는 것이라 할 수 있다. 이 태도의 입각점은 우선, 그리고 언제나 현대이며, 사회의 표면과 이면에 역점을 둔다. 휴머니즘론의 역점이 미래의 인간상에 있었는데 대해 이 비평적 태도 즉 지성론은 현실에서 목도하면서도 잘 인식하지 못하는 모든 결핍과 악(惡)을 확대, 야유, 매도하는 것이다. 이 태도는 수용적 태도와 부정적 태도와의 중간적 입장이라 볼 수 있다. 이러한 직능이 과도기에 있어서는 가장 합리적 사고라 할 수 있는데, 이러한 사고에서 분비된 것이 풍자문학론이다.

2. 풍자문학론의 본질

최재서는 풍자문학론에서 풍자의 개념이나 본질 혹은 풍자, 유머, 아이러니 등의 구분, 이에 대한 비판 등을 체계화하지는 않았다. 이것은 경험주의적 영문학의 상식 혹은 체질에서 연유된 것이 아닌가 추측된다. 영문학의 체질 속에 유머와 새타이어가 우세한 것은 상식화되어 있는 것이다.

최재서의 풍자문학론의 계보는 영문학의 그러한 배경에다 직접적으로는 W. 루이스와 A. 헉슬리의 이론에 관계되어 있음을 볼 수 있다.

먼저 W. 루이스와의 관계부터 살펴보기로 한다. 최재서의 풍자문학론 속에는 다음과 같은 일절(一節)이 있다.

우리가 비평적 태도를 가질 때엔 이지적 작용으로 말미암아 자연히 유머라든지 혹은 풍자가 부수한다. 이 같은 심리 상태는 윈덤 루이스가 말한 바와 같은 정서의 백신 주사가 되어 맹목적으로 침전하려는 열광심을 소독 즉 냉각함에 신통한 작용을 발휘한다. [……] 두 자아가 대부분의 현대인 속에 동거하면서 소위 '동굴의 내란'을 일으키고 있다. 윈덤 루이스는 그것을 자아와 비자아라고 일컫고, 비자아는 늘 자아의 적이며 [……] 비자아는 다시 말하면 비판적 자아다.[26]

동굴의 내란, 비자아, 비판적 자아 등의 용어가 담긴 W. 루이스의 풍

---

26) 최재서, 「풍자문학론」, 『조선일보』, 1935. 7. 21.

자의 정의는 다음과 같다.

> 풍자는 실제에 있어서 때때로 진실―사실은 자연과학의 진실에 지
> 나지 않는다. 과학적 지성의 어떤 객관적인 비정서적인 진리는 때때
> 로 창조적 예술의 넘쳐흐르는 감각적 성질을 띠게 된다. 이때, 그것
> 은 풍자라 부르는 것이 가장 적당하다. 왜냐면 그것은 즐거움을 주는
> 일보다도 진실인 것에 마음을 돌리는 것이기 때문이다.[27]

루이스의 풍자문학론은 과학적 냉정성으로 인간을 보려는 지적 방법
이다. 인간을 이상적인 입장에 두지 않고, 하나의 괴뢰puppet로 보는
것이다. 그것은 언제나 인간론에 귀착하는 것이다. "우리가 풍자라고
부르는 것에 동의하여, 취급하는 대상으로서 요구되는 것은 인간이지
풍속은 아니다. 그것은 시대에 의해 혹은 당시의 특수한 재사(才士)들
의 나쁜 풍습에 의해 일어나는 고질이지 유행병은 아니다."[28]

풍자문학의 표현 방법은 외부 묘사로 되어 있다. 위대한 외부great
without에 흥미를 갖는 것이다. 외부적 접근external approach의 방법은
귀보다 눈의 예지 쪽을 믿는 것이다. 이것은 고전주의적 태도에 속한
다고 볼 수도 있다. 루이스가 철두철미 풍자문학을 주장한 이유의 하
나는 인간을 불완전하고 추한 존재로 봄에 있고, 다른 하나는 현대라
는 시대가 풍자가의 천국이라 보는 데 있다.

최재서의 풍자문학론은 루이스의 이론에다 헉슬리적인 자기 풍

---

27) W. Lewis, *Men without Art*, Cassell, 1934(成田成壽, 『英吉利現代批評文學』, pp. 92~93 재
    인용).
28) 같은 책, p. 94.

자를 결합한 것이라 할 수도 있다. 자기 풍자는 퍽 현대적인 예술 형식이며 풍자의 여러 종류 중 최근 발견된 것으로, 루이스, 엘리엇, 헉슬리에서 그 전형을 볼 수 있다. 자기를 해부, 비평, 조소, 질타하는 형식은 자기분열에서 생긴 자의식이라 주장된다. 이른바, 자아와 비자아가 자기 가운데 공존하여 '동굴의 내란'을 일으켜 자기분열을 일삼게 되는데, 현대에 와서 이것이 결정적으로 형태화하였다는 것이다. 순전한 행동에 대한 반성의 결무(缺無)를 수반하므로, 이 경우 자아는 맹목적인 행동덩어리라 볼 수 있다. 이것을 제삼자의 입장에서 본다면 웃음거리가 아닐 수 없다. 이것이 곧 지성의 비극이다. 그러면 이러한 입장을 어떻게 받아들여야 하는가. 지성인이 자신에 대한 성실성과 날카로운 두 모순을 내포하고 있는 한 이 두 분열의 비극을 성실하게 표현하는 방법 이외 달리 처리할 도리가 없다는 것이다. 풍자문학의 현대적 사명과 매력이 여기에 있다고 할 것이다. 결국 자기 풍자는 자아 탐구의 한 형식이라 할 수가 있다. 모든 기존의 진리가 허위였음이 발견되었을 때, 그렇다고 새로운 진리를 떠올릴 수 없을 때, 현대인이 자기 자신의 모습을 드러내 묘사할 수밖에 없었던 것이며, 1935년 부근의 한국적 상황에서도 어느 점에서는 이 점이 요청되었음은 물론이다.

최재서는 이러한 풍자문학으로 현대문학의 위기를 극복하는 방향을 제시하려 노력했고, 그 결과 창작에 상당한 영향력을 발휘했던 것이다.[29] 풍자문학으로 그는 또 1935년 이후 한국문학의 두 장관인

---

29) 이헌구는 「소조(蕭條)한 1년의 총결산적 서사(序詞)—평론계」(『조선일보』, 1935. 12. 1)에서 "풍자론은 일반적 당위성의 개념을 서술하는 학구적 정도에 그친 것뿐이요, 조선 문단 위기 타개책과 그 현실 가능성으로는 거탄(巨彈)이 되지 못하였다"고 했는데 이것은 지나친 기대를 의미한 것으로 볼 수 있을 것이다.

이상의 「날개」와 김기림의 『기상도』(1936)를 분석 비판하여 그 가치를 평가할 수 있었다.

우리는 일전에 김기림의 『기상도』에서 알 수 없는 시를 보았고 이번 이상의 「날개」에 있어 알 수 없는 소설을 만난다. 이것이 무엇을 의미하든지 간에 여하튼 우리 문단에 주지적 경향이 결실을 보이기 시작했다는 증거는 될 줄로 믿는다. 그리고 이 경향은 독자의 곤혹이 있음에도 불구하고 당연히 환영하여야 할 경향이다.[30]

최재서는 「날개」의 자의식인 그 풍자, 위트, 야유, 기소(譏笑), 과장, 패러독스, 자조(自嘲)를 지적 수단이라 단정했고, "비애가 끝난 곳에 풍자가 생긴다. [……] 그러나 복잡해지고 속되어진 현대인의 비애는 풍자로 변할 경향이 많다. 『기상도』는 그 구상부터가 풍자적"[31]이라 하여 당대의 난해 작품에 눈과 귀를 주었다.[32] 물론 최재서가 의미한 풍

---

30) 최재서, 「리얼리즘의 확대와 심화—『천변풍경』과 「날개」에 관하여」, 『조선일보』, 1936. 11. 6.

31) 최재서, 「현대시의 생리와 성격—장편시 『기상도』에 대한 소고찰」, 『조선일보』, 1936. 8. 26.

32) 최재서는 이상의 「날개」를 자의식과 풍자, 위트, 야유, 패러독스 등 모든 지적 수단을 동원한 가장 지적 혹은 현대적 작가라 했으나 지적 수단을 사용했다는 것과 지적 작가라는 말은 동의어가 될 수 없으며 이상에겐 권태 이외, 자의식이 있었는지 지극히 의심스러운 일이다. 이 점에 대해서는 정명환, 송욱의 비판이 있다. "그는 생명이 없는 박제와 같은 사람이 곧 천재이고 육신이 몹시 피로하거나 횟배를 앓는 배 속에 니코틴이 스며들 때에만 정신이 투명하고 연애를 냉소하는 것이 곧 지성의 극치라고 잘못 생각하게 된 것이다. '감정은 어떤 포즈'이며 그 포즈가 부동자세에까지 고도화할 때 감정은 딱 공급을 정지한다는 말은 결코 '지성의 극치'라고 생각할 수는 없다"(송욱, 「문학과 사회적 주체성—이상과 사르트르」, 『학생연구』, 1967. 8, pp. 39~40). 감정을 배제하면 곧 지성이 된다는 최

356   제II부 전형기의 비평

자의 개념은 앞에서 보아온 바와 같이 루이스나, 프로이트 혹은 크로체가 의미하는 미학상의 엄격한 규정을 적용한 것은 아니었다. 가령 김유정의 「따라지」를 풍자소설이라 규정함을 보아도 이 점을 확인할 수 있는 것이다. 그가 말하는 풍자문학이란, 지적 수단이 동원된 일체를 뜻하는 것이다.

이러한 풍자문학을 다른 각도로 발전시켜 또 하나의 창작방법에 도표를 세운 것이 「문학과 빈곤」이다.

3. 「문학과 빈곤」

작품의 소재가 한결같이 빈궁에서 취해진다면, 한국적 상황에서 어떻게 하면 실제성과 비속성을 구별할 것인가. 이 문제는 헉슬리의 『문학에 있어서의 비속성 *Vulgarity in Literature*』(1930)에서 그 발상과 논거를 잡고 있다.

최재서는 한국문학의 소재가 농촌 및 빈한층의 생활고에 충만해 있다고 보았고, 여기서 리얼리즘을 어떻게 건질 것인가를 진지하게 묻고 있다. 리얼리즘의 문제점은 실제성에 있다. 실제성은 소재의 비속성과 혼동될 수 없는 것이다. 소재의 비속성을 한국적 상황을 재생한 리얼리티라 생각한다면 한국 소설이 걷고 있는 리얼리즘은 착각이 아닐 수 없다는 것이다. 물론 소재로서의 비속성은 어떠한 지적 귀족에게도 있으나, 그것이 작품화될 때는 실제성만 남아야 한다는 것이

재서도 동조한 혐의가 있고 여기서도 최재서 지성론의 수입지성사의 한계를 볼 수 있다.

다. 소재로서의 빈곤과 창작 정신의 빈곤과는 엄연히 다른 것이다.

문학의 기능은 그를 조종하는 작가의 의도 여하에 달릴 것이니, 문학
이 비참의 대변자가 됨은 가능하고 또 당연하다. 그러나 작가가 문학
의 관용한 성능을 기화(奇貨)로 해서 자기의 비참을 독자에 강제한다
든가 동정을 강요한다 함은 작가도(作家道)의 타락으로밖에 볼 수 없
다.[33]

여기에서 헤어 나오지 못하는 문학을 그는 '앉은뱅이' 문학이라 규정
한다. '앉은뱅이' 문학을 타개하는 방법으로 그는 교훈과 풍자를 제시
했다. 채만식의 「명일(明日)」과 김유정의 「따라지」에서 각각 그 방법
을 모색한다. 전자의 교훈은 비속성을 주체적 체험에서 구제한 예이
며 후자는 풍자로써 극복한 것이라 보았다.

최재서는 이로써 교양 및 문학관을 제시한 셈이다. 한국적 현실
이 빈한하므로 교양, 문화를 탐구함은 현실도피적 이상주의적 태도라
고 작가들은 생각하기 쉬웠고, 실제로 KAPF의 일부는 그렇게 선전,
사고한 바 있었다. 따라서 최재서의 이 주장은 서상과 같은 KAPF적
태도에 대한 준엄한 항의라 할 수도 있었다. 과거 문화는 모두 부르주
아적이니 쓸어버리라는 반(反)문화적 망상에 사로잡힌 일부 KAPF 평
론가에게 이 논문은 계몽적인 역할도 하였다.[34]

---

33) 최재서, 「문학과 빈곤」, 『조선일보』, 1937. 2. 28.
34) 김우철, 「최재서론」, 『풍림』, 1937. 5, p. 29. "「문학과 빈곤」은 작가에게 좋은 교훈을 남겨
     놓은 함축성 깊은 평론이었다고 생각한다."

이상 최재서는 "비평은 무엇보다도 지성의 영위라는 신념"[35]을 가지고, 실속 있는 유일의 진보가 지성의 그것이라 믿었고, 그 구체적 지식을 주지주의 문학론에 두었고, 그 하위개념 속에 지성론의 변형으로서 풍자문학론과 실제성의 문제를 리얼리즘의 심화와 확대에로 전개할 수 있었다.

풍자문학론이 실제적 입각지에 서 있음은 앞에서 보아왔다. 그러나 창작의 내부적 구명에로 적용시킬 수 없는 곳에 풍자문학론의 한계가 있었다. 내부의 소리 혹은 내부의 안티테제로 나타난 것이 주지주의임에 상도된다면 이것은 어쩔 수 없는 지성론의 한계라 아니 할 수 없다. 평론이 '입장'을 잃을 때 최후로 태도가 남는다. 이 태도에서 나온 평론은 해설적이 아니면 고백적인 것이 되는 수밖에 없을 것이다. 전자가 최재서라면 후자는 현민(玄民), 서인식(徐寅植) 등 행동과 관련된 고백적 지성론을 볼 수 있다. "우리는 우리의 역사적 성격을 자각함으로써 우리의 지성을 행동의 세계에까지 3차원하여야 한다. 지성을 떠난 행동은 맹목이라 하면, 행동 없는 지성은 공허한 것"[36]으로 보는 곳에서, 최재서 지성론의 한계를 다시 느끼게 된다.

---

35) 최재서, 「자서(自序)」, 『문학과 지성』, 인문사, 1938, p. 6.
36) 유진오, 「예지·행동과 지성」, 『조선일보』, 1938. 7. 5.

제4절 비평방법론

최재서가 주지주의 문학론으로 평단에 등장한 아카데미션임은 앞에서 보아온 바와 같다. 그것은 학구적인 해설에 가까운 것이었다. 그러나 그가 비평의 방법과 태도에 대해 쉴 새 없이 저널리즘 쪽으로 나아오면서 한국적인 상황에 접근하려 했고, 창작의 타개책을 강구한 것과 마찬가지로 비평의 타개에도 퍽 진전을 보였는데, 「비평의 형태와 기능」(『조선일보』, 1935. 10. 12~20), 「센티멘털론」(『조선일보』, 1937. 10. 4~7), 「취미론」(『조선일보』, 1938. 1. 8~13), 「비평과 월평」(『동아일보』, 1938. 4. 12~15) 등이 그 대표적인 것이며, 그 외 특히 단평란의 활약이 빼어났었다.

최재서의 비평 방법·태도를 지지 옹호한 이원조는 비평의 두 가지 형태 중 '지식비평'을 대표적 존재로 보아 다음과 같은 발언을 한 바 있다.

평론이란 독자에게 지식을 공급하는 것이냐 독자의 행동을 리드하는 것이냐 하는 것은 진실로 중대한 문제다. [……] 이러한 평론이 병립할 수 있다면 그 평론의 형태와 기능이 서로 다른 것은 두말할 것도 없을 것이다, 라고 하는 것은 모든 정치적 활동이 한 개의 모토나 슬로건만을 필요로 하듯이 행동을 리드하는 평론은 메소드나 결론이 필요하지만 지식을 공급하는 평론은 결론이나 메소드보다도 먼저 프린시플과 그것의 해석이 긴요한 것이다. 더구나 이때까지 우리의 행동을 리드하던 일체의 방법과 결론이 차차로 우리의 신임권

외로 벗어져 나갈 때 마치 "우리가 산 마루턱에 올랐을 때 건성으로 지나온 길을 다시 내려갔다 올라오지 아니하면 안 되듯이"(지드) 오늘날 우리가 도달한 방법과 결론의 절정에서 다시 프린시플로 돌아가 새로운 지식을 가져야 하지는 않을까.[37]

프린시플로 돌아가 새로운 지식을 평론가가 공급한다면 독자는 무엇으로 그 지식을 신임할 것인가 하는 문제가 남는다. 프로문학 비평이 그 행동을 리드할 슬로건이 있었고, 그러한 방법에 맞는 형태를 취한 것이었다. 그 시효가 사라진 시점에서 프린시플로서의 지식이 요구된다면 그 지식은 필연적으로 아카데미즘에 의해 보장된 것이 아니면 신임할 수 없을 것이다. 최재서가 공급하는 지식은 이러한 점에서 신임할 수 있으니, 그것은 바로 지식의 정확성에 대한 보장이라 볼 것이다.

최재서는 무슨 사상이나 이론이든지 그의 손을 거치면 꼭 자기가 쓴 글보다 더 명료히 독자에게 전달되는 마력을 갖고 있다. 그가 완벽한 이해력을 갖고 골격만을 추려나가는 능력을 가진 까닭이다. A. 티보데의 『비평의 생리학Physiologie de la Critique』(1930)을 소개한 「비평의 형태와 기능」에서도 이 점을 확인할 수 있음은 물론이다. 비평을 (1) 자연발생적, (2) 직업적, (3) 대가적 비평으로 구분, 그 장단점을 해설한 것은 티보데의 소론이며, (3)형(型)에 대한 해설은 최재서의 역량을 보인 점이라 할 수 있다. 이것은 작가, 비평가의 불신, 혼란과 전문직 비평가에 대한 한계와 형식을 부여한 것이 된다.

---

37) 이원조, 「서(序)」, 『문학과 지성』, pp. 3~4.

"비평의 형태와 내용"이란 부제를 가진 「비평과 월평」은 비평의 한국적 양상에 대한 고찰이다. 이 논문은 한국 비평이 그 발표 형식에 의해 좌우되어온 경로와 신문 학예면이 비평을 어떻게 제약했는가를 역사적으로 고찰했고, 1930년 이후 월평으로 불린 비평의 리뷰화를 구명하고 있다. 이와 같이 저널리즘에 의해 비평이 보도적이며 개괄적 리뷰화로 흐르게 됨이 비평의 자살을 의미하는 것임을 누구보다 잘 아는 그이기 때문에, 단행본으로 또는 『인문평론』에서 학구적 비평의 길로 이끌어나가게 노력한 것이다.

한편 비평의 리뷰화를 역이용하여 촌철살인적 형식을 본궤도에 올려놓은 것으로 당시 각 신문의 단평란을 볼 수 있는데, 이 속에는 최재서의 노력을 무시할 수 없다. 석경우(石耕牛), 학수리(鶴首里)[38]라는 필명으로 『조선일보』 단평 '고기도'난을 가장 많이 쓴 비평가는 바로 최재서였다. 이 속엔 그의 비평 방법이 단적으로 나타나 있고, 문단에 대한 직핍(直逼)한 논조가 노출된다. 자신의 입으로 말하는 비평 방법을 살펴보기로 한다.

비평가의 선물을 최재서는 지식이라 본다. 물론 비평이 최후에 있어서는 가치 판단이지만, 이 작업의 대부분은 판단에 필요한 모든 자료를 제공함에 있다. 그러므로 비평가는 "작품 이해에 필요한 모든 지식만을 제공한다. 그러면 판단은 그 사회와 시대의 정세에 응하여 자연히 나설 것이다."[39] 또 그는 이렇게도 말한다. "비평가의 자격을

---

38) 최재서는 「A. 헉슬리론」(『조선일보』, 1935. 1. 24~27)을 쓴 바 있고, 1937년 호세이(法政)대학 영문학회 주최와 영문학평론사(도쿄) 주최 좌담회에 초빙되었고, 이때 사회가 "조선서 헉슬리 전문가가 왔다고 나를 소개"[「무사시노(武蔵野) 통신」, 『조선일보』, 1937. 7. 8]했음에 만족하고 있다.

보려면 그 결론이 아니라 그 결론에 이르기까지의 프로세스를 봐야 한다."[40] 여기에 그가 「취미론」을 쓰게 된 까닭이 있다. 결국 비평은 취미에서 형성되는 것으로 비평의 출발이자 그 중핵이 취미이며, 이 것은 직관적 판단력이므로, 독자를 설득하여 몰이꾼 구실을 비평가가 해야 하며, 이때 교양을 동반해야 한다는 것이다. 따라서 그는 별로 논쟁을 일으킬 필요가 없었다.[41] 이것은 그에게 거의 조급함이 없었다는 말과도 무관하지 않다. 박영희는 최재서가 "굴곡이 없어 평범한 맛이 없지 않다. 겸손해서 권위가 적다. 그러나 통제력이 있다"[42]고 했다. 비평이 벌써 정론성에서 벗어난 이상, 권위를 운위한다는 것은 무의미한 지적이다. 최재서의 글에는 특별한 감정이나 저기압적 권태나 히스테리가 없고 늘 독자의 감정을 균형 잡아 한 발 한 발 분류적 연구로 이끌어가는 것이다. 이것이 "관찰의 광범성과 종합성에 있어서는 강미(強味)를 가지고 있으면서도 생리적인 약점 때문에 핵심적인 부분인 터인 가치 평정(評定)에 있어서 다분히 모호성을 띠고 있다"[43]는 말을 듣게 되는 점이기도 하다. 다른 말로 바꾸면 그에겐 상세한 친절감에 노빌리티가 첨가되어, 고매한 척하는 티를 내지 않는다. 스노비즘을 경멸한 것은 차라리 그의 센티멘털리즘이라 해도 좋을 것이다. 이러한 것은 최재서 평론이 해석적인 데서 유래함을 뜻한다.

---

39) 최재서, 「적수공권(赤手空拳) 시대—단평」, 『조선일보』, 1937. 3. 23.
40) 최재서, 「사실의 훈련」, 『조선일보』, 1937. 8. 23.
41) 그가 「호적 없는 외국 문학 연구가」(『조선일보』, 1936. 4. 26~28)에서 '해외문학파'를 혹평한 바 있으나 자신이 외국 문학 연구가라는 점에서 본다면 어쩌면 자신을 향한 발언일수도 있는 것이다.
42) 박영희, 「현역 평론가의 군상」, 『조선일보』, 1936. 9. 2.
43) 안함광, 「문학에 있어서의 자유주의적 경향」, 『동아일보』, 1937. 10. 30.

백철의 휴머니즘론이 심장의 평론이라면, 최재서의 지성론은 두뇌의 것이며, 김남천의 고발문학론은 심장과 두뇌를 종합한 평론이라 할 수 있다. 최재서는 문학론에 대한 비교적 확실한 지식 위에 문단적 사태를 전체적으로 파악할 수 있는 "문단의 비평지표를 세우는 데 그 강점"[44]이 있었고, 질서적 교양과 설득력 있는 문체를 이룩한 전문직 비평가였다.

이상이 최재서의 중기 활동까지인데, 이 항목에서 끝으로 그가 『인문평론』을 경영하게 되고, 소위 '국책문학'에 야합하게 되는 원인의 맹아를 발견할 수 있을까 하는 문제를 검토해보아야 할 것이다. 지성론이 식민지 문학의식을 초월할 수 있으며 한국인의 지식을 뛰어넘을 수 있는 것이라면, 그것은 본질적 지성이 아니라 수입 지성의 어설픈 곡예일 수밖에 없기 때문이다. 그의 이러한 야합에의 씨앗은, 이미 중기의 다음 두 평문에서 찾아볼 수 있다. 하나는 그가 문화론에 깊은 관심을 가졌다는 데 있다. 『크라이테리온』과 같은 『인문평론』을 발간한 것은 이를 단적으로 드러낸 것이다. 문화론적 비평이 사회적 비평과 직결되게 됨은 물을 것도 없다. 1935년 이후 나타난 고전적 동양문화론에 관련된 이청원, 서인식, 인정식 등과 같은 독일 관념파 철학자들의 왜곡된 심정적 사관이 지성 이전의 신념이라는 신화에 곁눈질을 하고 있었던 것이다. 다른 하나는 「시대적 통제와 예지」(『조선일보』, 1935. 8. 25)로서, 그는 여기서 영, 미, 불 등 사회 통제가 심하지 않은 사회에서 작가 스스로 통제를 감행함이 현명하다는 견해를 공격한 바 있다. 그 까닭을 "인간성은 개인적 의식의 불완전성으로 인해 일반성

---

44)   김우철, 「최재서론」, p. 29.

의 통일을 요구하게 되는 것"[45]에다 둔다. 여기에는 이미 전체주의에 흐를 위험성이 내포된 것이다. 신고전주의 즉 주지주의가 국민, 민족의 경험의 총화이며 예지의 체계라 할 수 있다면, 개성과 함께 민족 국민 단위를 사상(捨象)할 수 없는 것이라면, 1940년 전후의 한국에서 방향성을 동양문화론에서 찾으려 한 것이 그의 원리적 오류라 볼 수 있다.

'지성론 뒤에 오는 자'를 최재서는 모럴이라 한 적이 있다. 모럴은 가치를 내용으로 한다. 그러면 가치의 실체는 어디서 구하는가. 이 점에 대해 최재서 자신은 답을 못하고 있다.[46] 이 답변은 1940년을 넘어 논리를 버리고 신념이라는 가장 비지성적인 것에 도달하였던 점에서 발견된다.

---

45) 최재서, 「시대적 통제와 예지」, 『조선일보』, 1935. 8. 25.

46) 최재서, 「지성·모럴·가치」, 『비판』, 1939. 3, pp. 83~85. 이 논문 속엔 벌써 수년 전에 자기가 주장 진력한 주지주의를 버리고 있다. 미키 기요시가 「知性の改造」(『日本評論』, 1938. 11~12)에서 지성이 원칙적으로 비판적이고 구성적임을 강조했을 때이다. 여기서 는 지성론은 이미 모럴론으로 변했으며 이 방면엔 김남천이 공헌한 바 있다. 모럴은 가 치를 내용으로 하는데 그것은 처음부터 내재적이다. 그러면 가치의 실체는 어디서 구해 야 하는가. 최재서는 여기서 아무런 답변을 못 하고 있다. 또 미키 기요시의 「知性の新時代」(『知性』, 1938. 5, p. 10)에서도 신시대의 지성이 구성적이라 강조되고 있다.

제5절 가톨릭 문학론

1935년을 전후해서 지성론의 일환의 모습을 띠고 가톨리시즘 문학론이 대두되었는데 이것이 단순히 종교문학이 아니라는 데, 그리고 현대시의 문제를 제기하고 있다는 데 그 문학사적인 정리가 요청되는 것이다.

1934년의 한국문학의 계보를 분류하는 마당에서 김팔봉은 정지용, 모윤숙, 장정심, 한용운, 김일엽 등을 교회문학파라 본 적이 있는데[47] 이 경우 교회 문학이란 어느 특정 종교를 가릴 것 없이 종교적 문학이란 의미를 띤 것으로 볼 수 있다. 그러나 이들이 신봉하는 신앙이 작품상에 한 경향으로 나타났다는 것인지 단지 그들이 신봉하는 데서 기계적으로 분류된 것인지 확실치는 않다. 그런데 홍효민은 "가톨릭적 문학의 대두가 1934년도 새로운 현상"이라 하여 상기 명 외에 이동구를 추가하였고,[48] 가톨릭 문학을 최대로 옹호한 김기림은 정지용, 장서언, 허보 등을 들었고,[49] 가톨릭 문학에 대한 최대의 적의를 가진 임화는 이상, 허보, 신백현, 신석정, 김기림, 정지용, 이동구 등을 들고 있다.[50]

무릇 가톨릭 문학이 한국 문단에 대두된 것은 『가톨릭청년』지의

---

47) 김기진, 「조선 문학의 현재의 수준」, 『신동아』, 1934. 1, p. 46.
48) 홍효민, 「1934년과 조선 문단―간단한 회고와 전망을 겸하여」(『동아일보』, 1934. 1. 1) 및 「한 개의 개괄적 검토인 과거 1년간의 문예평론단」(『신동아』, 1933. 12).
49) 김기림, 「문단시평」, 『신동아』, 1933. 9, p. 147.
50) 임화, 「33년을 통하여 본 현대 조선의 시문학」, 『조선중앙일보』, 1934. 1. 5.

출현(1933. 6)부터로 볼 수 있을 것이다. 이동구 주간으로 1936년까지 이끌어나간 이 종교 생활 잡지는 창간호부터 이동구의 「가톨릭은 문학을 어떻게 취급한 것인가」라는 권두 논문에다 이병기의 「조선어 강좌」 및 시조, 허보의 시 「거품」, 장서언의 「동창(同窓) 외」, 정지용의 「해협의 오전 2시」가 실렸고, 2호엔 이상의 「거울」, 김기림의 「바다의 서정시」, 정지용의 「시계를 죽임」, 이동구의 「문예시평」 등으로 채워져 있다. 평론은 주로 이동구가 맡았지만, 이효상의 「가톨릭 신앙과 시인」(『가톨릭청년』, 1936. 6), 최민순의 「프랑수아 모리아크의 소설론」(『가톨릭청년』, 1936. 6), 우창훈의 「막스 자코브의 시법에서」(『가톨릭청년』, 1936. 9) 및 기타 윤형중의 문학론이 있다.

『가톨릭청년』지를 중심으로 하여 전개된 가톨릭 문학이 문단의 주목을 끌게 된 것은 다음 두 가지 이유로 갈라볼 수 있을 것이다. 하나는 엘리엇, 모리아크, 마리탱 등의 서구 지성들이 현대 문명, 위기의 타개책으로 가톨릭이라는 이 절대주의에 의탁하여 구제하려 한 세계 사조적인 일면에서 그 권위를 빌려 받을 수 있는 지성론의 변형이었다는 점이며, 다른 하나는 가톨릭 문학파 자체의 역량이 결코 만만치 않은 수준에 이르렀고 특히 정지용, 이상, 김기림을 중심한 모더니즘 시운동이 여기서 토대가 세워졌다는 점이다. 이동구의 평론도 상당히 예리하고 공격적이었다. 이것은 프로문학 측에서 볼 때 지극히 반동적이었다.

대체 가톨릭 문학이란 무엇인가. 여기에 대해서는 이동구의 두 편의 논문 「가톨릭은 문학을 어떻게 취급할 것인가」와 「가톨릭 문학에 대한 당위의 문제」(『동아일보』, 1933. 10. 24~26)를 검토해봄으로써 그 일면을 들여다볼 수 있다.

먼저, 가톨릭은 문학도 다른 문화 현상과 함께 '인간 활동의 포말적(泡沫的) 현상'이라 본다. 이것은 어떤 면에서는 문학 부정의 태도이나, 이러한 태도는 문학을 과대평가하지 않고, 생활의 건전한 바탕을 찾는 데 일단 거쳐야 할 태도로 본다. 결국 문학은 '조직화한 도덕'이어야 마땅하고, 이 관점에서 볼 때 작품의 우위는 '얼마나 잘 표현되었는가'에 있지 않고 '무엇을 어떤 각도에서 표현했는가'의 관념에 존재하게 된다. 작품 속의 인간의 고뇌, 환희를 통해 '현상화한 생활관의 농도'에서 가치가 결정된다는 것이다. 그러므로 이 관점에서 보는 가톨릭 문학이 불안문학과 프로문학을 향해 공격적 태세를 취함은 필연적인 현상으로 보인다. 이른바 불안문학으로서의 프루스트, 지드의 고민 사상은 고뇌를 인상적으로 기록한 것이지 '이상화한 인생관 및 이념'이 없다는 것이다. 다른 한편, 프로문학을 보자. 일본의 프로 비평가 오야 소이치(大宅壯一)의 생활의 파탄, 이쿠다 슌게쓰(生田春月)의 자살, 또 신흥 예술의 다니자키 준이치로(谷崎潤一郎), 사토 하루오(佐藤春夫)의 작품 속에도 긍정적 진실은 없다. 설사, 프로문학 즉 파괴적 문학이 사회적 질병을 적극적으로 치료하려는 의식은 가졌으나, 세계관의 결함, 전통의 절연 및 신(神)도 인간의 창조라는 개념과는 극단적 대립이 이루어진다는 것이다. 가톨릭 문학으로 볼 수 있는 단테, 성 토마스, 마리탱, 클로델, 콕토, 체스터턴의 작품 속엔 의도적으로, 잠재적으로 '신에 대한 암시' 혹은 '영원'의 생활에 대한 사념이 들어 있다는 것이다.[51] 더 유형적으로 현대문학의 제 유파의 결함을 든다면 다음과 같다. (1) 자연주의 후기 문학에서는 자유주의적 사상, 범신론적

---

51)   이동구, 「가톨릭은 문학을 어떻게 취급할 것인가」, 『가톨릭청년』, 1933. 6, pp. 7~11.

사상, 도발적 기분을 들 수 있고, (2) 마르크스주의 문학은 유물변증법적 태도, 사회적 사상의 공식적 파악의 개념, 작품의 고정화를 들 수 있고, (3) 주지주의 문학은 범신론적 태도를, (4) 신사회파 문학은 도발적 기분, 향락적 기분, (5) 신심리주의 문학은 개인주의적 태도, 표현의 장난 등을 들 수 있어[52] 어느 것도 바람직한 문학일 수 없다는 것이다.

그러므로 엘리엇, 마리탱, 모리아크 등의 예를 들어, 전통과 신성의 발견, 도덕적 질서의 반성으로서의 건실한 생활과 작품의 일관성을 세우기 위해 가톨릭 문학론을 내세운 것이다.

프로문학 측이 이에 대해 반박한 것은 당연한 귀결이다. 프로 측의 논객은 홍효민, 백철, 임화 등이며, 이들이 종교를 공격하는 것은 이미 전력이 있는 일이기도 하다.[53]

홍효민은 「문단의 기아(饑餓)」(『동아일보』, 1933. 9. 13)에서 이동구를 공격했고, 백철은 「사악한 예원의 분위기」(『동아일보』, 1933. 9. 30)에서 윤형중의 「가톨리즘 문화」를 비판했는데 이들의 감정적 반발과는 달리, 약간의 문화사적 고찰로써 공격한 자는 임화이다. 임화는 「가톨릭 문학 비판」(『조선일보』, 1933. 8. 11~18)에서 현대 문화에 있어서의 가톨릭 신도의 위치, 반평화 이데올로기의 가톨리시즘, 조선 문화와 가톨리시즘의 반동적 의의를 논했고, 「1933년의 조선 문학의

---

52) 이동구, 「가톨릭 문학에 대한 당위의 문제」, 『동아일보』, 1933. 10. 24~26.
53) 프로파의 준기관지 『전선』(1933. 1)은 천도교에 대해 일제 공격을 감행하고 있다. 이것은 최린이 "그들(프로)과 우리들(천도교)이 어느 때나 싸울 것은 결정된 것이다"라는 폭언에 대해 프로 측은 '반종교적 단체 천도교 정체 폭로 비판회'를 조직하였고 이몽(李蒙)의 「반천도교 투쟁의 현 단계적 의의」, 이갑기의 「천도교 정체 폭로 비판회 회장」, 홍효민의 「천도교의 금반(今般) 행동은 야만적이다」 등의 특집을 했다.

제 경향과 전망」(『조선일보』, 1934. 1. 7~10), 「33년을 통하여 본 현대 조선의 시문학(『조선중앙일보』, 1934. 1. 5)에서도 이 문제를 언급하고 있다.

임화는 가톨리시즘 대두를 '문화의 퇴화' 현상이라 규정한다.[54] 가톨릭 문학이 임화에게 어떤 충격을 던졌던가를 살펴보자. 1920년대 초부터 문학계에서 탈락한 전영택 외 천도교, 기독교, 불교 등의 출판물과 유상무상의 문인들에 의해 교회문학적 경향이 나타났으나, 그러한 것은 거의가 일반의 관심 밖에 있었던 것이지만, 『가톨릭청년』지가 나타나자 사정은 달라졌다. 여기에 모인 시인, 평론가 들이 비교적 우수하다는 것, 세계적 불안사조가 중세적 절대를 요구하게 된 점 따위가 결부되어, 이에 나타난 가톨릭 문학의 부르주아적 갈망은 "중세적 암흑 종교에로 인도하기에 충분"하게 되었고, 그 결과 "부르주아적 정신문화의 구할 수 없는 위기"를 조성했다는 것이다. 임화는 가톨릭 문학이 "조선의 근대문학의 위기 그것을 가장 똑똑히 특징짓는 사실"이라 보고, 일부 층에 의해 상당히 체계화되었음을 지적했고, 이들의 문학은 현실의 형상 대신 신비주의적 신앙의 개념이 지배적이며, 문학론 가운데도 현실적 과정이 구체적 논리 대신 광신적 독단으로 되어 있을 뿐이라 했다. 가톨리시즘이라는 이 숭고 장엄한 신의 관념은 결국 우수한 시인의 문학적 운명을 개척한 대신 파멸로 이끌었고, 예술적 퇴화로 몰아넣었다고 주장한다. 그 예로 정지용을 들었다.[55]

---

54) 임화, 「1933년의 조선 문학의 제 경향과 전망」, 『조선일보』, 1934. 1. 7.
55) 같은 글, 1934. 1. 10. 정지용의 가톨릭 입교 전의 작품 「고향」 「갈매기」(『조선지광』)와 입교 후의 「임종」 「불사조」를 비교해보면 후자에 큰 진전이 없다는 것이다. 이러한 것이 신앙 때문에 그랬는지 시인 자신의 역량, 노력 부족에서 오는 것인지는 지적하지 않았다.

임화의 이러한 비판은 가톨릭에 대한 관념적 비판에 가까운 것이다. "정지용의 시 속엔 모더니즘 외 가톨리시즘이 없었다. 그런데도 임화의 가톨릭 비판은 신경과민"[56]이라고 본 권환의 지적은 이를 방증한 것이 된다. 임화 자신도 자설(自說)을 다소 수정하여 『가톨릭청년』지야말로 순수시의 바탕이며, 정지용, 이상, 허보, 신백현, 신석정 등은 네오 포멀리스트인데, 가톨릭파라는 말이 어감상 맞지 않는다고 했던 것이다.[57] 프로 측의 비판에 대해 반격을 편 비평가는 이동구이며, 김기림이 이에 동조하였다.

가톨릭 문학을 반박한 프로 측을 이동구는 이론으로 구명함이 없이 한갓 유희로 본다. '인간묘사 시대'는 한갓 '인형(人形)묘사 시대'라 본다. 심리적 묘사 없는 이데올로기는 인형이라 강조하고 "그렇다고, 우리는 결코 이데올로기 문학 혹은 경향적 문학을 반대치 않는다. 다만 마르크스 문학과 같이 이 색채를 너무 작품 속에 침투시켜 기계적 공식적 작품으로 화(化)함을 반대"[58]한다는 것이다. 그 예로 도쿠나가 스나오(德永直)의 「창작방법의 신전환(創作方法の新轉換)」(『中央公論』, 1933. 9)을 들어 백철과 정반대임을 드러냈고, 홍효민의 소론은 '가장 무식한 평론'이라 규정했다. 이러한 것은 가톨릭 문학론과 무관한 것이다. 따라서 논쟁의 여지가 있을 수 없는 셈이다. 유일한 가톨릭 평론가인 이동구는 가톨릭 문학의 이념이나 전통에 대한 조예가 없었고, 주로 일본 문단에 민감한 피상적 비평가라는 사실이 드러난 것이다.

일본에서 가톨릭 문학의 논의는 '문학과 지성' '문학과 윤리'에 대

---

56) 권환, 「1933년 문예 평단의 회고와 전망」, 『조선중앙일보』, 1934. 1. 3.
57) 임화, 「33년을 통하여 본 현대 조선의 시문학」, 『조선중앙일보』, 1934. 1. 5.
58) 이동구, 「문예시평」, 『가톨릭청년』, 1933. 10, pp. 50~51.

한 진실한 물음에서 비롯된 프랑스 문단에 직결되어 있다. J. 마리탱의 『그리스도교 철학의 문제』(1931)를 비롯, 샤를 뒤보스Charles du Bos의 『모리아크와 가톨릭 소설론*François Mauriac et le Problème du Romancier Catholique*』(1933) 등에 자극되어 일본 문단에서 가톨릭 문학론이 표면화된 것은 「종교문학의 이론—신비적 리얼리즘의 문제(宗教文學の理論—神祕的 リアリズムの問題)」(가톨릭 문예지 『創造』 15호)에서이다.[59]

가톨릭 문학이란 말을 할 수 있고, 또 이것이 한국 문단에 무시할 수 없는 세력권을 형성하게 된 것은 소위 모더니즘의 온상 즉 순수시의 바탕이었다는 데서 찾아야 될 것이다. 시론에서 이 사실을 증거하려면 김기림의 「현대시의 발전—난해라는 비난에 대하여」(『조선일보』, 1934. 7. 12~22)를 들 수 있을 것이다.

김기림은 앞서 불안 해소의 방법으로 가톨리시즘에 동조한 바 있다.[60] 「현대시의 발전」은 표면상 가톨릭 문학과 무관한 듯하나 실질상으로는 가톨릭 문학파에 대하여 측면적 옹호의 입장이었다. 그는 난해시로서의 정지용, 장서언, 조영출, 이상 그리고 김기림 자신을 포함한 몇 사람의 시를 분석 해명한 것인데, 이들 세칭 난해시의 예는 거개가 『가톨릭청년』지에 발표된 것들이다. 이상의 「운동」(1933. 10), 정지용의 「귀로」(1933. 10), 장서언의 「고화병(古花甁)」(1934. 3) 등을 보아도 알 수 있다. 이상을 시단에 이끌어 넣은 자가 정지용이며[61] 정지

---

59) 吉滿義彦, 「文學におけるカトリシズム」, 『文藝』 7卷 7號, pp. 76~81.
60) 김기림, 「문단시평」, p. 147.
61) 정지용, 「시가 멸망하다니 그게 누구의 말이요」, 『동아일보』, 1937. 6. 6.
   "이상을 처음 떠메고 나온 것이 정 선생이죠?
   그렇소.
   동기는?

용과 더불어 가톨릭 색채가 짙은 시인이 장서언인데, 김기림은 「고화병」을 수작으로 평정했고, 이상을 "우리들 중에서 누구보다도 가장 뛰어난 쉬르리얼리즘의 이해자"[62]라 했다. 「운동」은 언어의 전달 기능과는 전혀 다른 각도에서 언어 자체의 독특한 기능에서 구축된 시임을 분석한 것이다. 이들을 함께 네오 포멀리스트, 혹은 순수시라 할 수 있다. 한국 현대시가 통설로는 『시문학』(1930)파에서 출발하는 것으로 보나, 이러한 난해시를 현대시라 한다면 마땅히 가톨릭문학파에서 현대시의 기점을 찾아야 할 것이다.

가톨리시즘이 불안사조의 경향으로, 중세적 정신을 갈구하는 현대인의 귀의처로서의 관심을 갖게 된 것은 사실이나 물질화된 현대를 이 사조로 통일 극복할 수는 없었고, 이동구 한 사람의 평론가로서는 프로문학 비판에 급급한 실정에서 벗어날 수 없었다. 특히 한국에서는 가톨릭적인 문화적 전통이 별무했고 따라서 일반의 관심 밖에 속하는 것이었다. 다만 1939년 임화가 「가톨리시즘과 현대정신」에서 새로이 이 문제를 취급하고 있음은 흥미 있는 일이다. "가톨리시즘이 결코 현대에 있어 중세를 부활하려는 복고적 낭만주의가 아니라 근대 휴머니즘과 합리주의를 가톨릭 교의와 조화시켜보자는 의도의 표현"[63]이라는 견해에 이른다. 이것은 임화가 처음 가톨릭을 반동으로 규정, 공격할 때와 정반대의 입장임을 알 수 있다. 그러나 신을 떠난 인간이 만난 것은 물질이었다. 이것이 발레리가 말한 '사실의 세기'의 고민이라 한다면, 다시 신으로 돌아갈 것인가, 물질 속에 그대로 분열

그저 진귀했으니까 그랬죠."

62)   김기림, 「현대시의 발전」, 『조선일보』, 1934. 7. 19.
63)   임화, 『문학의 논리』, 학예사, 1940, p. 757.

될 것인가, 이 갈림길의 고뇌에서 임화, 최재서 등의 합리주의자가 찾아간 길은 전체주의였고, 동양문화라는 망령의 국책문학에의 야합이었으며, 이것은 미키 기요시의 논법대로 나치즘처럼 신화에의 환각이었던 것이다.[64]

64) 졸고,「한국 현대문학상에 나타난 가톨릭문학고(考)」,『숙대신보』260호.

제3장 포즈·고발·모럴론

제1절 포즈론—이원조

1934년 『조선일보』가 '비평계의 SOS' 특집을 했는바 여기는 예술파 김동인, 프로파 이기영, 해외문학파 함대훈, '구인회'의 이무영, 동반자 작가 채만식 등이 현대 비평가를 각각 논했는데, 설사 이들의 논조가 부당한 비평을 단죄했으나 "비평 필요로 낙착"[1]됐지만 이 점은 비평에 향한 불신이 문단에 미만했음을 드러내는 것이다. 프로문학 비평의 정론성이 무력해지자, 비평계는 균형을 잃고 혼란과 무풍지대를 이룩했고, 이 카오스가 아직도 질서적 생성을 발견치 못한 전형기의 모습을 띠었던 것이 1934, 5년이었다. 물론 이것을 극복하기 위해 휴머니즘론, 지성론, 행동주의 기타의 모색에 접어들게 된 것이다. 이 전형기에 처해 비평계의 체질 개선에 깊은 관심을 보여 방향을 탐색한 자는 당시 3대 민간 신문 중 가장 문학면을 많이 취급한 『조선일보』 학예부의 이원조였다. 그는 「A. 지드론」으로 평단에 데뷔하였다.

이원조는 「비평의 잠식—우리의 문학은 어디로 가나」(『조선일보』, 1934. 11. 1~11)에서, 과거 한국 비평은 '행동적'이었으나 현재에

---

[1]   정인섭, 「현계단과 수준—과거 1년간의 평론과 창작계를 회고하여 신년을 전망함」, 『조선일보』, 1935. 1. 9.

는 "우리 문학의 가장 순수한 부분은 적어도 '태도의 문학'이란 형태"[2]로 나타난다고 보았다. '태도의 문학'이란 주관에 대한, 그리고 양심에 대한 것으로, 프로문학 같은 행동의 문학에 비하면 패배이긴 하나 감정 배제가 불가함이 문학 원질(原質)임을 안다면, 주관에서 출발하는 태도에서 새로운 자세를 이끌어낼 수 있을는지 모른다. 이와 같은 태도는 일본 문단의 모럴 논의와 같으나, 모럴은 사회적 공감과 승인이 있어야 하는데, "우리네와 같은 현실적 심리를 가진 자"[3]에겐 모럴은 논할 수 없다고 그는 보았다. 물론 이원조가 모럴에 대한 탐구가 자기의 것이 아니라 프랑스에서 도입되었다는 사실을 알 만한 불문학자로서, 지나치게 피상적인 태도에 머물렀다고 비판될 수도 있다. 그러나 "비평의 정신이 논리화되어서 독자에게 수용되는 것은 말할 것도 없이, 일도양단하는 호세(豪勢)"[4]에 떨어져 자못 중세 종교 재판에 비견할 수 있는 과거의 비평에서 논리와 감정을 어떻게 획득할 것인가를 반성하기에 이른 것은 이원조의 양식(良識)이라 볼 수 있다. 그는 무엇인가 세련된 에스프리를 비평에 도입하려 하였다.

'태도의 문학', 주관의 문학은 고민론을 그 내용으로 한다. 고민론은 백철이 인간탐구에서 라오콘의 고민, 프로메테우스적 고민상(像)을 주장한 바 있다. 백철은 「고민과 문학—문학 한담집(閑談集)」(『조선일보』, 1936. 4. 23~28)에서 고민이 종교와 같이 문학에 군림하였고, 이것은 극복해야 할 신성한 형로(路)이며 이는 『악령』 속의 키릴로프처럼 현대문학에선 하나의 복음 사상이며, 심지어 "문학이 부도덕하

---

2)   이원조, 「비평의 잠식—우리의 문학은 어디로 가나」, 『조선일보』, 1934. 11. 11.
3)   같은 곳.
4)   이원조, 「비평의 정신과 논리의 감정」, 『조선일보』, 1936. 1. 5.

다는 데 대한 긍정"[5]에까지 이르고 있다. 이원조는 문학에서 이 고민을 예술의 선행 조건으로 인정하지만, 백철같이 직선적으로 받아들이지 않고 분석한다. 그는 고민이나 불안이 한 개의 정신 상태라 보아, 고통과 준별하고 있다. 고민은 비현실적이며 따라서 관념적 상태로 본다. 그렇다면 "작가의 고민, 불안이란 향락할 수 있는 여유"[6]가 있어야 하는데, 한국 작가에겐 현실고(現實苦) 때문에 저 관념적, 향락적 고민과는 무연(無緣)하다고 본다. 이런 견해는 어느 정도의 주체적 통찰이라 할 수 있다. 이런 상태에서의 비평은 퍽 난처해질 수밖에 없고, 잘해야 "사신(私信)의 성질을 띠게 된다"[7]고 했고, 이를 뒷받침하기 위해 이 시대는 문예비평이 퍽 곤란하다는 고바야시 히데오(小林秀雄)의 고백을 인증(引證)하고 있다.

이상과 같은 과정을 거쳐 이원조의 이른바 포즈론이 나타난다. 그는 「현 단계의 문학과 우리의 '포즈'에 대한 성찰」(『조선일보』, 1936. 7. 11~17)에서 전 문단을 향해 이 문제를 제의하였고, 이로써 문단에 한 문제를 던졌던 것이다.

포즈란 무엇인가. 포즈와 모럴의 관계 및 고민을 어떻게 받아들일 것인가. 물론 이원조는 이에 대한 답변을 만족할 만큼 준비하고 있는 것은 아니다. 먼저 문단이 혹은 평단이 침체하게 된 이유로부터 살펴보자. 그것이 프로문학의 퇴조에서 발단되는 것임은 자명한 일이다. 즉 문학과 행동, 문학과 정치의 상호 관계가 어떻게 파악되었는가를 돌이켜 살펴보아야 될 것이다. 여기서 말하는 행동이란 '정치적 실천'

5)   백철, 「고민과 문학—문학 한담집」, 『조선일보』, 1936. 4. 28.
6)   이원조, 「고민론」, 『조선일보』, 1936. 6. 3.
7)   이원조, 「문예비평의 존재 이유」, 『조선일보』, 1936. 4. 6.

을 의미한다. 문학과 정치라 했을 때도 문학과 과학, 혹은 문학과 종교와 같이, 문학과 다른 문화 형태와의 관계로 본다면 조금도 불온성을 띤 것으로 볼 수는 없다. 그러나 문학과 정치에서는 이 문제가 제출된 사정이 사회 전체의 조직과 관련된 현실적 면에 있었으므로, 문학적 각도보다 정치적 각도가 더 우세했던 것이다. 정치적 절충 혹은 정치적 해결이란 곧 힘의 절충, 힘의 해결이라 할 수 있다. 가령 KAPF 시대에는 문학 속에 이 힘의 작용이 있었던 것이다.

> 문학과 활동을 정치적 실천과 완전히 통일하지 아니하면 안 된다고 하던 그때에는 이만한 문제를 추진시킬 만한 힘이 이편에 있었던 것이다. 따라서 이 문제의 추진과 함께 실제에 있어서 문학하는 사람의 행동성도 범위가 넓었던 것이다. 그러나 연래(年來)에 와서는 이러한 추진력이 쇠약하는 데 따라서 문학하는 사람의 행동성과 범위가 극도로 협착(狹窄)해진 것이 사실이다.[8]

그런데 이 프로문학이 힘을 상실하자 소위 전향 문제가 나타났는데, 이원조는 이 전향자들이 프로문학이 왕성했을 때 '부르주아 인텔리'라 지목받은 자들이 아니라 그 효장(驍將)이라 자처했던 자들이라 하여 '기괴한 현상'이라 했다. 대체 이러한 기괴한 현상은 어디서, 무엇 때문에 나타난 것일까. 그것은 그들이 성급히 문학과 정치의 관련성만 보고 그 특수성을 몰각하여 정치적 각도에서 문학을 보았기 때문이다. 정치적 각도란 힘을 의미하는데, 객관적 정세가 이 힘을 소멸시

---

8) 이원조, 「현 단계의 문학과 우리의 '포즈'에 대한 성찰」, 『조선일보』, 1936. 7. 12.

킬 때 생기는 패배 의식이 마침내 문학은 정치＝행동과 전혀 무관한 것이라 주장하게 된 것이다. 그러나 이들 효장들이 이상과 같은 의미에서 패배 의식을 느꼈고 그로 인해 전향하게 되었다면, 문학 쪽에서 볼 때는 퍽 난처해지지 않을 수 없다. 왜냐하면 문학에 있어서의 패배 의식이란 정치적 행동 즉 작용하는 힘과는 직접적인 관계에 있는 것이 아니었기 때문이다.

> 힘의 패배가 반드시 사실의 패배를 의미하는 것도 아니며 또한 문학은 힘의 현화(顯化)가 아닌 때문에 문학의 매력은 행동 그것보다도 도리어 '포즈' 거기에 있는 것이다. 그러므로 고민이라는 것이 문학에서 가장 높게 평가되는 이유도 진실로 여기에 있는 것이니 나는 오늘에 와서 문학과 정치행동이라든지 문학과 과학의 상호관계를 일부러 단절시키려는 일부의 인사들에게 다른 여러 말을 허비하는 것보다도 차라리 다음과 같은 한 개의 사실이 일찍이 우리 문학사상(文學史上)에 있었다는 것을 전달하려 한다. 그것은 다름이 아니라 그 유명한 물리학자 '갈릴레이'가 종교재판정에서 '코페르니쿠스'의 지동설을 믿지 않겠다는 것을 서약했는데 그 당시의 광경은 어떠했느냐고 하면 만약 그 서약을 하지 않으면 곧 화형에 처하게 된 것이었다. 그러므로 '갈릴레이'는 믿지 않겠다고 서약하였다. 그러나 그다음 순간에 가만히 입안에서 '그러나 움직인다'고 하였다는 것이다. 이것은 한 개의 진리를 위한 사람의 '포즈'이다. 그리고 이것은 '모럴'이다.[9]

---

9)　같은 글, 1936. 7. 14.

이원조가 말하는 포즈(몸가짐)론이 어떤 의도를 갖고 제시되었는가를 이 인용에서 충분히 읽어낼 수 있다. 그것은 프로문학 퇴조 후의 문단의 공백기를 어떻게 극복할 것인가―즉 전향 문제를 일으킨 작가의 태도, 전주사건에서 유예로 석방된 문인들, 이들과의 긴장감에서 돌연 허탈을 일으켜야 하는 민족파와의 제 문제를 해결하기 위해 제기된 것이다. 문학과 시대상이 이때처럼 직접적인 시기는 흔하지 않았다. 옳다고 생각하면서도, 프로파나 민족파 할 것 없이 일제의 강요에, 그 힘에 집단적으로 대항할 수 없었다. 이원조가 갈릴레이의 종교 재판을 예로 든 것은 문학자가 진리에 순사(殉死)하느냐, 혹은 위장적 발언을 하면서 목숨만을 부지하느냐라는 문제의 가장자리까지 나아간 것이라 할 것이다. 그러니까 작가는 이 시대에 있어서는 진리가 무엇인지 분명히 자각하고 갈릴레이와 같은 몸가짐을 가질 수밖에 없다. 이것이 바로 이원조의 모럴론의 골자이다.

모럴론은 문학자뿐만 아니라 당시의 모든 지식인의 몸가짐을 의미한 것이며, 그 지식인 중에서도 문학자가 이 문제를 가장 예리하게 자각해야 함이 강조되었다. 이는 비평정신이 무엇인지 아는 사람으로서는 지극히 당연한 논법이다. 모럴이란 "자기 자신에 대한 의무의 자각"[10]이다. 이미 집단의 유대가 단절된 상황에서는 각자가 어떻게 이 상황에 대처할 것인가를 결정해야 하고 하나의 포즈를 가져야 하는 것이다. 물을 것도 없이 그 몸가짐은 진리를 뒤에 감춘 것이라야 한다. 여기에 고민의 문제가 펼쳐져 있으며, 라오콘, 프로메테우스의 아픔이 있는 것이다.

---

10) 같은 글, 1936. 7. 16.

이원조의 포즈론이 프랑스 및 일본에서 논의된 모럴론과 무관하지 않음은 거의 확실하다. 그러나 KAPF가 NAPF적 성격과 달랐던 것과 같이, 한국 쪽에서는 갈릴레이의 몸가짐이 이중적 저항 의식을 띨 수 있었다. 계급 사상 혹은 민족주의 사상이라는 '지동설을 내포한 포즈'라야 했다. 여기에 한국인의 모럴 혹은 몸가짐의 특수성과 어려움이 있다. 이 몸가짐과 관련되어 이원조의 포즈론을 구체적인 창작방법으로 발전 심화시킨 것이 김남천의 자기 고발의 문학론이다.

제2절 고발문학론—김남천

창작방법론으로서의 사회주의적 리얼리즘을 어떻게 받아들이느냐 하는 문제는 프로문학 퇴조의 공백기를 극복하는 가장 중요한 과제였고, 따라서 프로 작가와 비평가에겐 최대의 관심사가 되어 있었다. 안막, 안함광, 김두용, 한효 등이 사회주의적 리얼리즘에 집착하여 이것으로써 활로를 찾으려 했고, 백철은 인간묘사, 휴머니즘, 휴머니즘에 입각한 리얼리즘의 방법을 모색했고, 임화는 사회주의적 리얼리즘의 변형인 낭만주의를 주장하다가 이를 자기비판하고 새로이 사실주의를 주장, 나아가 언어적 형상화 탐구로, 종래 민족주의파는 고전론으로, 이원조는 포즈론으로 각각 모색 전개하는데, 이 가운데 김남천의 고발론이 창작방법론으로서는 비교적 독창적이고 공감이 가는 것이라 할 수 있다.

안막이 제일차로 사회주의적 리얼리즘을 도입했을 때 김남천은 「창작방법에 있어서의 전환의 문제」(『형상』, 1934. 3)에서 종래의 변증법적 사실주의에 대한 비판은 인정하나 사회주의적 리얼리즘 자체에 대해서는, 그것이 소련의 사회적 조직 확대와 결부된 것이라 하여 신중한 반응을 보인 바 있다. 그는 이론과 실제를 한국적 상황에서 어떻게 전개할 것인가를 모색했고, 1937년에야 비로소 그 결실로서 고발문학론이 체계를 이룩한 것이다.

김남천이 고발문학론을 구상하게 된 것은 「지식계급의 전형 창조와『고향』주인공에 대한 감상」(『조선중앙일보』, 1935. 6. 28~7. 4)에서도 그 싹이 보이지만 직접적인 동기가 된 것은 이원조의 '포즈론'이라 할 수 있다. 프로문학의 퇴조 이후 위축된 작가들에겐 먼저 시대에 처하는 자세를 어떻게 가질 것인가가 급선무였고, 이것은 모럴과 직결되는 것이다. 포즈란 즉 모럴인데 고쳐 말하면 "자기 자신에 대한 의무의 자각"[11]이다. 질서적 모럴을 창조 건설하려면 집단적 행동이 필요할 것이나, 현 단계에서는 집단의 유대 및 행동의 반경이 단절된 이상, 우선 자신에 대한 의무의 자각으로서의 몸가짐이 요청되는 것이다. 이러한 이원조의 제의는 현실을 받아들이는 이 시대의 지식인의 일신상의 태도에 그 목적이 있음을 알 수 있다. 이 경우 모럴이란 "주관적 자각적인 몸가짐"[12]이며, 따라서 모럴리티와는 다소 다르다. 모럴리스트란 결국 자기만을 믿는 고뇌와 성실성으로 보아 포즈, 모럴, 모럴리티, 모럴리스트라는 일관된 바탕에서 그는 고발문학론을 이

---

11) 이원조,「현 단계의 문학과 우리의 '포즈'에 대한 성찰」, 같은 글, 1936. 7. 14.
12) 여수자(如水子),「모럴론 해의(解義)」,『조선일보』, 1937. 4. 10.

끌어낸 것이다.

고발문학론은 「고발의 정신과 작가—신창작이론의 구체화를 위하여」(『조선일보』, 1937. 6. 1~5)에서 본격화되는데, 먼저 "신창작이론"이라는 부제에 유의할 필요가 있다. 오래도록 작가가, 비평가가 제시한 창작방법 혹은 세계관에 의존했던 관습에서 벗어나기란 어려운 일이다. 물론 비평가 측에 아무런 기대도 걸 수 없을 때, 작가들이 자기의 창작방법론을 모색해야 했다. 그러나 그것은 비평가들이 어느 지점까지 끌고 온 논점을 거점으로 하지 않을 수 없었고, 그 거점은 바로 사회주의적 리얼리즘이었다. "사회주의적 리얼리즘의 한계는 조선 작가와 조선의 문학적 현실에 두지 않았다는 것 [……] 리얼리즘 위에 붙은 사회주의란 말이 조선서는 구체적으로 무엇을 가리킴인가가 불문에 부쳐졌다는 것"[13]을 들 수 있다. 김남천은 여기서 '사회주의'를 떼버린 건전한 리얼리즘에서 새로이 출발한다. 이러한 결심이 서게 된 것은 이기영의 『고향』, 이동규의 「흉가」를 검토한 다음이라 고백한 바 있다.[14]

고발문학론이 이렇게 하여 도달한 곳은 리얼리즘과 어떠한 관계를 맺고 있는 것인가.

일체를 잔인하게 무자비하게 고발하는 정신 모든 것을 끝까지 추급

---

13) 김남천, 「고발의 정신과 작가」, 『조선일보』, 1937. 6. 3.
14) "이기영의 『고향』 평에서부터 필자는 한 개의 방향을 고집해왔다. 그것은 '자기 폭로' '자기 격파' 등의 말로 표현된다. 「흉가」의 이동규의 신경쇠약에 대해서도 자기 자신에 대한 무자비한 잔인한 것을 강조했다. 이로써 필자는 자기변호, 자조적 문학, 자기 은폐 문학에서 리얼리즘을 변호하고 그것을 이 시대적 감각의 구상에서 발전시킬 수 있으리라 확신한다." 같은 글, 1937. 6. 5.

(追及)하고 그곳에서 영위되는 가지가지 생활의 뿌리째 파서 펼쳐 보이는 정열―이것에 의해 침체되고 퇴영한 프로문학은 한 개의 유파로서가 아니라 시민문학의 뒤를 잇는 역사적 존재로서 자신을 옹건(擁建)시킬 수 있다.[15]

그러므로 이 고발정신 앞에서는 정치주의도 지식 계급도 민족주의도 미추(美醜)도 모조리 고발되어야 하며, 그 결과는 시민문학의 뒤를 잇는 건전한 리얼리즘이 될 수 있다는 것이다. 그가 말하는 '시민문학'에는 명백한 해명이 없다. 이원조나 김남천은 '퇴영한 프로문학'이 그 기능을 상실한 이상, 시민문학 즉 부르주아문학의 뒤를 잇는 리얼리즘에 합류되어야 한다는 것인데, 이 의미 속에 위장적 포즈가 잠겨 있음은 물론이다.

고발문학론이 창작방법이 되어야 한다는 당위성 때문에 김남천은 무리하게 시민문학으로서의 리얼리즘을 도입한다. 그러나 이것은 부르주아 리얼리즘과 어떠한 관계가 있는지가 구명되어 있지 않다. 따라서 종래의 발자크적 리얼리즘에서 재출발하지 않으면 안 되었다. 고발문학이 "아이디얼리즘으로부터 리얼리즘을 옹호하는 것에서 출발"[16]한다고 한 것은, 백철의 휴머니즘, 임화의 로맨티시즘을 아이디얼리즘으로 보았기 때문이다. 그것이 창작방법이 될 수 없다는 데서 고발의 리얼리즘의 자리를 엿볼 수 있게 한다. 가령 "리얼리즘은 객관적 현실에 주관을 종속시키려는 창작 태도이고, 아이디얼리즘은 주관

---

15) 같은 곳.
16) 김남천, 「창작방법의 신국면―고발문학에 대한 재론」, 『조선일보』, 1937. 7. 14.

적 관념에 의해 현실을 재단하려는 태도"[17])라 한다. 그렇다면 이 양자 중 어느 것이나 창작방법론이 될 수 있는 것이다. 그러면서도 김남천이 아이디얼리즘을 배격한 것은 발자크적 리얼리즘의 본도를 지키기 위해서일 것이다. 고발문학론은 그러므로 추상적 주관으로 객관적 현실을 재단하는 것이 아니라 객관적 현실에 작가의 주관을 종속시키는 것이며, 이것이 창작방법과 세계관의 모순을 극복하는 리얼리즘의 정도(正道)라 한다. 이 리얼리즘은 그러므로 폭로문학과는 구별되며, 자기가면(自己假面) 박탈의 성실성이기 때문에 사소설(私小說)과도 구별된다.

고발론은 "창작적 실천 쪽에서 빚어진 구호"[18])이기 때문에 지성론이나 휴머니즘론이 지식인의 자기분열에 해답을 주지 못하는 것과는 다소 성질을 달리하고 있다. "고발문학이란 리얼리즘문학이란 뜻"[19])이다. 그러나 "과거의 모든 리얼리즘 문학의 제 성과뿐 아니라 여태껏 인류가 도달한 일체의 문학사적 성과의 최고의 수준으로 신창작론이 제창된 것이 고발문학"[20])이라 호언한 김남천으로서는 이 이론이 편협한 것임을 자인하지 않으면 안 되었다. 그것은 여태껏 논의해 온 것이 「'유다'적인 것과 문학」(『조선일보』, 1937. 12. 14~18) 속에 집약되어 있기 때문이다.

'유다적인 것'과 문학정신의 관심은 자기 고발과 모럴 문제에 직결되어 있다. 다시 모럴이란 무엇인가를 확인해볼 필요가 있다. 문학

---

17) 같은 글, 1937. 7. 13.
18) 김남천, 「지식인의 자기분열과 불요불굴의 정신」, 『조선일보』, 1937. 8. 14.
19) 김남천, 「문학사와 문예비평—회의에 대한 해명」, 『조선일보』, 1937. 9. 15.
20) 같은 곳.

이란 과학적 개념이 표상화되고 감각적으로 형상화된 것을 가리킴에 불외(不外)한 것이라 할 수 있다면, 이때 과학적 개념과 논리적 범주에 의해 구체적으로 분석한 진리를 일신상의 문제로 처리하여 제시하는 과정을 주체화의 과정이라 할 것이다. 이 과정을 통하여 "종국적으로 표상화될 때, 다시 말하면 개념이 일신상의 각도를 지닐 때 제시되는 것"[21]이 곧 모럴이다. 그러므로 모럴은 혹종(或種)의 도덕률이나 상식의 덕목으로 볼 수 없으며, 프랑스의 모럴리스트계와도 차질된다. 전자는 권선징악의 개념이고 후자는 감정상 모럴이라 했다. 김남천이 말하는 참된 모럴이란 그 배후에 언제나 사회 및 일반 대중 생활과의 관계에서 빚어지는 것이며, 자기 성찰을 하면서도 끝내 사사(私事)에 떨어지지 않는 것이라 했다.

'유다적인 것', 모럴, 문학정신, 고발 등을 어떻게 일관성 있게 엮었는가를 살펴보면, 그 고발문학론에서 리얼리즘을 어떻게 접목시킬 것인가, 과연 그것이 가능한가의 여부를 가려낼 수 있을 것이다. 김남천은 먼저 성서에서 유다와 베드로가 여하히 그들의 주(主)를 팔고 혹은 부정하는가를 들고, 이 속에서 인간 유다와 베드로가 여하히 고발당하는가를 육체적 절박성을 가지고 느끼는 데서 비롯한다. 기독(基督)이 최후의 만찬에서 유다를 고발하는 대목, 베드로가 주를 부인하고 통곡하는 대목, 그리고 유다가 주를 팔고 스스로의 목숨을 끊어버리는 이 세 대목에서 높은 문학정신을 파악할 수 있다. 이 세 장면이 혼연일치하여 하나의 높은 감동을 주어 이곳에서 현대 문학정신으로 직통하는 어떤 직감적인 것을 갖게 하는 동시, 유다 속에서 "현대 소

---

21) 김남천, 「모럴 해설」, 『인문평론』, 1939. 10, pp. 112~13.

시민과 가장 육체적으로 근사(近似)한 곳이 있으며, 다시 그의 민사(憫死)의 속에서 소시민 출신의 작가가 제출해야 할 하나의 윤리감"[22]이 발견되지 않았을까. 이 가설에서 본다면, 유다적인 것의 문학에로의 적용은 자기 자신을 매각(賣却)해버린 데에 대한 고도의 성찰일 것이다. 작가에 있어서의 주체성은 국가, 사회, 민족 등 인류에 관한 사상과 신념의 문제가 여하한 것인가 하는 국면으로 제출되는 것이 아니라, 이러한 문제가 얼마나 작가 자신의 문제로서 호흡되고 어느 만큼이나 심정의 문제인가로 제기된다. 고쳐 말하면 작가에겐 세계관이 주체를 통과한 것이어야 하며 그것은 언제나 일신상의 모럴과 관계되는 것이다.

고발문학론은 "자기의 성찰과 개념의 주체화"[23]로 수렴할 수 있다. 김남천은 고발문학이 곧 리얼리즘 문학이라 주장했지만 이것을 직선적으로 주장하기엔 논리의 비약을 감당하기가 어려웠다. 이를 보강하기 위해 모럴론에 매달리지 않으면 안 되었던 것이라 하겠다. 고발문학이 "자기 고발의 에스프리"[24]임을 그는 누차 강조하여 고발문학에서 문학이란 "문예를 말함이 아니고, 과학이나 이론에서 구별되는 예술 일반이 갖고 있는 일종의 사상 내지는 에스프리"[25]라고까지 밝히려 했으며 이 점을 더욱 분명히 한 논문이 「일신상 진리와 모럴」(『조선일보』, 1938. 4. 17~24)이다. 이 논문에서는 그는 가와모리 요시

---

22) 김남천, 「'유다'적인 것과 문학—소시민 출신 작가의 최초의 모럴」, 『조선일보』, 1937. 12. 15.
23) 같은 글, 1937. 12. 18.
24) 김남천, 「자기분열의 초극」, 『조선일보』, 1938. 1. 30; 「도덕의 문학적 파악」, 『조선일보』, 1938. 3. 9.
25) 같은 곳.

조(河盛好藏)가 논한 프랑스 모럴리스트와, '일신상 진리로서의 모럴'
과의 차이점을 과학적 인식의 유무에 두고 있다.[26]

합리적 핵심을 갖고 있는 과학적 개념이 수행한 바 진리의 인식이 자
기 일신상의 문제에까지 이를 때에 비로소 '모럴'이 생긴다는 것을
우리는 일순(一瞬)이라도 잊어서는 안 된다. 그러므로 '모럴'은 사회
적 인식이나 그를 가능하게 하는 전 인류의 실험이나 실천을 무시하
는 개인주의적인 회의적 자아 탐구에서는 생길 수 없는 일종의 행동
의 시스템이다. 합리적 개념의 골격을 핵심으로 하고만 비로소 생겨
날 수 있는 물건이다. 역사적 리얼리티의 가공(可恐)할 만한 동향에
무관심한 자아 탐구나 주의성찰에 무슨 진정한 '모럴'이 있을 것이
랴.[27]

프랑스 모럴리스트계인 몽테뉴, 파스칼, 생트뵈브, 지드 등을 역사를
외면한 자아 탐구자로 그가 본다면, 김남천의 무식을 탓하기 전에 그
가 여전히 과학주의라는 마르크스 사상의 미망에서 벗어나지 못했음

---

26) 김남천, 「일신상 진리와 모럴—자기의 성찰과 개념의 주체화」, 『조선일보』, 1938. 4. 24.
"'모럴리스트란 각자의 윤리감을 수단으로 하여 인생을 탐구하는 사람'(河盛好藏)—온당한
평가다. moral은 라틴어 mores로 습관, 풍습, 성격의 뜻도 있다. 이것은 극히 중요하다. 자
기와 습성 풍습과 유기적 관계이다."
일본에서는 가와모리 요시조 외에도 사토 노부에(佐藤信衛)의 「モラリストの語儀」(『文藝』 5
卷 12號, 1937), 와타나베 가즈오(渡邊一夫)의 「モラリスト」(同上) 등이 있다. 그들은 불어 어
원사전(레온 끄레드)에서 모럴의 방향을 밝혔고, 모럴리스트의 제일의적 성격을 "일정한 사
회집단에 속한 인간을 고찰 대상으로 하여 그 정신 경향을 논하는 사람"(渡邊一夫, p. 80)이
라 했다.
27) 김남천, 「일신상 진리와 모럴—자기의 성찰과 개념의 주체화」, 『조선일보』, 1938. 4. 24.

을 보여주는 것이라 할 수 있다. 그러나 그는 작가이므로 어디까지나 고발문학론을 창작과 결부시켜 전개한 곳에 특징이 있다. 그는 여기서 모럴의 어원을 고찰하여 소설개조론으로 확대하였다. 'moral'의 어원이 라틴어의 'mores'로서, 습관, 풍속, 성격의 뜻이 있음을 인출하고, 이를 확대하여 로망개조론으로 탈출구를 삼은 것이다. 비록 일본 평단의 이러한 논의에 자극되었음은 틀림없는 일이나 로망개조론에까지 실천한 것은 김남천의 독자성이라 할 것이다.

"로만개조가 나의 목적—과학의 진리를 일신상의 도덕으로 파악하여 그것을 풍속 가운데서 완전히 문학적으로 표상화하려는 곳"[28]에 김남천은 선다. 그러나 내성적, 심리적 혹은 자기 성찰이니 하는 것을 강렬히 발전시키고 이것으로서 세태 풍속으로 들어가 창작화하는 방법론, 곧 일신상의 모럴만으로는 창작의 범위를 위축시키는 결과가 되고 말았음은 「남매」 같은 그의 작품이 방증하고 만 셈이다. 또 보들레르나 이상처럼 자의식의 응결만으로는 넓은 창작의 길을 열 수 없었고, 역사를 외면하지 않는 합리·과학주의를 확보하려면, 여기다 풍속소설론을 도입시키지 않을 수 없었다. 이 풍속묘사에서 발자크적인 사회소설 혹은 리얼리즘의 정도를 찾고, 이 방법으로 로망을 개조한다는 것에 마침내 그는 이른다. 김남천은 「시대와 문학의 정신」(『동아일보』, 1939. 4. 29~5. 7), 「소설의 당면 과제」(『조선일보』, 1939. 6. 23~25)를 위시해서 발자크 연구 노트인 「고리오 옹(翁)과 부성애 기타」(『인문평론』, 1939. 10), 「성격과 편집광의 문제」(『인문평론』, 1939. 12), 「관찰문학 소론」(『인문평론』, 1940. 4), 「체험적인 것과 관찰적인

---

28) 김남천, 「모럴의 확립」, 『동아일보』, 1938. 6. 1.

것」(『인문평론』, 1940. 5) 등을 썼다. 고발에서 모럴, 풍속·관찰로 넘어
가는 필연성이 다소 명백하지 못한 점이 있음은 사실이나 모색기로의
의의는 깊은 것이라 할 수 있다. 결국 김남천은 자기고발론—모럴
론—풍속론—로망개조론—관찰문학론으로 발전되었음을 보여주고
있다.[29] 그 결과로 나타난 것이 인문사 첫번째 전작 장편『대하(大河)』
(1939)이다. 그가 다음과 같이 말하고 있음은 비평의 아르바이트화와
함께 비평사에 기록해둘 만한 것이다.

> 주장한 것과 떠나서 내가 작품을 제작한 것은 거의 한 번도 없었고
> 또 나의 주장이나 고백을 가지고 설명 못 할 작품을 써본 적도 퍽 드
> 물다.[30]

물론 김남천의 이러한 고백이 즉 자기 주장에 맞게 창작했다는 것이,
반드시 그래야 훌륭한 작품이 될 수 있다는 것을 의미하는 것은 아니
다. 작품에는, 특히 훌륭한 작품일수록 작가가 의식하지 못하는 혹은
비평가의 손이 닿지 않는 잉여 부분이 있는 것이다. 김남천이 이론과
실천을 병행했다는 것은 전문직 비평에 대한 도전이라 할 것이다.

---

29) 김남천, 「체험적인 것과 관찰적인 것」, 『인문평론』, 1940. 5, p. 50.
30) 김남천, 「양도류의 도량—내 작품을 해부함」, 『조광』, 1939. 7, p. 282. 김남천은 이 논문
에서 자기 작품을 두 부류로 나눈다. (1) 「남매」 「소년행」 「누나의 사진」 「무자위」 「철
령」 따위는 모럴론에 입각한 작품이며, (2) 「처를 때리고」 「춤추는 남편」 「제퇴선(祭退
膳)」 따위는 자기 고발이며, (3) 「미담(美談)」 「가애자(可哀者)」는 그냥 고발문학이고, (4)
『대하』의 결점은 심리의 현대화 부족, 성격 창조의 유약성, 풍속 현상의 공식 배치를 들
고 있다.

제3절 모럴론에 대한 비판

고발문학론의 길을 연 자가 이원조임은 앞에서 보아왔다. 그는 고발론의 방법으로 창작 월평을 많이 썼는데, 김남천의 「처를 때리고」(『조선문학』, 1937. 6)를 평하여 자기 폭로가 중단되었음을 지적한 바 있다.[31] 그러나 고발문학론 자체에 대한 비판은 이헌구의 것이 먼저이다. 고발문학이 "리얼리즘의 정수(精髓)라 하기에는 너무나 생경하고 편협"[32]함을 이헌구는 든다. 고발하기에는 우리 처지가 지극히 궁협(窮狹), 제한돼 있다는 새로운 장벽에 부딪치게 되기 때문이다. 그렇다면 풍자문학 쪽이 유리할 것인가. 이헌구는 풍자 역시 이런 조잡한 분위기에서 그 성격을 드러내기 어렵기 때문에, 문학정신의 영양이 되는 '사상적 육체'를 키울 것을 제의하였으나, 하등의 구체성을 띤 것이 아니었다. 김남천은 이헌구의 소론에 대해 즉각적인 반론을 폈는데, 이 반론은 리얼리즘 문학이라는 이유 한 가지로 고발문학 전모를 밝히려 했으니[33] 이는 지나친 과욕이었고 따라서 대화가 이룩되지 못했다.

한편 고발문학에 대해 깊은 이해와 대화의 통로를 연 것은 김오성, 임화를 들 수 있다. 고발문학이라는 하나의 윤리적 요구가 명징성, 자명성, 합리주의적 이성주의에서 벗어나기 위한 몸부림이라 본 김오

---

31) 이원조, 「빈궁과 휴머니티―6월 창작평」, 『조선일보』, 1937. 6. 20.
32) 이헌구, 「사상과 생활에 대한 자성」, 『조선일보』, 1937. 8. 22.
33) 이원조, 「문학사와 문예비평」, 1937. 9. 15.

성의 견해는 거시적인 입각지에서 볼 때 퍽 타당한 것이다.[34] 안함광, 한효, 윤규섭도 대체로 고발론에 대해 동조하고 있다. 그들이 이를 긍정하는 이유는 창작방법론으로서는 자기들이 따를 수 없는 구체성을 지녔다는 데서 찾을 수 있다.[35] 이는 그들이 수년간 사회주의적 리얼리즘의 허황된 논평에서 얻은 실감이라 할 수도 있다. 이에 비하면 임화는 이론가답게 구체적인 분석을 베풀었다. 고발문학론이 분명히 "우리 문학을 관조주의의 미망에서 각성케 한 최초의 경종"[36]임을 인정하고, 다만 그것이 현실 부정적 입장에서 출발한 점, 모든 작가에 권한 점 등은 오류라 보았다.

1937년의 문단의 중심 과제가 리얼리즘론, 로맨티시즘론 등이었는데, 이 가운데 리얼리즘 논의가 더 중점적이었음은 『동아일보』신년 좌담회 「명일의 조선 문학」(1938. 1. 1)에서 확인할 수 있다. 이 경우 고발문학론은 리얼리즘 속에 포함되어 있다. 김문집은 여기서 고발문학이라 하지만 고발 아닌 작품도 있는가, 라고 반문하면서 부정적 입장에 섰고, 최재서는 고발은 리얼의 일종이며 설사 자아의 고발이라 해도 리얼리즘의 폭로의 정신과 동일함을 주장하여, 고발문학론이란 기껏해야 패배한 리얼리즘의 일종이라 단정한다.[37] 김용제는 고발문

---

34) 김오성, 「문학에 있어서의 윤리와 논리」, 『조선일보』, 1937. 9. 18~23.
35) 안함광, 「현대 문학정신의 모색—그 의욕의 리얼리즘적 연소론」, 『조선일보』, 1937. 11. 11; 윤규섭, 「문학의 재인식—창작방법의 현실적 국면」, 『조선일보』, 1937. 11. 12; 한효, 「낭만주의의 현대적 의의」, 『동아일보』, 1938. 3. 27.
36) 임화, 「주체의 재건과 문학의 세계—현존 작가와 문학의 새로운 진로」, 『동아일보』, 1937. 11. 14.
37) 「명일의 조선 문학—신년 좌담회」, 『동아일보』, 1938. 1. 1.
      최재서—남천 씨, real이라 하지 않고 고발이라 한 이유는?
      김남천—리얼을 좀더 심화하는 의미에서 고발이라 했다.

학론이 리얼리즘의 '유다적' 혼란을 문단에 끼친다고 경계하였다.[38] 그런데 임화의 분석이 최재서의 독단보다 비평가다운 면을 살려놓았다. 한효는 최재서의 주도 논문의 하나인 「리얼리즘의 확대와 심화」를 부정할 뿐 아니라, 고발문학론에 대해서도 그것이 작가의 고발정신과 비평가와의 관계를 지적하지 못했기 때문에 추상적이며, 또 고발과 폭로가 구별되지 않은 것을 지적했다.[39] 안함광은 이상의 「날개」가 주체의 희화화라면, 고발은 주체의 재건이라 한다.[40] 임화가 최종으로 보들레르를 들어 고발론과 비교한 것은 흥미 있는 일이다. 즉 고발이란 자기 속의 현재적 악마와 초자기(超自己)의 완성인데, 이것은 결국 포즈의 차이가 아닌가. 보들레르와 고발문학의 차이는 전자가 제 악

최재서—그래도 리얼리즘과 무슨 관련이 있는가?
김남천—자기 자신 속의 소시민성을 고발……
최재서—그러면 리얼리즘을 표방하는 작가 비평가는 지금부터는 사회적 현실을 고발하는 것이 아니라 자아를 고발해야 합니까?
김남천·임화—그런 것만은 아니겠지요.
최재서—그러면 「소년행」 「남매」 등에서 고발성을 연 인물은 누굽니까?
김남천—빈곤…… 비굴을 고발……
최재서—그렇다면 고발의 정신이란 리얼리즘의 폭로의 정신과 조금도 다를 것이 없잖습니까?
김문집—고발이란 말은 휴머니즘 같은 것.
최재서—남천 씨의 고발 운운은 좋게 말하면 폐인(廢人)의 정열의 발현이요, 나쁘게 말하면 무기력하기 짝이 없다.
(이상의 대화에서 두 가지 점을 느낄 수 있다. 첫째는 김남천이 최재서의 질의에 분명한 답변을 못 하고 있는 점이며, 둘째는 최재서는 정론성에 주체를, 고뇌를 치러야 할 과거를 갖지 않은 해설가의 인상을 풍겨주고 있는 점이다.)

38) 김용제, 「고민의 성격과 창조의 정신—자기 고발의 문학적 허약성을 분석함」, 『동아일보』, 1938. 3. 18.
39) 한효, 「창작방법론의 신방향」, 『동아일보』, 1937. 8. 22.
40) 안함광, 「조선 문학의 현대적 상모(相貌)」, 『동아일보』, 1938. 3. 23.

마를 몰랐는데 후자는 제 악마 즉 '유다적'인 것이 바로 소시민임을 아는 것뿐이다. 그러므로 고발문학론은 퍽 신선한 것 같아도 중국에는 보들레르의 아류에 불과하다는 것이다.[41] 김남천이 이에 대해 가만히 있을 리 없음도 자명한 일이나[42] 논의가 여기까지 이르렀을 땐 양자 함께 쇄말적인 것에 전락한 것이라, 어떤 의의를 논쟁 속에서 찾을 수는 없다.

문학의 실천 면과 관념의 각도에서 볼 때, 고발문학론은 전자에 역점을 둠으로써 종종 실천상에서 범하기 쉬운 주관주의와 관조주의의 초극이 어느 정도 가능했던 것이라 볼 수는 있다. 반면 세계관을 사상(捨象)한 약점을 지닌다. 김남천은 고발문학론이 "외국 이론의 도입이 아니라 독창적인 것"[43]이라 주장했는데, 이것은 어느 정도 인정할 수 있을 것이다. 김용제가 "우상 문자화하는 고발이라는 두 자(字)"[44]는 김남천의 독창이 아니라 가메이 가쓰이치로, 하야시 후사오 등의 NAPF 전향자들의 기독 정신에 관한 일련의 논문에서 옮겨 쓴 것이라 지적했지만, 설사 발상을 이들로부터 얻었다 하더라도, 김남천은 이것을 독자적으로 심화시켰던 것이다.

이원조의 포즈론, 김남천의 모럴, 고발론의 비평사적 의의는 프로문학의 전향론에 직결되어 있다.

---

41) 임화,「현대문학의 정신적 기축」,『조선일보』, 1938. 3. 27.
42) 김남천은「임화에 관하여」(『조선일보』, 1933. 7. 22),「임화적 창작평과 자기비판」(『조선일보』, 1933. 7. 29)에서 임화를 예리하게 비판한 바 있으며, 그 저류엔 라이벌 의식이 작용하고 있다.
43) 「명일의 조선 문학—신년 좌담회」, 같은 글. "나는 독창적이다. 적어도 외국 모방은 아니다."
44) 김용제,「문예비평」,『비판』, 1938. 4, p. 106.

자기의 운명을 거대한 집단의 운명에 종속시키고 그 속에서 혼연히 융합되는 주체의 통일을 현현하던 시기 즉 프로문학이 퇴조되자 지난날의 관념적 작위에 대한 자기성찰을 강요하게 되었다. 이 공백기를 위해 그들 혹자는 애상과 감상을 가지고 '얻은 것은 이데올로기요 잃은 것은 예술이로다' 하여 그 속에 아무러한 상극도 경험하지 않으려고 급속도로 순수예술의 항구에 직행하였고 자기비판이란 간판을 걸고 승려적 참회로 혹자는 자기합리화에 바빠서 인간에의 휴머니즘 혹은 전통의 세계를 배회하였다. 그러나 그러한 가운데서도 이 과정을 결코 소홀히 취급치 않으려 가진 악멸(惡蔑)과 열의를 가슴에 숨긴 채 고요히 자기를 수습하려는 성실한 양심이 결코 없어진 것은 아니었다. 부서지고 깨어진 자기를 초극하는 길을 안타까이 찾으려고 극도로 준엄한 박탈의 칼을 들고서 자기 자신을 고발하려는 에스프리가 있다.[45]

물론 김남천의 고발론만이 가장 온당한 방법이라 할 수는 없다. 박영희가 순수문학의 항구로 직행했다든지, 백철이 자기합리화로 배회했다든지, 임화가 승려적 참회에 빠졌다는 단정은 물론 정당하지 않다. 박영희는 전향선언 이후 자기 고백적인 글을 많이 썼고, 백철과 임화도 자기 고뇌를 체질에 맞게 극복하려 진력했음이 엄연한 사실로 드러나 있다. 그럼에도 불구하고, 그들은 자기 고발의 정신이 일단 더 심화되어, 다시 정화된 후에 자기의 이론을 세워야 할 것이라는 점은 김

---

45) 김남천, 「자기분열의 초극」, 『조선일보』, 1938. 1. 30.

남천과 더불어 수긍할 수 있는 것이다. 고발, 모럴, 포즈론의 의의는 이와 대조될 때 더욱 선명해진다.

고발문학론에 대한 고발자들은 전(前) 프로 비평가와 자유주의적 비평가로 양분할 수 있다. 전자는 모럴론, 자기 고발의 포즈에 대해서는 대체로 수긍하나 그것이 창작방법으로서 리얼리즘이라 함에 대해서 회의를 표시했다. 그들은 아직도 낭만주의 및 사실주의에 대한 이해의 추상적 미망에서 벗어날 수 없었고, 또 고발이란 알몸뚱이를 감당하기 어려웠기 때문이라 볼 수 있다. 한편 김문집, 최재서, 이헌구 등 자유주의적 비평가들은 고발문학이 기껏 편협한 폭로적 리얼리즘에 지나지 못한다고 가볍게 보아버렸다. 이 양자의 대립은 결국 리얼리즘 해석에서 찾아야 한다. 이상의「날개」를 예로 들 수 있다. 최재서는「날개」가 리얼리즘의 심화이며 또 자의식이라 지적만 했지 그 구제 방법을 제시할 수가 없었는데, 김남천이나 안함광은 이를 극복하려는 적극성을 보였던 것이다. 그러므로 고발문학론은 해석적인 측면보다 주장적인 것이었고, 동시에 의욕적인 것이었다.

제4장 예술주의 비평

제1절 새로운 비평방법의 모색

정론성과 지도성으로 비평 우위를 확보했던 프로문학이 무력해질 기미를 보이자, 소위 '평론계의 SOS'가 대두되는데, 이 현상은 종래의 과학주의 비평의 공식주의적 횡포에 대한 작가 측의 비판이라 볼 수 있다. 즉 작가 측의 질적 양적 비대에 의한 문단 새 질서의 기미를 보인 불가피한 현상으로 보아야 될 것이다.

「평론계의 SOS ─ 비평의 권위 수립을 위하여」(『조선일보』, 1933. 10)라는 특집은 프로문학 비평에서 전형기 모색 비평으로 방향 전환을 하게 되는 기미를 보인 전 문단적 사건이라는 점과 작가의 발언권의 유별난 증대를 보였다는 점에서 비평사적 의의가 뚜렷한 것이다.

대체 비평계의 SOS란 무엇을 말함인가.

문예비평론계가 만근(近)처럼 비난 공격의 화살 속에 버려져 있는 불행한 시기는 가져본 일이 없다. 비평정신의 결여, 탈선 행위의 횡행 등 불미한 풍속이 평론계의 공기를 함부로 흐리고 있다고 한다. 따라서, 비평의 권위가 땅바닥에 떨어졌다. [……] 평론계는 이 현재의 타성과 저조와 혼란 속에 뛰어나와야겠다. 우리는 반드시 현대의 평론계에 대하여 백 퍼센트의 부정적 태도를 가지는 것은 아니다. 평론계에 향하여 매도만 퍼부으면서 자신은 자못 고대(高臺)에 서서 호령만 부르는 데 익숙한 고답적인 청교도적인 고만(高慢)한 교사적 평론가의 태도야말로 가장 타기할 것임을 가장 잘 아는 자이다. 비평가가 항상 대상으로 삼아야 할 작품을 제공하는 창작가 자신을 비롯하여 각 방면으로부터 비평 그것에 대한 감출 수 없는 반향을 듣는 것은 평론계 자체를 위하여 절대로 필요하다고 생각하였다.[1]

이러한 취지하에서 동원된 몇 사람의 의견을 들어보면 방인근은 저널리즘에 경고하는 입장에서 열악한 평문을 보이콧하라 하였고,[2] 이종명은 "작가의 입장을 이해하는 엄정하고 순수한 비평가의 출현"[3]을 기대했고, 이효석은 비평의 천재를 대망하고,[4] 양주동은 무식한 비평 퇴조를,[5] 채만식은 비평정신과 내용의 양전(兩全)을,[6] 이태준은 평론가의 겸손을 각각 들었다. 이상 몇 문인의 발언은 퍽 감정적 단편적이라 할 수도 있는데 이에 비하면 이헌구의 발언은 다소 분석적이라 할수 있다. 이헌구는 이 관점에서 원칙적으로는 (1) 비평문학에 대한 제조류의 근본적 연구와 교양, (2) 그 시대, 그 사회를 달관하는 총명 기지 혜안을 갖출 것이며, 실제적으로는 (1) 저널리즘에서 공정한 선견 지명, (2) 양심, (3) 시사적인 것과 문학사적인 것의 구별, (4) 어려운

1) 「평론계의 SOS―비평의 권위 수립을 위하여」, 『조선일보』, 1933. 10. 3.
2) 같은 곳.
3) 같은 곳.
4) 같은 글, 1933. 10. 4.
5) 같은 곳.
6) 같은 글, 1933. 10. 14.

사상을 피할 것을 들고 있다.[7]

1933년에 하필 이토록 비평계의 SOS가 부르짖어진 까닭은 대체 무엇인가. 1933년도 상반기까지의 평론계는 전면적 부진이었다. 그 원인을 이헌구의 관점에서 볼 필요가 있다. 전체적으로 볼 때 평론계가 '극도로 부진'했다는 표현을 이헌구는 사용했는데, 그 원인을 다음과 같은 네 항목으로 잡고 있다. 첫째는 뛰어난 평론 사상가가 없다는 것. 여태껏 한국의 비평가들은 심원한 온축(蘊蓄)에 노력할 시간적 여유 없이 값싸게 문단에 진출했다는 것이다. 둘째, 문학의 일반화가 점차 보급되어 문단의 지식 두뇌가 상당한 수준에 도달했다는 사실. 셋째, 외재적 운명 즉 객관적 정세의 지대한 '경계와 용의' 가운데 평필의 생명을 내재적으로 분방(奔放)시키지 못한 점. 넷째, 독자층과 유리된 독자적 진영을 가지려는 모순된 경향 따위를 들고 있다.[8] 1933년이라면 아직 KAPF가 존속하고 있었지만 박영희, 신유인의 탈퇴를 둘러싼 서기국의 성명, 군소 평가의 섹트화, 욕설비평, 딜레탕티즘에의 유혹 등에 의해 프로 측이든 민족주의파 비평이든 간에 그 권위를 상실했던 것이다.

1934년에 들어서자 '평론계의 SOS'는 '작가로서 평론을 평론'하는 '문예비평가론'으로 발전되어 김동인의 「문예비평과 이데올로기」(『조선일보』, 1934. 1. 31)에서 함대훈의 「조급성을 버려라」(『조선일보』, 1934. 2. 17)까지 학예면을 덮고 있다. 여기에 동원된 문인은 김동인, 이기영, 이무영, 이석훈, 엄흥섭, 채만식, 함대훈 등 전부 소설가들

---

7)   이헌구, 「내면적 이데올로기에」, 『조선일보』, 1933. 10. 10.
8)   이헌구, 「평론계의 부진과 그 당위」, 『동아일보』, 1933. 9. 15~19.

이다. 이 가운데 김동인을 제하면 중견 실력파 작가라 할 수 있으며, 함대훈도 이 경우는 작가로 취급되어 있는 셈이다. 이들 발언을 검토해보면 '평론계의 SOS'의 정체가 드러날 것이다.

예술파 김동인은 프로문학의 과격파에 화살을 겨누고 있다. 예술의 "생명이란 것은 시대사조의 생명보다 긴 이상, 엄정한 의미로 말하면 시대사조에 영향을 받은 작품은 도리어 불순한 작품"[9]이라는 김동인의 확호한 신념은 김팔봉을 제외한 나머지 프로 비평가의 것을 문예비평이 아니라 이데올로기의 구쟁(口爭)이라 단언한다. 그는 또 프로 비평가들이 소설평인지 사상평인지 구별하지 못할 '괴(怪)비평'을 해왔기 때문에, 투고 작품을 보면 의식적으로 기교를 무시한 작품이 속출되는 죄악을 저지른 것으로 단죄한다. 이기영 역시 KAPF 방향전환 이후의 이론만으로는 창작 실천과 결부될 수 없음을 지적, "생경한 슬로건과 테제만을 무리하게 주입시키려다가 작품을 반신불수로 만들어왔다"[10]고 보았다. 그러나 그가 프로문학비평의 과학적 세계관, 투쟁의 의식을 향상시킨 공로를 인정하고 있음은 그다운 점이기도 하다.

이상 두 대가와는 달리, 이무영, 이석훈, 엄흥섭, 채만식 등의 주장은 훨씬 예리하고 공격적임에 주목할 필요가 있다. 이무영은 1930년을 전후한 한국 문단의 일반적 경향이 작품보다는 비평, 작가보다 비평가 쪽에 역점이 가 있음에 대한 신진다운 분노를 나타낸다.

9)   김동인, 「문예비평과 이데올로기」, 『조선일보』, 1934. 1. 31.
10)   이기영, 「문예평론가와 창작비평가」, 『조선일보』, 1934. 2. 3.

과거 우리 문단을 돌이켜보건대, 언제든지 비평가는 상관과 같은 지위에 있었고 비평가 자신이 그것을 시인하고 또 바랐고 사회도 이것을 용인하였다. 그러나 단연코 비평가란 작가보다 높은 지위(?)에 놓인 것도 아니요, 놓일 성질의 것도 아니다.[11]

이무영은 1933년엔 전례 없이 비평가가 작가에 영향을 주지 못했으며, 그 결과 작가들은 갑자기 침묵 속에서 작품을 써나갔다는 것이다.

이무영의 견해가 적어도 비평가를 작가의 우위에 둘 수 없다는 것으로 작가, 비평가의 대등성을 인정한 것이라 볼 수 있음에 비해, 이석훈의 경우는 완전히 비평가 무용론으로 되어 있다. 비평가 무용론의 논거는 대부분의 평론이 상식을 벗어나지 못하는 수준에서 저회하고 있거나 혹은 영어, 일어로 된 극히 천박한 '팸플릿 지식'의 반추(反芻)에 불과하다는 데다 두었다.

이러한 상식 또는 '팸플릿' 지식의 문필적 유희를 벗어나지 못하는 문예평론으로서는 도저히 창작가를 계발할 수 없다. [……] 현재 그러한 문예평론으로서는 조선 문학을 도저히 향상 진보케 할 수 없다고 확신한다.[12]

엄홍섭의 소론은 이무영과 거의 같은 발상법으로 되어 있다. "평론도 창작이다. 비평가도 창작가다. 그러므로 비평가가 평론을 쓰려고 할

---

11) 이무영, 「비평적인 너무 비평적인」, 『조선일보』, 1934. 2. 7.
12) 이석훈, 「평론가 무용론자의 독백」, 『조선일보』, 1934. 2. 10.

때의 태도와 작가가 작품을 쓰려고 할 때의 태도가 모두 동일한 예술적 양심 밑에서 진실성을 잃지 않을 것"[13]을 전제하고 절대 공정을 기하기 위해 비평가는 비평 대상인 작품의 작가명을 완전히 묵살할 것을 권고하고 있다. 채만식도 당대 비평의 권위인 김팔봉에 대해 구체적인 자료를 들어 그 약점에 조언을 보내었다.

이상과 같이 보아올 때, 결국 작가들의 비평 불신은 정확히는 비평가 불신임을 알 수 있다. 이때의 비평가로는 박영희, 김기진, 한설야, 유진오, 백철, 임화, 이갑기, 홍효민, 안함광, 안회남, 권환 등이 열거되어 있다. 이 가운데 비교적 전문직에 가까운 비평가로는 박영희, 김기진, 백철, 안함광, 홍효민, 이갑기 등이거니와, 여기다 임화, 권환을 추가하면, 이들 전부가 프로파에 속하는 비평가가 된다. 나머지 유진오, 안회남, 한설야 등 셋은 작가로서 비평을 한 사람인데 이 가운데 유진오, 안회남을 제하면 전원이 KAPF 소속인 셈이다. 따라서 '평론계의 SOS'는 프로비평에 대한 SOS이고 또 이것은 프로 비평이 당시의 평단의 주류임을 드러내는 것이며, 문학사적으로 본다면 '구인회'를 지향하는 예술파의 문단적 대두의 정지 작업의 일환으로 볼 수 있는 것이다. 그러므로 작가들이 논하는 비평가론엔 전문직 비평가에 대한 작가 특유의 배타 의식이 스며져 있다. 가령 이무영, 채만식이 비평가 중 임화와 김기진을 좀 높게 평가하는 이유는 그들이 창작에 경험이 있기 때문이다. 유진오, 안회남의 창작평(월평)을 가장 높이 사는 이유를 "출신이 작가인만큼 작가의 고심 진실한 의미로의 작품 이해자인 것 [……] 특히 작가가 써야 할 점, 미비한 점을 지적하는 태도"[14]

---

13) 엄흥섭,「공정한 비판의 길」,『조선일보』, 1934. 2. 13.

에다 두고 있다. 그렇다면 '평론계의 SOS'는 창작평 즉 작품평을 중심하여 발단된 사실을 확인할 수 있다. 고쳐 말해서 비평의 창작 지도성을 극복하려는 데서 발단되었음을 드러낸 것이다.

창작평이 평론의 전부일 수는 없는 일이다. 그렇지만 이상과 같은 평론계의 SOS는 작가의 문단적인 질적 양적 비대를 의미하는 것이며, 신문 학예면 편집이 얼마나 큰 영향력을 갖는가를 새삼스럽게 보였음을 알 수 있다. 그 결과 평단에 두 개의 사태가 필연적으로 형성되지 않으면 안 되었다.

그 하나는 비평의 상당한 부분이 창작평 혹은 작품 해설의 형태를 띤 기술적 비평으로 화(化)하게 된 점, 다른 하나는 예술파의 전문직 비평의 대두이다. 전자는 이석훈, 박태원, 안회남, 엄흥섭, 이무영 등이며, 후자는 백철, 김환태, 김문집 등이라 할 수 있다. 이들의 사회적 출발이 문단 예술파 및 저널리즘의 호응을 강력히 받을 수 있었기 때문에 평단의 체질 개선과 신국면의 타개를 할 수 있었다고 본다. 이보다 훨씬 후에도 이태준은 "아직 작가의 공작(工作) 속을 들여다본 비평가는 없다. 김동인을 제하고는"[15]이라고 했고, 김환태조차도 이석훈의 '비평무용론'에 동감을 표시한 바 있다.[16]

이러한 평단 불신임, 공격에 대해서는 백철, 이원조, 정인섭 등의 자체 방위적 발언이 있었지만, 그것이 근본적 반성에까지 심화되지 못하고 피상적 태도에 머물고 말았던 것이다.[17]

---

14) 이무영, 「비평적인 너무 비평적인」, 『조선일보』, 1934. 2. 9.
15) 이태준, 「문화 현세의 총검토 좌담회―기(其) 4」, 『동아일보』, 1940. 1. 1.
16) 김환태, 「작가·평가·독자」, 『조선일보』, 1935. 9. 6.
17) 백철은 "다만 침체된 비평계를 더욱 소란시켰을 뿐이요, 비평의 기본, 나아갈 방향에 대

제2절 백철의 감상적 비평

백철은 1933년부터 인간묘사론을 제창했고, 그것으로써 프로문학에서의 이탈을 시도했으며, 따라서 소위 프로문학의 과학주의를 양기(揚棄)하지 않으면 안 되었다. 인간묘사론―인간탐구론―휴머니즘론을 주창하면서 필연적으로 비평 방법을 새로이 모색해야 했는바, 이것이 곧 인상적 감상적(鑑賞的) 비평 방법이다.

'평론계의 SOS'에 대한 비판으로 처음 나타난 비평가 측의 반향이 백철의 「비평의 신임무」(『동아일보』, 1933. 11. 15~19)이다. 여기서 백철은 도쿄 문단의 비평무용론(고바야시 히데오) 및 저널리즘의 흥분을 비난하기는 했으나, '기준비평과 감상(鑑賞)비평의 결합 문제'를 대담히 제시한 것이다. 이것은 문학의 독립성을 인정한 데서 비로소 출발되는 것이다. 개성을 바탕으로 한 기준과 감상을 결합한 비평을 백철은 특히 '리얼리즘 비평'이라 명명한다. 이 새 술어는 구체적으로는 (1) 그 비평의 주격인 비평가의 리얼리스틱한 태도를 예상할 것, (2) 작품에서 작가가 의식하지 못한 시대적 진실을 이해하고 최대의 리얼리즘을 갖고 설명할 것, (3) 소극적 인상주의 비평과 같이 작품에 추수하는 에피고넨적 행동이 아니고 적극적 계기를 필연적으로 내포

하여는 무의미 [……] 이것은 저널리즘의 흥분"(「비평의 신임무」, 『동아일보』, 1933. 11. 15)이라 했고, 이원조는 "우수마발(牛 馬勃)까지 신흥 문학비평에 대한 비난이니 공격이니 하는 격서를 남발했다"(「비평정신과 논리의 감정」, 『조선일보』, 1933. 11. 5)라 했으며, 정인섭은 "비평 SOS는 비평 필요로 낙착되었다"(「현계단과 수준」, 『조선일보』, 1935. 1. 9)고 보았다.

할 것[18] 등이 그 내용 항목으로 되어 있다. 이러한 항목이 지극히 애매함은 사실이나, 백철이 프로비평의 결함을 과감히 적발하고, 또 프로비평의 장점으로 인정되는 '기준'에다 감상적 리얼리즘이라는 살을 붙이자는 절충적 입장임을 우리는 쉽게 알아낼 수 있다.

1936년에 가서는, 백철은 프로문학의 장점으로 인정했던 '기준'마저 완전히 결별하여 휴머니즘론에 입각한 인상주의에 이른다. 그는 「문예월평」(『조선일보』, 1936. 2. 13~22) 중 「나의 비평심」에서 "고정된 기준을 황금률로 삼은 재단비평의 불능인 기괴한 비평의 시대가 있었다"[19]라고 하여 자기의 KAPF 시대를 비판했고, 임화가 1933년에 벌써 백철을 "개인주의적 인상주의 비평"[20]이라 규정한 것을 의미 깊게 받아들인다. 백철은 물론 여기서 월평에 대한 방법을 말하고 있는 것이다. '감수성과 공감이 비평가의 최대의 자격'이며 이것은 '개성을 통한 보편성'을 의미한다. 구체적으로는 '나의 작품의 개성'과 '나의 개성'이 최대한도로 포함되는 데서 월평의 시발점을 둔 것이다. 고쳐 말해, "작품평은 그 작품에 나타난 작가의 모든 면모 중에서 평자 자신과 유사한 혹은 정반대의 일 측면을 붙잡는 것, 작품을 통해서는 가장 절실히 평자를 격동시킨 측면을 취하여 그것을 중심으로 평을 써 가는 것"[21]이라 한다. 그렇다면, 이것은 작품평 혹은 월평이라는 이름을 빌렸을 뿐이지 "결국 자기 자신의 개성적 주관적 사상과 의사를 써 가는 한 개의 창작"[22]이라는 데 이른다. 마치, 지드가 「도스토예프스

---

18) 백철, 「비평의 신임무」, 『동아일보』, 1933. 11. 1.
19) 백철, 「문예월평—개인적 감상의 중요성」, 『조선일보』, 1936. 2. 13.
20) 임화, 「동지 백철 군을 논함」, 『조선일보』, 1933. 6. 19.
21) 백철, 「작품평자의 변」, 『조선일보』, 1936. 5. 2.

키론」에서 '결국 내 주관을 말하기 위해 도스토옙스키를 끌어온 것'이라 한 것에 비유하려 했다.

백철은 「비평사론—과학적 태도와 결별하는 나의 비평체계」(『조선일보』, 1936. 6. 28~7. 3)에서 이러한 비평방법 변모의 총결산을 내놓았다.

이성적이고 과학적인 것 대신에 될 수 있는 대로 감성적이려는 태도, 과거의 합리와 논리가 퇴각된 공간에는 의욕과 심혼(心魂) 감명을 충족시키려 한다.[23]

백철이 아나톨 프랑스나 A. 지드의 주아적(主我的) 인상주의 비평관의 모습을 띠기에 이른 것은 월평 곧 저널리즘의 요청과 합치되는 것이라 할 수 있다.

이러한 백철의 자기 성실에의 추구, 자기 수정의 태도는 그의 자유주의적 체질 및 양심에 궁극적으로는 귀착되는 것이지만, 또한 도쿄 문단의 동향 및 김환태, 김문집의 평단 등장과도 깊은 관계를 갖고 있다.

22) 같은 곳.
23) 백철, 「비평사론」, 『조선일보』, 1936. 6. 28.

제3절 김환태의 인상주의적 비평

1. 인상주의 비평의 선언

비평기능에 대한 새로운 동향은 영문학을 전공한 김환태에서 비로소
참신한 기풍을 일으키게 된다.[24] 그가 문단에 최초로 얼굴을 내민 것
은 프랜시스 그리어슨Francis Grierson의 「예술과 과학과 미와」(『조선일
보』, 1934. 3. 10~25)라는 번역문으로 고증된다. 그 후 잇달아 「M. 아
놀드의 문예사상 일고」(『조선중앙일보』, 1934. 8. 24~9. 2)가 있는데
이것은 그의 졸업 논문이 「M. 아널드와 W. 페이터」임을 상기시키는
것이기도 하다.[25]

김환태가 문단에 그의 입장을 분명히 한 것은 「문예비평가의 태
도에 대하여」(『조선일보』, 1934. 4. 21~23)와 「예술의 순수성」(『조선중
앙일보』, 1934. 10. 26~31)에서부터라 할 수 있다. 이 논문들의 요점은

---

24) 김환태의 전기적 자료는 다음과 같다. 김환태(1909~1944)는 전북 무주군 무주면 읍내리
    에서 태어났고, 보성중학을 나와 교토에서 중학 3년을 다녔으며 큐슈제대 영문과를 졸업
    했고, 황해도 재령 명신중학, 무학여중 교원으로 있었다. 그가 모 사건으로 취조를 받다
    가 석방되어 휴양차 귀향했다는데(『신인문학』, 1936. 3. p. 137) 구체적인 것은 알 수 없
    다. 그의 전기적 자료는 그가 쓴 「교토의 3년」(『조광』, 1936. 8), 「가을의 감상」(『조광』 창
    간호, 1935. 11), 「내 소년시절과 소」(『조광』, 1937. 1), 「내가 영향받은 외국 작가」(『조광』,
    1939. 3), 「외국 문학 전공의 변」(『동아일보』, 1939. 11. 19) 등이 있고, 타인이 쓴 것으로
    는 박영희의 「현역 평론가 군상」(『조선일보』, 1936. 8. 29), 이헌구의 「산주편편(散珠片
    片)」(『사상계』, 1966. 12) 등이 있다. 그는 '구인회' 후기 동인이었다. 졸고, 「눌인(訥人) 김
    환태 연구」, 『서울대 교양과정부 논문집』 1집.
25) 김환태, 「내가 영향받은 외국 작가」, 『조광』, 1939. 3, p. 259.

비평의 목적이 '재구성적 체험'에 있음을 밝힌 것이다.

> 문예비평이란 문예작품의 예술적 의의와 심미적 효과를 획득하기
> 위하여 '대상을 있는 그대로 보려'는 인간정신의 노력입니다. 따라
> 서, 문예비평가는 작품의 예술적 의의와 딴 성질과의 혼동에서 기인
> 되는 모든 편견을 버리고 순수히 작품 그것에서 일은 인상과 감동을
> 충실히 표출하여야 합니다.[26]

이 인용에서도 M. 아널드에의 관심이 드러나 있거니와, 작품의 구조
와 문체와 생명은 영감에 의한 유기체이므로, 분석과 해부로써 다루
면 유기체가 와해된다는 관점에 서 있다. 그러면 재창조의 방법은 무
엇인가. 그 논거는 '순수한 주관은 순수한 객관'이라는 괴테, 코엔의
미학사상에 혈연되어 있다.

그다음으로 김환태의 역점이 가 있는 주장은 비평가의 겸양을 강
조한 곳에서 찾을 수 있다. 아마도 이것은 김환태 평론의 제일 큰 강점
이라 보아야 될 것이다. 비평가는 미를 가장 잘 존중할 줄 아는 자라
했고, 작품을 대할 때는 연애하는 자와 같아야 하며, '조그만 결점에는
눈을 감는 것'이 진정한 비평가라 했다. 뿐만 아니라 그는 현학적 표현
을 일체 피하고 설득력 있는 겸허한 문장으로 일관해 있다.[27] "진정한
비평은 사람으로 하여금 언제나 탁월한 것과 절대의 미와 사물의 적

---

26) 김환태, 「문예비평가의 태도에 대하여」, 『조선일보』, 1934. 4. 21.
27) 종래 과학주의 비평관으로 보면 김환태의 이러한 주장은 저자세로 보이지만 이것은,
    M. 아널드의 "The critical power is of lower rank than the creative"(*The Function of
    Criticism at the Present Time*, ed. Smith Park, Norton, 1960, p. 613)에 관계되어 있다.

합성에 유의케 하기 위하여 비욕(鄙欲)한 자기만족에 빠져서는 안 된
다"[28]는 M. 아널드의 견해는 순수한 주관을 대신한 말이며 이로 비추
어본다면 김환태의 저자세가 상식적 차원이면서 지극히 확호한 바 있
음을 알아낼 수 있다. 가령 그가 직선적으로 "예술의 생산에 있어서
가장 근본적이요 중요한 것은 사회적 설명이 불가능한 이 예술가의
천재와 개성이다. [……] 이성과 의지는 감정을 억제하고 표현을 죽인
다"[29]고 했을 때도 '비욕한 자기만족'에 빠짐을 의미하는 것은 분명 아
닌 것이다. 목적의식이 예술성을 죽이며 "예술은 사람에게 사랑과 동
경을 가르치며 이상적 정열과 인생에 대한 새로운 희망을 고취하고
실생활의 감정보다 일층 고아"[30]하다는 이 대목은 바로 과학주의를
향한 일격이며, 문학예술의 상식적 정도(正道)를 제시한 것이라 보아
야 될 것이다.

　　김환태가 쓴 최초의 월평은 「문예시평」(『조선일보』, 1934. 11.
23~30)이며 그 첫머리에 창작평의 태도를 선명히 내세운다.

　　나는 비평에 있어서의 인상주의자다. 즉, 비평은 작품에 의하여 부여

---

28)　김환태, 「M. 아널드의 문예사상 일고」(『조선중앙일보』, 1934. 8. 26)에서 인용한 구절이
　　다. 이 부근의 원문은 다음과 같다. "It is because criticism has so little kept in the pure
　　intellectual sphere, has so little detached itself from practice; has been so directly
　　polemical and controversial; that it has so ill accomplished; in this country; its best
　　spiritual work; which is to keep man from a self-satisfaction which is retarding and
　　vulgarizing, to lead him towards perfection, by making his mind dwell upon what is
　　excellent in itself and the absolute beauty and fitness of things"(*From Beowulf to T.
　　Hardy*, Vol. IV, ed. R. Shafer, p. 792).
29)　김환태, 「예술의 순수성」, 『조선중앙일보』, 1934. 10. 26.
30)　같은 글, 1934. 10. 30.

된 정서와 인상을 암시된 방면에 따라 유효하게 통일하고 종합하는 재구성적 체험이요, 따라서 비평가는 그가 비평하는 작품에서 얻은 효과, 즉 지적 정적(情的) 전 인상을 표현하고 전달하기 위하여 어느 정도까지 창조적 예술가가 되지 않으면 안 된다고 믿어 움직이지 않는 자이다.[31]

김환태는 스스로 인상주의자라 공언했음을 분명히 기록해둘 필요가 있다. 적어도 비평사에서는 김환태로 인해 인상주의 비평의 한 모습을 찾아낼 수 있는 것이다.

　　김환태는 그러므로 일반적으로 말하는 '객관적 규준'을 가지지 못한다. 그는 '예원(藝苑)의 순례자'가 되려는 것이다. 그렇다면 이것은 비평이 아니라 단지 감상(鑑賞)이 아닌가. 이에 대한 답변은 간단하고도 자명하다. 그는 비평과 감상을 동일시하기 때문이다. 감상이 세련된 것이 비평이기 때문이다. 그렇다면 감상이 어떻게 보편성 객관성을 얻을 수 있는가. 김환태는 주관에 철저함이라 답한다. 순수한 주관은 바로 객관이라는 명제를 이끌어 들인 것이다. 그는 '취미가 미의 세계에서는 양심'이라는 G. 세인츠버리의 의견, '비평가는 초상화가에 가깝다'는 로버트 링의 견해를 들고 있다. 브륀티에르가 A. 프랑스를 비평 규준을 못 가졌다고 비난했으나 프랑스는 바로 양심을 갖고 있었다고 보며, 이것보다 더한 비평 규준이 있느냐고 김환태는 반문한다. 지드, 프랑스, 백철 등의 견해와 김환태가 여기서 거의 일치함을 보여준 것이다. 여기까지 나오면, 김환태가 그의 출발인 M. 아널드와

---

31)　김환태, 「문예시평―나의 비평 태도」, 『조선일보』, 1934. 11. 23.

는 거리가 멀어지고 W. 페이터의 현란한 인상주의에 가까워지려 하지만, 그의 문체는 감응력이 훨씬 둔화되어 응고할 따름이다.[32] 인상주의 비평이란 특정한 기준이 없는 대신 문체의 섬광과 세련된 감응력이 있어야 하는 데에 그 성패의 여부가 달려 있는 것이다. 그렇다면 자기가 인상주의자라 공언한다는 것과, 인상주의 비평을 실제로 한다는 것과는 별개의 문제인 것이다.

김환태는 백철, 이원조와 같이 고바야시 히데오가 제창한 비평무용론을 찬성하고 있다. 비평무용론이란, 자세히는 비평이 작품 없이도 단독으로 존재할 수 있다는 의미이다. 김환태는 콜리지, 생트뵈브, A. 프랑스, W. 페이터를 빌려 비평이 일종의 창작품으로 독립할 수 있음을 조심스럽게 내세운 것이다.[33] 그러나 김환태 자신은 창조적 비평을 실천적으로 전개한 바 없고, 1936년에 등장한 김문집에 의해 어느 정도 그 지평이 열린다. 이 한에서 김환태는 김문집 비평의 전초적 역할을 했다고는 볼 수 있다.

---

32) W. Pater, *Studies in the History of the Renaissance*의 결론 부분(R. Shafer ed., op. cit., p. 867). "Experience, already reduced to a group of impressions, ringed around for each one of us by that thick wall of personality though which no real voice has ever pieced on its way to us, of from us to that which we can only conjecture to be without. Every one of those impressions is the impression of the individual in his isolation, each mind keeping as a solitary prisoner its own dream of a world." 김환태는 「형식에의 통론자(通論者) 페이터의 예술관」(『조선중앙일보』, 1935. 3. 30~4. 6)을 쓴 바 있다. 그러나 그의 작품평은, 가령 이태준의 「어둠」에 대해 "긴밀한 구상과 달밤같이 맑고 향기로운 문장, 실로 주옥같은 단편이다. [……] 눈앞에 보는 듯하다"(「문예시평」, 1934. 11. 29) 식의 정도에 머물렀던 것이다.

33) 김환태, 「작가·평가(評家)·독자」, 『조선일보』, 1935. 9. 4~11.

2. 비평문학의 확립

김환태의 대표적 평론은 「문예월평─비평문학의 확립을 위하여」(『조선중앙일보』, 1936. 4. 12~23)와 「평단 전망」(『조광』, 1940. 1)이라 할 수 있으며 이 중 전자가 더 큰 비중을 지닌다.

전자는 프로문학 비평을 비판, 극복하는 곳에 역점이 기울어져 있다. 과거 프로문학을 돌아볼 때 거기엔 정치적 이론 및 사회비평이 있었지만 진정한 문학 이론이나 비평을 찾을 수 없었다. 따라서 비평사에 끼친 그 해독은 얼마든지 찾을 수 있어도 공헌은 별로 찾을 수 없다는, 일견 유아적 사고에서, 더구나 눌변으로 김환태는 출발한다. 프로문학 비평이 비평사에 공헌을 못한 이유란 그에겐 너무나 간단하고 자명하다.

> 문예비평의 대상은 사회도 정치도 사상도 아니요 문학이다. 이는 누구나 일소(一笑)에 부치고 말 극히 초보적인 단안(斷案)일는지도 모른다. 그러나 과거의 우리 문예비평가들은 이 극히 상식적이요 초보적인 이 사실을 전연 망각하고 있지 않았던가? 더욱이 비평의 대부분을 점하고 있던 마르크스주의 문학비평에 있어서 그러하지 않았는가?[34]

이것이 김환태의 테제다. 이것은 지극히 상식적 발언으로 들리지만 이 상식을 이론적으로 조직화해서 제시했다는 점은 김환태의 만만치

---

34) 김환태, 「문예월평─비평문학의 확립을 위하여」, 『조선중앙일보』, 1936. 4. 14.

않은 실력을 드러낸 것이라 본다,

　가령 문예비평이 사회나 정치를 논하는 것이 잘못이라 할 수는 없고, 또 그래서는 안 된다는 법도 있을 까닭이 없다. 다만 문예비평이라면 어떤 경우든지 문학을 제일의적인 곳에 두기만 하면, 사회비평이나 정치론을 펼 때도 그것을 문학과의 관련하에서 논하기만 하면 된다는 것이다. 왜냐하면 정치나 사회나 이데올로기가 한 문예 작품 속에 담길 때에는, 그것들은 벌써 제 스스로의 법칙을 포기하고 문학 그것의 법칙 앞에 굴복하고 있는 것이기 때문이다. 문학을 정치, 사회, 윤리, 기타 제 문화 영역의 우위에 두려는 문학 지상주의적 입장이기보다는 저마다의 특유한 법칙과 가치를 지니는 것이며, 따라서 타 영역의 침범을 당할 수 없다는 자율성의 확인에 도달되는 것이다. 그렇기 때문에 정치나 이데올로기 따위가 문학에 나타날 때는 그들 본래의 목적, 사명을 버리고 문학에 예속하게 된다. 본말이 전도될 수는 없다. 예속된다는 것은 정서화하여 감응의 형태를 지님을 말한다. 여기에서 김환태가 세우는 비평의 본질과 임무의 의미가 나타난다.

　"문예비평의 대상은 문학이므로 문예비평은 언제나 작품에 의하지 않으면 안 된다."[35] 비평의 기능은 한 작품이 얼마만 한 선전, 계몽의 가치를 가졌다거나 어떤 사상과 현실과의 의도를 가졌다거나를 측정, 지도하는 것이 아니라, 그 작품에 나타난 사상, 현실이 어느 정도로 작자의 상상력과 감정 속에 용해되었는가, 그 작자의 의도가 얼마나 실현되었는가, 그 결과 그것이 얼마만 한 감동을 주는가를 구명하는 것이 된다. 이렇게 비평의 대상과 그 기능을 확인한 후에 비평가의

---

35)　같은 글, 1936. 4. 15.

임무를 살펴보아야 될 것이다.

> 문예비평가는 먼저 자기를 말해야 한다. 한 작품에서 어떠한 기쁨과
> 감동을 받았는가를, 그리고 그로 인하여 자기가 얼마만큼 변모되었
> 는가를 고백하지 않으면 안 된다. 정연한 이론을 세우기는 쉽다. 그
> 러나 자기를 표현하기는 어렵다. 문예비평가가 창작가와 함께 자기
> 표현의 고통을 다시 말하면 창작의 고통을 맛보는 것은 오직 이 길을
> 통하여서인 것이다.[36]

작품을 통한 자기표현이 재창조의 고통과 환희이며 이 속에 비평가의
임무와 보람을 느낄 수 있다는 데 그는 도달한다. 그렇다면 이러한 시
점은 비평의 지도성을 완전히 부정하는 입장이 아닌가. 예술의 본질
은 독창성에 있는데 독창성이란 개성의 소산이며, 개성은 외적 법칙
에 구속되지 않는 정신이다. 작가의 창작방법이란 그 개성에 따라 결
정할 것이지 비평이 제시하는 지도 이념은 아니다. 가령 어떤 준거를
비평가가 제시한다면 그것은 한갓 참고를 제공하는 의의밖에 없다는
것이다. 이와 같은 비평은 작가와는 무관해도 좋다는 결론이 된다. 창
작이 작가 개성의 독자성에서 분비되므로 창작방법을 외부적으로 제
시할 수 없다는 것은 이론적으로나 실제상으로나 모순되는 것이 아닐
수 없다. 왜냐하면 창작은 어디까지나 세계관의 문제이며 작위적인
것이기 때문이다. 그러면서도 김환태가 이러한 논법으로 나온 것은
프로문학의 창작방법론인 사회주의적 리얼리즘이 공전(空轉)을 거듭

---

36) 같은 곳.

했다는 한국적 상황과 함께 창작계가 어느 정도 정리기에 들어서서 작가의 실력과 비평가의 실력이 막상막하에 이르렀음을 방증하는 것으로 보아야 될 것이다.

그러면 대체 김환태가 왜 비평을 썼는가. 즉 비평의 효용은 무엇인가. 작가를 직접적으로 지도하지 않는다는 것은 명백하다. 다만 작품을 통해 비평가는 자기표현을 해야 하는 임무를 지녔다. 그렇다면 그 임무는 누굴 향한, 누굴 위한 것이며 무엇 때문인가. 비평은 과연 작가에 간접적이라도 영향을 미치지 못하는 것인가. 대체 비평의 효용은 어디서 찾을 수 있는가.

우선 김환태가 보는 비평가의 임무인 작품을 통한 자기표현이란 어떤 것인가를 보자.

나는 어떤 작품에서 얻는 인상을 정착시키기 위해 비평을 쓴다. 그런데 나의 인상은 작품 속의 생활에서 오는 것이므로 나는 마치 작가가 현실 생활 속에서 얻는 인상을 정착시키기 위해 그 인상을 낳아준 고만만의 현실의 생활을 기록하듯이 나의 작품에서 얻은 인상을 정착시키기 위하여 그 인상을 낳아준 작품 속에 고만만한 생활을 기록한다. 그러므로 나의 비평이 창작과 다른 점은 창작이 현실 생활의 기록인 데 대해 나의 비평이 작품 속의 생활인 데 있다.[37]

이것은 누차 반복되는, 비평이 지도성을 갖지 못한다는 주제이다. 그러나 도대체 지도성이란 무엇인가. 비평가가 작품 속의 인상을 기록

---

37) 김환태, 「평단 전망」, 『조광』, 1940. 1, pp. 150~51.

하는 이유가 무엇인가. 작품을 통한 비평가 자신의 만족과 고통과 구제에 그치는가. 과연 작가에게 어떤 영향력을 끼칠 수 없다고 할 수 있는가. 이러한 문제에 대해 김환태는 다음과 같이 자기 비평의 효용성을 주장하지 않으면 안 되었다.

> 비평가가 진정한 작가적 기쁨을 가지고 비평을 썼을 때에 독자는 그 속에서 새로운 생활을 보는 기쁨을 느낄 것이다. 그리고 그 비평의 대상된 작품을 쓴 작가는 일반 독자가 맛보는 그런 기쁨을 맛보는 외에 자기가 창조한 생활이 가장 감수성 있고 넓은 한 감정에 의하여 어떻게 향수되었는가를 보게 될 것이다. 이리하여 작가가 비평가의 마음의 거울 속에 비친 자기의 작품의 얼굴을 볼 때에 어떠한 반성이 있지 않을 수 없을 것이며, 또 그 반성은 그의 생활을 보는 포즈와 생활에서 받는 이상을 정착시키는 수법이 어떠한 영향을 미치지 아니치 못할 것이다.[38]

이것은 비평의 지도성을 의미하며, 김환태뿐 아니라 어떠한 비평가도 당대 작품과 작가에 대해서 이 정도의 지도성을 인정하지 않을 자는 없다. 여기다 비평의 효용성을 둔 것은 지극히 당연한 것이 아닐 수 없다. 다만 비평의 지도성이란 말의 개념이 종래의 직접적인 세계관상의 주입과 다를 뿐인 것이다. 말하자면 그 지도성이란 것이 김환태에 와서는 간접적, 내재적 세련된 양상을 띤 것이라 할 수 있다. "작가의 창작방법에 개입하거나 어떤 연역적인 원리를, 작가의 작품 활동을

---

38)　같은 글, p. 152.

속박하지 말고 언제나 작품이나 문학적 현상에 즉하여 그에게서 어떤 원리를 추출하여 다만 작가의 참고에 공(供)하는 데"[39] 집약시킬 수 있는 것이다.

김환태가 행한 월평의 효용성을 에워싼 선구적 노력은 비평사적으로 평가될 수 있을 것이다. 그는 월평이나 총평을 쓸 때마다 그 서두에서 지루할 만큼 일관된 자기의 비평관—비평방법—효용성을 밝히기를 서슴지 않았고, 표면적으로 보기에는 작가 구미에만 맞는 비평의 패배주의를 내세워 '비겁하다 해도 좋다'[40]는 공언을 계속했다. 이러한 '비겁하다 해도 좋다'는 공언과 주장은 한국 문단의 체질 개선에 적지 않은 영향을 끼쳤다고 볼 것이다. 정작 그의 실천적 작품평이 순화된 찬사였다는 점은 그의 주장과는 별도의 문제가 아닐 것이다. 이러한 비평 태도가 비평 영역을 작품론에 한정시키게 됨은 당연한 귀결이 아닐 수 없다. 가령 이러한 입장의 비평가가 문학 현상 혹은 문학 행동에 대해 논할 때는 원리를 탐구함으로써 문학작품에 대하여 자기의 포즈를 확립하기 위한 것이고 비평가 자신의 반성으로 시종하는 데 특징이 있다.

이렇게 보아올 때, 김환태의 주장이 참신하고 힘이 있는 것은 프로문학 비평의 지도성을 거세하고 거기다 작품평 중심을 도입한 때문이다. 이것은 1936년을 전후한 시대성과 직결된 것이다. 이 시기에 창작평이 가장 성행했던 것이다. 그러다가 1939년 이후로 들어가면 소위 국책문학, 대동아공영권의 세계관 문제가 초미의 과제였으므로 비

---

39) 같은 글, p. 153.
40) 같은 곳.

평의 외재적 지도성이 다시 비평계를 휘덮게 되는 것이다.

3. 김환태에 대한 비판

인상주의적 비평관은 일찍이 『창조』파의 김동인, 심유방, 임장화 등에 의해 주장된 바 있고, 감상적(鑑賞的) '설리적(說理的)'인 비평은 박월탄에 의해 주장된 바 있지만, 김환태는 이들과는 달리 전문직 비평가이며 또 전문직 비평가답게 그 전개에 무리가 없고 세련되었을 뿐 더 현대적이라고 보기는 어렵다. 김환태가 그의 이론의 계보인 M. 아널드, W. 페이터, A. 프랑스, A. 지드 등을 충실히 실천해 보이지 못하고 있음은 이를 증거하는 것이 되기도 한다.

　　백철과 김환태 및 좀 뒤에 나온 김문집에 이르는 일련의 인상주의적 비평에 대한 비평계의 반발이 비평의 지도성에 연연한 전(前) 프로파 비평가에 의해 제기되었음은 짐작하기에 어렵지 않을 것이다. 임화의 「문학의 비규정성의 문제」(『동아일보』, 1936. 1. 28~2. 4)가 그 대표적인 논문이다. 임화는 최근 평단에서는 백철, 김환태 등에 의해 문학이 '문학 독자성이지 이론화할 수 없다'는 주장이 창궐하고 있다고 전제하고, 이 과정은 (1) 객관적 비평에 대한 혐오, (2) 창작방법에 대한 격렬한 반박에서 그 발생 이유를 들 수 있다고 보았으며, 이러한 현상을 한마디로 '예술지상주의 문학의 주요한 일 특성'[41]이라 규정한 것이다. 임화는 여러 가지 이유를 들어 비평이 인상주의적 감상문으

---

41)　임화, 「문학의 비규정성의 문제」, 『동아일보』, 1936. 1. 31.

로 전락되는 현상을 막기 위해 비평의 아르바이트화 혹은 학문의 모습을 띤 문예학의 가능성을 역설, 또 이를 실천한 바 있었고, 김남천은 「비판정신에의 대망과 논쟁 과정의 중요성」(『조선일보』, 1937. 4. 7~11)에서 '강렬한 인상주의'의 대두를 비난했고, 안함광은 「문학에 있어서의 자유주의적 경향」(『동아일보』, 1936. 10. 27~30)에서 같은 주장을 내세웠다.

한편 이에 반하여, 안회남은 김환태의 인상주의 비평이 지극히 타당한 노작이나 "실제 씨의 창작평은 졸렬하다"[42]고 했으며, 한식은 「비평문학의 수립 그 방법」(『조선일보』, 1936. 11. 29~12. 8)에서 김문집·김환태의 태도에 완전히 동의했을 뿐 아니라 나아가 「비평의 현대적 방법」(『동아일보』, 1939. 9. 3~5)에서는 창조적 비평을 내세운 바 있다.

이상의 임화, 김남천, 안함광 등 과학주의적 미망을 벗어나지 못한 전(前) 프로비평가들의 인상주의 비평에 대한 반발은 다소 소극적이었다. 그런데 여기서 작가 출신의 월평자와의 관계를 살피면서 넘어갈 필요가 있다. 가령 박영희는 월평도 어디까지나 객관적이어야 하지만, "공평하게 평하려면 이러한 방법밖에 없다. 말하자면 표현되어 있는 작품은 무엇이나 그 존재적 의의를 시인하되 다만 그 표현된 기술적 정도를 표준하려는 것"[43]이라 했는데, 이것은 박태원, 안회남, 엄흥섭 등 작가 출신 월평자의 방법과 일치하는 것이며 엄격히 말한다면 김환태의 방법과는 차질되는 것이다. 가령 박태원의 월평인 「창

---

42) 안회남, 「비평의 비평」, 『조선중앙일보』, 1936. 5. 7.
43) 박영희, 「예술성의 획득과 나의 비판적 태도」, 『조선일보』, 1936. 6. 7.

작 여록(餘錄)—표현·묘사·기교」(『조선중앙일보』, 1934. 12. 17~31)는
한 개의 콤마까지 추출하는 것으로, 한 전형을 보인 바 있다. 이에 대
해서는 엄흥섭의 「문예비평의 기본 개념과 평가의 교양 문제—박태
원 씨의 시평(時評)을 논함」(『조선일보』, 1935. 3. 2~5) 같은 비판이 없
는 바 아니지만, 요컨대 이들 월평자는 대개 '구인회' 소속 멤버들로
서, 이들의 태도는 일본의 신감각파와 깊은 관계를 보이고 있다 할 것
이다. 이러한 작가 출신의 월평가는, 『매일신보』에서는 김동인, 안회
남, 김억의 독무대였고, 『조선중앙일보』에는 박태원, 『조선일보』에는
이무영, 엄흥섭, 『동아일보』에는 유진오를 각각 들 수 있다. 또 월평
혹은 시평(時評)이라 하면 대체로는 소설에 치중되어 있음도 문단 성
격을 이해하는 데 지적해둘 만한 것이다.

　　이러한 문단적 상황 속에서 김환태의 비평사적 위치가 드러날 수
있는 것이다.

　　김환태에 대해서는 김문집이 '먹다 남은 배갈'[44]이라 평한 바 있
고, 논적이 많기로 비평가 중 제일이며, 정지용으로부터는 '순문학의
번견(番犬)'이라 불렸고, 또 순문학의 '당의(唐醫)'라는 평도 받았다.[45]
이러한 가십과는 달리 김환태를 문체론적으로 고찰한 박영희의 추구
는 김환태의 본질을 정확히 드러낸 것이라 할 수 있겠다.

　　박영희는 김환태 문장의 특징으로 '처녀적 순진성'과 "자기의 논
지가 어느덧 상대방의 문장과 접근하게 되는 알 수 없는 친화력"[46]을
든다. 한편 그 문장은 계류(溪流)를 옆에 끼고 순탄한 초원을 밟는 듯

---

44)　김문집, 「문단 인물지」, 『사해공론』, 1938. 8. p. 44.
45)　신산자, 「현역 평론가 군상」, 『조광』, 1937. 3, p. 257.
46)　박영희, 「현역 평론가의 군상」, 『조선일보』, 1936. 8. 29.

한 친화력 때문에 단조로움을 피하기 어려우며 예리함이나 태풍적 격렬성이 배제되어 있어 논전용으로는 적합하지 않으며, "애무와 동정의 오열(嗚咽)을 아끼지 않는 것이 장점이자 단점"[47]이라 보았다. 이러한 문장은 작품론에 유효했고, 이 방면에 김환태가 업적을 남긴 것은 결코 우연이 아니다. 가령 「상허의 작품과 그 예술관」(『개벽』, 1934. 12), 「시인 김상용론」(『문장』, 1939. 7), 「정지용론」(『삼천리문학』, 1938. 4) 등은 우수한 것이라 할 수 있다. 그가 '구인회'의 후기 동인이란 점도 체질을 밝히는 데 일조가 될 것이다.

김환태에겐 논적이 많았지만, 그의 친화력으로 논쟁을 될 수 있는 한 피한 듯하다. 그가 「시와 사상」(『시원』, 1935. 8)을 썼을 때, 이병각이 「시에 있어서의 형식과 내용」(『조선일보』, 1936. 4. 7~8)에서 반박한 바 있었고, 「비평문학의 확립을 위하여」에 대해 임화의 「문단 논단의 분야와 동향」(『사해공론』, 1936. 7) 등의 공격이 있었을 뿐이며, 1939년 이후에는 이원조와의 사이에 순수시비 논쟁이 있었다. 요컨대 김환태는 자기 신념에 충실한 비평가라 할 수 있다. 그는 1934년 이후의 인상주의적 비평방법론을 이룩했고, 백철과 함께 프로비평의 잔재를 제거하기에 노력했고, 김문집 비평을 길목까지 이르게 한 것이며, 비평가의 가질 자세로서 지도성의 자리에 겸허를 대치케 한 것은 그의 비평사적 의의의 시대적 의미라 할 것이다.

---

47) 위의 글 및 임화는 「문단 논단의 분야와 동향」(『사해공론』, 1936. 7)에서 "그의 특색은 씨가 무엇보다도 남의 작품을 퍽 힘써 읽는 태도와 씨의 작품 감독(感讀)의 좋은 감상을 갖는 것이라는 것을 짐작할 수 있다. 그러나 씨의 과학적이 아닌 사상적 입장이나 관념적인 예술 상태는 작품을 평가하고 비판하는 심히 부정적인 결과를 낳고 있다"(p. 198)고 했다.

제4절 김문집의 향락주의적 비평

1. 비평의 예술성

백철, 김환태에 의해 반복적으로 주장된 창작평의 방법으로서의 비평의 효용성은 안회남, 박태원 등의 작가들이 쓰는 월평과 함께 인상주의적 및 기교주의적 비평의 전개를 보였으나 이들은 창조적인 비평의 업적을 별로 남기지 못했다고 볼 수 있다. 백철, 김환태가 주장한 비평관을 광의의 인상주의라 할 수는 있으나 실제로 나타난 작품평은 비평예술의 문턱에까지 이르렀을 뿐 그를 넘지는 못했던 것이다. 이 문턱을 넘어섰고 비평예술이란 말을 서슴지 않고 외친 비평가가 1936년에 등장한 김문집이다.

여기서 인상주의 비평의 속성을 분명히 해두고 나아갈 필요가 있다. 창조적이라든가 비평의 예술성이란 무엇인가. 김환태나 백철이 A. 프랑스, A. 지드, W. 페이터, O. 와일드 따위를 주로 내세우고 있음은 앞에서 보아온 바인데, 김문집은 P. 발레리의 방법론을 많이 언급하고 있다. 이런 것을 넓게 보아 인상비평 혹은 인상주의 비평이라 할 수 있음은 물론이다. 그런데 1905년에서 1914년간에 프랑스 문학 중심으로 일어난 문예비평상의 인상주의는 엄격히 정의하기 어려운 용어에 가깝다. 일반적으로 인상비평은 과학 만능주의자나 독단론자들이 객관적 입장에서 비평가 자신의 눈과는 독립된 인식이나 판단에 도달하려는 것에 대하여 "인상주의자는 거꾸로 작품과 자신의 주관의 합치를 정착함에 그치는 것"[48]으로 정의되고 있다. 인상이란 작품과 독자 간의 직접적 소박한 정신적 변화에 관련된 것이며, 따라서 인상비평은 비평가의 주관적 반응의 표기인 것이다. 인상비평은 다음의 몇 가지의 속성을 가진다.

첫째, 무엇보다 먼저 현학적, 체계적, 과학적 비평을 사갈시한다. 인상비평가들은 선험적으로 모든 것을 의심스럽게 보기 때문에 어떠한 방법도 갖지 않으며 이 점이 바로 그들의 방법이라 할 수 있다. 그 다음으로는 위선을 현학자류와 동일하게 적대시한다. 비평이란 가장 솔직히 작품을 통해 자기표현을 하는 것이기 때문이다. 셋째, 인상비평가는 독서의 기쁨을 일종의 육감(肉慾, une certaine sensualité)으로 받아들인다. 판단 설명에 앞서 미적 행복감 혹은 쾌락을 자체 내에 갖는다. 그렇다면 인상비평가의 최후 목적은 독자나 작가를 위한 것이 아니라 자기 자신을 위한 것이라 할 수도 있다. 자기 쾌감, 자기만족을 위한 비평은 자기 조응(照應)과 기쁨의 광채를 지니는 지상주의적(至上主義的)이며 창조적이라 할 수 있다. 실제로 이러한 비평의 주관주의는 받아들이는 사람에 따라 일락적(逸樂的) 측면, 분해적(分解的) 측면, 주아주의적(主我主義的) 측면이 될 수 있으며, 전자는 A. 프랑스, 그다음 것은 레미 드 구르몽이며, A. 지드는 주아주의적 측면이라 할 수 있다.[49]

---

48) J. C. Caroni et Filloux, *La Critique Littéraire*, p. 52.
49) 같은 책, pp. 54~57.
A. 프랑스는 "작품이 주는 쾌락 그것이 작품 우열을 결정하는 유일의 척도(Le plaisir qu'une oeuvre donne est la seule mesure de son mérite)"라 했고, R. 드 구르몽은 "비평은 각인의 이상을 설명하는 것(la critique peut done être conçue comme une explication de l'idéal de chacun)"이라 했고, A. 지드는 *Dostoievsky*(1923)에서 이 책은 나 자신의 생각을 나타내기 위한 구실(un prétexte pour exprimer ses propres pensées)이라 하여,

한편 창조적 비평을 검토해볼 필요가 있다. 이것 역시 광의의 인상비평에 포함되는 것이라 할 수 있으며 정확히 정의하기란 곤란하다. 작품을 통한 재구성이란 말의 참뜻은 비평가의 주관과 객관의 딜레마를 어떻게 초극하여 지평을 여는가에 있다. 그 방법으로 비평의 주체가 작품의 내부 속으로 직관을 구사하는 것을 말한다. 이 경우에 물론 작품을 평가한다는 의미는 가진다. "완전한 공감을 비평가가 그의 대상과 동일화시키는 변태 작용"[50]이라 했을 때도 작품을 판단한다는 의미는 갖고 있다. A. 티보데나 P. 발레리 역시 보들레르와 마찬가지로 비평을 일종의 판단 작용이라 보는 것이다. 자기를 판단의 표준으로 한다는 데 특징이 있을 뿐이다.

인상비평이 텐류의 협소한 실증주의에 대한 회답으로 제시된 것이라면, 창조적 비평은 문헌적 연구의 권태에 대한 회답이라 할 수 있다. 작품 없이도 비평이 가능하다고 주장하는 김문집은 창조적 비평이라 할 수도 있고 육욕적인 쾌락을 스스로 느꼈다는 점에서 인상비평의 범주에 들 수도 있다. 그가 종종 발레리의 방법론상의 완벽성을 들춰내지만, 그것은 자기의 체질과는 수등(數等) 떨어지는 것이다. 김문집은 최초로 '비평예술'이란 말을 사용하였고 마침내 O. 와일드류의 탐미주의자임을 자칭한 바 있는데[51] 그의 특수한 희화적(戱畵的) 작위(作爲)와 함께 한국 문예비평사에서는 순문학 옹호라는 중요한 일을 담당했고, 비평을 하나의 예술적 장르로 비로소 올려놓을 수 있는 가능성을 보였다.

비평의 서(書)이자 고백의 서(書)라는 표현을 한 바 있다.

50) 같은 책, p. 76.

51) 김문집, 「재생 이광수론(하)」, 『문장』, 1939. 7, p. 140.

김문집을 기다려 비로소 비평이 하나의 문학적 장르에 올려질 수 있었다 해도 백철이나 김환태가 닦아놓은 궤도를 무시할 수는 물론 없다. 동시에, 이는 1935년 이후에 저널리즘의 붐을 타고 논의된 고전론, 전통론, '조선적인 것' 등의 풍조와도 깊은 관계가 있다. 김문집 비평의 중요한 배주골(背柱骨)의 하나가 전통─'조선적인 것의 문학적 구명'이었던 것이다.

2. 언어예술론─그 토착어의 인간상

김문집을 문인으로 최초에 만난 사람은 이헌구였고, 그가 등장한 곳은 『동아일보』였으며, 그의 최초의 귀국 논문은 「전통과 기교 문제」(『동아일보』, 1936. 1. 6~24)로서, 그를 가장 환영한 사람이 이무영으로 알려져 있다.[52]

---

52) 1909년 대구에서 출생한 김문집은 와세다(早稻田) 중학, 마쓰야마(松山) 고교를 거쳐 도쿄 제대 문과를 중퇴한 것으로 알려져 있다[자칭 도다이(東大) 중퇴라는 설이 있다]. 1935년 늦가을 귀국하여 이헌구를 만났다고 하며(「산주편편(散珠片片)」, p. 104) 김문집을 대단히 환영한 사람은 이무영이라 한다(홍효민, 「문단측면사」, 『현대문학』, 1959. 2, p. 272).
김문집에 대해서는 자신의 입으로 표백된 수다한 전기적 자료가 있다. 그중 「동경 청춘기」(『조광』, 1939. 8~9)와 「장혁주 군에게 보내는 공개상」(『조선일보』, 1935. 11. 3~10)이 자세하다. 그는 이시카와 다쓰조(石川達三), 나가사키 겐지로(長崎謙二郎)와 술친구이며, 도쿄에서 『銀線』 『交鄕時代』 등 동인지를 발간했고 『三田文學』의 미나카미 다키타로(水上瀧太郎)의 문하 합평회에 참가했다 한다. 또 신감각파의 기수 류탄지 유(龍膽寺雄)(『改造』 제1회 현상소설 「放浪時代」 당선자)와 친구이며 Roman지에 작품 「理毛師」가 모더니즘의 최고봉이란 찬사와 함께 실렸으며 아쿠타가와 류노스케(芥川龍之介)의 후계자 호리 다쓰오(堀辰雄), 여류 작가 소에이(宗瑛)와 자기가 삼각관계가 되어, 자기가 칼을 휘둘렀고, 호리 다쓰오가 폐병으로, 또 소에이도 문단서 사라지자 자기도 한국으로 도망해 왔다는 것

제4장 예술주의 비평   425

김문집이 문단에 나오기 전까지 한국 문예 평단에는 김환태, 이원조, 최재서가 새로이 활약하는 시기에 해당된다. 이들에 의해 전문직 비평이 확립된 것이다. 대체로 당시 신인 등용문이 시와 소설에는 신춘 현상이나 추천의 방법을 취했지만 평론 분야에는 이러한 방법이 별 성과를 거두지 못한 것으로 되어 있다. 평론 부문에서는 흔히 사측에서 미리 어떤 작품이나 사조에 대한 주제를 내걸고 거기에 한해서만 요구하는 형식이었고, 또 이 방면을 뚫은 신인이 몇 있기는 했으나 두드러진 역량을 가진 자가 별무했다. 비평은 창작과는 약간 달라서 일정한 학문, 교양이 문제되며, 따라서 우수한 평론가의 대부분은 도쿄 유학생들이었고 이들이 또 대부분 저널리즘에 종사했기 때문에 이 신문 학예면 편집인들의 안목에 비친 유학생이면 일단은 평필을 쥐어 볼 기회가 있을 수 있었다. 당시의 전문직 비평가의 분포를 보면『조선일보』의 문예 담당자 이원조는 김기림과 함께 주지주의 문학에 관심을 가져 최재서를 데뷔시켜 그를『조선일보』의 객원으로 삼았고, 인상비평가 김환태는『조선일보』와『조선중앙일보』에서 주로 활동하였다. 1936년 이것에 대립하는 입장에서『동아일보』가 김문집을 데뷔시

이다. 일문 창작집『ありらん峠』는 일본 24개 신문 잡지에 서평이 실렸고 고바야시 히데오가 자기 앞으로 공개장을 보냈다고 주장한다. 또 장혁주가 「문단 페스트균」(『삼천리』, 1935. 10)을 쓰자, 이무영의 「문단 페스트균의 재검토」(『동아일보』, 1935. 10. 14~17)에 의한 논쟁이 났는데, 김문집은 장혁주에 공개장을 썼다. 장혁주[본명 은중(恩重)]를 고교 때부터 자기가 지도했으며 「아귀도(餓鬼道)」는 자기가 주필(朱筆)로 개작한 것이라 주장했다. 그는 창씨(創氏) 때(1939) '大江龍無酒之助'라 했다는데, 대구에서 나서 용산에서 지원병 입대를 목격한 바 이제부터 술을 끊는 사나이가 되겠다는 아이러니라 한다. 결국 창씨개명은 '大江龍之助'로 되었고, '조선문인회' 간사, 미나미 지로(南次郎) 총독과의 회견까지 한 바 있다. 1940년『인문평론』원고 때문에 최재서와 유혈 격투를 벌여 소송사건을 일으켜 일본으로 도피한 것이다(졸고, 「김문집론」, 『시문학』, 1966. 5~7).

켜『조선일보』의 최재서와 비견케 한 현상을 보인다. 김문집이 비평에 있어『동아일보』를 대표하는 존재가 됨과 동시에 최재서와 맞서게 된 것은 여러 가지 점에서 확인할 수 있으며 양자의 대결 의식과 견제 작용은 고무적인 것이라 할 것이다. 김문집을 가장 환영한 이무영이『동아일보』에 있었고, 또 그가 주재한『조선문학』지를 생각할 때 김문집의 주도 논문의 대부분이『동아일보』에 발표된 이유를 짐작케 한다. 특히『조선일보』에서 이원조, 최재서가 단평란을 빛내자,『동아일보』에서는 화돈(花豚, 아호) 김문집으로 하여금 이에 대항케 하고 있음을 볼 수 있다. 화돈 김문집과『동아일보』이념과의 공통점을 찾는다면 첫째 민족주의적 전통, 둘째 민속적, 토착적 조선어의 탐구, 셋째 이광수 문학을 최고로 받드는 역설적 탐미주의, 넷째는 개성 등을 들 수 있으며 이러한 점들은 최재서의 주지주의 비평과 함께 이 무렵의 평론계를 양분하기에 충분했던 것이다.

「전통과 기교 문제」는 김문집 비평의 원점이며 또한 회귀점이라 할 수 있다. 김문집 비평은 '전통'이란 어사와 '기교'란 한정사로 집약시킬 수 있을 것이다. 대체 그가 말하는 전통이란 무엇이며 전통이 논의케 된 근본 원인은 어디에 있는 것일까. 그것은 「전통과 기교 문제」라는 논문의 부제가 '언어의 문화적 문학적 재인식'으로 되어 있음을 본다면 전통이 곧 조선어이며 기교란 개인적인 '예(藝)'임을 알 수 있으며 그 패기에 있어 또 그 발상에 있어, T.S. 엘리엇의 논문인 「전통과 개인적 재능Tradition and the Individual Talent」(1919)을 외관상 연상케 한다.

조선 문학에 무엇이 가장 결핍했나? 나는 전통이라 답한다. 전통이 없는 데 기교가 없고 기교가 없는 데 피가 없다. 기교는 전통의 표상이고, 피는 생물로서의 예술의 의의이다.[53]

이것이 김문집의 제일성이다. 전통 곧 언어이며, '언어를 하나의 예술 자체'로 보는 것이다.

> 말, 말 하지만 말보다 깊은 예술은 없고, 말보다 넓은 문화는 없다. [……] 문화에 있어서 말보다 무서운 역사는 없고, 역사에 있어서 말보다 큰 문화는 없다. 그렇기 때문에 말은 또한 크고 무서운 지상(至上)의 학문일뿐더러 깊고 넓은 예술 그것이다.[54]

김문집은 당시 한국문학에 가장 결핍된 것이 전통이라 단정, 한국문학의 전통 결무(缺無)에 대한 의욕적인 극복의 길을 모색하고 이로써 문단을 파괴, 정리하려는 야심가로 볼 수 있다. 그가 말하는 전통이 곧 언어임은 명백한 일이다. '조선적' 전통은, 비록 고전으로서의 작품은 결여되어 있으나 '조선어'가 있는 이상, 이보다 더 문화적 전통적인 것은 달리 없다고 그는 주장한다. "문학의 조선에는 어느 모로 보더라도 전통을 운위할 수 없음이 사실임에도 불구하고 조선말 그 자체에는 놀랄 만한 전통성을 띠고 있다."[55] 이러한 그의 언어관은 언어가 곧 '민족의 내부적 상징'[56]을 의미하는 것이며, 그러므로 여기서 가장 '조

---

53) 김문집, 「전통과 기교 문제」, 『동아일보』, 1936. 1. 16.
54) 같은 글, 1936. 1. 18.
55) 김문집, 「언어와 문학 개성」, 『비평문학』, 청색지사, 1938, p. 10.
56) 김문집, 「전통과 기교 문제」, 1936. 1. 18.

선적 작품'이 가장 훌륭한 작품이라는 결론을 이끌게 된다. 따라서 작가들은 말을 통해 조선을 찾는 것이 의무요, 말을 지어, 써, 조선을 세우는 것이 그 권리가 된다고 갈파했다. 한국문학은 작품으로서의 전통은 없다 치더라도 언어라는 일반 개념 속에서 풍부한 전통을 찾을 수 있고, 또 마땅히 찾아야 한다는 당위적 주장이다. 이 길을 따라 나오면 불가피하게 민속학, 민족학, 언어학의 원시림에 이르게 된다. 김문집은, 예술이란 이야기도 이데올로기도 아니며 오직 표현이요 기교요 호흡이며 '예(藝)' 즉 '재주'라는 일편어(一片語)에 있으므로 이 방면의 개척을 주장한 것이다. 전통을 재주로 표현하는 것이 최량의 한국문학이라는 견해이다. 그러나 언어에서 전통을 찾는다는 것은 지극히 원초적이면서도 실로 막연하기 마련이다. 하이데거가 존재의 집으로 본 언어 탐구는 그의 존재론적 과제였지만 김문집의 언어관은 하이데거는 물론 오든이나 발레리의 언어 관념과도 차원이 다르다. 김문집에 있어서의 그것은 한국적인 얼, 혹은 민족적인 막연한 내용 항목이었다. 그것은 고전론을 앞둔 시대성에 어필할 수 있었다.

문학이 언어예술이라는 전세기 독일 문예학의 편린을 소박하게 흡수한 김문집이 필연적으로 민족학적 언어관의 지평을 넘본다는 것은 앞에서 이미 지적한 바 있다. 가령 "조선에는 '오호 방해야!'가 있고 '칭칭나하네!'가 있다. 사실인즉 조선에 '방해야'가 있고 '나하네'가 있는 것이 아니라 그 '방해야'와 '나하네'에 조선이 있다"[57]고 했다. 문화와 역사를 가졌으면서도 문학을 가지지 못했던 것으로 알려진 당시에서는 김문집의 태도가 상당한 이유를 가지고 있는 것이며, 이러한

---

57) 김문집, 「민족적 전통에의 방향」, 『비평문학』, p. 52.

주장이 의식적 활동으로 되어 그 문화, 역사에 추수할 만한 문학의 전통을 '비교적 조숙(早熟)하게' 세울 수 있다고 보는 데 그는 귀착한다. 그러나 불행히도 김문집의 의욕은 그 이론의 뒷받침이 빈약했다.

> 민족의 역사와 그 문화사가 오래면 오랠수록 꽃다우면 꽃다울수록 그의 표상인 그의 언어는 전통미(味)를 갖춘다는 것이 언어학의 기본적 원리라 할진대 우리의 조선말이 의외로 짙고 아리따운 전통미를 영양하고 있을 것은 저절로 증명될 사실이 아닌가. 과연 조선말을 미각(味覺)해보라. 그 얼마나 깨소금같이 고소하고 봉선화의 한때와도 같이 아기자기하며 은방울을 궁둥이 뒤로 밀어낼 만큼으로 동골동골한가를— 58)

이것은 논리가 아니라 심정Gemüt이며 더 자세히는 다분히 영탄조이다. 자신이 고백한 바와 같이 김문집은 언어학자가 아니었다. 팔도 사투리에 대한 상식 이하의 언급은 이를 단적으로 드러낸 것이라 할 수도 있다. 그렇다면 대체 이토록 조선어, 조선적인 것에 그가 연연하는 이유는 무엇인가. 고전론, 복고주의적 현상이 도쿄 문단에서 활발하게 논의되었고, 한국에서도 이것이 식민지하의 민족주의 의식과 결부되어 특수한 의미를 띠어, '조선적인 것'의 탐구가 저널리즘을 통해 광범히 논의된 시대적 배경을 우선 들 수 있다. 그러나 김문집이 '조선어'에 갖는 광적 숭배는 이 시대성만으로 넘길 수 없는 병적인 면을 지니고 있는 것이다. 김문집의 이 집념은 무엇인가. 직감적으로 그것은 향

---

58) 김문집, 「언어와 문학 개성」, 『비평문학』, p. 10.

수라 생각된다. 그는 와세다 중학, 마쓰야마 고교를 거쳐 도다이(東大)에서 수업한 것으로 알려져 있는데, 그렇다면 오래도록 모국어에 대한 향수, 그 굶주림이 과잉한 정열로 나타날 수 있는 것이다. "나는 불행하게도 어려서부터 조선 이외의 땅에서 생장했기 때문에 내 땅 문화의 사정에는 암우(暗愚)한 것이 사실이다."[59] 그렇기 때문에 김문집은 모국어에 대해 특별히 새롭게 관찰할 수 있었고, 동시에 일어, 일문학과의 비교 검토가 가능했던 것이다. 여기에서 종래 누구도 시도해보지 않은 언어 미학의 편편(片片)을 비평 속에 담을 수 있었던 것이다. 그런데 김문집의 전통=조선어의 등식은, 곧 전근대적인 것이 그 내용 항목으로 되어 있음에 유의할 필요가 있다. 이것은 민족주의라는 이념이 요청되는 시기에 복고 현상 일반이 빠지기 쉬운 함정인 것이다. 「전통문학론과 식민지 문학」(『조광』, 1939. 1)에서도 이 점을 엿볼 수 있다.

그러나 김문집의 조선어 전통론은 문예비평의 마당에서는 언어미학으로 통로를 뚫었다는 사실로 하여 중시할 필요가 있다. 비평이 단순한 재주만으로 성립될 수 없다는 것을 이 '재주의 인(人)'인 김문집 비평에서 문득 확인하게 되는 것이다. 예를 들어보자. 김문집은 스스로를 "산상(山上)에 홀로 장치된 기관총"[60]이라 자부했으며 문단을 향해 무차별 사격을 감행했지만 김유정, 이광수, 염상섭에 대해서만은 정중하게 모자를 벗고 북을 쳤던 것이다. 이러한 사실은 그의 전통론과 언어관에서 필연적으로 결과된 것이며, 비평가로서의 김문집의 저

---

59) 김문집, 「문단 원리론」, 『비평문학』, p. 14.
60) 김문집, 「평단 파괴의 긴급성―3대 신문 학예면을 중심 삼고」, 『조광』, 1936. 5, p. 289.

의를 감지케 하는 것이다. 먼저 김유정의 경우를 보자. "김유정 군은 조선 문단에서 내가 자신을 가지고 추상(推賞)할 수 있는 유일의 신진 작가"[61]라 했다. 김유정이 폐병 삼기로 두 조카와 형수가 사는 단칸방에서 쓰러졌을 때, 김문집이 주동이 되어 그 약값을 염출한 사실로써도 그가 김유정을 얼마나 아꼈는가를 짐작할 수 있다. 이 문제는 장혁주가 『개조(改造)』에 「아귀도(餓鬼道)」로 이석(二席)에 당선됐을 때 김문집은 자기가 길러냈다고 주장했으나, 그 후 당사자 간에 오히려 그 진부(眞否)에 대한 시비가 있었던 것과는 대조적이다. 「동백꽃」의 작가 김유정은 강원도 태생이며 「노다지」(『조선중앙일보』, 1935), 「소낙비」(『조선일보』, 1935)의 당선으로 등단했으며 작가 생활은 2년을 넘지 못했다.[62] 그는 스케일의 큼도 지적 요소도 없거니와 뛰어난 기교도 가지지 못한 '범골(凡骨)'이다. 그러나 김문집은 그가 귀국 후 한결같이 주장해온 바의 것을 전형적인 상태로 김유정에서 발견할 수 있었던 것이라 주장했다.

일반 조선 문학에 있어서 가장 내가 부족을 느끼는 '모치미'(持味—체취 또는 개체향)를 고맙게도 이 작가는 넘칠 만큼 가지고 있다. 그의 전통적 조선 어휘의 풍부와 언어 구사의 개인적 묘미는 소위 조선의 중견 대가들이라도 따를 수 없는 성질의 그것이니 이러한 사상(事象)들을 아울러 고찰할 때, 우리는 그의 예술을 조선 문학에서 없지 못할 일개 요소로서 이를 상당히 높이 평가할 의무를 가지는 동시에

---

61) 김문집, 「병고 작가 원조운동의 변(辯) — 김유정 군에 관한」, 『조선문학』, 1937. 1, p. 55.
62) 김유정의 몰년은 1937년 3월 29일 광주(廣州) 매씨(妹氏) 집으로 되어 있다(『매일신보』, 1937. 3. 30).

앞으로 군의 성장을 조호(助護)하는 권리를 갖지 않으면 안 될 것이다.[63]

조선 어휘와 언어 구사를 김문집 비평용어로 바꾸면 '전통언어미학'이 된다. 김유정의 조사(弔詞)에서 김문집은 이것을 반복하였고, 김유정 예술의 문학사적 의미를 다음처럼 부여하게 된다.

> 그의 전통언어미학의 범람성(氾濫性)은 염상섭과 호일대(好一對)이나
> 염 씨가 언어가 순서울 중류 문화 계급의 말인데 대해서 김 군은 병
> 문말에 가까운 순서울 토종말을 득의로 한다.[64]

여기서 '순(純)서울 토종말'이란 한국적 토착어를 잘못 가리킨 것이다. 이와 같은 김유정 평가의 이니셔티브는 단연 김문집의 것이어야 할 것이다. 동시에 「산골 나그네」 「땡볕」 따위의 작품이 결국은 전근대적 인간상에 다름 아니며, 따라서 여기서 말하는 전통이란 의미가 토착어의 상태에 머물고 만 것이라 할 수 있다. 김문집 비평의 한계 하나를 여기서 감지할 수 있다.

'어휘 전통의 문화학적 호흡 양상'[65]에서 김유정과 염상섭을 고평했다면 이와는 다른 차원에서 김문집은 이광수를 고평한다. "일찍 나는 소설을 썼고 앞으로 또 소설을 쓸 결심이지마는 나의 창작태도

---

63) 김문집, 「병고 작가 원조운동의 변(辯) ─김유정 군에 관한」, p. 56.
64) 김문집, 「고 김유정 군의 예술과 그의 인간 비밀」, 『조광』, 1937. 5, p. 108.
65) 김문집이 『조선중앙일보』에서 염상섭을 평할 때 쓴 말(김문집, 「염상섭 저 『이심』」, 『박문』, 1939. 7, p. 24).

는 춘원과는 극적으로 대립되는 자"[66]라 밝혔으며, 또한 그는 『아리랑 고개(ありらん峠)』(박문서관, 1938)라는 춘원 서문의 일문(日文) 창작집을 낸 바 있다. 춘원의 「무명(無明)」에 대해서와 마찬가지로 김문집은 「사랑」을 이상한 역설로 평가했다. 「사랑」은 성격소설이 아니라 테마 소설이며 근대소설이라 하기에는 어렵지만 그러므로 오히려 미래 문학이라 한다. "나는 「사랑」을 한 편의 소설이라 보지 않는다."[67] 한 편의 결정체이며 광물 실험실의 파우스트 박사가 연상된다는 것이다. 그러나 그가 다음과 같이 말했을 때는, 이미 비평가이기를 중지한 것이다. "우리는 이 작품 하나로 톨스토이를 필요로 하지 않는다."[68] 이것은 김남천, 이기영 등의 「사랑」 혹평에 대한 탐미주의자 화돈다운 일편의 위트였는지도 모른다. 요컨대 김문집은 춘원의 작품에 대한 특별한 이론과 거점을 가진 바 없다. 어떻게 보면 표면상으로는 오히려 춘원과 화돈은 극적으로 대립되고 있다. 그는 춘원의 「금일의 자세」(1939)를 전폭적으로 지지했는데, 이 시국하의 조선적 사회상을 "저급몽매한 규준과 취기분분한 공기 아래서 덮어놓고 욕하고 무정견적으로 박해하는 사회, 그런 사회의 문화자산의 총화는 일개의 구더기 끓는 똥통밖에 안 된다"[69]고 보고 이러한 사회 속의 춘원과 자기를 대비한다.

저주받은 조선사회의 현실! 이 현실에 피투성이가 된 춘원─크나큰

---

66) 김문집, 「재생 이광수론(상)」, 『문장』, 1939. 5, p. 154.
67) 같은 글, p. 155 및 「「사랑」 독후감」, 『박문』, 1938. 11, p. 27.
68) 「「사랑」 독후감」, p. 27.
69) 김문집, 「처세철학」, 『박문』, 1939. 7, p. 10.

희생자였다. 그는 바른말을 못하는 조선적 환경에 순응함으로써 오늘날의 지위를 쌓아 올린지도 모른다. 그러나, 다행히 미완성품인 나는 바른말을 함으로써 점잖은 이 땅 사회로부터 매장당하는 것을 오히려 본망(本望)으로 여기겠다는 것을 금후의 일로서 이를 선명(宣明)해두는 바이다.[70]

이상 김문집의 전통론을 보아왔는데, 이것을 "조선의 내용은 조선적전 내용이며 이것은 조선어의 총화"[71]에 집약시킬 수 있다. 전통과 민족주의에 신앙에 가까운 집념으로 임한 이광수와 이 이념 일반에 놓인 『동아일보』의 후광 아래 김문집의 기질은 그다운 문예비평의 길을 열었던 것이다. 김문집의 이러한 편향을 굳이 시야를 넓혀 캐본다면 다음 세 가지로 볼 수도 있을 것이다. 첫째, 당시 동양문화권에의 반성과, 국수주의적 경향에 의해 나타난 아사노 아키라(淺野晃), 야스다 요주로(保田與重郎), 하가 마유미(芳賀檀), 가메이 가쓰이치로 따위의 '일본 낭만파'의 사조를 들 수 있고, 둘째 김문집이 도쿄 문단에서 일문으로 수업했으나 류탄지 유에 의해 패배한 의식[72]이 일본 문단에 대해 향수적 대결 의식을 분비했고 그것이 곧 조선어 옹호로 나타난 것이며, 셋째 그의 예술관은 독일 낭만파의 철학적 미학의 편린에다 일본의 신감각파의 표현을 결합한 것이라 볼 것이다. 그가 신감각파의 효장이며 순수소설론의 시창자인 요코미쓰 리이치(橫光利一)의 자칭 문하생이라는 점과 「Los von der Natur」(『동아일보』, 1938. 3. 11), 「조선

70) 같은 글, p. 11.
71) 김문집, 「언어와 문학 개성」, 『비평문학』, p. 8.
72) 김문집, 「동경 청춘기」, 『조광』, 1939. 8, p. 252.

문예학의 미학적 수립론」(『조광』, 1935. 12)에서도 이를 엿볼 수 있다.

3. 방법론의 역설─비평미학

김문집이 비평예술이란 말을 최초로 사용, 이를 실천하였고, 탐미적
인상비평을 방법론상의 자각 위에 세우려 했음은 주목되어야 할 것이
다. 그 방법론은 「비평예술론」(『동아일보』, 1937. 12. 7~12), 「비평방
법론」(『동아일보』, 1938), 「비평의 예술적 우월성」(『동아일보』, 1938.
4. 7~10), 「성생리(性生理)의 예술론」(『문장』, 1939. 11), 「문학 비예술
론자의 독백」(『조선문학』, 1936. 5) 등에 표백되어 있다.
　'비평은 예술이다'라는 명제는 비평의 자율성을 의미한다. 창작
이 작가의 생명이라 한다면, 가치의 재창조가 비평의 혈혼이며 이 양
자 사이에 어떤 필연성을 가질 필요가 없는 것이다. 김문집은 독서의
쾌감과 일종의 육욕을 깨달을 줄 알았고 딜타이류의 생(生)의 철학에
그의 미학의 바탕을 두고 있음이 드러난다.
　일반적 의미에서의 창조의 대상은 실용 가치에 있는바, 그중에
예술적 창조의 의의는 미적 가치의 구성에 있다고 한다. 비평은 창조
된 그 가치를 판단함이 보편적 직능이지만 그중에서도 예술 비평의
성격은 그 미적 가치, 즉 작자 자신에게 이미 판단받아 조성된 그 미적
가치를 재판단함으로써 제2의 새로운 가치체를 창조하는 데 있다. 여
기서 재창조의 예술이라 한 것이며, 이것은 단순히 창조된 가치(작품)
를 재료 삼아 작품을 다시 하나 창조한다는 것을 의미하는 것이 아니
다. "비평 대상은 작품 없이도 생성할 수 있는 일종의 고차적인 가치

창조의 예술"[73]인 것이다. 적어도 비평문학은 창작과는 별개의 불가침의 어떤 독립한 예술 영역이며 문학의 한 장르인 것이라고 그는 주장한다.

비평은 예술이며 재주다. 그러므로 비평이 재주라고 사유함이 김문집 비평의 근본 태도라 할 수 있다.

> 예술은 물론 과학과는 대립하는 하나의 재주다. 개성 의식인 이 재주를 그렇지 않은 과학의 척도로서 평가할 때, 그때의 그 비평은 예술 또는 문학과는 별개의 사물인 한 편의 과학적 재료에 지나지 못한다. 오직 대상(작품)의 그것보다 더 높은 미적 가치를 추구하는 다른 어떤 재주의 소산일 적에 한해서 그 비평은 대상과는 별개의 가치체로서의 제2의 창작이 되는 것이다. 이 경우의 비평은 창작의 부산물이 아니고 창작을 원료로 하는 정제품이다.[74]

재주를 과학의 척도로 따질 때, 그 비평은 예술 또는 문학과는 별개의 사물인 한 편의 과학적 자료에 불과하다고 보는 김문집의 이 태도는 다분히 독일계 미학의 편린이라 할 수 있다. 불문학을 연구한 이원조가 에스프리, 포즈, 모럴을 운위했고, 최재서가 주지주의를 논한 것과 대조적이다. 이는 영·불·독어의 비평정신의 특색을 엿보게 하여 흥미로운 바 있다. 가령 지성을 내세운 최재서가 비평의 과학성을 주장한 데 대하여 김문집은 예술이 과학과 대립한다고 보는 것이다. 김문집

---

73) 김문집,「비평방법론」,『비평문학』, p. 202.
74) 김문집,「비평예술론」,『동아일보』, 1937. 12. 7.

의 관점은 정신분석적 방법에 의한 H. 리드의 비평, 심리학에 기초한 I. A. 리처즈의 비평이 '시와 과학'을 전혀 대립하지 않는 것으로 보는 관점과는 정반대이다. 김문집이 알고 있는 독문학이 19세기적인 것이며, 니체의 『비극의 탄생 Geburt der Tragedie』 및 그와 유사한 경향적 아포리즘을 적절히 선용한 것이라 봄이 옳을 것이다.

재구성 혹은 재창조는 순연히 기술의 문제가 아닐 수 없다. 비평은 언어 예술임을 이미 앞에서 증명해놓은 것이다. 그렇다면 비평의 기준을 제시하라든가 말하라는 것은 성립될 수 없는 것이다. 창작방법을 가르칠 수 없는 것과 마찬가지로 비평방법 역시 각자가 스스로 체득할 수밖에 없기 때문이다. 비평가의 기질을 굳이 말해본다면 온건한 현실주의도 냉정한 과학적 정신도 아니고, 다만 미적 가치에의 광포한 현실주의에 가까운 것, 디오니소스적인 것이다. 김문집의 마적(魔的) 탐미주의적 측면이 여기서도 드러난 것이다.

비평을 한 장르로 본다면 필연적으로 문제되는 것이 미의식 혹은 미에 대한 개념을 비평에서 어떻게 파악하느냐라는 점으로 된다. 김문집은 '객체로서의 대상을 자기화하는 데서 미학이 시작'된다는 태도를 들었다. 자기화시키는 것이 아니라 자기화하는 것에 비평예술의 본질을 설정한다. 미는 가치 의식인데 이 가치의 파악은 '유한(流汗)' 논리에서 파악되는 것이 아니라 '자기화하는 것' 곧 하나의 재주로 파악해야 된다는 것이다. 이 재주—예(藝)가 비평을 예술화하는 기질이고 요인이며 이상이 된다. 재주 그것은 재주 그것에서 파악되어야 한다는 태도이다. W. 딜타이의 '생은 생, 그것에서 이해해야 한다'는 명제와 마주치게 되는 이 재주는 직관이라 고칠 수도 있을 것이다. 직관의 적은 체계이다. 인상비평이 체계를 사갈시하는 이유는 이로써 알 수 있다.

> 만약 비평 체계란 말을 용납한다면 그리고 또 금후 내가 비평예술을
> 제작한다면, 나의 비평 체계의 수효는 내 작품 비평(수효)과 똑같을
> 것이다.[75]

비평 그것은 힘이며 매력인 것이며 '멋 그 자체Geschmack-an-sich'인 것
이다. 비평 그것이 곧 작품이어야 한다.[76]
 김문집에게 방법론을 제시하라고 요청할 수 없음은 이상으로 자
명한 바이다. 그러나 '유일한 김문집'이기에, 그리고 김문집일수록 종
래 여타의 비평과 다른 태도 면을 제시해야 하고 또 할 수 있는 것이
다. 물론 이것을 방법론이라 하기는 어렵다. 김문집답게 그는 역설적
으로 자기의 방법론을 들고 있다.
 (1) 비유의 비예술성. 비평에서만큼 비유의 중요성은 달리 없다.
이론에 육체를 주는 것이기 때문이다. 천재적 비평가의 능력은 비유
의 적절에서 판별된다. 손뼉을 치고 싶을 만큼 사람을 감탄시키지 못
하는 비유는 비예술인 것이다. 비유의 강조가 산문정신 혹은 분석정
신을 거부하는 자세이며 논리를 마비시키는 것이라 볼 수도 있는데,
김문집이 이를 배척한 것은 자기 문장이 유머를 전제한 재주 이전에,
그 저변에 시정신을 갖는다는 것을 의미하고 있다고 볼 수도 있다. 어
쨌든 이 비유는 김문집이 개척하려 노력한 것으로 볼 수 있다.

---

75) 같은 글, 1937. 12. 12.
76) 김문집, 「비평방법론」, 『비평문학』, p. 198.

(2) Irrelevant-conclusion의 비예술성. 논봉(論鋒)이 적중치 않는 경우, 즉 자기 논거의 무기능에도 불구하고 대상을 조상(俎上)에 올리려고 애를 쓰나, 결국 지엽적인 '흠잡이'에 그치고 마는 것.

(3) Argumentum ad hominem. 비평의 예술적 내지 이론적 진실성 여하에도 불구하고 그 비평인의 다른 어떤 후천적 약점을 잡아서 논리를 날조하는 재비판의 경우.

(4) Argumentum ad ignorantiam. 자신의 무지를 폭로하는 것. 비평 대상의 주인공이 이론적으로나 교양상으로 비평가 자신보다 역량이 부족함을 알고 자기도 모르는 고자세의 논진을 펴는 것. 프로비평의 전유물.

(5) 논점 망각 또는 변경의 비예술성. 흔히 재사형(才士型)에서 보이는 자기기만. 소피스티케이션. 한동안 도쿄 문단에 유행,

(6) The fallacy of appealing to the emotion의 비예술성. 일반 독자의 시의적(時宜的) 감정 혹은 당파적 편견에 영합하는 것. 프로파의 자파 옹호 또는 작가들의 특징.

(7) 절용(竊用)의 비예술성. 선인 대가의 언행을 습용 내지 인용은 불가피하나 그것이 가장 적절한 장소와 문맥에 닿았을 때라야 한다는 것.[77]

이 외에도 논리학에서 말하는 귀결적 허위의 비예술성, 오류 원인의 교차의 비예술성, 다의문적 추리법의 오류, 순환 논증의 오류 등이 있을 수 있다.

김문집의 이러한 방법론은 기실 형식논리학의 기본적인 오류의

---

77) 같은 글, pp. 204~206.

제 원리 중 자기 취향에 맞고 또 현하 한국 문예비평가의 비예술성의 통폐에 맞는 것을 몇 개 골라 나열해놓은 것에 불과한 것이다. 원래 김문집의 비평예술에는 방법론이란 자기의 재주라는 말 이외는 없는 것이다. 따라서 설사 방법론을 내세운다 하더라도 그것은 어디까지나 한갓 태도론이며, 다분히 희화적임을 불면(不免)할 것임은 오히려 당연한 귀결인 것이다.

4. 비유와 문체의 감각성

김문집은 비평의 예술성을 오직 감동력의 측면으로 이해하였다. 물론 현대인에겐 감동이 감격적 언사로서가 아니라 지성과 감성의 혼연한 상태에서 발견되는 것이다. 김문집 자신도 발레리의 「다빈치 방법론 서설」을 들어 "지성과 감성의 조화"[78]를 내세웠지만 실질적으로는 문장의 재미에 주력한 것으로 판단된다.

글의 재미를 일으키는 조건은 (1) 순수할 것, (2) 향기가 있을 것, (3) 날카로울 것을 들 수 있는데,[79] 이러한 조건하에서 씌어진 평문은 또 강렬한 인상을 남긴다고 한다. 그러기 위해, 비평가는 (1) 투명한 눈을 갖출 것, (2) '소직(素直)'한 머리, (3) 여유 있는 가슴과 약간 시장한 배 등을 필요로 한다는 것이다.[80] 이러한 방법론은 차라리 하나의 태도론이라 생각되는데, 김문집은 순수하다든가 향기가 있다는 것

---

78) 김문집, 「문예비평의 사적(史的) 재음미」, 『조선중앙일보』, 1936. 9. 3.
79) 김문집, 「평단 파괴의 긴급성」, p. 284.
80) 같은 글, p. 289.

을 감각적인 것으로 잘못 안 듯하다. 예리하다든가 날카롭다는 것도 결국은 문체의 감각성에 떨어진 혐의가 있다. '손뼉을 칠 만큼 적절한 비유'를 비평예술의 첫째 조건으로 내세운 바 있는 그는 물론 '손뼉을 칠 만큼' 뛰어난 것도 있으나 대부분은 과도한 혹은 작위적인 육욕적 감상에 전락하고 있는 것이다.

가령 「여류 작가 총평 서설」(『조선문학』, 1937. 2)에서 "그대들은 실례지만 껍데기 한 벌만 벗기면 꼴불견 [……] 그대들 전부를 ××하겠다는 불천지 치한의 선언"[81]이라든가 모윤숙을 "벌판에 해방된 분방의 미통마(未通馬)"[82]라든가 또 최정희를 "익조에미"[83] 따위로 표현한 것은 야비한 것이라 할 수 있다. 이보다 좀 나은 비유는 「문단 인물지」(『사해공론』, 1938. 8)에서 찾을 수 있다. 가령 "백철만큼 중국식 토치카는 없을 게다. 그러나 공중전술에 무준비하다"[84]든가 "최재서는 너무나 황해도적이다. 석경우(石耕牛)란 자작의 호는 군의 최고의 문학작품",[85] 또 이헌구는 "불문학이 그의 문학보다 인간에 더 침투"했고, 김진섭은 "투구 쓴 색시", 김환태는 "먹다 남은 배갈", 이원조는 "망건 벗은 이등 서기관" 등을 들 수 있다.

김문집이 적절한 비유를, 혹은 날카로움의 뜻을 재주[藝]로 보았고, 그것이 기(奇)나 데포르메, 육욕적 감각에 전락된 부분은 충분히 예증할 수 있다. 동시에 '손뼉을 칠 만큼' 적절한 비유도 목도된다. 이

81) 김문집, 「여류 작가 총평 서설—결혼의 진리를 비극하는 '반쪽'의 철학」, 『조선문학』, 1937. 3, p. 150.
82) 같은 글, p. 153 및 「문단 규수론」, 『조광』, 1938. 12.
83) 김문집, 「상허 유망론」, 『비평문학』, p. 112.
84) 김문집, 「문단 인물지」, 『사해공론』, 1938. 8, p. 40.
85) 같은 글, p. 43.

것은 종래 어느 비평가도 시도한 적이 없고, 또 김문집이 아니면 누구도 할 수 없는 문체라 할 수는 있다. 그 두 가지만 예증해본다면, 하나는 앞에서 다른 용도로 인용한 바 있는 다음 구절을 들 수 있다.

> 가령 조선에 '오호 방해야!'가 있고 '칭칭 나하네!'가 있다. 사실인즉 조선에 '방해야'가 있고 '나하네'가 있는 것이 아니라 그 '방해야'와 '나하네'에 조선이 있다.[86]

다른 하나는 「평단 파괴의 긴급성」(『조광』, 1936. 5)을 들 수 있다.

> 한 마당에 모인 백 대의 전차에는 예민(銳敏)이 없다. 기능을 나타내지 못하기 때문이다. 그러나 산상(山上)에 홀로 장치된 기관총에는 예상 이상의 공적을 보이는 법이다. 전신적이니만큼 결사적이기 때문이다. 하물며, 조종사도 화약도 없는 백 대의 고물상적 전차가 좁은 이 마당에서 질서 없이 첩첩으로 쌓여 있다는 경우에 있어서에라. [……] 뭐라도 좋으니 먹을 수 있는 것을 주어야 맛을 안다. 장작이나 전차나 구두는 먹을 수가 없다. 시육(屍肉)과 말똥은 먹기가 싫어서 애초에 먹어볼 생각을 할 수가 없다. 우리는 평단에서 이들 먹지 못할 장작, 전차, 구두, 시육, 말똥 등을 청산하자.[87]

김문집은 "무슨 적(的)"을 나열한 소위 한국 최고 수준의 평론 문장이

---

86) 김문집, 「민속적 전통에의 방향」, 『비평문학』, p. 52.
87) 김문집, 「평단 파괴의 긴급성」, p. 289.

기실은 '국적 불명'이며, 심하게 말해서 '정신병자의 글'이라 한다. 이런 것을 오해하여 해독하려 한다는 것은 자기 무식의 폭로임을 주장하면서, 일언으로 종래의 한국 비평은 말똥, 장작, 시육, 고물 전차에 비유한 것이다.

그는 물론 가와바타 야스나리, 고바야시 히데오, 가와카미 데쓰타로(河上徹太郞), 마사무네 하쿠초(正宗白鳥), 아베 도모지(阿部知二), 요코미쓰 리이치 등의 비평에서 보는 개성, 예민성, 타당성을 전면적으로 지지, 이를 어느 정도 소화한 데서 비롯된 것이다.

국적불명의 '적(的)'자투성이 문장을 배격하려 한 반면, 이러한 비유가 기(奇)와 괴(怪)에 작위적으로 흘러 그는 또한 새로운 현학을 조성한 점도 수다한 바 있다. 그것을 그는 개성, 예술성이라 착각했던 것이다. 우상파괴자가 언제나 새로운 우상을 창조하는 자라는 말에서 김문집도 예외일 수는 없다. 김문집의 문장이, 장작이나 말똥이 아니었다고 단정하기는 현시점에선 판단키 어렵지만, 또 그의 문장이 예(藝)와 기(奇)에 흘러 있음은 사실이지만, 그렇다고 해서 그의 문장이 읽힐 수 있는 쉬운 글이라 할 수는 없다. 평론 문장이 개성적일수록 읽힐 수 있는 것이라고는 단정할 수 없는 것이다.

5. 최재서 비평과의 대립

김문집 비평은 김환태가 끝난 곳에서 시작되고 있다고 할 수 있을 것이다. 김환태가 작품평의 영역을 우직하리만큼 벗어나지 못했던 것과는 달리 김문집은 '화돈 문예춘추' 따위의 짤막한 에세이로서 비평에술의 영역을 넓힌 것이다. 최재서도 이러한 에세이를 펼쳤지만, 그것은 어디까지나 현대문학의 지성과 관계된 것이었다. 김문집의 것은 '두개골 미학' '의상(衣裳)의 고현학' 또는 '코 철학'에까지 걸치는, 문예비평의 테두리를 일탈하고 있었다. 김문집이 '잡문상(雜文商)'으로 전락하는 이유 중의 하나가 여기에도 잠복해 있었던 것이다.

김문집과 최재서를 비교해볼 필요가 있다. 두 사람은 1930년대 후반기를 대표하는 비평가이며 양자는 여러 가지 점에서 대립된 존재였다. 최재서의 거점이 『조선일보』라면 김문집의 거점은 『동아일보』였으며, 전자가 영문학의 주지주의 이론가임에 비해 후자는 독문예학의 미학적 편린에 관련되어 있다. 이상의 「날개」 비평에서, 최재서가 찬사를 아끼지 않았을 때, 김문집은 「날개」 같은 신심리주의는 수년 전 도쿄 문단에서는 신진들 사이에 '여름의 맥고모자(麥藁帽子)'와 같이 흔한 것이라 하여 이상의 특징을 '문학청년성'이라 하고, 이 문청성을 고평한 최재서는 따라서 "예술과 담을 쌓은 서재의 전람"[88]이라 혹평했던 것이다. 이것은 비평관의 차이라 할 수도 있다.

그다음 차례에 오는 이 양자의 대립은 단평란에서 찾아낼 수 있다. 『조선일보』의 단평인 '고기도'난엔 학수리, 석경우라는 두 가지 필명으로 최재서가 주로 집필했는데, 『동아일보』에서는 '화돈 문예춘추'란과, 단평인 '탁목조(啄木鳥)'란에서 김문집이 삼족오(三足鳥)라는 필명으로 산뜻한 문장을 보였다. '화돈 문예춘추' 속엔 「복부(腹部)의 예술과 요부(腰部)의 예술」(1938. 2. 27), 「신판 옥중화」(1938. 3. 1), 「두

---

88) 김문집, 「「날개」의 시학적 재비평」, 『비평문학』, p. 38; 「서재 평론과 조선 문단─최재서를 주제(主題)해서」, 『사해공론』, 1937. 5, p. 39.

개골 미학」(1938. 3. 3), 「코 철학」(1938. 3. 5), 「희랍의 추억」(1938. 3. 8), 「Los von der Natur」(1938. 3. 11), 「빈대떡의 사상」(1938. 3. 12), 「햄릿 시비」(1938. 3. 15), 「역사와 예술」(1938. 3. 16) 등이 있고, '탁목조'란에는 「파토스와 작가의 눈」(1938. 3. 11), 「느낌 없는 문단」(1938. 3. 18), 「한글과 조선 문단」(1938. 3. 19) 등 많은 단평이 있다. 최재서와 김문집의 단평은 그 촌철살인적 요체를 함께 체득하고 있다는 점에서 심히 유사하지만, 전자에는 문장 전체의 통제력이 강한 데 비해 후자에서는 초점이 강한 점을 발견할 수 있다.

1938년 한국 문단상 최초로[89] 평론집이 두 권 나타났는데, 그 하나는 동 6월에 간행된 최재서의 『문학과 지성』(인문사)이고 다른 하나는 동 11월에 간행된 김문집의 『비평문학』(청색지사)이다. 후자는 한 달 후에 재판을 낸 바 있다. 양자가 서로 대립을 보이면서도 특히 신진 평단의 중심이라는 점에서, 또 비평집의 단행본의 효시라는 점에서 각각 주목되었다. 『비평문학』에 대한 문단의 반향은, 물론 선전문 투이긴 하나 다분히 광기를 띤 바 있었다.[90]

김문집은 「조선 민족의 발전적 해소론 서설」(『조광』, 1939. 9)을

---

89) 최초로 나온 비평집은 박영희의 『소설·평론집』(삼천리사, 1930)이지만, 이것은 소설과 평론을 합친 것이며 내용도 주로 논문 네 편뿐으로 단행본이라 하기 어렵다.

90) 『청색지』(1938. 12) 표지 선전문에 게재된 『비평문학』에 대한 '각계의 일가견'에 의하면, 이태준은 "포탄이다. 이 마력은 오직 그의 소설가적 전신(前身)에 있다. 조선 문단 10년 전진"이라 했고, 김복진은 "귀재(鬼才)다 괴재(怪才)다", 이원조는 "귀기(鬼氣)"라 했고, 모윤숙은 "예술적인 평론"이라 했으며, 임화는 "금덩어리가 아니면 돌덩어리지 그 중간이 아님은 사실"이라 했다. 그러나 무엇보다도 이광수의 발문이 자못 빛났다. "花豚言論汪汪洋洋此土評壇燦然其光譽之非之正正當當抑之揚之不失其常豈無他人言多猖狂厲聲叱咤澶不可當諷諧謔剌而無傷有時滿滿轟氣桁揚離形吉知其言安詳之言能入心腹花豚花豚文運久長去私秉公無冠帝王"(『비평문학』 발문).

446 제Ⅱ부 전형기의 비평

쓰고, '조선문인협회'(1939. 10)의 간사가 된 바 있는데, 이 무렵『인문
평론』의 원고 사건으로 최재서와 정면충돌을 일으켰다고 한다.[91] 최
재서의 고소로 재판 사건이 일어났고 이로 인해 '조선문인협회' 간사
직을 1940년 6월 사임하고 도일한 것이다.

　　이로 본다면 김문집과 최재서의 라이벌 의식이 뚜렷했던 것이라
할 수 있다.

6. 김문집 비평의 한계

　　한 편의 논문을 읽으면 반드시 한 편의 인상을 얻는다. 이 인상이 최
　　대의 소득이다. 이 글을 이해한 결과의 소득이다.[92]

김문집 비평의 요점은 이 인상의 채색에서 찾아야 될 것이다. 그러나
비평은 김문집의 주장대로 일편의 인상만이 소득의 전부라 할 수는
없다. 비평은 문학의 방향, 시대성의 추세, 문단의 속도 조절은 물론,

---

91)　홍효민, 「문단측면사」 7, 『현대문학』, 1959. 2, p. 273. "최재서는 되도록이면 김문집을 붙
　　들어주려고 하였다. 그러나『인문평론』에 원고가 폭주(輻輳)하므로 김문집의 원고는 신
　　지 못하였다. [……] 김문집의 원고가 몇 달씩 묵으니 김문집은 최재서를 찾아다니며 졸
　　랐다. 그러나 그대로 최재서는 생각하는 바가 있어서 그랬던지 싣지 않았다. 그것을 분
　　개한 김문집은 수건에다 돌을 싸서 최재서가 다방에 앉아 신문 보고 있는 틈을 타서 뒤
　　통수를 때렸다. [……] 이것은 우리 문단이 있은 이래 최고의 추태였던 것이다. 김문집은
　　이 일로 인하여 드디어 이 땅에 서 있기가 거북하였던지 표연히 일본으로 건너가서 적적
　　무문(寂寂無聞)이다." 그런데 김문집이 당시 얼마나 파렴치하고 인격 분열증에 걸려 있었
　　는가는 김사량의 일문 소설 「천마(天馬)」 속에 소상히 그려져 있다.
92)　김문집, 「평단 파괴의 긴급성」, p. 284.

그러기 위해 사회과학적인 광범한 이론의 고찰을 바탕으로 한 문예학적 철학적 구명이 불가피한 것이다. 더구나 해결해야 할 문학 이전의 문제인 허다한 정론성이 횡재한 당시 한국문학 상황을 염두에 둘 필요가 있다. 인상비평은 안정 상태의 사회에서 가능한 것이며 예술의 생활화와 불가분한 관계에 있는 것이다. 김문집이 일시적 인기가 있었던 것은 이 무렵 대중 문예지의 속출, 신문 학예면의 오락화 혹은 중간독물화, 수필화 등을 배경으로 한 것이다. 그런데 이러한 배경이 하등의 생활적인 거점을 지니지 못한 포말적 현상에 불과했던 것이다. 최재서가 해설가에서 주창자로 변모하고, 이원조, 서인식, 신남철, 임화, 윤규섭 등이 다시 이론적 세계관의 탐구로 전개되어 있음은 이 사실을 이서(裏書)하는 것이라 보아도 좋을 것이다.

　　김문집도 「조선 문예학의 미학적 수립론」(『조광』, 1936. 12)에서 아카데믹한 이론을 세우려 했지만 뜻밖에도 이것은 희화적인 것이 되고 말았다. A. 티보데가 성공한 것은 "창조적인 비평은 문헌학적 작업이 끝난 데서 시작되는 것"[93]임을 확인한 데 있음을 상기할 필요가 있다. 김문집 비평은 열등감에 의한 자기 허세, 과장과 치기가 도처에서 목도된다. 부질없이 기(奇)를 농(弄)하여 마치 그것이 예(藝)인 듯이 착각했고, 그만큼 독자를 기만한 것이라 할 수도 있다. 그가 언필칭 내세우는 고바야시 히데오의 세련된 방법과 문체를 비교해보면 '두개골과 호박의 차이'가 있다. 고바야시 히데오에 있어서는, 문학은 문학자 개인의 숙명적 고뇌이기 때문에 비평의 기준이 '등가적 다원성'[94]의 인

93)　*La Critique Litéraire*, p. 79.
94)　磯田光一·日沼倫太郎,「文藝評論」,『昭和文學十四講』, 石文書院, 1966, p. 368.

식의 획득에서 가능했고, 이로써 이론 독주와 자기 견제가 이룩될 수 있었던 것인데, 김문집은 도쿄 문단의 일류 비평가들을 본받자는 구호와 함께 그 표면적 사실만 볼 줄 알았지 내적 비밀은 알 수도 없었고 또 알려고 하지 않았다. 그 결과 김문집 비평에 남은 것이 예(藝)라는 이름의 '기(奇)'인데, 이것이 문장화될 땐 감각적 표현에 한정되었던 것이라 할 것이다. 이 감각성은 도쿄 문단에서 그가 사숙한 요코미쓰 리이치, 다니자키 준이치로, 가와바타 야스나리 등의 영향이라 볼 수 있다. 그러나 철학이 없는 기(奇)나 감각성은 조만간 잡문상⁹⁵⁾으로 전락될 위기를 스스로 지니고 있는 것이라 본다. 최재서가 비평에 분석적 시도를 가능케 했다면 김문집은 비평 속에 이와 달리 비유적 문체를 불어넣으려 했고, '문학의 문학'으로서의 비평의 독자성에서 길을 열어놓은 것이라 할 수는 있다. 그러나 그의 태도를 문학에 대한 "비할 데 없는 심각한 애정과 엄숙한 존엄"⁹⁶⁾에서 유래된 것이라고 하기 위해서는 역사와 민족어에 대한 성실성의 의미가 무엇인가를 되물어야 할 것이다.

---

95) 장병우, 「잡문상 김문집에 대한 공개장」, 『비판』, 1936. 11, p. 81.

96) 조연현, 「희롱의 진실―김문집론」, 『영남문학』, 1948. 10, p. 5.

제5장 고전론과 동양문화론

제1절 고전론

1. 고전론의 대두와 그 필연성

조선 문화에 대한 인식이 문예비평가의 필단으로 옮겨진 것은 박영희의 「조선 문화의 재인식」(『개벽』, 1934. 12)까지 거슬러 올라갈 수 있다.

1935년에 접어들자 『조선일보』『조선중앙일보』『동아일보』 등 3대 신문 학예란은 일제히 '조선 문학 및 문화'에 대한 특집을 시도하였다. 구체적으로 들어보면 『조선일보』는 '조선 고전문학의 검토'(1935. 1. 1~13)에서 권덕규(「훈민정음의 기원과 세종대왕의 반포」, 1. 1~8), 김윤경(「월인천강지곡 해제」, 1. 1~2), 이병기(「시조의 기원과 그 형태」, 1. 1~3), 일보학인(「구소설에 나타난 시대성」, 1. 1~2), 이희승(「용비어천가의 해설」, 1. 3) 등의 소개를 실었고, 이후 '조선 문학상의 복고사상 검토―고전문학과 문학의 역사성'(1935. 1. 22~31) 특집으로 이어졌다. 이와 같은 흐름의 취지는 다음 대목에서 확인해볼 수 있다.

본보 신년호 지상에 고전문학 검토와 고전문학의 소개 페이지가 있었거니와 일부의 논자들은 새로운 문학이 탄생할 수 없는 불리한 환경 아래 오히려 우리들의 고전으로 올라가 우리들의 문학 유산을 계승함으로써 우리들 문학의 특이성이라도 발휘해보는 것이 시운(時運)에 피할 수 없는 양책이라고 말하며 일부의 논자들은 우리들의 신문학 건설 그 전일의 섭취될 영양으로서 필요하다고 말한다.[1]

위의 인용에서 '시운에 피할 수 없는 양책'이라는 대목에 눈 줄 필요가 있다. 고전 유산 계승은 문학의 특수성을 살리는 데 유일한 희망이 될 수 있었고, 이 말 속에서 한국 민족의 정신을 발견 계승하려는 염원을 읽어낼 수 있다. 따라서 1928, 9년에 프로문학과 대립된 국민문학파 즉 민족주의문학 측에서 내세운 '조선주의' 물결과는 여러 가지 점에서 차이점을 발견할 수 있는 것이다.

『조선일보』의 '조선 문학상의 복고사상 검토' 특집은 김진섭의 「고전 연구의 의의」(1935. 1. 22~25), 김태준의 「'조선' 연구열은 어디서?」(1935. 1. 26~27), 호암(湖岩) 문일평의 「사상(史上)에 나타난 예술가의 군상」(1935. 1. 29부터 연재), 최재서의 「고전 부흥의 역사적 필연성」(1935. 2. 1~5), 홍기문의 「역사와 언어의 관계」(1935. 2. 1.~5), 함대훈의 「조선 문학의 현실성」(1935. 2. 5.~17) 등이 그 내용 항목이다. 한편 『동아일보』에서는 '조선 문학의 독자성—특질의 구명과 현상의 검토'라는 특집을 꾸몄는데, 이 속에는 천태산인(天台山人) 김태준의 「춘향전의 현대적 해석」(1935. 1. 1~2), 「우리 문학의 회고」(1935. 1. 1.~2), 정인보의 「5천 년간 조선의 얼」(1935. 1. 3부터 연재), 박사점(朴士漸)의 「조선의 문화유산과 그 전승의 방법」(1935. 1. 5.~6),

---

1)   『조선일보』, 1935. 1. 22.

하우자(夏禹子)의 「조선의 문화유산」(1935. 2. 1) 등이 있다. 또 '건설기의 민족문학'이란 특집도 꾸몄는데, 이 속에는 이헌구의 「자국어의 옹호—불국(佛國)」(1935. 1. 3), 김광섭의 「민족극의 수립—애란(愛蘭)」(1935. 1. 3), 하인성의 「국민성을 발휘—노국(露國)」(1935. 1. 4), 이하윤의 「영국적 전통에서 이탈—미국」(1935. 1. 5), 서항석의 「후진자의 고투—독일」(1935. 1. 6) 등이 있었다. 그 밖에 『조선중앙일보』에는 정래동의 「고전 연구의 제 문제」(1935. 1. 18~20), 『매일신보』에는 김억의 「고전 부흥 시비」(1935. 2. 23~27) 등도 있었다.

이처럼 1935년에 들어서, '조선 문학 고전'에 대한 탐구가 저널리즘의 의욕적인 물결을 탄 이유는 어디에 있는가. 이 이유를 구명하기 위해서는 1934년도 한국 문화계에 일어난 몇 가지 현황을 살펴볼 필요가 있다. 그것은 일종의 국학Koreanology 연구의 업적과 한글 운동의 결실에서 찾을 수 있다. 가령 『정다산집』 『연암집』의 발간, 『진단학보』(1934)의 발간, 「한글 맞춤법 통일안」(1933. 10), '조선어문학회' 총서로 나온 김태준의 『조선소설사』(1933), 『조선 한문학사』, 김재철의 『조선연극사』, 이재욱의 『영남 민요』 등을 들 수 있다. 특히 경성제대 중심의 『신흥』지 아래 모인 이재욱, 김재철, 김태준, 이희승, 조윤제, 고유섭, 이숭녕, 방종현 등의 활동과, 또 이병도 중심의 '진단학회'의 민족사학 수립 활동은 문화계에 큰 자극이 되었으며, 여기에 또 한글 연구가 민족적 긍지를 가지고 활발하게 논의되었던 것이다. 『진단학보』는 『동아일보』(1934. 5. 9), 『조선중앙일보』(1934. 5. 10), 『조선일보』(1934. 5. 10) 사설에 언급되는 거족적 환영을 받으며 동년 12월에 1호가 나왔는데, 이 속엔 조윤제의 「조선 시가 태생」, 이병기의 「시조 발생과 가곡과의 구분」, 손진태의 「조선 고대 산신의 성(性)에 취

(就)하여」, 송석하의 「풍신고(風神考)」 등의 연구 논문이 실려 있다. 국문학과 관계있는 단행본으로는 학예사에서 발간된 김태준의 『원본 춘향전』, 김태준 교열 『청구영언』 『고려가사』, 임화 편 『조선 민요선』, 김태오 편 『조선 전래동요』 등이 있으며 연구 업적으로는 최현배의 『우리말본』(1937), 조윤제의 『조선 시가사강』(1937) 등을 들 수 있다. 또 이윤재 지도하에 문세영이 지은 『조선어사전』(1938)은 우리 손으로 된 첫 사전으로, 신문 사설에까지 올랐던 중요한 업적이라 할 수 있다.

이 중 특히 한글 운동은 문학과 가장 깊은 불가분의 관계에 놓여 있는 것으로서, 그 이념은 민족적 이데올로기에 직결된 것이다. 최현배의 「민족 갱생의 도」(『동아일보』, 1925)와도 직결되어 있음은 물을 것도 없는 일이다. 한글 운동은 '조선어연구회'(1921)에서 출발, 1931년 '조선어학회'로 개칭한 단체가 중심이 되어 일어난 것인데, 1926년 '훈민정음 반포 8회갑 기념식' 날을 '가갸날'(음 9월 29일)로 정했고, 1929년엔 '조선어사전편찬회'를 조직했으며, 1933년에는 드디어 '맞춤법 통일안'이 완성되었다. 이 '맞춤법 통일안'에 대해서는 '조선 문예가 일동'이 1935년 7월 9일 지지 성명서를 발표하여 전 문단적으로 받아들이게 되었으며, 그 외 김동인, 염상섭의 개별적 논의도 있었다.[2]

---

2) '조선 문예가 일동'의 성명서는 박승빈을 중심으로 한 '조선문 기사(記寫) 정리 기성회'(1934. 6)의 '조선어학회' 제정 '맞춤법 통일안'에 대한 반대 성명서 다음에 나온 것으로 조선어학회 안을 지지하는 것이었다. 김동인, 박영희, 이광수, 박종화, 염상섭, 현진건 등 75인의 문예가들로 문단의 총체적 대변이라 할 수 있다.
한편 통일안 표기법에 원칙적으로 찬성하면서도 상당한 관심을 갖고 비판한 논문은 김동인의 「한글의 지지와 수정」(『조선중앙일보』, 1934. 8. 14~24), 염상섭의 「철자법 시비

이상과 같은 문화계의 현상은 프로문학과 대립했던, 이전의 조선주의의 연장선에 그 혈맥이 닿아 있음은 물론이다. 그러나 1935년의 고전론은 '조선주의'보다 학술적이며 구체성을 띤 것이고 또 독일, 일본 등의 세계성과 관련된 것으로 구별 지을 수 있다. 고쳐 말하면 '내발적이며 동시에 시운에 피할 수 없는 양책'으로 작용된 것이다. 이 점에 대해서는 박영희, 최재서, 김진섭의 견해를 검토해볼 필요가 있다.

박영희의 「조선 문화의 재인식」(『개벽』, 1934. 12)은 "기분적 방기에서 실제적 탐색"이란 부제를 단 논문인데, 이 논문은 과거 '조선적'이라면 곧 퇴영적인 것을 의미하던 것에서 탈피하여 (1) 유산 체계화, (2) 그 방법론의 도입, (3) 현재 우리 문학에 미치는 기회 측정의 세 부분을 구체적으로 준비할 것을 제언한 것이다.[3] 같은 호에 김환태의 「상허의 작품과 그 예술관」이 게재된 것도 결코 우연이 아닐 것이다. 최재서는 고전 부흥의 사회적 필연성을 (1) 구전통과 절연한 과도기적 사회, (2) 신전통 건설의 요구, 정열, 성심, (3) 과도기적 사회의 추세와 본질에 있어서 대응하는 구전통의 구비를 들었으며, 네오 반달리즘neo-vandalism 및 신기성을 수반한 감상적 회고가 되어서는 안 될 것을 경고하고 있다.[4] 이 경고는 국민문학 시절의 조선주의의 재판이 되어서는 안 된다는 뜻을 내포하고 있는 것이다. 정래동의 고전부흥론에 대한 견해는 (1) 세계적 현상이라는 점, (2) 조선 문화가 어느 정도 성장 단계에 도달한 점, (3) 자기를 돌아볼 능력 등을 근거로 들었다.[5] 한편 해외문학파인 김진섭의 고전에 대한 견해는 교양론에 근

사견」(『매일신보』, 1934. 11. 11~29)이 있다.

3)   박영희, 「조선 문화의 재인식」, 『개벽』, 1934. 12, pp. 2~5.
4)   최재서, 「고전 부흥의 사회적 필연성」, 『조선일보』, 1935. 1. 30~31.
5)   정래동, 「고전 연구의 제 문제」, 『조선중앙일보』, 1935. 1. 18.

거를 두고 있어 전자의 규범적 이론보다 심정적이며 개인적이라 할
수 있다. 그는 국수적 관점을 떠나, 햄릿과 흥부의 우열을 비교하여,
햄릿 대신에 흥부를 가진 우리 고전은 불행이라 본다. 따라서 흥부 대
신 햄릿을 읽는 것은 지식욕의 미명 아래 마땅히 관용되어야 한다고
본다. 그러면서도 우리는 회상 속의 우리 고전을 읽어야 할 의무를 느
끼는데, 그것은 문학이 지니는 감성 때문이다. 여기에 드디어 감성과
이성의 분리가 나타나 창작을 위축시키게 된다는 것이다.

> 우리는 이제 외국의 고전을 읽다가 문득 우리 자신의 귀중한 고전도
> 찾아야 할 필요를 느낀 자들이다. [⋯⋯] 그러나 우리는 여기서 춘향
> 이와 같이 울 수가 있고 시조 향가에 감흥을 구할 수 있음에도 불구
> 하고 행인지 불행인지 그때 우리의 이성은 단연 그것이 문학으로서
> 가치가 적음을 주장치 않을 수 없는 상태에 있을 터임을 나는 두려워
> 하는 자이다. 여기에 있어 우리가 이성과 감성의 일치를 획득할 수
> 있기 때문에는 사실이 증명함과 같이 문학을 그 첫 장에서 시작지 않
> 으면 아니 될 것을 우리는 해득할밖에 없다.[6]

우리 고전은 결국 역사적 자료에 틀림없고, 이 자료에 창조적 상상력
을 작용시킬 때, 즉 '흡혈귀'와 같은 집착력을 보일 때 '시대의 진보'
위에 서는 창조가 가능할 것으로 김진섭은 본 것이다. 창조가 이성과
감성의 결합에서 이루어지는 것이라면 민족 고전의 연구는 학자와 문
인의 공동의 작업장이 아닐 수 없을 것이며, 자료 발굴 면에서 본다면
학자 측에 먼저 기대를 걸어두어야 한다는 결론이 될 것이다.

---

6) 김진섭, 「'햄릿'과 '흥보'의 우열―고전 탐구의 의의(3)」, 『조선일보』, 1935. 1. 24.

그다음으로 1935년경이 과도기적 상태이기 때문에 고전론이 나타난다는 최재서, 정래동의 견해는 세계사적 관점으로 확대시켜보면 또한 자명해진다. 여기에 대해서는 신남철의 「복고주의에 대한 수언(數言)」(『동아일보』, 1935. 5. 9) 이 구체적이다. 서구의 경우를 보면 나치스와 결합된 독일 낭만주의, 엘리엇 중심의 『크라이테리온』지의 구주 문화의 복고사상 운동, O. 슈펭글러의 '서구 몰락'에 사극된 문화주의의 사조를 들 수 있다. 일본에서도 군국주의의 득세, 파시즘화가 일본 우익의 국수주의적 신념과 결부되었고,[7] '일본 낭만파'가 전형적 국수주의의 형태를 띠었던 것이다.

한국에 있어서의 고전부흥론은 훨씬 원초적 심정인 것이었고, 애정과 저항의 자세였다. 또 이것은 KAPF 퇴조로 인해 야기된 종래의 민족파들의 자기 견제적 심리 평형 요소도 짙게 작용했다고 보아야 될 것이다. 뿐만 아니라, 이 무렵 이태준의 『복덕방』『가마귀』 등의 인물들이 전근대적 인간상으로서 '조선적'인 것의 소멸의 애상과 미학이라 함은 부정할 수 없을 것이다. 김동리의 「화랑의 후예」(1935년 『조선중앙일보』 현상 당선작)도 이러한 풍조와 무관하다고는 보기 어렵다.[8] 이 무렵의 '불리한 환경'으로 표현된 또 하나의 현상은 서기(西

---

7) 遠山茂樹 外, 『昭和史』, 岩波書店, 1955, p. 128.
8) 김동인은 「선후감」(『조선중앙일보』, 1935. 1. 2~3)에서 김동리의 「화랑의 후예」를 우수한 솜씨라 하여 격찬했다.
   김동리에 대한 평가는 이 복고사상과 깊은 관계가 있는 것이다. 이러한 관점에서 두 사람의 작품평을 살펴볼 필요가 있을 것이다. 먼저 엄흥섭은 「문예시평─간결과 심각과 부자연」(『조선일보』, 1936. 5. 9)에서 김동리의 「산화」「바위」「무녀도」 등이 상당한 수준임을 전제하고 "「무녀도」는 현대 조선의 일부 전형적 타입으로 아직도 암흑면적 그 잔해가 남아 있는 과학적 문명과 등진 미신 풍속의 일종인 무녀의 내면 생활과 아울러 그 말로를 그린 작품 [……] 「무녀도」는 「바위」에 비하여 산만한 편이다"라고 했고, 김남천은

紀) 연호의 금지와 '쇼와(昭和) 연호'의 강제 사용이었으며, 이를 피하는 하나의 방법으로 소위 1935년을 '을해년(乙亥年)'이라 한 육갑(六甲) 연호의 등장을 볼 수 있다.

이상의 현상을 한마디로 지적한다면, 프로문학과 대립될 때의 민족파에서 내세우던 고전론보다 그 투쟁 대상이 전면적이라는 사실이다. 그것은 일제하에서 한글로써 문학한다는 문학 사활 문제가 곧 민족성의 사활 문제와 직결된다는 데서 찾을 수 있을 터이다. 이 경우 고전 부흥이라는 미명 아래 국수적 복고주의로 전락한다는 따위의 주장은 벌써 생각할 수 없는 일이었다. 제일차적 명제가 지대했기 때문이다. 그러나 일부의 복고주의보다 더 가식적 요소가 고전론에 잠입하게 된 것은 고전론, 민족 유산이란 미명 아래 이것이 동양문화론으로 발전되고, 이에 '대동아공영권'으로 나아가서, 이른바 신체제론, 국책에의 야합에까지 도달하게 된 점에 있다. 차라리 국수주의자, 복고주의자가 귀하게 보이는 것은 이러한 사정 때문이다.

이보다 훨씬 비판적이고 자못 이원론적이다. 그는 단평란의 일종인 「민속의 문학적 관념」(『동아일보』, 1939. 5. 19)에서 김동리의 민속적 취미를 현대문학의 패스포트로 삼는 저의를 이해할 수 있다는 전제하에, 이 취미를 엑조티시즘exoticism과 복고적 전통 부흥으로 분석한다. "어쨌든 우리 사회에 민속 애호 취미가 하나의 현대적 취미로 되어 있는 것만은 가릴 수 없는 사실이다. 이것의 문학적인 반영이라고도 볼 수 있는 것의 하나가 김동리 씨의 세계이다. 다른 모든 민속 취미가 그러한 것처럼 김 씨의 세계도 다분히 몽환적이고 또 낭만조가 흐르고 환기(幻奇)적이다. 그리고 이러한 것들이 우리들의 심금의 일단을 건드리는 것이 감출 수 없는 사실이다. [……] 풍속이 문학의 대상이고 하나의 문학적 관념인데 반하여 민속은 문학적 '이데아'는 아니었던 것이다. 민속이 문학정신을 얼마나 유지할 수 있는가? 이런 의미에서 김동리 씨의 금후의 행방을 나는 주시한다."

2. 학자들의 고전 연구

1936년에 들어오면 고전론은 차차 학자들의 중심 과제가 되어, 이론적 과학적 탐구가 나타난다. 막연한 애상, 향수라는 심정적 상태에서 벗어나 과학적 논구를 이룩함으로써 민족적 애정에 확실성을 부여하려 한 것이다.

이들의 업적을 조사해보면 그 진폭과 내용의 외모를 짐작할 수 있을 것이다. 이 고전 연구로서의 국학의 발표지는 『조선일보』와 『동아일보』가 중심이 되었음을 지적해둘 필요가 있다. 『조선일보』에는 이청원의 「고전 연구의 방법론」(1936. 1. 3~6), 박종홍의 「우리가 요구하는 이론과 실천」(1936. 1. 19~23), 이청원의 「두 가지 문제에 대하여」(1936. 2. 15~19), 정현규의 「역사 과학 방법론」(1936. 4. 9) 등이, 『동아일보』에는 이청원의 「작년 중 일본 학계에 나타난 조선에 관한 논저에 대하여」(1936. 1. 1~2), 김문집의 「전통과 기교 문제」(1936. 1. 16~24) 등이, 『조선중앙일보』에는 이청원의 「작년 조선학계의 수확과 추세 일고」(1936. 1. 1~24), 김태준의 「문학 연구의 회고·전망·비판」(1936. 1. 1~29), 이극로의 「한글 발달에 대한 회고 및 신전망」(1936. 1. 3~4), 이청원의 「단군신화에 대한 과학적 비판」(1936. 3. 5) 등이 실렸다. 이 가운데 가장 많이 활약한 이청원은 『조선중앙일보』 단평란인 '일평란(日評欄)'에까지 손을 뻗고 있다.[9]

9) 이청원의 『조선 독본』(日文, 1936), 백남운의 『조선 사회경제사』『조선 봉건 사회경제사』, 이여성·김세용의 『숫자 조선 연구』 등은 유물사관에 의한 업적이라 할 수 있다. 그러나 이청원의 저서에 대해서는 민족주의적 저항 의식을 가려낼 수도 있는 것이다. "이청원의 『조선 독본』이 민족주의적인 것은 시민적인 내지 파쇼화 경향으로 비난하면서도

1937년에도 고전 연구열은 지속되어 더욱 심화된 느낌이 있다.

1937년 각 신문의 연두 논문은 '고문화의 재음미'였고, 학자들에 의해 논의되었다. 특히 『조선일보』에는 이은상의 「고시조 연구의 의의」(1937. 1. 1), 방종현의 「고대 속요 연구와 시속(時俗)의 전변고」(1937. 1. 1), 이희승의 「고대 언어 연구에서 새로 얻을 몇 가지」(1937. 1. 1), 박치우의 「고문화 음미의 현대적 의의」(1937. 1. 1~3), 송석하의 「인멸되어가는 고속(古俗)의 부지자(扶持者)인 고대소설」(1937. 1. 4), 이병기의 「고대 시가의 총림은 조선 문학의 발상지」(1937. 1. 4), 고유섭의 「고대 미술」(1937. 1. 4), 양주동의 「한문학의 재음미」(1937. 1. 5~8), 한식의 「문화 단체의 진로」(1937. 1. 5~12) 등이 집중적으로 발표되었다. 그해 중엽에 발표된 글로 신남철의 「특수 문화와 세계 문화」(『동아일보』, 1937. 6. 25), 유진오와 벽초 홍명희의 대담 「조선 문학의 전통과 고전」(『조선일보』, 1937. 7. 16~17), 이청원의 「문화의 특수성과 일반성」(『조선일보』, 1937. 8. 8~10) 등도 있었다.

이러한 것이 고전에 대한 일반성과 의의를 구명한 작업이라면, 한국 고전소설에 대한 구체적 탐구는 김태준의 업적에 속할 것이다. 그의 글은 앞에서 보인 두 저술 외에, 「조선 문학의 역사성」(『조선일보』, 1934. 10. 27), 「조선 민요의 개념」(『조선일보』, 1934. 7. 24), 「신화와 민족신—단군 전설의 검토」(『조선일보』, 1935. 7. 13), 「구운몽의 연구」(『조선문학』, 1936. 10), 「장화홍련전의 연구」(『조선문학』, 1937. 4), 「조선의 문학적 전통」(『조선문학』, 1937. 6~9) 등을 들 수 있다. 그

역시 식민지 치하의 사회 경제의 실태를 분석함에 있어 민족적인 것을 기르기에 주력을 하여 반제국주의적 관점에서 배격하여 비판에 이르고 있다"(홍이섭, 「민족사학의 과제」, 『세대』, 1965. 10, p. 32).

후에도 그의 연구는 「조선 문학의 특질」(『인문평론』, 1940. 6)에까지 이어지고 있다. 한편 시가 쪽에서는 양주동의 향가 연구, 고려 속요의 연구도 이 무렵의 소산이었다.

이상에서 볼 때, 고대소설 분야에는 김태준, 시가 쪽엔 양주동, 이병기, 이은상 등의 학구적 노력을 들 수 있으며, 한국 사상의 구명과 민족 유산 계승의 방법론에는 박종홍, 이청원, 신남철, 서인식 등 철학자의 활동을 특기할 수 있다. 이러한 원론 혹은 방법론 탐구 다음 차례에 문예비평가가 출발함은 당연한 일이다. 그 첫째로 휴머니즘론에 뿌리를 둔 백철의 동양적 풍류 정신의 모색을 들지 않으면 안 된다. 백철의 논문은 「문화의 조선적 한계성」(『사해공론』, 1936. 3), 「문화의 옹호와 조선의 문제」(『사해공론』, 1936. 11), 「동양 인간과 풍류성」(『조광』, 1937. 5), 「풍류 인간의 문학」(『조광』, 1937. 6) 등인데, 이 글에서 이청원, 김태준의 단군론을 비판했고, 동양적 전통인 소극적 인간상으로서의 풍류성을 새로운 우리 시대가 가질 인간상으로 제시하려 한 것이다. 백철의 이 풍류적 인간론이 도쿄 문단의 복고사상과 무관하지 않음은 물론이다. 이때 이미 도쿄 문단에서는 사사키 노부쓰나(佐佐木信綱)의 『만요슈(萬葉集) 개설』, 모리야마 게이의 「만요로 돌아감의 의의(萬葉に還れの意義)」(『文藝』, 1937. 5) 등의 논의가 무성했으며, 한편 고바야시 히데오가 「현대 문예사조의 대립」(『文藝』, 1937. 3)에서 복고사상으로서의 일본주의를 '파쇼형 이데올로기'의 침입이라 하여 경고하고 있을 무렵에 해당된다.[10] 그런데 백철의 이러한 풍류인간론이 방법론상의 미비와 조급한 단정과 이론 자체의 불모성으로 인

---

10) 小林秀雄, 「現代文藝思想の對立」, 『文藝』, 1937. 3, p. 4.

해 철학적 비평가 및 사가들의 배척을 받았는데, 이것은 고전 논의의 결벽성과도 관계되어 있다.[11] 요컨대 이 시기는 해석과 모색이 중심이었고 적극적인 주장이 시효를 잃고 있었던 것이다.

고전론의 가닥으로서, 민속적인 입장의 일련의 연구가 풍성했음도 특기할 것이다. 김재철의 『조선연극사』를 비롯하여, 송석하의 「가면이란 무엇인가」(『조광』, 1936. 4), 어조동실주인(魚鳥同室主人, 정노식)의 「조선 광대의 사적 발달과 및 그 가치」(『조광』, 1939. 5), 송석하의 「조선 풍속 특집—전래 노래의 유래」(『조광』, 1938. 2), 「봉산 가면극 각본」(『문장』, 1940. 7) 등의 소개 및 연구가 있다. 이러한 민속학적 대상을 감성적 영역으로 끌어내려, 전근대적 세계를 펼쳐, 그 속에 한국 정신 및 한국어의 순수성을 찾아내어 창작 비평의 실천을 모색한 비평가가 바로 김문집이다. 유진오가 말한 "말은 문학의 생명, 유산 어휘의 섭취 필요"[12]를 넘어서, 이것을 비평 방법으로 출발한 김문집의 일련의 업적은 이러한 상황 속에서 비로소 형성될 수 있었던 것이다.

---

11) 신남철은 「특수 문화와 세계 문화」(『동아일보』, 1937. 6. 25)에서 "백철에 의해 너무 엄청 난 불근신(不勤愼)의 태도로 논의되고 있다. [……] 백철의 「문화의 조선적 한계성」 「동 양 인간의 풍류성」 등은 반과학적, 반문화적인 논문이라 단정……"했고, 김남천은 「고전 에의 귀의」(『조광』, 1937. 9)에서 백철의 것은 "역사의 왜곡과 주관으로 풍류성 발굴인데 이것은 복고사상"(p. 50)이라 비판했다.

12) 특집 '조선어와 조선 문학'(『동아일보』, 1938. 1. 3) 좌담회에서의 유진오 발언. 또 '조선어 기술 문제 좌담회'(『조선일보』, 1938. 1. 1)에서도 김광섭, 이극로, 송석하, 조윤제, 유치 진, 최현배, 최익한 등의 발언이 있다.

3. 고전론의 이원적 구조

고전 논의에 대하여 소심증을 가진 세 사람의 비평가를 들 수 있다. 김 남천, 이원조, 임화 등은 이 무렵에 와서는 고전론뿐만 아니라 무슨 사 조든지 퍽 비판적이며 부정적인 자세로 임할 때가 많았던 것이다. 이 원조의 「고전부흥론 시비」(『조광』, 1938. 3), 임화의 「고전의 세계」 (『조광』, 1940. 12) 등은 신중한 편이다. 과거 민족주의문학에서와 같 은 역사적 심정을 경계하고 이른바 과학으로서의 역사적 방법을 내세 운 것이다. 그러나 이들의 능력으로는 그 구체적 방법론을 모색할 수 가 없었다. 역사적 심정 쪽의 정열적 창조적인 것과는 달리, 이들은 과 학적 철학적 이념을 발견해야 했기 때문에 회의적이었고 소심했다. 이 철학적 방법론의 탐구가 서인식 등의 철학 비평가의 등장을 촉구 한 것이다.

고전론은 그러므로 이원조, 서인식으로 대표되는 '제3의 입장으 로서의 고전론'과, '조선주의'에 직결된 역사적 심정으로서의『문장』 파 중심의 직관적 복고주의로 나눌 수 있어, 이원적 구조를 보였다.

이원조의 「고전부흥론 시비」와 서인식의 「현대와 고전」(『비판』, 1939. 4)은 '제3의 입장'으로서의 고전의 지위를 원용하는 이론인데 여기서는 이원조의 소론만을 살펴보기로 한다. 이원조는 고전론의 소 용돌이 속에서 비평의 혼란을 감지했다. 비평의 지도 이념 획득이 긴 급 문제였던 것이다. 소위 비평의 권위와 기능은 영도적 지위에서 확 보되어야 하는데, 그러기 위하여는 '제3의 입장'으로서 역사의식과 시 대성, 사회성이 요청되며, 이러한 것들을 고전에서 찾아야 하고 또 마 땅히 찾을 수 있다는 것이다.[13]

문학상의 고전classics이란 옛것이라는 시대적 조건과 함께 모범적 순미(純美)함 등의 가치 개념을 지닌다. 이 양면성은 고전론의 전체를 구속하는 기준이 될 수 있다. 그러므로 고전으로 생각하는 성격적 조건은 연대적 문제이기보다는, 문학적 입장을 떠날 수 없는 한, 질적인 문제가 우선하는 것이다. 고전을 추수적으로 받아들이지 못하는 까닭이 여기에 있다고 보인다. 문학사가가 가치를 기술한 고전을 무조건 승복하는 것이 아니고 새로운 역사의식에 의해 그것은 끊임없이 수정될 운명에 처해 있는 것이다.[14] 따라서 역사의 재창조나 고전 부흥 운동은 언제나 어디서나 제기되고 있는 것인데, 이것을 특별히 문제시할 경우는 그 사회, 시대의 정신적 질서가 전형기 혹은 위기에 처함을 뜻하게 될 것이다.

그런데 아직도 여러 여건이 미결 상태에 있으면서 역사의식 historical sense 및 고전론이 부흥된다면 그 심정적 처리는 우선 가능하지만, 그것이 창조적 역동성을 띠기 위해서는 역사적 방법 없이는 불가능한 것이다. 고전을 "부흥시키는 역사를 창조하는 것이 도리어 우리네의 역사적 심정과는 반대로 마이너스의 길을 걸을 위험성도 없지 않다"[15]고 이원조가 지적한 것은 바로 이 점을 뜻한 것이다. 고전 부흥이 복고주의에 전락한다든지 영웅 숭배와 같은 역사 추수주의로 기울어지는 따위는 역사적 심정의 '마이너스'적 예에 속할 것이다.

---

13) 이원조, 「비평정신의 상실과 논리의 획득」, 『인문평론』, 1939. 10, pp. 19~22.
14) 이른바 엘리엇의 '과거의 현재성'(*Selected Prose*, Penguin Books, p. 30)이나 "역사는 써 보태는 것이 아니라 다시 쓰는 것"(三木清, 『歷史哲學』, 岩波書店, 1938, p. 4) 등의 명제와 동궤이다.
15) 이원조, 「고전부흥론 시비」, 『조광』, 1938. 3, p. 299.

이 '마이너스'적 함정을 극복하여 창조의 길을 뚫으려면 역사적 심정만으로는 부족한 것이다. 거기엔 역사적 방법이 아니고는 고전 부흥이 정당화될 수 없다는 결과가 된다. 이원조의 경우 이 역사적 방법의 구체적 제시가 없는 곳에서 논리가 정지되어버렸던 것이다. 향가나 속가나 시조가 자기 말대로 고전이 될 수는 없는 노릇이었다.

이처럼 결정적 순간에 논리가 유폐된 이원조와는 다른 관점에서 오히려 역사적 심정에 가까운 일군의 고전부흥론이 『문장』지를 중심으로 전개된 것은 획기적 사실이라 할 수 있다. 고전이 현실 도피로 고발당하고, "고전은 다만 낡은 문화가 파탄되고 새로운 문화의 창조가 요구되는 역사적 전환기에 있어서 문화 원리를 고찰하는 재료로서만 의의가 있다"[16]는 경고에도 불구하고 복고주의적 색채와 국수주의 혹은 민족주의적 이념으로 가장된 현실 도피적 느낌마저 없지 않은 『문장』파의 고전 의식이, 의외로 의욕적이었고 창작에 직결되었던 것이다. 그들의 고전에 대한 직관과 애정적 처리[17]는 역사적 심정과 결부되어 역사적 방법론이 직관적으로 모색되었다고 볼 수밖에 없을 것이다.

이태준을 편집 책임자로 한 『문장』지의 평론과 시 부문의 중요 집필진은 김환태, 이희승, 조윤제, 이병도, 손진태, 서두수, 김용준, 양주동, 정지용, 백석, 박종화, 이병기, 조운, 김상용 등으로서 대부분이 민족주의자들이라 할 수 있다. 이들의 공통된 혈연은 전통 의식에 집약시킬 수 있을 것이다.

동양 정신의 반성이라는 배경을 업고 고전론으로서의 역사의식

---

16) 서인식,「고전과 현대」,『비판』, 1939. 4;『역사와 문화』, 학예사, 1939, p. 279.
17) 小林秀雄,「歷史と文學」,『改造』, 1941. 3~4;『歷史と文學』, 創元社, 1941, p. 18.

을 공분모로 하는 이들 상고주의는 조선적이라는 한정사로 집약시킬 수 있다.[18] 「한중록(閑中錄)」이 이병기의 주해로『문장』창간호부터 연재되었고, 이희승의 「조선 문학 연구」, 서두수의 「춘향가와 춘향전」(『문장』, 1939. 4), 이윤재의 「도강록(渡江錄)」, 이병기의 「인현왕후전」(『문장』, 1940. 2~9) 등도 연재되었다. 이와 같은 한국 고전문학에 대한 본격적인 소개와 관점은 그것이 막연한 국수주의적 저류를 지니면서도 거기에서 나아가 창작에 불씨가 될 수 있었다는 데 문학사적인 의의가 있는 것이다. 이것은『문장』지 신인추천제도 속에 '시조' 항목이 들어 있었다는 사실로써도 실증된다. 그 결과 조남령의 「향수」(1940. 1), 이호우의 「달밤」(1940. 6) 등의 현대시조가 추천되어 위기에 처한 현대시의 영역을 확대시킬 수 있었다. 시조 선자인 이병기는 「고시조선(選) 삼백수」(『문장』, 1940. 2)를 자선하여 이 방면의 지표를 마련한 바 있다. 이와 아울러 상허 이태준과 정지용의 '조선적'인 것에 대한 막중한 활동과 그 영향력을 들지 않을 수 없다. 이태준의 소설이 동양적 체관 및 소멸해가는 전근대적인 것에의 애착의 형성화라면, 정지용의 시는 한국어에 대한 참신한 감각적 이해를 넘어서 민요적인 형식을 시도한 것이었다. 이들의 영향력은 지대한 바 있었으니, 신인의 상당수가 이 두 사람의 아류였음은 그들 작품 자체가 증거하고 있는 바이다.

『문장』파로 대표되는 1940년 앞뒤의 고전론이 상고적 취미로 전락될 유혹이 많았으나, 이 파는 이것을 초극하여 창작의 차원으로 끌

---

18) 직언생(直言生), 「문예지의 포름—『문장』과『인문평론』」, 『매일신보』, 1940. 10. 17. "『문장』은 온후한 선비다운 맛으로 구성된다. 젊은 패기는 없으나 장자(長者)의 풍모 고담(枯淡)적…… 고전에의 미태(媚態) 고의준순(古疑逡巡)하는 퇴조(退潮)를 난금(難禁)한다."

어울린 것은 사실이며 그들의 이러한 업적을 가능케 한 것은 그들이 고전에 대해 논리적 합리적 방법에 섰던 것이 아니라 직관적, 심정적이었기 때문이다. 이것은 산문정신이 아니라 '시정신'이라 할 수도 있다. 그리고 이 조선적인 것이 시국적인 엄중한 통제로부터의 타개와 도피라는 점은 말할 것도 없다. 그로 인해 그들은 순수의 정조를 지킬 수 있었으며 역사문학으로 현실적 패배를 극복할 수 있었던 것이다. 현진건, 박종화, 김동인, 이광수 그리고 이태준마저도 역사소설에 침잠한 것은 이 때문이다. 비평에서는 서인식의 「역사와 문학」(『문장』, 1939. 9), 현진건의 「역사소설 문제」(『문장』, 1939. 12), 박종화의 「역사소설과 고증」(『문장』, 1940. 10) 등이 씌어졌으며, 도쿄 문단에서도 이 무렵 역사문학론이 활발하게 논의된 바 있다.[19]

제2절 서인식의 역사철학

1. 고전론에 대한 과학주의자의 비판

역사적 심정이 직관과 혈연으로 파악될 뿐이었다면, 거기엔 역사적

---

19) 고바야시 히데오의 「歷史について」(『文藝』, 1939. 5)와 「歷史と文學」(『改造』, 1941. 3~4), 다카하시 요시타카(高橋義孝)의 「歷史小說論」(『文學』, 1940. 11), 다카기 다쿠(高木卓)의 「歷史小說について」(『文藝』, 1941. 4), 이와카미 준이치(岩上順一)의 『歷史文學論』(中央公論社, 1942) 등을 들 수 있다.

방법으로서의 과학적 검토의 여지가 있을 수 없었다. 그러나 역사철학 쪽에서 볼 때는 역사적 심정이 한갓 신화일지라도 거기서는 시대를 이끌 수 있는 이데올로기를 추출할 수 있는 것이다. 시대를 지도할 이데올로기란 동양문화론에서 출발되어 이른바 신체제론으로 접근되는 이론의 함정이 되는 것이다. 이 역사적 방법론과 신체제론이 한자리에 모인 곳이 『인문평론』(1939. 10. 창간)이며, 그 논거의 바탕은 서인식의 「고전과 현대」이다.

1939년 서인식이 고전론을 비판하지 않을 수 없었던 까닭은 무엇인가. 그것은 고전론 속에 심정적인 것과 방법적인 것이 정반대의 방향을 걷고 있던 당시의 현상에서 찾아야 될 것이다. 즉 고전론 속엔 국수주의적 폐쇄적 방향과 동양사론적 개방적 과학주의의 이원적 구조가 내포되어 있었는데, 역사철학적 방법론으로 제기되는 동양사론을 선명히 하기 위해서 서인식은 『문장』파류의 폐쇄적 심정적 역사주의부터 제거해두지 않으면 안 되었던 것이다.

서인식은 고전론이 무성히 논의된 동기를 다음과 같이 분류, 비판하고 있다. (1) 현실을 지향하던 정열이 시세에 의해 냉각될 때, 관상적(觀想的) 태도를 갖고 격렬한 고전의 꿈속에 파묻히려 한다. (2) 그러나 이 고전론은 구체적으로는 한국의 고전이다. 현대 지성의 고전 회고는 한국 고유한 전통의 자각으로 제기된 것이지만 이보다 앞서 이념적으로는 국제주의에서 국민주의로 전향하는 세계적 사조의 시대의식이 작용한 것이다. (3) 세번째 이유는 정치 우위에 대한 문화 위축의 '심리적 위구심'의 작용을 들 수 있다.

이러한 세 가지 이유는 '우연'적 기연(機緣)에 불과하며 필연적 이유가 될 수 없다고 본다. 즉 이러한 세 가지 이유로는 적극적 창조적

성과를 기대할 수 없다고 서인식은 판단한다. 그렇다면 마땅한 적극적 필연적 이유는 무엇인가. 서인식은 그것을 현대 지성에게 특수한 역사적 경위가 부과하는 별개의 요청이 있다는 데서 찾는다. 그 요청이란 현대가 전형기라는 데서 나오는 것이다. 전형기란 문화 현상이 통일적 중심을 잃고 확산 갈등 상태를 드러냄을 뜻한다. 이 시점에서 모든 정치적 고려를 떠나서 기성 문화의 옹호보다도 새 문화 창조에 눈을 돌리는 것이 지성인의 슬기라는 관점을 얻을 수 있다는 것이다.

> 역사가 이러한 한계 상황에 도달한 시대에 있어서는 헛되이 과거의 시민 문화의 고귀한 전통이 파괴되는 것을 애상(哀傷)하는 것은 값없는 감상에 지나지 않는다. 그보다도 그 파괴가 회피할 수 없는 운명이라면 차라리 탄생될 새 시대에 대한 가능한 예견을 갖고 현재 분열 확산의 상태에 있는 문화 제 형상을 재종합할 수 있는 중심 즉 보다 높은 역사적 차원에 속하는 문화 원리를 구상하여 보는 수밖에 없을 것이다. 그리고, 그러한 가능적 원리를 지표로 하고 현재 갈등 상태에 있는 문화 제 형상을 새로이 비판적으로 종합함으로써 탄생할 새 시대 문화를 준비하는 것이 시대를 영도하는 지성의 과제가 아닐까.[20]

이 역사적 차원에 속하는 새 문화 원리를 구상하기 위하여는, 현대 지성은 고전의 이해 없이는 현존한 문화 제 요소를 의식적 비판적으로 종합할 수 없기 때문에 고전론이 제기된 것으로 귀결된다. 고전에의 회귀, 부흥은 그러므로 현대에서 과거로 복고됨이 아니라 미래로 나

---

20) 서인식, 「고전과 현대」, 『역사와 문화』, pp. 271~72.

아가는 것이다. 관상적 지식 만족에 있음이 아니라 창조적 능동적인 점에 고전론이 위치해야 한다는 것이다.

고전에 대한 애정과 이해는 비판적이어야 하고 이 비판은 현대의 요청에 의해 좌우되는 것이다. 서인식의 이러한 견해는 도쿄의 사상 철학 잡지 『이상(理想)』 같은 데서 무성히 논의된 역사철학에서 영향 받은 것이며 다분히 전체주의의 사관이라 할 수 있다. 서인식에겐 한국 고전이나 한국 민족이라는 의미는 전혀 찾을 수 없고, 팽창사회에 있는 일본 사상의 한 분자로 사고하고 있음이 드러난다. 그렇다면 '현대의 요청'이란 말처럼 편리한 것은 다시 없을 것이다. 왜냐하면 '현대의 요청'에 의해 고전이나 역사는 얼마라도 왜곡될 수 있기 때문이다. 특히 서인식의 이러한 사관이 문제되는 것은 지성론의 변형이라는 데 있다. 도대체 지성론자들이 동양사론에서 신체제로 야합할 때, 가장 궁금한 것은 그들이 말할 때마다 내세운 지성의 귀추였던 것이다. 논리나 지성이 합리주의의 시녀가 된 전형적인 예를 이 대목에서 찾아낼 수 있는 것이다.

동양문화사론의 이론적 거점을 한국어권 내에서 제시한 서인식의 역사철학에 도달하는 경로를 여기서 우리는 살펴볼 필요가 있다.

서인식의 출발은 「지성의 해명—그 역사성과 자연성」(『조선일보』, 1937. 11. 10~23)이다. 이 평론은 문학에서 지성론이 일반론으로 흘렀고, 또 '국제지성협력회'가 대두된 세계적 현상에서 지성의 본질을 철학적으로 구명한 것이다. 그는 여기서 유럽에서 광범위하게 논의되는 지적 협력 회의를 '지성 독립' 행위라 본다. 이것은 '권력'에 대한 근대 시민 지성의 수호에 불과하며 그 한에서만 일고의 가치가 있을 뿐, 문화 진보의 역사적 척도에서 볼 때는 인류의 문화를 "리버럴리즘 이전으로 후퇴시키는 운동"[21]이라 주장했다. 따라서 지성 독립의 요구 이상으로 연장하여 정치 일반에 대한 지성 독립의 이론으로 일반화시킨다면, 이것은 분명 잘못이며 한갓 가장(假裝)이라 보았다. 서인식의 문학론은 지성의 문제로 시종했거니와 여기서 이미 성급한 역사 진보의 환멸에 사로잡힌 한 관념론자의 모습이 정착되어 있다. 독일을 종가로 한 역사철학의 도식을 서인식은 극복할 능력이 물론 없었던 것이다. 「문화의 구조를 논술함」(『조선일보』, 1937. 12. 1), 「과학의 법칙성의 문제」(『조선일보』, 1938. 1. 14.~18), 「지성의 현대적 성격」(『조선일보』, 1938. 7. 24~30) 등은 관념론적 평론인데, 이것들은 고의로 선택한 의상이라 할 것이다.

「전통론─전통의 일반적 성격과 그 현대적 의의에 관하여」(『조선일보』, 1938. 10. 22~30)도 이상의 규준에서 벗어나는 것은 아니다. 여기서 그는 비로소 '행동의 주체'라는 말을 사용했거니와, 이 경우 행동은 전통을 부정하는 데서 비롯하고 있다. 전통은 행동의 출발점이라야 하지만 행동이 출발하자마자 부정되어야 하는 데 전통의 의의를 둔다. "전통이 문화 행위의 목표점으로 정립될 때에는 그곳에는 퇴보와 묵수(守)뿐이 남을 것"[22]이라 본 것은 심정적 역사주의의 복고사상에 대한 비판인 것이다. 서인식이 전통론을 쓴 것은 그 의도가 반전통론에 있음을 감지케 되는 것이다.

서인식은 「문화인의 현대적 과제」(『조선일보』, 1939. 2. 7.~14)를 쓰고, 「전체주의 역사관」(『조선일보』, 1939. 2. 21)을 제시한다. 전체주

---

21) 서인식, 「지성의 자연성과 역사성」, 『역사와 문화』, p. 55.
22) 서인식, 「전통론」, 같은 책, p. 184.

의가 '생의 철학'임을 밝혔고, '피와 흙'에 의해 규정되는 한 전체주의
는 '맹수 인간의 사관'임을 의미하며 이것은 또 '소수자 사관'과 관계
되어 있음을 지적한다. 그러나 서인식의 이론이 신체제론을 떠받드는
주장이 된 것은, 이상의 여러 논의에서 벌써 그 맹아가 보였지만, 「문
화에 있어서 전체와 개인」(『인문평론』, 1939. 10)에서 부분적으로 드
러난다. 「역사에 있어서의 행동과 관상(觀想)」(『동아일보, 1939. 4.
23~5. 4)에서도 이 문제가 노출되고 있다. 역사를 행위적 견지에서 보
는 사람은 역사의 합법칙성을 무시하기 쉽고, 관상적 입장은 역사를
도그마와 숙명으로 보기 쉽다. 전자는 파시즘의 조포(粗暴)한 행위가
되기 쉽고, 후자는 현실 도피적 소극성이 된다. 특히 후자는 회고적 골
동 취미와 야합한다는 것이다. 그러므로 "관상을 행위까지 전환하는
것이 필요"[23]하다는 결론을 지었다. 「문화에 있어서의 전체와 개인」
은 이에 한 발자국 다가서서 도쿄 사상계의 중심적 과제였던 '대동아
협동체론'을 정면으로 다룬 것이다.

　여기까지 이르면 서인식이 지성론의 비판에서 출발하여 조심스
럽게 전형기 역사철학의 이론을 논하다가 도달한 곳을 개방된 차원으
로 착각한 경로를 알 수 있다. 그것은 일본 철학계를 정신적 고향으로
둔 서인식의 한계이자 비극일 것이다.

　서인식 활동의 중기에 속한 「전통론」에는 아직도 논의되어야 할
약간의 부분이 남아 있는데, 그것은 일본 철학계에서 서구 문화 비판
이 무성히 논의될 때 가치 있는 부분을 종합 정리한 것이며, 그것에서
서구 역사철학이 동양에서 받아들여질 때의 비판적 자세에 대한 주의

---

23)　서인식, 「역사에 있어서의 행동과 관상」, 같은 책, p. 266.

환기를 엿볼 수 있기 때문이다.

2. 전통론─반전통론의 본질

전형기를 창조적으로 극복하는 방법의 하나로 「전통론─전통의 일반
적 성격과 그 현대적 의의에 관하여」(『조선일보』, 1938. 10. 22~30)가
서인식에 의해 제시되었는바, 이것은 전통 의식을 역사철학의 입장에
서 해명하려 한 최초의 그리고 유일한 논문이 된다.

　전통이 의식됨은 그 사회의 문화가 자각 상태에 들어왔음을 의미
할 수 있다. 이 경우 전통의 특성은 (1) 그 내용에 있어 과거에 속하는
것이다. 그러나 과거에 속하는 것 전부가 전통tradition이 될 수는 없다.
(2) 이 과거에서 현대에 전래Wiederlieferung하여 현대 사회의 행동 양
식으로 화하여 그 사회기구에 인간의 '주체적 측면'을 구성하는 것이
라야 한다. (3) 전통이 단순히 현재적 객관적인 것이 아니라 인간의
행위적 자각의 입장에서 과거적 객관적인 것으로 '객화(客化)'하고 부
정하고 있는 것이라야 한다. 그러나 (4) 인간의 부정적 행위를 통하여
소멸하는 것이 아니라 갱생하여 사회적 행동, 인간의 현재적, 주체적
측면을 구상할 수 있는 것이라야 한다.[24]

　전통이 문제성을 띠게 되는 것은 창조와 직결될 때만 의의가 있
는 것이다. 즉 가치 개념의 유의성(有意性)을 의미한다. 가령 동물은 전
통이 없기 때문에 언제나 출발점에 되돌아와야 하나, 인간은 이질적

---

24)　서인식, 「전통론」, 같은 책, pp. 165~66.

시간을 형성하여 문화적 발전이 가능하다. 그러나 이것은 자동적인 혹은 수동적인 것은 결코 아니다. 서인식은 다음과 같은 사실을 주지시키고 있다.

전통은 우리의 문화 행위가 그것을 토대로 하고 출발하는 한낱의 출발점이고 그곳에 도달하여야 할 목표점이 아니라는 것이다.[25]

이것은 전통이 주체적으로만 파악된다는 뜻과도 같은 것이다. 전통이 문화 행동의 목표로 정립된다면 거기엔 퇴보와 인습이 지평(地平)질 뿐이다. 그러므로 전통이 문화 행위의 출발점인 만큼, 목표점이 긍정되기 위하여 항시 부정되지 않으면 안 될 입장에 처하는 것이다. 이것이 전통의 한계이자 전통론의 거점이 될 것이다. 이러한 전통의 운명적 측면에서 볼 때, 이른바 전형기란 전통과 창조의 대립적 관계에서, 전자가 후자보다 우위를 점하는 사회적 상태를 의미하는 것으로 볼 수 있다. 그런데 서인식은 전통의 우위로서의 전형기가 '역사의 운동 곡면(曲面)'을 필요 이상으로 비대시켜 문화 행위의 속도를 지체시키고 창조적 발전을 저해하는 독소적 요소가 된다고 보았다. 서인식의 전통론의 바른 의미가 반전통론임을 충분히 알아차릴 수 있는 것이다.

서인식의 반전통론은 전통이 창조의 한갓 매개체임을 확인한 것이 된다. 창조의 출발점으로의 전통을 말할 때, 이것을 부정하지 않는다면 창조는 불가능하기 때문이다. 복고주의적 고전부흥론이 대두된

---

25) 같은 책, p. 184.

것이 현실을 타개하는 한 방법으로 그 존재 이유가 있었다면, 전통은 창조에 대해 마땅히 어디까지나 종속적 위치에 있어야 한다는 것이다. 그럼에도 불구하고 본말전도로 고전 혹은 복고적 역사의식 일반을 강조하는 풍조는 의식적이든 무의식적이든 현실 패배이며 역사적 심정의 단계에 머문 것이라 볼 수밖에 없다고 한다. 서인식의 반전통론의 의의가 여기에 있는 것이다. 그것은 『문장』파로 대표되는 역사의식에 대한 비판적 의미를 가진다.

3. 서인식의 방법론

1940년을 전후하여, 역사철학 쪽에서 사상계 및 평단에 상당한 업적을 남긴 서인식은 독일 관념철학의 이해자라 할 수 있다. 우선 여기서 개방적 세계관의 주창자로서의 서인식을 버티는 두 기둥을 살펴볼 필요가 있다. 그 두 기둥이란 생의 철학자 W. 딜타이의 사상과 역사주의자 E. 트뢸취의 사상이다. 서인식의 평론집 『역사와 문화』(학예사, 1939)에 담겨 있는 사상사의 방법은, 말하자면 트뢸취의 서구 문명과 그것에 관련된 일본 철학계의 동향을 한국에다 펼쳐놓은 것이다. 그러므로 이 무렵 지식인으로서 누구나 가장 예민하게 시국관에 반응을 일으킬 때, 서인식의 평론이 긍정적이든 부정적이든 커다란 관심의 대상이 된 것이라 할 수 있다. 서인식의 사상적 배경을 검토하려면 제일차적으로 일본 철학계의 동향을 살펴야 될 것이다. 야마구치 유스케(山口諭助)의 「종합의 논리(綜合の哲理)」(『理想』, 1942. 5), 유라 데쓰지(由良哲次)의 「역사철학의 근본개념(歷史哲學の根本問題)」(『理想』,

1942. 2), 간바 도시오(樺俊雄)의 「역사철학의 문제(歷史哲學の問題)」
(『理想』, 1942. 2) 등이 문제될 것이거니와, 그중에서도, 간바 도시오의
「전환기 일본과 지도적 사상(轉換期日本と指導的思想)」(『理想』, 1941. 12)
은 트뢸취의 이론에 바탕을 두고 있으며, 서인식의 「전통론」도 이 트
뢸취의 문화 분류에 전적으로 의존하고 있는 것이다.

트뢸취는 『역사주의와 그 제 문제 Der Historismus und Seine Probleme』
(1922)에서 종래 서구 중심의 역사관을 비판하였다. 서구에서 여태껏
'세계사'라 한 것이 단지 '서양사'에 불과하며, 따라서 그것은 유럽주
의에 떨어졌다고 지적되어 있다.[26] 트뢸취의 '유럽주의' 사관의 비판
이 필연적으로 전 세계를 중심으로 한, 사실과 일치하는 세계사론을
모색하기에 이르렀을 때, 일본은 대동아공영권으로서의 '동양주의' 사
관을 수립할 수 있고, 또 마땅히 이것을 체계화하여 지도적 사상으로
이념화할 수 있다고 본 것이다. 고쳐 말하면 '유럽주의'에 대항하는
'동양주의' 사관의 수립인 것이다.[27]

트뢸취의 '과거의 현재성'의 파악에 있어서는, 그것은 엘리엇적
인 사고와는 거리가 있다. 그는 "과거와 현재는 두 개의 별개적 실
체"[28]라 본다. 과거가 어떻게 하여 현대화할 수 있는가는 트뢸취에 있
어서는 형이상학적인 문제가 될 수밖에 없다. 그 결과, 과거의 개개의
'전체'가 여기서는 '단편'인 구조의 결과로서 현재를 파악할 수밖에 없
으며, 현재를 구성하고 있는 '단편'을 규정하고 서술하는 과제를 맡은
것이 즉 역사철학이 된다.

---

26)   E. Troeltsch, *Der Historismus und Seine Probleme*, Tübingen, 1922, p.703.

27)   樺俊雄, 「轉換期日本と指導的思想」, 『思想』, 1941. 12, p. 65.

28)   D. C. Antonio, *Dallo Storicismo ala Sociologia*, 1940(讚井鐵男 譯, 未來社), p. 105.

이 트뢸취의 역사철학이 갖는 현재적 의의는 미래를 형성하기 위해 존속 합성하는 상속 재산인 점에 있다. 이것은 하나의 실천적 중요성을 띠며 창조를 위해 미래에 투영하는 새로운 '문화 종합'을 위한 기초 내용 방향이 된다. 트뢸취가 순수 정관pure contemplation에 머물지 않고 역사주의를 '철학적으로 통어한 것'으로 발전시키게 된 것은 이 때문이라 할 것이다. 또한 역사적 인식이 고유의 문화권의 범위를 한정해야 한다는 데 그 특징이 있을 것이다. 트뢸취는 세계사의 내용을 네 개의 문화권으로 분류한다. 제1블록(기본적 세력)은 동양적 기원인 헤브라이즘이며, 제2블록은 헬레니즘, 제3은 로마적 왕제에 의한 것, 제4는 비잔티움 및 아라비아인에 의해 훈련된 중세 문화 등이다. 트뢸취의 종합 문화론으로서의 전통론은 서구적 입장을 떠날 수는 없는 것이었다. 서인식은 트뢸취의 '계단에서 성층'으로 발전하는 전통의 법칙을 비판 없이 받아들이고 있음을 본다.

과거의 제 역사적 시대를 지배하던 문화적 내실은 그가 존속할 역사적 기반을 가지고 있는 한, 그 시대의 사회적 체구가 소멸하는 데 따라서 사멸하는 것이 아니고 계단Stufe에서 성층Schichte으로 발전하여 현대 문화의 내부에 와서 한낱의 전통으로 작용하는 것이다. 이렇게 볼 때에는 문화의 전 발전 과정은 종적으로 보면 역사 제 시대를 구성하는 문화 제 원리의 계단에서 계단에의 연쇄로 볼 수 있는 동시에 횡적으로 보면 전통 제 요소의 성층과 성층의 연관으로 볼 수 있다. 만일 그렇다면 우리는 오늘날의 과제인 민족적 전통의 문제에 있어 한 개의 일반적 결론을 추출할 수 없을까.[29]

이렇게 자문한 서인식은 하등의 구체적 전개를 보이지 못했다. 그는 전통을 인류 문화의 세계사적 발전 속에 통합하는 문화의 일원적 체제에 관심이 있었지, 한국 문화의 전통에 대해서는 관심이 없었던 것이다. 그가 도입한 역사주의적 과학주의 사관이 갖는 한계는 바로 여기서 볼 수 있다.

제3절 동양문화사론(I)

서인식의 역사주의적 사관은 물론 단순한 추수주의가 될 수는 없었다. 적어도 그의 개방적 세계관이라 믿어오던 세계사론에 방법론적 모색이 내적 저항을 보여준 것에서도 이 사실을 엿볼 수 있을 것이다.

> 하나, 문제는 개인을 초월하면서 개인에 내재하며 개인을 매개하면서도 개인에 매개되는 이러한 전체성의 원리의 실현이 실제에 있어서 가능할까 하는 데 있다.[30]

전체와 개인을 함께 살필 수 있는 원리의 발견 및 그 실천이 결정적인 대목에 이르러 서인식을 회의로 몰아넣었다는 것은 그에게 아직도 논

---

29) 서인식, 「전통론」, 『역사와 문화』, 같은 책, p. 178.
30) 서인식, 「문화에 있어서의 전체와 개인」, 『인문평론』, 1939. 10, p. 13.

리를 초월하는 신념이 없었기 때문이다. 신체제론을 방법론적이나 합리적 논리로써 극복하지 못하고 오직 '신념'으로만 받아들인 최재서와의 차이가 이 한 점에 있는 것이다.

「동아협동체」(『인문평론』, 1939. 10) 해설에서 서인식은 동아협동체란 "지나사변 이후 정부의 기본 방침 발표가 그 내용"[31]이라 하여 그 이상의 논구를 전개시키지 못했을 때, 그의 과학주의가 이곳에서 무력함을 드러낸 것이 된다. 그에게는 논리성 이외는 확신을 가질 수 없었던 것이다. 논리를 초월하는 혹은 논리 이전인 '신념'을 서인식은 인정할 수 없었기 때문에 더 이상 신체제론에 직선적으로 나아갈 수가 없었던 것이다. 그가 「문학과 윤리」(『인문평론』, 1940. 9)를 적어놓고는, 「루카치의 역사문학론」(『인문평론』, 1939. 11)의 해설 및 「역사와 문학」(『문장』, 1939. 9) 따위에 머물러, 대동아공영권이라는 전체주의의 신화화의 갈림길에서 침묵하게 되는 것은 바로 이 까닭이다.

이 갈림길에서 그래도 개방적 세계관을 직선적으로 모색하려 한 한 무리가 있었으니, 역사철학 쪽의 인정식, 박치우, 신남철과 문예비평 쪽에서의 최재서가 그들이다. 이 중 최재서를 제외한 역사철학 쪽의 이론도 서인식의 경지를 타개할 수 없었다. 만약 서인식이 침묵한 지점에서 이를 넘어섰다면 그것은 명백히 논리의 패배인 '신념'밖에 가능할 것이 없기 때문이다.

인정식은 「조선 농민문학의 근본적 과제」(『인문평론』, 1939. 12)에서 펄 벅의 『대지』를 중시했으며, 이어 「시국과 문화」(『문장』, 1939. 12), 「내선일체에 신과제」(『문장』, 1940. 1), 「내선일체의 문화적 이

---

31)   서인식, 「동아협동체」, 『인문평론』 1939. 10, p. 108.

념」(『인문평론』, 1940. 1)을 썼다. 시국의 의의는 국민총력의 집중화인데 동아협동체는 식민지 문제 혜택의 새로운 광명이며 문화인이 이것을 투철히 이해할 것이며, "아직 조선어 사용은 가능"[32]하지만 "내선일체의 근본이념은 조선 민중을 철저히 황민화하는 데 있다고 나는 확신"[33]한다고 인정식은 주장했다. 이것은 벌써 논리를 넘어선 것이다. 이에 비하면 박치우는 다소 사색적이라 할 것이다. 그는 전형기 문제가 구질서의 이데올로기인 개인주의, 자유주의부터 처분한다는 것을 벌써 하나의 상식으로 간주한 데서 출발한다. 굳이 이것을 철학적원리로 바꾼다면 비합리성의 원리가 된다는 것이다. 인간 이성에 한계를 인정하고 직관, 정의 등을 지도 원리로 내세울 때, 필연적으로 여기에 신화가 열리는 것이다. 이 철학의 난점도 개인과 전체의 종합 문제의 논거가 될 수는 없는 데 있다. 가령 나치스는 피의 동일성에 의해이것이 가능했던 것이다.[34] 그러나 동양사에 포함되는 한국 및 일본의지도 이념이 무엇으로 개(個)와 전(全)을 통일할 것인가. 이에 대해 박치우는 역시 이성 회복을 내세울 뿐, 하등의 구체적 방법이 없다. 비합리성의 원리에 머물고 만 것이다.[35] 신남철의 「전환기의 인간」(『인문평론』, 1940. 3)에서도 신화냐, 전체냐, 사실이냐의 갈림길의 방황이드러나 있다.

결국 인정식을 제외한 서인식, 박치우, 신남철 등 역사철학자들

---

32) 인정식, 「시국과 문화」, 『문장』, 1939. 12, p. 176.
33) 인정식, 「내선일체의 문화적 이념」, 『인문평론』, 1940. 1, p. 4.
34) 高橋健, 「Rosenbergの'20世紀の神話'」, 『文藝』, 1938. 6, p. 155. "20세기의 신화는 무엇보다도 민족의 피와 명예를 최고의 관념으로 하여 그것이 일체의 종교적 교의 내지 철학적이론에 대해 우위를 점한다."
35) 박치우, 「동아협동체론의 일성찰」, 『인문평론』, 1940. 7, pp. 6~7.

도 전체와 개인의 처신 문제에는 모두 실패한 것이 명백하다. 그 실패의 이유는 무엇일까. 한마디로 말해서 그들의 과학주의 때문이라 할 것이다. 신념이 아닌 방법론의 모색 때문인 것이다. 그들은 식민지 철학자였고, 따라서 나치스의 피의 의미도, 천황제의 절대성도 방법론으로 합리화할 수는 없었던 것이다. 전체라든가 개인이라 했지만 전체 개념도 개인 개념도 구체적 체험 대상이 아닌 아득한 추상론이었으며, 이 양자에 대한 실감은 처음부터 갖기 어려웠다.

서인식 중심의 이와 같은 일련의 철학자의 평론이 그렇다고 전혀 무의미했었던 것이라 할 수는 없는 노릇이다. 민족, 국가, 전체, 개체 따위의 개념이 이들 식민지 역사철학에서는 하등의 구체성 없는 개념의 유희에 지나지 못했을지라도, 또 비록 도쿄 사상계의 반추의 형식이나마 한국어로 연역해 보였다는 것에서, 방법론의 합리주의적 한계 및 식민지 지식인의 한계를 드러낸 사실은 지적될 필요가 있는 것이다. 이들이 감행한 현대성 파악의 문제에서도, 이들이 식민지 지식인이라는 입장을 의식적으로 은폐한 사실은 지적되어야 할 점이다. 박종홍이 「현실 파악의 길」(『인문평론』, 1939. 12)을 제시할 때도 식민지 의식이 없는 곳에 어떻게 식민지 지식인의 현실이 파악될 수 있을 것인가를 우리는 질문할 수 있는 것이다. 이들이 자신의 입장을 외면하고 도쿄 사상계의 일원의 입장에서 어느 정도 논의를 펼쳐본 것은 추상의 세계일 따름이다. 이에 비하면, 최재서는 문학인이기 때문에 다소 다른 차원에서 재론될 수 있을 것이다. 적어도 문학은 추상에서 출발할 수는 없었던 것이다.

제6장 세대론

제1절 신인론—논의의 발단

세대 문제의 대두는 그 사회가 '전형기'에 처해 있음을 방증하는 것이다. 문단에서 신인론이 나타난 것도 마찬가지 이유로 볼 수 있음은 물론이다. 신인론이 처음 문단권 내에 나타난 것은 이원조의 「신인론—그 문학적 본질에 관하여」(『조선일보』, 1935. 10. 10~17)라 할 것이다. 이원조에서 신인론이 나온 것은 신인 남조설(濫造說) 및 문단 숙청론과 관계되어 있다. 즉 저널리즘이 신인을 남조하느냐, 그리고 저널리즘을 타고 이들이 파렴치하게 문단 질서를 교란하느냐 하는 점이었다. 이원조는 이에 대하여 참다운 문학정신을 신인이 특권으로 갖기만 한다면 더 없는 것으로 보아 옹호의 입장을 보였다.

> 신인은 반역적 정열을 가져야 한다. 내가 신인을 옹호하는 것이 아니라 태도를 종용한다. 내 태도는 일부 문단 숙청론자와 판연히 다르다. 신인이 질이 낮다면 책임은 대가(大家)에 있다. 재분(才分)이 없다는 것은 전통이 없다는 것이다.[1]

---

[1]   이원조, 「신인론—그 문학적 본질에 관하여(4)」, 『조선일보』, 1935. 10. 17.

물론 이 원칙론에서 이원조는 찬성하고 있지만, 사실에 있어 1935년 이후에 출현한 신인으로서 "신인다운 기백이나 시험할 만한 재분을 가진 신인"을 찾아볼 수 없다고 했다. 이것은 어디까지나 사실에서만 토구될 것이지 대가와 비교해서는 무의미한 것이다. 왜냐하면 대가다운 품격을 지닌 대가도 없다고 보였기 때문이다.

신인론이 본격화된 것은 1939년 벽두부터라 할 것이니, 저널리즘이 문단 화제의 중심을 신인론에 두려 했던 것이다. 이 경우 신인이란 "문단에서 미미하나마 일정한 이름을 가지고 있으나 아직 중견이나 대가의 열에 오르지 못한 일군의 작가"[2]를 의미하며 개별적으로는 김동리, 최인준, 오장환, 정비석, 김영수, 차자명, 최명익, 김소엽, 이운곡, 현경준, 박영준, 계용묵, 박노갑, 허준, 현덕 등 1935년을 앞뒤로 해서 문단에 진출한 작가들이다.

1937년 이후 문단의 이광수, 김동인, 박종화, 윤백남 등 대가급은 벌써 현실 패배적인 역사소설 및 야담류에 침체해버렸고, 현실주의적인 전 프로문학파들은 창작에서 거의 방향을 잡지 못하고 위축 상태에 빠져버렸던 것이다. 비평계는 전형기에 처해 새로운 지도 이념을 찾기에 골몰했지만 뚜렷한 주류를 찾을 수 없었다. 이 틈에서 창작계를 지배한 작가군은 중견들이라 할 수 있다. 이효석, 박태원, 이상, 김유정, 안회남, 엄흥섭, 이무영, 채만식 등 중견작가가 일본서 무성하게 논의되던 신감각파의 수법에 영향을 받아 '구인회'적 성격을 띤, 예술파의 입장으로 문단에 군림하게 된 것이다. 이 바로 다음 그 옆의 세대가 신인군이라 할 수 있다. 이 신인들은 그러므로 중견과 거의 같은 예

---

2)   임화, 「신인론」, 『비판』, 1939. 1, p. 88.

술적 체질을 띤 것이라 할 수 있고, 따라서 그들과 대립되지는 않았다. 신인들이 대립한 것은 중견층 작가라기보다 임화와 그에 유사한 레벨에 있는 유진오, 최재서, 김오성 등의 중견 비평가라 할 수 있다. 고쳐 말하면 신인과 비평가의 대결인 것이다. 신인들이 창작에 역량을 드러냈을 때, 비평가들은 이들을 대망하게 되었고, 또 저널리즘은 이것을 격려 책동하여 이른바 세대 논의가 야기된 것이다.

　　신인들의 문단을 향한 발언을 살펴보면 1937년 1월 『조선일보』의 '신인들의 말'이라는 특집을 우선 찾을 수 있다. 여기엔 최인준의 「『악령』에 비견할 종생의 대작」(1937. 1. 22), 김소엽의 「생활 안정과 문학의 전업」(1937. 1. 26), 오장환의 「문단의 파괴와 참다운 신문학」(1937. 1. 28) 등이 있다. 신인들이 행한 두번째 집단적 발언은 1939년 『조광』 신년호의 「신진 작가 좌담회」가 된다. 여기엔 박노갑, 허준, 김소엽, 계용묵, 정비석, 현덕 등이 참석했는데, 이들의 대부분의 논조는 기성불신론으로 가득 차 있다. 박노갑은 "기성작가들의 작품을 대부분 읽었으나 선배로 사숙할 작품은 태무"[3]하다고 했고, 현덕도 이에 전적으로 동의, "실로 나는 기성작가들을 염두에 두지 않고 출발"[4]한다고 공언하고 있다. 장혁주는 이러한 사정을 평론에다 결부시킨 바 있지만 이것은 온당하다고 볼 수는 없다.[5] 이처럼 신인 측이 기성을

---

3)　「신진 작가 좌담회」, 『조광』, 1939. 1, p. 247.
4)　같은 곳.
5)　張赫宙, 「朝鮮の知識人に訴ふ」, 『文藝』, 1939. 2, p. 231. "조선 문학 비우수 초치(招致)의 죄로 하는 것은 [……] 문단의 인위적 관계가 대부분 작용 [……] 그 인위적 관계의 큰 요소 가운데 하나는 확실히 질투의 심리의 횡행"이라 하여, 조선 평론을 3분의 1이 건설적이고 나머지 3분의 2는 모략이라 했다. 이러한 그의 발언은 「문단 페스트균」에 이어진 감정의 작용이라 볼 것이다.

비판한다는 것은 어느 세대에나 있을 수 있는 당연한 단계라 할 수도 있을 것이다. 이 경우 문단의 중견이 신인 측의 도전을 귀여운 것으로 묵살함으로써 오히려 포섭할 수도 있고, 외관상의 패배의 아량을 보임으로써 오히려 역설적 승리를 거둘 수도 있지만, 이 두 경우 모두 실력과 여유가 있을 때만 가능한 것이다. 한국 문단에서는 선배다운 선배가 없었다든가 문학 전통의 빈약, 세련된 매너의 부족 등이 작용하여 평단에 젖은 30대의 기성으로서는 신인의 도전을 공격 분쇄하였고, 이에 충돌이 일어나 세대 논의가 거창하게 일어난 것이다.

신인들의 세번째 집단적 발언은 「신진 작가의 문단 호소장」(『조광』, 1939. 4)이다. 김동리는 「문자 우상」에서 기성 비평가들은 한껏 "앙드레 지드, 발레리, 미키 기요시, 가와카미 데쓰타로를 조금씩 야끼마시"[6]한다고 했고, 정비석은 「평가에의 진언장」에서 비평가는 모름지기 (1) 작품을 두 번 이상 읽을 것, (2) 사대주의를 버릴 것, (3) 작가를 체계적으로 고찰할 것을 주장했고,[7] 김영수는 「문단 불신임안」에서 백철을 비판했다. 차자명은 「문학과 향기」, 최명익은 「조망 문단기」, 김소엽은 「문호를 개방하라」, 이운곡은 「지성 문학과 생산 문학」, 현경준은 「페페 르 모코의 교시」, 박영준은 「성격의 창조」 등을 내세웠다. 이 중 자기주장을 투철히 내세운 것은 김동리, 정비석, 김영수 등 셋인데, 이들의 관심이 모두 비평가에 향해져 있음을 볼 수 있다. 신인들 중에는 비평가가 한 사람도 없었다. 비평가는 프로문학 시대에 혹은 그 직후에 나타난 비평가로 충당되었을 뿐 신인으로서는 단

---

6) 김동리, 「문자 우상」, 『조광』, 1939. 4, p. 307.
7) 정비석, 「평가에의 진언장」, 『조광』, 1939. 4, p. 309.

한 사람의 비평가도 없었던 것이다. 이러한 현상은 1930년대 한국 비평계의 특수한 모습이라 할 만하다. 그뿐만 아니라 이들 신인이 대결한 기성세대로서의 비평가들은 이들 신인들의 직전 세대인 이무영, 채만식, 안회남, 박태원 등이 '평론계 SOS'에서 대결했던 바로 그 비평가들인 것이다. 그러므로 신인들은 작가와 비평을 겸해야 할 필요성이 생겼고, '평론계 SOS'에서 대결했던 이른바 중견작가들의 옹호를 암암리에 받을 수 있었던 것으로 보인다. 여기서 우리는 김동리가 이론과 창작을 겸하게 된 이유의 하나를 찾아낼 수 있을 것이다.

신인 측의 이러한 도전에 정면으로 공격한 것은 30대의 비평가 임화이다. 혹은 임화의 공격과, 신인들의 기성 공격이 거의 동시적 현상이라 할 수도 있다. 임화는 「신인론」(『비판』, 1939. 1~2), 「제1회 신인문학 콩쿠르 심사를 마치고」(『동아일보』, 1939. 7. 5.~9), 「소설과 신세대의 성격」(『조선일보』, 1939. 6. 29~7. 2), 「시단의 신세대―교체되는 시대 조류」(『동아일보』, 1939. 8. 18~20) 등 일련의 신인 비판론을 썼다. 이 네 편의 논문 중 앞의 두 편은 신인론의 일반성을 비판한 것이며, 뒤의 두 논문은 신인의 작품을 분석적으로 비판한 것으로 상당히 힘들인 논문이다.

1939년 4월부터 『동아일보』가 기획한 '신인 문학 콩쿠르'는 김영석의 「비둘기의 유혹」(유진오 추천), 김이석의 「폐어(腐魚)」(이효석 추천), 원대윤의 「명화(明花)」(안회남 추천), 조남령의 「익어가는 가을」(백철 추천), 김동규의 「파계」(임화 추천), 김지용의 「화장 인간」(엄흥섭 추천), 정비석의 「귀불귀(歸不歸)」(전 당선자), 곽하신의 「안해」(전 당선자), 한태천의 희곡 「매화포」(전 당선자) 등을 게재하였고, 이태준, 유치진, 유진오, 임화, 이기영, 최재서, 이무영 등이 심사한 결과,

「비둘기의 유혹」(일석), 「파계」(이석)가 당선된 바 있다. 이 심사 보고를 쓰면서 임화는 "솔직히 말해서 문단의 일반 수준은 물론 신년 현상의 수준에도 차지 못한 감"[8]이 있다고 혹평했던 것이다. 임화는 「신인론」에서도 "문예적인 '새것'은 신인의 절대 가치다"[9]라는 명제에서 출발하여 신인들에겐 이 절대적 가치인 '새것'이 없다고 단정했다. 그들은 한결같이 기성의 아류라는 것이다.

> 신인들의 주요한 과무(課務)는 조선 문학의 역사와 현상에 대한 누구보다도 상세 명석한 지식을 얻기에 전력을 다해야 한다. 그것은 먼저 말한 새로운 것의 창조를 위한 일반적 필요의 의미에서도 그러하고, 더욱 중요한 것은 신인의 목적이 기성의 어떤 작가의 수준에 오른다거나, 혹은 현재 운위되고 있는 기성의 수준에 도달하려는 데 있는 것이 아니라, 실로 그 수준의 돌파 위에 새로운 세계를 건립하려는 데 있다는, 특수하고 고유한 의미에서 그러하다.
> 조선의 문학은 엄격한 의미에서 결코 한 사람 이상의 춘원을 필요로 하지 않는 것이며, 두 사람의 민촌을 요구하고 있는 것도 아니며, 세 사람의 지용, 네 사람의 태준을 탐내고 있는 것이 아니다. [……] 여기 가도 춘원, 저기 가도 민촌, 앞을 보아도 지용, 뒤를 보아도 태준, 이래선 우리 문단이란 3, 4인의 진정한 작가 외에 수십 수백의 무능자로 충만해 있는 셈이다.[10]

8)   임화, 「제1회 신인문학 콩쿠르 심사를 마치고」, 『동아일보』, 1939. 7. 5.
9)   임화, 「신인론」, 『비판』, 1939. 1, p. 89.
10)   임화, 「신인론」, 『비판』, 1939. 2, pp. 87~88.

한편 『조광』(1939. 5)지는 '신진 작가를 논함'이란 특집을 하고 있다. 장혁주는 「사상과 독창」에서 "신인은 기성보다 뒤지지 않는다"[11]고 보았고, 유진오는 "저널리즘에 내가 속고 있는가. 신인은 오직 기성을 능가할 일"[12]이라 했고, 김환태는 신인들이 평론가와 대립할 것이 아니라 이해할 것을 촉구하였고,[13] 김문집은 "여러분! 그대들은 기성이란 작가군을 경원하십시오!"[14]라고 선동하였으며, 김동인은 「소설가 지망자에게 주는 당부」에서 초연한 입장을 취했다.

이상에서 신인론이 대두한 현황을 들추어보았다. 이 신인론에서 중핵이 되어 있는 것은 신인 작가 대 중견 평론가의 대립이라는 점인데, 이 경우 대표적인 평론가를 지목한다면 임화가 될 것이다. 신인평은 실로 임화의 신인 매도에 비중이 걸려 있음을 알 수 있다. 그러므로 앞에서 인용된 임화의 '신인 에피고넨설'을 검토해본다면 왜 임화가 신인론을 쓰게 되었는가, 그 정신적 배경과 복선이 무엇인가를 짚어볼 수 있을 것이다.

먼저 신인들의 주요 과무가 '조선 문학의 역사와 현상'에 대한 상세, 명석한 지식의 습득이라 임화는 주장했다. 이것은 이 무렵 한국 신문학이 어느 정도 역사성을 띠게 되었음을 의미하는 것이라 할 수 있다. 고쳐 말해서 한국 '신문학사'가 성립될 단계에 이른 것이다. 임화는 1935년에 벌써 「조선 신문학사론 서설」(『매일신보』, 1935. 10.

---

11) 장혁주, 「사상과 독창」, 『조광』, 1939. 5, p. 273.
12) 유진오, 「신진에게 갖는 기대」, 『조광』, 1939. 5, p. 278. 김광섭은 「신년 창작평─평가의 비평 태도와 작가」(『동아일보』, 1939. 1. 21)에서 '신인 좌담회'로 인해 이원조, 백철, 엄흥섭, 유진오, 박영희 등이 조소거리가 되었음을 지적하고 있다.
13) 김환태, 「신진 작가 A군에게」, 『조광』, 1939. 5, p. 279.
14) 김문집, 「후계 문단자에게 고함」, 『조광』, 1939. 5, p. 289.

9~11, 13)을 썼고, 그 후 「개설 신문학사」(『조선일보』, 1939. 11. 2~12. 29), 「개설 조선 신문학사」(『인문평론』, 1940. 11, 1941. 1~4) 등의 학구적 업적을 비롯, 「최근 10년간 문예비평의 구조와 변천」(『비판』, 1939. 6), 「소설 문학 20년」(『동아일보』, 1940. 4. 12~20) 등을 썼다. 신인들이 자기의 정확한 위치를 이러한 문학사적 파악에서 자세를 취해야 할 것이라는 임화다운 계몽적 공리주의가 작용되어 '신인론'에 일부 반영된 것이라 할 수 있다.

그다음, 임화의 신인론의 근본적 의도로서 1939년을 앞뒤로 하여 문단에 세력을 확보한 소위 순수성을 견지하는 예술파에 대한 비판이 외형적으로 신인론을 가장하여 나타난 것이라고 볼 수도 있다. 신인론이 세대론으로 발전되다가 드디어 '순수'와 '비순수'로 대립, 첨예화됨은 이를 방증하는 것이 아닐 수 없다. 우선 이 사실은 신인들이 이광수, 이기영, 정지용, 이태준의 아류가 되었다는 임화의 말부터 살펴보는 데서 밝혀질 것이다. 앞에서 든 기성 대가인 이광수, 이태준, 정지용은 민족주의 혹은 고전적 체질의 작가라 할 수 있고, 또 이태준이나 정지용은 '구인회'적인 예술파라 할 수 있다. 김환태가 「순수 시비」(『문장』, 1939. 11)에서 옹호한 것이 표면상으로는 신세대였으나 그 내면상으로는 『문장』파의 정지용·이태준 옹호론이었음도 결코 우연일 수 없는 것이다. 그러므로 임화의 신인론은 신인 매도로 나타났으나 실질상으로는 순수파 즉 예술파에 대한 비판이며 도전이라 볼 수 있다.

이것은 결코 나의 무언(誣言)이 아니다. 예로 김남천, 유진오 씨 등의 근작과 이효석, 김영수 씨 등의 소설과 정비석, 최명익 씨 등의 소설을 한군데 모아놓고 읽는다면 이들이 모두 한 가지로 5, 6년 전 조선 문단의 작가가 아님은 단언하기 어렵지 않다. 그렇다고 나는 최근에 와선 낡은 '제너레이션'이 모두 해체되고 일체로 새 '제너레이션' 가운데 동화되어 차이라고는 기술 정도의 것이라고 말하는 것은 아니다. 기술의 영역을 넘어서 일견 모두가 현대화되어버린 듯한 가운데에 어딘지 30대 작가로 하여금 신인군에게서 '제너레이션'의 차이를 느끼게 하는 곳이 행인지 불행인지 존재하고 있다. 그것은 편의상으로나마 이런 말이 씌어질 수 있다면 순수성의 문제다. 순수하다는 것은 주지하는 바와 같이 단순하다고도 해석되는 말이다.[15]

여기서 임화가 신인을 순수성으로 그 특질을 규정했고, 그 순수성을 단순성으로 평가한 점이 주목된다. 신인들이 30대보다 오히려 기술이 우수하다는 점은 문예의 세계에서는 실력이 있다는 말과도 같은 것이다. 그렇다면 신인이 순수성을 지녔다는 것은 단순성이 아니라 문학적 역량이 30대보다 더 있다는 결과가 되어야 할 것이다. 그렇지 않다면 임화의 논리는 모순이 아닐 수 없는 것이다. 또 신인의 순수성을 단순성으로 공격한다면 이들 신인이 배운 이태준·정지용의 순수성도 단순성으로 봐야 하는 것이다. 임화의 의도가 어느 곳에 있었든 간에 신인 매도는 『문장』파로 대표되는 고전파 혹은 민족주의파에 대한 도전이 되었던 것이다.

프로문학의 거점이 외래 문예사조에 있었고 그 후의 휴머니즘론, 지성론 등도 외래 사조의 도입에 역점이 갔던 것이며, 이 점에서 양자

---

15) 임화, 「소설과 신세대의 성격」, 『문학의 논리』, 학예사, 1940, pp. 483~84.

는 일치한다고 볼 수 있다. 이에 비하여 순수 문학을 자기를 세우는 전통 혹은 내발적 위치를 찾는 것으로 본다면 이는 전자들과 대립되는 것으로, 세대 논의에는 문단 내적인 암투적 저의가 감지된다. 이원조, 최재서, 유진오, 김오성 등이 신인대망론으로 임한 것은 임화의 신인론과는 약간 틈이 있지만, 대체로 보아 신인론 대두의 이 시기에는 외국 사조에 민감한 전위적 30대와 복고적, '조선적' 30대의 이원적 구조의 대립이었음이 드러난다. 전자는 최재서 중심의 『인문평론』파로 대표될 수 있고, 후자는 이태준 중심의 『문장』파로 대표시킬 수 있는데, 신세대는 대체로 『문장』파의 아류에 가까웠던 것이다. 신인군이 전위적이 못 되고 오히려 30대의 『인문평론』파가 전위적, 시대적이었음은 아이러니컬한 일이며, 이 점이 세대 논의의 한 특성이기도 하다. 이는 신인 측이 한 사람의 전문적 비평가를 못 가졌던 사실과 무관하지 않다. 『인문평론』파가 비평에 능했고, 외국 문예사조에 민감했다면 『문장』파가 보수적, 비시대적이었기 때문에 전자가 신체제론에까지 개방적 세계관을 찾으려 했고, 후자는 차라리 붓을 끊고, "올연(兀然)히 슬픔도 꿈도 없이 장수산 속 겨울 한밤내"[16]의 자세로써 민족의 이념과 한글의 세계를 함께 운명할 수 있었다.

---

16) 정지용, 「장수산 I」, 『문장』, 1939. 3, p. 121.

제2절 순수 논의

1. 유진오의 순수론

순수라는 말이 1939년 비평계에 사용된 것은 임화에서 볼 수 있으나, 이 말에 역동성을 부여한 것은 현민 유진오의 「순수에의 지향」(『문장』, 1939. 6)에서부터이다. 유진오는 「신진에게 갖는 기대」(『조광』, 1939. 5)에서도 신인들에 대해 비판적이었고, 「문단 신인군」(『조선일보』, 1939. 6. 28)에서도 같은 논조를 보였는데 그의 순수 비판은 「순수에의 지향」에서 논진되어 있다.

이 평론은 세 부분의 문제점을 내포하고 있다.

첫째, 유진오는 신인 작가와 구세대(30대)는 언어불통이라 했다.

언어불통이란 것은 지난 수개월 동안 모 지상(『조광』—인용자)에 나타난 신인 작가들의 좌담회와 문단 호소장이란 것을 통독하고 나서 느낀 첫째 감상이다.[17]

이러한 유진오의 전제엔 기성세대가 신세대와는 달리 '고뇌의 문학 도정'을 거쳐왔다는 우월감이 들어 있다. 기성세대의 고뇌의 정신을 신인들이 이해하지 못한다고 단정했으므로 언어불통설이 나온 것이다. 그런데 유진오는 대부분의 신인들이 기성세대 특히 '30대'의 작가

---

17) 유진오, 「순수에의 지향—특히 신인 작가에 관련하여」, 『문장』, 1939. 6, p. 135.

들의 고뇌의 소재를 전혀 이해 못 하고 "도리어 그런 고뇌를 갖는 것을 일종의 희비극으로밖에 보지 못하는 듯하다"[18]고 했다. 신인들의 이런 태도는 어디서 연유하고 있는가. 이 점에 대해 유진오는 성급한 일부 신인들의 몰지각한 출세욕도 작용하였으나, 그보다도 거기엔 사회적 근거가 마땅히 있을 것으로 보았다. 그러나 유진오는 그것을 발견해낼 수 없었던 것이다. 유진오의 언어불통설은 곧 '사회적 근거'를 알 수 없는 것으로 파악됐다. 가령 세대 간의 언어불통은 30대와 40대 간에도 있었으리라 추측되나, 그 호흡하던 세계가 10여 년의 차이가 있었으므로 언어불통이 당연히 있었으나 30대와 신인 간의 언어불통은, 이들이 함께 연령으로도 동배이거니와 그 호흡하는 세계의 차이도 문단 경력 이상의 것이라 하기 어렵기 때문에 이 경우의 언어불통 현상은 불가사의가 아닐 수 없다는 것이다.

둘째, 신인과 비평가와의 관계인데, 앞서 『조광』지의 신인의 문단 발언이 기성 불신이라 했지만, 실상 그것은 바로 비평가 불신에 해당했던 것이다.

유진오는 여기서 표어비평과 직관비평은 오십보백보라 본다. 신인들에겐 문단 주류 상실, 비평 기준의 상실 등에 대한 불신 및 무관심이 팽배해 있다. 이런 시대에는 자기 힘, 역량으로 자기 기술과 세계관을 확보해야 한다면 신인들은 비평에서 기여받음이 별로 없다고 할 수 있다. 신인들에겐 이 무렵 비평계의 무주류적 발호가 가시처럼 보일 것이지만, 중요한 것은 신인들이 기성 비평을 거부하기에 앞서 자기반성이 있어야 할 것이라고 유진오는 주장했다. 그 이유를 다시 세

---

18) 같은 글, p. 139.

가지로 들었다. (1) 거부를 위한 거부는 죄악이다. 그것은 수년래로 논의된 휴머니즘론, 지성론, 모럴론 등 표어류의 비평 속에 깃든 고뇌의 분석을 방해하는 것이 된다. (2) 어떠한 '생각'을 육체적으로 그 자신 속에 양성함이 없이 오직 신기한 표어를 좇아 헤매는 비평가를 흔히 볼 수 있고, 그럴 때마다 그런 유의 비평을 혐오하게 됨이 사실이다. 그렇지만 그런 유의 비평을 거부함은 결코 '생각' 그 자체의 거세와 동의어는 아닐 것이다. (3) 비평이 문단을 영도하던 시기에는 문학적 역량을 등한시한 혐의가 있었는데, 주류 상실의 현금, 이러한 것에 대한 길드적 악질적 문단 정치가 신인들로 해서 그 맹아가 보인다는 것이다. 고쳐 말해서 묶으면, 표어비평이든 직관비평이든, 그 비평 자체를 신인들이 이해하려 하지 않고, 비평의 고뇌를 무턱대고 배척, 혹은 무관심으로 임하고 있음을 비난한 것이다.

셋째, 신인의 특징으로 규정된 소위 순수성에 대한 정의와 그 지향점을 유진오가 제시했는데, 이 지향점 및 순수 정의는 신인 측에 큰 충격을 주게 된다.

> 나는 일개 문단인으로서 문학에 있어서의 순수라는 것을 생각하기 요새보다 더 절실한 적이 없다. 순수란 별다른 것이 아니라 모든 비문학적인 야심과 정치와 책모를 떠나 오로지 빛나는 문학정신만을 옹호하려는 의열(毅烈)한 태도를 두고 말함이다. 문단의 사조가 전면적으로 혼돈 속에서 헤매일 때, 문학인, 지식인의 긍지와 특권을 유지 옹호해주는 것은 오직 순수에의 열정이 있을 뿐이다.[19]

---

19) 같은 글, p. 139.

이상과 같은 유진오의 순수지향론은 신인군에 비상한 관심과 반발을 야기했는데 그 이유의 하나는 유진오 논지의 과격성에 있었으며, 다른 하나는 유진오의 당시 문단적 위치와 관련된다. 세대론에 대해서는 최재서, 김오성, 서인식, 이원조 등의 평론도 있었지만, 유진오보다는 과격하지 않았고, 또 신인들로 볼 때, 작가로서 유진오의 발언이 비중이 컸던 것이라 할 수 있다.

유진오가 처음 문단에 나설 때 동반자작가의 경력을 가졌다는 점을 지적할 수 있다. 이것은 임화나 박영희와도 다른 유진오의 정신적 특질을 의미하는 것이 된다. 즉 임화나 김남천보다 프로문학이나 국민문학을 제삼자적 입장에서 고찰할 수 있는 객관성을 가질 수 있었다고 할 수도 있는 것이다. 그다음에 유진오는 김동리의 지적대로 "탁월한 문예 견식가"[20]라는 점이다. 그는 창작 외 작품평, 문예사조에도 민감했고 이 방면에도 비평가로서의 깊은 소양이 인정되었던 것이다. 그러한 30대 작가가 신인의 비순수 즉 문학정신을 비난한 것은 책임을 물을 만한 성질의 것이었다.

유진오는 「조선 문학에 주어진 새길」(『동아일보』, 1939. 1. 10~13)에서 '30대 작가'의 불행과 신인들의 행복설을 내세운 바 있다. 이 말의 내용은 30대 작가들이 수년 내 다각도로 전환된 사조와 격변 속에 부딪쳐 결국 자기 포즈를 확립하는 데 심한 자기분열을 일으켰고 그 고뇌 속에 견디어왔으나, 신인들은 이런 시련기가 없었기 때문에 '30대'는 불행하고 '20대'는 이에 비교하면 행복하다는 것이다. 물

---

20) 김동리, 「'순수' 이의」, 『문장』, 1939. 8, p. 142.

론 여기에는 비판의 여지가 있기는 하나, 어느 정도 문학사를 살펴보면 타당성이 있는 발언이다. 그러나 그렇다고 해서 '30대'와 신인 간에 '언어불통'이라 한 것은 지나친 표현이 아닐 수 없다. '30대'의 임화조차도 다음과 같이 말하고 있는 것이다.

> 그러나 불과 5년이나 혹은 10년에 불수(不垂)하는 연령의 차이가 동시대에 사는 사람들 상호 간에 언어가 통하지 아니할 만한 장벽이 되는지는 자못 의문이 아닐 수가 없다. 이렇게 생각하면 현민의 소감은 적지 아니 과장에 흐른 감이 없지 않다 할 것이나, 그러나 5, 6년 내지 7, 8년 이전에 문단에 나온 사람으로 오늘날 우리가 새 제너레이션이라고 지목할 수 있는 작가들에게서 하나의 다른 제너레이션을 느낀다는 것은 공통한 감정이 아닌가 한다.[21]

2. 김동리의 순수 이의

유진오의 신인론으로서의 순수론에 대해, 정면으로 대결한 신인 측 이론 분자는 신인 중 가장 역량 있는 작가의 한 사람인 김동리였다. 김동리가 유진오와 대결하게 된 이유는, 첫째 신인 중엔 이론 부분을 담당할 비평가가 없었다는 점을 들 수 있다. 그러므로 작가 중에서 누군가가 이론 분자가 되어 '30대'와 대결해야 할 형편에 처해졌던 것이다. 그 누군가는 문학에 대한 소양, 방향 감각, 사조 면에서 민감해야 할

---

21) 임화, 「소설과 신세대의 성격」, 『문학의 논리』, pp. 475~76.

것은 물론이다. 특히 자기의 주체성을 확보한 자라야 했던 것인데, 이 조건에 맞는 신인으로서는 김동리가 적임이었던 것이다. 둘째 이유는 유진오가 두번째로 비판한 부분인 '표어비평'과 '직관비평'에 대한 것이 김동리가 「문자 우상」(『조광』, 1939. 4)에서 발언한 것이었기 때문에 유진오가 김동리를 공격한 논쟁의 형식이므로 이에 김동리가 맞선 것은 오히려 공격을 받는 마땅한 자세라 할 수 있다.

김동리의 「'순수' 이의—유 씨의 왜곡된 견해에 대하여」(『문장』, 1939. 8)라는 평론은 두 부분으로 갈라낼 수 있다. 하나는 유진오에만 국한한 논전의 답변인데, 이것은 다시 네 항목으로 되어 있고, 다른 하나는 30대 전체를 향한 신인의 태도를 천명한 것이다.

먼저 유진오의 도전에 대한 김동리의 네 항목에 걸친 반박을 검토해보기로 한다.

첫째 김동리는 유진오의 '30대의 불행과 신인의 행복'설부터 비판한다. 유진오의 이 발언 속엔 상당한 '자긍' '자존'이 암시되어 있으며, 동시에 그것은 신인에 대한 '최상의 모욕'이라고 그는 보았다. 그는 유진오의 이론적 허점을 작가의 생명적 본질을 통해 적발하였다.

씨가 말하는 바, 행복과 불행이란 말은 작가로서의 본질적 성패를 의미하는 말인가, 시정적 득실을 의미하는 말인가. 만약 후자가 아니고 전자라면 하필 변천된 이 마당에 와서 행, 불행을 부르짖을 것이 아니라 당초 문학에 지향하던 그날부터 이미 작가로서나 혹은 사상가(문예)로서는 극히 초라한 운명을 졌던 것이니, 그러한 작가에게서는 외적 동기의 자기분열이 없었다고 하더라도 작가로서의 기대는 성격적으로 이미 가지지 못한 자이다. 작가다운 작가일수록 이미 그 주관 속에 항상 인간적으로나 문학적으로나 맹렬한 자기분열을 가지는 법이라, 씨가 말하는 바와 같은 그러한 다분히 시정성을 띤 자기분열이란 결코 그 작가적 행, 불행을 결정할 수 없다는 것이다.[22]

김동리의 이러한 생명적 본질에 입각한 작가적 자세론에서 볼 때는 세대 간의 행·불행의 문제는 성립되지 않는 것이라 할 수 있다. 그러나 작가란 그 시대성에 의해 감수성, 주체성 등의 형식이 크게 좌우된다는 사실을 또한 몰각할 수는 없는 일이다. 따라서 김동리의 견해와 유진오의 것과는 차원이 다른 논의인 셈이다.

둘째 항목은 소위 언어불통설에 대한 반박이다. 30대가 "문학정신의 정상한 발전을 위하여 악전고투"했으며, 그 문학정신을 정의하여 "본질적으로 인간성 옹호의 정신"이라 했다. 그렇다면 이러한 태도나 정의는 문학 이전의 이야기일 따름이다. 즉 30대가 "인간성 옹호의 정신은 얼마만 한 문학적 표현을 가진 것이며, 또 현금(現今) 가지고 있는가"를 김동리는 묻고 있다. 이 논거는 다음과 같은 관찰에 근거를 둔 것이다.

문학적 표현 없는 문학정신이란 것을 씨는 어떻게 상상하는가. '표현' 없는 '정신', 이것은 문학세계에 있어 언제나 '순수'의 적임을 씨는 또한 모르는가. 문학적으로 마땅히 순수해야 하고 과연 가장 순수한 오늘날의 신인 작가들이 이 '순수의 적'을 경멸하는 이유를 씨는 또한 모르는가.[23]

---

22) 김동리, 「'순수' 이의」, 『문장』, 1939. 8, p. 143.

유진오가 작품 이전의 정신 자세를 말한 것이라면 김동리는, 작품 자체에서 하나의 예술화가 되어 나타난, 작품 속의 정신을 의미하고 있다. 이 태도는 신인의 기교 우세 현상과 직결되어 있는 것이다.

셋째 표어비평에 대한 시비인데, 이것은 김동리의「문자 우상」에서 표어비평을 불신한 데 대한 유진오의 비판이 있었다. 유진오는 신인들이 "모든 문학상의 주의와 주장을 거부"하는 자라 했는데, 김동리는 이것을 오독에 기인한 것이라 해명한다. 유진오가 비평을 거부해도 생각 즉 사상 그 자체는 거부할 수 없는 것이라 했는데, 김동리는 문학에서 사상을 거부한다는 것은 문학 자체의 성립을 부정하는 것이므로 어불성설이라 한다. 유진오는 문단 주류 상실이 곧 이데아(생각)의 멸망이라고 할 수 없는데, 신인들은 그렇게 생각하고 있다는 것이고, 김동리는 신구인을 막론하고 사상을 거부할 자 아무도 없다는 것이다. 여기서도 김동리는 문학의 생명적 본질론에 입각한 발언이고, 유진오는 어디까지나 시류적 문화사적 입장이므로 좌표가 맞지 않은 논쟁임이 드러난다.

넷째 순수의 정의 및 지향점에 대한 것이다. 유진오는 순수란 "모든 비문학적인 야심과 정치와 책모를 떠나 오로지 빛나는 문학정신"만을 지키는 태도라 했는데, 김동리는 이것이야말로 신인 작가가 30대에게 돌려줄 말임을 주장한다. 이런 의미에서의 순수야말로 "이미 진실한 신인 작가들이 획연(劃然)히 획득한 자기들의 세계"[24]이며,

---

23) 같은 글, p. 144.
24) 같은 글, p. 146.

30대의 정치적 야심과 대립하는 정신이라 주장한 것이다. 이 결론에서 보여준 김동리 이론의 요점은, 전편을 일관해서 흐르고 있는 작품—창작 자체로서 신인을 평가할 것이지, 신인들의 편언적 잡문을 트집 잡아서는 안 된다는, 이른바 실력주의라는 일언에 집약시킬 수 있다.

이상이 앞부분에 속하는 것이며, 뒷부분에 속하는 것은 유진오 외의 30대 비평가들, 가령 임화·최재서 등의 신인 부진 혹은 신인 불가외라 했음에 대한 일반적인 답변에 해당된다. 신인 불가외라든가 신인이 새롭지 못하다는 30대의 비난에 대한 김동리의 답변 근거는 시대적 특수성과 한국 문단이란 특수성 속에 두고 있다. 신인이 한 개의 새로운 사조로서 기성 문단에 도전하는 일이 없었던 것은 사실이다. 그것은 시대적, 한국 문단적 조건이라 할 수 있다는 것이다. 신인들은 어떤 새로움보다도 저마다의 세계를 모색하고 있으며, 이러한 성격이란 "이론보다 작품이 앞서는 것"이라 했다.

세대론의 쟁점이 신인의 무성격, 무사조성에 있음이 이로써 드러난 셈이다. 기성에 도전하는 새로운 사조를 신인이 가지지 못한 것은 시대성에 보다 많이 원인이 있으며, 비평으로 사조를 이끌지 못한 것은 신인 중에 이론적 비평가의 작업이 없었다는 사정을 지적할 수 있다. 따라서 신인은 기교에 주력하여 "이론보다 작품"에서 역량을 드러낸 것이다.

3. 순수와 비순수

유진오 대 김동리의 논전이 일자, 30대 비평가인 김환태가 김동리 이론을 옹호하여 신인 측에 가담했으며, 이 30대의 '배신적 행위'에 대해 이원조가 반박에 나섰다. 이 논쟁은 문학정신에 있어서의 순수와 비순수에 대한 30대끼리의 논쟁이라 할 수 있다.

김환태의 「순수 시비」(『문장』, 1939. 11)는 김환태 비평의 끝 무렵을 장식하는, 그의 역량을 보인 것이라 할 수 있는 것으로, 그것은 최명익의 「봄과 신작로」 「심문」, 김동리의 「황토기」 「잉여설」, 허준의 「야한기(夜寒記)」 등의 작품 수준이 30대에 못지않다는 데서 비롯한다. 이 점에서 볼 때, "문학정신만을 옹호하려는 의연한 태도"에 있어서 30대가 신인들을 따르지 못한다는 김환태의 결론은 그것이 어떤 선입관이나 감정이 개재한 것이 아니라는 데 취할 점이 있다.

김환태의 신인 옹호는 문학정신의 순수성 옹호라 할 수 있다. 이 경우 문학정신이란 '인간성의 탐구'이며, 그것에 '표현'을 부여하는 창조적 힘이다. 그러므로 문학정신은 문학상의 주의나 사조와는 완연히 다른 것이다. 주의란 문학정신의 방향, 자세에 불과한 것이다. 이렇게 보아오면, 한 작가에게 필요한 것은 주의가 앞서는 것이 아니라 문학정신, 창조적 힘이 선행할 것이다. 한국에서는 이러한 강렬한 문학정신의 토양이 빈약했다.

작가는 자기의 정신적 자세를 갖기 이전에 먼저 주의의 세례를 받았고, 그 결과 작품의 공전이 초래되었지만, 그중에 이태준, 정지용, 박태원 등은 뚜렷한 주의는 없었으나, 강렬한 표현 의욕과 문학정신이 의연했기 때문에 작품상의 성과를 거둘 수 있었다고 김환태는 보았다. 즉 이들은 소위 '인간성 탐구의 심각성'이 적기 때문에 성과를 거둔 것이라 했다.

문학상의 주의(主義)의 대상은 작품인데, 한국에서는 이것이 불가능했던 것이다.

사회주의적 사실주의니, 무엇무엇하는 창작방법이니, 휴머니즘이니 행동주의니, 심리주의니, 모더니즘이니 지성이니 하는 잡다한 주의에 사상이 숨 쉴 사이도 없이 뒤미쳐 나왔다. 작가가 한 주의의 진의도 포착하기 전에 새 주의가 제창되었고, 그 새 주의를 제창한 평가가 하루 밤새에 또 딴 주의를 제시하였다.[25]

이런 사정 밑에서 작가들이 문학정신을 함양할 수 없었고, 작품으로 형상화된 바탕이 없는 주의란 공론이 되기 마련인 것이다. 신인들이 작품 이전의 이와 같은 주의를 배격함은 오히려 진보적 의의가 있다고 그는 본다. 문학상의 주의는 작가정신 다음의 문제이며, "자기 개성에서 나온 확고한 생의 구경"이 중요하다는 것이다. "우수한 신인들은 각기 제 개성에서 발아한 확호한 문학적 세계 하나씩을 가진다"라는 김동리의 발언을 그는 인용하였다. 또 김환태는 포, 말라르메, 보들레르, 발레리를 예로 들어 이들이야말로 가장 순수한 존재라 했는데, 그것은 이들이 유진오가 본 것처럼 사실 속에 몰입했기 때문이 아니라 "도리어 사실을 피한 작가"[26]이기 때문이라 했다.

---

25) 김환태, 「순수 시비」, 『문장』, 1939. 11, p. 147.
26) 같은 글, p. 149.

끝으로 김환태는 유진오가 주장한 30대 작가의 고뇌의 의미와, 그들이 순수하다고 주장하는 의미를 다음처럼 밝히고 그 부당성을 지적하여, 김동리의 주장을 보강하고 있다. 따라서 김환태의 이론은 김동리 이론을 능가한 부분은 거의 없는 셈이다.

> 30대 작가들은 오래 사실(실제로 문학행동 혹은 문학작품과 아무런 관련이 없었던 그 수많이 명멸한 문학상의 주의도, 한 문단의 사실에 지나지 않았다)의 격류 속을 방랑한 후 이제야 심각한 인간성을 전인간적 존재에서 찾으려는 자각이 움트려 한다. 유 씨의 순수의 개념에 대한 혼란은 실로 이것을 말하는 것이요, 이것이 소위 30대 작가의 고뇌의 일면으로 이곳에 그들의 불행이라면 불행이 있다. 그러나 이는 아직도 실제 작품 행동과는 직접적 관련이 없는 것으로 진정한 작가적 고뇌는 아닌 것이다. 그런데 신진 작가들은 벌써 그 진정한 작가적 고뇌를 체험하며 있다.[27]

이상과 같은 김환태의 순수론은 몇 가지 문제점을 가진다. 주의와 문학정신을 구별할 수 있다든가, 말라르메, 포, 발레리가 사실의 격류를 회피했으며 사회적으로 무관심한 문인이 문학사적으로 공적을 남겼다는 등의 생각은 퍽 위험한 도그마라 할 수 있다.

요컨대 30대는 김환태의 배신적 신인 옹호에 대해 상당한 야유로 임한 듯하다. "김환태라고, 한때에 학생시대의 노트를 옮기는 것으로 전념하고 있다가 어느 새에 시골로 낙향했는지 그 형적이 요요(寥寥)

---

27) 같은 글, pp. 149~50.

하던 친구는, 이 기회에 신인의 대변자로 나서서 한목을 보아보겠다고 김동리와 김종한 등과 어울려서 팔을 걷고 나서보았다"[28]는 것이다. 이러한 가십과는 달리, 30대의 가장 우수한 비평가의 한 사람인 이원조가 본격적으로 김환태 반박 평론을 썼는데,「순수는 무엇인가」(『문장』, 1939. 12)가 그것이다.

이 평론은 유진오 설의 옹호이며, 30대 순수 즉 '비순수'의 대표적 견해로서 신인을 옹호한 김환태가 "예술이 사상이나 주의로부터 절연을 해야 순수한 것"이라 한 것에 대해 "참을 수 없는" 분만(忿)을 가지고 썼던 것이다.

이원조가 제기하는 문제점은 "순수란 문학상의 모든 주의와 사실을 거부하는 것인가"에 있다. 고쳐 말하면 "이태준, 박태원, 정지용 세 분이 순수한 작가라는 것은 모든 주의에 대해서 귀를 막고 아무런 사상적 고뇌도 없이 표현에만 노력한 때문"[29]인가로 될 것이다.

순수의 문학상 정의는 유진오가 세운 "일체의 비문학적인 야심이나 책모를 떠난 문학정신의 옹호"가 충분하고도 정당하다. 김동리도 이에 대해 이의는 없었다. 그런데 김환태는 문학정신을 "인간성의 탐구이며, 그것에 표현의 옷을 입히는 노력"이라 정의했던 것이다. 만약 이 명제대로 사유한다면 인간 정신에 대한 심각한 탐구도 적고 사상적 동요도 별로 볼 수 없는 이태준이나 정지용이 어떻게 완전한 예술작품을 만들 수 있으며 또 이것을 순수 작가라 할 수 있는가. 만약 본래부터 문학정신은 표현의 노력이라 했다면 문제가 다를 것이나, 그

---

28) 「구리지갈(求理知喝)」,『인문평론』, 1939. 12, p. 79.
29) 이원조,「순수는 무엇인가」,『문장』, 1939. 12, p. 138.

표현하는 내용이 인간성의 탐구라고 주장한 김환태로서는 표현의 형상화에만 성공했다고 해서 완전한 예술작품이라 함은 모순된 논법이 아닐 수 없다고 이원조는 주장한다.

이, 박, 정 3씨가 만약 완전에 가깝도록 표현의 노력이 성공되었다면 그 속에는 반드시 그 표현에 어울릴 만한 인간성의 탐구가 숨어 있을 것이고 또 만약 김 씨의 말과 같이 인간 정신에 대한 심각한 탐구가 적고 심각한 사상적 동요도 볼 수 없다면 역시 그 표현도 완전의 역(域)에는 달하지 못했을 것이 아닌가.[30]

이원조에 의하면 순수와 비순수는 문학가가 '문학을 위해서 다른 일을 하느냐', '다른 일을 위해서 문학을 하느냐'에 달렸다고 본다. 즉 소설을 쓰기 위해 주식을 하는 것과 연애를 하기 위해 시를 쓰는 것에서 순수와 비순수가 결정된다고 본다. 그렇다면 하필 야심, 책모만이 비순수라 할 수는 없다. 가령 아무리 선한 일, 공리적인 것이라도, 그것이 비문학적일 때는 비순수가 되는 것이다. 따라서 과거 30대가 여러 사상적 고민을 받아들이다가 실패하여 그 공허감에 사로잡힌 과도기는 방법의 실패일지는 몰라도 그것이 문학적으로 순수하지 않다고 단정할 하등의 이유가 성립될 수 없다는 결론이 나온다.

이와 같이, 이원조는 신인 김동리와의 직접적인 대결을 피하면서 김환태 비판을 통해 실상은 30대의 유진오를 옹호하고 간접적으로 김동리를 비판한 것이다.

---

30) 이원조, 「순수는 무엇인가」, 『문장』, 1939. 12, p. 139.

4. 시의 신세대

세대론에서 문제된 신인들은 『조광』지에서 집단 발언한 김동리, 정비석, 김영수, 차자명, 김소엽, 박노갑, 허준, 현덕, 계용묵 등이 중심 멤버라 할 수 있다. 이 속엔 한 사람의 시인도 포함되어 있지 않다. 이 사실은 세대론이 신인 작가와 30대의 논쟁이라는 말과도 같다. 그렇다고 신인으로서의 세대 차이를 보인 시인이 없었다는 뜻은 아니다. 가령 생명적, 윤리적 경향의 오장환, 유치환, 윤곤강, 서정주, 김달진 등과, 신비적 회화적 경향의 김종한, 김광균, 박남수, 장만영 및 절충적 입장의 함형수, 이용악 등이 시단 신생면(新生面)을 구축하고 있었던 것이다. 그러면서도 이들이 자기주장을 신인답게 기치를 세우지 못한 것은 무슨 까닭인가. 시와 소설의 장르상의 차이 때문인가. 아마 그런 점도 있고, 또 다른 이유도 있을 것이다.

시가 현실 반영의 넓이에서는 소설을 따르지 못하나 소설이 또한 그 예리함과 깊이에 있어 시에 미치지 못함은 그 각각 장르상의 특징이라 할 수 있다. 그렇다면 신세대의 감정, 기분, 지적 상태를 직감하는 데는 시가 소설보다 한 발 뛰어난 것이라 할 수도 있다. 소설은 어느 정도까지 새 시대의 정신과 기풍이 생활화하기 이전에는 작품화하기 어렵기 때문이다. 그런데도 불구하고 신세대론의 중심이 소설에서 발단, 발전되었음은 무엇을 의미하는 것일까.

임화는 「시단의 신세대」(『조선일보』, 1939. 8. 18~26)에서 오장환의 「헌사」, 김광균의 「공지(空地)」, 윤곤강의 『동물시집』, 함윤수의 『앵무새』, 허이복의 『박꽃』 등의 신인 작품을 검토한 후에 소설의 신인들이 새롭지 못하다고 매도하던 그답지 않게 다음과 같이 '단순성'을 규정, 옹호하고 있다.

우리의 시가 19세기의 소박성으로 돌아간다는 것은 원치 않는 일이
나, 서정시의 심오한 단순성으로 회귀한다는 것은 결정적으로 중요
한 일이다. 단순성! 그것이야말로 금일의 시가 상실하고 있는 최대
의 재산이요, 이것이야말로 또한 서정성의 생명이다. 사치의 시에서
단순의 시에로의 회귀, 시의 이러한 현대의 '르네상스'를 위하여는
소박의 정신은 그 관문의 하나다.[31]

임화는, 시단의 신세대는 서정시의 핵심이 되는 단순성에 도달해 있
음을 내세워, 현대적인 의미의 시의 회복을 시도하고 있다고 보아 긍
정적 입장을 취하였다. 임화의 이러한 태도는 의아심을 갖게 한다. 그
것은 그가 소설에서는 신인들이 조금도 새롭지 못하다고 매도하면서,
시인들의 이런 단순성이라는 지극히 새롭지 못한 시에의 회귀에 대해
서는 긍정하고 있기 때문이다. 임화의 이러한 자기모순은 어디서 연
유하는 것일까. 한마디로 말해서 그가 기교주의 시를 일찍부터 배격
해왔다는 사실에서 찾을 수 있다. 프롤레타리아 시인으로 서사적, 낭
만적, 사상적인 시를 써왔던 임화는 1930년 이후 『시문학』 중심으로
대두된 정지용, 김기림, 박용철 등의 기교주의에 대해 논쟁을 벌였던
것이다. 임화는 「담천하의 시단 1년」(『신동아』, 1935. 12)에서 김기림,
박용철과 맞섰던 것이다. "그들(기교주의자―인용자)은 감정을 노래
함을 멸시하고 감각을 노래한다. 감정이란 곧 사상에 통하는 것이므

---

31) 임화, 「시단의 신세대―사치의 정신과 소박의 정신」, 『조선일보』, 1939. 8. 26.

로! 따라서 그들은 사상 없는 시 [……] 시의 제작만을 위해서 사
유"[32]한다고 보는 것이 그의 주견이었다.

한편 신세대의 시인들에 의해 주장된 발언은 어떠했던가.

신인 시인으로서 이론 분자로는 을파소(乙巴素) 김종한을 들 수
있다. 김종한의 「시단 신세대의 성격」(『동아일보』, 1940. 1. 21~23), 오
장환의 「나의 시론─방황하는 시 정신」(『인문평론』, 1940. 2), 다시 김
종한의 「시단 개조론」(『조광』, 1940. 3), 「나의 시작 설계도」(『문장』,
1939. 9), 「시문학의 정도」(『문장』, 1939. 10) 등이 있다. 김종한이 내
세운 신세대의 시론은 '순수시'로 되어 있다.

> 현대를 광의로 사실주의의 시대라고 말할 수 있다면 그것에 결합시
> 킬 시단은 당연히 '순수시' 등의 초속적(超俗的)인 이념이어야 할 것
> 입니다.[33]

이것은 김종한의 사백(飼伯)인 정지용이 조선말로는 '순수한 시'는 쓸
수 있어도 '순수시'는 쓸 수 없지 않을까 절망하는 것보다 다분히 얕은
차원임을 다음 사실에서 알아낼 수 있다. 즉 김종한이 말하는 순수시
는 초속적인 이념을 갖기 위해 목표가 '신비성, 몽환성, 자유성, 소박
성'으로 되어 있기 때문이다. 그러므로 김종한이 말하는 순수시는 절
대의 탐구인 말라르메, 발레리의 순수시와는 무관하며, 또한 H. 브레
몽의 그것과도 전혀 다른 것으로 이른바 '한산시론(寒山詩論)'이다. 김

---

32) 임화, 「담천하의 시단 1년」, 『신동아』, 1935. 12, pp. 171~72.
33) 김종한, 「시단 개조론」, 『조광』, 1940. 3, p. 156.

종한은 「시문학의 정도―참된 '시단의 신세대'에게」에서 임화의 「시
단의 신세대」를 치기라 보았고, 정지용은 "자연 유기체설적인 순수
성"이며, 이상은 시인이 아니라 "해외 시 수입의 한계성"을 무시했기
때문에 서구 및 도쿄 시의 모방이고, 편석촌(片石村) 김기림도 한갓 모
던보이의 경박성이라 하면서, 오직 타개의 길로 '한산도인무인도(寒山
道人無人到)'를 내세웠다.

> 순수시의 이론도 쉽게 말하면 한산시의 서문인 '범독아시자(凡讀我詩
> 者), 심중수호정(心中須護淨)'에 근대성을 가미한 것에 불과할 것입니
> 다.[34]

이어, 그는 이백의 "아미산월반륜추(娥媚山月半輪秋), 영입평강강수류
(影入平羌江水流)"[「아미산월가(峨眉山月歌)」]의 경지에 머물고 있다. 이
것은 이 무렵 무성히 논의된 동양문화론의 일환에서 자극을 받은 듯
하고, 정지용의 「이가 시리는」 「장수산」의 이미지와는 다른 것이기는
하나 복고적이라는 점에서는 일치한다. 또 이것은 김동리 등이 주장
하는 동양의 자연 즉 신의 탐구와 '생명의 여율과 우주의 일치의 탐구'
로서의 동양적 허무주의의 한 측면에서 순수성을 드러낸 것으로 본다
면, 그것은 한산시론의 세계관과 일치하는 일면이라 할 수 있다.

---

34) 김종한, 「시문학의 정도(正道) ― 참된 '시단의 신세대'에게」, 『문장』, 1939. 10, p. 202.

5. 세대 논의의 귀추

신세대론을 처음 논한 것은 임화인데, 이 논의가 처음 의도와는 달리 너무 확대 복잡화되었고, 드디어는 작가정신의 순수·비순수에까지 발전했던 것이다. 임화 자신도 「문화 현세의 총검토 좌담회」(『동아일보』, 1940. 1. 1)에서 이 점을 시인한 바 있다. 뿐만 아니라 강병탁은 「신세대론의 최후」(『동아일보』, 1940. 2. 15~18)에서, 신세대의 무성격은 구세대의 무성격을 "이서(裏書)하는 것"이라 보기도 했던 것이다.

세대론으로 전형기를 극복하려는 의도가 세대론의 의의라 할 수 있을 것이다. 김오성이 신·구세대의 철학적 충돌을 합리적인 것과 비합리적인 모순적 통일에 둔 것은 작위적인 요소가 있기는 하나, 한계점까지 접근한 철학적 파악이라 할 수 있다. 한편 최재서, 서인식의 전통계승 면으로 본 세대론의 극복 방안도 문제 해결의 중요한 방법의 하나라 볼 수 있다. 즉 구세대는 문화 전달의 의미를 지녔고 신세대는 전통 습득의 의의 위에 새로운 것을 추가하는 것이 신세대의 본질이라 본 것이다. 물론 이 방법론에는 너무 일반론에 흘러 한국적 문단 상황의 고찰이 소홀하다는 비난을 면하기 어려운 점도 없지는 않다. 이점을 염두에 두고 전통론을 논한 바 있는 서인식의 견해와 1940년에 왕래된 신·구 간의 논박을 정리해볼 필요가 있다.

이원조가 「문단 1년 보고서」(『조선일보』, 1939. 12. 8)를 썼는데, 여기서 그는 신세대의 '역사적 문학정신'의 결핍을 들고, "몇몇 분의 수일(秀逸)한 신인의 업적을 추장(推獎)하는 심정으로서 그것을 신세대라 일컫는 것은 다만 그네들의 고도의 기술에 현혹"[35]된 것이라 보아버린다. 그러나 서인식은 이와는 견해가 다르다. 문단은 이 세대론을 크게 중시하여 『조선일보』는 전례 없이 1940년도의 신춘 현상 평론 참고 논문을 제시했으니, 서인식의 「세대의 문제」(『조선일보』, 1939. 11. 28~12. 1)이 그것이다. 서인식은 세대론을 'generation'으로 일반화시켜 역사적 고찰에다 논점을 올릴 것을 강론하고 있다. 그 결과 『조선일보』 신춘 평론 '세대 논의'에 당선된 자가 정의호이다. 정의호의 논문 「신세대의 정신」(『조선일보』, 1940. 1. 17~20)도 그러나 서인식의 예언과 같이 별 성과를 나타내지 못하여 마침내 신인들은 참다운 대변자를 갖지 못하고 말았다. 왜냐하면 한국 문단 사정으로 보아 신인론의 내용이 없어 역사적으로 신인의 성격을 구축할 수가 없었기 때문이다. 신인으로서 유일한 이론 분자인 김동리의 것도 문학자의 정신적 문제 일반론인 순수·비순수론이 되어, 신세대의 역사적 사명의 구명이 되지 못했던 것이다. 즉 김동리의 "문체의 새로운 시험이나 신심리주의의 이식적 모방이나 민속적 취미나 그런 것이 신세대의 가치로 인정될 수는 없"[36]다는 것이었다.

1939년 말 철학자 서인식의 세대론은 퍽 진지한 논리를 갖고 있다. 역사철학과 지성론으로 문예 평단에 손을 댄 그는 「세대의 문제」와 「금년도 평단의 제 문제」(『동아일보』, 1939. 12. 14~17)를 썼다. 1939년도의 중요한 과제 여섯 항목을 벌이고 그중 세대론과 순수 시비를 각각 항목화하여 논의했는데 그의 입장은 기성 측 옹호에 역점이 있었다.

세대론이 『동아일보』 『조선일보』에서 최재서, 임화, 유진오 등의

---

35) 이원조, 「문단 1년 보고서─침체 모색의 시기」, 『조선일보』, 1939. 12. 8.
36) 「구리지갈」, 『인문평론』, 1939. 12, p. 78.

510   제Ⅱ부 전형기의 비평

대망론으로 제기되었음을 서인식은 전적으로 찬동하지는 않는다. 최재서가 「평론계의 제 문제」(『인문평론』, 1939. 12)에서 신세대론은 구세대 평론가들의 스켑티시즘에 '안 받쳐져' 등장한 것이라 했지만 정작 세대의 철학적 과제를 제시하지 못했다.[37] 그는 또 「문학적 신세대」에서 구세대와의 차이를 부정했다. 임화는 「신세대의 성격」에서 신세대의 무성격을, 「신인 불가외」(『동아일보』, 1939. 5. 6)에서 "조선의 신문학이 있은 후 처음 볼 만큼" 신인들이 새롭지 못하다고 했고, 유진오는 「문단의 신인군」에서 신세대가 나이가 젊다는 외 새로움이 없다고 했다. 그러나 서인식은 신·구세대의 교차는 가능하다고 본다. 그 이유로 1939년 문단의 (1) 사상의 배제, 순수성에의 지향, (2) 기술주의 편중, (3) 세태묘사의 유행 등을 들고 이러한 변화가 신인 중에 현저함을 들었다.[38]

순수 시비에 대한 서인식의 의견은 경청할 점이 많다. 김동리의 "표현 없는 정신은 순수의 적"이란 말을 퍽 중요한 것으로 그는 받아들인다. 그러나 "문학의 정신의 발전은 일정한 주의에 대한 다른 주의의 대립으로 발전"[39]한다는 변증법적 사실을 들어 김동리가 아직 어리다는 점, 김동리의 유진오에 대한 항의는 유진오의 논고에 대한 고발이며, 따라서 그것은 논쟁이기보다는 사해(辭解)에 가까운 것으로 보았다. 이에 비하면 김환태의 「순수 시비」는 문학의 근본 문제에 저촉된 것이어서 주목을 끌었지만 그는 비판적으로 본다. 저촉된 부분이란 "문학의 정신이란 결국 인간성의 탐구요, 그것에 표현의 옷을 입

---

37) 최재서, 「평론계의 제 문제」, 『인문평론』, 1939. 12, p. 51.
38) 서인식, 「금년도 평단의 제 문제」, 『동아일보』, 1939. 12. 14.
39) 같은 글, 1939. 12. 15.

히는 창작적 노력이다. [……] 그러므로 주의와는 완연히 다른 것"이
다. 이에 대한 이원조의 비판에 서인식은 찬동하고 있다. 주의를 떠나
면 순수해진다는 것은 오해이며 내용 없는 형식은 정신 아닌 표현에
불과하다는 이유에서다. 한 민족의 문학사를 문학정신사로 볼 때는
사상사로 나타난다는 사실을 들어, 김환태가 이러한 오류를 범한 것
은 "문학정신이 역사적 구체적인 발전임을 보지 못한 데서 유래"[40]한
다고 서인식은 결론지었다. 요컨대 합리주의적 일원론자인 서인식은
문학이 하나의 예술임을 소홀하게 보고 있는 것임을 알아낼 수 있다.

　　김남천의 신인 비평도 이원조, 임화, 유진오와 비슷하다. 김남천
은 「신세대론과 신인의 작품」(『동아일보』, 1939. 12. 19)에서 가장 역
량 있는 문인 김동리가 불행히도 이태준의 작품 세계와 구별할 수 없
고, 정비석은 이효석, 김영수는 박태원에 비해 각각 결코 새롭지 못하
며, 최명익, 박노갑의 실험, 현덕, 정인택, 이근영, 계용묵 등의 작품이
모두 우수하긴 하나 이 우수함은 기술적 우수성이며 따라서 그것은
부분적 차이이지 독자적 조건이 될 수 없다고 보았다.

　　1940년에 들어서도 세대론은 계속되었는데, 그중엔 김오성의 철
학적 탐구, 백철의 작품, 김동리의 재론, 최재서의 총정리를 들 수
있다.

　　백철의 「전망」(『인문평론』, 1940. 1)은 소설로 씌어진 세대론으로
주목되었고 정비석의 「삼대」(『인문평론』, 1940. 3)도 작품으로 나타난
세대론이다. 『인문평론』(1940. 2)은 신세대론 특집을 마련했는데, 그
권두언 「세대론의 진의」에서, 세대론이 해를 넘겼고, 심지어 『조선일

---

40)　같은 곳.

보』에서는 현상 모집까지 할 정도로 나올 의견이 거의 다 나왔고, 더 구나 미지의 신인 정의호의 의견까지 들은 이 마당에서 다시 세대론 특집을 하는 이유를 다음과 같이 해명하고 있다.

현재는 모든 부문에 있어 역사의 전환기라 한다. 구질서가 양기되고 신질서가 건설되려는 과도기를 말함이다. 이때를 위하여 구질서를 창조하여 오던 구세대가 퇴장하고 신질서를 건설할 운명에 있는 신 세대의 등장이 요망된다는 것은 당연한 일이다. 새로운 질서에는 새 로운 사고 양식이 필요하고 새로운 사고 양식은 새로운 세대에만 기 대할 수 있기 때문이다. 이것이 세대 논의가 보여준 하나의 중요한 점이다.[41]

이 새 질서, 새 사고 양식이 나오기를 바랐는데, 그 새 질서, 새 사고 양식이란 이 시대를 개방적으로 보는 것, 즉 소위 신체제의 야합을 암 시하고 있는 데에 이 논의의 중요함과 음모가 있는 것이다. 신세대가 이태준, 정지용과 함께 붓을 꺾어 신체제를 거부했지만, 그중 정인택, 김종한이 최재서 등의 일부 30대 비평의 이념에 야합한 바도 없지는 않다.

『인문평론』 신세대 특집은 김오성의 「신세대의 정신적 지표」, 김 남천의 「신진 소설가의 작품 세계」, 오장환의 「나의 시론—방황하는 시정신」 등이다. 그 외 『동아일보』에는 김종한의 「시단 신세대의 성 격」(1940. 1. 21~23), 김오성의 「순수 문제」(1940. 2. 11~22), 강병탁

---

41) 「신세대론의 진의」, 『인문평론』, 1940. 2, p. 2.

의 「신세대론의 최후」(1940. 2. 15~18), 김우종의 「현세대의 신기축」(1940. 3. 13~16) 등이 실렸으며, 백철이 『매일신보』의 학예부장이 된 이후, 『매일신보』에서 또한 세대론을 떠올리고 있다. 김오성의 「신세대론 기본 문제」(1940. 2. 6), 김동리의 「신세대의 문학정신—신인으로서 유진오 씨에게」(1940. 2. 21)와 그에 대한 유진오의 답변 「대립보다 협력을 요망—김동리 씨에게」(1940. 2. 23), 정비석의 「신구세대의 공동 과제—최재서 씨에게 제의 수 개조(個條)」(1940. 2. 24~25)와 그에 대한 최재서의 답변 「지성 없는 문학은 오산—신인에게 기(寄)하는 서신」(1940. 2. 26) 등이 그것이다. 유진오는 여기서 자기가 발언한 순수에의 지향은 신인을 매질하기 위한 것이 아니라는 것, 반향이 의외로 커서 미안하다는 것, 『조광』지 좌담회에서 신인들의 '괴기함(怪氣焰)'만 보았지, 신인 작품 세계를 전체적으로 '통효'하지 못했다는 점을 들어, "신인의 문학세계가 김 씨의 소설(所說)과 같다면 나는 당초부터 그런 글을 쓰지 않았을 것"[42]이라 하여 서로 협력할 것을 당부하였다. 이에 반하여 최재서의 답변은 오히려 중요한 문제를 암시하고 있다. 정비석은 "우리는 우리 세대가 새 정신이라고 내세울 만한 아무런 정신적 원리도 갖지 못하였음"[43]을 고백하고 나서, 최재서가 「전쟁과 문학」에서 이원조의 '제3의 논리'를 도입한 '인간성의 신뢰와 조국애라는 것'이 서로 모순 대립한다 한 발언에 대해 해명하기를 요구하였다. 이 '조국과 제3 논리'를 최재서는 앞으로 공부해서 답변하겠다고 했는데, 이 무렵 최재서는 소위 신질서, 지도 원리, 사고 양식으로

---

42) 유진오, 「대립보다 협력을 요망—김동리 씨에게」, 『매일신보』, 1940. 2. 23.
43) 정비석, 「신구세대의 공동 과제—최재서 씨에게 제의 수 개조」, 『매일신보』, 1940. 2. 24.

서의 신체제론을 모색하고 있을 시기에 해당되는 것이다. 최재서가 아직 확신을 못 갖고 있는 이때, 김기진은 「문예시감」(『매일신보』, 1940. 2. 27~29)에서, 신인은 역사를 등한시하고 자기도취에 빠져 있는데, "우리가 앞으로 신구 세대가 합해서 이 일본 정신 체득에서 새출발 요망"[44]에까지 끌어갔던 것이다.

『조광』(1940. 1)에서 또다시 신인들의 집단 발언을 특집했으니 김동리의 「문학하는 것」, 박노갑의 「오직 쓸 뿐」, 정비석의 「교만과 만용의 긴요」, 김영수의 「신인 불가공호(不可恐乎)?」, 그 외 장만영, 이찬, 박승극, 박영준, 김정한 등의 발언이 그것이다. 이에 김오성은 「신세대의 문제」(『조광』, 1940. 4)를 다시 썼던 것이다. 그러나 이 세대론은 김동리의 「신세대의 정신─문단 신생면의 성격·사명·기타」(『문장』, 1940. 5)가 정점이다. 사실상 이 김동리의 논문은 세대론의 전면적인 고찰의 구실을 하는 것이다. 최재서가 「신세대론 그 후─쇼와 15년의 문화 회고」(『신세기』, 1941. 1)에 세대론의 결산보고를 하지 않을 수 없었던 것은 김동리의 이 논문 때문으로 보인다. 김동리의 이 견해는, 이른바 새로운 질서, 개방된 동양문화에의 세계관 등등 즉 신체제론이기 때문에 한국인으로서, 적어도 한국 문인의 정신에서 볼 때 도저히 받아들일 수 없다는 확신을 보인 것이다.

---

44)　김기진, 「문예시감─문예 생활의 지표」, 『매일신보』, 1940. 2. 27.

제3절 순수의 정체—김동리의 문학론

1. 리얼리즘의 의미

김동리의 순수문학론, 즉 제3 휴머니즘의 문학관을 이해하기 위하여
는 그의 영향 관계와 몇 개의 산문을 검토해볼 필요가 있다.

그의 영향 관계는 「내가 영향받은 외국 작가」(『조광』, 1939. 3)에
서 다음과 같은 사실을 드러낸다. 작품으로는 『신곡』 『햄릿』 『파우스
트』 『차라투스트라』 『장 크리스토프』 『암실의 왕』(타고르) 등이며, 작
가로는 도스토옙스키, 괴테, 스트린드베리, 투르게네프, 톨스토이, 체
호프, 발자크, 입센, 마테를링크, 루쉰 등이며, 로맨티시즘에 영향을
미친 작품은 (1) 『아라비안나이트』, (2) 마테를링크의 작품, (3) 셰익
스피어의 작품, (4) 그리스 비극 특히 『오이디푸스왕』 등인데, 이것들
이 운명관 구성의 원동력이었다. 소설로는 (1) 『죄와 벌』 『카라마조프
의 형제들』 『백치』 『악령』 『도박사』, (2) 『전쟁과 평화』 『안나 카레니
나』 『부활』, (3) 『부자』 『처녀지』 『루딘』 『산문시』, (4) 체호프의 단편
등으로 되어 있다.[45] 그렇다면 김동리를 형성한 요소 중의 하나인 운
명관은 로맨티시즘의 영향임을 알 수 있으며, 당시 독서 경향과 무관
하지 않겠지만 소설엔 러시아 작가 일색이라는 사실을 알아낼 수 있
다. 특히 『죄와 벌』 『카라마조프의 형제들』은 재독했음을 김동리는 강
조하고 있다.

---

45)　김동리, 「내가 영향받은 외국 작가—요지경 팬의 변」, 『조광』, 1939. 3, pp. 269~72.

그다음으로 「두꺼비 설화의 정신」(『조광』, 1939. 11)을 들 수 있다. 김동리는 이 산문에서 '개성과 세계의 여율'로서의 리얼리즘, 즉 창작 과정의 성패를 드러내려 했다. 가령 두꺼비는 묵중·음흉·거만하며 조화를 잘 부리고 능글맞고 고집 세고 음흉하고, 구렁이는 지독하고 음흉하며 흉악하다고 한다. 위에 열거된 두 동물의 규정어는 모두가 토착적, 민족적 언어라는 점을 주시할 필요가 있다. 그런데 한국 설화에서는 두꺼비가 민중, 선인의 편으로 되어 있고, 그가 구렁이에 잡혀먹힘으로써, 즉 자기를 죽임으로써 승리(새끼를 치는 것)를 거두는 것으로 알려져 있다. 이것은 복수의 정신으로 의지적 행동이며, 이 의지의 불멸성이야말로 만물(생명)에 공통한 약자의 윤리라 보았다.[46] 그러나 이 윤리는 어디까지나 운명적일 뿐 운명의 초극은 아니라 했다. 어떤 점에서 보면 이 윤리는 그의 대표작 「무녀도」(『중앙』, 1936. 5)의 모화의 정신적 승리와 동궤라고도 할 수 있는데, 김동리는 끝내 이 두꺼비를 작품화하지는 못했다. 리얼리즘이, 즉 세계의 여율이 개성과 교섭되지 않았기 때문이다.

김동리의 리얼리즘론은 「나의 문학 수업기」(『문장』, 1940. 3)에서 선명히 나타난다.

자기의 우견에 의하면 어떠한 주관이나 객관이 그 자체가 따로 떨어져서는 아무런 리얼리즘도 성립될 수 없다는 것이다. 작자의 주관과 아무런 교섭도 없는 현실(객관)이란 어떠한 경우에도 그 작가적 리얼리즘과는 아무런 상관도 없는 것이다. 한 작가의 생명(개성)적 진

---

46) 김동리, 「두꺼비 설화의 정신」, 『조광』, 1939. 11, pp. 187~90.

실에서 파악된 '세계'(현실)에 비로소 그 작가적 리얼리즘은 시작하는 것이며, 그 '세계'의 여율과 그 작자의 인간적 맥박이 어떤 문학적 약속 아래 유기적으로 육체화하는 데서 그 작품(작가)의 '리얼'은 성취되는 것이다. 그러므로 아무리 몽환적이고, 비과학적이고, 초자연적인 현상이더라도, 그것은 가장 현실적이고, 상식적이고, 과학적인 다른 어떤 현상과 꼭 마찬가지로 어떤 작가의 어떤 작품에 있어서는 훌륭히 리얼리즘이 될 수 있는 바이다.[47]

그러므로 가장 몽환적인 「무녀도」가 가장 리얼리즘에 가까운 작품이라는 근거를 여기서 알아낼 수 있다. 이 논법대로 나간다면 국책에 야합하는 신체제 문학을 설명할 수가 없게 된다. 왜냐하면 "세계의 여율과 그 작자의 인간적 맥박이 어떤 문학적 약속 아래 유기적으로 육체화하는 데서 그 작품의 리얼은 성취"되기 때문이다. 그것이 친일이건 반민족적이건 다만 "작자의 맥박과 세계의 여율"에 합치되기만 하면, 고쳐 말해서 친일을 하든 무엇을 하든 그것을 통해 "문학적"으로 그가 구제될 수 있기만 하면 된다는 논법이 되어버릴 위험성이 있다. 김동리의 리얼리즘론이 지나치게 편협한 개인주의로 흘렀기 때문에 빚어진 현상이다. 그가 역사의식이 부족했다는 것은 구태여 지적할 필요도 없거니와 이것은 오히려 그가 프로문학에 반발한 결과에서 연유한 것이다. 김동리가 신체제론을 단호히 거부하고 다솔사로 도피한 것은 세계의 여율과 자기의 맥박이 합일될 수 없었다고 설명할 수 있음은 물론이다. 최재서, 김종한, 정인택이 친일문학을 한 것도 마찬가지 논

---

47) 김동리, 「나의 문학 수업기」, 『문장』, 1940. 3, p. 174.

리로 합리화할 수도 있다. 그렇다면 김동리의 상기 리얼리즘론은 근본적인 이념이 결여되어 있다고 보지 않으면 안 된다. 그것은 국민이라든가 민족의 이념이 모든 문화 현상을 형이상학적으로가 아니라 실질적으로 지배, 통제, 조정한다는 사실이다. 30대 비평가들이 이러한 이념 탐구에 괴로워하여 논리의 상처를 도처에 노정시켰다면, 김동리는 눈먼 내면의 탐구에 주력했음을 헤아릴 수 있다. 적어도 논리상으로는 그렇다.

2. 순수의 본질

1940년 김동리는 「리얼리즘으로 본 당대 작가의 운명」(『문장』, 1940. 3)과 「신세대의 정신」을 썼는데, 후자는 문단 신생면의 성격, 사명, 기타를 논한 신인 측의 유일한 그리고 비교적 논리적인 대변서라 할 수 있다. 김동리의 이 평론의 중요성은 그 내용이 단순한 세대 논의보다 차원이 깊은, 문학자의 정신의 구명이었다는 점이며 또 이 속에 을유 해방 이후에 전개되는 '본격 정계(正系)'의 '제3 휴머니즘'에 입각한 '순수 문학'의 골격이 내포되어 있다는 사실에서 찾을 수 있다. 그것은 한국 문예사상의 한 면을 이룩하는 것이 되었다.

김동리가 말하는 '문단의 신생면'이란 무엇인가. 이 경우 그것을 신세대라 해도 될 것이다. 프로문학 퇴조 이후의 한국 문단의 신생면을 가리킬 때 이 신생면의 역사적 위치는 그것이 어떤 권리나 주의에 외부로부터 피동적으로 덮어씌워진 것이 아니라, 절벽에 도달하여, 내적 문단 생리에서 출발되었다는 데서 그 특수성을 찾고 있다. 한 세대를 형성할 이념이라면, 그것이 제 자신의 내적인 배태에서 분비된 정신이 아니면, 전통이 빈약한 한국 문단에서는 도저히 진정한 시대정신이 될 수 없다. 현재 신세대는 적어도 외적 사상의 추종이 아닌 내적인 데서 그 정신을 찾고 있는 것이므로, 이것이 가장 믿음직스럽다는 것이 김동리의 첫 주장이다. 이러한 태도에서 분비된 신세대의 정신은 "개성과 생명의 구경 탐구"이며 이것을 문학사적, 체계적으로 표현하면 "인간성의 옹호 급 탐구에서 창조에 걸쳐"[48] 있는 정신으로 된다. 르네상스 이후의 근대 문학 정신이 인간탐구인바, 이것은 곧 인간의 개성과 생명의 구경적 의의의 탐구라는 뜻으로 김동리는 받아들인다. 신세대 정신은 그러므로 르네상스 정신과 같은 것으로 본다. 이것은 김동리가 인생파적 입장에 섰다는 것, 생의 철학자 니체, 딜타이, 미키 기요시의 영향권 내에서 벗어나지 못함을 보여주는 것이기도 하다. 그렇다면 한국 문단엔 르네상스 이후 그 정신을 이은 문학은 없었다는 것인가. 이에 대해서는 프로문학의 물질주의를 일단 검토한다. 개성과 생명의 구경적 추구를 기본으로 한 인간성 탐구의 정신이 19세기 말에서 20세기 초두에 와서는 물질주의에 압도되어 본래 전통이 빈약한 데다 문학사적으로 르네상스 정신을 충분히 겪지 못한 한국 문단에서는 물질이라는 한 개의 '이념적 우상'이 개성과 생명의 구경적 의의를 봉쇄해 버렸던 것이다. 문단 신생면은 이러한 봉쇄에서 개성을 다시 이끌어내는 것이다. 이원조가 김동리의 입장을 낭만주의의 아류로 본 것은 어떤 점에서 볼 때 가능한 표현이라 할 수 있다. 신인 작가의 모든 개성과 생명에서 빚어진 어떤 인생이어야 한다는 주

---

48) 김동리, 「신세대의 정신—문단 '신생면'의 성격·사명·기타」, 『문장』, 1940. 5, p. 83.

장에서 김동리의 두번째 논점이 나타난다. 이 경우 인생이란 모든 개성과 생명에서 발기하여 모든 개성과 생활과 의욕의 유기적 조화 속에 부단히 호흡하며 성장한 것이어야 한다. 이 말은 신세대가 자기의 개성과 생명의 구경 추구 위에서 새로운 이념, 사상, 감정을 창조한다는 것을 뜻한다. 여기서 마침내 인간 심연에 빚어지는 파우스트적 인간고에 통하는 정신을 엿볼 수 있다는 것이다. 가령 김동리 자신의 해명에 의하면, 「무녀도」는 단순한 민속적 신비성에 머문 것이 아니라, 민족 특유의 이념적 세계인 신선 사상과 직결된 것이다. 모화는 이 고유 정신의 한 상징이며, 모화의 성격은 표면상으로는 서양 정신의 한 상징인 기독교에 패배하나(모화의 죽음), 그 본질에 있어서는 유구한 승리인 것이다. 이것은 개성과 생명의 구현을 추구하여 얻은 새 인간형의 창조인 것이다.

조선의 무속이란, 그 형이상학적 이념을 추구할 때, 그것은 저 풍수설과 함께 이 민족 특유의 이념적 세계인 신선 관념의 발로임이 분명하다. '선(仙)'의 영감(靈感)이 도선사(道詵師)의 경우엔 풍수로서 발휘되었고, 모화의 경우에선 '무(巫)'로 발현되었다. '선'의 이념이란 무엇이냐? 불로불사 무병무고의 상주(常住)의 세계다. 그것이 어떻게 성취되느냐? 한(限) 있는 인간이 한없는 자연에 융화됨으로써다. 어떻게 융화되느냐. 인간적 기구를 해체시키지 않고 자연에 귀화함이다. 그러므로 무녀 '모화'에서는 이러한 '선'의 영감으로 말미암아 인간과 자연 사이에 상식적으로 가로놓인 장벽이 무너진 경우다. [……] 여기 '시나위 가락[神出曲]'이란 내가 위에서 말한 '선(仙)' 이념의 율동적 표현이요, 이때 모화가 '시나위 가락'의 춤을 추며 노래를 부른다 함은 그의 전 생명이 '시나위 가락'이란 율동으로 화(化)함이요, 그것의 율동이란 곧 자연의 율동으로 귀화합일한다는 뜻이다.[49]

그러면 개성과 생명의 정신이 작품 내용으로 나타날 때에는 어떠한 모습을 띠는가. 작품의 내용이란 어떤 원리나 사상 이진에 먼저 인생이어야 한다는 데서 고찰한다. 그렇기 때문에 마르크스나 헤겔 같은 누구의 사상·주의든 그 작가의 개성과 생명, 운명, 생활 의욕 여하에서 빚어진 인생이면 그만인 것이다. 즉 작가가 되려는 자는 모름지기 처음부터 제 생활과 개성에서 발기한 어떤 싹을 가져야 한다. 이 싹은 그 시대의 사회라는 환경 속에서 제 근원적 유래와 구경적 의의를 추구하며 부단히 성장한 것이다. 이것이 곧 내용이 된다. 김동리는 이 내용을 가리켜 무슨 사상 혹은 주의라 하지 않고 '인생'이라 한다. 그러니까 이 인생은 피와 생명체이며, 자기 특유의 것이라 할 수 있다. 작가가 그 시대, 사회에 대한 의의를 가진 것은 오직 이 인생에 의하는 것일 뿐, 그렇지 않으면 허위가 된다. 어떤 외래 사조, 주의가 그 작가의 개성, 운명, 생활 의욕에 유기화되지 않은 것일 때, 그것은 그 작가에 있어서는 사상도 주의도 될 수 없음은 물론 그것을 버려야만 그의 인생은 순수할 것이며, 그럴 때 비로소 그의 예술은 구원될 수 있다는 것이다. 순수의 핵심은 바로 여기에서 찾아야 하는 것이다.

이러한 문학관에 의하면 30대가 신인을 기교우위설로 비난함은 난센스가 될 수밖에 없다. 기교우위설이란 기성세대가 저들의 내용

---

49) 같은 글, pp. 91~92.

우위를 암시하는 복선이라 파악된다. 김동리가 프로문학에서도 형식보다 내용이 오히려 빈약하다고 보는 것은 이러한 의미에서인 것이다. 문단 신생면이 프로문학 퇴조 이후에 나타난 문단 형상 전부를 의미한다면 유진오, 박태원, 이효석 등의 30대가 다 포함될 수 있는 것이다. 엄격히 말해서 이들 30대와 20대 신인을 구별할 수는 없기 때문이다. 그러면서도 이 세대 논의가 제기된 까닭이 어디에 있는가. 그것은 유진오를 포함한 30대의 비평가들이 '현실주의자'들인 데 대해 김동리는 생명주의자였기 때문이다. 전자는 현실적, 역사적, 객관적인 것을 내세운 현실주의자들인데, 이것을 일언으로 과학주의라 할 수 있다. 과학주의가 합리주의의 산물임은 물론이며 그것은 서구의 근대사상의 중심으로 되어 있는 것이다. 프로문학 비평이 끼친 주요 사업 중의 하나가 소위 이 과학주의를 문학이론 속에 도입한 것이라 할 수 있다. 그러나 이 과학주의가 불행히도 김동리식 리얼리즘을 도살하는 도구로 사용되었던 것이다. 여기 김동리의 리얼리즘─인간성 옹호의 정신 곧 휴머니즘이 그 자리를 갖게 되는 것이다.

김동리가 이성적 인간 정신, 즉 과학 정신이라는 저 현실주의를 거부한 요점은 다음과 같다. (1) 현실주의란 우주의 모든 현상을 하나의 체계로 조직함이 그 본질인데, 그 결과 체계를 완성하기 위해 개인이 희생되었으며, (2) 현실주의에 있어서는 유기적 인간성은 존중되었으나 인간 그 생명을 무시한 결과가 되었다. 여기에 리얼리즘이 있을 여지가 없다. 리얼리즘은 기계주의가 아니기 때문이다. (3) 현실주의는 신과 인간을 합리적으로 해명할 수 있다고 보지만, 김동리는 그 불가능을 들고 오히려 동양의 자연에서 허무주의적 바탕을 열어보려 했다.[50]

이렇게 보아올 때 김동리의 순수론은 문학의 과학주의의 허점에서 예술을 구제하려는 생명주의임을 알 수 있으며, 이것은 한국문학이론의 바퀴 하나를 장만한 것으로 보아야 될 것이다. 물론 여기엔 한계가 있다.

1936년 김동리는 서정주, 오장환과 함께 『시인부락』의 동인이었다. 이들의 정신은 "동양에 발을 디디고 있는 게 아니라 그 기초는 서양의 르네상스 언저리에 있으니 그들은 전부 아직 어느 종교에도 의지하지 않았고 무신론자도 아니었다".[51] 김동리가 1940년에 와서도 그의 개성과 생명의 구경이 르네상스의 언저리에서 출발하였음을 보여 주고 있다.

대개 근대 문학정신을 일러 '인간성 탐구'라 하고, 이 인간성 탐구의 정신은 두말할 것도 없이 르네상스 정신의 발전이며, 르네상스 정신의 진수란, 세칭 '인간성 옹호'란 것이니, 이 말은 즉, '신'이라는 전제적 우상에의 예속에서 인간이 각기 제 개성과 생명에 복귀하여 그것을 옹호하고 발휘 지양시킨다는 뜻이었다. 그러므로 근대 문학정신을 인간성 탐구라 할 제 그것은 인간의 개성과 생명의 구경적 의의를 탐구한다는 뜻이다.[52]

---

50) 김상일, 「순수문학론」, 『현대문학』, 1958. 5, pp. 89~160. 그러나 김상일의 이러한 해명은 상당한 비약이라 할 수 있다. 김동리는 이 무렵엔 '르네상스 언저리'의 휴머니즘에 거점을 두고 있었기 때문이다. 김상일이 「현대문학의 맹점(4)—휴머니즘은 살인 사상이다」(『현대문학』, 1963. 8)에서 비로소 김동리의 정신적 일면을 구명하고 있다. 요컨대 이 문제가 1960년대에까지 미치고 있음을 간과할 수 없다.
51) 서정주, 「한국 시문학 개관」, 『한국 예술 총람—개관 편』, 예술원, 1964, p. 346.
52) 김동리, 「신세대의 정신」, 같은 글, p. 83.

그러나 20세기 초에 물질주의가 세계를 풍미하여 인간성을 말살했고, 개성과 생명을 파괴하기에 이른 것이라 그는 주장한다. 그러므로 개성과 생명을 다시 찾기 위해 르네상스적 정신을 복고시켜야 된다는 것이다. 그렇다면 앞에서 보아온 현실주의와의 관계는 보다 한정적이 되지 않으면 안 된다. 왜냐하면 서구 르네상스 정신이 합리주의, 과학주의가 아니라는 결론이 되어야 하는 모순에 빠진다. 그러므로 위의 서정주의 지적이 조리에 닿는 것이다. 후에 김동리가 서구의 신에 해당되는 것이 동양에서는 '자연'이라 주장하고, 말라르메나 발레리보다는 이백, 두보, 맹자 등이 몇 곱절 참고 자료가 된다고 하여 동양 정신의 깊이에 들어서는 것은 1939년 전후의 고전론, 동양문화사론과도 무관하지 않으며, 그의 백씨 김범보의 영향과도 무관하지 않지만[53] 1940년 전후의 김동리에겐, 서정주의 지적대로 르네상스의 언저리를 떠난 것은 아니었다.

그러나 김동리의 이론은 그 총명과 확고한 주체성에 의해 김환태의 이론과 함께 이태준, 정지용까지를 포용한 것으로 볼 것이다. 김동리의 작품에 대해서 이원조는 '육체적 리얼리즘'이라 하고, '세계의 여율과 작가의 맥박'에서 분비되는 것이 작품일 수는 있어도 위대한 작

---

53) 조영암, 『한국 대표 작가전』, 수문관, p. 60. "경신학교를 4학년에 중도에 물러 나와 그 후로는 문학을 읽기에 딴생각이 없었다. 경신학교를 그만두고 스물한 살 되기까지 동리는 그의 백씨 범보(凡父)의 서실에서 고등학교와 전문대학의 교양을 습득한 셈이었다. 동리가 항상 자기의 현재의 정신 위치에 범보의 영향이 크다는 것을 말하고 있거니와…… 백씨는 아형을 범보라 하여 동서 철학에 침잠하여 일가를 이루고 있었으므로 동리가 그의 형에게서 얻은 바 있었음은 당연한 일이다. 더욱 관념적인 경향으로 동리를 유도한 데에는 형 범보의 직접적인 영향이 많았다 한다."

품일 수는 없다는 견해를 보였는데, 이것은 김동리 이론의 가외로움을 암시한 것으로 볼 수도 있다. 최재서는 세대론의 결산에서 다음과 같이 논급하였다. "김동리의 것은 그 글이 지리멸렬하나 유일한 신세대의 글로써 중요시된다. 그러나 이 글은 남천의 모럴론과 무엇이 다를까. 오히려 모럴론에 비하면 이론적으로 뒤떨어지는 바 수등(數等)"[54]이라 본다. 최재서는 저널리즘에서는 1941년 이래 정리된 듯이 보이는 이 세대론이 금후 작가의 사색과 실제에 더욱 심화될 것이라 보았는데, 이것은 신체제론을 앞둔 문단 정세에 퍽 암시적이라 할 것이다. 그것은 구세대의 대표적 견해인 김오성이 세대론의 정신적 지표로 "지성과 감성, 사상과 정열의 통일"[55]을 제시했을 때, 신체제론의 벼랑에까지 나서고 있어 보이기 때문이다. 김동리가 붓을 꺾어버렸을 때, 그것은 암흑시대를 의미하며, 그의 이론은 후에 을유 해방과 함께 순수 정계(正系)의 본격문학론으로 발효하는 것이다. 김동리의 이론을 중시함은 바로 이 때문이다.

제4절 세대론의 정신적 지표

세대 논의의 철학적 배경은 서인식과 김오성에 의해 모색되었는데,

---

54) 최재서, 「신세대론 그 후―쇼와 15년의 문화 회고」, 『신세기』, 1941. 1, p. 70.

55) 김오성, 「신세대의 정신적 지표」, 『인문평론』, 1940. 2, p. 57.

여기서 김오성의 소론을 검토하기로 한다.

김오성은 「신세대의 개념」(『조선일보』, 1939. 4. 19.~5. 2)에서 딜타이류의 생의 철학으로서 세대론을 도출했는바, 이것은 저 미키 기요시의 「문학에서의 세대 문제(文學における世代の問題)」에 직결되어 있는 것이다.[56] 미키 기요시는 "세대 문제는 역사의 리듬의 문제"[57]라 주장했는데 이것은 "동시적인 것의 비동시성"으로 전통 문제와 불가분의 관계를 갖는다. 김동리도 「신세대의 정신」(『문장』, 1940. 5) 도인 (導引)에서 미키 기요시의 이 후절을 그대로 인용하여 시인하고 있음을 볼 때, 그 역시 일본에서 논의된 세대론과 무관하지 않음을 알 수 있다. 미키 기요시는 문학에서는 주관적, 파토스적 표현의 의미를 중시하여 언어의 스타일을 문제 삼는다. 저마다의 세대는 각기 세대의 언어 및 스타일을 가진다. 전통적 산물인 언어에 각 세대는 저마다 조금씩 창조 혁신한다. '동시적인 것의 비동시성'은 여기서 연유한 것이다. 그런데 전통은 합리적, 이성적 작용이기보다는 파토스의 작용이며, 전통과 창조 사이에 뮈토스가 나타나거니와, 요컨대 세대란 파토스의 작용에 의한 스타일의 부분적 혁신과 창조 이상일 수 없음을 드러내고 있다.[58] 유진오의 언어불통설은 한갓 과장임을 이로써 알 수

---

56) 「구리지갈」, 『인문평론』, 1940. 1, p. 87. "그동안 로고스니 파토스니 하는 미키 기요시의 조박(糟粕)을 씹던 김오성 씨 이번엔 철학의 정신을 가지고 등장……"

57) 三木淸, 「文學における世代の問題」, 『續哲學ノート』, 河出書房, 1942, p. 165. 미키 기요시의 논거는, F. Mentré, *Les Générations Sociales*(1920), Julius Petersen, *Die Literaischen Generationen*(1930), W. Pinder, *Das Problem der Generation in der Kunstgeschichte Europas*(1928) 등으로 되어 있다. 미키 기요시는 여기서 "세대의 문제는 역사의 리듬 문제"라 보았다.

58) 김오성, 「신세대의 개념—그가 가질 정신적 포즈를 말함」, 『조선일보』, 1939. 5. 2; 『쇼와 15년도 조선 작품 연감』, 인문사, 1940, p. 473. "지금 우리 젊은 세대는 그 사태가 너무

있는 일이다.

세대론을 객관적인 입장에서 바라보려면 그 본말전도의 논단부터 살필 필요가 있다. 즉 신세대 자체 내에서 제기되어야 할 것인데, 오히려 30대에 의해 신세대가 자기네 과제를 자각하지 못하든가 회피하려는 것을 탄핵 경고하는 형식으로 제기되었다는 사실이다. 이 현상은 다음 사실을 입증하는 것이 된다. 첫째 양 세대가 근본적으로 대립되어 있지 않다는 점이다. 30대가 그 전 세대인 40대와 대립할 때는 철저한 부정적 입장이었다. 이에 비한다면 지금 30대와 신세대인 이십대와는 그러한 부정적 입장이 못 되고 있다. 30대는 40대처럼 완고하게 자기를 보수하려는 것이 아니고 어디까지나 새것을 요구하는 입장이다. 그들이 한 번 가졌던 정신적 지주를 상실한 뒤, 그들의 감수성은 이미 새 사태를 받아들일 수 없으므로 이것을 신세대에 대망하게 되는 것으로 볼 것이다. 고쳐 말하면 20대는 30대를 유산으로 상속받을 수 없으며, 신세대는 30대의 지원으로 그 임무를 수행할 수밖에 없다. 양 세대가 함께 전형기를 담당했기 때문에 부분적으로 상이한 점이 있지만, 결국 동일 운명적인 것이다. 둘째로 신세대가 아직 형성되지 못하고 있음을 뜻한다. 당시는 객관적 사태에 의해 주체성이 무시되고 있는 시대이므로 한 세대가 형성되려면 우선 객관적 사태의 호전을 기다릴 수밖에 없는 처지였던 것이다.

30대가 신세대를 탄핵한 골자를 다음과 같이 항목화할 수 있다. (1) 시대정신에 관한 관심의 결여, (2) 세대론 자체의 무성격, (3) 문

___

도 엄청난 우연적인 소용돌이를 체험하고 있다. 이 우연적인 사태는 온갖 피상적인 예측을 여지없이 짓밟고 있다. 그러나 이 혼돈은 새로운 뮈토스의 태반이다. 창조가 생길 수 있다."

학하는 정신과 태도가 선명치 못하고 회피적으로 보인 점, (4) 기교
편중. 여기서 신인 기교 우위설이란 30대보다 신인이 표현 기교가 우
수함을 의미하는 것은 아니라고 지적되고 있다.[59] 기교 편중을 비판하
는 참뜻은 인생을 우롱하지 말고 시대정신에 철저하라는 것이다.
(5) 신세대는 내부 묘사에 주력한다. 최재서는 김동리의 신세대의 정
신을 비판하여 김동리의 작품이 정신에서 볼 때, 심리주의적 애욕 묘
사, 토속 취미 등이라 규정하고, 이것이 개성적 생명의 구경 추구와 무
슨 관련이 있느냐고 반문하고 있다.[60] 또한 최명익에 있어서는 조이스
나 프루스트의 흔적은 없고 기껏 「심문」 「야한기」 따위 신변적인 사
정, 기호벽(嗜好癖)에 불과하다는 것이다.[61] (6) 김동리의 개성과 생명
의 구경은 김남천의 모럴론과 다를 바 없다. (7) 김기림은 「조선 문학
에의 반성」(『인문평론』, 1940. 10)에서 모더니즘 이후의 모든 한국의
문학 조류를 말기 현상으로 규정한 바 있다.[62] 이 부동(浮動)하는 말기

---

59) 이원조, 「문학주의 시대」, 『조선일보』, 1940. 1. 30. "신인들에게 새로운 것이 있다면 새로
     운 기술적 시험과 그 시험들이 어느 정도로 성과를 얻었다는 것이다. 쉽게 말하면 지금
     신인의 기술적 수준이 기성의 신인 시대의 기술적 수준과 비한다면 놀라운 정도로 고도
     화했다는 것이다." 그가 '30년대를 검토한다'(『조선일보』, 1940. 1) 특집에서 교양을 내세
     운 것도 이와 무관치 않다.
60) 최재서, 「신세대론 그 후」, 같은 글, p. 70.
61) 김남천, 「신진 소설가의 작품 세계」, 『인문평론』, 1940. 2. "김 씨가 「화랑이 후예」를 가지
     고 『중앙일보』에 당선한 1935년은 카프가 해산을 당하는 해이고 경향문학이 전면적으로
     후퇴하기 비롯하던 해이었다. 뿐만 아니라 조선적인 것의 복고열과 부흥열이 치성(熾盛)
     하기 시작하여 골동이나 서화나 민속 취미들이 현대적 기호로서 등장하고 이리하여 그
     것은 회고적 낭만미와 어울려서 현재까지도 하나의 중요한 위치를 지식인의 정의 세계
     속에 차지하고 있다. 선전 특선의 김만형의 「검무」라는 그림이 많은 공감자를 발견하게
     되는 것도 전혀 이 탓이다. 그러므로 김동리 씨에 대한 우리들의 매력은 이러한 각도를
     떠나서는 검토할 길이 없다."
62) 김기림, 「조선 문학에의 반성―현대 조선 문학의 한 과제」, 『인문평론』, 1940. 10, p. 38.

현상이 신세대처럼 보인다는 것이다. 마치 이것은 육당, 춘원의 세대가 저물 무렵의 상징 탐미의 데카당스 현상과 같다는 것이다.

30대는 이와 같이 많은 까닭을 들어 신세대는 아직 형성되지 못했고, 설사 작단을 신인 작품이 지배하고[63] 있다손 치더라도 신인들은 다만 신세대의 구성원일 뿐이라는 결론을 내렸다. 이 30대의 견해는 다시 세 부분으로 갈라 볼수 있는데, 하나는 최재서의 난센스설, 그다음은 임화·이원조의 기교편중설, 그리고 김오성의 미래설을 들 수 있다. 이 중 미래설이 가장 위험한 것이라 할 것이다. 김오성은 세대 논의가 30대에 의해 제기된 이상 30대는 신세대에 좀더 책임 있는 지원이 있어야 된다고 보았으며,[64] 신세대는 아직 형성되지 않았지만 앞으로 건설될 것으로 보아, 그 지표를 다음과 같이 제시하였다. "30대의 결핍이 감각과 정열이다. 시대에 대한 감각과 파토스의 결핍"[65]이라면 신세대는 "지식, 세계관을 혐오하고 개인적 자의식화로, 시대에 패배하고 있다".[66] 그러므로 신세대의 지표는 시민적인 것이 몰락한 위에 신질서의 건설 노선으로 나갈 것, 즉 합리적인 것과 비합리적인 것의 결합에서 이루어질 것에다 두었다. 이 미래설에 신질서의 건설 노선으로 시대성을 받아들이려는 신체제의 암시가 내포되어 있음을 간과할 수 없다.

이 미래설은 다음과 같이 설명될 수도 있는 것이다. 즉 신세대가 구체적으로 형성되려면 (1) 소극성을 극복할 것, 내부로 칩거하지 말

63) 백철,「2월 창작평—신세대론과 작품의 거리」,『인문평론』, 1940. 3, p. 96.
64) 김오성,「신세대의 문제」,『조광』, 1940. 4, p. 95.
65) 김오성,「신세대의 정신적 지표」, 같은 글, p. 59.
66) 김오성,「신세대론 기본 문제」,『매일신보』, 1940. 2. 6.

것. (2) 정신적 지주를 확보할 것. 이것은 세계관의 개방적 인식을 뜻
한다. (3) 시대정신에 개방적일 것 등의 조건이 충족되어야 한다. 이
중 (2)의 정신 지시가 문제인데, 이것은 양 세대의 공동 과제로 본
다.[67] 30대의 임무에는 다음과 같은 한계와 난관을 예상할 수 있다. 즉
30대 앞에 '우연'히 나타난 '사실의 세기'[68]는 그들의 지성이 그것을
판단하지 못할 바는 아니나, 다른 사실에 정열을 기울였던 그들(프
로문학파)로서는 그것을 정의적(情意的)으로 육체적으로 감당할 수 없
게 되었는데, 이것은 그들의 한계라 볼 것이다. 이 점을 30대가 신세대
에게 극복해달라고 대망하게 된 까닭을 여기서 발견할 수 있다. 그러
므로 30대의 역사적 사명은 정신적 지주의 가능성을 신세대에 보여주
는 데 있다. 30대의 결여는 감정과 정열—파토스라 할 수 있다. 그들
은 지성적으로 논단할 수 있으나, 육체적으로 체험할 수는 없었다.

   이상과 같이 세대론이 양 세대의 공동 과제임이 구명되었다. 그
렇다면 유진오와는 다른 뜻에서 신세대는 행복하고 30대는 불행하다
고 할 수 있다. 사실의 시대를 감각할 수 있고 이 시대를 정의적으로
육체적으로 체험할 수 있고, 또 시대의 운명을 스스로 감당할 수 있는
것은 앞으로 형성될 신세대의 행운이며, 다만 이것을 통찰할 지성만
갖고 있는 30대는 자기분열이란 입장에서 볼 때 불행한 것이다. 김동
리가 진정한 문학자는 문학자가 된 순간부터 자기분열이 이미 시작된

---

67)   같은 곳.

68)   이 무렵 '사실'이라 함은 발레리가 20세기의 무질서함을 말하는 대목에서 "사실과 세기"
      라 했는데, 그 특성으로는 "물질적인 고려와 정치적인 분열이 불행히도 금일의 제 정신
      속에 중요한 역할을 한다는 데서 찾는다". 이와 대립된 것은 '신화의 세기'인데 이것은 파
      시즘의 논거가 된 로젠버그의 '20세기의 신화'이다.

것으로 본 것은 이 무렵의 시대성과는 차원이 다른 의미의 발언인 것이다. 그러나 이러한 세대론의 미래설은 지극히 추상적이며 낙관적이란 비판을 면할 수 없다. 30대가 지성과 육체의 분열에서 고민하고 있다는 것은 인정할 수 있으나, 신세대가 '사실의 세기'를 체험할 수 있다고 본 것은 한갓 가정에 불과했고, 실제상에서는 그 반대였던 것이다. 물론 김종한, 정인택 같은 예외도 없는 바는 아니지만, 요컨대 미래설은 가설에 불과했음을 알아낼 수 있다. 기교편중설이 어느 정도 구체성이 있었고, 난센스설이 다소 폭력적이었다면 미래설은 지나치게 낙관적, 추상적이었으므로, 어느 쪽이든지 세대론을 공전시키는 데 공헌했을 따름이다. 결국 세대론의 밑바닥에는 친일을 수용하느냐의 여부가 놓여 있었던 것이다.

제5절 세대론의 작품화—백철의 「전망」

세대론이 문단의 중요 관심사로 되었을 때, 신인 측에서는 정비석이 창작으로 「삼대」(『인문평론』, 1940. 2)를 썼고, 30대의 비평가 백철에 의해 350매의 창작 「전망」(『인문평론』, 1940. 1)이 나타났는데, 이것은 세대론이 막다른 곳까지 이르렀음을 방증하는 것이라 할 수 있다. 또 세대론이 그만큼 문단인에게 절실한 문제였음을 보여 준 것이기도 하다.

　「삼대」는 "철학은 과거의 불행, 미래의 불행에서는 용이하게 이

긴다. 그러나 현재의 불행은 항상 철학에게 이긴다"[69]라는 라로슈푸
코François de La Rochefoucauld의 잠언록을 들추어낸 작품으로, 지성을
믿는 30대의 형 경세와 신세대에 속하는 아우 형세가 나오는데 어디
까지나 형세를 중심으로 쓰인 것이다. 형 경세는, 형세가 중학에 다닐
때, 일본서 유학 후 돌아온 유물변증법 신봉자였다. 그러나 30대의 형
은 이제 입이 무거워진 것이다. 정비석은 여기서 신세대가 '사실'을 받
아들여, 지성이 꼼짝 못 하는 현실을 '운명'으로 보아 극복하려 한다.

> "형님은 오늘의 시대를 부정의 시대라고 생각하시나요, 혹은 긍정의
> 시대라고 생각하시나요? 전 그것이 가장 요긴한 문제라고 생각하는
> 데요."
> "부정이라든가 긍정이라든가 한 것을 일언으로 말할 수는 없겠지!
> 어느 사회를 물론하고 사회란 한 움직이는 물건이요, 움직이는 것에
> 는 언제나 부정적 측면과 긍정적 측면이 있으니까."
> "그야 그렇겠죠. 하지만 지금의 사실을 부정해야 옳겠는가, 혹은 긍
> 정해야 옳겠는가 말이죠."
> "글쎄……"
> 하고 경세는 둔탁한 표정으로 생각에 잠겨버린다.
> "형님은 어떻게 생각하실지 모르지만"
> 하고 형세는 말을 계속한다.
> "저로서는 이 사실을 긍정하고 싶습니다. 아니 긍정하지 않을 수 없
> 다고 생각합니다. 왜냐면 우리가 이 사실을 긍정하고 안 하고와는 아

---

69) 정비석, 「삼대」, 『인문평론』, 1940. 2, p. 145.

무런 관계없이 사실은 사실대로 전개될 것이니까……"

"그러나 이 사실 속에서 질서를 추려내는 것이 지성인의 임무가 아닐까?"

"그렇겠죠. 하지만 지성이라는 것이 시대적인 운명 앞에서는 아무런 힘도 용납되지 못했던 것을 우리는 얼마든지 역사에서 찾아볼 수 있지 않아요?"[70]

「삼대」의 주인공은 이 '사실'을 운명으로 받아들이며 "운명―현대야말로 틀림없는 운명의 시대"라 단언하는 것이다. 이것은 백철의, 중일 전쟁을 사실로서 받아들이라는 '사실수리설'과 같은 궤이며, 지성―논리의 패배를 앞세워, 신체제로 나갈 자세를 보인 것이다. 이것은 미래설에 관련되는 것이다.

한편 30대의 창작인 백철의 「전망」은 다음 몇 가지 점에서 물의를 일으켰다. 첫째, 평론가가 소설을 썼다는 점이다. 이 무렵 저널리즘에서는 전문직 비평가가 작품평을 할 때마다 작가가 쓰는 작품평과 대비시켜 대체로 후자를 우대하는 경향이 있었다. 이것은 창작평이 기교 중심으로 흘렀음을 의미하는 것이다. 백철은 이 전문직 비평가의 핸디캡에 도전한 것이다. 둘째, 이 무렵 비평의 아르바이트화로서 소설 연구가 무성히 논의된 바 있다. 가령 최재서의 '서구 소설 연구', 김남천의 '발자크 연구', 임화의 '풍속소설론' 등과 함께 백철은 「종합문학의 건설과 장편소설의 현재와 장래」(『조광』, 1938. 8)를 썼다. 여기서 금후의 백철 소설이 "단순한 장편이 아니라 시와 단편, 희곡, 수

---

70) 같은 글, pp. 156~57.

필과 일기와 논문까지 합류하야 일체를 이룬 장편"[71]이라 주장한 바 있다. 지드의『사전꾼들』(1925)과 같은 것이라 그는 주장했다. 이러한 그의 의도가 작품에서 어떻게 나타날 것인가는 문단의 흥밋거리가 아닐 수 없었다. 셋째, 작품의 내용 속에 시대관을 어떻게 보여주었는가라는 문제는 세대론을 30대의 입장에서 어떻게 파악했느냐라는 점을 의미한다. 정열 과잉의 백철 비평이지만 세대 논의에는 별로 관여하지 않는 대신 창작으로 발언한 것이다. 앞에서 보아온「삼대」에서 그 중심 사상이 '사실을 수리'하는 데 대한 세대 간의 문제였던 것과 같이 백철의「전망」도 '사실 수리'로서의 30대의 태도가 중심 테마인 것이다.「삼대」가 신세대의 입장에서 사실을 긍정하는 것이라면「전망」은 30대의 입장에서 '사실을 수리'하는 것으로, 이 점에서 양자는 일치하고 있음을 본다. '사실수리설'은 백철이 재빨리「시대적 우연의 수리(受理)―사실에 대한 정신의 태도」(『조선일보』, 1938. 12. 2~7)에서 논한 것이다.

> 직접 지금 동양의 현실을 두고 볼 때에도 이번 사실(시대적 우연성―인용자)이 문학자나 지식인 앞에 결코 무의미한 것만이 될 수는 없는 일이다. 우선 그런 의미에서 한편으로는 이번 사변(중일전쟁―인용자)을 크게 평가하여 동양사가 비상히 비약한다는 일가견을 가지고 있다. [……] 문제는 이미 저지른 일에 대해서 가능한 한도에서 취할 장소(長所)를 취해보는 것이다.[72]

---

71) 백철,「종합문학의 건설과 장편소설의 현재와 장래」,『조광』, 1938. 8, p. 181.
72) 백철,「시대적 우연의 수리―사실에 대한 정신의 태도」,『조선일보』, 1938. 12. 6. 이러한 주장은「사실과 신화 뒤에 오는 이상주의의 신문학」(『동아일보』, 1939. 6. 15~21)에서 반

중일전쟁의 동양사적 의의를 하나의 사실로 보고, 이것을 합리화하여 수리함으로써 세대론을 극복하려는 것이 「전망」의 모티프이다.

「전망」은 3부로 구성되어 있으며 '나'라는 서술자가 스토리를 전개시키는 형식을 취한 논문, 일기, 서간, 시 등이 포함된 종합의 모습을 띠고 있다. "김형오가 자살한 날 아침 초가을 하늘은 유달리 물깔이 푸르고 맑게 개었다"[73]로 시작되는 이 작품은 김형오(30대)와 그 아들 영철(10대), 김형오의 친구인 '나'가 등장한다. '나'나 김형오는 전락한 인텔리의 세대에 속하며 이 세대의 오직 한 가닥 광명을 '사실의 수리'에다 둔다. 30대는 자살하든가 적어도 열병을 앓은 후에, 과학과 수학이라는 사실의 지혜 위에 성립된 영철[신세대]의 보호자 및 견제역을 한다는 것이다. 「전망」에 대해서는 김오성이 "김형오가 영철이란 새 세대를 전망하면서 스스로 자살의 길을 취하는 것도 있을 수 있는 일"[74]이라 했고, 윤규섭은 「1월 창작평」(『인문평론』, 1940. 2)에서 그달의 문제작으로 꼽았고, 그 내용이 세대론이므로, 백철식의 인텔리의 귀추가 자못 중요성을 띤 것으로 보았으나, 작품 자체는 지나친 관념의 노출이라 했다.[75] 한설야의 작품 「모색」도 구세대의 발언

복되고 있다.
73) 백철, 「전망」, 『인문평론』, 1940. 1, p. 193.
74) 김오성, 「신세대의 정신적 지표」, 같은 글, p. 57.
75) 윤규섭, 「1월 창작평」, 『인문평론』, 1940. 2, p. 126. 이 외에 신인 평론가 정의호는 「전망」
     은 "그 주제나 모티프가 명료할뿐더러 그 속에 제시되고 전개되는 문제가 극히 의미 깊
     은 것"이나, 감성적이 아니고 관념적 부박성이 흠이라 했고(「맹목의 작품·안이의 작가—
     사반기 창작계 별견」, 『인문평론』, 1940. 5, p. 66) 김남천은 「산문문학의 1년간」(『인문평
     론』, 1941. 1, p. 27)에서 「전망」을 읽고 "논리만은 이해할 수 있는데 형상화된 설득력이
     아니어서 역시 감명 깊은 독후감을 가질 수는 없었다"라고 했다.

이다.

「전망」이 세대론의 미래설임은 이로써 넉넉히 알 수 있는 터이다. 그다음으로 평론가가 논리적으로 세대론을 조직화하지 못하고 작품으로 나타내었다는 것은 전형기를 지배한 모색 비평의 종언을 의미한 것으로 볼 수 있다. 세대론 자체의 한국적 특수성 때문이든 비평가의 역량 부족이든, 이론이 끝난 자리에 작품이 비롯되었다는 것은 모색 비평이 종말을 고하고 다시 정론적 비평의 지평을 열게 됨을 암시하고 있다. '제3의 논리'의 획득이라는 비평계의 과제는, 혹은 '사실수리설'은 바로 이것을 의미하고 있다.

제6절 세대론의 결산

세대 논의는 1940년 전후의 범문단적 문제였으므로, 그리고 이 시기가 소위 신체제로 넘어가는 결정적인 모멘트이므로 그 진폭은 컸고, 다방면에 걸쳤으며, 그만큼 중요한 것이라 할 수 있다. 그 중요성에 따라 다음과 같은 항목으로 정리할 수 있다.

(1) 30대의 대망론으로 세대론이 제기되었다는 점이 세대론의 성격을 결정지었다고 볼 것이다. 30대와 신인들 간의 세대차는 필연적인 부정적 논리를 띨 수 없었다. 따라서 어느 쪽이 다른 쪽을 극복할 수는 없었고, 다만 양 세대가 공동 과제로서 '시사적 사실'을 어떻게 수용할 것인가로 귀착되었던 것이다.

(2) 30대가 내세운 신인 탄핵은 최재서의 난센스설, 임화·이원조의 기교편중설, 김오성·백철의 미래설을 들 수 있다. 이 중 난센스설과 기교편중설은 공리적 타산, 체면 유지, 권위 의식 등이 작용된 것이며, 미래설은 외견상 신인들을 포섭해야 이루어지는 것으로 개방적 세계관이라 할 수 있다. 그러나 이 개방적 세계관은 '사실 수리'의 함정이 도사리고 있었다.[76] 김동리가 붓을 놓은 것은 이 미래설 속에 스민 함정을 눈치챈 그의 총명함이라 볼 수도 있을 것이다.

(3) 세대론이 발단된 것은 물론 유진오와 김동리의 문학정신의 순수, 비순수론 이전의 『조광』지의 집단 발언에서 찾아야 될 것이다. 그런데 유진오와 김동리의 논쟁은 세대론에서 보다 심화된 문학정신의 순수를 구명했고, 이로부터 김동리의 순수문학론이 형성, 확립된 것이다.

(4) 세대론은 어떤 의미에서는 『인문평론』파와 『문장』파의 암투로 볼 수 있다. 여기서 "어떤 의미"란 순수와 비순수를 의미한다. '사실'을 수리한 백철이 『매일신보』 학예부장이 되고, 최재서가 신체제에 야합하고, 유진오는 이광수와 함께 '대동아문학자회의'(1942. 11)에 참가했던 것이다. 『인문평론』파의 개방적 세계관이 필연적으로 이런 현상을 빚었다면 『문장』파의 전근대적, 고전적 복고주의의 폐쇄적 세계관은 한국이라는 민족적 이념과 부합되었던 것이다. 순수라든가 인간성 탐구 혹은 개성과 생명의 구경 탐구가, 또는 순수·비순수라는 문제가 최재서가 지적한 바와 같이 문학가로서는 처세하기 힘든 시기에

---

76) 최재서, 「전형기의 평론계」, 『인문평론』, 1941. 1, p. 7. 그는 여기서 "신세대론의 귀추와 암시"를 논했는데 그 암시란 "전형기를 말하는 증좌"라 보았다.

가져야 될 모럴 문제임을 알 수 있다. 김남천의 모럴론이 자기 고발의 형식을 띠고, 프로문학을 초극하려 했을 때 나타난 것이라면, 세대론은 신체제를 앞에 놓고 나타난 제2의 모럴론이라 할 수 있는 것이다. 따라서 세대론은 신인과 30대의 논쟁이라 볼 수 없다.[77]

(5) 30대는 전문직 비평가들이 중심이었으나 신인들은 비평가로서의 대변인을 가지지 못했다. 김동리를 제하면 거의 없는 셈이다. 물론 김환태가 김동리 이론을 옹호했고 정지용, 이태준의 지지를 받을 수 있었던 것이기는 했다. 또 신인들 중에도 사실 수리를 둘러싸고 김종한, 정비석, 정인택 등은 이를 받아들인 것이다.

엄격히 말하면 김동리 외에 신인 평론가로는, 1940년 1월 『조선일보』 세대론에 관한 신인 발굴에서 당선된 정의호가 있다. 그는 「맹목의 작품·안이의 작가—사반기 창작계 별견」(『인문평론』, 1940. 5), 「인간 성격의 분열—『탁류』의 인물 제상」(『인문평론』, 1940. 9) 등을 썼으나, 신세대의 대변인 구실은 하지 못했다.

(6) 세대론이 「삼대」 「전망」 「모색」 등의 작품으로 나타났던 사실은 김남천이 고발론에서 그러한 실적을 보인 것과 동궤로서 시대와 현실을 보려는 포즈 혹은 모럴의 일종임을 확인할 수 있다.

(7) 세대 논의 속에 문단의 삼파전의 원형이 내포되어 있다. 즉

---

77) 안함광은 「문학상의 제 문제」(『문장』, 1940. 2, p. 190)에서 "신세대란 문단의 습관적 용어인 신인과는 전연 별개의 개념"이라 지적했다. 세대론을 흔히 30대와 20대 간의 논쟁으로 보지만 실제상에 있어서는 사실을 받아들이는 합리주의자와 비합리주의자, 현실주의자와 본질론자, 산문정신과 시정신 간의 논쟁이었던 것이다. "산문을 주장하던 최재서가 일제와 야합하고 시를 고집하던 정지용 씨가 끝끝내 문학가의 절개를 지킬 수 있었다"(김동석, 『예술과 생활』, 박문출판사, 1947, p. 97)라는 말도 일고의 여지는 있다. 이 경우 최재서의 산문은 비평정신 혹은 개방적 세계관으로 바꿀 수 있는 것이다.

(1) 김남천, 임화, 이기영, 한설야로 대표되는 KAPF 비전향축과, (2) 최재서, 백철, 유진오로 대표되는 현실주의파와, (3) 김동리로 대표되는 순수파로 삼분할 수 있다. 그중 (1)과 (2)는 시대성에 의해 결합되었지만 그 체질은 썩 다른 것이다. 8·15 이후 (2)는 친일파로 제거되지만, (1)은 '문학가동맹'파로, (3)은 '문청'파로 정면 대결을 하게 되거니와, 그 맹아는 실로 이 세대론에서 운명 지어졌던 것이다. 세대론을 중시하는 까닭은 이것이 암흑기 직전까지의 최후의 논쟁이라든가, 신체제를 맞는 준비였다는 것 이외에도 이러한 점에 관계되어 있는 것이다.

이로써 프로문학 및 민족주의문학의 지도성 비평에서 1933년 비평의 SOS를 거쳐 모럴, 고발론, 휴머니즘론, 지성론 등의 모색 비평 시대를 겪었다. 그리하여 비평계는 또한 비평의 아르바이트화와 함께 교양론과 병행하다가 소위 신체제, '사실 수리'를 앞에 두고, 다시 "해석에서 주장으로"[78] 나가게 된 것이다.

---

78) 백철, 「해석에서 주장으로―당래할 신세대의 비평정신」, 『매일신보』, 1939. 1. 6. "현대의 위기가 현실이란 것이요 또 그 의미에서 금일이 비평의 시대라면 이때에 비평일수록 그 위기의 현실과 접근하여 그 속에 일 혈로를 통하는 것이 현대 비평의 혈로다. [……] 현실과 문화의 관계에 대하여 현대의 사정을 회고할 때에 첫째로 눈에 띄는 현상은 현실과 정신이 서로 절연되어 있다는 사실인데 이것은 과거와 현재 그보다는 역사와 장래 사이에 하나의 교량이 결여된 때문이라 생각된다." 그 교량을 찾는 것은 이원조의 '제3의 논리인 것'이다. 이러한 비평의 지도성―주장성은, 30대의 낯익은 득의의 것이 아닐 수 없었고, 그 결과 그들이 신체제에 앞장서게 되었던 것으로 본다.

제7장 신체제론

제1절 동양문화사론(Ⅱ)

1. 철학의 방향

동양문화사론은 1934년 무렵부터 나타나기 시작한 고전론 및 이에 따른 복고사상의 연장선상에 위치하는 것이다. 전향 문학자 및 전향 사상가들이, 일본의 경우 더욱 일본주의의 파시즘에 철저했던 것이다. '일본 낭만파'는 물론, 문학주의적 양식을 지녔던『문학계(文學界)』동인들에도 이 말을 적용시킬 수 있는 것이다.[1] 이들 전향파는 군국주의의 압력에 의하기도 했지만 '동북사변'에서 자극된 자발적인 행위였다.[2] 이에 비해 한국에서의 전향파들은 그 전향이 다분히 두 차례에 걸친 옥고를 통한 외부 압력 때문이었던 것이다. 그러므로 위장 전향이라 할 수 있었다. 그러나 설사 위장 전향일지라도 한국의 전향자들은 '조선주의'가 아니라, 이와 정반대인 일본주의에의 열의를 보여야

---

1) 1940년 전후 일본의 양대 순 문예지는 하야시 후사오·고바야시 히데오 중심의『文學界』
    동인과, 나카야마 기슈(中山義秀) 중심의『文藝』지라 할 수 있다. 이 두 잡지는 한국문학을
    연구하는 데 2차 자료가 된다. 그런데『文學界』는 고바야시 히데오 같은 문학의 양식을
    지키려는 입장도 있었지만, 하야시 후사오 같은 전향 문학자에 의해 일본주의에 휩쓸려
    들었던 것이다(片岡良一·中島健藏 監修,『文學五十年』, 時事通信社, 1955, p. 250).
2) 吉本隆明,『藝術的抵抗と挫折』, 未來社, 1959, p. 182.

했던 것이다. 전향자와는 달리, 민족주의문학자들에 의해 한국 고전 탐구 및 조선주의가 논의되었다. 그런데 이 민족주의파의 고전론도 그 자극의 일단은 파시즘과 결부된 '일본 낭만파'의 일본주의 탐구, '만요(萬葉)에의 귀환'에서 찾아야 될 것이다. 도쿄 사상계 및 문단에 고전론이 무성히 논의되자 한국에서도 이에 자극되어 그 내용 항목이 조선주의, 고전론이 나타났던 것이다.

그다음 차례에 한 단계 시야를 넓힌 것이 소위 동양문화사론이며, 이보다 높은 차원에는 세계사론의 차례가 있는 것이다.

동양문화사론의 이념은 여태껏 답습해온 서양 중심의 역사철학에 대한 동양인 즉 일본인의 비판에서 출발한다. 종래 세계사는 곧 서양사 중심이었다. 서양 중심에서 동양사를 보지 말고 세계사적 입장에서, 나아가 동양사 중심에서 동양을 보자는 것이 일본 철학계의 풍조로서, 이것은 1922년 트뢸취에 의해서 서양 철학 쪽에서부터 반성된 바 있다. 이에 힘입어 간바 도시오, 야마구치 유스케 등에 의해 유럽주의 사관이 비판 배척된 것이다.[3]

1940년 이러한 풍조가 저널리즘의 토픽에 올랐는데, 『동아일보』와 『조선일보』는 이를 신년 특집으로 삼았다. '동양문화의 재검토'(『동아일보』, 1940. 1), '30년대를 검토한다'(『조선일보』, 1940. 1) 등이 그것이며, 이후에도 '조선 문화 20년'(『동아일보』, 1940. 2), '현대 작가가 요망하는 신윤리'(『조선일보』, 1940. 3), '명일에 기대하는 인간 타입(『조선일보』, 1940. 6)' 등이 이어졌다. 『인문평론』(1940. 6)엔 '동

---

3) 樺俊雄,「轉換期日本と指導的 思想」,『理想』, 1942. 5 및 山口諭助,「綜合の哲理」,『理想』 歷史哲學特輯號, 1942. 2 등에서 볼 수 있다.

양문학의 재반성' 특집을 기획했는데 여기엔 서두수의 「일본 문학의 특질」, 배호의 「지나 문학의 특질」, 김태준의 「조선 문학의 특질」 등이 있었다. 「평단 3인 정담회—문화 문제 종횡관」(『조선일보』, 1940. 3. 15~19)도 빠뜨릴 수 없는 것이다. 이 외에 개인적 아르바이트로는 김기림의 「조선 문학에의 반성」(『인문평론』, 1940. 9), 김남천의 「소설의 운명」(『인문평론』, 1940. 10)이 있고, 임화의 신문학사 연구도 이와 무관한 것은 아니다.

이러한 이념의 파악은 필연적으로 역사철학가들이 비평의 중심 분자로 등장케 한 객관적 조건이 된다. 그러나 이러한 철학가들이 문학 비평가와 더불어 전개한 동양문화의 검토 및 반성이 어떤 이념을 탐구하여 성과를 내었다고는 보기는 어렵다. 성과를 얻기엔 문제 자체가 너무 광범하고 막연했으며 도쿄 사상계에서도 완전히 해결된 것은 아니었던 것이다.

> 동양문화를 검토하고 반성하려는 저널리스트의 뇌리에는 종래의 서구적인 견해를 가지고 동양문화를 보는 사고 습관을 버리고 세계사적 입장에서 그것을 재평가하려는 일반의 요망이 반영되어 있는 것이 분명하지만 그 요구에 의하여 쓰인 글들이 과연 만족할 만한 것이었더냐 하면 유감이나마 그렇지는 못하였다. 기껏해야 동양문화와 서양 문화의 차이를 밝혀 놓은 정도이고 또 그거나마 특별히 동양적 입장에서 하였다고 볼 만한 것도 없었다. 도리어 서인식과 같이 동양에 동양적 전통이 있느냐 하는 실로 딱하고도 피치 못할 난관에 부딪쳐 동서양 문화의 종합이라는 것도 일반이 추측하듯이 낙관할 것만도 아니라는 인상을 주었다.[4]

그렇다고 해서 동양문화론이 무의미한 것은 결코 아니었다. 김기림은 다소 구체적으로 서구 문학과 관련지어 한국문학을 논한 바 있다. 그는 한국에 있어서의 근대를 검토하지도 않고 동양문화론에 나아갈 수는 없었던 것이다. 그에 의하면 한국에 있어서의 근대란 "쇼윈도처럼 단편적으로 진열되었을 뿐"인데 그 이유는 동양적 후진성, 사회의 근대화 지연에 의해 한갓 모방에 그쳤던 때문이다. 이것은 근대 정신의 종언을 뜻하는 것이며, 이 시점에서 한국문학은 새로운 원리의 요구보다는 지나간 근대 속의 과학 정신과 모험심을 건져내야 옳다는 것이다.[5] 이것은 반동양문화론의 범주에 드는 것인데 그가 말하는 과학주의란 이 시점에서 볼 때, 원리 탐구의 시효를 획득할 수는 이미 없었다. 그의 안목과 노력은 의미 있는 것이나, 대세에 항할 만한 것은 못되었다. 적어도 이 경우의 원리란 도쿄 사상계가 결정할 것으로 믿는 데까지 사태가 발전했던 것을 망각할 수는 없다.

이 시점에서 적극적으로 동양문화의 이념을 세우려 한 두 사람의 철학가, 박종홍과 서인식의 노력을 볼 수 있다. 박종홍은 '결단의 윤리'를 다음처럼 내세웠다.

결단 이것이 곧 현대가 요구하고 있는 윤리라고 생각한다. 단지 머리 속에 그려진 자유의지의 선택뿐으론 아직 결단이 아니다. 결단은 전 인간으로서의 모험이다. 전체적인 생을 내걸고 시작하는 게임이다.

---

4) 최재서, 「반성과 모색」, 『매일신보』, 1940. 11. 13.
5) 김기림, 「조선 문학에의 반성」, 『인문평론』, 1940. 9, pp. 42~43.

소위 진인사 연후에 대천명하는 최후 긴장된 일순간의 태도다. 구구한 성패(成敗)가 안계(眼界)에서 사라지고 연속적인 상념이 단절되는 동시에 새로운 실천으로 일보를 내디디는 찰나의 태도가 곧 결단이다.[6]

박종홍의 '결단의 윤리'는 물을 것도 없이 하이데거의 철학에 논거를 둔 것이다. 1933년 나치스하의 하이데거는 프라이부르크 대학 총장직을 수락했다. 그의 철학 속의 Um-bruch, Auf-bruch, Ein-bruch 등의 용어가 상념이 과거와 단절된 의식을 의미한 것임은 잘 알려져 있는 터이다. 결국 이들이 말하는 전인간으로서의 모험은 시대 의식을 도박할 것을 강요하는 것이라 볼 수밖에 없는 것이다. 한편 서인식은 「동양문화의 이념과 형태」(『동아일보』, 1940. 1. 3~12), 「문학과 윤리」(『인문평론』, 1940. 10)에서 19세기가 물려준 '개아(個我)의 윤리'와 현대가 주는 '직분의 윤리'를 들었다. 개아의 윤리의 기저인 주관과, 직분의 윤리의 기저인 실체를 통일하여 나타날 주체의 입장을 내세운 것이다.

우리의 역사적 사회적 생활에 있어서 늘 소여의 역사적 사회적 조건에 즉하면서도 그것을 부정하고 그 역사 그 사회에 대한 과학적 인식을 기초로 한 그의 도덕적 판단이 요청하는 당위를 보편적 절대적인 자아의 실현으로 인식하고 행위하는, 말하자면 도덕적 의식으로 안바친 역사적 사회적 실천이 아닐까?[7]

---

6) 박종홍, 「결단의 시대—현대가 요망하는 신윤리(1)」, 『조선일보』, 1940. 5. 28.

직분의 윤리가 윤리로서 성립하려면 도덕적 의식을 기저로 하지 않으면 안 되고, 또 도덕적 의식은 선택의 자유를 가지는 자아를 전제로 한다. 따라서 "개성의 자유를 전적으로 부인하는 현대 직분의 윤리는 역사와 사회에 포섭되는 동시에 또한 그것을 부정하고 초월하는 초월적 자아에 도달치 않으면 아니 될 것"[8]이라 주장했다. 최재서는 이에 대해서 깊은 관심을 표명하여 "가장 저항력이 군센 암반을 향하여 사색의 곡괭이를 들어 올렸다 할 것이고 그것이 발굴되는 날 우리 평론계의 전연 새로운 분야가 개척될 것"[9]이라 했지만, 서인식은 이것을 끝내 구명하지 못하고 말았다. 그는 이 무렵 '기술의 철학'[10]과 '구성의 지성'[11]을 운위한 미키 기요시보다 지나치게 의욕적이었고 추상적이었으므로 어떤 실천적 의의는 없었던 것이다. 이보다는 차라리 김남천이 "양식을 획득하는 길뿐"[12]이라 한 것이 보다 암시적이며, 방법론 이전의 이 발언이 실감을 자아내게 한다.

　　이상 보아온 바와 같이 동양문화사론은 방법론이 확립되지 못했음을 알아낼 수 있다. 방법론의 미확립은 이념을 명시하지 못한 데서 연유한다. 이념을 세우기엔 도쿄 사상계도 지나치게 그 논의 시간이 짧았던 것이다.

　　그러면서도 동양문화사론이 소위 대동아공영권의 화급한 지상

---

7)　서인식, 「주체적 정신 ― 현대가 요망하는 신윤리(2)」, 『조선일보』, 1940. 6. 1.
8)　같은 곳.
9)　최재서, 「전형기의 평론계」, 『매일신보』, 1940. 11. 14.
10)　三木淸, 『哲學入門』, 岩波新書, 1940, p. 17.
11)　三木淸, 「知性の新時代」, 『知性』 創刊號, 1938, p. 10.
12)　김남천, 「소설의 운명」, 『인문평론』, 1940. 11, p. 15.

과제로 부동의 위치를 갖자, 드디어 방법론 이전의, 즉 논리 이전의 심정적 처리로써 논리를 초극하려는 태도가 다음 단계로 오게 된다.

2. 대동아문학권의 형성

군국 일본의 파시즘이 내세운 대동아공영권은 일본을 주축으로 하여 한국, 타이완, 만주는 물론 점령 지역의 중국까지를 포함하기에 이르렀고, 이에 따라 조선 문학, 타이완 문학, 만주 문학이 일본 문학에 대한 지방 문학의 위치로 포섭된다. 도쿄서 열린 '제1차 대동아문학자대회'(1942. 11. 4)에는 이들 지방 문학에서 다수 참가하였으며 이 대회는 3차까지 개최된 바 있다. 제1차 대회 인원은 만주국 대표로는 바이코프, 줴칭(爵靑), 구딩(古丁), 고마쓰(小松), 우잉(吳瑛), 야마다 세이자부로(山田淸三郎), 몽강(蒙疆) 대표로는 고이케 슈소(小池秋草), 허칭(和靑), 쿤푸 치야츠푸(恭佈札布)이며, 중국 대표로는 첸다오쑨(錢稻孫), 센치우(沈啓无), 여우빙치(尤炳圻), 장워쥔(張我軍), 타이완 대표로 저우훠런(周化人), 리우위셩(柳雨生), 딩위린(丁雨林), 센쉬쥐(潘序租), 저우위잉(周毓英), 공치핑(持平), 쉬쉬칭(許錫慶), 구사노 신페이(草野心平) 등이었고, 한국 대표로는 가야마 미쓰로(香山光郎, 이광수), 요시무라 고도(芳村香道, 박영희), 유진오, 가라시마 다케시(辛島驍, 일본인), 쓰다 가타시(津田剛, 일본인) 등이었다.[13] 제2차 대회도 역시 도쿄서(1943. 8.

---

13) 이 대회의 자료는『文藝』(1942. 12)에 자세히 수록되어 있다. 또 박영희의「대동아문학자대회 출석을 앞두고」(『매일신보』, 1942. 10. 29)도 일조가 된다.

25~27) 개최되었는바, 한국 측에서는 유진오, 유치진, 최재서, 가네무라 류사이(金村龍濟, 김용제), 쓰다 가타시 등이 참가했으며, 제3차 대회는 1944년 11월 12일에서 14일까지 난징(南京)서 개최되었는데 한국 대표로는 가야마 미쓰로, 가네무라 핫포(金村八峯, 김기진) 두 사람이었다.

이와 같은 조직적 대회보다 훨씬 먼저인 중일전쟁 직후, 저널리즘은 대륙의 문화에 깊은 관심을 표명한 바 있다. 육해군 보도부 '펜부대'의 '북지' 파견을 비롯, 저널리즘의 중심 테마가 중일전쟁이었고, 마르크스주의와 영미 사상에 대항하기 위해 일본주의, 고전 탐구가 나왔다.[14] 이와 동시에 대동아문화권의 형성이 나타났는데, 문학에서는 조선 문학, 만주 문학, 지나 문학 등은 지방 문학으로서 일본 문학에 포함된다는 이론이 '팔굉일우(八紘一宇)'를 바탕으로 이룩되었던 것이다. 한국문학이 일본 문단의 관심의 대상이 된 것은 이러한 여건에 의한 것이다.

조선 문학과 일본 문학과의 관계는 두 가지 측면에서 고찰해야 될 것이다. 하나는 일본어로서 바로 일본 문단에 데뷔한 작가와 작품을 들 수 있고, 다른 하나는 한국문학이 일어로 번역되어 일본 문단에 소개된 것을 들 수 있다. 전자는 일본 문학에 속하는 것이라고 단순히 속문주의로 재단할 수는 없는 복잡한 사정을 띠고 있음을 지적해둘 필요가 있다. 그렇다고 한국문학으로 처리할 수는 물론 없다. 이 애매한 지대를 그렇다고 망각 지대로 방임할 수도 없는 것이다. 여기서는 다만 소설에서 그 작품 목록만 살펴보기로 한다.

---

14) 遠山茂樹 外, 『昭和史』, 같은 책, p. 165.

일본 문단에 문제작으로 데뷔한 것은 1934년 장혁주가 「아귀도(餓鬼道)」로 『개조(改造)』사 현상 소설에 이석으로 당선된 것에서 비롯한다. 장혁주는 잇달아 『권이라는 사나이(權といふ男)』 『심연의 인간(深淵の人)』, 『인왕동 시대(仁王洞時代)』 등 창작집을 간행했고, 1939년 「가토 기요마사(加藤清正)」(『文藝』, 1939. 1)이라는 장편을 연재했으며, 1944년 『이와모토 지원병(岩本志願兵)』(興亞文化社)이라는 창작집을 내었다. 그는 「조선의 지식인에게 호소한다(朝鮮の知識人に訴ふ)」(『文藝』, 1939. 2)를 발표하여 물의를 일으켰는데, 이 평문을 쓰게 된 동기는 두 가지로 볼 수 있다. 하나는 그가 쓴 「문단 페스트균」의 연장으로서, 한국 문단이 자기의 '내지' 데뷔를 질투한다는 것이며, 다른 하나는 일본어가 금후 '동양의 국제어'가 된다는 예언과 이에 관련된 자부심이라 할 수 있다.[15] 이와 같은 부류로 김사량을 들 수 있다. 김사량은 1939년 「빛 속으로(光の中に)」(『文藝首都』)로 아쿠타가와상 후보에 올랐으며, 「뱀(蛇)」 「토성랑(土城郎)」 「천마(天馬)」 「기자림(箕子林)」 「무궁일가(無窮一家)」 등을 모아, 1941년 도쿄서 창작집을 낸 바 있다. 그는 도쿄제대 독문과를 마치고 귀국하여 창작활동을 하다가 다시 동 대학원에서 수업한 것으로 알려져 있다.[16] 「태백산맥」(『국민문학』, 1943. 2~10), 「물오리섬(ムルオリ島)」(『국민문학』, 1942. 2) 등의 작품을 발표하기도 했다. 김문집의 「아리랑 고개(ありらん峠)」도 동궤이다.

이 두 문인은 다음 몇 가지 점에서 일치하고 있다. 첫째 그들의 데뷔작 및 국책 선전 작품을 쓰기 전 상당한 기간 동안 비교적 리얼리

---

15) 張赫宙, 「朝鮮の知識人に訴ふ」, 『文藝』, 1939. 2, p. 239.

16) 韓植, 「作家略歷紹介」, 張赫宙 編, 『朝鮮文學選集』 第3卷, 赤塚書房, 1940, p. 266.

즘에 입각한 창작을 썼다는 점이다. 여기에 친일문학의 여지는 거의 없는 것이다. 특히 김사량은 작품 거의가 신체제의 선전이나 계몽적인 것이 아니었다. 둘째 이들의 작품은 거개가 한국인의 현실을 소재로 한 것들이다.[17] 유진오가 『문예(文藝)』(1940. 7) 조선 문학 특집에서 창작 「여름(夏)」을 썼을 때도 순이(順伊), 복동(福童)을 내세웠고, 같은 특집에 실린 이효석의 「은은한 빛(ほのかな光)」이 고구려의 검광을 보이려 한 것도 이와 무관하지 않다. 셋째 이들은 일본어로 창작함이 주였으나, 한국어로도 창작을 발표했다는 사실이다.

이들의 활동에 도쿄 문단보다도 한국 문단이 더 관심을 나타내었음은 물을 것도 없다. 이들의 역량도 있었지만 도쿄 문단에서의 이들의 수용에는 반도인이라는 핸디캡도 작용되었음을 지적할 수 있다.[18] 이들을 앞세워 한국 작가의 일어에로의 창작 무대가 넓혀진 점을 지적할 필요가 있을 것이다. 그 연장선상에 '신체제 문학'이 펼쳐져 있다. 이것을 속칭 친일문학이라 부르는 것이다.

친일문학을 작품 소재상으로 보면 두 가지로 나눌 수 있는바, 하나는 소위 신체제, 내선일체에서 나아가 황국화하는 선전 계몽류이고, 다른 하나는 내선일체의 이념 탐구로서 한국사의 상고(上古)에서 한일 혈연의 동일성을 내세운 것이다. 전자는 정인택의 『청량리 부근(凉里

---

17) 「아귀도」는 경북의 빈곤한 공사장의 농민을, 「빛 속으로」는 도쿄의 '내선' 혼혈아의 심리를 묘사했다. 「빛 속으로」는 이 무렵 지식인의 좌익 운동이 좌절되자 그 궁여책으로 settlement 운동이 나타났는데, 도쿄제대의 학생 settlement 운동의 한 표현으로 크게 문제된 것이다(『中央公論』, 8卷 39號, p. 161). 결국 이러한 작품을 일본 문단이 수용한 것은 프로문학 좌절에 의한 위축감을 조선인의 손을 통해 종용한 것으로 볼 수 있다.
18) 김문집, 「장혁주 군에게 보내는 공개장—문단 페스트균 논쟁 후감」, 『조선일보』, 1935. 11. 5.

界)』(조선도서출판사, 1944), 최재서의 「보도연습반(報道演習班)」(『국민문학』, 1943. 7), 이광수의 「가가와 교장(加川校長)」(『국민문학』, 1943. 10), 그 외 이석훈, 최정희, 이무영, 장혁주 등의 작가와 김용제의 『아세아 시집(亞細亞詩集)』(1943), 모윤숙, 노천명, 주요한, 김동환 등을 들 수 있고, 후자에는 이광수의 「원술의 출정(元述の出征)」(『신시대』, 1944. 6), 장혁주의 「가토 기요마사(加藤淸正)」, 최재서의 「민족의 결혼(民族の結婚)」(『국민문학』, 1945. 2), 「수석(燧石)」(『국민문학』, 1944. 1), 함세덕의 희곡 「에밀레종(エミレエの鍾)」(『국민문학』, 1943. 2), 김종한의 「용비어천가(龍飛御天歌)」(『신시대』, 1944. 1) 등을 들 수 있다.

이상과 같이 한국인이 일어로써 작품 활동한 것을 약술하였다. 그러나 이러한 것은 일본 측 문단에서 볼 땐 거의 의미가 없는 것이다. 동양문화사론과 함께 조선, 만주, 중국 및 남방 제국에 대한 저널리즘의 흥미는 필연적으로 한국문학의 번역 붐을 일으켰던 것이다. 그 결과 신건 역 『조선 소설 대표작집』, 장혁주 역 『조선 문학 선집』(전 3권), 김소운 역 『조선 민요선』 『조선시집』(전 2권) 및 이광수의 「유정」 「가실」 「사랑」 「무정」 등이 번역되었다. 특히 일류의 순수예술지들이 조선 문학 특집을 시도했던 것이다. 먼저 『문예(文藝)』지는 앞에서 보인 바와 같이 장혁주의 평문 및 작품을 비롯, 유진오의 「작가와 기백—문예시평(作家と氣魄—文藝時評)」(1943. 4), 김종한의 시 「해양창세(海洋創世)」(1943. 9), 유진오와 장혁주의 좌담회 「조선 문학의 장래(朝鮮文學の將來)」(1942. 2)에까지 발전하거니와, 1940년에는 백철의 「조선 문학 통신(朝鮮文學通信)」(1940. 3)이 있으며 '조선 문학 특집(朝鮮文學特集)'(1940. 7) 속엔 다음과 같은 내용을 포함하고 있다. 하야시 후사오의 「조선적 정신(朝鮮的の精神)」, 임화의 「조선 문학의 환경(朝鮮

文學の環境)」, 백철의「조선 작가와 비평가(朝鮮の作家と批評家)」, 이석훈의「조선 문학 통신(朝鮮文學通信)」등의 평론과 장혁주의「욕심 의심(欲心疑心)」, 유진오의「여름(夏)」, 이효석의「은은한 빛(ほのかな光)」, 김사량의「풀이 깊다(草深し)」등의 창작이 실려 있다.

그다음『중앙공론(中央公論)』(1941. 5),『문학계(文學界)』(1941. 7)에서도 특집이 있다.『중앙공론』에는 아사미 후카시(淺見淵)의「조선 작가론(朝鮮作家論)」이,『문학계』에는 무라카미 도모요시(村上知義)의「조선 문학에 대해(朝鮮文學に對して)」, 한식의「조선 문학의 최근의 경향(朝鮮文學の最近の傾向)」등이 실렸는데, 이와 같은 일본 측 문예지 편집자의 의도는 다음과 같은 데서 찾을 수 있다.

일지(日支) 사변이나 제2차 세계대전의 발발과 더불어 민족의 문제가 다시 일반의 관심을 환기하고 그것이 발기가 되어 지나의 현대문학이나 만주 작가의 작품이 소개되기 비롯했다. 그들의 민족을 포섭하기 위하여는 그들의 민족을 이해하려는 일반의 기운을 반영하여서다. 그 파조(波潮)를 따라 현재 조선 작가도 소개되기 시작하였다.[19]

이상은 아사미 후카시의 견해이며, 다음 가와카미 데쓰타로의 견해는 보다 구체적이다.

---

19) 淺見淵,「編輯後記」,『公論』, 1941. 5; 임화,「동경 문단과 조선 문학」,『인문평론』, 1940. 6, p. 41에서 재인용.

만주문학이나 조선 문학의 대두는 최근 1, 2개월의 현저한 현상이다. 이것은 국책에 편승한 것도 아니요, 엑조티시즘도 아닌 순정한 문학적 기운이라고 나는 생각한다. 즉 그들의 작품이 각각 민족문학의 전통 위에 입각한 현대문학이 아니요, 또 일본 현대의 식민지적 본점도 아니며, 세계문학이 이 20세기라는 시대에 지방적으로 개화한 근대문학의 일종이라는 것을 분명히 말한다.[20]

이상 두 견해는 다소 상반되는 점이 없지도 않으나, 동양문학권의 새로운 인식이라는 제일 조건 위에 지방 문학으로서의 한국문학의 질적, 양적 가치의 새로운 인식이 제2의 조건으로 된 것이라 할 수도 있다.

이 무렵 마해송이 기획 편집한 『모던 일본(モダン日本)』의 조선판을 간과할 수 없다. 제1집은 1939년 11월 간행되었는데 김사량이 「무명」(이광수)을, 김소운이 「바다와 나비」(김기림), 「장미」(모윤숙), 박원준이 「가마귀」(이태준), 김종한이 「봉선화」(주요한), 「백록담」(정지용), 이효석이 「메밀꽃 필 무렵」(자역) 등을 번역하였고, 제2집(1940)엔 김종한이 「길은 어둡고」(박태원), 김산천이 「동구 앞길」(김동리), 「심문」(최명익), 김종한이 「흰 물고기 같은 흰 손이(白魚のやうな白い手が)」(박종화), 「반딧불(螢)」(김상용), 「웃은 죄」(김동환), 「서관(西關)」(김억) 등을 번역했으며, 제3집은 1940년 10월에 간행 예정이었다. 이 잡지는 '조선 독본'에 해당되는 것으로 상당한 반향을 일으킨 것으로 알려져 있다.[21] 또 이 잡지는 조선예술상을 설치, 이광수에 그 제1회

20) 河上徹太郎,「編輯後記」,『文學界』, 1941. 7.

21) 馬海松,「雜記」,『モダン日本』朝鮮版, 1940. 8, p. 232. "그건 문자 그대로 대단한 반향으로 '곧 제2호를 내라'라든지, '반드시 월간으로 하라'라는 투서가 해가 갈수록 매일같이

가 주어졌고, 『사랑』과 단편집 『가실』을 출판한 바 있다.

또 하나 지적해둘 것은 1940년 9월 5, 6일 양일간 부민관에서 '문예총후운동(文藝銃後運動)'으로 '일본문협'의 기쿠치 간(菊池寬), 구메 마사오(久米正雄), 고바야시 히데오(小林秀雄), 나카노 미노루(中野實), 오사라기 지로(大佛次郎) 등이 강연회를 가졌던 사실이다. 기쿠치 간은 「사변(事變)과 무사도」, 구메 마사오는 「문예적 사변 처리」였고, 고바야시 히데오는 「사변의 새로움」이었는데 고바야시의 결론은 소위 '사변적 작품'을 써서는 안 된다는 역설적인 견해를 보였다. 문학자란 자기 사상을 문장으로 번역하는 것이 아니라 문장을 씀으로 말미암아 비로소 자기를 아는 인간이기 때문이라 고바야시는 주장했으나(「문예총후운동 반도 각도에서 성황」, 『문장』, 1940. 7), 이러한 것은 결과적으로 사변 처리의 신념과 의기를 고조한 것이라 할 것이다.

제2절 사실수리론

중일전쟁으로 인해 준전시체제에 돌입한 일본은 국민정신 총동원 운동의 일환으로 언론 통제를 강화했으니, 이것은 사상전의 필요를 강조한 언론 기관의 이용과 통제 및 문화인의 동원을 의미했다. 육해군 보도부는 작가들을 '펜부대'라 해서 특파, 르포르타주를 저널리즘에 담

와서……"

왔다. 큰 신문사들은 전황 기사에 경쟁적이었고, 각 신문사 특파원이 1000여 명을 오르내렸다 한다.[22] 이 가운데 히노 아시헤이(火野葦平)의 「보리와 병사(麥と兵隊)」(『改造』, 1938. 8)가 종군 작품으로 평판이 있었다.[23] 한국에 있어서는 1939년 '황군위문작가단'이 결성되어,[24] '북지'에 대한 다음과 같은 보고서를 쓴 바 있다. 박영희의 「북지 여행기」(『국민신보』, 1939. 6. 4), 「전선 기행」(『동양지광』, 1939. 9~11), 임학수의 「펜부대 보고」(『국민신보』, 1939. 5. 21), 『전선 시집』(박문서관) 등을 들 수 있다.

이 무렵 도쿄 문단 측의 다음과 같은 발언은 문인들의 전쟁과 정치에 대한 반응을 엿보게 한다.

> 현재는 모두가 소박하게 진실한 일개의 문학 생활자로 돌아가서 정치와 마주 서고 있다. 좌익도 없고 우익도 없고 문화주의자도 없고 자유주의자도 없다. 다만 일 생활자와 그와 마주 선 정치가 있을 뿐이다. [……] 그들은 살기 위하여 정치에 크게 관심을 갖는다. 내지는 갖게 된다. 그렇지 않으면 거짓이랄 수밖에 없다.[25]

이와 같이 중일전쟁으로 인해 시국관과 함께 전쟁과 문학의 관계가

---

22) 『昭和史』, 같은 책, p. 165.
23) 이와는 달리 전쟁에 대한 비판적인 작품으로 이시카와 다쓰조(石川達三)의 「무한작전(武漢作戰)」(『中央公論』, 1939. 1)도 있었고, 다니자키 준이치로(谷崎潤一郎)의 「세설(細雪)」(『中央公論』, 1943. 1~2)은 반시국적이라 하여 게재 금지된 바도 있다.
24) 1939년 3월 출판사가 주동이 되어 박영희, 임학수, 김동인 세 명이 동 4월 베이징으로 갔다.
25) 「作家の政治的關心」, 『新潮評論』, 1940; 『문장』, 1941. 6, pp. 214~15에서 재인용.

한국 문예 평단에서 1939년 퍽 자극적인 것으로 대두되었다. 저널리즘에 압력을 가한 총독 행정의 작용으로 만들어진 황군위문작가단이 이해 4월에 베이징에 도착했던 것이다. 전쟁과 문학에 대한 평론은 박영희의 「전쟁과 조선 문학」(『인문평론』, 1939. 10), 「현 문단의 성격」(『동아일보』, 1939. 9. 25~10. 5)이 있다. 앞의 글에서 그는 전쟁문학이 "일본 정신의 예술화와 문학화"[26]이며, 일본 정신이 곧 세계 정신의 중추라는, 지극히 비문학적 연설을 펼쳤고, 뒤의 글에서는 결론적으로, "춘원의 전형기 검토"[27]를 통해 춘원을 옹호하였다. 이에 비하면, 백철의 이 방면의 이론이 문학론에 좀 가까운 것이며, 약간의 체계를 세운 것이라 할 수 있다.

백철은 「시대적 우연의 수리」(『조선일보』, 1938. 12. 2~7), 「사실과 신화 뒤에 오는 이상주의 문학」(『동아일보』, 1939. 1. 15~21), 「일본 문단의 동향」(『신동아』, 1939. 1), 「일본 전쟁문학 일고」(『인문평론』, 1939. 10) 등을 썼다.

이 외에 외국 문학과 전쟁에 대한 것으로는, 백철의 「일본 문학상의 전쟁」(『조광』, 1939. 2), 김진섭의 「전쟁과 독일 문학」, 이헌구의 「대전과 불란서 문학」, 김사량의 「독일과 대전 문학」, 김환태의 「영국의 대전 문학」 등을 볼 수 있다.

"신사태를 솔직히 받아들인 최초의 권위 있는 논문"[28]으로 평가된 것에 백철의 「시대적 우연의 수리」를 들 수 있다. 여기서 백철은 중일전쟁(지나사변)을 세계적 사실로 보는 동시에 한 지식인으로서 이

26) 박영희, 「전쟁과 조선 문학」, 『인문평론』, 1939. 10, pp. 42~43.
27) 박영희, 「현 문단의 성격」, 『동아일보』, 1939. 10. 5.
28) 최재서, 「평론계의 제 문제」, 『인문평론』, 1939. 12, p. 46.

러한 사태를 수리할 것을 내세운 것이다. 그러면 '우연'이라든가 '사실'이란 무엇인가. 간략히 추려보면 다음과 같은 뜻이다.

역사는 반드시 필연적인 사실 위에서만 변혁되는 것이 아니라 오히려 우연성에 기인될 경우가 많다. 현실이 우연적으로 이루어지는 예로, 역사상에서는 개인의 야심적 행위 혹은 사회적 발작이 동기가 되었을 경우가 대부분이다. 현금 동남아 및 세계는 이러한 우연이 지배하고 있다고 백철은 보았다. 그러므로 이 우연이란 역사적 현실을 이루는 것이다. 문제는 한 시대의 현실이 우연적으로 도래되었는지 혹은 이것이 주관적으로 비위에 거슬리든지 간에, 그것이 일단 현상으로 정착된 이상 우연은 이미 하나의 엄연한 사실이요 객관이다. 이 한에서 우연은 다른 시대의 정상적 현실과 동일한, 한 시대에 존재할 권리를 가진 객관적 사실이 된다. 그렇다면 우연도 하나의 객관적 사실인 이상 호오를 따르는 것이 아니라, 제1차로 그 현실을 수리하지 않으면 안 된다. 왜냐하면 현실 측에서 머리를 숙이고 문학자와 타협을 청할 리 없으며, 문학 쪽에서 침묵한다면 사실이 먼저 도전해올 것이기 때문이다.

백철은 "금일의 우리 동양 현실은 우연으로 얽어진 커다란 사실"[29]이라 보았다. 중일전쟁이 파시즘의 제국주의적 침략 행위라는 명백한 계산에 의한 것인데, 이것을 우연적 현상이라 한 것은 식민지 한국 작가의 입장에서 볼 때 가능한 입론이었을까. 이것을 수리한다는 것은 무엇을 뜻하는 것인가. 혹은 백철의 사관이 모든 역사적 현상은 우연으로 이루어지는 경우가 많고, 특히 이 세기가 우연이 지배하

---

29) 백철, 「시대적 우연의 수리」, 『조선일보』, 1938. 12. 2.

기 때문에 중일전쟁도 한갓 우연으로 본 것인가. 물론 백철은 이 후자의 입장이다. 이 시대를 수리함에는 결단이 필요함은 물론이다. 즉 사실주의나 운명론에서 비약해야 하는 것이다. 이것은 박종홍이 하이데거를 들어 설파한 「결단의 윤리」와는 다른 것으로 일종의 타협이라할 수 있다. 이 타협에 대한 변명과 방법을 그는 이렇게 쓰고 있다. 어느 시대나 정치적 행위란 완전한 것이 없는 대신, 또한 아무리 사악한 정치라도 그 속엔 실망만 있으란 법은 없다. 따라서 중요한 점은 정치적 현실에 대하여 그것이 지금 상태와 다르기를 희망하는 것이 아니고, 그것이 어떤 성질의 정치든 간에 그 현실이 역사적 소산으로서 가능한 구조와 내용을 설정하여 최대한으로 유리한 요소를 택하고 그 요소를 중심으로 하여 주체적으로 필연적인 것을 만드는 곳에 그 시대의 현실을 살려내는 최상의 해결안이 있다는 것이다. 그다음, 정치와 문화의 관계는 서로 대립 반발하는 데서 자기 영역을 고수하고 독자적 입장을 보존하는 것이 취할 제1차적 방법이며, 제2차적 방법은 "나아가 거기에 혈연관계와 유리한 점을 발견하여 그것과 접근 결탁하는 것"[30]이다. 동양사의 새로운 형성을 낙관하는 까닭이 여기에 있는 것이다. 그러면 끝으로 이 우연적 사실의 수리는 집단적으로 할 것인가 개인적으로 할 것인가의 문제가 남는다. 백철은 집단적 수리는 정책성을 띠기 때문에 어렵고, 개인적으로 특히 지식인의 사실 수리에 그 의미를 두고 있다.

　　여기까지는 문화론이며 연설조로서, 문학론이 아니다. 그가 이를 문학론으로 발전시킨 평론은 「사실과 신화 뒤에 오는 이상주의 문학」

---

30)　같은 글, 1938. 12. 4.

이다.

백철이 의도하는 '사실'이란 발레리가 언급한 의미에 연결되어 있고, '신화'란 파시즘의 이론서인 로젠베르크의 『20세기의 신화』에 연결되어 있다. 백철은 이 두 서구적 위기 타개책에서 논거를 빌려 인도주의적 이상주의 문학론을 펼쳤으며, 그 예로 중일전투에서 씌어진 우에다 히로시(上田廣)의 「황진(黃塵)」, 히노 아시헤이의 「보리와 병사」「흙과 병사(土と兵隊)」 등을 들었다. 이들 전쟁문학이 단순한 보고문학에 그치지 않고 나아가 그 속에 스민 인도주의적 요소가 이상주의 문학으로 통하는 길이라 본 것이다. 고쳐 말하면 "특수적인 것에 대한 국제성과 인류적 보편성에 방향을 두는 정신"[31]이다. 이 정신은 인간이 가장 그릇된 지방성, 특수성에서 사는 가운데서 비롯된다는 것이다. 이 특수성에 살기 때문에 발생하는 감정, 인정, 사상은 작가 의식 여하를 막론하고 미래에로 향한 보편성과 인류성을 전개하고 이 것을 이념으로 한 이상적 정신으로 탄생해야 된다. 가령 「보리와 병사」에서 병사의 진군, 먼지와 대지 속에서, 혹은 원주민과의 대조 속에서 특수성, 지방성에 대한 강한 의욕을 느끼게 되며, 이를 보편성에로 끌어올릴 때, 미래에 대한 하나의 이상주의적 경향이 탄생하며, 문학상에 있어서는 인도주의적 작품이 가능하다는 것이다. 백철은 「전쟁문학을 계기로 신인도주의가 대두」(『동아일보』, 1939. 1. 6)라 하여, 서항석의 「나치스 문학 전성시대」(『동아일보』, 1939. 1. 6)와 함께, 새로운 사태를 수리하려 했던 것이다.

발레리는 금세기가 사실의 세기이며, 그 특질을 "물질적 고려와

---

31)　백철,「신화 뒤에 오는 이상주의 문학」,『동아일보』, 1939. 1. 18.

정치적인 분열이 불행하게도 금일의 제 정신 속에 중요한 역할을 하게 되었다"[32]고 보았다. 물질적 고려와 정신적 분열이 정치를 정점으로 이룩되고 있는 "지금은 사실의 세기인 동시에 그것이 끝나는 세기이다. 사실의 뒤에는 역현상으로 신화가 온다"[33]고 백철은 보았다. 또한 그는 신화가 독일 국민 간에 공공연히 유행하였고, 로젠베르크를 신화를 전하는 현대의 호머라 보기도 한다.

여기에서 백철의 변모를 엿볼 수가 있다. 그는 일찍이 프로문학을 비판, 전향했고, 그로 인해 조성된 전형기 평론계에, 휴머니즘 논의를 내세워 활약하였거니와 이 휴머니즘론의 거점은 A. 지드, 크레미외, 페르난데스, 발레리 등 프랑스 지성인 중심의 '지성옹호작가대회' 및 '지성옹호국제대회'의 정신에 이어진 것이었다. 이러한 대회의 성격이나 정신은 파시즘의 반달리즘에 대항한 것으로 신화를 철저히 거부하는 것이다. 이러한 입장과는 정반대로 신화를 수리해야 된다는 태도로 변모될 때, 백철이 어떻게 자기 합리화를 논리적으로 추구했는가가 중요한 점이 된다. 입장이나 태도의 변모 자체는 자기 성장을 위해 불가피한 것인 경우도 있어 그 당부당을 평할 수 없는 것이기 때문이다. 백철의 비평이 가장 왕성했던 시기는 휴머니즘을 논할 때라 할 수 있다. 흔히 인간탐구론이나 휴머니즘론은 불안사조를 배경으로 하는 것인데, 그 의욕에 비해 공허한 결과를 초래한 것으로 되어 있다. 그런데 백철은 휴머니즘이 도쿄 문단에서는 전쟁문학으로 드디어 구체적 결실을 보였다고 주장하고, 그 예로 인도주의적 이상주의를 내

---

32) 같은 글, 1939. 1. 17.
33) 같은 글, 1939. 1. 21.

세웠던 것이다. 한국에서는 휴머니즘론이 지성론, 모럴론, 소설론 등으로 확산되었지만, 중일전쟁에 취재한 문학에서 휴머니즘론을 결합시키려 한 것이다. 가령 지성론 같은 것은 생을 위한 살아 있는 지성의 설정이 아니라, 발레리만 하더라도 지성의 학적 존중, 지식적 객관성에 치중되어버렸기 때문에 새로운 신화만큼 건설적일 수도, 질서적일 수도 없다고 백철은 보았다.

> 내가 금일의 지식인의 굴신성(屈伸性) 있는 현실적 태도로서 시세를 거부하는 정신과 후대적 우연을 수리하는 문제로서 생각하는 것은 그런 의미 위에서이다. 나가서 문화 자체의 문제로서 보아도 금일은 지성 자체의 분석과 체계 위에서 발전이 될 시대가 아니라 '행위와 역사' 속에 투신을 하는 그 가운데서 시대의 생명을 발견하는 시절이란 것이다.[34]

이상 백철의 합리주의적 사고가 비약하여 휴머니즘과 전쟁문학의 신인도주의의 연결 위에 신화를 받아들이려 했음을 보았고, 이 태도는 지적, 논리적 관찰에 바탕을 둔 것이 아닌 타협적 추수주의임을 알아낼 수 있다. 신화의 계절엔 이론적 관찰은 의미를 갖지 못하는 것이다.[35] 백철이 발레리의 정신을, 혹은 서구 정신의 위기의 의미를 지극히 피상적으로밖에 몰랐다든가, 문학정신의 결핍, 자기 합리화의 어설

---

34) 같은 글, 1939. 1. 19.
35) 1938년 『문예』지에 A. 히틀러의 「문화인에게 준다(文化人に與ふ)」(6卷 11號, p. 217)가 소개된 바 있다. "역사적으로 결정적인 것은 정치적인 의지나 이론적인 관찰이 아니라 정치적인 행위 즉 행동……"

픈 곡예라고 오늘의 안목에서 지적하는 것은 지극히 쉬운 일이지만, 이런 것을 수용했던 당시의 사상 흐름 혹은 분위기 자체는 지워버릴 수 없는 것이다.

제3절 비평의 원점과 '제3의 논리'

1. 교양론 제기와 30대 비평가의 반성

세대 논의가 신인 작가들이 집단적으로 30대의 비평가들에 불복하여 그들을 비판한 데서 발단되었음은 앞에서 구명한 바와 같다. 「신인 좌담회」(『조광』, 1939. 1)를 보면 이 사실을 확인할 수 있고, 「신진 작가의 문단 호소장」(『조광』, 1939. 4)을 보면, 가히 도를 넘어서고 있다. 김광섭은 이원조, 백철 비평이 조소거리가 되었음을 지적하고 있다.[36] 이와 같은 현상은 30대 비평가의 자기반성을 초래하지 않으면 안 되었음을 뜻하는 것이며, 그 반성으로 나타난 것이 교양론과, 비평의 원점을 모색하는 작업이었다. 그것은 시대성의 변천을 함께 드러낸 30대의 결점을 뒷받침하는 결과가 되는 셈이다.

『인문평론』(1939. 11)은 "교양의 정신은 결국 비평의 정신"[37]이

---

36) 김광섭, 「평가의 비평 태도와 작가—특히 신인 작가 좌담기에 기함」, 『동아일보』, 1939. 1. 21.
37) 최재서, 「교양의 정신」, 『인문평론』, 1939. 11, p. 29.

라 보는 M. 아널드의 『교양과 무질서』를 저본으로 한 최재서의 「교양의 정신」을 비롯, 이원조의 「조선적 교양과 교양인」, 박치우의 「교양의 현대적 의미」, 유진오의 「구라파적 교양의 특질과 현대 조선 문학」, 임화의 「교양과 조선 문단」 등으로써 특집을 삼았다. 한편 이보다 먼저 이원조는 「교양론—지성론의 발전으로서의」(『문장』, 1939. 2)를 썼는데, 이것은 사변적 지성론을 반성하고 지성과 행동의 관념을 중시한다. 지성을 양심으로 본 미키 기요시의 소론에 이어져, 양식적 합리화에 관점이 놓일 때 비로소 교양론이 대두된다. 물론 지성과 지식이 다르듯이 학문과 교양은 같지 않다. 교양은 "지식이 주관적인 취미나 기호에 의해서 세련(洗鍊)되고 정리된 것"[38]인데, 이러한 교양이 "최악에의 경우에는 교양인 저 홀로 완미하고 감상하고 보수하는 것으로도 넉넉히 교양의 본분에 어그러지지 않"아서 "학문도 한 개의 교양에 지나지 못하는 시기가 있는 것"[39]이라 하여, 딜레탕티즘에 빠지지 않는 교양론을 조심스럽게 내세웠다.

이처럼 1930년대 끝 무렵에 비평계가 교양론을 내세운 동기는 이원조의 "시대 때문"이라는 외에 또 무엇이 있을까. 넓은 뜻으로 볼 때 30대 비평가들에게 가장 결여된 것이 교양이기 때문이라 볼 것이다. "30대는 지도 정신에서 잃은 바를 교양에서 확충하려 하였다고 볼 수 있으며, 비평에다 교양을 확충하려는 노력은 작가론과 기술론에까지 미치지 않아서는 실현할 수 없다"[40]고 하였는데, 여기서 30대 평론가의 한 특징을 볼 수 있다. 이 30대가 교양론을 내세운 이유는 대략 거

---

38) 이원조, 「교양론—지성론의 발전으로서의」, 『문장』, 1939. 2, p. 135.
39) 같은 글, p. 137.
40) 이원조, 「30대를 검토한다」, 『조선일보』, 1939. 1. 3.

시적으로 다음 세 가지 면에서 고찰될 수 있다.

첫째 프로문학의 사상 일변도에서 그 논거를 찾을 수 있다. 한국 문예 이론 및 평론은 이식적이라 할 수도 있다. 특히 프로문학은 그 국제성 때문에 고도의 이식성을 드러낸 것이다. 프로문학은 어떤 면에서는 지식의 문학이라 할 수 있다. 국제성과 객관성이 과학주의라는 이름 아래 개성의 의상을 입을 수 없었다. 이 속에서 문학을 배운 30대 비평가들은 주관적 기호에 속하는 교양을 망각 등한시한 결과, 불구적 정신의 소유자가 된 혐의를 갖게 된 것이다. "경향문학을 비지성적이라 비판하는 오늘날 그것을 지식적 문학이라 함은 기이할지 모르나 리얼리즘 문학이란 본래 교양적이기보다는 지식적인 문학"[41]인 것이다. 이 경우 교양이란 개성적 주체성을 의미하는 것이다.

둘째 교양은 어디까지나 개성의 원만한 발달을 위주로 하기 때문에 본능 개발에 있어 편파됨을 기피하는 것이다. 그런데 현대와 같이 교양인과 전문가와의 사회적 분화가 극도로 발달한 사회 문화 조직에 있어서는 이 두 개가 양립되지 않는 두 개념으로 보인다. 전문가란 세밀한 일부 간에 있어서만 특수 기능이 발달한 사람이므로 전인적 관점에서 본다면 한 기계와 같은 것이라 할 수도 있다. 교양은 이에 반해, 인간으로서의 조화로운 발달을 취하는 일반적인 것을 그 목표로 한다. "전문적 교육과 일반적 교양을 어떻게 양립시킬까 하는 것이 현대의 가장 중요한 문제"[42]이며 현대 문명 위기의 초극의 길을 여기서 찾아보려는 것이다.

---

41) 임화, 「교양과 조선 문단」, 『인문평론』, 1939. 11, p. 47.
42) 최재서, 「교양의 정신」, 같은 글, p. 29.

셋째 자아분열의 극복이란 점을 들 수 있다. 교양은 일반적인 동시에 포용적이며 개성의 양식이 될 만한 것이면 받아들임이 그 근본 정신이다. 물론 이 경우에는 개성이 주관적으로 소화할 수 있는 한도 내에서 수용함을 뜻한다. 괴테가 개성을 "고독 가운데서 길러지는 것" 이라 했을 때 이는 교양이 집단적 생활과 양립되기 어려운 성질을 드러낸 것이다. 이질적 문화를 지나치게 섭취한 결과 도리어 개성이 통일되지 못하고 자아분열을 일으킨 예가, 1930년대 한국문학 속에 암적 형태를 띠고 노정된 것이다. 그렇다고는 해도 교양의 정신이 관용의 정신이라는 원리에는 변함이 없다. 교양의 다양성과 이것의 통일은 현대에 있어서는 양립되기 어려운 개념이면서도 이것을 양립시키기 위해 문학인의 노력이 요청되었으며, 1939년을 전후한 자아분열증에 걸린 한국문학, 자세히는 30대 비평가의 입장은 자기반성으로 마땅히 교양론을 제기하지 않으면 안 되었다. 유진오가 세대론의 도처에서 30대의 불행과 신인 행복설을 주장했거니와, 그 논거는 30대가 급격한 사조에서 격심한 자아분열을 겪었다는 데 두고 있었다. 그러므로 이 관점에서 교양론이 30대 비평가들에 의하여 제기된 것은 (1) 세대 논의에 대한 자기반성이며, (2) 닥쳐올 문화 정세에 대한 수용적 예비 조치라 할 수 있다.

2. '제3의 논리'

프로문학의 거대한 시체 아래서의 한국 문학비평의 진보적, 주도적 측면의 담당자로는 최재서와 이원조로 대표시킬 수 있다. 전자는 주지주의 문학의 도입으로 신기풍을 진작시킨 영문학의 학구이며, 후자는 프랑스 문학에서 연마된 양식가로 고전주의적 문학 태도와 모럴론, 포즈론에 깊은 관심과 지도력을 발휘한 전문직 비평가이다. 최재서는 '인문사' 및 『인문평론』의 발행인으로, 이원조는 『조선일보』 학예란 책임자로서 비평의 대상 선택과 속도 조절상의 실력자의 위치에 있었다. 그러므로 이들의 문예관 및 비평관을 구명함은 곧 당시의 비평 주류의 성분을 밝히는 결과가 될 수 있다. 물론 여기서는 1938년경의 이들의 비평관에만 한정해서 고찰하기로 한다. 이 최재서가 신임한 평론가로 윤규섭을 들 수 있다. 그의 비평관은 「현계단과 문예평론」(『조선일보』, 1939. 1. 31~2. 5)에 가장 잘 나타난다. "리얼리즘은 단순한 방법이 아니라 예술적 인상의 한 견해"라고 그가 말할 때, 그는 예술이 '세계 인식의 하나이다'라는 명제 위에 서는 것이 된다. 이 명제를 따라 나오면 비평은 "그 세계인식 내지 인식론의 검토"로 규정된다. 세계관이나 역사적 인식에 있어서 이 같은 인식론적 검토는 비평정신의 기축이며, 과학적 비평은 물론 모든 비평이 결국 인식론에 귀착되는 셈이다. 그런데 인식론이 사상사의 요약이라 한다면 그것은 이론이지 역사 그것은 아닌 것이다. 인간의 사상 인식에는 역사적 계기와 논리적 계기가 올과 날로 얽혀져 있으며, 크로체류로 말하면 "비평은 예술의 역사(사회)적 계기와 논리적 계기의 동일"이라는 데서 성립되는 것이다. 이러한 관점에서 윤규섭은 "비평은 항상 그가 처해 있는 시대정신의 내면적 연관을 탐구하게 될 뿐만 아니라 시대의 중심상(中心像)을 인식하는, 즉 시대의 중심적 과제에 참여하지 않을 수 없는 것"[43]이라는 비평관을 도출하였다.

비평의 지도 원리를 이처럼 세계 인식의 총체적 결론에서 도출한 윤규섭의 비평관은 필연적으로 제3의 입장을 요청하게 된다. "비평의 원리적 방향의 확립은 외부적 현실 즉 시대의 중심적 과제에 참여함으로써 가능한 것이요 결코 문학의 내부적 조건의 정리만으로는 생의 (生意)도 할 수 없는 것"[44]이라 했다.

비평의 추진력의 원천을 문학 외부인 시대의 중심적 과제에서 구해야 한다는 것은 문학의 자율성과는 거리가 있는 관점이다. 윤규섭은 평론의 원리적 전개의 방향까지도 작가나 작품에 종속시킨다면 이것은 비평의 모욕도 심한 것이 된다고 했다. 적어도 비평의 시대적 과제 속에서 그 원리가 도출되어야 하며, 따라서 비평의 가치는 문학 외부에 있지 않으면 안 된다는 것이다. 이것은 비평의 가치가 사회적 가치와 치환될 수 있는 연속적 문예관continuum으로서, 최재서가 「미숙한 문학」(『신흥』, 1931. 7)에서 브래들리의 시론을 논한 첫 논문과 정반대의 위치에 이르렀음을 볼 수 있다.

이원조의 비평관은 「비평정신의 상실과 논리의 획득」(『인문평론』, 1939. 10)에 명시되어 있다. 그의 비평관은 "비평의 기능은 우선 영도적이요, 재단적이라는 일건(一件)만을 승인받지 아니하면 안 된다"[45]에 집약시킬 수 있다. 그러므로 비평정신의 상실이란 비평의 재단성과 영도성의 상실과 동의어가 된다. 비평정신의 확보를 위해 이원조는 제3의 입장을 내세웠으며, 그 거점을 (1) 역사적 시대의식과 (2) 사회의식에서 구한다. 이 관점에 따르면 비평정신이 가장 왕성한 때는 프로 문예 비평 시대라 할 수 있다. 여론이 성하면 개인으론 어쩔

---

43) 윤규섭, 「현계단과 문예평론—비평정신과 인식론적 과제」, 『조선일보』, 1939. 2. 5.
44) 같은 곳.
45) 이원조, 「비평정신의 상실과 논리의 획득」, 『인문평론』, 1939. 10, p. 19.

수 없듯이 제3의 입장이 성하면 그럴수록 그 비평의 영도성은 강화된다. 프로 문예 비평에서는 어느 작가 평가에 있어서는 다소 불복이 없지 않았지만 대체로 압도당했는데, 그것은 그 비평이 가진 바 "논리가 너무도 엄절하고 준렬한 제3의 입장"에 의거해 있었기 때문이다. 프로 비평이 이 논리를 상실하자 비평계는 불가피적으로 고백적이며 해석적인 것이 된 것이다. 이것이 곧 비평정신의 상실인 것이다. 30대 비평가는 경력이나 교양 면에 있어 닥쳐올 시대에 대해서는 대척적 입장에 처하게 된다. 이 격동기에 있어서는 소셜리즘도 리버럴리즘도 망각하게 되었지만, 그렇다고 비평계에 동일한 보조로 전형기의 새로운 시대의식이나 사회의식이 형성되지는 못했던 것이다. 자신에 대한 자율성이 없고 보니 이러한 상태에서 빚어지는 평론이란 기껏해야 심정고백이나 고전 혹은 외국 문학의 현상 소개에 머문 것이다. 휴머니즘론, 지성론, 모럴론, 소설 연구, 고전론 등이 바로 그것이다.

이상 1940년 앞뒤의 영향력이 큰 비평가의 비평관을 살펴보았다. 실상 두 비평가의 비평관이 그 원점에 있어 거의 일치하고 있음을 보게 된다. '비평은 시대의 중심 과제에 참여하지 않을 수 없는 것'이란 명제와 '역사적 시대의식과 사회의식'의 입장은 동일한 발상법이라 할 수 있는 것이다.

제3의 입장을 모색하기 위한 선결문제는 시대적 논리를 획득하는 일이다. 시대성과 사회성, 그 중심 사상의 인식 및 참여로 인해 제3의 논리를 획득하려는 작업은 구체적으로는 1939년 전후의 시대성 및 사회성을 고찰하는 길밖에 없다. 그러면 이 무렵의 시대적 중심 사상은 무엇인가. 이 경우 시대란 일본 사상계의 중심 과제에 포함된 사고인 것이다. 이 무렵 도쿄 사상계는, 세계사론으로서의 동양사론, 협동체론이 전체주의의 모습을 띠고 대두된 시기이다. 이원조는 제3의 논리가 도쿄의 협동체론, 세계사론 등에 논거하여 "앞으로 전체주의와 모색 가능"[46]을 시사하였고, 백철의 사실수리론이 오직 이 입장에서 씌어진 유일한 평론이라 했다. 세계사론은 대동아공영권의 이념으로 동양문화의 주체적 확립의 모습을 취했는데 그것은 일본 정신에 거점을 둔 것이다.

이러한 사실은 문학의 자율성의 부정이며, 플라톤적인 문예관과는 또 다른 연속적 문예관이라 할 수 있다. 적어도 문학의 가치는 문학 바깥에 있다는 관점이며, 이것은 또 이른바 개방적 세계관을 예정한 것이었다. 그 결과 역사철학 측의 비평가인 서인식, 박치우, 인정식, 박종홍, 신남철 등이 문화론을 지도했고, 최재서는 이들이 시대의 중심사상을 파악해줄 것으로 기대하였던 것이다. 1939년 10월 최재서가 『인문평론』을 간행할 때, 그 창간사에서 표면적으로 어느 정도 세계사론이라는 개방적 세계관을 시대의 중심 과제로 보아 그 건설적 의의를 '동양 신질서의 건설'[47]에다 두었던 것이다.

---

46) 같은 글, p. 22.
47) 「권두언—건설과 문학」, 『인문평론』, 1939. 10, p. 2. "동양에는 동양으로서의 사태가 있고 동양 민족엔 동양 민족으로서의 사명이 있다. 그것은 동양 신질서의 건설이다. 지나를 구라파적 질곡으로부터 해방하여 동양에 새로운 자유적인 질서를 건설함이다. 이리하여 바야흐로 동양에는 커다란 건설이 경영되면서 있다."

제4절 『국민문학』과 사이비 지성

1. 신체제론

국책(國策)이란 용어가 정식으로 분단에 등장한 것은 1940년 4월 『인문평론』의 권두언이며, 그 본질은 "국가가 국민 생활을 보호하여야 하면서 국가 자체의 사상을 실현시키는 데 지도 정신이 될 원리"[48]로 규정되어 있다. 이것은 여러 형태의 명령으로 강제되는 것임은 물론이나, 먼저 문단인은 이해와 열의에서 나오는 자발적 행위로서의 협력함이 요청되고, 따라서 문인들은 자신의 연구와 판단으로 이것을 이해해야 한다고 호소하고 있다. 달리 이것은 '문학의 자숙(自肅)'으로 표현되기도 했다. 문학이 국민 정신 생활과 교양의 양식이 됨은 물론, 국가유사지추(國家有事之秋)엔 능히 "국민의 사기를 진흥하는"[49] 것임을 다짐하기에 이른다. 그러나 여기까지는 아직도 조심스러운 태도로 "고전의 재음미"(『인문평론』, 1940. 10)가 권두언에 주장되어 있고, 한편 윤세중의 생산소설[50]인 「백무선(白茂線)」(『인문평론』, 1940. 10)을 당선시키어 국책에 합치되는 소재가 추장(推獎)되기도 했던 것이다.

국책을 달리는 신체제라 할 수 있으며, 국책문학은 그러므로 신

---

48) 「권두언―국책과 문학」, 『인문평론』, 1940. 4, p. 3.
49) 「권두언―문학의 자숙(自肅)」, 『인문평론』, 1940. 10, p. 5.
50) 생산소설이란, 중일전쟁 이래 소설의 소재를, 건설 및 생산면에서 국한하여 쓰는 작품으로 국책문학의 일종임은 물론이다. 임화는 일본의 '흙의 문학(土の文學)'과 함께 생산소설은 시정 생활에 침체한 리얼리즘의 타개책으로도 필요하다고 주장했다(임화, 「생산소설론」, 『인문평론』, 1940. 4, pp. 8~9).

체제에 합일되는 문학을 말하는 것으로 1940년 11월 『매일신보』의 '신체제 문학자의 해석은 이렇다'라는 특집에서 구체화되어 있다.

　　김동환은 신체제하의 문학이란 "오직 국가 때문에 있고 오직 신민의 길을 실천해나가기 위해서 있어야 할 것"[51]이라 했으며, 김오성은 철학적인 해설을 시도하였다. 김오성에 의하면, 신체제는 무엇보다도 개인 본위로부터 국가 본위로, 자유경제로부터 통제경제로 나아가는 것을 핵심으로 한 것이다. 그렇다면 종래 서구 중심의 개인주의적 문학과 신체제 문학, 즉 국민문학은 어울리기 어려움을 알아낼 수 있다. 새로운 멸사봉공의 정신과 개인의 운명을 그리던 종래의 문학과는, 새 인간형이 형성되기 전에는 상용하기 힘들다는 것이다. 결국 이 문제의 해결은 "높은 정치적 이념"으로, 문학이 국가 이념의 도구가 된다는 명제로만 가능하다는 결론이 된다. 거기엔 내부의 변혁이 선행하고 있다.

　　신체제의 문학은 온갖 개인을 그리되 시민 문학과 같이 그 개인들은 성격의 차이나 또는 그 개인과 마찰되는 외부 세계에서 생기는 운명에 의해 그릴 것이 아니라 그 개인은 어디까지나 자기를 전체에 바침으로써만 그 인간적 (국민으로서의) 성격과 운명을 획득할 수 있는 그러한 정신으로 그려야 할 것이다.[52]

이 외에 신남철의 「문학의 영역」(『매일신보』, 1940. 11. 27~29), 채만

---

51)　김동환, 「신윤리의 수립」, 『매일신보』, 1940. 11. 19.
52)　김오성, 「문학정신의 전환」, 『매일신보』, 1940. 11. 21.

식의 「대륙 경륜의 장회」(『매일신보』, 1940. 11. 22~23), 정인섭의 「창작 방법의 제시」(『매일신보』, 1940. 11. 25~26) 등도 동곡이음이었다. 이것은 1940년 11월 3일 '메이지(明治)'절에 '조선문인협회' 주최 '조선 신궁대전'에서 문장보국 선서식이 거행되었던 사실과, 같은 해 11월 30일 문예보국 강연53)을 전국적으로 행하여 문인들의 시국행사 참여

---

53) 조선문인협회는 1939년 10월 29일 이광수를 회장으로 김동환, 주요한, 김문집(얼마 후 김문집이 사퇴하고 유진오와 쓰다 가타시로 보강), 박영희, 정인섭, 가라시마 다케시, 스기모토 나가오(杉本長夫), 모모세 지히로(百千尋) 등이 간사가 되어 "국민정신 총동원의 취지 달성을 기하고 문인 상호의 친목 향상을 도모함으로써 목적으로 함"이었고, 일본인이나 조선인 문필가이면 다 입회할 수 있었다. 여기에서는 상세한 것을 피하고, 조선인으로서 활동한 제목만 살펴두기로 한다.
(1) 1939년 12월 21일 부민관에서 '문예의 밤'을 개최했는데, 강연으로는 정인섭의 「문학의 시대성」, 시로는 김용제의 「양자강」, 임학수의 「농성 50일」, 기행에는 박영희의 「운성에 와서」, 평론엔 백철의 「전쟁문학에 대하여」, 최정희의 소설 「자화상」 등이다.
(2) 1940년 2월 11일 '기원절(紀元節)'을 기하여 문예 대강연회를 개최했는데 김동환의 「조선문인협회의 사명」, 정인섭의 「비상시국과 국민문학」, 유진오의 「조선 문학과 용어 문제」, 이태준의 「소설과 시국」 등이 그 제목이다.
(3) 1940년 12월 12일 '전선 순회 강연회'를 4개반으로 편성 개최했다. 제1반(경부선)에는 김동환의 「애국정신과 지원병」, 박영희의 「일 애국반으로서」, 정인섭의 「생활과 창조」, 제2반(호남선)에는 정인섭의 같은 제목, 서두수의 「문학의 일본성」, 이헌구의 「신체제와 문학」, 제3반(경의선)에는 유진오의 「신체제와 국어 보급」, 최재서의 「신체제와 문학」, 백철의 「총력 운동과 선전의 임무」, 제4반(함경선)에는 함대훈의 「신체제와 국민문학」, 이석훈(미정) 등을 들 수 있다.
이 외에 수다한 활동이 표면화되었고 1943년엔 '조선문인보국회'로 바뀐 바 있다. 이 당시의 문단을 쥔 자는 가라시마 다케시, 쓰다 가타시, 데라다 에이 등이며, 이들은 총독부 『녹기연맹』 『경성일보』를 쥐고 있었고 악질적인 팸플릿을 찍어냈다. 이러한 사정을 가장 잘 알 수 있는 자료는 다나카 히데미쓰(田中英光)의 소설 『취한 배(醉いどれ船)』(1947)이다. '대동아작가대회'를 중심으로 벌어지는 이 소설의 여주인공은 여류 시인 노천심(盧天心)으로 되어 있고, 최 모, 박 모, 정 모 등의 한국 문인들이 등장하는데, 픽션이라 할지라도 세팅과 디테일은 어느 정도 적확한 면도 있다. 오늘날 일본 작가들이 한국의 당시를 말할 때 흔히 이 작품을 들추어내고 있다(졸고, 「식민지 문학의 상흔과 그 극복」, 『현대문학』, 1972. 2; 졸고, 「일본 문학의 한국 체험」, 『지성』, 1971. 10).

의 기풍이 형성되었음을 의미하는 것이다.

1941년에 들어서 문단은 국책 노선을 선명히 드러내기 시작한다. '문학정신대'(『인문평론』, 1941. 1 권두언)를 내걸고, 작품의 시국적 특성으로, 개인주의적 심리 묘사와 자기 분장을 지양하고 작품의 명랑화를 강조했으며, 한식은 '시민적 의식'을 극복하고 '조국(肇國)의 정신'으로 국운에 적극적으로 참가한다는 요지[54]로 된 아사노 아키라(淺野晃)의 소위 국민문학을 소개한 「국민문학의 문제」(『인문평론』, 1941. 1)를 클로즈업시켰다. 그 외에 신체제를 논한 주요 논문은 박치우의 「동아 협동체의 일 성찰」(『인문평론』, 1940. 7), 한식의 「문학과 윤리」(같은 호), 윤규섭의 「신체제와 문학」(『인문평론』, 1941. 1), 인정식의 「내선일체의 신과제」(『문장』, 1940. 1) 등이 대체로 권두 논문으로 실려 있음을 볼 수 있다.

국민문학은 대체로 신체제에 합일되는 문학론인 바, (1) 시민적 감정을 초극하여 국민적 감정을 대표하여 반영하는 문학일 것, (2) 국민 전체가 그 신분, 계급의 제한 없이 독자가 되는 문학일 것, (3) 민족적 의식을 자각한, 국민 전부에 새로운 '쇼와(昭和)'의 이상과 도덕을 부여할 수 있는 지사적 사명 의식을 지닌 '신민'의 문학일 것 등으로 종합할 수 있다.[55] 이것은 사실 수리, 황국 신민의 자각과 함께 소박한 이상주의적 로맨티시즘의 외관을 띤 것이라 할 수 있다.

이러한 원리의 전환을 평론의 원리로 받아들여 이론을 보인 자가

---

54) 淺野晃,「國民文學論の根本問題」,『新潮』, 1937. 8, p. 92. "시민적 의식 가운데의 감정 기복을 그린 시민 문학의 하찮음에서 벗어나, 조국의 정신을 회복하고 나라의 운명에 적극적으로 참가해가는 의식을 중심으로 한 문학……"

55) 한식,「국민문학의 문제」,『인문평론』, 1941. 1, p. 50.

『국민문학』지의 최재서이다.

2. 논리의 포기와 신념의 획득—최재서

앞에서 보아온 바와 같이, 신체제론의 대부분의 주도적 논문이 펼쳐
진 무대가 『인문평론』임을 알아낼 수 있는바, 이것은 편집인 최재서의
점진적 변모를 의미하는 것으로 볼 수 있다. 1940년을 넘어서면서 철
학적 비평가들의 문화론이 막다른 골목에 부딪히자 이들을 믿고 옹호
해온 최재서의 기대는 수포로 돌아갔고, 따라서 그 자신이 저들의 이
론이 끝난 자리에서 홀로의 힘으로라도 재출발해야 했고, 이 결심을
수행하기 위해 그는 종래의 자기 비평관을 청산하지 않으면 안 될 시
기에 도달한 것이다. 1941년 「전형기의 문화 이론」(『인문평론』, 1941.
2)과 「문학정신의 전환」(1941. 3)이 이에 해당된다.

이보다 조금 먼저 최재서는 「전형기의 평론계」(『매일신보』, 1940.
11. 14)와 「전형기의 평론계」(『인문평론』, 1941. 1), 「전환의 자유성과
자각성」(『인문평론』, 1941. 3 권두언)을 썼는데, 이것들은 지성론자이
며 우수한 해석적 비평가로서의 최재서 비평의 사실상의 종말로 볼
수 있으며, 자기가 몸담아 온 종래의 서구적 지성에 대한 고별적 총평
이라 할 수 있다.[56] "구미류의 생활을 지극히 표면적으로 모방하는 것

---

56) 「구리지갈」, 『인문평론』, 1941. 2, p. 70. "물론 우리가 국책에 순응하는 문학을 생산하기
위해서는 부절히 시사성과 효용성에 관심을 가져야 할 것이고 나아가 문예정책에까지
협조하고 기여하는 바가 있어야 하겠지만 오늘의 전형기는 일시적 전환에 그치는 것이
아니고 적어도 역사적인 것이라면 우리는 시사성, 효용성보다도 더 많이 원리의 추구에

으로 문화생활을 자처하였다"[57]라고 그는 고백하고 있다. 왜 그는 이러한 고백을 하지 않으면 안 되었을까.

최재서가 이러한 고백에 도달하기까지엔 여러 단계를 거치고 있음을 볼 수 있다. 전형기는 문화의 분열 혼란기인데 이 분열 혼란을 "국가적 입장에서 양기"할 수 있다고 그는 당위적으로 받아들이는데, 그것은 비평의 지도성을 실제적 기능에서 찾으려 한 사실에서 연유한 것이다.

> 비평정신의 상실이라는 것도 이것을 새로이 국민적 입장에서 고구하는 외에 묘방은 없을 것 [……] 원리 탐구의 실마리를 우리들 자신의 주위에서 구하지 않고 추상적인 이념 속에서 찾아내려고 하는 데 비평의 사변적 위험은 생겨난다.[58]

T. E. 흄의 『성찰Speculations』에서 영향을 받은 최재서가 사변을 거부하고, 여태껏 그가 영향받아온 구미 문학이 "지극히 표면적"이었음을 고백하고 있음은 주목할 발언이 아닐 수 없다. 여태껏 도입된 허다한 외국 문학 이론이 '지극히 표면적'이었음이 사실이라면, 그러한 문학론 및 기준으로 평가되고 지도된 작품 역시 '지극히 표면적'이 아닐 수 없을 것이다. 그렇다면 새로 도입될 국민문학론 역시 지극히 표면적인 것이 되고 말 것이 아닐까. 그렇지 않다면 동양인 일본에로의 동화에 의해 새로 도입될 이론은 적어도 지극히 표면적이 아닌, 생활, 혈

<hr>

아르바이트를 경주해야 할 것이 아닌가?"
57) 최재서, 「전형기의 문화 이론」, 『인문평론』, 1941. 2, p. 23.
58) 최재서, 「문학 정신의 전환」, 『인문평론』, 1941. 3, p. 10.

연, 생산 구조의 동일성으로 하여 실감 있는 생명적 문화생활을 이룩할 수 있는 것일까. 만일 이 후자의 질문에 답변을 논리적으로 할 수 있다면, 그리고 문학은 물론, 어떠한 문화 현상도 자기의 조국을 초월할 수는 없다는 이 절대 명제를 일단 여기서 보류한다면, 국책문학의 도입이 최재서 평론의 발전과 확대 및 자기 구제를 의미하는 것이라 볼 수도 있다. 가령 나치스 점령하에서의 프랑스 작가 앙리 드 봉테를랑 같은 경우와 대비시켜 봄직하다. 고쳐 말하면 국책문학에서 그가 비평정신의 상실을 이론적, 합리적으로 내적 필연성에 의해 찾을 수 있었다면, 전면적으로 반민족적이라 할 수는 있어도, 비평가로서는 최소한 살아 있었다고 보아야 될 것이다. 왜냐하면 그가 1934년을 전후로 하여 주지주의 문학론을 도입할 때도 이와 마찬가지 태도였기 때문이다. 그러므로 결정적으로 중요한 점은 과연 최재서가 국민문학 속에서 합리주의적, 논리적 비평정신을 발견할 수 있었던가에 있는 것이다. 이것을 확인할 수 있는 자료는 바로 「국민문학의 요건(國民文學の要件)」(『국민문학』 창간호, 1941. 11)이 될 것이다.

이 평론은 일본어로 씌어졌다는 점, 국민문학론을 명백히 제시했다는 점, 최재서 자신의 이론 전환을 확실히 했다는 점에서 특기할 만한 것이며, 다섯 부분으로 세론되어 있는데, 그 핵심이 되는 것은 그 중, '비평 기준의 문제(批評基準の問題)'와 '국민 성격 형성력으로서의 문학(國民性格形成力としての文學)'의 두 항목이다.

윤규섭의 「현계단과 문예평론」(『조선일보』, 1939. 1. 31~2. 5)은 비평의 지도성 획득을 위한 방법으로 '시대의 중심 과제'를 내세운 바 있으며, 이원조의 「비평정신의 상실과 논리의 획득」(『인문평론』, 1939. 10)은 제3의 입장으로서 '전체주의와의 모색 가능성'을 제시한 것으로 유명한 것이다. 그러나 이것들은 가능적 원리를 모색한 것이지 구체적 전개는 아니었다. 한편 역사, 철학 쪽 논자들도 개인과 전체의 결합 문제에 있어 만족할 만한 원리를 구체화시키지 못했던 것이다. 최재서의 출발은 바로 여기서 비롯한다. 그것은, 어디까지나 추상적일 수 없고, 바로 생활감에 직결되는 것에서 해결하려는 것이다. 가령 국민문학은 일본 정신에 의해 통일된 동서 문화의 종합 위에 일본 국민의 이상을 표현하는 것으로 "한 사람의 개인이 아니라 한 사람의 국민이라는 의식"에 의한 문학이다. 이와 관련된 비평 기준의 문제는 무엇인가. 전형기에 접어들어 이것을 감당할 새로운 비평 원리를 추상적으로 탐색한 모든 노력이 성과를 거두지 못한 까닭은 무엇인가. 최재서는 그 이유를 직접 자기의 문제로 체득하지 못한 데 기인하는 것으로 간파했다. 즉 "지도 원리란 국민적 입장에서만 체득된다는 것", 즉 "비평 기준이 결국은 연구와 인식의 문제가 아니라, 태도와 신념의 문제"[59]라 규정했다. 따라서 종래의 개인주의적 입장에서는 이러한 '진리'란 절대로 얻을 수 없다는 것이다.

이 "태도와 신념"이 식민지하의 한국인이 국책에 야합하는 유일한 지도 원리가 된 것이다. 최재서보다 먼저 이 신념에 도달한 이광수는 바로 이렇게 말하고 있다.

나는 지금에 와서는 이러한 신념을 가진다. 즉 조선인은 전연 조선인인 것을 잊어야 한다고. 아주 피와 살과 뼈가 일본인이 되어버려야 한다고.[60]

---

59) 崔載瑞, 「國民文學の要件」, 『國民文學』, 1941. 11, p. 38.

한국인으로서 일본 천황의 신민이 된다는 것은 어디까지나 신념으로서만 가능한 것이지 합리적 사고나 이성적 처리로서는 전혀 불가능한 것이다. 이 순간 한국 문예비평은 실질상 종말을 고한 것이다. 이전까지 한국 문예비평은 이론적 및 합리주의적 탐구를, 설사 얼룩진 면이 불소했지만, 지녔던 것인데, 이 순간에 와서 이러한 지적 모험이 완전히 중단되고 만 것이다. 물론 1926년 전후에 소위 '국민문학론'이 프로문학에 대립되어 나타났을 때, 이들 민족주의 문학비평가들의 논거가 과학적 방법이 못 되고 일종의 신념 및 태도로 나타난 적이 있지만, 그것과 이것은 차원이 다른 것이다.

국민문학론은 『국민문학』지 창간을 전후해서 무성히 논의되었는데 이 무렵의 내외 정세는 '황도 신민 연성'이 철저화할 시기에 해당되거니와[61] 1942년까지 평론계에 나타난 이 논의는 대략 다음과 같은

---

60)   이광수, 「심적 신체제와 조선 문화의 진로」, 『매일신보』, 1940. 9. 12.
61)   이 무렵의 정세를 연대순으로 나열하면 다음과 같다.
        1940. 2.   창씨제 시행.
        1940. 8.   『조선일보』『동아일보』폐간.
        1940. 10. '국민총력연맹' 조직.
        1940. 12. '황도학회' 조직.
        1941. 3.   사상범 예방 구금령 제정.
        1941. 4.   『문장』『인문평론』폐간.
        1941. 8.   '조선 임전보국단' 조직.
        1941. 11. 『국민문학』창간.
        1941. 12. 대미 선전 포고.
        1942. 10. '조선어학회' 사건.
        1942. 10. 제1차 '대동아문학자대회'.
        1943. 4.   '조선문인보국회' 발족.
        1943. 5.   조선인 징병제 실시.

것이었다.

이광수(가야마 미쓰로)의 「국민문학의 의의」(『매일신보』, 1940. 2. 16), 「심적 신체제와 조선 문화의 진로(『매일신보』, 1940. 9. 4), 「신체제하의 예술의 방향」(『삼천리』, 1941. 1), 「병역과 국어와 조선어(兵役と國語と朝鮮語)」(『신시대』, 1942. 5), 박영희(요시무라 고도)의 「임전 체제하의 문학(臨戰體制下の文學)」(『국민문학』, 1941. 11), 「신시대의 이념」(『매일신보』, 1942. 3. 16), 정인섭의 「서양 문학에 대한 반성(西洋文學への反省)」(『국민문학』, 1942. 1), 최재서의 「국민문학의 요건」(『국민문학』, 1941. 11), 「새로운 비평을 위해(新しき批評のために)」(『국민문학』, 1942. 7), 「조선 문학의 현 단계」(『국민문학』, 1942. 8), 안함광의 「국민문학의 성격」(『매일신보』, 1942. 7. 21), 「국민문학의 문제」(『매일신보』, 1942. 8. 24~31), 김팔봉의 「국민문학의 출발」(『매일신보』, 1942. 1. 9~14), 김오성의 「조선의 개척 문학」(『국민문학』, 1942. 3), 「서양과 동양」(『매일신보』, 1942. 4. 25~5. 5), 유진오의 「국민문학이라는 것(國民文學といふもの)」(『국민문학』, 1942. 11), 이효석의 「문학과 국민성」(『매일신보』, 1942. 3. 4), 김용제(가네무라 류사이)의 「창작론의 전진 과제」(『매일신보』, 1942. 3. 19~21), 김종한의 「일지의 윤리(一枝の倫理)」(『국민문학』, 1942. 3), 「새로운 사시의 창조(新しき史詩の創造)」(『국민문학』, 1942. 8), 백철의 「옛것과 새것(舊きと新しさ)」(『국민

1943. 9. '진단학회' 해산.
1944. 1. 학병제 시행.
한편 1942년 6월 15일 고이소 구니아키(小磯國昭) 총독 부임 이후 조선총독부 정보과에서는 "국체 본의의 투철"(『신시대』, 1942. 10~1943. 2)을 선포하고 있다. "조선 통치의 근본"은 "반도 2천 4백만 조선인을 완전한 황국 신민으로 연성하는 데 있다"라고 했는데 이것은 미나미 지로(南次郎)의 '내선일체'에서 진일보한 것이다.

문학』, 1942. 1) 등을 들 수 있고, 이 외에 몇몇 신인 비평가를 『매일신보』가 1943년 신춘 현상으로 입선시킨 것이 있다. 이석으로는 김동표의 「국민문학의 신윤리」, 가작으로는 오정민의 「신문학과 윤리」인바, 이를 심사한 최재서는 "틀이 잡힌 국민문학론"(『매일신보』, 1943. 1. 20)이라 했다.

이러한 국민문학론의 저변에 놓인 공분모가 이광수와 최재서가 제시한 '신념'으로 되어 있음은 물을 것도 없는 일이다. 실상 이 신념과 태도는 일본 문예비평계에 있어서 먼저 문제된 것으로, 메이지 이래 "서구 지성에서 자라온 비평가들"이 일본 국수주의의 신화에 야합하기 위해 대부분 논리를 포기하고 그 대신 신념에 도달했고, 그것이 그들의 애국 방법으로 몇몇 예외를 제하고는 받아들여졌던 것이다.[62] 이광수와 최재서 중 이 신념을 먼저 획득한 자는 이광수이다. 그는 「창씨와 나」(『매일신보』, 1940. 2. 20)에서 이미 확신을 드러내었던 것이다. 이에 비하면 최재서는 근 1년 반 후에야 이 신념에 도달함을 본다. 1939년 10월에 창간된 『인문평론』 권두언을 통해 수차 시국의 중심 사상을 언급했지만, 그것은 어디까지나 잡지의 생명에 관계된 혐의일지도 모르며 신념의 상태에 도달한 것은 아니었다.

그는 이 무렵 「현대소설 연구」라는 제목으로 조이스의 『젊은 예술가의 초상화』(『인문평론』, 1940. 2), 토마스 만의 『부덴브로크 일가』(1940. 3), 헉슬리의 『포인트 카운터 포인트』(1940. 4), 말로의 작품성격론인 「소설의 서사시적 성격」(1940. 6) 등에 주력했던 것이다. 또 그

---

62) 고바야시 히데오는 소극적이었지만, 문학주의 양식을 지니려 했으며, 신진 비평가인 이와카미 준이치(岩上順一)가 중일전쟁 이후 나타나, 1943년 검거당할 때까지 거의 혼자서 전쟁문학의 비합리주의에 대해 정력적으로 싸웠다(『文學 50年』, 같은 책, p. 254).

는 수습해야 될 평론계의 난제인 세대론, 모럴론, 교양론 따위를 일단 정리해야 했으며, 그러면서도 한편 불가피하게 밀려드는 신체제론에 뒤질 수는 없었다. 여기에 그의 딜레마가 놓여 있었다. 다름 아니라 지성론을 한 몸으로 지탱하고 있던 영문학의 상식이 몸에 밴 그로서는 곧바로 국책에 야합할 수 없었기 때문이다. 그는 자기가 적어도 줏대 없는 추수주의자가 아니라고 자부했던 것이 아닌가. 그러므로 동양사론, 국책 내선일체에 대한 합리적 논리를 이론가답게 찾아야 했을 것이다. 그러나 그로서는 합리적 논거를 찾기 어려웠다. 그 때문에 그는 서인식을 비롯한 철학가들의 논문을 『인문평론』에 권두 논문으로 싣곤 했다. 그런데 그것은 별 성과를 얻지 못했다. 전체주의 사관을 옮겨 놓아 보아도 추상의 허망에서 탈출할 수 없었고, 나치스 모양 피의 동일성에 귀착하고 말았던 것이다. 합리적 방법론이 무력해졌을 때 이론가로서의 그의 고민은 짐작할 수 있는 일이다. 시대성 속에 우이를 잡은 비평을 이끌어야 한다는 이원조와 같은 공명심 이전의, 이론가로서의 그의 성실성이 어느 정도 작용했다고 봄이 옳을 것이다. 그러나 끝내 합리적 지성으로는 시국을 받아들일 수 없었다. 드디어 그는 지성과 논리를 포기하고 이에 신념과 태도로 대치시키고 만 것이다. 여기에 최재서의 비극이 집약되어 있다.

　　지성과 논리를 포기하고 신념과 태도로 대치시켰을 때, 그 이전과 이후에 가치 평가의 차원이 달라짐은 췌언할 것도 없다. 그런데 최재서가 도달한 이 신념은 일본 문예비평가들이 이 무렵에 도달한 신념과 완전히 일치함을 발견할 수 있다. 일본에서는 1936년 발레리가 의장인 '국제연맹지적협력회'를 모방해서 '지적협력회의―근대의 초극'을 1942년 7월 23, 24일 양일간 개최했고, 제출 논문 및 회의록이 『문학

계』(1942. 9~10)에 게재된 바 있는데, 이 회의의 발기자는 서구적 지
성인의 집회인 『문학계』 동인, 특히 가메이 가쓰이치로, 고바야시 히
데오, 가와카미 데쓰타로가 중심이 되었고, 그 외 각 방면의 전공자들
인 니시타니 게이지(西谷啓治: 철학), 모로이 사부로(諸井三郎: 음악), 스
즈키 시게타카(鈴木成高: 역사), 기쿠치 세이시(菊池正士: 과학), 시모무
라 도라타로(下村寅太郎: 철학), 요시미쓰 요시히코(吉滿義彦: 윤리), 하
야시 후사오(『문학계』 동인), 미요시 다쓰지(三好達治: 『문학계』 동인),
쓰무라 히데오(津村秀夫: 신문기자), 나카무라 미쓰오(中村光夫: 『문학
계』 동인) 등이었다. 이들 발언 가운데 다음 몇 가지를 살펴볼 필요가
있다. 가메이 가쓰이치로는 사상전의 명목하에 일본 정신을 '선한 것
[善玉]', 외래 사상을 '악한 것[惡玉]'이라 하여 최대의 적은 근대라는
서양의 말기 문화라 했고,[63] 하야시 후사오는 서구적 근대가 현대 일
본 문학을 오예(汚穢)하고 있으므로 순수한 근황(勤皇)의 마음으로 이
를 배격할 것을 역설했고,[64] 쓰무라 히데오는 서구적 합리주의 철학에
기초한 과학주의 대신 정신주의로 이 과학주의를 능가할 수 있다고
했으며,[65] 미요시 다쓰지의 「약기(略記)」, 기쿠치 세이시의 「과학의 초
극에 대해」, 나카무라 미쓰오의 「근대에 대한 의혹」 등에서도 한결같
이, 근대란 곧 서구의 합리주의에 기초한 과학주의인데, 이것을 일본
정신, 일본 고전에 담긴 이념으로 초극해야 된다는 것으로 되어 있다.
이 회의는 한마디로 "우리는 어떻게 현대 일본이 될 수 있는가"[66]에 그

---

63) 『知的協力會議―近代の超克』, 創元社, 1943, pp. 4~5.
64) 같은 책, p. 120.
65) 같은 책, p. 148.
66) 같은 책, p. 183.

의도가 있었던 것이다. 그러면 이『문학계(文學界)』동인 중 가장 지적인 비평가로 알려진 고바야시 히데오의 논조는 어떠했던가. 그는 이 논의의 텍스트는 쓰지 않고 회의에만 참석하였다. 고바야시 히데오는 여타의 논자처럼 서구의 '근대' 및 '근대문학'을 타도 혹은 초극해야 한다고 주장하지는 않는다. 그는 메이지 이래의 일본 문학이 서구 근대문학에 의해 이룩된 것은 사실이나 그것은 어디까지나 참된 서구의 근대문학이 아니라 그 오해에 의해 이룩되었다고 본다. 그 대표적 예로 그는 도스토옙스키를 들었다. 도스토옙스키라는 일급 작가를 철저히 연구한 결과, 그는 근대 러시아 사회나 19세기 러시아 시대를 표현한 것이 아니라 그것과 싸워 승리한 작가임을 발견했다. 서양의 개인주의라든가 합리주의라 하지만 일급 작가들은 이것들과 싸워 이긴 작가인 것이다. 개인주의 시대에는 개인주의 문학이 있다는 것은 천박한 사관이라고 그는 본다. 따라서 전체주의 시대엔 전체주의 문학이 와야 한다는 결론은 지극히 천박한 사관이 되어야 하는 것이다. 그는 역사가 늘 변화한다든가, 혹은 진보한다고는 보지 않고 언제나 인간은 같은 것과 싸우고 있다는 입장임을 명백히 했다.[67] 그는 나아가 서구 문학과 일본 고전을 비교하였다. 서구 문학은 의견, 비판, 해석, 분석이 재미있었고 지적이었는데, 일본 고전은 절대적으로 명하는 한 점에 "육체로써 부딪히는 것이며 머리로 이해하는 것이 아니었다".[68] 그러므로 이 속에 성숙이 있을 수 없고, 따라서 "고전에는 머리가 좋지 않으면 이해할 수 없는 것 같은 것은 씌어 있지 않다"[69]고 하여, 근

---

67) 같은 책, pp. 239~42.
68) 같은 책, p. 272.
69) 같은 곳.

대를 초극하여 일본 고전에 귀의한다는 대명제에 비판을 가했다. 이 이후로 고바야시 히데오는 패전까지 거의 침묵을 지킨 것으로 알려져 있다.[70]

　　대부분의 지식인들이 근대를 서구적인 '악한 것'으로 규정하여 일본주의를 외친 것이 이 회의의 성격이라 할 수 있다. 이들은 일본 국민으로서 합리적 논리와 지성을 악으로 보아 이를 포기하고 일본 정신을 '선한 것'으로 신념한 것이 판명된다. 신인 평론가 이와카미 준이치는 이 회의를 이렇게 비판하고 있다. 근대의 불행한 질병은 단지 인간 정신을 개조할 뿐 아니라 동시에 현실적으로, 역사적으로 이 질병의 발생 이유에 기초해서 실천적 해결을 요구한다. 그리하여 이 실천적 해결은 정신의 개조를 가지고 대치하려 한다. 그렇게 되면, 여기엔 이미 정신이 문제가 아니라 자기 생명의 문제가 되어버린다는 것이다.

　　그들은 역사적 해결에 닿으려는 이성적 과학적 진보적 노력 전부를 부정하고, 오로지 '정신'과 '영혼' 속에 인간을 끌어 묶으려 한다.[71]

그러나 이러한 이와카미 준이치나 고바야시 히데오의 지성 변호론은 비록 반짝거리기는 하나 이미 대세에는 무력한 것이었다. 여기서 다시 최재서와 고바야시를 비교해볼 필요가 있다. 만일 고바야시가 서구 문학을 정확히 이해한 것이라면, 그렇기 때문에 자기 조국의 지식인이 광분하는 계절 속에서도 비판적 지성을 지킬 수 있었다면, 최재

70)　『文學50年』, p. 251.
71)　岩上順一, 「近代の超克—批評」, 『文藝』, 1942. 11, p. 55.

서는 두 가지 점에서 사이비 지성임이 드러난다. 첫째는 최재서가 익힌 서구 문학 공부는 실증주의의 오류를 범했을 뿐만 아니라 서구 문학을 지극히 피상적으로 이해하여 오해 속에 문학 해온 한갓 계몽주의자이며, 둘째로는 논리를 포기한 신념이 일본 정신에 직접적으로 과열함으로써 반민족적인 행위를 보인 것이다.

이상으로 친일문학자들의 이러한 신념과 태도가 근본적으로 어디서 연유했는가를 살펴보았다. 이광수에 있어서는 '조선 민족'을 구하기 위해, 혹은 자기 한 사람의 희생으로 고통을 덜어주기 위해 철저히 황민화해 보인다는 신념이 사실이었다 하더라도 비평사적 의미는 별로 없다. 그러나 최재서가 「받들어 모시는 문학(まつるふ文學)」(『국민문학』, 1944. 4), 즉 "천황을 받들어 모시는 문학"에까지 이르렀을 때, 그리고 「민족의 결혼(民族の結婚)」(『국민문학』, 1945. 2), 「때아닌 꽃(非時の花)」(『국민문학』, 1944. 5~8) 등의 창작을 발표하는 한편[72] 하야시 젠노스케(林善之助)의 평론 「문예와 신화 재흥(文藝と神話再興)」(『국민문학』, 1945. 2)을 추천했을 때, 이러한 것들은 일본 문학권 내에서도 어떤 새로움이나 깊이나 확대였을까 하는 점은 일단 문제가 될 수 있다. 소위 속문주의에 따른다면 이것은 일본 문예비평사의 소관이겠만, 속국, 속소재주의에서 보면 한국문학사의 소관일 수 있다. 순전한 학문적인 흥미에서 특수 부분으로 고찰한다면, 한일 양 문학사의 공동 과제의 여지를 남기게 된다.

---

72) 최재서가 소설을 쓰게 된 이유는 다음 구절 속에 나타나 있다. "나는 평론을 그만두고 소설로 전적한 게 아니다. 나는 동포들과 함께 생각해보고 싶은 여러 주제를 가지고 있다. 그것이 평론으로는 다 표현할 수 없는 것이다. 솔직히 말하면 나에게는 더 많은 독자가 필요하다"(「燧石」序文, 『新半島文學選集』第2輯, 人文社, p. 34).

제5절 한국문학과 일본 문학

국민문학은 처음 전쟁문학에서 출발, 애국 문학으로 불리다가 드디어 '결전'의 문학으로도 불린 것으로, 단적으로 말하면 서구 전통에 뿌리를 둔 근대문학의 연장으로서의 문학과는 진혀 달리 "일본 정신에 의해 통일된 동서 문화의 종합을 지반(日本精神に依つて統一された東西の文化の総合を地盤)"으로 하여 비약하는 일본 국민의 이상을 구가하는 문학이라 최재서는 규정하였다.[73] 국민문학의 결정적 조건은 바로 국민의식에 의해 '충전'되는 데 있다. 그러므로 그 주제는 개성 묘사나 시국에 의해 행동 능력이 거세된 인텔리의 내면 묘사나 자기 폭로로는 도저히 불가능했으므로 외부의 힘인 국민 의식에 의존한다는 것이다. 그렇다면 국민문학은 곧 계몽, 선전 문학으로 예술성을 따질 수 있는 성질이 못 되는 것이다. 국민문학이란 명칭으로 한국인이 발표한 작품에 대한 창작평은 따라서 기껏해야 얼마나 일본 정신이 잘 반영되었는가, 시국을 얼마나 바람직한 방면으로 그렸는가를 언급함에 그칠 수밖에 없었던 것이다. 비평의 새로움이란 "일본적인 사고방식을 실천(日本的な考へ方を實踐)"[74]하는 것일 따름이다.

이상을 국민문학의 내용에 대한 것이라 한다면, 국민문학의 형식에 대한 문제, 즉 용어에 대한 문제를 고찰해볼 차례에 다다랐다. 일본어로 창작함이 국민문학의 특성 속에 자동적으로 포함되며 일본 정신

---

73)　崔載瑞, 「國民文學の要件」, 같은 글, p. 35.
74)　崔載瑞, 「新しき批評のために」, 『國民文學』, 1942. 7, p. 4.

586　제II부 전형기의 비평

을 말하는데 '국어 상용'에 입각해야 된다는 것은 말할 것도 없다. 그러나 국민문학 문제를 앞에 놓고 한국 작가들이 '조선어'를 버리고 '국어'를 채택할 때 어떠한 반응을 보였는가는 여러 가지 이유로 고찰해 볼 필요가 있다. 설사 시국에 야합하는 작품을 쓸 때도 그것이 '조선어'로 씌어진 것과 '국어'로 씌어진 것에 최후의 한계를 지어주기 때문이다. 이 용어에 대한 문제는 『국민문학』 창간호(1941. 11)에서부터 따져볼 수 있는 것이다.

1940년 8월 10일 『동아일보』와 『조선일보』가 강제 폐간을 당하였고, 1941년 4월호로 『문장』 『인문평론』 『신세기』가 역시 강제 폐간되고, 그 대신 소위 황도정신에 입각하는 『국민문학』지가 발간되었다.[75] 『국민문학』은 인문사의 최재서가 발행인인데, 그의 증언에 의하면 연 4회는 국어판, 8회는 언문판이었고,[76] 그 창간사에 의하면 다음 세 가지가 열거되어 있다.

본지 『국민문학』은 조선 문단의 혁신을 도모하려는 새로운 의도와 구상하에 태어났다. 새로운 구상이란 무엇인가? 첫째 중대한 기로에 선 조선 문학 가운데로 국민적 정열을 불어넣음으로써 재출발시킬 것. 둘째 자칫하면 매몰될 예술적 가치를 국민적 양심으로 수호할 것. 그리고 마지막으로 이 광란 노도의 시대에 항상 변함없이 진보의

---

75) 정지용, 「알파·오메가」, 『산문』, 동지사, 1949, p. 212. "어떤 날 상허가 일제 총독부에 불렀다. 가보았더니 『인문평론』의 최 씨와 『신세기』의 곽 씨도 함께 왔던 것이다. 일제 총독부의 말이 『문장』 『인문평론』 『신세기』를 병합하여 하나를 만들되 일어 반분(半分)에 조선어 반분하여 '황도정신' 양양에 적극 협력하라는 점이었다."

76) 崔載瑞, 「朝鮮文學の現段階」, 『國民文學』, 1942. 8, p. 11.

아군이 될 것.[77]

『국민문학』은 1941년 11월에 드디어 창간되었는데, 그 편집 요강은 다음 일곱 항목으로 되어 있다.

1. 국체 관념의 명징―국체에 반하는 민족주의적 사회주의적 경향을 배격하는 것은 물론, 국체 관념을 불명징하게 하는 개인주의적 자유주의적 경향을 절대 배제한다.
2. 국민의식의 앙양―조선 문화인 전체가 항상 국민 의식을 가지고 생각하고 또한 쓰도록 유도한다. 특히 들끓는 국민적 정열을 그 주제로 삼도록 유의한다.
3. 국민 사기의 진흥―신체제의 국민생활에 상응하지 않는 비애, 우울, 회의, 반항, 음탕 등의 퇴폐적 기분을 일소할 것.
4. 국책에 대한 협력―종래의 불철저한 태도를 일소하고 적극적으로 시난(時難) 극복에 정신(挺身)한다. 특히 당국이 수립하는 문화 정책에 전면적으로 지지 협력하고 그것이 개개의 작품을 통해 구체화되도록 노력한다.
5. 지도적 문화 이론의 수립―변혁기에 조우하는 문화계에 지도적 원리가 되어야 할 문화 이론을 하루빨리 수립할 것.
6. 내선인 문화의 종합―내선일체의 실질적 내용이 될 내선문화의 종합과 신문화 창조에 모든 지능을 총동원한다.
7. 국민문화의 건설―무릇 웅혼, 명랑, 활달한 국민문화의 건설을 최

---

77) 「卷頭言―朝鮮文壇の革新」, 『國民文學』, 1941. 11, p. 3.

후의 목표로 한다.[78]

이와 같은 편집 요강을 띤 『국민문학』은 지식 계급을 상대로 한 잡지이며, 이 지식 계급은 '국어'를 해득한다는 점에서 "무엇보다도 앞서서 용어의 문제를 해결해야 할 사명을 띠고 있는 것"[79]이다.

앞에서 언급한 바와 같이 『국민문학』은 연 4회를 '국어'로, 나머지는 '언문판'으로 작정했으나, 1942년 5, 6합호(2권 5호)부터는 '언문'을 완전히 폐지하였고, 그 이전에도 평론 분야는 거의 일본어로 씌어졌으며 '언문판'이라 하여 나온 것은 2, 3권뿐인데, 거기에는 몇몇 창작이 한국어로 되어 있을 뿐이다. 또 이 잡지는 창작과 평론의 분야를 막론하고 '내선인(內鮮人)'의 공동 광장이며, 창간호의 경우 29명 중 9명이 일본인으로 되어 있다. 이와 같이 용어를 '국어'로 하여 문학 행위를 한다면, 조선 문학과 일본 문학의 관계는 어떻게 되는 것인가. 이 문제를 최후로 앞에 놓고 이들은 어떠한 태도를 취했던가. 이 문제는 한국 문학사 및 비평사의 최후의 대목이 되는 것이다. 여기에서 그들이 당연히 도달할 결과보다도 이 문제를 한 가닥 양심으로 어떻게 처리하려 했는가의 그 과정 혹은 어떤 고뇌의 흔적을 발견할 수 있는가의 여부가 문제성을 띨 수 있을 것이다.

『국민문학』이 당국에 의해 창간될 때 "용어에 대한 사명"[80]을 띤 것이라고 최재서가 지적하고 있거니와, 그 창간호의 「조선 문학의 재출발을 말한다(朝鮮文學の再出發を語る)」라는 좌담회에서 길게 논의된

---

78) 崔載瑞, 「朝鮮文學の現段階」, 같은 글, p. 12.
79) 같은 글, p. 14.
80) 같은 곳.

바 있다. 정인섭이 "국민문학으로서의 조선 문학"이 로컬 컬러라 할
수 있는가를 제기했을 때, 백철은 '조선 문학'은 하나의 분위기가 따로
있으며 이것을 살려야 한다는 뜻에서 로컬 컬러임을 시인했고,[81] 최재
서는 금후 광의의 일본 문학 속의 '조선 문학'의 특수성이 로컬 컬러라
보기 어렵고 또 특수성이란 말도 적절치 않다고 하여 조선 문학이 일
본 문학에 풍부히 플러스가 될 수 있어야 된다고 했다.[82] 즉 로컬 컬러
혹은 특수성도 없는 완전한 일본 문학, 그와 대등한 일본 문학을 암시
하고 있다. 이 문제는 유진오와 장혁주의 대담 「조선 문학의 장래(朝鮮
文學の將來)」(『文藝』, 1942. 2)에서 재론되는데, 유진오는 사람들이 조
선 문학에서 로컬 컬러를 의식적, 무의식적으로 요구하고 또 쓴다고
했으며, 장혁주는 조선 문학이 규슈 문학과 비슷한 일본의 지방 문학
일 것을 예견하기도 했다.[83] 그러다가 『국민문학』이 완전히 '국어판'
으로 바뀌게 되었고, 그때 최재서는 편집 후기에서, "조선어가 조선의
문화인에게는 문화의 유산이기보다 차라리 고민의 종자"[84]라 했고 고
뇌의 껍질을 깨뜨리지 않는 한 수인(囚人)을 면할 수 없다고 선언했다.

　이 경우 세 가지 문제가 나타난다. 하나는 '조선 문학 멸망론'이
다. 내용이 국책 선전인 데다 용어까지도 일어로 될 때 조선 문학은 완
전히 멸망하게 된다. 둘째 '공명론(空名論)'이란 것이 있다. 내용과 형
식이 모두 일본 것으로 된 이상 설사 '조선인'이 쓰는 작품을 '조선 문
학'이라 부르더라도 그것은 일본 문학일 뿐이라는 것이다. 셋째는 위

---

81) 「朝鮮文壇の再出發を語る」, 『國民文學』, 1941. 11, p. 79.
82) 같은 글, p. 77.
83) 張赫宙, 俞鎭午, 「朝鮮文學の將來」, 『文藝』, 1942. 2, pp. 75~77.
84) 崔載瑞, 「編輯後記」, 『國民文學』, 1942. 5·6 合月號.

에서 언급한 조선 문학의 특수성으로서의 로컬 컬러 문제이다. 이 세 가지 문제점에 대한 답변은 최재서가 「조선 문학의 현 단계(朝鮮文學の 現段階)」(『국민문학』, 1942. 8)에서 전면적으로 시도하고 있다. 그는 용어가 일문으로 통일될 때, 조선 문학의 개념을 확대하지 않는 한 조선 문학은 존재하지 않는다는 것이다.[85] 개념을 확대한다는 것은 일본의 한 지방 문학이 됨을 뜻하는 것으로 규슈 문학, 홋카이도 문학과 같은 위치를 지닐 수 있다는 것이다. 또 국민문학의 체재를 보면 조선 문학은 이미 아니고 바로 일본 문학이 되어버리므로 공명론에 떨어질 수는 벌써 없다는 것이다. 일본 문학과 대립해서는 조선 문학은 없는 것이며 단지 일본 문학의 일환으로서만 조선 문학이 있다는 것이다.[86] 그러나 이렇게 지방 문학으로서의 조선 문학을 인정할 수 있는 데도 조건이 있다. 영문학 속의 스코틀랜드 문학과 같은 입장이어야 하고, 아일랜드 문학과 같을 수는 없다는 것이다. 같은 영어로 씌어지지만 아일랜드 문학의 정신은 반영(反英)적이기 때문이다.

이때까지도 공명론이나마 '조선 문학'이란 말이 말살되지는 않았다는 점에 유의할 필요가 있다. 최재서는 조선 문학의 멸망론이나 말살론이라는 획일주의에 좌단(左袒)하고 싶지는 않다[87]고 했고 '고민의 종자'인 조선어를 일본어로 극복하여 "대승적 문학의 의식 파악(大乘的文學の意識把握)"을 내세웠지만 아직도 그에게는 그를 괴롭히는 두

---

85) 崔載瑞, 「朝鮮文學の現段階」, 같은 글, p. 14.
86) 같은 글, p. 14. "일본 문학의 일환으로 조선 문학이 있다. 다만 그 조선 문학이 충분히 독창성을 지닌 문학이어야 하기 때문에 장래라곤 하지만 조선 문학으로서 일부분을 확보할 것이다."
87) 같은 글, p. 15.

가지 문제가 가로놓여 있었다. 그 하나는 '국가' 개념이며 다른 하나는 '민족' 즉 '피'의 문제였다. 그는 일찍이 아리시마 다케오(有島武郎)의 "조선엔 국가가 없으므로 위대한 문학은 생기지 않는다"라는 말과, 하야시 후사오의 "조선 작가는 전향해도 돌아갈 조국이 없다"라는 지적이 퍽 괴로웠던 것이며,[88] 또 나치스의 민족순혈론에 입각한 파시즘의 신화가 '국민문학 건설'에 조선 민족 제외의 논거가 될까 심히 두려웠던 것이다.[89] 이 점에 대해서는 이석훈(마키 히로시)이 「국민문학의 제 문제(國民文學の諸問題)」(『녹기』, 1942. 3)에서 솔직히 표백한 바 있기도 하다. 이렇게 우리가 인내심을 가지고 따지려 한 것은 최재서가 한때 합리주의적 이론가였기 때문인 것이다. 일본 문화가 그 순수성을 유지하면서도 어떻게 이민족을 포섭할 수 있는가. 즉 '국가'와 '민족'의 문제를 어떻게 해결할 것인가를 최재서는 다음과 같이 논했는데 이것은 적극적 태도라 할 수 있다.

> 앞으로 일본 문학에 한편으로 그 순수화의 정도를 점점 높임과 동시에 다른 한편으로 그 확대의 범위를 점점 넓힐 것이다. 전자는 전통의 유지와 국체의 명징에 연관되는 면이고, 후자는 이민족의 포용과 세계 신질서에 연관되는 면이다. 전자를 천황귀일(天皇歸一)의 경향이라 한다면, 후자는 팔굉일우(八紘一宇)의 현현이라 할 것이다.[90]

이것이 최재서가 최후로 도달한 결론이며, 문화질서론이다. 천황귀일

---

88) 같은 글, p. 16.
89) 같은 글, p. 17.
90) 같은 곳.

과 팔굉일우의 이 양면의 활동이 조금도 모순당착 없이 동시적으로 이룩됨은 물론, 일본 정신은 능히 이 조화를 취하기 때문에 이민족을 포섭하면서 일본 정신의 순수 문화를 유지할 수 있다는 것이다. 그런데 이민족을 포섭할 경우 일본 문화의 질서는 최재서도 감히 논급할 성질이 못 되었다. 다만 김종한의 「일지의 윤리(一枝の倫理)」(『국민문학』, 1942. 3)에서 전체주의 사관을 내세워 지방과 중앙을 부정하여, 도쿄도 하나의 지방이라 할 수 있다[91]는 것에 최재서는 동의할 따름이었다.[92]

이것을 고비로 하여, 설사 공명론일망정 '조선 문학'이란 언사는 소멸되고 그 대신 국민문학 외에 '반도문학'이란 언사가 따로 있었으며, 이 '반도문학'은 '내선인(鮮人)'이 함께 쓰는 것이지만 그 중심은 '조선인'이었다.[93] 그렇기 때문에 아직도 한 가지 문제가 남게 된다. 즉 조선적 사고방식, 소재, 습관을 설사 비판했다 하더라도 그들의 작품에서는 이것을 초극할 수 없었던 것이다. 가령 이무영의 「청기와 집(靑瓦の家)」(1942년 『부산일보』 연재, 일본어 장편)라는 현대물은 물론

---

91) 金鍾漢, 「一枝の倫理」, 『國民文學』, 1942. 3, p. 27. "지방 경제와 지방 문화에 대한 관심이 전체주의적 사회 기구에서는 하나의 지방이라고 생각하는 것이 옳을 것이다."

92) 임종국은 『친일문학론』(평화출판사, 1966, p. 468) 결론에서 친일문학론이 "문학에 국가 관념을 도입"했다는 점을 주목할 만한 첫째 항목으로 지적하고 있는데, 최재서에 있어서는 어느 정도 실감이 있는 문제라 할 만하다.

93) 인문사에서는 1944년 『신반도 문학 선집』 1집과 2집을 냈는데, 조선인 9명에 대해 내지 작가라 해서 일본인 6명의 작품을 실었다. '내지 작가'는 오비 주조(小尾十三), 미야자키 세이타로(宮崎淸太郎), 이다 아키라(飯田彬), 요시오 미쓰코(吉尾みつ子) 등의 무명의 작가일 따름이다. 일본인으로 비평계에서 활동한 자는 노리타케 가즈오(則武三雄)가 가장 많이 활약했고 데라모토 기이치(寺本喜一)도 작품평을 썼다. 시국적인 평론은 가라시마 다케시, 쓰다 가타시, 오다카 도모오(尾高朝雄), 모리타 요시오(森田芳夫) 등의 활동을 들 수 있다.

최재서의 「때아닌 꽃(非時の花)」「민족의 결혼(民族の結婚)」 등이 "일본 국가를 발견하는 데 이르는 혼의 기록"[94]으로 썼지만, 그 소재는 신라 였고 '조선적 특수성'을 드러낸 것이었다. 그들의 의식을 넘어서는 "무 엇인가"가 반민족적인 모든 의식의 공약수를 제한 곳에 그림자처럼 한 가닥 남아 있을지도 모를 일이다. 고쳐 말하면 일본어로 작품을 썼 을 경우도 다음 두 가지는 명백히 구분해야 된다는 사실이다. 그 하나 는 김사량의 「물오리 섬」(『국민문학』, 1942. 1), 「태백산맥」(1943. 2~10), 유진오의 「남곡 선생」(1942. 1), 조용만의 「배 안」(1942. 7), 함 세덕의 「에밀레종」(1943. 2), 오영진의 「맹진사 댁 경사」(1943. 4) 등 의 작품을 들 수 있는데, 이것은 국책과 거의 무관한 것으로 예술적 척 도에서 어느 정도 평가할 수 있는 것이며, 그들의 역량을 일본 문학에 드러낸 것으로 볼 수도 있어, 반민족적이라든가 친일문학이라 하기에 는 약간의 어려움이 있다.[95] 그 다른 하나는 여태껏 앞에서 다루어온 소위 국민문학으로서의 친일문학이다. 그런데 전자는 오히려 한국문 학사와는, 이 후자인 국민문학보다 관계가 적은 것이라 할 수 있다. 전 자는 속문주의를 따른다면 차라리 일본 문학사의 소관으로 볼 측면이 많다. 그러나 후자 친일문학은 "무엇인가" 불합리, 눈가림, 고민 등등 실로 낯간지러운 추태가 작품마다 스며 있다. 이러한 작품, 평론을 피 상적으로만 보지 말고 깊이 통찰해본다면 그 "무엇인가"의 불합리, 추

---

94) 崔載瑞, 『轉換期の朝鮮文學』, 人文社, 1943, p. 6. "일본 국가를 발견하는 데 이르는 혼의 기록……"

95) 김사량의 「태백산맥」은 국책과 전연 무관하며 언어의 세련도 수준에 올랐던 것이며, 유 진오는 「신경(新京)」(『신시대』, 1942. 10) 같은 시국 작품도 없는 바 아니다. 함세덕의 역 작 「에밀레종」 속에도 일본 유학생 '무라사키 아가씨' 등이 등장하지만 지엽적인 것에 불 과하다.

태, 고민이 바로 우리의 것임을 알 수 있고, 따라서 보다 한국문학사의 것임을 알아차리게 될 것이다. 뿐만 아니라 이 암흑 시대라는 역사적 공간이 설사 추태로나마 채워지고 있음은 지울 수 없는 사실에 속하고 있는 것이다.

결론

I

I-1. 프로문학의 거대한 역광을 염두에 두고, 그 공백기를 극복하기 위해 새로운 주류 모색에 임한 제1차 전형기의 비평계는 휴머니즘론, 지성론, 고발론 등의 서구적 지식인의 사상에 논거를 둔 문학론을 제시한 바 있다.

I-2. 휴머니즘론은 백철의 인간탐구론이 중심적인 것이지만, 김기림의 주지주의의 비판으로 제기한 휴머니즘, 이헌구의 말로, 페르난데스의 행동주의적 휴머니즘의 논의도 있었다. 백철 외 김오성의 휴머니즘론도 있는데, 대개 이것들은 미키 기요시의 철학적 해설에 관계되어 있다고 할 것이다.

백철의 휴머니즘론은 세 단계로 구분해서 고찰할 수 있다. 첫째는 1934년에서 비롯되는 「인간묘사 시대」로서 인간탐구론이라는 것인데, 이것은 백철 전향론의 일부로서의 모습을 지닌 것이라 할 수 있다. 둘째 단계는 휴머니즘론인데 「웰컴! 휴머니즘」으로 대표되는 것으로, 라오콘적 혹은 프로메테우스적 고민의 인간상이 가장 시대적인 과제라 본 것이다. 불안, 고민을 내세워 프로문학의 도식주의를 비판하고 프로메테우스적 인간상을 주장했을 때, 설사 그 논리가 지극히 피상적이고 무체계성을 여지없이 드러냈을지라도 상당한 실감을 자아낸 것이었다. 세번째로는 1937년의 풍류적 인간론을 들 수 있다. 이것은 도쿄 문단에서 무성히 논의되던 고전론에 자극된 것으로, 휴머니즘론의 근본인 인간론을 고전론과 결부시키려는 것이라 할 것이다.

이러한 백철의 휴머니즘론은 자기 비평 방법과 관련되어 나타났음을 지적할 수 있다. 그것은 주관적, 감상적 비평론이다. 휴머니즘 자체가 지성론과 직결된 것이라면, 이 주관적, 인상적 비평 방법의 주장은 김환태, 김문집의 인상주의적, 예술주의적 비평과 또한 연결되는 것이다.

I-3. 휴머니즘론이 전 프로문학파에 의해 맹공을 받은 것과는 달리, 주지주의 문학론으로 대표되는 지성론은 거의 시비의 과녁이 되지 않았는데, 그 까닭은 이들의 이론 전개와 방법론이 다소 합리적이며 과학적이었기 때문이다. 주지주의 혹은 그 상위 개념인 모더니즘은 영문학의 비평 방법인데, 시론에는 김기림, 이양하, 소설론 및 비평 방면에는 최재서가 이 방면의 전공자들이다. 특히 이들에 의해 한국 문학에서는 처음으로 비평의 기능에 대한 과학적 방법론이 도입되었으며, 서구 문학론이 처음으로 정확하게 원서로 소개된 것이다.

김기림의 「오전의 시론」과 최재서의 주지주의 문학론은 영문학 비평이 한국 비평사에 큰 몫을 차지한 것으로 볼 수 있으며, 설사 이러한 것이 번역적 소개에 불과하다고 하더라도, 김기림의 시 비평의 방법, 최재서의 리얼리즘론, 풍자문학론, 비평과 과학 등은 지성론의 변형으로서 비평을 심화 확대시킨 것이라 볼 수 있다. 적어도 비평의 전문직의 확립, 비평과 지식의 문제를 기능적인 궤도에 올려놓은 것이다.

이 지성론과 결부되어 가톨릭 문학론도 지나쳐버릴 수 없는 것이며, 지성론과 관계된 프랑스적인 모럴론, 포즈론으로서의 이원조의 위치도 불안 사상과 지식인의 생의 문제를 부각시킨 것이라 할 수 있다.

Ⅰ-4. 포즈론, 고발문학론, 모럴론 따위도 넓은 뜻으로 볼 때 지성론의 변형이라 할 수 있다. 이것은 슬럼프에 빠진 '평론계의 SOS'를 어떻게 주조적인 것으로 대처해나갈 것인가를 논의한 것이며, 시대에 처한 문학자의 삶의 가장 원초적인 태도에 대한 문제 제기로서 고뇌의 모습을 띤 것이었다. 또 이들의 계보는 어느 정도 프랑스적인 면모를 보인 것이라 할 수 있다.

이원조는 포즈론을 제시했다. 이것은 프로문학의 정론성의 극복으로서의 비평의 가장 확실한 양상이었다. 프로문학이 객관적 정세에 의해 좌절되자 직선적으로 전향론을 긍정할 것이 아니라, 그 정세에 저항해야 된다는 것이 포즈론의 골자로 되어 있다. 그는 프로문학의 비평관을 하나의 진실로 보는 명제 위에 서 있었던 것이다. 갈릴레이의 종교 재판을 예로 들어, 이 시대에 문학자가 진리에 순사하느냐 혹은 위장적 입장을 취할 것이냐에까지 육박한 것으로 지식인의 몸가짐을 논한 것이다. 그러나 구체적으로 어떠한 포즈를 그가 제시한 것은 아니며, 또 그럴 성질의 것도 아니었다. 이 포즈론이 끝난 자리에서 그것을 구체적인 창작방법론으로 발전시킨 것이 김남천의 자기고발문학론이다.

창작 방법으로서의 사회주의 리얼리즘이 막다른 골목에 부딪히자, 또 지성론, 휴머니즘론 등에서 비평가들이 도입 제시한 방법론이 창작과 다분히 유리되어 큰 기대를 갖지 못하게 되자, 작가 김남천은 한국적인 상황에 거점을 둔 일신상의 모럴론을 내세웠고, 유다적인 입장으로 자기 고발에서 창작의 활로를 찾으려 한 것이다. 결국 그가 도달한 것은 소시민 출신 작가의 리얼리즘에 귀착되었고, 이는 일종의 전향론이라 할 수 있으며, 그것은 마침내 로망개조론으로 전개된다. 김남천이 자기 고발의 모럴 의식을 거쳐 전향을 극복한 것에, 전문직 비평가들의 소개 비평에 대한 비판성을 엿볼 수 있는 것이다.

Ⅱ

Ⅱ-1. 세계를 휩쓴 불안 사상은 현실을 외면하는 예술주의로도 발전하였다. 이에 따라, 비평은 과학주의에서 문학주의의 방법론이 일부에서 제기되었다. 이것은 앞에서 백철이 프로문학 비평의 과학주의를 도식적인 것이라 하여 비판하고 주관적, 감상적 비평을 내세운 것과 무관하지 않다. 문학 사조의 전형(轉形)은 마땅히 비평 방법의 전형을 동반해야 했던 것이다. 이러한 예술주의적 비평은 인상주의 혹은 감상주의 비평이라 해도 될 것이다. 이 예술주의 비평은 일본의 신감각파의 영향을 받은 '구인회' 중심의 작가들이 중심으로 활동했고, 이는 종래 과학주의 비평에 대해 전면적으로 불신임한 사실과 관계되어 있다.

예술주의 비평은 백철의 감상적 비평, 김환태의 인상주의적 비평, 김문집의 창조적, 육욕적 비평이 그 내용 항목이다.

Ⅱ-2. 백철은 처음, 프로 비평의 장점인 이데올로기의 기준에다 감상적인 주관을 접목한 절충식 태도를 보이다가, 1936년에 와서는 장점으로 인정했던 그 기준마저 결별하여 휴머니즘에 입각한 개인주의적 인상주의 비평에 도달한다. 즉 비평을, 작품을 소재로 하여 자기 개성에 합치되는 부분을 써내는 한 개의 창작으로 본 것이며, A. 프랑스, A. 지드의 비평 방법에 비견하려 한 것이다.

Ⅱ-3. 예술지상주의 혹은 예술의 순수성의 기치를 선명히 내세운

비평가가 M. 아널드와 W. 페이터를 전공한 바 있는 김환태라 할 것이다. 그는 문예비평이란 작품의 예술적 의의와 심미적 효과를 획득하기 위해 대상을 있는 그대로 보려는 인간 정신의 노력으로 본다. 그 결과 비평가는 작품의 예술적 의의와 딴 성질과의 혼동에서 기인하는 모든 편견을 버리고 순수하게 작품 그것에서 얻은 인상과 감동을 충실히 표출하는 것이라 했다. 그는 "비평에 있어서의 인상주의자"임을 공언한 바 있거니와, 그를 가리켜 객관적 기준이 없는 자라 했을 때, 그는 비평가가 주관에 철저할 때 그 순수성 여하에 따라 보편성에 도달할 수 있다는 해답을 준비하고 있었다.

　김환태의 이러한 주장이 비평문학의 확립으로서의 시대적 의의를 어느 정도 획득할 수 있었는데 그 이유는, 첫째 프로문에 비평이 정론성과 작품을 분리하지 않아 일어난 지나친 도식주의에 대한 비판이었다는 점, 둘째 현학적이 아닌 전례 없는 소박성 즉 비평 측보다는 작가 측에 서서 겸허의 미덕을 보였다는 점, 셋째는 백철, 이원조와 같이 고바야시 히데오가 제창한 비평무용론에 찬동했다는 점 등을 들 수 있다. 비평무용론은 비평이 작품 없이도 단독으로 존재할 수 있다는 것으로 김환태는 콜리지, 생트뵈브, 프랑스, 페이터를 들어 비평의 창조적인 면을 드러내려 했다. 그러나 그 자신은 이 방법을 실천한 것은 별로 없고, 1936년에 등장한 김문집에 의해 비로소 어느 정도 이 방법이 가능했을 따름이다.

　II-4. 인상주의 비평이 받아들이는 사람에 따라 일락(逸樂)적 측면, 분해적 측면, 주아(主我)적 측면이 있을 수 있다면, 「전통과 기교 문제」로 평단에 등장한 김문집은 일락적 측면에 속한다고 볼 수 있다. 그는 현학적, 체계적인 것을 사갈시하고, 독서의 기쁨을 일종의 육욕으로 받아들였고, 단편적인 미학과 독설을 구사하여 최재서의 원론적 비평에 대립하여 실천적 비평의 영역을 확대시켰다.

김문집의 비평 활동은 다음의 몇 단계로 구분해서 고찰할 수 있다.

첫째, 문학을 언어예술의 입장에서 기교적으로 파악하려 했다. 언어 속에 담긴 전통의 미학이 그의 출발점이었고, 그것은 이 무렵 무성히 논의되던 고전론의 일단이라 할 수 있다. 그는 '조선어' 속에 담긴 전근대적인 토착적 미학을 가장 조선적인 것으로 파악한 것이다. 둘째, 비평예술론의 방법 및 실천을 보였다. "비평은 예술이다"라는 명제는 비평의 완전한 자율성을 암시하는 것이다. 비평 대상은 작품 없이도 생성할 수 있는 일종의 "고차적인 가치 창조의 예술"이라 보는 데서 발상된 것이다. 그는 이것을 '재주'라는 한마디로 나타내었다. 개성 의식인 재주를 과학의 척도로 따질 때 그것은 예술이 아니라 한갓 과학적 자료에 전락한다는 것이다. 최재서가 비평의 과학성을 제시한 것은 이와 대조를 이루는 것임을 알아낼 수 있다. 셋째, 김문집의 '재주'가 실천된 것은 비유의 적절성과 문체의 감각성에서 찾아볼 수 있다. 이 "인상의 채색"은 적나라하면서도 예리한 효용을 발휘하여, 비평문체의 새로운 국면을 타개하려 노력한 것이다. 그는 도쿄 문단에 다소 정통한 바 있어 종래의 해설적 소개 비평의 단계를 넘어서 일본 비평의 고급한 문체, 세련된 정신에 영향을 받았고, 이것을 조선적 전통과 융합하려 한 데 그 의의를 찾을 수 있다.

III

III-1. 고전론 및 동양문화론은 "시운(時運)에 피할 수 없는 양책"으로, 비평계의 중요 과제가 된 바 있는데, 이것은 파시즘에 자극된 자국 고전에 대한 애착으로서의 문화 옹호 현상이며 당시의 세계적인 풍조라 할 수 있다. 일본에서는 당연히 파시즘에 편승 "만요(萬葉)로 돌아가라"는 구호 밑에 '일본 낭만파'가 조직되어 국수주의적인 경향으로 흘렀고, 나아가 중일전쟁을 합리화하는 동양문화론으로 발전시켰다. 한국 비평계에서는 이 문제가 식민지 치하라는 점에서 상당히 까다로운 문제점을 지녔다.

III-2. 고전 논의는 프로문학과 대립되었을 때, 민족주의 측에서 '조선주의'로서 내세운 시조를 중심으로 한 고전주의, 즉 심정적 복고주의가 전면적으로 재흥된 것이다. 전면적이란 의미는 문화적 여건의 성숙을 의미한다. 한국학의 연구, 한글 운동, 조선어문학회에 의한 학술적인 구체성을 띤 점을 들 수 있다.

III-3. 이 고전론은 조선주의적 심정에다 학술적 연구가 결부된 것이 본질이며, 이 점이 1920년대 논의된 국민문학론과 다른 점이다. 한편 이 고전론은 복고주의적인 민족주의적 논거와, 이것을 경계하여 현대문학에 활력소가 될 수 있는 고전을 논해야 한다는 견해가 있었다. 전자는 앞에서 보인 한글 학자 및 국문학자인 김태준, 이윤재, 이청원 등이며, 후자는 주로 외국 문학을 연구한 정래동, 이원조, 김진섭 등이다. 전자는 주로 학자들의 조선 민족 유산의 연구로서, 그 수준은 상당한 것이라 할 수 있다. 후자는 고전론 자체에 비판적인 입장을 취한 것이다. 요컨대 고전론은 이원조로 대표되는 제3의 입장, 즉 현대를 타개하는 방법으로서의 비판적인 논의와 조선주의에 직결된 역사적 심정으로서의 직관적 복고주의로 나눌 수 있어, 그 이원적인 구조를 드러냈던 것이다. 이 두 개의 저류는 1939년 전자를 대변하는『인문평론』파와 후자를 대변하는『문장』파로 대립함을 볼 수 있다.

Ⅲ-4. 이 양자는, 가장 개성적이고 민족적인 것이 가장 세계적인 것이 될 수 있다는 문학의 본질에 비추어 볼 때, 함께 절대주의적 입장에 섬으로써 사고의 심부를 파악하지 못한 것이다. 가령 이 무렵의 이태준, 정지용, 김동리 등의 작품은 그 소재가 가장 '조선적'이었지만 비판 정신이 결여되었기 때문에 그 한계가 있었다. 한편 현실 패배적인 심정적 역사소설류는 이것과 질을 달리하고 있는 것이다.『인문평론』파의 현실 참여 정신이 드디어 신체제에 야합하게 되었고,『문장』파가 복고주의적 현실 도피로 흐른 것은, 양자가 함께 개성과 전체의 본질적 파악이 결핍했음을 방증하는 것이라 할 수 있다. 그러나 이 양자가 함께 식민지의 문화인이라는 사실을 강조해야 될 것이며, 이 사실이 그들의 의식을 어떻게 변모시켜갔는가가 구명되어야 할 과제일 것이다.

Ⅲ-5. 고전론의 다른 일면은 동양문화론으로 전개된 바 있다. 이것은 도쿄 철학계에서 대두되었고, 한국에서는 서인식의 '전통론'에서 볼 수 있다. 이것은 역사주의자 트뢸취의 유럽사에 대한 동양사의 재평가, 서구 중심의 세계사에서 동양 중심의 세계사론과 관련된 것이다. 이에 이어진 동양사론은, 설사 이것이 동양인의 주체성을 내세웠고 또 개방적 세계관이라 할 수 있을지라도 그 내막은 대동아공영권의 합리화에 귀착된 것이었다.

IV

IV-1. 1940년을 전후해서 가장 진폭이 큰 논의는 세대론이라 할 것이다. 세대론은 1940년을 전후로 하여 한국문학이 제2의 전형기에 돌입했음을 뜻하는 것이기도 하다. 세대론은 신세대와 30대 간의, 문학정신의 순수와 비순수의 시비가 중심 문제였으며, 프로문학 퇴조 이후에 등장 성장한 신세대의 역량 비대에 의해 조성된 문단의 신질서에서 오는 필연성을 지닌 것이며, 외국 사조와는 비교적 무관한 한국문학 자체의 조건에서 분비되었다는 점이 여타의 논의와 다른 점이 된다. 뿐만 아니라 이 논의는 을유 해방 이후에 나타난 김동리의 제3 휴머니즘과 관계되어 한국문학사상의 한 축에 해당되는 것이라 할 때 자못 의의가 큰 것이라 할 수 있다.

IV-2. 세대란, 생물학적, 사회학적 혹은 철학적, 문학적인 것 할 것 없이 발전하고 있는 인간 정신의 동적 파악에는 반드시 따르는 문제이다. 그런데 어느 인간 정신의 영역이든지 간에 유달리 세대론이 문제될 경우는 그 사회가 전환기임을 방증하는 것이라 할 수 있다. 한국문학의 경우를 보면 육당, 춘원의 세대를 비판한『창조』파,『폐허』파, 다시 이 세대를 비판한 프로문학을 볼 수 있다. 그러나 이 프로문학을 비판한 세대는 해외문학파 및 민족주의파로서 프로 문사와는 동일 세대에 속했다는 사실을 지적해둘 필요가 있다. 1939년에 집단적 세력을 형성한 신인군이 바로 프로문학파 및 민족주의문학파들의 세대에 대립되는 신세대의 관계가 성립되는 것이었고, 따라서 이 신인군은 주로 프로 문사였던 30대를 비판하게 되었던 것이다.

IV-3. 세대 논의는 다음 몇 항목으로 요약할 수 있다. (1) 세대론이 30대의 대망론으로 제기되었다는 점. (2) 30대가 주장한 신인 탄핵은 최재서의 난센스설, 임화·이원조의 기교우위설, 김오성·백철의 미래설을 들 수 있는데, 전자 둘은 30대의 공리적 타산, 체면 유지, 권위의식 따위가 작용한 것으로 보이며 미래설은 신인을 30대가 포섭함으로써, 시대적 사실을 극복하려는 개방적 세계관에 기초를 둔 듯하지만, 이 세계관 속에는 '사실 수리'의 함정이 도사리고 있었던 것이다. (3) 세대론의 중핵적인 부분은 유진오와 김동리의 문학정신의 순수·비순수 시비인바, 김동리의 작가정신과 리얼리즘론은 한국문학사에서 처음으로 개성을 드러내었던 것이다. 순수문학 혹은 제3 휴머니즘론의 씨앗은 바로 여기서 비롯되었던 것이다. (4) 세대론은 어떤 각도에서는『인문평론』파와『문장』파의 암투로 볼 수 있고, 또 고전론의 이원적 구조에서 보인 바와 같이, 시국 문학에 개방적인 층과 민족적 주체성을 고수한 층과의 대립이라 할 수 있다. 전자를 비순수라 한다면 후자를 순수라 해야 할 것이다. 개성과 생명의 구경 탐구가 처세하기 힘든 세대에 있어서 문학인으로서 갖는 모럴이라 할 수 있다면, 세대론은 그 정신에 있어 신인과 30대의 주도권 분쟁보다 더 본질적인데 그 의의를 찾아야 함을 알 수 있다. 신인 중 김종한, 정인택 등이 신세대론에 야합함으로써 문단에서 이탈한 것은 바로 이 점을 방증한 것으로 볼 것이다. 30대가 전문직 비평가의 이론이라면 신세대의 대변인은 한 사람의 비평가도 없었고 오직 작가 김동리뿐이었다. 오히려 30대 중 김환태가 김동리를 옹호했는데, 이것은 김동리 이론이 이태준, 정지용 등『문장』파의 대변임을 또한 증거하는 것이 된다. (5) 세대론은「삼대」「전망」「모색」등의 작품으로 나타났거니와, 특히 30대의 백철이 중편「전망」을 쓴 것은 기억할 만한 것이다. (6) 세대 논의 속에 당시 문단의 3분파의 원형을 볼 수 있다. 하나는 임화로 대표되는 전 KAPF파, 둘째는 유진오·최재서로 대표되는 현실주의 추수파, 셋째는 이태준·김동리로 대표되는 순수파가 그것이다. 첫째와 둘째는 그 체질이 다르지만 사이비 논리성에 있어서는 합치되어 신체제에 야합되었고, 셋째의 순수파는 주체 의식을 지킬 수 있었다. 을유년 이후 첫째 파는 재빨리 문학가동맹파로 나타났고, 둘째 파는 친일파로 거세되었고, 셋째 파는 민족문학파로서, 첫째와 셋째가 마치 1920년대의 문단 춘추의 모습으로 대립하게 됨을 본다. 세대론을 중시하는 까닭은 이것이 암흑기 전까지의 최후의 논쟁이라든가, 신체제를 대할 준비기의 자세였다는 것보다, 실로 한국 현대 문학사상의 두 바퀴의 원형이 내포되어 있다는 데 있는 것이라 할 것이다.

V

V-1. 천황제 일본의 파시즘이 내세운 신체제론은 '천황귀일'과 '팔굉일우'를 이념으로 하여, 서구적 자유주의 및 합리주의의 사고뿐만 아니라 나아가 근대의 의미를 포기하고 일본주의적 절대주의에 광분했고 전시 체제를 확립하였다. 이에 따라, 소위 대동아공영권을 내세워 일본 중심의 동양문화론을 제기하였다. 그 결과 1940년을 기하여 식민지 한국의 모든 문화 활동을 정지시키기 위한 조선어 말살 정책에 의해 『조선일보』『동아일보』가 폐간되었고, 1941년에는 『문장』『인문평론』이 폐간되고 국책문학 기관지 『국민문학』이 창간되었다. 이러한 정세하에서 한국문학은 어떠한 방향에 처해야 했던가. 첫째는 국책에

철저히 야합하는 길, 둘째는 완전히 붓을 꺾는 길, 셋째는 어느 정도 국책에 위장적으로 야합하면서 문학 활동을 하려는 길 등을 가정할 수 있다. 그러나 사태가 결정적으로 악화되자 결국 붓을 꺾느냐 야합하느냐의 양자택일의 길밖에 없었다.[1] 여기의 문제점은 국책에 야합하는 소위 국민문학파들이 여태껏 해온 조선 문학의 명제를 어떤 이유로 포기했으며, 또 어떻게 국민문학론에 야합하는 이론을 전개했는가, 그리하여 그들은 자기 한계를 어떻게 처리했는가 등이 될 것이다. 그러므로 이 시기를 제3의 전형기라 할 수도 있을 것이다. 왜냐하면 조선 문학과 일본 문학의 관계는 단순히 친일문학이라 해서 한국문학사에서 추방해버릴 수 없는 실로 복잡하고도 까다로운 문제점이 횡재하고 있고, 이 정신적 상황은 끝내 우리 것이기 때문이다. 이 신체제론에서 국민문학론에까지 이르는 최후의 전형기에 처한 비평의 문제점을 다음 몇 항목으로 정리할 수 있다.

V-2. (1) 1938년부터 백철에 의해 사실수리설이 나타났는데, 이것은 중일전쟁에서 오는 동양문화의 사태를 어쩔 수 없는 시대적 우연으로서 이를 받아들일 수밖에 없으며, 그 결과 나타날 문학은 이상

---

[1] 정지용은 "일제 최후 발악기에 들어서 그들은 과연 고고 초연한 은사(隱士)가 있는지는 몰라도 지적 탐구에 있어서도 완전히 게으른 기권자(棄權者)임에 틀림없었던 것"(「조선시의 반성」,『산문』, 동지사, 1949, p. 88)이라 했는데, 그 이유로 해방 후 조금도 새로운 가치 있는 작품이 나타나지 않았다는 사실을 들었다. 그들이 만약 '조선 문학'을 지키기 위해 붓을 꺾었다면, 작품 발표는 못하더라도, 작품에 대한 준열한 지적 수업과 생의 방법을 계속해야 했을 것이다. 그리하여 해방과 더불어 그 성과가 드러나야 했을 것이다. 그렇지 않았다면 그들이 붓을 꺾었을 때부터 문학을 완전히 포기한 것이라 보아야 된다. 그러다가 해방이 되자, 그들이 문학을 포기했던 그 시점의 수준과 실력에서 가까스로 다시 출발한 것으로 보아야 될 것이다. 그 때문에 한국문학은 그만큼 속도가 지연된 것임은 물론이다. 문학사가가 이 대목에 와서 준열해야 되는 이유의 하나가 바로 이것이다.

주의적 인도주의에 바탕을 둔 전쟁문학이라 본 것이다. 혹자는 '결단의 윤리'를 내세우기도 했거니와, 동양의 이 사태를 이렇게 민족의식을 몰각한 처지에서 수리하려 한 것은 본래 이들이 현실추수자들이기 때문이다. (2) 비평계의 근본적인 문제는 소위 '제3의 논리'라 할 수 있다. 이 무렵 30대는 세대론을 일으켰고, 그 반성으로 나타난 교양론은 차라리 제3의 입장을 위한 예비 조치라 할 수 있다. 이 제3의 입장은 비평이 시대의 중심사상에 입각해야 비로소 지도성을 발휘할 수 있다는 논리를 말한다. 비평이 프로문학 이래 작가를 지도하는 기준과 원리를 한 번도 가져보지 못했는데, 그것은 시대의 중심 과제를 잡지 못했기 때문이다. 윤규섭·이원조는 신체제론, 동양사론을 가장 강력한 시대의 중심사상이라 보았고, 이로써 "문학의 내부 조건으로는 현의(現意)도 할 수 없는" 비평의 영도성을 획득하려 했고, 최재서가 이에 전적으로 찬동한 것이다. 이 제3의 논리는 프로문학 비평이 끼친 한국 문예비평의 한 고질로서 비평 기능 중 영도성만을 지나치게 강화한 데서 연유하는 것이라 볼 것이다. 비평 기능 중 작품 자체의 분석적 분야의 전통이 거의 없는 한국 문예비평 자체의 기형성에도 그 책임이 있음은 물론이다. (3) 신체제론은 주로 철학 비평가 신남철, 김오성, 서인식, 박치우, 인정식 등에 의해 비평계가 석권됐으나, 이들의 문화론이 대부분 공허한 것이었고 소개의 영역을 넘지 못했기 때문에 문학비평에서는 더 이상의 기대를 걸 수 없었다. 이에 최재서가 직접 신체제의 문학적 과제를 전개할 수밖에 없었고, 여기서 국민문학론이 나타난다. 최재서가 국책 문화를 받아들이기 위해서는 먼저 그가 갖고 있는 이론 즉 서구적 합리주의를 포기하지 않으면 안 되었다. 왜냐하면 그가 지닌 논리로써 아무리 구명해도 국책문학을 합리화할 수는 없었기 때문이다. 논리를 포기하고 그 자리에 신념을 대치했으며, 이 순간 한국 문예비평은 탐구와 고뇌의 종말을 고한 것이다. 최재서가 얻은 신념이란 철저한 '황국신민'이 된다는 것임은 물을 것도 없는 일이다. (4) 이들이 내세운 국민문학은 그 형식 문제가 가장 까다로운 점이었다. 국민문학의 내용은 일본 정신에 집약되는 것이고, 그것이 그들의 신념이다. 일본 국민문학의 내용과 완전히 일치하는 것이다. 그러나 이는 일본어로 할 것인가, 조선어로 할 것인가가 문제되지 않을 수 없었다. 이 용어에 대한 문제를 둘러싸고 공명(共名)론, 조선 문학 멸망론, 조선 문학을 일본의 지방 문학으로 보아 그 특수성을 로컬 컬러에 두자는 세 가지 논의가 있었으나, 1942년 5월부터『국민문학』에서 조선어라는 이 "고민의 종자"는 문학에서 완전히 자취를 감추게 된다. (5) 신념을 획득한 최재서에게 두 개의 문제가 아직도 그를 괴롭히고 있었는데, 그 하나는 국가에 대한 개념이며 다른 하나는 파시즘의 신화인 민족순혈론이다. 일본 문화가 그 순수성을 유지하려면 어떻게 이민족을 포섭할 것인가, 혹은 자기가 친일 문화에 뛰어든다면 일본 문화 측에서 그 순수성을 구실로 제외하지 않을까를 두려워한 것이다. 이러한 태도는 그가 한때 합리주의 사고에 젖었던 이론가로서의 잔재라 할 만하다. 그는 이 문제를 '팔굉일우'에서 해결할 수 있었다. (6) 끝으로 '반도인'이 제작한 국민문학을 일본 문학이라고만 단정할 수 있는가 하는 문제가 남는다. 일본어로 작품을 썼더라도 국민문학이 아닌 것도 상당수 있는 것이다. 이것은 아마도 일본 문학에 보다 많이 소속될 것이다. 그러나 국책을 드러내야 하는 공리적 목적 문학인 국민문학이 아무리 일본 정신을 내용으로 하고 일어를 형식으로 했더라도, "무엇인가" 한국적인 의식의 한계를 지녔던 것이다. 이 순간 반민족적 불합리한 추태를 지적, 공격하기란 지극히 손쉬운 노릇이다. 그러나 그 추태가 오히려 고뇌의 흔적조차 찾아볼 길 없는 자포자기적 모습이라 할 때—이 모두가 결국 우리의 것임을 알아내기란 결코 쉬운 노릇일 수 없다.[2]

---

2) 결론을 내리기란 쉬운 일이다. 더구나 그 결론이 자명할 수도 있다. 그러나 사태를 깊이
    분석한 후의 결론과 자명한 결론은 같은 결론이라도 현저한 질적 차이가 있는 것이다.

비평의 내용론과 형태론

제1장 비평의 내용론

서론

비평의 '아르바이트화'란 (1) 작품에 즉한 월평이나 총평을 제외하고, (2) 또 시사적 평론을 제외하며, (3) 정론성(政論性) 및 주조(主潮) 탐색에 관한 비평을 제외하여, 어떤 문학 내부에 대한 단일한 주제 밑에 노작화(勞作化)된 일련의 연구라 규정할 수 있다. 더 자세히 말한다면 "평론가가 한 테마를 가지고 계속적으로 그 연구의 성과를 발표하되, 그것이 아카데미션의 순학술적 연구와 달라서 시사성과 효용성에 대하여서 특별한 관심과 용의를 가진 글"[1]이 될 것이다.

한국 근대 문예비평에 있어서는 이 방면의 업적이 매우 빈약한데, 그 이유는 (1) 문예학이나 문예철학에 대한 지적 전통의 결여와 (2) 특출한 비평가의 결여 그리고 (3) 한국적 상황에서는 시급히 처리해야 하는 허다한 현실적 절박성으로 인해 비평이 대부분 논책적(論策的)인 지평을 열었기 때문에 문학의 체계화, 문학 내부에 대한 연구의 여지가 별로 없었던 것 등을 들 수 있다. 한국문학 자체의 시간·공간의 지나친 제약성으로 인해, 즉 이 기간 속에다 19세기 사조는 물론 현대사조까지 겹쳤기 때문에 비평이 논책 일변도에 흘렸고, 그것도 주

---

1)   최재서, 「전형기의 평론계」, 『인문평론』, 1941. 1, p. 10.

로 도쿄 문단을 통한 피상적 소개에 주력했기 때문에, 그리고 이 기간 속에 문제 될 만한 작품이 많지 못하기 때문에 한 작품 혹은 한 주제에 대해 분석적인 철저한 연구가 빈약할 수밖에 없었던 것이라 할 수 있다.

물론, 이 방면의 비평이 논쟁이나 논책 비평에 비해 훨씬 뒤지는 것은 사실이로되, 어느 정도의 업적이 없는 바는 아니다. 또 비평사에서는 문학의 내적 접근intrinsic approach이 어떤 의미에서는 본질적인 것에 해당되는 것이기 때문에 이 방면을 검토해둘 필요가 있게 된다.

한국문학에서는 프로문학을 전후해서 어느 정도 문학의 내적 접근이 시도된 바 있다. 프로문학의 퇴조를 겪은 한국문학은 '구인회'를 중심으로 하여 예술파로서의 순문학 즉 기교주의가 대두되었고, 1930년을 앞뒤로 하여 세대론과 함께 드디어 문단은 반성기(反省期)에 접어들었던 것이다. 이 반성적 정리는 한국 근대문학이 어느 정도의 문학사를 쌓았음을 의미한다. 문학 자체의 내적 성장과 전형기(轉形期)를 당면할 때, 또 외국 문학을 전공한 우수한 비평가들이 그 역량을 발휘함에 따라 문학 연구가 어느 정도의 업적을 남긴 것이다.

비평의 이러한 면에 대한 내용 항목은 시론, 소설론, 문예론, 문학사, 작법류 등이 된다. 이 중에서 시론이 다각적이었다면 소설론은 리얼리즘론에 집중된 느낌이 있으며, 문학사적 정리에 속하는 여러 논문은 문예학적인 가능성을 보인 것이라 할 수 있다.

제1절 시론

1. 시론의 특수성

1) 시인 비평가와 전문직 비평가

먼저 여기서 두 가지 문제점을 살펴보아야 될 것인바, 그 하나는 시론의 개념이며, 이 개념이 시 비평으로 어떻게 구체화되었느냐가 그 다른 하나이다.

시론, 시학, 시 비평 등의 어사가 있다. 이 세 용어는 엄격히 구별되는 것은 아니나 일반적으로 보아 시학이 시 비평의 일반적 형태, 가능성, 기능 따위를 대상으로 한 원리적 탐구라면, 시론은 시의 어떤 유파나 개인의 특수한 시의 관점을 뜻하는 것에 가까우며, 이 중간 지점에서 시 작품에 즉한 가치 판단에 나서는 것이 시 비평이라 할 수 있을 것이다. 이 세 개념이 표리적 관계임은 물론이며, 다만 시를 논할 때 그것이 원리적, 체계적, 학구적이냐, 어떤 유파의 이론이냐, 작품 자체이냐의 대상 선정에서 어느 정도 구별할 수 있을 따름이다.[2] 그러나 어느 경우든 구체적인 작품이 그 근저에 있음은 말할 것도 없다.

여느 장르보다 시에 있어서는 그 유파의 다원성과 체험 및 언어의 집약성으로 말미암아 비평가의 자질이 중요성을 띤다. 시에 임하는 비평가의 자질을 시인 비평가, 전문직 비평가로 구분할 수 있다면,

---

2) 가령 아리스토텔레스의 'Poetica'는 대개 '시학', 호라티우스의 'Ars Poetica'는 '시술(詩術)', 부알로의 'Art Poétique'는 '시법(詩法)'으로 번역되고 있다.

전문직 비평가와 시인 비평가의 일반적 한계를 검토해둘 필요가 있다. 시인 비평가란 한 시인이 시에 대한 비평을 하는 경우인데, 이때 문제가 되는 것은 그가 제시하는 준거와 실제로 창작된 작품 사이에 생기는 어떤 형태의 거리이다. 이 점은 "문예비평가가 우연히 시인을 겸할 경우엔 그보다 더 산문적인 동료들의 철학적 평형(平衡)이 체험하지 않는 딜레마를 체험하는 것"3)에 해당되는 것으로, 이 경우 신문적인 동료란 전문직 비평가를 뜻한다. 흔히 덜된 시인으로 조롱당하는 시인 비평가의 한계란 구체적으로 무엇인가. 여러 가지 점에서 자기의 창조적 충동을 그는 체험해야 되므로 엄정한 객관적 태도를 갖기 어려울 때가 많을 것이다. 시의 형태, 구조, 이미지와 같은 구체적인 문제에 임할 때, 그는 그 자신이 체험한 사실에서 피하기 어려우며, 따라서 그는 이론과 실제 사이에 무슨 방법으로든지 통일을 이룩해야 비로소 하나의 시론을 성립시킬 수 있을 것이다. 반면 전문직 비평가는 어느 정도 객관성을 유지할 수 있는 대신 피상적 감상의 영역에 머물러 작품의 구조와 비밀을 들여다보지 못할 가능성이 있는 것이다. 물론 뛰어난 비평가라면 이 자질이 어느 쪽이냐 하는 문제 따위는 거의 소멸되는 것이지만, 한국 근대시사에서 볼 땐 성분이 어느 것이냐를 따지는 차원에 머물렀던 것이며, 이러한 문제조차도 시단에서 어느 정도 의식화되어 표면에 나타난 것은 1935년 전후라 할 수 있다.

이 무렵에야 비로소 비평계에 전문직 비평가가 나타났고 그중 이원조, 이헌구, 김환태, 이양하 등이 시평에 관계한 바 있다. 시인 비평가로서 시 창작보다 시 비평에 주력한 자는 임화, 김기림, 박용철 등을

---

3)   H. Read, *Form in Modern Poetry*, Vision, 1964, p. 7.

들 수 있다. 이 두 무리의 대립은 김환태와 이병각의 논쟁에서 볼 수 있고,[4] 『시문학』파의 순수적 시론과 프로시와의 논쟁은 박용철과 임화에서 볼 수 있다.

이와 같이 시 비평가의 자질이 짙은 문제성을 띠자 김기림은 「현대비평의 딜레마」(『조선일보』, 1935. 11. 29~12. 5)에서 (1) 내부에 엉킨 시인, (2) 비평가, (3) 감상가로 그 성분을 구별할 필요를 느꼈고, 각각 그 한계점을 밝히려 했다. 그 논지는 다음과 같다. (1)의 경우로 보면, 시인은 제작자이며 오직 한 개의 방법론을 좇는다. 그것은 그의 제작상의 신념과 필요를 체계화한 것이며, 따라서 주관적, 생리적 부분, 즉 자기반성과 자기합리화의 측면을 농후하게 지닌다. 그가 시인의 한계를 넘지 않는 한 그것으로 좋지만, 만약 그 한계를 넘어 비평가가 되려 한다면, 그의 생리적 자산을 탈각하여 객관적 방법, 태도, 기준을 준비해야 한다. (2)의 경우, 비평가는 첫째 분석자라야 하며 그다음엔 판단자라야 하기 때문에 시종일관 과학적 입장에 서야 한다. 적어도 자기의 시론을 극복해야 하며 그것마저도 다른 대상과 함께 비교하는 대상에 올려놓을 수 있는 태도가 있어야 할 것이다. (3)은 향수자를 의미한다. 분석이나 판단의 강렬한 요구를 느끼기 전에 우선 받아들여 그중 일부를 선택하고 일부를 거절한다. 비평가에겐 이런 자유가 없지만 향수자로서는 이 자유가 허락되어 있는 것이다.

이와 같은 시 비평가의 성분 구별이 1935년 무렵에 비로소 문제되었다는 것은 그 이전까지는 대체로 내용상으로는 감상비평에 머물

---

4)   김환태의 「표현과 기술」(『시원』, 1935. 8)에 대해 이병각의 「시에 대한 우감(愚感) 이삼 (二三)」(『조선중앙일보』, 1935. 10. 31~11. 3)의 반박이 있었다.

렸음을 방증하는 것이며, 성분상으로는 시인 비평가들 중심이었음을
의미하는 것이다.

2) 시론의 한국적 특성

한국 근대문학사를 통해서 본다면 소설, 시, 희곡 중 소설이 중심이었
고 희곡이 가장 미약하다. 비평 분야에도 같은 현상을 볼 수 있음은 물
론이다. 그런데 소설평과 시평은 시기적으로 보아 우열 현상을 볼 수
있다. 가령『태서문예신보』에서『창조』『폐허』『장미촌』『백조』에 걸
치는 1918년에서 1923년까지는 단연 시평이 우세했으며, 그 후의 프
로문학과 민족문학 대립기에 있어서는 소설평이 중심이었다. 1930년
대에는 김기림, 박용철 등의 시평도 상당히 전개되었으나 역시 중심
은 소설평이었다. 1933년의 유명한 '평론계의 SOS' 논의에서도 문제
점이 소설평에 있었던 것이다.

시 비평에 대한 일반적인 경향을 들어본다면, 첫째 서구의 상징
주의 시론의 도입을 들 수 있다.『태서문예신보』『매일신보』『창조』
『폐허』 등에서 김억, 황석우, 주요한 등이 일본에서 활발하게 논의된
데카당스로서의 상징주의 시론을 도입했으며,『백조』의 낭만주의적
경향도 이와 대동소이한 것이었다. 둘째 대부분이 시인 비평가들이었
으며, 전문직 비평가와의 대립은 1930년대 이후라야 볼 수 있다.

이처럼 시 비평이 소설 비평에 비해 빈약한 것은 여러 가지 이유
가 있겠으나, 첫째는 근대가 산문시대라는 일반적 사실, 둘째는 시인
의 부질없는 고고(孤高)를 들 수 있다. "비평가의 농락조 월단(月旦)에
희구(喜懼)하는 것은 가엾다. [……] 시인은 정정(亭亭)한 거송(巨松)이
어도 좋다. [……] 굽어보고 고만(高慢)하라"[5]라고 정지용은 외쳤다.

시인의 부질없는 고만이 시의 논리적 분석 및 평가를 거부, 저해한 것으로 볼 수 있다. 셋째는 시의 전통이 빈약했고, 지적 방법의 서구 시론을 본질적으로 파악할 능력이 부족했음을 들 수 있으며, 넷째 서구적 합리주의의 사고방식과 한국적 사고방식과의 차이를 들 수 있다. 이것은 비단 시론에서만 문제되는 것이 아니라 한국근대사상사에 직결된 것이다. 시론에서 특히 이 부분은 김기림, 정지용 등 제일급 시인에서 명백해진다. '시와 과학'을 도입하고 「황무지」를 모방한 패기로 「기상도」를 쓴 김기림이 실패한 이유는 어디에 있었던가. 모더니즘의 첨단을 걷던 정지용이 실패한 까닭은 무엇인가. 이 물음에 대한 답변의 하나로 다섯번째의 특질을 삼을 수 있다. 이들이 내세운 서구적 모더니즘이 '사이비 모더니즘'이라 할 수 있는데, 그 이유는 상징주의와 같은 내면성을 극복하지 못한 바탕에서 단지 "피상적인 사이비 모더니즘"을 받아들였던 것에 있다.[6]

2. 몇 개의 시론

1) 자기 옹호의 시론 ─ 김소월의 「시혼(詩魂)」

김소월의 「시혼」(『개벽』, 1925. 5)은 이 시인이 갖는 시사적 위치에서, 그리고 자기 옹호의 시론이란 점에서 다소 문제가 된다.

「시혼」의 내용은 몇 개의 독단으로 이루어져 있다.

---

5) 정지용, 「시의 옹호」, 『문장』, 1939. 6, p. 127.

6) 송욱, 『시학평전』, 일조각, 1963, p. 206.

우리의 영혼이 우리의 가장 이상적 미의 옷을 입고 완전한 운율의 발걸음으로 [……] 혹은 말의 아름다운 샘물에 심상의 작은 배를 젓기도 하며 [……] 풍표만점(風飄萬點)이 산란한 벽도화 꽃잎마저 흩는 우물 속에 즉흥의 두레박을 들여놓기도 할 때에는, 이 곧 이르는 바 시혼으로 그 순간에 우리에게 현현되는 것입니다.

그러한 우리의 시혼은 물론 경우에 따라 대소심천(大小深淺)을 자재변환(自在變換)하는 것도 아닌 동시에 시간과 공간을 초월한 존재입니다. [……] 시작에도 역시 시혼 자신의 변환으로 말미암아 시작에 이동(異同)이 생기며 우열이 나타나는 것이 아니라, 그 시대며 그 사회와 또는 당시 정경의 여하에 의하여 작자의 심령상에 무시로 나타나는 음영의 현상이 변환되는 데 지나지 못하는 것입니다.[7]

이 인용에서 그가 말하는 시혼의 본체가 (1) 영혼이라는 것 혹은 영혼이 완전히 음율화한 것이며, (2) 시혼은 시공을 초월한다는 것, (3) 시혼의 그림자가 곧 시라는 주장을 읽어낼 수 있다.

소월 시론은 비경험적이며, 역사의식의 소외뿐만 아니라 방법론상의 명확성을 찾을 수 없다. 직관적이며 동양적 풍토 위에서의 자연발생적인 것이라 할 수 있다. 그러나 그가 시혼을 제시하면서 이것에 의해 시작의 이동 및 우열이 생기는 것이 아니라고 못 박아놓은 대목은 만만찮은 문제점을 남긴 것이다. 시혼이 시공을 초월한 절대성이므로 대소심천, 자재변환, 이동 따위가 있을 수 없기 때문이다. 시혼의

---

7)   김소월, 「시혼」, 『개벽』, 1925. 5, pp. 12~13.

그림자가 곧 작품이라면 모든 작품의 질은 불변 일정하며, 각 작품이 다른 것은 그 시대, 사회, 당시 정황에 따라 달라졌을 뿐이라는 것이다. 그렇다면 소월의 작품은 전부가 꼭 같은 수준 가치를 지닌 것이므로, 가치 평가를 할 수 없다는 주장이 된다. 이 사실에 대해 송욱은 다음과 같이 그 한계를 지적한 바 있다.

> 시 작품마다 특유의 미적 가치가 있을뿐더러 한 시인의 시혼은 영원 불멸의 성질을 지녔으니까 그의 여러 작품의 우열을 판정하는 것은 지난(至難)의 일이다. 결국 이러한 의견은 그가 시인으로서의 의도와 작품의 효과를 혼동한 나머지 자기 작품의 우열을 판정하지 '말아 달라'고 하는 자기 옹호에 지나지 않는다.[8]

소월의 이와 같은 시론은 그가 영감주의자임을 뜻하는 것이며, 지성이나 역사 감각에 매달려 보지 못한 동양적 니힐리즘에 빠져 있음을 드러낸 것이기도 하다. 그러나 시혼의 절대성을 내세워 자기 옹호의 시론을 세운 것은 특수한 의의를 지닌 것이라 할 것이다. 자기 작품의 선전이나 자기 유파의 일방적 옹호와는 그 경우가 좀 다른 것이다. 그것은 보다 본질적 독단에 가까운 것이라 할 수 있다. 결국 소월이 그러한 시론을 내세운 것은 그가 동료 및 선배를 모방하지 않고 자기 스스로를 모방했기 때문인지도 모른다. 또 김억, 황석우 등이 상징주의 시론을 처음으로 도입·소개할 때, 일방적으로 언어의 음악성을 '영률(靈律)'이라 하여 강조했던 것에 영향받은 것인지도 모른다.

---

8)   송욱, 같은 책, pp. 143~44.

2) 내용 우위의 시론 ─ 프로시론

한국 근대시의 기점은 어디인가. 이 문제는 그 관점에 따라 몇 개의 설이 있을 수 있다. 첫째는 정지용 중심의 세칭『시문학』과 및『가톨릭청년』[9]의 기교화를 들 수 있고, 둘째는 이상 중심의 존재와 비존재의 의식을 들 수 있다.[10] 전자는 모더니즘, 즉 이미지즘의 영향이라 할 수 있고, 후자는 상징주의 및 쉬르리얼리즘의 영향이라 할 수 있다. 그러나 근대시란 언어의 조건이나 내면성이 전부라고 하기는 어렵다. 프로시는 대중 개념의 도입, 이데올로기의 파악에서 어느 정도 근대적인 시에 다리를 놓고 있는 것으로 볼 수 있을 것이다.

그런데 시와 시론이 반드시 일치하는 것이 아니라 한다면, 근대시와 현대시론도 반드시는 일치하는 것이 아닌 것이다. 따라서 한국의 근대적 시론은 김기림의 모더니즘 시론에서 찾을 수밖에 없을 듯하다. 왜냐하면 프로시론은 따로 방법론이 있는 것이 아니라 이데올로기적 문맥의 일부였으며, 이상은 시론을 시작(詩作)해버린 결과가 되었으며, 정지용은『문장』지에 수 편의 자기변호를 드러냈을 뿐이기 때문이다.

한국 프로시는 몇 단계로 전개되어 있다. (1) PASKYULA(1923) 시대는 회월과 팔봉이 시인이었는데, 특히 팔봉의 「백수의 탄식」[11]

---

9) 졸고,「한국 현대문학상에 나타난 가톨릭문학고」,『숙대신보』, 1967. 10. 26.

10) 김기림,「현대시의 발전」,『조선일보』, 1936. 7. 19.

11) 팔봉의 이 작품은 이시카와 다쿠보쿠(石川啄木)의「끝없는 토론 후(はてしなき議論の後)」
    (1911. 6)와 혹사(酷似)한 것이다(졸고,「민족아(民族我)와 학문·예술의 참여」,『사상계』,
    1967. 6).

「지렁이」「화강석」 등이 유명했고, (2) KAPF 이후엔 임화, 김창술, 권환, 안막, 박세영, 도쿄의 『예술운동』계의 김용제, 『우리 동무』계의 박석정 등을 들 수 있는데, 이들은 주로 NAPF의 미요시 주로(三好十郎), 우에노 다케오(上野壯夫), 모리야마 게이(森山啓), 나카노 시게하루(中野重治)의 영향을 받은 자들로서, 일본 제국주의를 타도하고 프로계급 독재사회를 실현함이 목적이었다.[12] 그 결과 이것은 시에서 기교를 말살한 투쟁어가 많았다. 그러나 (3) 1930년 이후 소련 시인의 영향을 다소 받아 『카프 시인집』[13]이 나온 뒤는 약간의 진전이 있었고, 손풍산, 이환, 양우정, 김병호가 등장했고, 이흡, 조벽암, 윤곤강 등 동반자 시인이 나타나 표현에 의미를 두려 했다. 그러나 이러한 프로시는 1933년 이후엔 그 자취를 완전히 감추게 된다.

이원조는 프로시의 시의 일면인 '우렁찬 것'의 전개와 그 한계를 다음과 같이 지적하고 있다.

여기서 문제 삼은 시의 역사적 계급적으로 요구되는 경향이 우렁찬 일측의 경향을 가질 수 있는 것이니 그것은 위에서도 잠깐 말한 바와 같이 프롤레타리아의 계급적 실천이 자기 계급의 강철과 같은 단결 조직이라든지 ×의 아성에 모든 영웅적 육박이라든지 생산에 대한 거대한 힘의 발로 등등의 모든 감정이 예술의 형상을 통해 표현될 때 필연적으로 '우렁찬' 일 측면의 경향을 가지는 것이며 또한 가져야 할 것이다. 이것이 본래 일 측면의 경향이므로 이 일 측면의 경향만

---

12)　박세영, 「조선 프로시사론」, 『문학비평』, 1948년 여름호, p. 132.
13)　『카프 시인집』에 수록된 작품은 김창술, 권환, 임화, 박세영, 안막의 작품 21편이다.

이 특히 시에 나타날 때 도리어 프롤레타리아 시의 정상적 발전을 방해하는 것이니 이것이 지금 내가 말하려는 시에 나타난 로맨티시즘이란 것이며, 이 로맨티시즘에 프롤레타리아 시의 일 측면적 경향으로 그 필연적 원인을 가진 '우렁찬' 경향의 무반성, 무절제한 남용에서 우러났다는 것을 말하려는 것이다.[14)]

이 '우렁찬 것'은 최재서가 임화의 시를 가리켜 '위대한 내부 공간'이라 한 것과 같은 것이며, 시집 『현해탄』에 나타난 장시의 가능성도 프로시가 넓힌 영역이라 할 수 있다.

3) 시와 과학 — 방법론의 신앙

시학, 시론, 시 비평의 구분과 그 필요성을 자각한 최초의 시인이 김기림이며, 그는 또한 시인 비평가의 한계를 자각한 위에서 비평에 임했던 것인데, 이러한 방법론적 자각에서 출발한 기림 시론의 본질은 무엇인가.

"시학은 미라든지 영감이라든지 초시간적 가치라든지 한 형이상학적 술어는 한마디도 쓰지 않고 쓰여져야 할 것이다"[15)]라는 것이 김기림 시론의 한 명제이다. 그는 먼저 저 아리스토텔레스 이후의 형이상학적 단편인 고전 시학의 불신에서 출발한다. 시학은 우선 과학이 되어야 한다고 했다. 박식이나 형이상학은 과학이라 할 수 없다고 보았다. 과학은 과학적 방법 위에 서야 하는 것이다. 개개의 특수한 과학

---

14)   이원조, 「시에 나타난 로맨티시즘에 대하여」, 『조선일보』, 1933. 2. 1.
15)   김기림, 「과학과 비평과 시」, 『조선일보』, 1937. 2. 21.

은 저마다의 특수한 방법을 갖는데 그것은 언제나 사실의 관찰 분석에 있다. 과학적 방법 및 태도는 새로운 세계관, 인생관과 조응하여 이 태도와 방법에서 분석비평 혹은 실천비평의 입장이 열리게 된다.

시와 과학이 대립한다는 명제를 타파하고 시의 언어 형태로서 과학적 명제를 수립한 자는 리처즈이다.[16] 시와 과학적 명제와의 언어 형태로서의 기능을 비교하면 다음과 같다. 첫째 과학적 명제는 늘 일정한 객관적 사물과 사건을 지시하는 기호로 나타난다. 이 기호는 반드시 사물과 사건에 비추어 검증되어야 한다. 또 과학적 명제 속에는 가설이 있어 이미 세워진 체계와 조화가 필요불가결이라는 이 최소한계를 벗어날 수 없다. 그러나 시는 검증의 책임을 지지 않는다. 이른바 사이비 진술pseudo-statement이 그것이다. 둘째 과학적 명제는 오직 한 가지 사실만 명백히 암시하나, 시에서는 그러한 일의성은 요구되지 않는다. 현대적 언어 영역은 과학적 진술과 사이비 진술의 두 경우가 있음을 알 수 있다. 어떠한 목적 때문에는 과학적 명제의 형태가 발달되었고 또 정신생활의 어떤 조정과 만족을 위해서는 시가 선택될 수 있는 것이다. 가치의 형태로서도 과학과 시는 서로 부정하는 것이 아니고 각각 독자의 권리를 가지고 문화상에 병존한다. 이와 같이 과학적 명제와 시의 어의학적 분석에 의하여 그 각각의 지위를 회복시키고 시의 위기를 해소하려는 것이 리처즈의 의도라 할 수 있다. 김기림은 여러모로 리처즈의 영향을 입었던 것이다.

김기림은 문학적 문맥으로서의 시의 전통이 결여된 한국 시단에

---

16) I. A. Richards의 *Science and Poetry*, Routledge & Kegan Paul, 1926은 일찍이 이양하가 일역했고, 해방 후엔 을유문화사에서 국역을 낸 바 있다.

서 시와 과학의 입장에 지나친 의욕을 보였다. 비평을 일반적으로 말해서 주관적 생리적 부분과 객관적 부분으로 구분할 수 있다면, 김기림은 후자의 입장임이 분명하다. 그는 네오 클래시시즘의 도입으로 산문에서 최재서가 이룩한 업적을 시 비평에서 이룩했음이 사실이나 분석비평에까지 나아가지는 못했다. 그는 심리적 기능에 입각한 리처즈의 오류를 답습한 바 있고 그를 이해하기에 급급한 나머지 그를 비판적으로 이해할 수 없었다.[17] 그 결과 김기림의 시는 기(奇)에 흘렀고 원색과 엑조티시즘에 떨어졌다고 할 수 있다. 시에서 사회학의 수립을 소홀히 한 리처즈의 영향이 김기림으로 하여금 기교주의를 낳게 한 것이다.

프로시의 내용 편중이 기교 말살이었다면, 정지용, 박용철, 김기림 등은 그 반동으로 기교지상주의의 모습을 띤 것인데, 이 양자가 지양 극복되지는 못한 것이다. 1939년 김기림이 신체제론을 앞에 두고, 전체주의에 야합하기 위해 이 양자의 결합을 시도한 바가 없지도 않다.

시를 기교주의적 말초화에서 다시 끌어내고, 또 문명에 대한 시적 감수에서 비판에로 태도를 바로 잡아야 했다. 그래서 사회성과 역사성을 이미 발견된 말의 가치를 통해서 형상화하는 일이다.[18]

김기림이 뜻하는 모더니즘은 두 개의 부정을 준비한 개념인바, '센티

<hr>

17) 송욱, 같은 책, p. 192.
18) 김기림, 「모더니즘의 역사적 위치」, 『인문평론』, 1939. 10, p. 85.

멘털 로맨티시즘'과 편내용주의가 그것이다. 그에 의하면 시란 엑스터시의 발전체이며, 회화성을 음악성의 우위에 두는 것이므로 오장환보다 김광균을 우위에 둔다. 이것은 로맨티시스트 임화가 오장환을 우위에 두는 것과 대척적인 것이라 할 수 있다.

김기림은 1930년대에 가장 참신한 시론인 「오전의 시론—제1편 기초론」(『조선일보』, 1935. 4. 20~5. 2), 「오전의 시론—기술 편」(『조선일보』, 1935. 9. 17~10. 4)을 위시하여 「시론의 주지적 태도」(『신동아』, 1935. 4), 「포에지와 모더니티」(『신동아』 1935. 7), 「과학과 비평과 시」(『조선일보』, 1937. 2. 21~26) 등을 전개했는데, 처음엔 서구 문명을 비판하고 동양 정신의 장점을 융합하려 했으나 차차 방법론에 얽매인 결과를 낳았다.[19] 그를 가리켜 "시보다 시론이 더 진보적이고 시론보다 대화가 더 진보적"[20]이라 한 것은 단적으로 김기림 시론의 한계를 드러낸 말이라 할 수 있다.

4) 직관적 시론—언어의 육화

「5월 소식」 「황마차」(『조선지광』, 1927. 6), 「말」(『조선지광』, 1929. 1) 등으로 시단에 데뷔한 정지용은 『시문학』 동인으로, 또 『가톨릭청년』 지를 중심으로 이상을 시단에 끌어넣었고, 김기림과 더불어 이미지즘 운동의 선편을 잡은 중심인물이었다. 그는 도호쿠제대(東北帝大)에서 영문학을 배운 김기림처럼 도시샤 대학(同志社大學) 영문과 출신이며, W. 블레이크와 특히 하기와라 사쿠타로(萩原朔太郎), 기타하라 하쿠슈

---

19) 김기림은 「오전의 시론—제1편 기초론」(『조선일보』, 1935. 4. 20~5. 2)에서 동양적 사고와 서구의 지적 사고를 각각 비판하여 휴머니즘의 육체까지 얻으려 노력한 바 없지 않다.

20) 이원조, 「시의 고향—편석촌에게 부치는 단신」, 『문장』, 1941. 4, p. 195.

(北原白秋) 등의 영향을 받은 것으로 알려져 있다.[21]

일찍이 양주동은 「1933년 시단 연평」(『신동아』, 1933. 12)에서 김기림과 정지용을 다음과 같이 평가하고 있다.

김기림은 일견 정지용 씨의 그것과 근사하나 두 번 읽으면 드디어 어딘가 천박한 느낌을 준다. 관용, 수사학적 직유 암유도 고급한 짓이 아니다. 씨에 결여한 것은 그윽한 향기다. [……] 정지용은 경이적 존재다. 유니크한 세계 감각 수법이다.[22]

한편, 리처즈의 『시와 과학』을 일본어로 번역한(『詩と科學』, 硏究社, 1932) 바 있는 이양하는 정지용의 감각을 촉수라 하여 이렇게 해설하고 있다.

그것은 또 모지고 날카롭고 성급하고 안타까운 한 개성을 가진 촉수다. 그것은 대상을 휘어잡거나 어루만지거나 하는 촉수가 아니요, 언제든지 대상과 맞죄이고 부대끼고야 마는 촉수다. 그리고 맞죄이고 부대끼는 것도 예각과 예각과의 날카로운 충돌을 보람 있고 반가운 파악이라고 생각하는 촉수요, 또 모든 것을 일격에 붙잡지 못하면 만족하지 아니하는 촉수다. 여기 이 촉수가 다다르는 곳에 불꽃이 일어나고 이어 격동이 생긴다.[23]

---

21) 「정지용 씨와의 만담집」, 『신인문학』, 1936. 8, p. 88.
22) 양주동, 「1933년 시단 연평」, 『신동아』, 1933. 12, p. 30.
23) 이양하, 「바라던 지용 시집」, 『조선일보』, 1935. 12. 10.

이와 같은 즉물적 비평의 옆에서 박용철은 정지용을 "낭영조(朗詠調)의 방만, 정책에 가까울 만큼 분방하고 '감람 포기포기 솟아오르듯 무성한' 언어의 구사로부터 눌언을 신조로 삼은 듯, 새로운 치밀도의 개척과 예각적인 파악을 위한 노력"[24]이라 했다.

서상의 제 평가들은 언어의 완벽성에의 지향 혹은 기교주의로서 수렴할 수 있다. 이것이 정지용의 한계라 할 수 있을 것이다. 기교적인 것이 우수한 시는 될 수 있어도 위대한 시라고는 할 수 없기 때문이다. 지용에겐 형식과 그 촉수가 「불사조」 같은 가톨릭 정신 위에 쓴 작품에까지도 주제를 단절하고 있음을 볼 수 있다. 그 때문에 우렁참이나 내부 공간이 제외되고 기교의 일방적 편중을 한국 시단에 못 박아놓은 것이라 할 수 있다. 그가 후기에 들어서 한국적 요(謠)의 세계를 개척하려 시도했지만, 그것이 실패한 것도 여기에 원인이 있는 것이다. "그는 전통을 변화시키지 못했으며 초기에는 전통을 아주 등지고 후기에는 그냥 안주하고 말았다"[25]라는 지적은 이 점을 실증한 것이라 할 수 있다. 결국 정지용은 김기림과는 역으로, 시론보다 시가 승했고 시보다는 기교가 승한 자이다.

정지용의 시론은 1939년 『문장』지에 비로소 나타난다. 그 무렵은 그의 원숙기라 할 수 있으며 발레리처럼 에세이 조(調)로 된 「시의 옹호」(『문장』, 1939. 6), 「시와 발표」(『문장』, 1939. 10), 「시의 위의(威儀)」(『문장』, 1939. 11), 「시와 언어」(『문장』, 1939. 12) 등이 그것인바, 부질없는 고고성과 오만한 변호로 이루어져 있다.

---

24) 박용철, 「병자(丙子) 시단의 1년 성과」, 『박용철 전집 2 — 평론집』, 시문학사, 1940, p. 103.
25) 송욱, 같은 책, p. 206.

그가 비평에 대하는 태도는 지나치게 소극적인 데 좌표하고 있다. "시인은 여력으로 비평을 겸하라"[26] 정도다. 시와 비평은 그처럼 소규모의 분업화가 필요치 않다는 것이 이유이다. 또 하나의 이유는 "비틀어진 것은 비틀어진 대로 그저 있지 않고 소동(騷動)"[27]하기 때문이다. 이 두 가지 때문으로 해서 시인은 여력으로 시평에 임한다는 것이다. 이 여력설(餘力說)은 주제에 대한 가치의식이 지적 비판정신에 직결되어 있다는 사실을 몰각했거나 고의적으로 회피한 결과 기교 일변도에 맹목적으로 흐른 것이다.

정지용 시론을 요약하면 다음 네 항목이 될 것이다. 첫째 명제는 "시는 언어와 incarnation적 일치"[28]에 집약시킬 수 있다. 색채가 회화의 소재라면 언어는 시의 소재 이상이며 거의 유일한 것으로 보고 있다. 따라서 시의 신비는 언어의 신비가 된다. 언어의 정령을 붙잡지 않고는 시의 향기는 바랄 수 없으며, 시신(詩神)이 거하는 궁전으로서의 언어는 또한 시신을 다시 방축(放逐)하는 임무까지 있으므로 이 경지에 도달할 때 비로소 언어의 육화가 가능하다는 것이다. 이 시신이라든가 언령(言靈)이란 언사는 『문장』파의 '고전주의로서의 조선어'의 사수에 특별한 의의가 있을 것이다. 둘째 "꾀꼬리가 숙련에서 운다는 것은 불명예"[29]라 보았다. 시재(詩才)를 그는 내세운 것이다. 시는 숙련에서 오는 것이 아니라 오직 튀어나오는 생명의 발성이어야 한다는 것이다. 스펜더가 시를 제작으로 보아 오직 발레리가 말한 '천부(天賦)

26) 정지용, 「시의 옹호」, 『문장』, 1939. 6, p. 127.
27) 같은 곳.
28) 정지용, 「시와 언어」, 『문장』, 1939. 12, p. 131.
29) 정지용, 「시의 옹호」, p. 126.

의 일행(一行)une ligne donnée'만이 영감이라 하여 시에서 영감을 부정한 것과[30] 비교해볼 만하다. 셋째 "우수한 전통이야말로 비약의 발 디딘 곳이 아닐 수 없다"[31]는 것이다. 고전적인 것을 진부(陳腐)로 속단하는 자는 별안간 뛰어드는 야만이라 했다. 시에서 돌연한 변이는 도모할 수 없다는 것이다. 그러면 정지용이 이어받았다는 고전 혹은 전통은 무엇인가. 단정할 수는 없으나 고전이기보다 순수한 한국어의 발견 및 조탁이라 할 것이다. 그가 반실험적이었음은 요(謠)에서도 볼 수 있으며, 「백록담」도 형태상으로는 가사 장르에 혈연되어 있어 보인다. 그가 김기림과는 달리 수구적 기교파임은 이로써이다. 넷째 "근대시가 안으로 열(熱)하고 겉으로 서늘하옵기는 실상 위의(威儀) 문제에 그칠 뿐이 아니"[32]라 했다. 그가 단순한 기교파이냐의 여부는 이 명제가 얼마나 내면화되었는가에 달려 있다. 박용철은 「유리창」을 들어 "비애의 절정"에서 쓴 것이라 한다.[33] 이러한 감각의 내면화를 심화시키기에는 정지용은 지나치게 "앨쓴 해도(海圖)" 모양 재기가 넘쳐 그 때문에 그것이 내면화를 방해하고 만 것이다.

정지용의 시론은 그의 아류들에 의해 계승되었으며, 특히 김종한의 순수시론은 주목할 만한 것이다. 이것은 말라르메나 브레몽의 그것이 아니라 한산시론(寒山詩論)이었다. 을유년 이후 민족주의문학론을 편 청록파의 조지훈이 이 계보를 이었음을 지적할 수 있다. 그러나 을유년 이후의 정지용 자신은 자기를 포함한 그 무렵의 활동을 "비정

---

30) S. Spender, 「시작 원리」, 『사상계』, 김용권 옮김, 1955. 11, p. 100.
31) 정지용, 「시의 옹호」, p. 126.
32) 정지용, 「시의 위의」, 『문장』, 1939. 11, p. 143.
33) 박용철, 같은 책, p. 90.

치성의 예술파"[34]라 비판하고 경향적 현실주의자가 되었던 것이다.

3. 논쟁

1) 기교주의 논쟁

한국 시사에서 야기된 논쟁은 (1) 신체시와 자유시의 정의에 대한 논쟁, (2) 김억과 박월탄 간의 작품평에 관한 것, (3) 김억과 양주동의 역시(譯詩)에 대한 시비, (4) 시조의 존재 이유에 대한 민족주의문학 측과 프로문학 측 간의 논쟁, (5) 해외문학파와 양주동의 시비, (6) 가톨릭파와 임화의 시비, (7) 기교주의 논쟁 등을 들 수 있다. 이 중 전문단적인 관심 아래서 행해진 본격적 시 논쟁이라 할 수 있는 것은 (7)이다. 이것은 한국시의 변증법적 전개라 할 수 있으며, 이것을 축으로 하여 모더니즘시 운동의 변천 과정을 엿볼 수가 있다.

기교주의란 무엇인가. 이 어사의 처음 사용은 김기림에서라 할 수 있다. 그는 기교주의를 "시의 가치를 기술(記述)을 중심으로 하고 체계화하려고 하는 사상에 근거를 둔 시론"[35]이라 했고, "조선에서는 이것이 한 운동의 형태를 갖춘 일도 없고, 그렇게 뚜렷하게 일반의 의식에 떠오르지 못했다. 그러나 우리는 4, 5년 이래로 이것을 개별적으로 얼마간이고 지적할 수도 있고 또한 한 경향으로서는 충분히 우리가 인식할 수 있었다"[36]라고 설명하고 있다. 그는 또 이 기교주의란

---

34) 정지용, 『산문』, 동지사, 1949, p. 87.
35) 김기림, 「기교주의 비판」, 『시론』, 백양당, 1947, p. 138.
36) 김기림, 「시와 현실」, 『시론』, p. 142.

632   제Ⅲ부 비평의 내용론과 형태론

미학상의 개념으로 그 가운데는 이미지즘, 쉬르리얼리즘, 포멀리즘, 스타일리즘 기타가 잡거한다고 했다. 이 글 가운데서 자기를 기교파에 포함한다는 문구는 없으나, 임화, 박용철의 지적대로 김기림이야말로 기교파의 이론 분자라 할 수 있다.

기교파라는 것이 『시문학』 『문예월간』 『문학』 『가톨릭청년』을 중심으로 1930년에서 1935, 6년까지 해외문학파, 가톨릭파, 시문학파 등에 의해 한 에콜을 형성하기에 이르렀는데, 이에 대한 비판은 주로 임화에 의해 토구되었다. 임화는 「담천하의 시단 1년」(『신동아』, 1935. 12), 「기교파와 조선시단」(『중앙』, 1935. 4)에서 정지용, 신석정, 김기림 등 일견 시작 경향이 약간 다른 시인들을 동일 계열하에 두어 그 결함을 이렇게 드러내었다.

> 그들은 감정을 노래함을 멸시하고 감각을 노래한다. 감정이란 곧 사상에 통하는 것이므로! 따라서 그들은 사상 없는 시, 즉 그들의 시의 대상인 자연이나 인간 생활이 사유를 통하여 시적 표현의 길을 밟는 것이 아니라, 감각된 현상을 신경부를 통하여 그것을 그대로 말초 부분에 적재해두고 시의 제작만을 위해 사유한다는 것이다.[37]

이것은 특히 「오전의 시론」에 대한 비판이라 해도 무방하다. 김기림 시론에 대한 임화의 생리적 불만을 제하고도 썩 의의 있는 지적이다. 심장의 시인 임화는 신경의 시인 기교파로 정지용, 김기림을 동렬에다 놓는 이유를 (1) 시적 내용에 대하여 시적 기교를 우위에 놓는 것

---

37) 임화, 「담천하의 시단 1년」, 『신동아』, 1935. 12, pp. 171~72.

으로 볼 때 동일한 예술지상주의자들이며, (2) 그들이 다 같이 현실 생활에 대한 관심의 회피자로서 현실이나 자연의 단편에 대한 감정을 노래한 것, (3) 현실이나 자연에 대하여 단순한 관조적인 냉철 이상을 시에서 표현하지 못한 점 등을 들고 있다. "예술지상주의는 차라리 논리상의 문제이고 기교주의는 완전히 미학권(美學圈) 내의 문제"[38]로 본 김기림에 반하여, 임화는 예술지상주의와 기교주의를 동곡이음으로 보았던 것이다.

임화의 1935년경의 시론은 무엇인가. 체계화된 시론은 없으나, 바로 이 기교주의 비판에서 임화의 시에 대한 신념을 엿볼 수 있다.

첫째 임화는 기교를 표현 내지 형식이라 보았다. 이것은 일체의 순수화에 대한 저항의 자세이며, 기교에 대한 생리적 혐오를 드러낸 것이라 볼 것이다. 둘째 「오전의 시론」을 신고전주의로 보았고 그 특징으로 '감정의 회피'를 지적한다. "감정은 사상에 통하지만" 감각은 사상에 통할 수 없으며, 따라서 기교파 시론은 지극히 일면적 시론이라는 결론이 된다. 셋째 임화는 시를 전체적으로 파악하려 하였다. 지난날 프로시의 도식화의 비판 위에서 내용과 형식의 통일적 파악을 주장함을 본다. 그렇다면 이 점에서는 김기림과 대립될 수 없었고, 차라리 시문학파의 박용철, 김영랑 등 순수서정파와 대립된다.

기술의 일부면만을 부조하는 것은 확실히 명징성을 획득하는 일이다. 그러나 그것은 어디까지든지 시의 기술의 일부면에 그쳐야 할 것이다. 전체로서의 시는 훨씬 그러한 것들을 그 속에 통일해 가지고

---

38) 김기림, 「기교주의 비판」, 『시론』, p. 138.

있는 더 높은 가치의 체계가 아니면 아니 된다. [……] 이미 그 역사적 의의를 잃어버린 편향화한 기교주의는 한 전체로서의 시에 종합되어야 할 것이다.[39]

김기림이 「시에 있어서의 기교주의의 반성과 발전」(『조선일보』, 1935. 2. 14)에서 이와 같이 말했고, 나아가 시인으로서 '현실에 적극 관심'을 보여 '전체주의'에의 지향을 보였을 때, 이것은 물론 '내용과 기교를 통일한 한 전체로서의 시'를 의미한 것이다. 표면상의 전체주의라는 이 점에 있어서 임화나 김기림은 완전히 일치하고 있음이 드러난다. 그러나 임화가 의미하는 전체주의는 다음과 같은 것이었다.

> 오직 이 '내용과 기교의 통일' 가운데는 양자가 등가적으로 균형되어 있는 것이 아니라, 이 통일은 우선 전체로서의 양자를 가능케 하는 물질적 현실적 조건으로 성립하고 그것에 의존하며 동시에 내용의 우위성 가운데서 양자가 스스로 형식논리학적이 아니라 변증법적으로 통일되는 것이다.[40]

김기림의 전체주의와 임화의 그것이 상이함은 사실이나 시대성, 현실성의 입장이 내용 편중과 기교주의를 거쳐 전체로 통합되는 도정이라면 그것은 기교주의 논의의 의의라 할 것이다. 전체주의란 이 경우 "현실적 관심의 새로운 태도"이며, 이 의미에서 기교 논의는 "조선의

---

39) 같은 글, p. 139.
40) 임화, 「기교파와 조선시단」, 『문학의 논리』, 학예사, 1940, p. 666.

현대시의 최후의 이론"[41]이라 할 것이다.

2) 기교주의 변설 ― 체험의 시론

프로문학에 가장 비판적인 입장을 드러낸 것은 해외문학파라 할 수
있다. 이 해외문학파에 박용철, 김영랑, 정지용이 가담하여 나타난 것
이 『시문학』 『문예월간』 중심의 순수서정시 운동인데, 그 중심인물은
박용철이라 할 수 있다. 이 경우 중심인물이란 의미는 잡지 출자자라
는 뜻보다 이론 분자의 위치에 있었다는 뜻이다.

시문학파의 한 입장은 "문학의 성립은 그 민족의 언어를 완성시
킨다"[42]에 집약되어 있다. 프로시의 결함이 외부적 정세와 내부적 숙
아(宿)로서의 언어상의 치졸에 있었다면, 시문학파의 시발점이 이 반
동으로 나타났음은 자명한 일이다. 이러한 시문학파의 이론 분자는
체험의 시론을 펼친 박용철로서, 그의 시론은 생명적이고 포괄적이며
생명 그것만큼 미묘해서 일종의 신비 사상이지만, 이로써 임화의 기
교주의 비판에 이론적으로 맞선 것은 특기할 만하다. 정작 기교주의
자 정지용을 임화가 가톨릭 문학 비판으로 공격했을 때, 가톨릭 측의
이동구 외에는 맞서지 않았고, 김기림은 1935년 이후 시를 전체적 입
장에서 현실적으로 보려고 하여서 오히려 임화와 비슷한 노선이 되어
버렸기 때문에 임화의 호적수가 될 수 있는 자는 박용철뿐이었던 것
이다.

박용철의 비평관은 인상주의적 효과주의로서, 「효과주의적 비평

---

41) 백철, 『조선신문학사조사 ― 현대편』, 백양당, 1950, p. 234.
42) 박용철, 「후기」, 『시문학』, 1930. 3, 졸고 「용아 박용철 연구」, 『학술원 논문집』, 1970.

논강」(『문예월간』, 1931. 11)에 자세히 나타나 있다. 박용철이 보는 비평가의 직능은 작품이 사회 속에 끼치는 효과를 민감히 계량 예측하는 것에다 두고 있다. 그것은 그 작품의 미적 경험을 지극히 예민한 감수성, 즉 천재만이 포착할 수 있는 신비주의적 인상으로 포장하려는 것이다. "비평가는 특별히 예리한 감수력을 가지고 자기의 받은 인상을 분석하므로 일반 독자의 받을 인상을 추측하여 이 작품이 사회에 끼칠 효과의 민감한 계량기, 효과의 예보인 청우계가 되어야 한다"[43]라는 것이다.

박용철의 이 논문은 그가 인상주의 비평가임을 드러내었고, 그 바탕 위에 마르크스주의 예술을 절충한 것이다. 예술작품의 심리적, 인상적 면과 사회적 효과를 종합하려는 이 비평관은 1930년 전후의 문단적 상황을 염두에 둘 때 비로소 실감과 긴장을 느낄 수 있다. 박용철이 요절하지 않았다면 스케일이 큰 비평의 폭을 넓혔을지도 모를 일이다.

박용철과 임화의 논쟁은, 임화가 주로 김기림의 「오전의 시론」을 조선시사적 입장에서 비판한 「담천하의 시단 1년」(『신동아』, 1935. 12)에 대해 박용철이 다음과 같이 비난한 데서 발단되었다.

임화 씨의 논문 「담천하의 시단 1년」은 자세히 토의의 대상이 되기에는 너무 수많은 사실 인식의 착오와 논의의 혼란이 있다. 그러나 그 논문의 본질은 역시 표제 중시의 사상에 있고, 시적 기법을 이해함에 있어서는 시를 약간의 설명적 변설로 보는 데 지나지 않는다.[44]

---

43) 박용철, 「효과주의적 비평 논강」, 『문예월간』 창간호, 1931. 11, p. 10.

또 박용철은 임화가 기교주의를 "우리 시단의 거의 횡포에 가까운 지배자이었던 경향시가 통렬한 부자유 가운데서 일시적으로나마 그 기식이 미약해갈 제, 시는 언어의 기교다라는 태도를 조선적인 방법으로 번역해 가지고 나오는 교활한 조류가 점진적으로 나와 번영한 것은 무리가 아니다"[45]라고 한 데 대해 "문단 헤게모니를 위한 무용한 적개심의 발로"라고 비난했던 것이다.

이러한 공격을 불시에 당하고 가만히 있을 임화가 아니었거니와, 이에 대한 임화의 반박문 속에 박용철의 문단적 위치가 드러난다.

> 박용철 씨 등의 방향은 일찍이 기교파의 성실한 시인(편석촌을 뜻함—인용자)까지가 포기한, 이미 부정되어 버린 입장에서 졸고에 대하여 적의에 가까운 어조로써 비난을 가한 것은 정히 이 수구적 기교주의이다. [……] 유감된 일이나 박용철 씨는 기교파에 대한 나의 일반적 논란을 기림 씨의 머리에 던지는 나의 적의로 무고하였다. [……] 박 씨의 말과 같이 나의 관찰이 사실을 정시하지 못하고 인식을 그릇했다 하더라도 조선 기교파 시의 지도적 시인이었던 이 시인의 고백까지를 안 믿어야 할까? 자기의 오랫동안의 신조이었고 일찍이 스스로 그 옹호, 주장자의 1인이었던 이 시인이 기교주의에 대하여 반대한 것은 정히 기교주의에 대한 경멸적, 부정적 의지의 표현이 아니고 무엇일까?[46]

---

44) 박용철, 「을해(乙亥) 시단 총평」, 『박용철 전집 2—평론집』, pp. 85~86.
45) 임화, 「담천하의 시단 1년」, 『문학의 논리』, p. 621.
46) 임화, 「기교파와 조선시단」, 『문학의 논리』, p. 653.

이에 대하여 박용철은 「시단 시평―기교주의설의 허망」(『동아일보』, 1936. 3. 18~25)에서 답변하고 있다. 그는 임화의 논리의 혼란과 무정견을 비난하고 있다. 브레몽의 순수시, 아폴리네르의 형태시 또는 쉬르리얼리즘을 기교주의라 볼 수 없다고 박용철은 주장한다. "자동 기술 같은 그 수법이 표시하는 것과 같이 순수내용주의의 일면"이라 했고, 김기림이 규정한 기교주의에 비판을 가할 뿐만 아니라 이것을 무비판적으로 답습한 임화를 공격하였다. 그는 "김기림 씨의 기교주의 시론이라는 것은 필자가 전 능력을 경주해서 격파하고자 하던 다년의 숙제로 그러나 실지에 성수(成遂)하지 못한 대상 그것"[47]이라 하여 스스로의 입장을 명백히 했다.

박용철 시론은 다음 몇 가지 윤곽을 띠고 있다. 첫째, 체험Erfahrung의 시론이다. "시는 단순히 감정이 아니라 사실은 체험인 것이다"[48]라는 릴케적 의미를 띠고 있다. 체험 그것을 생명 속에 용해된 기록의 육화로서, 직관의 영역으로 본 것이다.

시인의 심혈에는 외계에 감응해서 혹은 스스로 넘쳐서 밀려드는 조수가 온다. 이 영감을 기다리지 않고 재주 보이기로 자주 손을 벌리는 기술사(奇術師)는 드디어 빈손을 벌리게 된다.[49]

둘째, 그는 체험의 언어화 즉 기교 문제에서 언어의 인상적 미분

---

47) 박용철, 「시단 시평―기교주의설의 허망」, 『동아일보』, 1936. 3. 19.
48) R. M. 릴케, 『말테의 수기』, 강두식 옮김, 정음사, 1961, p. 23.
49) 박용철, 「시적 변용에 대하여」, 『박용철 전집 2―평론집』, p. 8.

설(微分說) 혹은 생물설의 신봉자이다.

언어 그것은 극소한 부분 극미한 정도를 제하고는 임의로 개정할 수
없는 것이요, 장구한 시월(時月)을 두고 지지(遲遲)하게 변화생장(變化
生長)하는 생물이다.[50]

그렇기 때문에 그는 표현에 절망한다. 인간의 미묘한 기미와 언어의
한계에 절망하는 것이다. "우리는 시에서 엄격을 기할 수는 있어도 정
확을 기할 수는 없는 것"[51]이라고 하기도 한다. 시에선 두 개 이상의
단어만 모여도 그 한 단어의 의미나 몇 단어의 의미의 논리적 총화로
써만은 측정할 수 없는 '변설' 이상의 미묘한 것이라 했다. 임화가 어
디까지나 이데올로기 혹은 문화사적 문맥으로 시를 평가하는 데 대한
반발을 여기서 목도할 수 있다. 물론 리처즈에 의해 체험의 미소한 부
분까지도 심리학적으로 혹은 논리적으로 어느 정도 해명된 것은 분명
현대시의 공적이긴 하나 시는 "마술이요 시의 창조 과정은 과학적으
로 불가해의 것"[52]임을 박용철은 주장한다. 기술적 표현은 수련과 체
험의 결과 겨우 어느 순간에 얻어지는 것이며, 이 체험을 분석하려는
노력이 결국은 절망적이라는 것인데, 다음 인용 속에 그 진의를 간파
할 수 있다.

모든 면밀한 시론이 시의 기술의 전교(傳敎)는 불가능하다는 일어(一

---

50) 박용철, 「시단 시평—기술의 문제」, 『동아일보』, 1936. 3. 21.
51) 박용철, 「시단 시평—기술의 문제」, 『동아일보』, 1936. 3. 24.
52) 박용철, 「시단 시평—기술의 문제」, 『동아일보』, 1936. 3. 25.

語)를 최후에 남기는 것은 조금이라도 그 노력을 포기하는 의(意)가 아니다. 그것은 다만 자기의 노력이 미치지 못했다는 것과 또 그 기술에는 최후까지 법칙화해서 전달할 수 없는 부분이 남는다는 의미다.[53]

박용철의 시론이 임화와 대립되었음은 앞에서 보인 바와 같지만 또 김기림의 다음과 같은 시론과도 근본 태도가 대립됨을 드러내고 있다.

다만 시는 '어떻게' 있는가 하는 물음에서 시작해서 거기서 끝나야 할 것이다. 그러므로 시에 대해서는 무슨 환상이거나 이상을 그려내거나 만든 것이 아니고 시의 사실에 실로 사실에만 육박할 것이다. 그것이 설정하는 명제는 형식논리의 식에 맞느냐 안 맞느냐 하는 점으로서 완전함을 자랑할 수밖에 없다.[54]

여기서 김기림을 대표로 하는 진보적 기교주의파와 박용철·정지용을 대표로 하는 수구적 기교주의파의 차이점을 시론상에서 볼 수 있는 것이다. 특히 박용철의 시론은 릴케의 신비적, 실존적 구도(構圖)의 낭만성의 영향이 물씬하지만 정작 그의 시는 그렇지 못했고, 한국어의 가능성의 확대와 시의 음악성을 본질로 하는 시문학파 중의 김영랑의 시가 이 시론과 가장 가까운 것이었다.

---

53) 같은 곳.
54) 김기림, 「시학의 방법」, 『시론』, pp. 13~14.

박용철의 시와 시론은 임화, 정지용, 김기림의 그것과 함께 그 비중을 인식할 수 있다. 그가 『시문학』 『문예월간』 『문학』의 세 잡지를 발간했고 그 이론분자가 되었으나, 지나치게 극문학에 주력했고 또 상당한 분량의 하이네, 릴케의 시 번역에 정력을 소비한 듯하다.

1935년을 넘어선 후 시단은, 가령 정축년 경우를 보면 『시인부락』의 인생파, 『삼사문학』의 쉬르리얼리즘, 『자오선』의 서정파 등의 동인지와 오장환, 이용악, 김광균 등의 시대를 형성하기에 이른다. 그러나 이들 신인들이 세운 이론은 김종한의 한산시론을 빼면 별로 없었던 것이다.

제2절 소설론

1. 소설론의 전면적 고찰

현대비평의 중심이 소설론이라고 해도 대과는 없을 것이다. 이광수, 김동인, 염상섭, 박월탄 등이 비평의 지평을 열었을 때, 그 입론이 창작평에 관계되었음은 이미 보아온 바와 같다. 이들 소설론은 발자크, 졸라, 톨스토이, 디킨스 등을 어느 정도 염두에 둔 환경과 성격의 재현과 재현의 패턴에 관한 것이라 할 수 있고, 이것이 민족주의와 결부되어 한국소설론의 한 주류를 이룩한 것이다. 이에 대하여 다른 하나의 주류는 최서해, 이기영, 한설야 등이 전개한 경향소설론이라 할 수 있다. 이러한 이원적 구조는 1925년 전후에 형성된 것이다. 그러나 전자의 자연주의적 경향은 사물의 관찰 및 묘사의 독보적 경지, 개성과 전체의 파악이 심화 철저하지 못했고, 후자인 계급문학은 묘사나 관찰의 극복이기는커녕 오히려 후퇴였으나 다만 이데올로기로 인해 어느 정도의 리얼리티를 획득한 것처럼 보였다. 이 양자가 변증법적 지양을 하기 전에 프로문학이 퇴조하자 한국 소설의 내적 구조는 새로운 전환점에 봉착하지 않으면 안 되었다.

이러한 위기의 타개책이 1935년 다방면으로 제출되었는데, 소설론에서는 먼저 묘사론이 나타난다. 여기에는 세태묘사와 심리묘사의 두 경향이 있는데, 전자는 자연주의적 수법의 유산이겠고 후자는 내향적 심리주의라고 할 수 있다. 이 양자는 물을 것도 없이 현대소설의 불가결의 요소로서, 과연 양자를 지양할 수 있는가는 이 시대의 중대한 논점이 아닐 수 없었다. "작가가 주장하려는 바를 표현하려면 묘사되는 세계가 그것과 부합되지 않고, 묘사되는 세계를 충실히 살리려면 작가의 생각이 그것과 일치할 수 없는 상태"[55]라 함은 이 딜레마를 드러낸 것이다.

그다음으로 주목할 수 있는 것은 장편소설에 대한 연구이다. 김남천의 고발문학론은 창작방법론의 일환이었거니와, 장편론은 묘사론, 성격론, 로망개조론, 종합문학론 및 서구 소설 연구인 소설의 '바리에테론(論)'에까지 펼쳐지는 것으로, 1937년에서 1941년까지 걸리는 중심 논제였다.

그 밖에도 소설의 외적 영역인 소재의 확대, 통속소설론, 생산소

---

55) 임화, 「세태소설론」, 『문학의 논리』, p. 346.

설론 등을 들 수 있어, 이데올로기의 정론성과 결별한 소시민적인 비평의 한국적 현상을, 설사 도쿄 문단의 동향에 이어져 있었다 할지라도, 엿볼 수 있다.

그 고뇌의 양상을 전체적으로 살펴, 문단 상황과 그 배경을 먼저 드러낼 필요가 있다.

'무의지파'로 규정된 바 있는 '구인회'[56]는 도쿄 문단의 소위 '13인 구락부'의 영향하에 모인, 범박히 말해서 예술파의 집단이라 할 수 있다. 이 순수파들은 대체로 일본의 신감각파의 영향이 짙은데, 이들의 특성은 문장을 중심으로 한 언어 탐구에 의한 기교주의라 할 수 있다. 특히 박태원, 이무영, 안회남 등은 창작평을 문장면에서 시도하여 월평의 방향 전환에 크게 영향을 미쳤던 것이다.[57] 이를 계기로 저널리즘은 창작평 중심으로 기울었고, 비평은 정론성에서 해석적인 데

---

56) 백철은 '구인회'를 "무의지파 내지 자유주의 전파(前派)"(「사악한 예원의 분위기」, 『동아일보』, 1933. 10. 1)라 했고, 홍효민은 프로문학에 대한 반동의 제2기적 과정으로 '가톨릭문학'과 '구인회'를 들었다(「1934년과 조선 문단」, 『동아일보』, 1934. 1. 4). '구인회'는 1933년 8월 15일 이종명, 김유영, 이태준, 이무영, 이효석, 유치진, 김기림, 조용만 등의 친목 단체였으며, 그 후 김유영, 이종명, 이효석이 이탈하고 박태원, 이상, 박팔양이 보충되었으며, 다시 유치진, 조용만이 빠지는 대신 김유정, 김환태가 들어간다.

임화가 「1933년의 조선 문학의 제 경향과 전망」(『조선일보』, 1934. 1. 1~14)에서 "현실에 대한 사람의 모든 적극적인 태도로부터 떠나서 안한(安閑)한 소극성 가운데로, 보다도 절망과 환각과 애수, 애상과 고독 가운데로 도피하는" 이러한 경향은 "이태준, 안회남, 박태원, 이종명, 김기림 등의 작가 시인으로 대표되며 이들은 작년 1년 동안에 가장 많이 창작 활동을 하여 일견 '문단의 총아'와 같이 부르주아문학의 최전면에 나타났었다"라고 했다. '구인회'의 단체적 업적으로는 '시와 소설의 밤'[1935년 2월 18일에서부터 5일간, 주보(主保)강당] 개최와 문예지 『시와 소설』(1936. 3) 발간이 있다.

57) 이무영의 「신춘 창작평」(『조선중앙일보』, 1934. 2. 14~22), 박태원의 「3월 창작평」(『조선중앙일보』, 1934. 3. 26~31)은 평자의 태도가 '문예 감상은 내용보다 문장'이라 분명히 내세웠다. 특히 박태원의 월평 「창작 여록—표현·묘사·기교」(『조선중앙일보』, 1934. 12. 17~31)는 문체론에 흐르고 있다.

로 지향하기에 이른다. 그러나 비평은 끝내, 더구나 단편의 창작 해설이나 기교 분석에만 머물 수 없으므로, 일부는 창작방법론을, 또 일부는 문예학 쪽으로, 또 일부는 주류 탐색에 기울기도 하여 대부분이 소설론을 집중적으로 모색하기에 이른다. 장편소설론은 1938년에 들어서 본격화되었고, 1939년에 단연 평론계의 중심 과제가 되어 1941년까지 이끌어가거니와 그 내용 항목을 들면 내부 구조론엔 주제론, 성격론을 들 수 있고 그 외에 풍속소설론, 본격소설론, 농민소설론, 생산소설론 등이 있다.

장편에 대한 관심은 1936년까지 소급할 수 있다. 이광수, 염상섭, 박영희, 한용운, 이태준, 박종화, 장혁주, 김말봉, 한설야 등이 참석한 「장편작가회의」(『삼천리』, 1936. 11)에서 비롯된다. 김남천은 「조선적 장편소설의 일고찰」(『동아일보』, 1937. 10. 19~23)에서 저널리즘과 문예의 관계에 역점을 두어 로망Roman은 경제 소시민을 담는 그릇인바, 한국 소시민적 사회구조의 기형성 때문에 로망 발전이 저해된 점을 드러내어 약간의 가능성을 보였고, 1938년에는 최재서, 이태준의 「좌담회」(『조선일보』, 1938. 1. 1), 한설야의 「장편소설의 방향과 작가」(『조선일보』, 1938. 4. 2~6), 최재서의 「현대 세계문학의 동향」(『조선일보』, 1938. 4. 22~24) 등이 이어진다. 한설야는 이야기로부터 로망에 이르는 길을 모색하여 신문소설이 로망일 수 없다는 것, 이야기récit와 로망의 구별을 보였고, 최재서는 여기서 서사문학의 단계를 논하고 연대기문학과 보고문학을 소개했는데, 이것은 그 후 『인문평론』에서 소설 비평의 '아르바이트화'로 결실을 보게 된다. 또 이러한 로망개조론으로는 김남천의 「현대 조선소설의 이념」(『조선일보』, 1938. 9. 10~18), 백철의 「종합문학의 건설과 장편소설의 현재와 장래」(『조광』, 1938. 8)를 들 수 있고, 임화의 「세태소설론」(『동아일보』, 1938. 4.
1~6)과 최재서의 「산문학의 재검토—장편소설과 단편소설」(『동아일
보』, 1939. 3. 9~10), 「소설과 민중」(『동아일보』, 1939. 11. 7~12)과 이
태준의 「산문학의 재검토—단편과 장편(掌篇)」(『동아일보』, 1939. 3.
24~25)은 각각 대립되고 있다. 임화가 세태묘사를 주장했다면, 최재
서는 성격에서 비로소 장편이 가능하다고 보았으며, 이태준은 오히려
단편을 옹호하려 했다.

소설에 대한 본격적인 탐구는 1939년에 볼 수 있으며, 그 중심은
성격론의 윤곽을 띤다. 최재서의 「연재소설에 대하여」(『조선문학』,
1939. 1), 최문진의 「장편소설 여담」(『동아일보』, 1939. 2. 5~9), 최재
서의 「산문학의 재검토—장편소설과 단편소설」(『동아일보』, 1939. 3.
9~10), 김오성의 「장편소설은 방황한다」(『동아일보』, 1939. 5. 9~18)
등의 일반론이 성격론으로 기울었고, 한효의 「성격의 구성과 묘사」
(『조선문학』, 1939. 1), 임화의 「최근 소설의 주인공」(『문장』, 1939. 9),
최재서의 「성격에의 의욕」(『인문평론』, 1939. 10), 「현대소설의 주제」
(『문장』, 1939. 7), 김남천의 「성격과 편집광의 문제」(『인문평론』,
1940. 7) 등에서는 완전히 성격론에 집중되어 있음을 볼 수 있다.

이 가운데 임화, 최재서, 김남천의 소론을 검토해보면 성격론의
윤곽이 드러날 것이다. 임화는 현대소설의 약체성의 원인을 묘사력이
충일한 대신 구성력과 사고력의 박약함과 인물과 환경의 불통일 때문
이라 본다.[58] 그 증거로 홍벽초의 『임꺽정』, 김남천의 『대하』를 든다.
한편 최재서는 현대소설의 약체성이, 성격 창조는 없고 오직 그 의욕

---

58) 임화, 「최근 소설의 주인공」, 『문장』, 1939. 8, pp. 155~56.

만이 있기 때문이라 보았다. "오늘 실제 생활에서 줄기찬 그리고 굳건한 성격을 지닌다는 것은 비상히 곤란한 일"[59]이지만 이 사실은 오히려 성격 창조의 중요성을 강조한다. 이 점에서 유진오의 단편 「가을」은 성격을 일부러 해체하였음을 밝힐 수 있었고, 김남천의 「이리」는 지성, 모럴 이전의 강렬한 심미적 경향으로 볼 수 있었다. 김남천은 발자크의 『외제니 그랑데』에 대한 고찰에서 편집광, 악당도 전형적 성격은 아니나 그 중요한 특질을 형성한다는 고리키의 말을 인용, 편집광·인색한·비열한들의 성격 탐구의 길을 모색하였다. 이상의 세 소설(所說)은 각각 상당한 차이가 있어 실작(實作)에 반영되었겠지만 성격의 중요성을 드러낸 점에서는 모두 일치하는 것이다.

소설의 성격론이 이 시점에서 문제성을 띤 이유는 무엇인가. 고쳐 말해서 로망개조론의 시대적 의의는 무엇인가. 성격은 개성과 환경의 통일에서 비로소 가능한 것이다. 1939년을 전후한 일본 군국 파시즘하의 한국 지식인이 취할 태도를 여기서 생각하지 않을 수 없다. 이러한 상황은 개성을 용납하지 않는 것으로 볼 수 있다. 환경과 개성의 통합이 용납되지 않는 시대에는 성격 창조야말로 불리한 입장이 아닐 수 없다. 개성을 죽이고 환경에 즉하느냐, 환경을 희생하고 성격을 창조할 수 있느냐 하는 딜레마는 유진오, 김남천, 이기영, 한설야 등에서 찾을 수 있는데, 유진오, 김남천은 환경에 즉(卽)하는 인물을 그리는 편이라 할 수 있고, 한설야는 환경에 대(對)하는 인물을 그리는 편이라 할 수 있다. 임화는 생활에 즉하는 인물을 우월한 성격으로 안 보는 데 비해 김남천은 그 속에서도 얼마든지 성격을 발견할 수 있다

---

59)   최재서, 「성격에의 의욕」, 『인문평론』, 1939. 10, p. 26.

는 관점에 섰고, 최재서는 서사시적 로망스의 원시적 행동 속에서 성격의 의욕을 엿보려 했다.

로망개조론이 외세의 압력인 신체제론으로 인해, 그리고 내부적으로는 성격론의 이와 같은 불통일로 인해 여기서 응고해버렸을 때, 소설론에서는 원초적인 허구론과 함께 소재의 문제가 등장한다.

픽션론은 윤규섭의 「소설과 허구성의 문제」(『인문평론』, 1940. 4), 「예술적 형상의 개괄」(『인문평론』, 1940. 7) 등을 들 수 있다. 이것은 종래의 리얼리즘론에서 부당히 천시된 픽션을 재고하여 소설의 예술성을 밝히려는 일련의 탐구이다. 여태까지 소설의 리얼리즘, 세태, 진실 따위만 논의되었지 예술적 의미의 소설론은 윤규섭이 처음 시도한 것이다. 그러나 이 소설의 예술적 탐구는 원래 문학적 일반론에 떨어지기 쉽고 또 창작 저편의 이론의 인상을 주어, 윤규섭 한 사람이 이 방면에 주력하였다.

1940년부터는 소재의 외양화(外樣化)에 따라 분화되는 바리에테론이 나타난다. 임화의 「일본 농민문학의 동향」(『인문평론』, 1940. 1), 박승극의 「농민문학의 옹호」(『동아일보』, 1940. 2. 24~29), 임화의 「생산소설론」(『인문평론』, 1940. 4), 권환의 「생산문학의 전망」(『조선일보』, 1940. 6. 25~28), 임화의 「농민과 문학」(『문장』, 1939. 10) 등이 씌어졌다.

생산문학은 최재서가 『인문평론』 창간호에서 동북사변 후 일본 문단에 속출한 신흥문학의 일종임을 소개한 데서 비롯된다.[60] 생산소설은 국책적 정신에다 기록적, 보고적 방법으로 농업, 어업, 광업, 공

---

60) 최재서, 「모던 문예사전 — 생산문학」, 『인문평론』, 1939. 10, p. 114.

장, 이민 등을 취급하는 소설이다. 이 시점에서 다시 농민문학이란 말이 생겼는바, 그것은 일본의 아리마(有馬) 농상(農相)이 고문이 된 「농민문학 간담회」(1939. 10. 4)에 근거를 둔 니이 이타루(新居格), 후지모리 세이키치(藤森成吉) 외 8명의 작가에 의해 주장된 것으로, 명랑한 원시적 농촌을 소재로 한 것인데 이는 생산소설을 유개념으로 한 것이라 할 수 있다.[61] 그러므로 이 경우의 농민문학은 소위 국책에 영합한 것으로, 프로문학에서 대중 획득의 일책으로 논의된 농민문학과는 별개의 것이다. 생산문학은 『인문평론』이 현상소설로서 윤세중의 「백무선」(『인문평론』, 1940. 11)을 당선시킨 바 있고, 농민문학으로는 이무영의 「제일과 제일장」(『인문평론』, 1939. 10), 「흙의 노예」(『인문평론』, 1940. 4)로 나타난 바 있다. 그 후 국책문학에서도 이런 유의 작품이 다소 나타난 바 없지 않다.

1938년부터의 로망개조론은 '인문사'의 전작 장편의 기획을 낳고, 김남천의 『대하』(1939)를 제1작으로 하여, 이효석의 『화분』, 유진오의 『화상보』 등으로 결실되었고, 이기영의 『봄』, 한설야의 『탑』 등의 신문소설도 최재서의 아르바이트인 「현대소설연구」, 김남천의 「발자크 연구」 등에 많은 영향을 받은 것으로 볼 수 있다. 그러므로 로망개조론의 아르바이트화에서 우리는 비평이 창작의 방향을 열기에 노

---

61) 최재서, 「모던 문예사전—농민문학」, 『인문평론』, 1939. 10, pp. 106~107. 여기서 최재서는 야리타 겐이치(田硏一)의 "태고의 신들과 같이 과묵하고 손이 굵은 농경인의 깊은 예지와 정서의 생활의 탐구에 있어 실체를 파악하는 동시에 그것을 시국 내지 시대와의 관련하에 처리하여 나가는 것이 금일 '농민문학'의 중요 과제"임을 들었다. 한편 임화의 「일본 농민문학의 동향」(『인문평론』, 1940. 1, p. 13)에서 소개한 것은 니이(新居)의 '흙의 문학'인데, 농민문학의 등장 이유로 (1) 사변 영향으로 사람들이 건실해졌고 (2) 도시보다 원시성 (3) 생산의 기저 (4) 총동원력의 농촌 비중의 증대 등을 들었다.

력한 사실을 알 수 있는 것이다.

2. 리얼리즘론

리얼리즘은 백대진, 이광수, 김동인, 주요한, 염상섭, 박월탄 등에 의해 이따금 언급된 바 없지 않지만 그것이 한 번도 문단적 의의를 띤 논의가 된 일은 없었다. 문예비평사상에서 리얼리즘론이 역동성을 띠고 논의된 것은 프로문학이 창작방법론으로 제시한 변증법적 사실주의와 이것을 수정한 사회주의적 리얼리즘론이며, 그다음은 휴머니즘 및 자연주의의 극복으로서의 리얼리즘의 재인식으로 나타난 최재서의 리얼리즘론이라 할 수 있다.

프로문학이 공식적으로 해산한 1935년 이후에도 프로 측의 새로운 창작방법론으로서의 사회주의적 리얼리즘론이 비평계의 중심 화제의 하나였지만, 이미 그 시효를 잃은 공론에 가까웠고, '구인회' 중심의 신감각적 리얼리즘과 이 리얼리즘을 둘러싸고 최재서와 여타의 비평가와의 논쟁이 나타난 것이다. 이 무렵의 상황으로 전(前) 프로 비평가들이 사회주의적 리얼리즘을 일부 내세웠지만, 신유인, 백철, 회월이 전향했고, 임화가 낭만주의에 기울다가 다시 사실주의로 자기비판했고, 이원조가 고전주의에, 한식이 역사주의에 빠져들었으며, 결국 그들은 새로운 '구인회'의 감각적 수법을 평가할 능력이 없었던 것이다. 여기서 창작계의 재정비와 함께 새로운 수법이 문제된 것이다.

문제의 발단은 최재서의 평론 「리얼리즘의 확대와 심화―『천변풍경』과 「날개」에 관하여」(『조선일보』, 1936. 10. 31~11. 7)이다.『천변풍경』(『조광』, 1936. 8~11)은 박태원의 중편이며, 「날개」(『조광』, 1936. 9)는 이상의 단편이다. 최재서는 『천변풍경』이 객관을 객관적으로 본 것이며 「날개」는 주관을 객관적으로 본 것이라 전제하여, 다음과 같이 양자의 리얼리즘의 수법을 비교하고 있다.

> 『천변풍경』이 우리에게 주는 흥미는 흘러가는 스토리나 혹은 작자 자신의 다채한 개성이 주는 흥미는 아니다. 이 작품에서 우리가 작자를 의식한다면 그것은 실로 부재의식뿐이다. 즉 우리가 키네마를 보면서 카메라의 존재를 의식치 않는 것과 마찬가지로 우리는 이 작품을 읽으면서 작자를 의식치 않는다. 작자의 위치는 이 작품 안에 있지 않고 그 밖에 있다. 그는 자기 의사에 응하여 어떤 가작적(假作的) 스토리를 따라가며 인물을 조종치 않고 그 대신 인물이 움직이는 대로 그의 카메라를 회전 내지 이동하였다.[62]

이 『천변풍경』이 진실이 되기 위해서는 물을 것도 없이 소설 기술 이상의 그 무엇—묘사의 모든 디테일을 관통하고 있는 통일적 의식으로서의 모럴이 있어야 하지만, 우선 객관적 사실을 이토록 묘사해내었다는 점에서 '리얼리즘의 확대'라 했고 「날개」는 이와 대립된 '리얼리즘의 심화'임을 이렇게 주장한다.

> 여기서 우리는 육체와 정신, 생활과 의식, 상식과 예지, 다리와 날개

---

62) 최재서, 「리얼리즘의 확대와 심화—『천변풍경』과 「날개」에 관하여」, 『조선일보』, 1936. 11. 3.

가 상극하고 투쟁하는 현대인의 일 타입을 본다. 정신이 육체를 초화(焦火)하고 의식이 생활을 압도하고 예지가 상식을 극복하고 날개가 다리를 휩쓸고 나갈 때에 이상의 예술은 탄생된다. 따라서 그의 소설은 보통 소설이 끝나는 곳—즉 생활과 행동이 끝나는 데서부터 시작된다. 그의 예술의 세계는 생활과 행동 이후에 오는 순의식의 세계이다. 이것이 과연 예술의 재료가 될까? 전봉석 개념으로 본다면 이것이 예술의 세계가 될 수 없다는 것은 짐작할 수 있다. 그러나 어떤 개인의 의식(그것이 병적일망정)을 진실하게 표현하는 것을 예술 행동으로부터 거부할 아무런 이유도 우리는 갖지 않았다. 더욱이 그 개성이 현대 정신의 증세를 대표 내지 예표(豫表)할 때엔 두말할 것도 없다. [……] 우리는 「날개」에서 우리 문단에 드물게 보는 리얼리즘의 심화를 가졌다.[63]

최재서는 이와 같이 예술의 리얼리티는 외부 세계이건 내부 세계이건 "객관적 태도로써 관찰하는 데" 존재한다는 관점에서 이론을 세운 것이다. 작가는 외향형, 내향형, 중간형이 있을 수 있으며, 심리적 탐구에서도 얼마든지 리얼리즘이 될 수 있다는 견해이다. 이와 같은 리얼리즘 규정은 전 문단의 관심을 환기시켰는바, 김용제, 한효 등이 부정적 입장의 선봉에 섰고, 유진오, 백철, 김문집, 임화 등이 비판적이었으며, 이원조가 평정을 맡는 입장을 취했다,

　　이 중 사회주의적 리얼리즘론자인 박승극, 한효, 김용제 등이 최재서의 리얼리즘론에 크게 반대했는데, 그 까닭은 리얼리즘의 확대나

---

63)　같은 글, 1936. 11. 6~7.

심화가 사회주의적 리얼리즘론에 치명적인 것으로 군림했기 때문이다. 최재서가 외부적 객관묘사로 내세운 리얼리즘의 확대는 사회주의적 리얼리즘과 그 객관성의 차이를 대조시킨 것이며, 특히 뚜렷이 이들과 구별 지은 요소가 있다면 그것은 소위 심리주의적 리얼리즘의 심화이다. 유진오가 리얼리즘의 심화를 '반사회적 비현실적'이라 하여 반대하면서도 '내면적 리얼리즘'을 인정하고, 이러한 것이 나온 이유가 사회주의적 리얼리즘이라는 "외면적 리얼리즘이 지나쳐 내면적 리얼리즘이 나타난 데만 의의가 있다"[64]고 했으며, 이원조는 이 내면적 리얼리즘이 김남천의 고발문학론과 통한다고 했던 것이다. 최재서의 리얼리즘론은 확대 쪽보다 심화 쪽에 더 관심이 깊었다고 볼 것이다. 그는 이상의 예술에 논리를 주려 했던 것이다. 그가 말하는 리얼리즘의 심화는 물론 심리주의를 뜻한다. "과거의 프롤레타리아 작가는 프로이디즘적 리얼리즘은 무시"[65]했다고 공격하는 데서도 그 의도를 알수 있으며, 정인섭이 심리주의와 리얼리즘을 어떻게 구별하느냐고 이상의 「날개」를 들어 질문했을 때 최재서가 '심리주의 리얼리즘'[66]이라 답변한 데서 이 사실을 확인할 수 있겠다.

최재서의 리얼리즘론에 대한 비판으로 먼저 김용제의 주장을 보기로 한다. 그는 리얼리즘의 시류적 근거를 백철, 김오성이 주도적으로 논한 휴머니즘론의 안티테제로 본다. "막연한 관념주의적인 개인 중심 문예론으로서 취급되는 휴머니즘 문예 작품에는 현실적으로 비사회적 개성의 자포적(自暴的) 방종, 무궤도한 인간적 본능 생활의 자

64) 유진오, 「산문정신의 리얼리즘—좌담회」, 『조선일보』, 1938. 1. 1.
65) 최재서, 「리얼리즘에 대하여—좌담회」, 『조선일보』, 1937. 1. 1.
66) 최재서, 「명일의 조선 문학—좌담회」, 『동아일보』, 1938. 1. 1.

유와 향락적, 독해적(獨害的) 사소설의 쇄말사에 시종할 수밖에 없다"[67]고 하여 신감각파의 리얼리즘을 비판하였다.

김용제의 주장이 퍽 막연한 데 비하여 한효의 주장은 구체적이다. 한효는 리얼리즘의 본도는 사진기계적이어야 하며, 사회주의적 리얼리즘은 사회주의라는 계급적 주관이 생략되었기 때문에 정당치 않다는 최재서의 의견을 조소하고 이렇게 주장한다.

> 진정한 리얼리즘의 문학은 씨(최재서―인용자)의 의견과 같은 현상의 사진적 재현을 요구하지 않을 뿐 아니라 도리어 그것을 배격한다. 현실을 이해하고 그의 진정한 생동적인 생활의 의의와 목적을 표상화할 수 있는 문학! 이러한 문학을 현대 리얼리즘은 그 신방향으로써 요구하고 있다.[68]

여기서 우리는 한효가 최재서의 리얼리즘의 확대를 곡해하고 있음을 볼 수 있다. 한효의 소론 속에는 새로운 이론이 대두될 때마다 그 이론과 실천이 괴리되고 마는 부도수표적 현상에 대한 반발과 동시에 전(前) 프로문학 비평가들의 종래의 그들 이론을 고수하려는 의식이 내재되어 있고, 또한 그 심리적 역동성에서 일체의 진보주의적 이론을 부정하려는 의도가 스며 있다.

이 무렵 지식계급을 대변하는 가장 지적인 작가로 지목받은 현민은 이렇게 말하고 있다.

---

67) 김용제, 「조선 문학의 신세대」, 『동아일보』, 1937. 6. 15.
68) 한효, 「창작방법론의 신방향」, 『동아일보』, 1937. 9. 23.

고 이상 씨의 「날개」를 최재서가 '리얼리즘의 심화'라고 하니까 백철 씨가 모럴 문제를 꺼내서 이를 배격했는데 역사적 사회적으로 분석하지 못한 「날개」가 리얼의 심화라고 한 최 씨의 평에는 불만이려니와 백 씨의 부도덕설에도 불만입니다.[69]

현민도 최재서의 리얼리즘의 심화를 약간 오해한 듯하다. 「날개」나 『천변풍경』이 윤리나 모럴이 결핍된 것이라고 최재서는 처음부터 밝혀놓았던 것이다. 그러나 이러한 오해를 사게 된 원인이 최재서에게도 있음은 물론이다. 그는 리얼리즘을 묘사 면에서만 보았기 때문이다. 디테일의 정확성만이 아니라 엥겔스가 말하는 전형의 발견이 리얼리즘이며, 전형의 발견은 사회의식과 모럴의 파악에서 비로소 가능한 것이기 때문이다. 특히 최재서의 리얼리즘론이 역사 및 사회의식이 소외된 사실에 대해 비판하여 리얼리즘의 다른 방향을 제시한 것으로서 일고되어야 할 것은 백철의 리얼리즘론이다.

최재서의 리얼리즘의 확대와 심화론이 발표된 동지(同紙)에 백철의 「무풍지대」(『조선일보』, 1936. 10. 30~31), 「문학어 일제(一題)」(『조선일보』, 1936. 11. 5~9) 등이 발표되었는데, 여기서 최재서가 「날개」를 '리얼리즘의 심화'라 했음에 대하여 백철은 「날개」를 '리얼리즘의 타락 현상'으로 보았던 것이다. 백철의 리얼리즘론은 「리얼리즘의 재고―그 안티 휴머니즘의 경향에 대하여」(『사해공론』, 1937. 1)에서 그 본질을 엿볼 수 있다. 최재서가 「날개」를 '주관의 객관화'라 하고 리얼

---

69) 유진오, 「현대 문단의 통폐는 리얼리즘의 오인」, 『동아일보』, 1937. 6. 3.

리티는 소재에 관계없이 '작가의 눈'에 달렸다는 데 대해, 백철은 「날개」가 한갓 "고도로 지식화한 소피스트의 주관세계"일 뿐이며, 이와 같은 주지적 리얼리즘은 안티 휴머니즘이라 규정했는데 그 까닭을 "최재서의 리얼리즘은 시대와 현실의 변천을 고려하지 않았다"[70]는 데다 두었다. 백철이 바람직하다고 내세운 리얼리즘은 이기영의 『고향』에 나타난 "신흥 계급의 리얼리즘"인데, 이것은 휴머니즘을 지향한 것이며, 리얼리즘은 끝내 휴머니즘을 통해 심화 확대되어야 한다는 것이다. 이상과 같이 소설론의 중심 과제가 리얼리즘 논의였기 때문에 리얼리즘의 주류설이 문단의 큰 관심사가 되었던 것이다.

리얼리즘이 과연 주류설이 될 수 있었던가. 이 점에 대해서는 김문집이 비판적이었다. 「문단 주류설 재비판」(『동아일보』, 1937. 6. 18~22)에서 김문집은 리얼리즘의 그 속성으로 인한 용어상의 혼란을 비판한다. 리얼리즘이란 용어는 그 연상대(聯想帶)가 넓어, 철학상의 그것과 문학상의 차이는 우마(牛馬)의 그것이다. 김문집은 문학상의 리얼리즘이란 "기술의 현실적 인식 현실 해석을 과학적으로 하는 객각적(客覺的) 표현수단"[71]이라 했다. 이러한 입장은 실제 예술 창작에 있어서는 리얼리즘이란 있을 수 없다는 요코미쓰 리이치(橫光利一)의 견해이다. 창작상에서 리얼리즘이 존재하지 않는다고 본다면 리얼리즘이 문단의 주류가 될 수 없음은 말할 것도 없다. 나뭇잎이 있다고 하자. 이 존재의 세계를 있는 그대로 객관화한다는 것은 전혀 불가능한 것이다. 따라서 이 순수 객관은 존재할 수 없다는 것이 김문집의 견해

---

70) 백철, 「리얼리즘의 재고―그 안티 휴머니즘의 경향에 대하여」, 『사해공론』, 1937. 1, p. 48.
71) 김문집, 「문단 주류설 재비판」, 『동아일보』, 1937. 6. 19.

이다. 이것은 수법으로서의 리얼리즘을 몰각한 데서 오는 오인임이 자명하다. 여하튼 입장을 달리하여 김문집은 「날개」야말로 '비(非)리얼리즘성'이라 하여 이렇게 평가한다.

> 그(이상―인용자)의 신경계통의 메커니즘에는 부당하게도 오일(油)이 너무 부족했었다. 넘쳐야 할 오일이 말라 빠졌다는 데에 그의 다다이즘의 전야(前夜)가 개막된 것이었다. 그 전야 광경에서 허무의 멜로디를 소리 없이 노래 부르는 그 '나' 씨는 사실에 있어서 작자와 작중인물과의 혼선체라는 데에 이상의 역량 문제가 있었고 더 중대한 일에는 일견 간단한 이 사실에 진실로 「날개」에 비리얼리즘성의 근본 원인이 잠재한다는 것이다. 하물며 그의 심화일까 보냐! 대저 리얼리즘의 작품은 나 또는 모(某)가 완전히 '그'의 경우에 한해서 분만되는 것이라 함은 문학론의 기본적 원리다. '나'를 작자 자신에서 분리시키지 못했다는 사실에서 우리는 당연 이상의 문학청년성을 발견하는 것이다.[72]

최재서가 이상이나 김기림의 방법을 주지적인 것이라 하여 옹호 고평한 데 반해서 김문집은 이러한 '사이비 지성'보다는 김유정 같은 토착적인 것에서 예술성을 찾았다. 전자의 비평의 출발이 일종의 도그마에서라면, 후자는 어떤 주의마저도 개성화시켜버리려는 인상비평에 가까운 것이다.

이상 제 비평가들이 다분히 기분적, 논쟁적 입장에서 리얼리즘을

---

72) 김문집, 「날개의 시학적 재비판」, 『비평문학』, 청색지, 1938, p. 41.

논한 데 비하여, 임화는 이론가답게 리얼리즘의 본질인 객관적 현실, 즉 세계관의 탐구에서 출발한다. 우선 그는 최재서의 리얼리즘론을 일축한다. "이상의 순수한 심리주의를 리얼리즘의 심화, 박태원 씨의 순수히 형식적인 구조의 소설을 리얼리즘의 확대라 선양하던 사이비 리얼리즘론이 대도를 활보하지 않는가?"[73]라고 임화는 강조하고 있다. 임화에 의하면, 리얼리즘에는 두 종류가 있을 뿐이다. 모든 종류의 초보적인 경험론 위에 성장한 파행적 리얼리즘이 그 하나이며, 순수한 리얼리즘이 그 다른 하나이다. 사물에 대한 관조적 태도로부터 출발하여 현상의 수포만을 추종하는 외면적 리얼리즘은 문학의 깊은 인식적 기능을 감쇄할 뿐 아니라 현실에 대한 타협에 불과하다고 본다. 이 파행적 리얼리즘은 주관주의와 함께 사회주의적 리얼리즘의 적이라는 것이다.

> 만약 파행적 리얼리즘이 사물의 현상과 본질을 혼돈하고, 디테일의 진실성과 전형적 사정 중의 전형적 성격이란 본질의 진실성을 차별하지 않고 현실을 가지고 본질을 대신하였다면, 주관주의는 사물의 본질을 현상으로서 표현되는 객관적 사물 속에 현상을 통하여 찾는 대신 작가의 주관 속에서 만들어내려는 것이다.[74]

임화의 이 주장은 그가 사회주의적 리얼리즘을 잘못 이해하여 「낭만적 정신의 현실적 구조」(『조선일보』, 1934. 4. 19~25), 「위대한 낭만적

---

73) 임화, 「사실주의의 재인식」, 『동아일보』, 1937. 10. 9.
74) 임화, 「사실주의의 재인식」, 『동아일보』, 1937. 10. 12.

정신」(『동아일보』, 1936. 1. 1~4) 등의 주관주의를 주장하다가 이것을 오류로 자기비판한 것으로, '소셜리즘적 리얼리즘'만이 진정한 것이라 한 것과 관련된다. 이것은 고리키의 자기비판과 그 궤를 같이한 것이기도 하다. 고쳐 말하면, '객관적 인식'에서 비롯하여 실천에 있어 자기를 설명하고, 다시 객관적 현실 그것을 개변해가는 주체화의 대규모적 방법을 완성하는 문화적 경향이 된다.

리얼리즘론은 이원조가 「정축(丁丑) 1년간 문예 총관」(『조광』, 1937. 1)에서 최재서의 사실상의 승리로 보았으며, 백철도 「날개」가 프로이디즘으로 보면 리얼리즘이 될 수 있다는 데 이르고 있다. 이러한 판결은 물론 시대적 제약인 것이다. 이 경우 최재서가 보는 리얼리즘이 논리적이며 명백했다는 점과 심리주의라는 새로움을 주었기 때문에 관념에 시달린 문단에 어필할 수 있었다는 사실을 지적해낼 수 있다. 또 최재서가 전문직 비평가라는 점, 이원조와 함께 서구 문학의 가장 참신한 이론가라는 점, 또 이 시대가 문학 수준의 상승기라는 점에서 여타의 리얼리즘론보다 확실한 것처럼 보였던 것이다. 리얼리즘론이 이토록 활발하게 논의된 것은 잇달아 소설의 제 문제를 검토하는 길을 터놓았다는 데 큰 의의가 있다고 보인다.

3. 소설의 내적 탐구

1) 묘사론

무릇 소설의 '내적 형식'(루카치)에서 첫 문제점은 세계관에 직결된 주제론이 될 것이나 1930년대 초엽 프로문학의 종말과 함께 '무엇을'

보다는 '어떻게'라는 기교주의로 시와 소설이 다 같이 기울어졌다.

소설이 비순수 곧 전면성의 생(生)의 파악 형식인데도 불구하고 '어떻게' 쪽으로 역점이 기울어졌다면, 그렇게 하여 창작된 소설은 사상을 담지 않으면서도 재래의 사상을 담은 소설만큼 매력과 무게를 둘 수 있어야 할 것이었다. 그렇게 현대 독자가 문학을 생활 열정의 주요 기탁물로 설정할 수 있게 한다면, 그것은 과연 무엇일까. 이 당연한 물음에 대해 임화는 세태묘사를 내세운 바 있다.

세태묘사의 소설이란 "직접으로 내성(內省)의 소설과 대척되는 것으로, 김남천 씨의 소설과 채만식 씨의 소설 또는 고(故) 이상의 소설과 박태원 씨의 소설을 비교하면 이 특색은 명백히 나타난다"[75]라고 했다. 세태묘사의 소설은 발자크, 디킨스의 계보에 이어진 것이고, 내성소설이란 조이스, 프루스트의 심리 탐구에 이어진 것인데, 임화는 전자가 벽초의 『임꺽정』까지 포함해서 모자이크 아니면 파노라마로 전락할 위험성을 띠면서도 '내성소설'과 함께 당래할 한국 소설의 한 분야임을 지적하려 했다. 그러나 그는 외면적 묘사와 심리적 묘사의 지양 방법을 모색한 것은 아니다. "내성소설이 심리묘사를 심화하고 세태소설이 현실묘사를 확대하여 서로 각각 소설의 영역을 깊게 하고 혹은 넓혀 문학에 비익(神益)한다고는 보지 않는다"[76]라고 했는데, 그 이유는 그러한 종합은 문학이 아닌 안일한 태도이며, 따라서 리얼리즘일 수 없다는 것이다. 그러면서도 세태소설이 참신해 보이고 1935년 이후 그 존재 이유가 확실해진 까닭은 과거 한국 소설의 리얼

---

75) 임화, 「세태소설론」, 『문학의 논리』, p. 345.
76) 같은 글, p. 360.

리즘이 모자이크적 혹은 파노라마적인 묘사의 기술을 완성, 극복하지 못한 채 프로문학으로 넘어와버렸기 때문이다. 자연주의적 정밀 묘사가인 횡보, 김동인과 채만식, 박태원의 묘사 기술을 비교해보면 후자가 월등히 우세함을 볼 수 있겠다.

세태묘사의 문제점은 다음처럼 요약할 수 있다. (1) 세태묘사는 내성적 요소와 병행되어 소설계를 양분하고 있는바, 이것은 이 무렵의 인텔리의 내적 갈등과 관계되어 있다. (2) 외부적 묘사의 의의는 내부 묘사와 대립되거니와, 이 양자의 단순한 종합은 소설의 본질에 조응할 때 지극히 피상적 견해일 것이다. 관념적 비평가의 함정이 여기에 있다. (3) 세태묘사의 사적(史的) 의의는 자연주의의 한국적 미성숙에 관계되어 있다. (4) 세태묘사는 장편의 난점 타개에 지향점이 놓여 있었다. (5) 로망개조론의 중심 과제인 성격 탐구에 비하면 본질적인 것에 가깝다.

2) 종합문학론과 본격소설론 — 고전론 소설 양식에의 귀환

양식상의 탐구로는 백철의 종합문학론과 임화의 본격소설론을 들 수 있다.

백철은 「종합문학의 건설과 장편소설의 현재와 장래」(『조광』, 1938. 8)에서 새로운 로망의 양식은 장르의 종합에 있다는 주장을 내세웠다.

이때에 임하여 현대의 종합문학으로서 장편소설은 먼저 그 내용성에 있어서 과거의 근대적 장편소설과 같이 단순한 스토리와 단일한 남녀 주인공과 축차적(逐次的)인 발전이 아닐 것이요, 형태에 있어서도 그것은 시와 단편과 희곡과 수필과 일기와 논문까지가 합류하여 일체를 이룬 장면이라고 나는 생각한다.[77]

이 이론에 입각하여 백철은 중편 「전망」을 썼던 것이다. 주인공 김형오, 그 아들 영철과 '나'와의 관계를 취급한 이 소설은 주제상으로는 당시 문제된 세대론이었지만, 그 양식은 각 장르의 종합이었다. 백철은 영화의 몽타주 수법과 A. 지드의 실험소설인 『사전꾼들』을 예로 들고 있으나, 그의 종합론은 김남천의 비판과 같이 '셰익스피어적 풍자성'이 아니라 각 장르의 합류에 그쳐, 소설의 내적 양식의 본질이 몰각되었다는 혐의를 면하기 어려웠다. 백철이 소설의 관념론자라는 비판을 받은 것은 이 때문이다.

본격소설을 '고전적 의미의 소설'이라 주장한 임화는 여러모로 백철의 종합소설과 대조적이라 할 수 있다. 임화는 고전적 작가로 발자크, 졸라, 톨스토이, 디킨스를 들었으며, 이들의 특질은 "성격과 환경과 그 사이에 얽어지는 생활과 생활의 부단한 연속이 만들어내는 성격의 운명"[78]을 소설의 기축으로 삼으며, 이를 통해 작가의 사상을 표현하는 것이라 했다. 환경묘사와 자기 사상이 내적 조화를 이루는 곳에 고전적 양식을 발견할 수 있고, 여기서 본격소설의 이론을 도출할 수 있다는 것이다. 이때 비평정신은 주류 탐색과는 다른 의미에서 중요하다. 고쳐 말하면, 한국의 1930년대 문예비평이 지도 이념(이데올로기)의 모색에서 물러나자 곧 주조 탐구의 구렁에 떨어졌고 이 구

---

77) 백철, 「종합문학의 건설과 장편소설의 현재와 장래」, 『조광』, 1938. 8, p. 180.
78) 임화, 「본격소설론」, 『문학의 논리』, p. 367.

렁에서 헤어 나오지 못하고 발버둥 치는 것보다는, 창작의 본질적 파악과 연구가 훨씬 문학 그것에 즉한 실속 있는 것이 되기 때문이다.

임화는 1930년대의 소설 침체는 고전적 의미의 소설 양식 완성에의 지향을 포기한 데서 그 증상을 짚었다. 이광수, 김남천, 이기영, 한설야 등의 사상성 포기를 그는 고발하는 것이다. 적어도 1920년대의 이른바 예술지상주의라 할지라도 1930년대보다 더 짙은 사상성을 지니고 있었던 것이다. 민족주의와 계급주의의 격렬한 대립도 따지고 보면 그들의 강렬한 현실에의 의욕이라 볼 수 있다. 그런데도 민족주의나 계급주의 문학이 어느 쪽도 결국 본격적 소설론의 발전을 이룩하지 못한 이유는 무엇인가. 임화는 민족주의 측에서는 가장 중요한 개성, 개성의 가치, 자아의식의 확립 대신에 다분히 봉건적 개성의 형해(形骸)에 머물렀고, 계급주의 측에서는 개성의 사회적 파악이 결여되었기 때문이라 보았다. 시민적 개성의 문학을 집단적 개성으로 여과함으로써 독특한 서사문학을 형성할 경향문학이, 실상은 시민적 의미의 개성을 형성한 바 없기 때문에 유산된 것은 필연적이라 보았다. 시민적 개성이 가져야 될 사회적으로 대표되는 근대적 전통의 결여가 한국 소설 발전의 치명적 암이었고, 이 앞에서 1930년대의 작가들은 그 위에 현실의 변이와 그에 대한 새로운 세계관 및 리얼리즘의 파악에 임해야 했던 것이다. 그 결과 1930년대 소설은 모럴 이전의 허황한 심리 탐구가 아니면 소극적, 퇴영적 트리비얼리즘으로 전락되었던 것이다. 이것을 극복하기 위해 임화는 몇 가지 대안을 이렇게 제시하였다.

첫째, 전대의 사고방식, 개성 즉 자기라는 것을 어떠한 사회적 추진의 동력으로 보는 염상섭, 김동인 등의 선진적 입장을 재탈취할 것,

둘째, 내성적 소설 양식보다는 묘사적인 소설 양식에 주력할 것을 든다. 내성적 심리소설은 한국적 소설 전통과는 무관한 새로운 수입품이다. 임화는 이 심리적 소설보다 세태묘사적 자연주의가 전통적이라는 의미에서 더 신뢰할 수 있다고 본다. 조이스, 프루스트의 내면 탐구가 개성 해체의 산물이라면, 근대적 개성조차 미처 형성되지 못한 한국에서는 이상의 「날개」 같은 소설은 거의 무의미한 것이 아니면 안 된다고 그는 보았다. 셋째, 심리묘사나 세태묘사란 그 자체가 소설의 한 양식이 아니라 본격소설의 한 수법에 불과하다고 할 때의 심리묘사는, 심리소설이라든가 내성적 소설이라 할 때와는 다른 개념이다. 전자는 수법의 문제이며 후자는 양식의 문제인 것이다.

임화가 역사의식을 염두에 두고 비평에 임했음을 여기서도 엿볼 수 있다. 그는 문학을 단순한 문학적 문맥으로 보지 않는다. 작품을 문화적 문맥으로 확대하고, 다시 이것을 사회적, 경제적 문맥으로 확대시켜 세계관의 문제로 환원시키려는 데 임화 비평의 특징이 있다.

백철의 종합문학론이 다분히 관념적이라면, 임화의 전통적 자연주의에 입각한 본격소설론은 원론적이라 할 수 있어 구체적인 문제 제시로서는 상거(相距)가 있다 할 것이다. 이에 창작 방법의 내부에 직결된 김남천의 로망개조론이 나타나며, 이것이 비교적 구체적인 것이라 할 수 있을 것이다.

3) 로망개조론—창작과 이론의 결합

최재서, 백철, 임화 등의 이론이 개념적이든 작품 분석에서 출발했든 소개적인 것이든 간에 일반론에서 벗어난 것은 아니었다. 이들의 끝난 자리가 김남천의 시발점이 된다. 김남천은 프로문학의 사회주의적 리얼리즘론을 처음부터 비판한 자로 유명하거니와 그는 독자적으로 자기를 소시민이라 자처하고 고발문학론을 펼쳐(이것은 프로문학 후퇴를 둘러싼 전향에 직면한 지식층의 자기 고발로서의 모럴론이었다) 작품에 꾸준히 실천하였고 그 여세를 몰아 로망개조론에까지 나아갔다.

김남천에 있어서는 고발문학이라는 자기 폭로적 리얼리즘에서 발자크 연구에 이르는 중간 단계에, 엥겔스의 리얼리즘론인 "전형적 정황 속에서의 전형적 성격의 창조"[79]에서 통로를 찾으려 노력한 흔적을 볼 수 있다. 특히 그의 「소설의 운명」(『인문평론』, 1940. 11)은 매우 중요한 이론이다.

김남천의 편력은 그가 작가 – 비평가라는 입각지에서 다음과 같은 단계를 밟아 전개되었다. 먼저 고발문학론을 들 수 있다. 그 첫 시도는 시대의 긍정적 인물 설정을 양심적 인간 타입에만 두었던바, 예술적으로 이 시도는 실패했다. 자기 고발이 내적 심리의 언저리에서 더 나아가지 못했던 것이다. 이 시니시즘은 소설성의 상실을 가져왔기 때문이다. 둘째 단계의 로망개조론은 풍속소설론이다. 구체적으로는 풍속 개념의 재인식과 가족사적 연대기에 초점이 올려진 것이다. 가족사적 소설가 Th. 만의 영향을 받아 그는 『대하』를 썼던 것이다. 『대하』의 의도는 풍속이라는 개념을 문학적 개념으로 정착시키고 그것을 가족 관계 속으로 끌어가 그 가운데 연대기를 재현시키려는 데 있었다.

풍속이란 무엇인가. 그것은 어원상 모럴과 동궤인데, 사회적 습관과 밀접한 관계를 갖고 있다. 사회적, 습관적인 것은 사회의 생산기

---

79) F. 엥겔스, 「발자크론」, 『맑스·엥겔스 예술론』, 박찬모 옮김, 건설출판사, 1946, p. 63.

구에 기초한 인간 생활의 각종 양식에 의해 종국적인 결정을 본다. 습속의 기본적 기구의 하나는 그 제도 내에 배양된 인간 양식이다. 따라서 그것은 도덕에 속한다. 도덕을 문학의 대상인 일차적인 것으로 보는 것이 김남천의 지설(持設)이다. 그는 풍속이 사상적 본질을 갖는 것이라 주장하고 풍속을 작품화하는 방법을 세 가지로 제시하고 있다. 첫째, 풍속을 가족사로 보고 나아갈 것이며, 이로써 협착한 데서 넓은 전형적 정황을 묘사할 수 있으며, 둘째 연대기적으로 파악할 것을 든다. 상황의 묘사를 전형화하고 그 핵심에 엄밀한 과학성과 합리성을 부여할 수 있다는 것이다. 셋째, 백철의 인간탐구에서는 발견하지 못한 발랄한 인물의 창조를 들었다.[80] 이러한 것은 사회와 개인의 발생·성장·소멸을 '전체적 발전'에서 묘사함을 의미하는 것이다. 김남천이 내적 자기 고발에서 관찰적 풍속묘사로 변모하게 된 필연성은 그가 작가이자 이론가라는 야누스적 체질과도 결코 무관한 것은 아니다. 이 풍속 연구의 결산이 장편 『대하』였던 것이다.

김남천은 풍속소설론을 일단 결산하고 로망개조론의 다음 단계로 고전적 양식인 발자크 소설 연구에 몰두했으니, 『인문평론』에 연재한 「발자크 연구 노트(1)—고리오 옹과 부성애 기타」(1939. 10), 「발자크 연구 노트(2)—성격과 편집광의 문제」(1939. 12), 「발자크 연구 노트(3)—관찰문학 소론」(1940. 4), 「발자크 연구(4)—체험적인 것과 관찰적인 것」(1940. 5) 등이 그것이다. 이러한 연구의 결과는, 그것이 작품으로 결실하지 못하고 '조선어'의 종말이 오고 만 것이다.

---

80) 김남천, 「현대 조선소설의 이념」, 『조선일보』, 1938. 9; 『쇼와 14년도 조선작품연감』, 인문사, 1939, pp. 266~69.

발자크 연구는 그것이 연구적인 소설론으로서보다 김남천 자신의 작가적 변모 과정을 보여준 것으로 흥미가 있다. 고발문학론과 모럴론 때의 김남천이 체험적 입장의 작가라면, 풍속묘사론 이후의 그는 관찰적 입장의 작가라 볼 수 있다. 이것을 달리 실러적 방법과 셰익스피어적 방법이라 부르기도 했다. 그는 그의 작가적 변모의 동기를 이렇게 쓰고 있다.

추상적으로 배운 이데, 현실 속에서 배우지 않은 사상의 눈이 현실을 도식화하는 데 대하여 자기 자신의 눈을 통해 현실 속에서 사상을 배우고 이것에 의해 자신을 현실적인 것으로 인식하려는 필요에 응하여서다.[81]

이상과 같은 김남천의 소설 연구는 임화가 본격소설론에서 주장한 소설의 고전적 양식에로의 귀환이라는 명제와 일치하는 것으로서, 로망 개조론이기보다 '로망부활론'이라 해야 적절할 것이다.

한편, 김남천이 발자크 연구를 펼 무렵 『인문평론』에서 최재서가 아르바이트화된 소설론을 연재하였다. 최재서의 소설 연구는 소설의 고전적 양식에 관한 것이 아니라, 그것의 파괴에서 출발하는 현대소설의 연구인 데 그다운 특질이 있다. 그의 「현대소설 연구」는 「조이스─젊은 예술가의 초상화」(1940. 1), 「토마스 만─부덴브로크 일가」(1940. 2~3), 「A. 헉슬리─포인트 카운터 포인트」(1940. 4), 「소설의 서사시적 성격─말로의 작품 성격」(1940. 7), 「서사시·로만스·소설」

---

81) 최재서, 「전형기의 평론계」, 『매일신보』, 1940. 11. 12에서 재인용.

(1940. 8) 등이다. 최재서의 이 연구의 의도는 (1) 세계적인 의의가 있는 작품을 골라 그 내용과 기교를 검토하는 것—이 경우 내용은 인간 탐구가 그 구경의 목표였고, (2) 기교는 실험적 방법이 세계적 경향이었음을 구명하고, (3) 이것이 현재 생성 중에 있는 한 문학적 양식으로서 얼마나 현대 문명의 리얼리티를 재현하고 있는가를 보려는 데다 두었던 것이다.[82] 이 「현대소설 연구」는 학술적인 탐구에 머물지 않고 어디까지나 소설론의 군색을 느끼는 한국 문단적 관점에서 이를 타개하려는 계몽적 의의를 띤 것이라 할 수 있다. 이에 대한 답변으로 이민촌의 『봄』, 한설야의 『탑』 등의 장편을 들어볼 수 있다.

4. 소설 영역의 확대—통속소설론

1938년 소설계의 문제점을 김남천은 (1) 단편 형식의 제약성에 대한 불만, (2) 로망의 발생과 발전과 붕괴 현상에 대한 사적 고찰, (3) 조선적 장편소설의 성격 분석, (4) 통속문학의 유혹과 순수문학의 관계, (5) 전체 장편의 경향, (6) 원리를 기술적인 것에서 찾으려는 경향, (7) 로망론과 리얼리즘론이 병행한다는 것 등으로 별견(瞥見)하고, 또 실제의 장편 작품을 다섯 항목으로 유형화하였다,

(1) 순전한 통속소설이라 단정할 수 있는 것—김말봉의 『밀림』(『조선일보』), 한용운의 『박명』(『조선일보』), 박종화의 『대춘부』(『매일신보』), 윤백남의 『사변 전후』(『매일신보』), 김동인의 『제성대』(『조

---

82)   같은 글, 1940. 11. 11.

광』), 윤효정의『만향』(『동아일보』), 방인근의『새벽길』(『매일신보』),
(2) 통속성이 명백히 드러난 것─엄흥섭의『행복』(『매일신보』), 함대
훈의『무풍지대』(『조광』), 현진건의『무영탑』(『동아일보』), 박태원의
『우맹』(『조선일보』), 주요섭의『길』(『동아일보』), (3) 약간 통속성 있
는 것─이광수의『사랑』(박문서관), 유진오의『수난의 기록』(『삼천
리』), (4) 순문학이라 할 수 있는 것. 채만식의『탁류』(『조선일보』),
『천하태평춘』(『조광』), 홍명희의『임꺽정』(『조선일보』), 이기영의『신
개지』(『동아일보』),『춘년』(『삼천리』), (5) 소설이라 부르기에 곤란한
것─이보상의『오전기채(五轉奇釵)』(『매일신보』), 최금동의『해빙기』
(『매일신보』) 등으로 분류하고 있다.[83] 이 경우 통속성과 순수성의 구
별을 김남천은 "우리 장편소설이 갖고 있는 모든 모순·분열·괴리[장편
논의의 성과를 총괄한 개조(個條) 중 제3항을 참조하라]에 대하여 고심
하였거나 초극할 방향에 노력지 아니하고 출판 기관의 상업주의에 영
합하여 그대로 안이한 해결 방법으로 몸을 던진 것, 그리하여 흥미 본
위, 우연과 감상성의 남용, 구성의 기상천외, 묘사의 불성실, 인물 설
정의 유형화"[84]를 통속성이라 보았다. 이 같은 김남천의 분류에 의하
면 1938년도 장편의 대부분이 통속성을 띤 사실을 알게 된다.

통속소설이 소설계의 비중을 갖게 된 것은『밀림』『찔레꽃』으로
등장한 김말봉에서부터라 할 수 있다. 일찍이 이 계보로는 최독견의
『승방비곡』, 심훈의『상록수』, 함대훈의『순정해협』등을 들 수 있으
나, 김말봉의 작품만큼 소설사적 의의와 인기를 띠지는 못했던 것이

83) 김남천,「장편소설계」,『쇼와 14년도 조선문예연감』, 인문사, 1939, pp. 11~14.
84) 같은 글, p. 14.

다. 그렇다면 김말봉의 작품엔 독특한 방법이나 시대적 의의가 있을 것이다. 임화는 김말봉의 작품의 중요성을 당시 소설의 심각한 모순이던 '성격과 환경의 불일치'를 통일해 보였다는 데서 찾고 있다.[85]

통속소설이란 대체 무엇인가. 또 이 무렵 통속소설이 시류적 의의를 띤 것은 무엇 때문인가. 통속소설과 대중소설 혹은 본격소설과의 관계는 무엇인가. 한국 소설사에서 이 점을 우선 명백히 해둘 필요가 있다. 통속소설이니 혹은 대중소설이니 하여 순수소설과의 구별 및 전자를 후자보다 비하하는 풍조는 서구보다 일본이나 한국의 특이한 현상처럼 보인다.

대중소설은 일반적으로 말하면 순문학에 대립하는 통속적 문학이다. 많은 독자의 흥미를 주로 하여 이 요구에 맞춘 오락적인 것이라 할 수 있다. 협의로는 현대소설을 뜻하나 광의로는 통속소설로 불리는 가정소설, 연애소설, 탐정소설, 과학·괴기소설, 유머소설 등이 이에 포함된다.[86] 다시 말하면 "표현은 평이하게, 흥미 중심으로, 그것만으로도 가치가 있는 것 또는 거기에 포함시켜본다면 해설적인 인생, 인간 생활상의 문제를 지는 것"[87]이다. 기쿠치 간(菊池寛)이 "쓰고 싶어서 쓰는 작품이기보다는 사람을 기쁘게 하기 위해 쓰는 작품"[88]이라고 한, 로맨틱한 흥미가 제일의적인 요소의 소설이다. 따라서 대중성과 통속성은 구별할 수 있는 것이 아니다. 다만 도쿄 문단에서는 이것을 대중소설이라 했고, 한국에서는 임화, 김남천 등의 소설론자들이

---

85) 임화, 「통속소설론」, 『문학의 논리』, p. 395.

86) 近代文學懇談会 編, 「大衆文學」, 『近代文學研究必携』, 学灯社, 1963, p. 347.

87) 直木三十五, 「大衆文藝一般論」, 『新文藝思想講座』, 文藝春秋社, 1934, p. 144.

88) 같은 책, p. 146에서 재인용.

통속성 혹은 통속소설이라 했을 따름이다. 이것은 일본보다 더 대중소설을 비하한 사실을 방증하는 것으로 볼 수 있다.

대중문예와 순문예가 대립적 양상으로 인식된 것은 일본의 경우 러일전쟁 이후 자연주의 운동 다음 단계로 알려져 있다. 일본 자연주의 소설은 공상·상상을 멸시하고 현실의 정시, 해부를 지나치게 중시한 결과, 흥미성을 소설에서 완전히 추방하는 결과를 낳았다. 그로 인한 문단 소설 편중의 통폐로서 순문예라는 협애한 영역으로 소설이 폐색 상태에 빠졌던 것이다. 신흥 계급문학도 대중 획득에 성공한 것은 아니었다. 순문예의 협애성은 1930년에 들어서 소설계의 침체를 가져왔고, 또 저널리즘의 확대와 대중 개념의 변이에 의해 대중소설이 대두하게 된 것이다. 1933년엔 개조사의 『일본 문학 강좌』 제2회 배본이 '대중문학 편'이었고, 기무라 기(木村毅)의 『대중문학 16강』이 나왔고, 문예춘추사의 『신문예사상 강좌』 책임편집자 5인 중 대중소설가 나오키 산주고(直木三十五)가 끼여 있다. 유태인 취급을 당하던 대중소설가가 이 무렵 전성시대로 관심의 대상이 된 것이다.[89] 통속소설과 순수소설에 대한 명확한 구명으로는 순수소설의 위축기에 씌어진 요코미쓰 리이치의 「순수소설론(純粹小說論)」(『文藝春秋』, 1935. 4)이 유명하다. 가와카미 데쓰타로(河上徹太郎), 고바야시 히데오(小林秀雄) 등 일급 평론가들이 기쿠치 간을 일본 대표적 작가로 꼽았을 때, 요코미쓰 리이치는 작가의 입장에서 이를 지지하였다. 요코미쓰 리이치는 문학의 종류를 순문학, 예술문학, 순수소설, 대중소설, 통속소설 따위로 나눌 수 있다면, 이 중 가장 고급한 것은 순문학도 예술문학도 아니

---

89) 中谷博, 「大衆文學本質論」, 『新文藝思想講座』, 文藝春秋社, 1934, p. 280.

고 '순수소설'이라 주장한다. 이때 순수소설이란 순문학에 대한 통속소설을 가리킨다. 순문학과 통속문학의 구별점은 사건의 제기와 그 처리가 우연(동시성)이냐의 여부, 감상적이냐의 여부에서 찾음이 통념으로 되어 있는데, 요코미쓰 리이치는 이러한 기준에 예리한 항의를 보였다. 그 이유는 가장 순수한 본격소설로 주지된 도스토옙스키의『죄와 벌』이 통속소설의 2대 요건인 우연과 감상성을 다분히 내포하고 있으며, 톨스토이의『전쟁과 평화』도 이 궤를 불실(不失)함을 든다. 그러면서도 이들 걸작이 순수 혹은 본격소설이 되는 것은 작품 속에 일반적으로 타당한, 이지(理智)의 비판에 견딜 수 있는 사상과 거기에 맞는 리얼리티, 곧 스타일이 있기 때문이다. 그리하여 요코미쓰 리이치는 "순수소설이 지금까지의 순문학 작품을 높이려는 것이 아니라, 지금까지의 통속소설을 높이려는 것"[90]이라 했다. 이것은 일본의 순문학이 사소설화되어 낭만적 가공의 가능성을 상실하고 평면성으로 타락한 현상에 대한 항의라 볼 것이다.

임화가 김말봉의 대두를 계기로 제출한 '통속소설론'도 일본 측 사정과 비슷하다. 임화에 의하면 통속소설은 묘사 대신 서술의 방법을 중시하며, 플롯에 역점을 두며, 사실과 논리를 검증하지 않고 안이하게 처리하는 소설이라 했고,[91] 통속소설의 한국에서의 대두 의의는 저널리즘의 확대와 소설개조론에 관계된 사실을 들었다. 그에게는 통속소설이 묘사 대신 서술의 평면성으로나마 자기류로, 본격소설의 내적 분열을 조화·융합·통일시키려 한 방법의 가능성으로 비쳤던 것

---

90)   橫光利一,「純粹小說論」,『文藝春秋』, 1935. 4;『東西文藝論集』, 平凡社, 1963, p. 251.
91)   임화,「통속소설론」,『문학의 논리』, p. 410.

이다.

임화는 퍽 개방적 입장에서 분열에 처한 로망개조론을 극복하기 위해 통속소설의 대두에 의욕적 견해를 보였으나 김남천은 완강히 순문학을 지키려 하였다. 본격소설 자체의 그릇된 일본적 편견을 타파하려는 요코미쓰 리이치나 소설의 내적 분열을 극복하려는 수단으로 통속소설을 내세운 임화에 비하면, 통속소설을 로망개조론의 반동적 현상으로 규정하는 김남천의 견해는 한국소설론의 일천함을 대변한 것으로 볼 수도 있을 것이다.

통속소설이 1935, 36년 이후 소설계에 큰 비중을 차지한 것은 장편이 큰 비중을 차지했다는 말과 같은 것이다. 리얼리즘의 확대와 심화는 단편 쪽의 문제에서 발단된 것이기는 하였지만, 그것이 어떻게 통일될 것인가, 고쳐 말해서 성격과 환경의 통일은 소설계의 십자로였던 것이다. 그런데 장편은 어느 정도 그 속에 공간이 생길 수 있고, 우연성과 흥미성이 묘하게 작용될 때 그것이 순수할수록 리얼리즘의 통일적 지평을 열 수 있었던 것이다. 김말봉의 소설은 순수한 통속소설의 전형이기 때문에 이것이 가능했던 것이다. 또 소설의 발표지가 대부분 신문소설이기 때문에 장편의 통속성이 고질화되었다고 보기 쉬우나 『무정』 『임꺽정』 『삼대』 등이 이런 사실을 거부하고 있음을 지적해둘 필요가 있다. 인문사, 학예사, 박문서관이 각각 전작소설을 내었지만, 그것이 신문소설보다 반드시 뛰어난 것은 아니었던 것이다.

한국에서 가장 본격적인 소설가는 염상섭이며 그의 대표작으로는 『삼대』 『이심』 등이 있다. 이러한 본격소설이 1930년대에 과연 얼마나 독자를 획득할 수 있었는가를 생각해보는 것은 퍽 긴요한 일이다. 왜냐하면 이광수의 소설이 과연 통속적이냐 본격적이냐 하는 문제는 한국인의 소설관에 비추어져 판단되어야 하고, 그 무렵의 시점을 감안해야 되기 때문이다. 김동인은 「춘원의 소설」(『박문』, 1938. 11)에서 이렇게 쓰고 있다.

우리는 생생한 순수문학을 오늘날의 우리의 독자에게 전하기를 주저한다. 그것은 잘못하다가는 독자에게 소화불량증을 일으킬 염려가 있기 때문이다. 또한 우리는 보통 대중소설도 마음 놓고 독자에게 전하기를 주저하는 바다. 그것은 개중에는 도덕적으로 독자에게 좋지 못한 영향력을 줄 염려가 있는 자가 꽤 많기 때문이다. 마음 놓고 우리의 대중에게 전할 수 있는 소설—남녀노소를 막론하고—로서 춘원의 것을 들기를 결코 주저하지 않는다. 거기는 독자를 끄는 흥미가 있고, 흥미의 뒤에는 춘원의 정열적 무언훈(無言訓)이 숨어 있고, 그러면서도 도덕적으로 불건전한 영향을 끼칠 염려가 전무하다.[92]

물론 김동인 자신이 1930년 이후 통속적인 변모를 보였고, 심지어 『야담』까지 경영한 바 있지만, 이광수의 소설을 순수성도 대중성도 아닌 그 중간에 위치시킨 것은, 통속소설 배격자 김남천이 춘원의 『사랑』을 순문학에 가까우나 통속성이 약간 있는 것으로 본 것과 일치하는 것이다. 임화의 통속소설론은 단편 중심의 한국 소설계가 로망 개조의 고뇌를 모색하는 마당에서 불가피하게 제출된 문제점임을 알 수 있다.

---

92) 김동인, 「춘원의 소설」, 『박문』, 1938. 11, p. 26.

5. 김동인의 업적

1) 「조선근대소설고」

"문학사의 제1장이 춘원, 제2장이 동인, 이렇게 신문학의 정사적(正史的) 위치로서는 두번째 순위"[93]에 오르는 김동인이 직접 비평에 참여한 것은 1920년 비평무용론으로 제월 염상섭과의 논쟁에서 이미 볼 수 있다. 비평가란 활동사진 변사라 주장한 그의 작가적 오만성은, 그러나 비평의 중요성을 역설적으로 자인한 것으로 본다면, 초창기 비평에 일조를 한 것이다. 그는 예리한 직관으로 문학과 문단을 향해 논진(論陣)을 폈으며 소설 연구와 작가론에서 어느 비평가 못지않은 업적을 남겨놓았다. 그중 대표적인 것이 「조선근대소설고」(『조선일보』, 1929. 7. 28~8. 16)와 「춘원 연구」이다.

「조선근대소설고」는 『귀의 성』(1908)에서부터 최서해(1901~1933)에 이르는 근대소설을 작가 중심으로 고찰하고, 끝부분에 「나의 소설」 항목을 두어 그의 작가적 태도와 소설의 전망을 폈다. 이 논문에 대해 조연현은 "한국 근대소설의 발전 과정을 구체적으로 명시한 것으로 한국 소설사에의 중요한 최초의 암시를 준 것"[94]이라 평가한 바 있다.

「조선근대소설고」는 일종의 소설사적인 성격을 띤 것으로, 다음과 같은 다섯 항목의 의의를 찾아낼 수 있다.

첫째, 작가 만세적 입장에서 이 논문이 씌어졌다. 둘째, 외견상 이

---

93) 김동인, 『춘원 연구』, 신구문화사, 1956, p. 4.
94) 조연현, 『한국현대문학사』, 인간사, 1961, p. 517.

논문은 작가 중심의 서술 방법을 취했으나 실질상으로는 작품 중심이었다. 셋째, 작품의 연구 태도는 기법 중심이다. 김동인에 있어서는 묘사법, 구성력, 성격의 합리성이 작품 평가의 기준으로 되어 있다. 그의 소설 제작 태도는 "성격과 줄거리를 동시에 제작하는 것이 최상이나 적어도 (전후를 가리자면) 성격이 선정되고 줄거리가 부수되어야 할 것"[95]에 있었다. 이와 같은 평가 기준에서 근대소설을 평함에 제일 빛난 대목은 염상섭에 관한 부분이라 할 것이다.

> 그의 묘법은 너무 산만적이나, 한 방 안에 갑을병 세 사람이 있으면 그는 그 세 사람의 동작 심리는커녕 앉은 장소며 심지어는 그들의 그림자가 방바닥에 비친 위치며 그의 그림자와 햇빛의 경계선에 걸쳐 놓은 재떨이까지도 묘사하지 않고는 두지 않는다. 한 장면의 대점(大點)과 주점(主點)을 파악하여 가지고 불필요한 자는 전부 약(略)하여 버리는 논리적 재능이 그에게는 결핍하다.[96]

물론 그는, 일견 산만한 생활 기록과 같은 횡보의 '어른다운' '동적 인생의 면'을 넉넉히 파악한 비평안을 갖고 있었다. 넷째, 그는 독자적 문예관인 예술가 즉 신이라는 투철한 사고를 지녔다. 끝으로 「나의 소설」에는 약간의 문제가 있다. 자서적(自敍的)인 저작 일반이 빠지기 쉬운 기억의 오류 혹은 불확실을 찾아낼 수 있다. 그 오류가 문학적으로 시비가 될 수 있을 때는 신중할 필요가 있다. "불완전한 구어체에서

---

95) 김동인, 「신변잡기」, 『문장』, 1939. 2, p. 164.
96) 김동인, 『춘원 연구』, 1956, p. 192~93.

철저한 구어체로—동시에 가장 귀중하고 우리가 가장 자랑하고 싶은 것은 서사문체에 대한 일대 개혁"97)이라 자부한 김동인의 주장은 한 번 검토해볼 필요가 있다. 이 경우 이광수의 『무정』은 어떠한가. 완료 형과 진행형을 적절히 사용하면서 과거와 현재의 시간적 거리 또는 진행과 정지의 상황 차이를 명확히 구분한 문체는 정작 춘원이 확립한 것이며, 김동인의 고심담은 "모두가 기만적인 자가선전이요 또한 신어체와 구어체의 개념 구별도 못한 무식의 폭로"98)라 볼 수도 없지는 않다. 적어도 이 지적은 『무정』속에 구어체가 확립되어 있다는 사실에 근거를 둔 것이다. 그러나 김동인이 오류냐 아니냐는, 김동인이 말한 '완전한 구어체'가 구체적으로 무엇을 의미하느냐에 의해 진부가 가려질 성질의 것이다. '완전한 구어체'는 작중인물의 의식 구조와 직결된 문체론에서 구명해야 할 문제인 것이다.

2) 「춘원 연구」

「춘원 연구」는 한 작가를 대상으로 연구한 논문으로는 그 스케일과 심도에서 1930년대 비평계에서는 유래를 찾을 수 없는 것이라 할 수 있다. 여기에 관해 일찍이 여러 평자들이 언급한 바 있다. 전영택은 "자기 선배요 친구인 춘원의 문학에 지나치리만큼 기탄없는 비평을 가했다는 점"과 "그 해박하고 깊은 문학의 지식을 가지고 마음껏 논평"99)했다는 두 점에 두었고, 백철은 "직예(直銳)한 감상과 대담한 판단"과 "동인은 춘원의 직후에 온 작가이기 때문에 문학적으로, 인간적

---

97)   같은 책, p. 201.
98)   김우종, 「춘원의 공과 김동인의 죄」, 『충남대학보』, 1963. 3. 27.
99)   김동인, 『춘원 연구』 서문, p. 3.

으로 춘원의 장점과 약점을 실지(悉知)하고 있는 만큼 춘원 연구에는 유일한 적임자"[100]임을 들었고, 정비석은 "한 작가만을 상대로 한 작품을 철저히 구명했다"는 것과 "작가가 작가를 분석 해부했다는 점"[101]을 각각 들어 그 우수성을 드러내려 했다. 그러나 어떤 점이 예리 분석적이며 해박한 문학관, 대담한 판단인지는 구체적 논술이 없다. 한편 조연현은 "춘원의 부정적인 면만에 향했을 뿐, 춘원의 긍정적인 면에 관한 추구가 전혀 도외시되었다는 것은 가치 평가의 완전성에 중대한 결함을 보여준 것"[102]이라 하여 부정적인 면도 지적한 바 있다.

1937년 1월부터 익년 3월까지 『삼천리』지에 연재된 「춘원 연구」는 14장으로 된, 작품 발표 순서에 의한 분석적 연구이다. 그 특징은 다음과 같이 항목화할 수 있다.

첫째, 스케일의 큼을 들 수 있다. 초기 작품 「어린 벗에게」 「소년의 비애」로부터 『무정』 『개척자』 『허생전』 『일설 춘향전』 『재생』 『마의태자』 『단종애사』 『흙』 등 1937년 이전까지 발표된 춘원의 전작이 대상으로 되어 있다. 둘째, 김동인의 부정적 비판 태도는 다분히 생리적인 면을 드러내고 있다. 연구 전반이 오류 탐색으로 가득 차 있음을 보게 된다. 셋째, 직필로 알려진 그가 이 연구에서는 다분히 쇄말주의에 전락되어 있다. 이것은 부정을 위한 부정의 오류보다도 평자의 신념 혹은 도그마에 스스로 희생된 예가 될 듯하다. 특히 유년 시절의 전기적 연구는 사디즘적 처리를 방불케 한다. 그 결과 구성상의 전체적

---

100) 같은 책, p. 4.
101) 같은 책, p. 213.
102) 조연현, 『한국현대문학사』, p. 18.

고찰이 희생된 것이라 본다. 넷째, 사회적, 시대적 문맥이 거의 사상되어 있다. 따라서 춘원의 사상적인 고찰이 제외되어 있다. 그 작가의 사상적 본질의 구명이 결여된 작가론이 위대한 작가론이라 할 수 없음은 췌언을 불요할 것이다. 다섯째로, 「춘원 연구」의 가치는 춘원 소설의 테크닉의 완벽에 가까운 분석과 평가에서 찾아질 수 있다. 「춘원 연구」에서 그가 작품 줄거리 해설 외에, 한마디 평도 못 한 작품은 『재생』 상편이다. 그 이유는 "춘원의 여(餘)작품을 통해서 이 『재생』만큼 기교에서 완전한 자가 없기 때문"[103]이다.

「춘원 연구」는 정확히는 '춘원 소설에 나타난 소설 기교의 연구'라 할 수 있다. 이 연구가 독보적일 수 있는 것은 김동인 자신이 우수한 테크니션이었다는 점에 있다. 소설 기교의 경시 및 무지가 프로문학이 문단을 휩쓴 뒤의 한국 소설에 가득 찼으며, 또 소설 기교에 대한 평론이 적었던 형편이었음에 상도할 때, 「춘원 연구」의 위치를 고평하지 않을 수 없겠다. 적어도 이 연구에서 분석된 작품은 기교 면에서는 빈틈없는 비판을 입었음이 드러난다. 그중에서도 제4장 『무정』의 대단원 부분인 삼랑진 수해 이재민 사건으로 네 주인공의 감정을 융합하는 대목의 발견은 정히 김동인의 통찰력의 적확성을 보여준 것이다.

민족애라는 것이 이 작자의 항용 쓰는 무기이니 대개가 억지로 의식적으로 삽입하여 작품의 내용과는 어울리지 않는 기괴한 느낌을 주는 것인데 이 장면(형식·선형·영채·병욱이 해외 유학길의 기차가 삼랑

---

103) 김동인, 『춘원 연구』, p. 68.

진에서 수해로 불통되자 이들이 한 여관에서 머무는데, 이 장면이란 그들이 이재민을 돌아보고 여관에 돌아와 토론을 벌인다─인용자)에서만은 이런 문제가 아니면 도저히 서로 한 좌석에 모여서 한마음으로 담소를 못할 것으로 춘원의 전 작품을 통하여 유일한 '적절한 삽입'이다.[104]

이 대목은『무정』발표 당시「무정 122회를 독(讀)하다가」(『매일신보』, 1917. 6. 15)에서 김기전이 감격한 대목과 일치하는 것이다.

요컨대 김동인의 비평은 티보데가 말하는 '대가의 비평'[105]이라 할 것이다. 그것은 예술가가 자기의 작품을 고찰할 때 생겨나는 비평으로서, 필요악으로서의 주관성을 띨 수 있으며, 그 이상은 실제와 차질될 수도 있고 혹은 자기변호의 도피처의 기능도 없잖으나, 이 속에 창작 기교의 비밀과 그 논리화로서의 비평의 특수한 형태를 보여주게 된다. 그러므로「춘원 연구」에서 마침내 김동인의 기교론, 창작의 과정, 그 비밀을 들여다볼 수 있는 것이다. 이처럼 대가적 비평을「춘원 연구」에 찾을 수 있으며, 한국 문예비평사에서 이 점을 특기할 수 있는 것이다.

---

104) 김동인,『춘원 연구』, p. 48.
105) A. Thibaudet,『批評の生理學』, 石川湧 譯, 春秋社, 1936, p. 156. 대가의 비평은 예술가로서의 대가가 자기 작품 및 문학 일반을 비판하는 것으로 어떤 의미에서 자기중심적이며 편파적이지만 자기 자신의 창작 과정을 드러내어 예술의 본질을 밝힐 수 있다.

제3절 문예학적 연구

1. 박영희의 문학론

"문학을 학문적으로 연구하는 자 일인도 없어 보인다"[106]라고 1936년 박영희는 지적했다. 평론가라면 으레 문예비평가로 알고 있는 한국 평단에서는 이러한 발언이 상당한 패기를 의미한다. 여기에 도전한 비평가로 박영희와 임화를 들 수 있으니, 전자는 예술본질론에 주력 했고, 후자는 문학사의 연구에 주력했다. 이러한 경향을 문예학적[106] 이라 할 수 있을 것이다.

전(前) 프로문학 이론가인 박영희는 프로문학 시대에 있어서도 단순히 일본 고잡지나 추수주의에 맴돌지 않고 직접 사회과학 서적을 읽었으며, 그의 서재에는 금박으로 된 1000여 권의 서적이 있었다 하 며, 학자적 타입으로 알려져 있다.[107] 그가 예술의 본질에 관심을 갖게 된 것은 1927년 김팔봉과의 내용·형식 논쟁 때부터라 할 수 있다. 플 레하노프의 「예술과 사회생활」(『조선지광』, 1927. 5)의 일절(一節)을 번역한 것을 비롯하여 「문예의식 구성과 계급문학의 진출」(『조선지

---

106) 박영희, 「상반기 평론계」, 『동아일보』, 1936. 8. 14.

106) 19세기 독일의 'Literaturwissenschaft'를 뜻하는데 문예의 학문적 연구 일반이라 할 수 있다. 일본에서 번역된 것은 E. Elster, *Prinzipien der Literaturwissenschaft*, R. G. Moulton, *The Modern Study of Literature*, W. Mahrholz, *Literaturgeschichte und Literaturwissenschaft* 등이며, 岡崎義惠, 『日本文藝學』, 岩波書店, 1935이 있다.

107) 최의순, 「회월 서재 탐방기」, 『동아일보』, 1928. 8. 14; 졸고, 「회월 박영희 연구」, 『학술원 논문집』, 1968.

광』, 1927. 6), 「예술운동의 목적의식론」(『조선지광』, 1927. 7), 「메시아 사상의 사회경제적 기초」(『조선지광』, 1929. 5~6), 「변증법의 제2명제와 그 발전 과정」(『조선지광』, 1929. 7), 「문예비평의 형식파와 마르크스주의」(『조선문단』, 1927. 3), 「유물론고」(『대조』, 1930. 10), 「자본론 입문」(『조선지광』, 1931. 1), 「스피노자 철학과 현대 유물론」(『신계단』, 1932. 11) 등 예술과 사회과학에 관한 일련의 논문을 발표한 바 있다.

회월의 예술론 탐구는 네 단계로 나눠볼 수 있다. 첫 단계는 유물론으로 일관된 예술사회학적 논구이며, 둘째 단계는 형식과 내용의 문예학적 탐구이며, 셋째 단계는 전향 이후로서 예술과 심미적 활동 즉 개성의 문제에 대한 탐구이다.

첫 단계는 번역 및 직역체의 논문이 대부분으로, 예술과 사회의 직선적 등가물로서의 고찰 및 사회 개조의 단순한 수단으로서 생경한 사고가 노출되어 있다.

둘째 단계에서도 같은 말을 할 수가 있으나, 대상이 예술론에 한정된 점, 실제 창작 방법과 결부된 점에서 첫째 단계와는 구별된다. "예술은 향락의 물건이 아니다. 무산계급의 실재를 표현하는 것"[108]이라 요약된 회월의 초기 예술론인 「예술이란 무엇인가」(『조선문예』, 1929. 2)에는 예술적 작품의 가치를 사회적 의의에서 찾아야 된다고 주장한다. 이 연장선상에 「예술의 형식과 내용의 합목적성」(『해방』, 1930. 12)이 있다. 1927년대에 팔봉과의 형식 논쟁에서 회월이 이론적 전개로서 팔봉을 능가하지 못하였지만 부전승을 거둔 회월로서는 두고두고 아픈 곳이었고, 따라서 1930년을 지나서도 다시 이 문제를 구

---

108) 박영희, 「예술이란 무엇인가」, 『조선문예』, 1929. 2, p. 60.

명하지 않고는 견딜 수 없었던 것으로 보인다. 1927년 회월은 "형식파가 문예비평에는 문학의 과학적 요소인 형식에 머무르는 데 반하여 마르크스주의는 이 문학의 사회적 의의를 알기 위하여 반드시 문학 독유(獨有)의 영역에서 벗어남으로서 알 수 있는 것"[109]이라 주장했으나, 이 말뜻을 명백히 이해한 것이라 하기는 어렵다. "내용과 형식 문제는 1929년까지 종결되었다"[110]라고 말해놓고 이 이듬해에 「예술의 형식과 내용의 합목적성」을 쓴 까닭을 이로써 알 수 있을 것이다. 이 논문은 형식·내용론 중에서는 제일 심도가 있는 것인바, 루나차르스키의 '형식은 제2의 목적'이라는 데 기초를 두고, 플레하노프의 "예술의 가치는 그 작품의 내용 비중에 의해 결정됨"을 결합시킨 것이다. 유명한 루나차르스키의 도끼와 그 자루의 시각적 효과와 용도의 설명이 인용되지만, 회월의 성급한 사상의 미소화(未消化)는 이 논문에서 다음처럼 결론을 맺음으로써 모순을 노출하고 있다.

> 프로문학에는 형식이 제일의적이 아니다. 이것은 오직 마르크스주의 내용이 있는 데 한해서만 유용하다. 그러나 이것은 팔봉·송영의 소론같이 초창기 시대의 우리들의 의식 없이 형식 발전이 되지 않는 것이며 이 의식이 통일되니까 형식이 대두―이것은 필연의 결과다. 그러므로 내용과 형식은 균형되어야 한다. 이 균형은 사회적 내용의 발전에 따른다.[111]

---

109) 박영희, 「문예비평의 형식파와 마르크스주의」, 『조선문단』, 1927. 3, p. 10.
110) 박영희, 「1930년 조선프로예술운동」, 『조선지광』, 1931. 1, p. 3.
111) 박영희, 「예술의 형식과 내용의 합목적성」, 『해방』, 1930. 12, p. 8.

결국 형식과 내용은 균형되어야 한다는 데 귀결된 것이다.

세번째 단계는 1934년 전향 이후로, 이때부터 비로소 예술론의 문예학적 탐구가 비롯되었다고 보아야 된다. 「심미적 활동의 가치 규정」(『동아일보』, 1934. 4. 12~20)을 위시해서 「민속학자 그로세의 예술학 방법론의 음미」(『조선일보』, 1934. 5. 1~4), 「문학의 이상과 실천—하기 예술 강좌」(『조선일보』, 1934. 6. 30~7. 5), 「문학적 창조성의 제한과 분석」(『신동아』, 1936. 5), 「예술문화 집적에 관한 연구 방법」(『현대조선문학전집—평론집』, 1938) 등의 일련의 예술론이 이에 해당된다.

이 속에서 노고의 흔적이 드러나 있는 논문은 「심미적 활동의 가치 규정」과 「예술문화 집적에 관한 연구 방법」이다. 전자는 "예술의 항구성에 관한 일 분석"이라는 부제를 달고 있는 긴 논문으로, 여기에 인용된 서적으로는 플레하노프의 「체르니셉스키의 미학 이론」, 귀요의 「사회학상으로 본 예술」, 마르크스의 「경제학비판 서설」, 엘 올도독스의 「예술론」, 브라네스의 「19세기 문학 주조사」, 플레하노프의 「헨리크 입센론」 「체르니셉스키의 문학, 역사 급(及) 문학관」, 부하린의 「사적 유물론」, 플레하노프의 「예술론」 「예술과 사회생활」, 루나차르스키의 「실증 미학의 기초」, 귀요의 「현대미학의 제 문제」, 크로체의 「예술의 시원」, 보그다노프의 「사회의식학」, 프리체의 「예술사 개요」 등이며, 후자는 텐의 「예술철학」 「영문학사 서문」, 호센슈타인의 「유물사관과 예술」 등으로 되어 있다. 이러한 서적은 대개 일역에 의존한 것이라 추정되며, 정확한 인용 면수를 밝히고 있는 점은 특히 지적할 만하다. [필자가 입수한 회월 장서에 의하면 많은 영서(英書)가 있었다.] 이 양 논문은 함께 예술의 사회학적 고찰에 대한 연구와 그 비판이다. 전자의 핵심은 마르크스의 「경제학비판 서설」 제4장에 대한 비판에 있다. 사회적 제조건 밑에서 예술의 기초를 설명하려 할 때, 그리스 예술이 지금도 그 예술성을 지니고 있다는 사실을 설명하기에 마르크스는 곤란에 봉착하였고, 이를 논리적으로 설명할 수가 없어 예외를 인정한 바 있다.[112] 이를 둘러싸고 플레하노프, 올도독스의 견해와 기타를 박영희는 비판하고 있다. 즉 예술이 일정한 사회적 발전 밑에서 그 기초 위에 세워지며, 가치가 인정 음미되기보다는 좀더 영구적 가치는 시공을 초월한다는 사실이 확인되며, 이것은 예술의 미에 대한 설명의 여지를 의미한다. 회월은 이 문제를 어떻게 해결하려 했던가. 박영희는 플레하노프의 「입센론」과 브라네스의 「발자크론」을 결합시키려 함으로써 마르크스의 딜레마를 '생물학적'으로 극복하려는 데 동조하고 있다. 발자크의 작품은 사상이 결핍되었으나 관찰력 묘사법 즉 형식에 있어서 거대하게 평가되며, 입센은 형식이 결핍되었으나 사상은 비교적 충실했기 때문에 양자가 함께 미적인 영역에 들어서고 있다. 이 점을 회월은 다음처럼 표현하고 있다. "사회생활(의식)을 반영한다 해서 다 예술작품의 가치를 전부 시인할 수 없다는 것이다. 다만 그 반영은 미적 개념 속에서 표현된 것에 한해서 예술적 가치의 전부를 시인할 수 있는 것"[113]이라 본다. 이때 미적 개념이란 형식과 개념 양쪽의 미적 가치를 각각 의미함은 물론이다. 여기에 루

---

112) 『맑스·엥겔스 예술론』, p. 23. "그렇지만 곤란은 희랍 예술 급(及) 영웅시가 일정한 사회적 발달 형태와 결부된다는 것을 이해하는 점에 있는 것이 아니다. 곤란은 그것이 우리에게 대하여서도 역시 예술적 감흥을 주고 일정한 관계에 있어서는 규범으로서 또는 도달키 어려운 모범으로서 가치가 있다는 것을 이해하는 점에 있다."

113) 박영희, 「심미적 활동의 가치 규정」, 『동아일보』, 1934. 4. 15.

나차르스키, 프리체의 예술사회학이 생물학의 제한을 받는다는 설명이 도입된다. 즉 예술의 구경은 고통, 만족, 쾌, 불쾌의 심리적, 생리적 모멘트, 에네르기의 질서적 소비에다 근거를 두어야 된다는 것이다.

　박영희는 예술사회학을 연구해보니까 그것으로 설명하기에 불충분한 예술의 미적 근거를 생물학적인 입장에서 찾아야 한다는 데 이른 것이다. 박영희의 이러한 탐구는 제 학자의 소설(所說)을 조심스럽게 접근했고, 종합적인 체계화를 노린 데 특색이 있다. 「예술문화 집적에 관한 연구 방법」은 그로세와 텐의 예술발생 연구를 비교한 것이며 공허한 창작방법론의 반성적 자료로 평단에 제공된 것이다. 이러한 의도에서 나온 예술론은 회월 외에, 양주동의 「예술론 ABC」(『신동아』, 1933. 12), 홍벽초의 「예술기원론의 일절」(『학해』, 1937)이 있고, 하세가와 뇨제칸(長谷川如是閑)의 「예술상의 사회성과 개성」(『학해』, 1937)을 김팔봉이 일부 역출한 바 있다. 홍벽초의 논문은 히른, 그로세의 예술기원론에 동조한 정도이나 양주동의 논문은 경청할 점이 적지 않다. 예술은 '놀이' 곧 노동에서 '노래'라는 예술이 나왔다고 봄으로써 예술이 사회적, 구체적 목적을 갖는다고 그는 주장한다.[114] 이것은 부하린의 「사적 유물론」과 히른의 「예술의 기원」을 결합시킨 것이라 할 수 있다. 이는 신칸트학파 및 오스카 와일드류의 예술관과 정반대로서, 예술의 가치는 '그 사회적 내용으로 평가하여야 할 것'으로 집약되며, 따라서 유희로서의 예술은 언제나 반동적, 보수적이며, 진보적 예술은 모순의 예술이며, 이 모순은 사회생활에서 기인된다는 것이다. 양주동의 이 주장은 일찍이 이광수의 「중용과 철저」(『동아일

---

114)　양주동, 「예술론 ABC」, 『신동아』, 1933. 12. p. 120.

보』, 1926. 1. 2~3)를 재비판한 「철저와 중용」의 연장론이라 할 수 있다. 이와 같은 홍벽초, 양주동의 예술론이 단편적이나, 회월의 예술론은 약간의 체계를 이루어 심화를 보인 것이다.

네번째 단계는 「문학의 이론과 실제」(『문장』, 1940. 2, 4)를 들 수 있다. 여태껏 예술 일반론의 체계화를 구명하던 자세에서 이제는 문학만을 한정시켜 논의를 편 것이다. 여기서도 그는 종합화에 노력하고 있다. 이 점은, 예술을 위한 예술, 문학을 위한 예술 그 어느 쪽도 부정할 수 없음은 문학이 양쪽에서 발전해온 때문이라 주장하는 데서 확인할 수 있다.[115] 그가 문학의 정의를 다시 해야 하는 이유는 다음과 같이 어디까지나 한국 문학비평의 비판에서 출발되었기 때문이다. 우리가 비평사에서 박영희를 중시하는 것은 이 때문이다.

> 현대문학은 유물주의에서 탈각하려다가 길을 찾지 못하고, 야속한 물질문명의 현상에서 한 개의 관능적 세계를 만들고 그곳에서 자위하여 가며 소위 신세대의 임무를 다하려는 듯하다. 나는 위에서 말한 '살아 있는 인간' '세기 혹은 시대를 대표하는 이상과 정신' '문학의 본류와 시대성' '유희' 등에 관해서 먼저 논급할 의무를 가졌다.[116]

이 논문이 씌어진 것은 1940년으로, 그의 전향선언으로부터 6년이 지난 시점이다. KAPF의 유물변증법적 방법론이 무력해지자 그 뒤를 이어 휴머니즘, 사실주의, 고전론, 모더니즘, 신감각주의, 지성론, 교양

---

115) 박영희, 「문학의 이론과 실제(1)」, 『문장』, 1940. 2, p. 172.
116) 박영희, 「문학의 이론과 실제(2)」, 『문장』, 1940. 4, p. 148.

론, 세대론 등 허다한 방법론, 문학론이 제기되었지만 과연 그 성과는 무엇이며, 과연 문학의 정도라 할 수 있는가. 백인백색의 이론이 제기되었음은 결국 문학의 올바른 정의, 그 진체(眞諦)를 찾지 못하고 노방에서 자위하는 기상기어(奇想奇語)에 불과하다고 판단, 이를 구제하는 방법이 문학의 올바른 정의에 있다고 보았던 것이다. 그의 의도는 고전적인 것이며, 선구자적인 의무감이 깃들여 있다. 그러나 회월은 이러한 의욕만 보였고, 정작 이 논문은 서론에서 미완으로 끝나고 만다. 그것은 무슨 까닭이었을까. 그 의도에 비해 능력 부족에 돌릴 수 있을 것이다. 혹은 「북지(北支) 기행」을 쓰고, '문인협회' 간사가 되어 국책문학에 휩쓸렸던 그의 불행도 평계로 남을 수 있다.

1947년 박영희는 『문학의 이론과 실제』(일월사)를 간행한 바 있다. 그 서문에서 밝힌 바대로, "먼지 묻은 지필을 정돈하려는 이때, 우인(友人)들의 권유를 저버릴 수 없어서 옛것이나 새로운 과제인 이 문학론을 정리하여 본 것"[117]이다. 비교적 연구 논문에 가까운 것을 체계화한 것으로, 제1장 「풀어야 할 모든 과제」에서 문학의 정의를 다루었고, 제2장은 「문학적 창조성의 제한과 분석」, 제3장은 「심미적 활동의 가치 규정」, 제4장은 「개성 문제와 작가의 자유성」, 제5장은 「작품의 한계성과 비평의 기준」을 다루었는데, 러스킨의 「예술경제학」, 게레와 스콧의 비평 방법을 적용한 것이며, 제6장은 「건전한 문학정신의 수립」으로 되어 있다. 그가 결론적으로 말하는 건전한 문학은 "아름다운 문학, 건전한 문학, 유쾌한 문학, 일시적으로 흥분시키는 문학이 아니라 영구히 감동시키는 문학"[118]인데, 그 척도는 톨스토이의

---

117) 박영희, 『문학의 이론과 실제』, 일월사, 1947, p. 12.

「예술론」에서 말하는 (1) 전해지는 감정의 개성의 다소, (2) 감정의 전해지는 명확성의 다소, (3) 예술가의 진실성, 즉 전하려는 정서를 자기로서 느끼는 힘의 다소에다 구하고 있다. 한국 현대문학사상에서 단 한 권의 논문다운 시론이 편석촌의『시론』(백양당, 1947)이라는 의미에서, 박영희의『문학의 이론과 실제』는 단 한 권의 문학론이라 할 수 있다.

2. 임화의 문학사 연구

1933년에만 하더라도 임화는 다음처럼 호언하고 있었다.

> 문학에 대한 최초의 요구는 무엇보다도 먼저 생활의 진실을 그리는 문학이어야 한다는 것이다. [……] 작가가 세계를 그 진실한 양상대로 인식하고 묘사한다는 문학적 진실은 현실의 객관적 진현(眞現)에 의존하는 것으로 금일의 세계에 대한 객관적 비판의 의식성만이 이 모든 것을 가능케 하는 전제인 것이다. [……] 오늘날에 있어 문학적 진실과 그 객관성은 오로지 부르주아 세계에 대한 완전히 비판적인 의식성만이 이것을 가능케 할 것이며 또 이 당파적인 비판적 태도만이 문학 예술의 완성을 위한 문학적 진실의 양양(洋洋)한 길을 타개하는 유일한 열쇠이다.[119]

---

118) 박영희,『문학의 이론과 실제』, p. 112.
119) 임화,「나의 문학에 대한 태도―진실과 당파성」,『동아일보』, 1933. 10. 13.

그러나 "현실의 객관적 진현" "금일의 세계에 대한 객관적 비판의 의식성"은 1935년을 전후하여 불안의식으로 변했고, 이를 극복하기 위한 주류 탐구에서 임화는 백철, 김남천, 최재서 등에 주도권을 빼앗긴 결과가 되었으며, 리얼리즘은 물론 당을 떠날 수 있다는 데까지 이른다.[120] 그는 '전향자 대회'에 참가하였고 신체제의 협력, '학예사'의 편집으로 순문학에 경도되었던 것이다. 창작방법론에서 '위대한 낭만주의'를 주장하다가 자기비판을 거쳐 '사실주의의 재인식'으로 귀환한 바가 있다. 자신의 고백에 의하면 1927년 KAPF의 '유년병 후원대'로 논단에 데뷔하여 목적의식론, 방향전환론, 아나키스트 논쟁, 가톨릭 문학 비판, 해외문학파 공격, 박영희 비판 등 중요한 논쟁마다 참가했거니와 이러한 사실은 "개인의 호전벽(好戰癖) 때문인지 어쩐지는 몰라도 일방 이 사실은 조선 문학비평사의 특이성을 말하는 자료"[121]일 수 있다. 그러나 유물변증법적 방법의 후퇴는 공격을 위한 논쟁의 여지를 남기지 않게 되었고, 한편 비평계는 도쿄 문단의 영향을 받아 해석적 경향으로 기울었던 것이다. 이 점은 임화 자신이 「비평의 시대」(『비판』, 1938. 10), 「최근 10년간 문예비평의 주조와 변천」(『비판』, 1939. 6)에서 지적하고 있다. 해석적 비평의 대표적 전문직 비평가는 최재서, 김환태, 김문집이며, 특히 김문집은 문학이 불가지의 예술임을 주장한다. 과학주의자로 자처한 임화가 「문학의 비규정성의 문제」(『동아일보』, 1936. 1. 28~2. 4)를 쓴 것은 이러한 추세에서이다. 과학

---

120) 임화, 「명일의 조선 문학—좌담회」, 『동아일보』, 1938. 1. 3.
121) 임화, 「지난날 논적들의 면영(面影)」, 『조선일보』, 1938. 2. 8.

주의를 표방, 객관적 이론 탐구에 주력해온 임화로서는 이러한 문학
주의적 경향이 결정적 타격이 되었다고 볼 것이다. 그것에 동조하느
냐, 그 과학주의자를 다른 방법으로 발전시키느냐의 기로에 부딪힌
것이다. 그러나 결국 그는 과학주의를 버릴 수가 없었다. 문학의 무이
론주의는 일종의 반달리즘이라 규정, 문학의 비개인적 요소를 강조하
는 쪽을 택했다.

> 작가가 창작함에 있어 필요한 모든 것은 인식 가능의 물건으로서, 첫
> 째, 주체인 작가 자신, 그리고 문화의 전통, 자연, 생활, 작가와 사회
> 와 관계하고 있는 성질, 작가의 의욕하는 것 모두가 객관적으로 설명
> 될 수 있는 것뿐이다.[122]

이 의식이 임화로 하여금 비평의 기능을 재검토한「작가와 문학과 잉
여의 세계」(『비판』, 1938. 4)를 비롯, 신문학사를 집필하게 하였다. 비
평이 학문으로 가능하다면, 그것은 구체적으로 일련의 문학사 연구를
전제하는 것이다. 임화가 쓴「세태소설론」「본격소설론」혹은「신인
론」기타의 시론은 다른 비평가도 할 수 있는 것이었지만 그의 신문학
사는 그만이 이룩해놓은 것이다.
 문학사적인 업적으로 임화 외에도 다음과 같은 것이 있다.
 박월탄의「대전(大戰) 이후의 조선의 문예운동」(『동아일보』,
1929. 1. 1~12), 안종화의「조선연극사 로맨스」(『조선중앙일보』, 1933.
8. 13~24), 안자산의「조선문학사」(『조선일보』, 1930. 10 — 고전론), 김

---

122) 임화,「문학의 비규정성의 문제」,『동아일보』, 1936. 2. 4.

팔봉의「조선 문예 변천 과정」(『조선일보』, 1929. 5. 1~31), 신남철의「최근 조선 문학사조의 변천」(『신동아』, 1935. 9), 이종수의「신문학 발생 이후의 조선 문학」(『신동아』, 1935. 9), 김팔봉의「조선 문학의 현재의 수준」(『신동아』, 1934. 1), 김태준의「조선소설발달사」(『삼천리』, 1936. 1), 박팔양의「조선신시 운동」(『삼천리』, 1936. 2), 박팔양의「신시 운동 개설」(『조선일보』, 1929. 1), 김재철의「조선연극사」(『동아일보』, 1931. 4. 15~7. 17), 민병휘의「조선 프로예술운동의 과거와 현재」(『대조』, 1930. 8), 이하윤의「신시의 발아기, 시단의 융성기」(『동아일보』, 1940. 5. 26~6. 1), 안석영의「조선 문단 30년 측면사」(『조광』, 1938. 10~1939. 6), 이하윤의「번역 시가의 사적 고찰」(『동아일보』, 1940. 6. 19~23), 양주동의「평단 20년의 추이」(『동아일보』, 1940. 6. 2~7), 서항석의「신연극 20년의 소장」(『동아일보』, 1940. 5. 12~18) 및 임화 자신의「최근 10년간 문예비평의 주조와 변천」(『비판』, 1939. 6), 「소설문학 20년」(『동아일보』, 1940. 4. 12~20) 등이 있다. 이와 같은 논문은 단편적이고 시효성에 주점을 둔 것이며, 한국 신문학이 반성기에 접어든 것을 암시하는 것이다. 이런 부분적인 문학사적 연구와는 달리, 다음에 고찰할 임화의 신문학 연구는 방법론적이며 체계적이고 전면적이라는 것으로 하여 스스로 구별된다.

임화의 신문학사 연구는「조선 신문학사론 서설」(『조선중앙일보』, 1935. 10. 9~11. 13)이 먼저인데, 이것은 이인직으로부터 최서해까지의 소설사에 해당되는 것이다. 두번째 연구는「개설 신문학사」로서,『조선일보』에 1939년 9월 2일부터 '소서(小序)', 제1장 '서론', 제2장 '신문학의 태반' 중의 제1절 '물질적 배경'까지가 28회에 걸쳐 연재되었고, 제2장 제2절 '정신적 준비'부터 제3장 '신문학의 태생'까지가 1939년 11월 2일부터 동(同) 27일까지 연재되다가 중단되었다. 그 후『인문평론』(1940. 11, 1941. 1~3)에서 계속된다. 그 전체적인 목차를 보이면 다음과 같다.

소서(小序) 본 연구의 한계

제1장 서론

    1. 신문학의 어의와 내용

    2. 우리 신문학사의 특수성

    3. 일반 조선문학사와 신문학사

제2장 신문학의 태반

제1절 물질적 배경

    1. 자주적 근대적 조건의 결여

    2. 조선의 개국 지연

    3. 근대화의 제1과정

    4. 근대화의 제2과정

    5. 근대화의 제3과정

제2절 정신적 준비

    1. 금압(禁壓)하의 실학

    2. 자유의 정신과 개화사상

    3. 신문화의 이식과 발전

        A. 신교육의 발흥과 그 공헌

        B. 신문과 잡지의 생성 발달

C. 성서 번역과 언문운동

임화는 문학사적 연구의 현실적 의의를 강조할 뿐만 아니라 과학적 엄밀성을 들고 있다. 현실적 의의란 여기에서 취급되는 문학적 대상이 "결코 단순한 평화스러운 '학문적' 연구와 그 흥미의 대상이기에는 너무나 절박한 현실적 필요임"[123]을 뜻한다. 다시 말하면, 소설의 한국적 소장(消長) 배경을 고찰함은 이 무렵 유행하던 고전 연구와 때를 같이하여 자국 문학사에 지극히 어두운 신인들에게 지평을 열어줌을 뜻한다.

「개설 신문학사」는 제3장 신소설 부분에서 중단되어 현대 쪽으로 나오지 못했지만 문학사적인 방법론의 수립에서 출발된 최초의 문

---

123) 임화, 「조선 신문학사론 서설」, 『조선중앙일보』, 1935. 10. 9.

예학적 업적이며, 한국 신문학사로서는 그 토대 연구, 자료의 중시와 중후한 스타일을 지닌 것으로 보인다. 이 업적이 문단의 신세대론과 깊은 관계가 있어 그 시효성을 확보한 것이다.[124] '시효성'이란 이 경우 (1) 한국적 전통의 각성 및 그 확립, (2) 신문학의 특질로서 신세대의 저항 및 그 반성의 준거를 제공하려 의도했다는 점, (3) 비평이 이제는 얄팍한 시감이나 의견으로서는 그 존재 이유가 희박하다는 각성, (4) 전형기를 성문화한 것 등에서 구체적으로 찾을 수 있다. 한국 문학사에 대한 각성이 요청됨은 그 문학이 전형기에 들어섰다는 방증이 되며, 또한 서구적 편향에 대한 하나의 답변의 의의를 갖는 것이다.

임화의 신문학사는 그가 다소의 방법론을 제시했다는 데 의의를 둘 수 있다. 그는 「신문학사의 방법론─조선 문학 연구의 일과제」(『동아일보』, 1940. 1. 13~20)에서 대상, 토대, 환경, 전통, 양식, 정신의 여섯 항목으로 그 방법론을 명시하고 있다.

첫째 신문학의 대상. 신문학의 규정 문제는 자명한 것이 아니다. 춘원이 속문주의로 '조선 문학'을 규정했을 때, 임화는 "문학은 언어 이상의 것"[125]이라 한 바 있다. 그는 문학을 문화적, 사회적 문맥의 하나로 보았다. 마르크스주의 문예관의 등가물 사상을 의식하면서도 그

---

124) 최재서, 「평론계의 제 문제」, 『인문평론』, 1939. 12, p. 50. "신세대론 전체를 통하여 다만 한 가지 공통된 것은 현재가 세대의 교체라는 것, 그리고 세대의 교체는 문화의 전승과 정리를 짝하여만 된다는 주장이었다. 필자는 이런 의미에서 하루바삐 조선 신문학사가 씌어지기를 희망하였고 임화 씨도 「신인론」에서 '우선 모든 신인이 적어도 10분간에 조선 문학의 현상을 누구에게나 간명히 이야기해줄 수 있는 준비를 가져야 하리라'고 말하였다. 이 말을 한 임화 씨가 「조선 신문학사」를 『조선일보』에 집필 중인 것은 신세대론의 당연한 귀결이고 또 가장 큰 수확이다."
125) 임화, 「조선 문학의 정의」, 『삼천리』, 1936. 8.

는 신문학이 고전문학과 전연 몰교섭하지 않았다고 주장한 것은 상식적 차원으로 받아들일 수 있다. 그의 신문학사 연구가 그 전대의 문학과 정신적 봉건성 및 형태적 교섭을 고려한 것은 문학사를 복합적 형태로 파악하려 했기 때문이다.

둘째 '토대'. 토대구조에 역점을 둔다. 신문학사는 단순한 문학적 현상의 탐구가 아니고, 한국 근대사회사의 성립을 토대로 하여 형성된 근대적 문화의 한 형태인 만큼 신문학사의 토대로서의 한국 근대사회사가 따로 의식되어야 한다고 보았다. 따라서 문학사엔 경제사, 정치사, 자본주의 발달사, 민족운동사, 각 계급의 관계사 등이 고려되어야 한다.

셋째 '환경'. 임화가 말하는 '문학적 환경'은 소위 텐류의 환경milieu 과는 다른 개념이다. 그가 말하는 토대란 광범한 것으로, 환경을 포함한 것이다. 문학적 환경이란 곧 문화 교류 내지 문학적 교섭이다. 이것은 비교문학의 소관으로서, 신문학 생성에 부단히 작용해온 주로 메이지(明治) 문학과의 교섭을 의미한다. 임화에 의하면, 쇼와(昭和) 초년(1926)까지 한국에선 성서를 제외하고는 서구 문학이 대부분 일역으로부터의 중역이었고, 기타 다이쇼(大正) 문학의 이식이며, 신문학의 가장 중요한 위치에 오는 언문일치 확립이 실은 "명치 문학의 문장을 이식한 것"[126]이라 본다.

넷째 '전통'. 임화는 표면상 외래문화 이식으로 보이는 신문학이 전통에 의해 면목을 획득한다고 본다. "신문학은 고유한 가치를 새로운 창조 가운데 부활시키는 문학사의 한 영역"[127]이기 때문에 고전문

---

126) 임화,「신문학사의 방법론—조선 문학 연구의 일과제」,『동아일보』, 1940. 1. 16.

학과의 전통 연락을 모색한다.

다섯째 '양식'. 문학사는 "형식으로밖에 표현될 수 없는 내용 혹은 그러한 내용을 가질 수밖에 없는 형식을 연구하는 작업"[128]이다. 고쳐 말하면, 형식과 내용의 통일물로서의 문학작품을 연구하는 데 구경 목표가 있다. 비평과 문학사는 후자가 '양식상의 역사'라는 점에서 구분된다고 보겠다. 작가론, 작품론, 시대정신 따위는 비평의 영역이다. 문학사는 비평이 끝난 자리에서 제(諸) 시대를 영속적으로 일관하여 연구하는 것이다. 따라서 각 시대가 문학사의 한 단위가 되므로 개개의 작품, 작가는 '각 시대의 고유한 어떤 문예상의 개성으로 재생'되지 않으면 안 된다. 낭만주의, 고전주의라 불릴 때 그 주의가 바로 시대 양식이 된다. 양식은 그것이 여러 가지 형식으로 발견되는 것이며 그 총계가 양식사를 형성한다. 문학사는 그러므로 양식의 역사라 할 수 있다. 이 양식을 꿰뚫고 흐르는 에스프리의 발견이 진정한 문학사의 골격이 될 것이다. 한국 신문학사는 이러한 양식의 창작 발견의 역사가 아니고, 그 수입사라 볼 수밖에 없다. 양식의 수입은 곧 정신의 이식사와 직결되며, 따라서 신문학사는 이 양식 이식의 구명에 결정적 위치가 정해지는 것으로 보았다.

여섯째 '정신'. 양식사를 통해 정신사의 발견이 문학사의 도달점이라 보았다.

이상으로 임화의 방법론을 살펴보았거니와 이로써 그의 역점이 토대구조와 양식 파악에 있음을 알 수 있다. 그 양식이란 메이지·다이

---

127) 임화, 「신문학사의 방법론」, 『동아일보』, 1940. 1. 17.
128) 임화, 「신문학사의 방법론」, 『동아일보』, 1940. 1. 19.

쇼 문학 양식의 이입사를 뜻하는 것이다. 이 양식에 역점이 놓일 때 임화의 방법에 의한 신문학은 그가 전통을 의식했음에도 불구하고 전통 단절의 승인을 뜻하게 된다.

신문학사의 토대로서의 근대조선사회사라는 것이 따로 의식되어야 한다. 이것은 신문학사 연구에 있어 문학작품 이외의 가장 큰 대상의 하나이며 최중요한 보조적 분과다.[129]

즉 모든 작품은 사회적 계급의식의 일반성에 의해 분석된다는 것이다. 플레하노프는 다섯 단계로 이것을 설명한다. (1) 소생산력(小生産力)의 상황, (2) 전자에 의해 제약된 경제관계, (3) 경제적 기초상에 발생된 사회적 정치적 질서, (4) 일부는 직접 경제에 의해, 일부는 경제상에 발전한 사회적, 정치적 질서에 의해 결정된 사회적 인간의 심리, (5) 이러한 심리를 반영하는 제종의 정신문화 등이 그것으로서,[130] 이 속엔 진화론 변증법 및 등가물 사상이 깃들어 있는 것이다.

임화의 방법론은 그가 익히 알고 있던 프리체의 『구주 문학 발달사』속의 방법과 독일 문예학을 모방한 이 무렵의 일본 문예학 대두와 깊은 관계가 있다. 프리체는 문학예술의 연구 태도를 두 종류로 나누고 있다. 하나는 만약 문제가 과거의 연구에 있다고 하면 연구가는 그것들의 사회적 발생의 연구에 한정할 완전한 권리를 가진다는 것이며, 다른 하나는 만약 연구가 또는 비평가와 동시대의 언어, 회화 또는

---

129) 임화, 「신문학사의 방법론」, 『동아일보』, 1940. 1. 14.
130) 플레하노프, 「마르크스주의의 근본 문제」, 吉田精一, 『鑑賞と批評』, 至文堂, 1962, p. 10.

다른 임의의 예술이 문제일 때에는 문학적 혹은 예술적 현상의 사회적 발생을 해명하는 것만으로는 물을 것도 없이 불충분하며, 평가가 제일의적인 것이 되지 않으면 안 된다는 것이다.[131] 프리체의 방법론은 문학사 연구에 있어, 사가와 동시대냐 아니냐에 따라 방법의 이질성을 규정한 것이므로 중요한 것이다. 이 방법은 문학사 집필에 임하는 실제적 견해인바, 임화의 신문학사 기술에서 평가보다는 사회적 발생 즉 토대구조의 파악 쪽에 주력되어 바로 프리체의 방법론과 일치됨이 드러난다. 이 사실에 대해 섣불리 두 방법의 우열을 속단할 수는 없다. 문학사가 자체의 법칙을 가진 과학으로서 독립성을 가질 수 있느냐 하는 문제는 간단히 판정되는 것이 아니며[132] 우리가 과거와 같이 판단할 수 있다는 것이 그럴 수 없다는 것만큼 환상이라는[133] 견해도 있는 것이다. 따라서 문학사를 연속체로 기술한다는 것은 특히 한국처럼 고전문학과 신문학과의 관계에서는 뚜렷한 문제점인 것이다. 임화는 고전문학사 저서가 없는 마당에서 신문학사를 썼다. 그가 발생 면에 일차적 입장을 취했다는 것, 평가보다 토대에 역점을 두었다는 것은 임화가 집필할 당시에도 그에게 신문학이 벌써 동시대가 아니었기 때문에 평가에 임할 수 없었다는 구실 이외에도 신문학 초창기의 작품이 문학적 가치를 별로 따질 만한 것이 못 되었다는 자체 내의 조건도 작용한 것으로 보아야 할 것이다.

한편 임화의 이와 같은 연구는 일본의 문예학 쪽의 관심의 팽배에도 자극된 것으로 볼 수 있다. 1930년 W. 마르홀츠의 『문학사와 문예학

---

131) 프리체, 『구주 문학 발달사』, 송완순 옮김, 개척사, 1949, pp. 335~36.

132) 이 점에 대한 연구는 小場瀬卓三, 『文學史の方法』, 理論社, 1956이 일고의 여지가 있다.

133) L. Trilling, *The Liberal Imagination*, Anchor Book, 1950, pp. 181~82.

Literaturgeschichte und Literaturwissenschaft』가 스미타 슌(角田俊)에 의해
번역되었고, 1931년에는 도야마 우사부로(外山卯三郎)의 「문예학 연구
의 제 방법과 그 한계(文藝學硏究の諸方法とその限界)」따위의 소개적, 계
몽적 논문이 있었으며, 1934년 10월『문학(文學)』지의 '일본 문예학 특
집'을 위시하여, 오카자키 요시에(岡崎義惠)의 「일본 문예학(日本文藝
學)」(1935)이 간행된다. 임화가 문학이 학문이 될 수 있으며, 문학의
논리화를 주장할 수 있는 것은 이러한 일본 측의 사정도 고려되었던
것이다.

끝으로 임화의 신문학사가 오늘날까지도 오리지널리티를 갖고
있느냐의 여부는 속단할 수 없으나, 그 문학사의 방법론의 강렬성에
관한 한 두고두고 쟁점이 될 수는 있을 것이다. 그것은 한마디로 한국
신문학이 양식의 이식사라는 점에 집약된다. 그것이 일본의 메이지·
다이쇼 문학의 이식사를 뜻하는 데 한국문학사의 떨칠 수 없는 문제
점이 있는 것이다.

제4절 작법류

작법류에는 시, 소설, 희곡 등의 작법이 포함된다. 이것은 순문예지 혹
은 종합지의 편집 계획에 의해 성수(成邃)된 것으로, 그 첫 단계는『개
벽』(1920. 6~1921. 3)에서 문예부장 현철에 의해「소설 개요」「희곡
작시」등이 씌어졌는데 이것은 시마자키 도손(島崎藤村)의 강의 노트

를 전사한 것이다.

두번째 단계는 『조선문단』지의 이광수의 「문학 강화」, 주요한의 「시 강좌」, 김동인의 「소설 강좌」 및 『금성』지에서 양주동의 「시란 무엇인가」(1924. 1), 「시와 운율」(1924. 5) 등을 들 수 있다.

세번째 단계로는 김안서의 「시 작법」(『동광』, 1932. 8), 「시예술 창작론」(『매일신보』, 1932. 5. 27~31), 「시가 강좌―시 작법」(『삼천리』, 1936. 2), 윤백남의 「대중소설에 대한 사견」(『삼천리』, 1936. 2), 이병기의 「시조 감상과 작법」(『삼천리』, 1936. 1), 송영의 「희곡 작법」(『삼천리』, 1936. 1), 염상섭의 「소설 작법」(『삼천리』, 1936. 1), 양주동의 「문장론」(『백광』, 1937. 1), 이태준의 「소설과 문장」(『사해공론』, 1935. 5), 「글의 통일과 작품의 수정」(『중앙』, 1935. 1), 이효석의 「묘사·관념―문학 수첩」(『매일신보』, 1933. 9. 2~5), 이태준의 「글 짓는 법 ABC」(『중앙』, 1934. 7) 등이다.

넷째 단계는 이태준의 「문장 강화」(『문장』, 1939. 2~10), 김동인의 「소설의 묘사―창작 수첩」(『매일신보』, 1941. 5. 25~31) 등을 들 수 있다.

이상과 같은 작법류는 매우 피상적이며 계몽적인 상식 나열에 불과했던 것인데 그 까닭은, 첫째 문학예술의 창작법은 이론적으로 설명할 수 없는 잉여 부분을 본질로 한다는 데서 찾을 수 있으며, 둘째는 한국의 일급 문학자들이 문학론에 대한 지식이 근본적으로 빈약했다는 사실을 들 수 있다. 다만 그 가운데서도 이태준의 「문장 강화」는 어느 정도의 욕구에 응한 것이라 할 수 있을 것이다.

작법류는 문학에 뜻 두는 독자를 대상으로 한 것인 만큼 문학사적인 의의는 별로 없는 것이다. 다만 춘원, 김동인, 가람 등의 작가를 연구하기 위해서는 그들이 쓴 작법을 방법론상으로 고찰할 수 있는 자료가 될 수 있다.

끝으로, 그렇다면 이 무렵의 신진작가들이 작법을 어디서 배웠을까 하는 문제가 남는다. 그것은 아마도 외국 문학에서일 공산이 크다. 그러나 구체적으로 그것이 무엇이냐 할 때는 퍽 막연한 것이다. 차라리 이 작법 강좌보다는 현상문예 요강이나, 심사 소감 혹은 추천 후기 따위가 작가 지망자에 시사적인 것으로 볼 것이다.

결론

비평의 아르바이트화라 함은 이 경우 반드시는 적절한 용어가 아닐지도 모르나 어떤 한 주제에 집중적으로 노력한 비평의 노작을 개괄하는 데는 가장 적합한 용어임을 알 수 있다.

이 노작을 장르별로 보면 시론과 소설론이 중심을 이루고 있으며, 그중에도 소설론이 압도적임을 알 수 있다. 그것은 한국 근대문학 자체가 소설 중심이었음을 방증하는 것이다.

비평의 아르바이트화는 프로문학 퇴조에서부터 1940년을 전후로 하여 성립된 것으로, 한국 근대문학의 질적 고답화, 내적 성장 및 전면적인 반성을 의미하는 것이며, 외국 문학의 피상적 이식 과정을 극복하려 했다는 중요한 의의를 찾을 수 있다.

시론 중에서 가장 중요하게 생각되는 것은 김기림의 것인데, 그것은 다소 체계를 갖춘 것으로서 유일한 것이며, 나머지는 다분히 단편적이고 논자의 기질적인 것으로 볼 수 있다. 따라서 뚜렷한 시학으로 성립된 것을 찾을 수 없다. 다음으로는 박용철을 정점으로 하여 임화와 대결한 기교주의 논쟁을 들 수 있다. 그러나 이 논쟁도 기교파와 변증법적 발전을 성수하지 못했으며, 양자가 모두 이론적 구명보다 시평적 논쟁에 시종되고 말았다. 이것은 시에는 한 사람의 전문적 비평가도 없어, 다만 시인 비평가들에 의해 논의되었으며, 또한 그들의 시론에 대한 역량이 빈약했다는 점을 드러낸 것이라 할 수 있다. 리처즈의 시론을 배운 김기림도 문화적 문맥까지 판단할 능력이 있는 것은 아니었던 것이다. 이들의 실패의 원인 중의 하나는 개인적 능력을 초월하는 문화형의 이질성에도 있었던 것이다.

한편 소설론은 리얼리즘론과 로망개조론에서 고뇌와 모색의 진통을 생생히 드러내고 있다. 작가와 비평가의 주력이 이 소설론에 집중되었으며, 최재서, 김남천, 임화 등이 가장 많이 활동하였다. 리얼리즘의 심화와 확대론은 1937년대의 중심 과제의 하나였고, 비평계와 작가가 밀접한 관계에서 소설론의 수준을 끌어올린 논쟁이라 할 수 있다. 임화의 세태소설론, 통속소설론 및 본격소설론이 이 리얼리즘의 발전이라 할 수 있다. 특히 통속소설과 본격소설의 구별이 논의되어 통속소설의 문단적 가능성을 환기시킨 것은 한국 소설사의 진전이라 볼 수 있다. 대체로 한국에서도 통속소설을 '유대인시'하였거니와 대중 개념의 변이에 따른 도쿄 문단의 반성에 영향 입은 소설 영역의 확대론은 '내성소설'이냐 '묘사소설'이냐의 자아분열에 빠진 순수소설의 극복을 위한 불가피한 현상이라 할 수 있다. 그러나 김남천과 예술성을 견지해온 대부분의 단편 작가들은 이 통속소설을 여전히 비하 배격하였다.

소설론에서 집중적으로 노력된 부분은 김남천의 로망개조론이라 할 수 있다. 한국 소설이 단편 중심에서 장편 중심으로 이동되는 과정에서 장편소설이 갖는 여러 모순과 분열을 극복하려는 노력이 로망개조론의 골자이다. 그것은 소설의 각 장르를 종합하려는 제안과 소설의 내적 형식 탐구에 역점을 둔 김남천의 방법이 있는데, 후자가 본질적인 것이라 할 수 있다. 김남천이 도달한 결론은 고전적 로망 양식의 탐구이며, 이론으로는 발자크 연구로 나타났고, 작품으로는 『대하』로 나타났다. 한편 최재서는 로망개조론에서 고전적 양식 쪽보다 현대소설의 양식, 가령 조이스, Th. 만, 말로, 헉슬리 등의 양식 탐구를 보여 김남천과 대립을 이루었던 것이다. 그러나 이때는 이미 신체제에의 위협으로 암흑기에 다다랐으므로 이러한 이론이 작품으로 나타나지는 못했던 것이다. 신체제론이 소설의 주제에 작용한 것은 생산소설일 것이다.

김동인의 「조선근대소설고」와 「춘원 연구」 중 후자는 작가론으로는 가장 노작이다. 그 특징을 든다면 첫째로 춘원 소설의 기교 연구라는 점이며, 둘째는 가치 평가에서 부정적인 쪽으로 기울었다는 점이다. 따라서 지나친 쇄말주의라는 비판을 벗어나기 어려운 바 있다.

비평의 학문적 연구로는 박영희의 예술론과 임화의 신문학사를 들 수 있다. 전자는 심미적 가치 규정과 예술의 발생적 연구와 문학의 정의를 체계화한 논문이며, 후자는 한국 신문학사의 연구인데, 그 방법론은 가치 면보다는 문학적 현상의 사회적 발생의 토대 연구에 주력된 것이다. 마르크스주의 문예관이기보다는 프리체류의 방법론에 가까운 것으로 보인다.

끝으로 작법류를 들 수 있는데, 그 효용성은 문단적인 것이 못 되었다고 보아야 될 것이다.

이렇게 보아올 때, 비평의 아르바이트화는 그 의욕에 비해 내용의 빈곤을 들 수 있으나, 김기림의 시론, 박영희의 문학론, 임화의 신문학사, 김동인의 「춘원 연구」, 김남천·최재서의 로망개조론 등은 뚜렷한 업적이라 할 수 있다.

제2장 형태론

서론

근대 비평의 종합적 발전은 필연적으로 다양한 내용과 함께 다양한 형태를 가져왔는데, 내용이 형태를 결정하는 경우도 있고, 형태가 내용을 결정 혹은 변모시킨 경우도 있을 수 있다.

비평의 한국적 특징으로서, 비평 형태의 변모 원인을 몇 가지 들 수 있다.

한국의 문예비평이 대부분 신문 학예란에 의존하여 형성, 성장하여 온 것임은 주지의 일이다. 이 학예란을 통해 전개된 비평을 내용상으로 대별하면, 하나는 직역 투의 계몽적 논문이고 다른 하나는 급진적인 논쟁이라 할 수 있는데, 이 양면은 한국 비평의 중추적인 특징이며, 모두 정론성을 벗어날 수 없는 후진성의 숙명을 띠고 있었다. 따라서 비평의 형태가 신문의 학예란의 변천에서 벗어날 수 없었던 것이다. 1930년대 초엽만 하더라도 비평의 주도적 논문의 대부분이 신문 학예면에 발표되었으나, 1930년대 중엽에 들어 신문 학예면이 차차 중간독물화, 대중 중심으로 변모되어 본궤도를 지향하였고, 그 결과의 하나로 비평의 리뷰화로서의 단평 형태가 나타난다. 또 하나의 이유는 한국 문예비평의 역사가 지나치게 짧음을 들 수 있다. 대화로부터 살롱 비평 등의 자연발생적 비평을 거쳐 저널리즘의 각광을 받은 서구의 근대적, 직업적 비평은 물론, 사조 변천에 따라 여러 형태의 역사적, 단계적 발전을 거쳐 현대에 이르렀지만, 한국에서는 단계적 전개가 아니라 한꺼번에 모든 형식을 실험해야 했던 것이다.

이상과 같은 다양한 비평 형태의 실험 결과 나타난 그 내용 항목을 들어보면 (1) 앙케트, 좌담회, 대담, (2) 단평이라고 불리는 촌철비평, (3) 서평, (4) 시평, 월평, 총평, (5) 작가론, 작품론, 비평가론 등이 될 것이다.

여기서 비평의 형태를 총괄적으로 검토해볼 필요가 있다. 서상의 제 비평 형태는 실질상으로 볼 때 일종의 리뷰적인 성격을 띤 것이다. 월평이나 시평, 총평이 리뷰적으로 편집인과 독자의 시대적 요청에 의해 양식화된 것이며, 작가론도 가치 평가 쪽보다 해설적이며 요약적 리뷰화의 경향이 뚜렷이 나타난 것이 1930년대 중기였다. 그 반동으로 비평의 아르바이트화가 나타난 것은 1930년대 말기였던 것이다.

용어상의 구별 중 비평과 평론을 검토해볼 필요도 있다. 이 양자는 그 한자적 의미에 있어서는 본질적 차이를 발견할 수 없다. "만일 우리가 비평에 의하여 '크리티시즘'을 의미하고 평론에 의하여 '리뷰'를 의미한다면 양자의 차이는 심차중(深且重)"[1]하다고 의심한 비평가는 최재서이다. 크리티시즘이 문학작품의 특질과 성격을 평가하는 예술이고, 리뷰는 주로 신문 잡지에 기사로서 발표된 문학작품, 특히 최근의 작품을 논하는 일반적인 것으로 설명되는 것이라면[2] 양자는 그 재료상에서 고전과 신간의 차이가 있고, 목적에서는 평가(平價)와 조

---

1)　최재서, 「비평과 월평—비평의 리뷰화」, 『동아일보』, 1928. 4. 15.
2)　*Oxford Dictionary*, Vol. Ⅷ, 1933, p. 609.

제2장 형태론　707

사(調査), 태도상에서는 학구적인 것과 시사적인 것, 방법상에서는 체계적인 것과 단편적인 것의 각각 차이가 있다는 것이다.

한국 문학비평에는 비평과 평론은 어의적으로나 실질적으로나 구별될 수도 없었고 또 구별될 성격도 아니었다. 크리티시즘과 리뷰와의 구별이 이론상으론 어느 정도 가능하고 또 구별의 필요성도 있는 것이긴 하다. 그러나 이 양자의 구별이 실질적으로는 불가능에 가깝다. 크리티시즘보다도 리뷰 쪽이 처음부터 강했고, 프로문학론에서 어느 정도 크리티시즘이 나타났지만, 그것이 퇴조하고 저널리즘이 정리되자 점점 리뷰화 쪽으로 기울어져 크리티시즘의 발전을 구속하기에 이른 것이다. 학구적 전통 및 역량 있는 비평가가 없었다는 것은 물론이며, 체계적 연구로서의 비평은 문단 자체가 감당할 수 없었던 것이다. 리뷰화의 경향은 1930년대 중기에 두드러지게 나타난다. 김남천은 이 경향을 가리켜 "과학적 시스템을 고의로 포기하는 사람이 걸어가는 방향"으로서 '비평의 잡담화'라 하여 박영희를 예로 들어 비판한 바 있다.[3] 이러한 경향은 도쿄 문단에서도 같은 현상이었으니, 도사카 준(戶坂潤)은 「문예평론의 방법에 대하여(文藝評論の方法について)」(『文藝』, 1937. 6)에서 이를 '평론의 잡문화' 혹은 '비평의 지방성'[4]이라 하여 문예비평이 작가에 의해 주로 창작평이 지나치게 씌어짐에 대하여 경고하고 있음을 볼 수 있다. 한국에서도 '구인회' 이후 작가들에 의해 창작평이 많이 점령당한 사실을 볼 수 있다.

요컨대, 비평의 형태는 내용 및 발표지에 의해 구속 변모되었으

---

3) 김남천, 「평론의 잡담화 경향—최근 평단에서 느낀 바 몇 가지」, 『조선일보』, 1937. 9. 12.

4) 戶坂潤, 「文藝評論の方法について」, 『文藝』, 1937. 6, pp. 3~5.

며, 이 현상은 유달리 도쿄 문단을 닮고 있었다.

제1절 촌철비평

1. 촌철비평의 양상

1) 『조선중앙일보』의 '필탄(筆彈)' '일평(日評)'란
촌철비평이란 단평을 말한다. 대체로 이것은 1935년경부터 400자 내외의 촌평으로, 각 신문 학예면 및 종합지에 나타나 1940년 무렵까지 성행한 자유 주제의 문학비평의 한 형태이다. 이것은 익명이 원칙이었으나 본명을 사용한 예도 있다.

　『조선중앙일보』는 1935년 6월 4일 자부터 '필탄'이라는 단평란이 XYZ에 의해 나타난다. 「잡지와 문인의 사진 공개」(6. 4), 「요요(寥寥)한 여류 문단」(6. 6), 「작가의 조로증」(6. 7), 「저널리즘의 공과」(6. 5), 「고민의 문학에서 약진의 문학으로」(6. 13), 「필자 모르게 발표되는 글」(6. 14), 「우리 예술 확립에로 매진하자」(6. 20) 등에까지 XYZ의 글이고, 「작가의 생활 문제」(6. 25)부터 KH생의 서명이 붙고, 「조선적 비평의 정신」은 25~29일 연속으로 된 쌍수대인(雙樹臺人)의 글로 되어 있다.[5]

---

5)　쌍수대인은 임화인 듯하다. 「조선적 비평의 정신」은 임화의 『문학의 논리』에 수록되어

'필탄'이 '일평'이란 명칭으로 바뀌면서 처음 씌어진 것은 김복진[6]의 「계몽과 농담」(1935. 10. 3)이며, 본명을 밝힌 것이 많다. '일평'란은 1936년 4월 24일까지 간간이 계속되었으며, 김복진, 박노갑, 박귀송, 노천명, 박승극, 전무길, 이원우, 장북영, 안회남, 이봉구, 한흑구, 이해문, 김북원 등이 담당하고 있었다.

2) 『동아일보』의 '정찰기' '낙서평론' '400자 평론' '탁목조' '호초담'

『동아일보』는 1935년 7월에 익명 비평인 '정찰기'란이 신설되어 복돌이의 「잡문과 시대상」(8. 21)이 있고, 1936년엔 '낙서평론'으로 바뀌어 이규희의 「문예 시대의 노예가 아니다」(6. 24)를 위시, 안함광, 현민, 조벽암, 한효, 김용제, 박세영의 글이 동(同) 11월 5일까지 보이며, 1938년엔 '400자 평론'이 되어, 윤규섭의 「사회인으로서의 문학인」(1. 16)이 있었고 동 2월부터 '탁목조'란으로 명칭이 바뀐다.

'탁목조'란은 쌍두마차의 「익명 비평의 변」(1938. 3. 4), 「월평론」 (3. 5), 「문단 페시미즘」(3. 8)을 위시하여 염서생(焰書生), 삼족조(三足鳥) 등의 익명으로 3월 27일까지 펼쳐진다.

1939년 5월부터 '호초담(胡椒譚)'란이 나타나 최재서의 「시대와 작가」(5. 12)를 비롯, 김남천, 안함광, 현민, 서인식의 글이 동 6월 30일까지 보인다.

이 중 '탁목조'란의 쌍두마차가 쓴 「평론, 이론, 비평」(1938. 3. 13)을 전부 옮겨보면 다음과 같다.

있다.
6)   김팔봉의 친형. 조각가.

평론, 이론, 비평. 일견 자명한 듯하면서도 절연(截然)히 구별되지 않고 씌어지는 말의 심한 자, 이상의 세 개를 들 수가 있다. 평론이라면 우리 문단의 관용례에 의하면 소위 평론 문장으로 씌어지는 모든 글을 의미하나 기실 평론 문장과 평론은 구별되는 것이다.

평론 문장이란 평론이나 이론이나 비평에나 다 같이 편재한 공통 형식, 즉 시, 소설, 희곡 혹은 에세이 등 정규의 '장르'와 형상적 표현에 속하지 않는 제종(諸種)의 문학적 표현을 평론 문장에 의한다 할 수 있다. 그러나 평론은 이론과도 비평과도 달라 문단의 제반 시사를 일정한 형식의 구애를 받지 않고 종횡으로 논평하는 글이다. 따라서 평론의 특징은 짧고 자유롭고 명쾌하며 시사적임을 요하며 평론가란 문단이나 창작계의 '저널리스트'라 할 수 있다.

그러나 이론은 무엇보다도 체계를 가져야 하며 '학(學)'으로서의 위엄과 체재를 갖추어야 한다.

문학사, 문예학, 시학 혹은 미학은 다른 과학, 철학 등과 같이 문학을 대상으로 한 일개의 독립한 과학으로 과학상 개념과 논리적 조작의 특별한 수단을 필요로 한다. 그렇다고 평론이 비체계, 비논리적이어도 무관하냐 하면 그런 것이 아니고 시사성에 용해된 체계, 즉 일상화한 이론이 하나의 좋은 평론일 수 있다. 그러나 평론은 명석한 시사적 판단에 중점이 있고, 이론은 견고한 체계적 조직의 방향을 걷는다. 그러므로 프로문학운동이 낳은 운동 이론이란 특수 현상도 문학을 문예정책적 입장에서 조직화하려는 방향의 일관 때문에 이론, 문학에 있어서의 정치이론인 것이다. 이론은 이 때문에 문학 가운데 그중 비문학적인 부분이다. 그러나 비평은 순수한 작품을 대상으로 한 여러 가지 형식의 논평이다. 엄밀한 의미에선 비평도 과학상 개념과 이론적 조작을 수단으로 작품을 분석하고 평가하는 것이라 할 수 있으나, 감상이나 취미를 중시하는 인상적 공감성인 형식으로 비평적 기능은 또 행사될 수가 있다. 이렇게 놓고 보면 작가론의 귀추가 의심날지 모르나 이것은 쓰기에 따라 비평도 평론도 되고 평론적인 인물론도 되고 전기로서 작품적 혹은 문학사적일 수도 있다. 그러므로 결국 이 세 용어가 절대적으로 구별되는 것이 아니나 혼잡을 피할 정도의 구별은 필요하다는 데 지나지 않는다.

3)『조선일보』의 '연금기' '고기도' '참마록'란

1937년「적수공권 시대」(3. 23)라는 단평이 석경우(石耕牛)[7]에 의해 씌어졌고, 백목아(柏木兒: 이원조)의「풍자문학론」(7. 22), 파붕생(巴朋生)의「비평의 기준」(7. 23), 오성자(五星子)의「신인과 패기」(7. 31) 기타 여수생(如水生), 상수시(尙壽施), 학수리(鶴首里), 조풍생(嘲風生) 등이 썼고, 석경우의「방자성(放恣性)」(1937. 8. 18)부터 '연금기(鍊金機)'란의 명칭이 보이며, 동 12월 3일까지 씌어졌다.

'고기도(cogito)'난엔 1938년 백목아의「비평가의 위치」(1. 15)를 위시, 석경우의「작가의 타입」(1. 26), 백목아의「월평 시비」(1. 28), 파붕생의「소설의 세계」(2. 15), 잠천부(潛天夫)의「문단확청론(文壇廓淸論)」(2. 10) 등이 4월까지 보인다.

1939년엔 '참마록(斬馬錄)'란이 있다. 공명(孔明)의「비평론의 대

---

7)   최재서의 호. 김문집은 "너무나 황해도적이며 석경우란 자작의 호는 군의 최대의 문학 작품"(「문단풍물지」,『사해공론』, 1938. 8, p. 43)이라 한 바 있다. 창씨 때는 '石田耕人'이었다. 그가 풍자문학론을 주창한 후로는 A. 헉슬리를 본따 호를 학수리, 상수시라고도 했다.

두」(11. 21)에서 동 12월 22일까지 간간이 보인다.

『조선일보』의 단평 칼럼에 가장 많이 활동했으며 촌철비평의 전형을 보인 석경우의 「사실의 훈련」(1937. 8. 24) 전문을 보기로 한다.

셰익스피어의 세탁계산서 한 장이라도 발견하는 것이 여간 뭣한 연구서보다도 셰익스피어 비평에 도움이 될는지도 모른다고 엘리엇은 말하였다. 작품을 못(釘) 삼아 초라한 주관의 옷이나 걸어놓고 잘해야 객관적(기실은 차용적인) 이론의 두루마기나 걸고 젠체하는 소위 철학적 비평에 비하면 세탁계산서 한 장의 가치는 실로 무궁하다. 비평가는 사실에 훈련이 있어야겠다. 사실을 존중할 줄 알아야겠고 또 사실로써 자기 주의를 대언(代言)시킬 줄 알아야겠다. 그러나 사실의 훈련이란 말같이 쉬운 것은 아니다. 어느 정도까지 수공(手功)을 쌓아야만 될 일이다. 사람도 30이 지나야 비로소 인생 사실에 눈을 뜬다고 한다. 인류 전체로 보더라도 신화로부터 과학에까지 발달하기엔 실로 여년(餘年)을 요하였다. 그러나 자기도 아닌 남의 인생 사실(그것이 즉 문학이다)을 취급하려는 비평가는 사실의 엄숙성에 깊은 의뢰성(依賴性)을 가져야 할 것이다. 비평가의 자격을 보려면 그 결론을 보지 말고 그 결론에 이르기까지의 프로세스를 보아라. 그 프로세스 안에 거지반 빈틈이 없이 사실적 입증이 서 있으면 그 비평가는 족히 우리가 스승 삼을 만한 사람이다. 그 결론이 우리와 일치하면 더욱 좋고 불행히 일치하지 않는 경우라도 우리는 거기서 배우는 것이 있고 2, 30분 동안 유쾌히 지낼 수 있는 지식의 화원(花園)이 있다. 실상 결론이란 그 독자의 경우를 따라 '예스'가 아니면 '노'이다. 자기의 인생관과 맞지 않는 문학이 있어도 그것은 자기와 다른 사람이 있는 증거이니 결론만을 갖고 다툰다는 것은 지식적으로 보아 아직도 30세 이하인 정도이다.

비평가는 작품에 대하여 자기의 의견을 표명할 의무가 있다. 그리고 그 의견 가운데는 반드시 그 자신의 인생관이 들어 있다. 그러나 그 의견을 사실로서 '이서(裏書)'하지 않는 한 독자는 그 부도수형(不渡手形)을 신뢰할 의무가 없다.

4) 『매일신보』의 '납량대' '한시비' '반사경' '연예주제' '전초병'

1935년 '납량대(納涼臺)'란은 아(雅)의 「번역문학 시비」(8. 6), 「문사와 교양」(8. 8) 등이 있고, 동 8월 말부터는 '한시비(閑是非)'로 바뀌어 능(能)의 「피란델로의 언(言)」(8. 31), 「비평의 재건」(9. 31), 아(雅)의 「작가 장혁주」(9. 19)가 있다.

1940년 2월부터 '반사경'과 '연예주제(演藝週題)'가 나타난다. 전자에는 백철의 「문학과 도덕」(2. 21), 차간자(借間子)의 「피로한 문단」(2. 23), 임화의 「문학정신 검토」(2. 26), 정비석의 「자연과 문학」(3. 18) 등이며, 후자에는 금관(金管)의 「예술의 위안성」(2. 21), 한상직의 「예술과 체계」(3. 7), 백철의 「독일적인 의지」(3. 26) 등이 있다.

1940년 5월부터 '전초병'란으로 명칭이 바뀌었다. 「문예지 부진」(5. 24), 추백의 「이론의 퇴락」(5. 25), 촌한량(村閑良)의 「상지(相紙) 결핍 문제」(5. 29), 월계(越鷄)의 「예술성의 빈약」(7. 9), 노방인(路傍人)의 「언어의 진실」(7. 12), 새옹의 「여류 문단 비교론」(7. 19), 석수(石愁)의 「작품과 여주인공」(7. 23), 노마(老馬)의 「극작가의 교양」(7. 27), 「현실과 공상」(8. 3) 그 외 서운(曙雲), 직언생(直言生) 등에 의해 동 10월 19일까지 계속된다.

5) 종합지의 촌철평란

종합지 및 순문예지에도 문학에 대한 단평이 다양하게 나타나 있다. 『신동아』의 '문단팔면경', 『문학』의 '쌍안경', 『사해공론』의 '문단삼행어', 『비판』지의 '문단시시비비론' '문단촌침', 『인문평론』의 '구리지갈(求理知喝)' 등이 있으며, 이 중 '구리지갈'이 촌철비평의 본질을 발휘한 것이다.

2. 촌철비평의 기능

단평란은 1935년경에 대두되어 1938년경이 그 절정에 달하고 1940년까지 뻗쳐 있음을 볼 수 있으며, 신문 학술면이 중심이 되었던 것이다. 각 신문의 편집인의 취미와 기호가 드러나 있음도 어쩔 수 없는 결과일 것이다. 가령 『조선중앙일보』는 신인에 가까운 시인이나 작가가 동원되어 차원이 얕은 항의 같은 경향이었고, 『동아일보』는 김문집과 현민, 『조선일보』는 이원조, 최재서의 일급 비평가들이 집필자로서 문단의 속도 조절과 아울러 문단의 고질을 지적하였으며, 『매일신보』는 1940년, 다른 신문이 침묵할 때 성행하여 신체제를 앞둔 문단 신질서에 중점을 두고 있음을 볼 수 있다. 이 중 단평이 그 본래의 기능을 비교적 확실히 발휘한 것은 『조선일보』의 '고기도'난과 『인문평론』의 '구리지갈'란이라 할 수 있다. 전자는 이원조, 최재서, 김남천이 집중적으로 문단 특히 비평 자체에 대한 경고를 보여 그 촌철적 기능을 발휘했고, 후자는 집필자를 명백히 알 수는 없으나 매월 문단에 일어난 비평계의 요점 혹은 이면사를 밝혀 하나의 이정표를 지어준 것이다.

단평의 본질 혹은 그 기능이 무엇인가. 이를 구명하기 전에 단평 형식이 이 무렵 유행하게 된 이유를 밝혀볼 필요가 있다.

단평의 유행에 대한 이유를 일찍이 윤고종은 두 가지를 들었다.[8] 하나는 언론 자유가 보장되지 못했다는 점을 들었다. 그러므로 익명 혹은 익명에 가까운 필명을 써서 여백의 자유를 얻으려 했다는 것이다. 둘째는 일본 신문의 영향을 받았다는 것이다. 가령 『아사히신문(朝日新聞)』의 '두전함(豆戰)', 『요미우리신문(讀賣新聞)』의 '벽신문(壁新聞)', 『미야코신문(都新聞)』의 '대파소파(大波小波)' 등이 대표적 단평 형식이었던 것이다. 이 점에 대해서는 수긍되는 점이 많다. 신문 학예면이 점차 오락적이며 상식과 교양적인 읽을거리로 변모되어 하나의 상품으로 바뀐 것이 1935년 이후의 일이다. 생경한 이론의 연재물 시대가 종말을 고하게 되어, 이른바 분화된 리뷰화를 초래한 것이다. 언론 자유가 보장되지 못하므로 익명 비평이 나타났다는 점은 비판의 여지가 있다. 설사 익명을 씀으로써 동료들에 직언 고언 할 수 있다 치더라도 그들이 사용한 익명은 문인 간엔 짐작할 수 있는 것이며, 본명을 그대로 사용한 자도 있었다. 따라서 단평은 익명 비평과는 달리 촌철비평이라는 비평의 한 형태로 보아야 될 것이다.

정순정은 이 사실을 비교적 자세히 지적한 바 있다. 그는 이 촌철비평의 효용성을 두 방면으로 본다. 첫째 촌철비평들은 조직적인 학구의 자기 학문의 재인식, 재반성을 위한 자극의 방법이며, 둘째는 사고력 없는 일반 독자에 자극이 될 수 있는 짧은 말, 명구(名句)를 주자

---

8)   윤고종, 「문예시평」, 『조선중앙일보』, 1935. 3. 9.

는 것이라 했다.[9] 그러므로 촌철비평의 생명은 비평 대상을 입체적으로 관찰할 것, 시적 감격성, 경이적인 구절을 포착하는 감수성을 발휘해야 마땅할 것이다. 즉 요약적 결론이 되면서도 전모를 드러내는 그러한 비평 형태인 것이다. 이러한 비평 형태가 저널리즘의 강요에 의한 것임은 틀림없으나, 충분히 활용할 가치가 있었던 것이며, 한 시기를 긋는 큰 성과는 없었다손 치더라도 그 형태상의 의의는 비평사에서 지울 수 없는 것이다. 물론 익명 비평이 기명 비평이 차마 못 하는 부분도 할 수 있는 장점도 있으나, 또 그 때문에 오히려 비열한 욕설로 화할 우려가 있다고 경고한 자도 있지만[10] 이것은 촌철비평을 단순히 익명 비평으로 오인한 데서 나오기 쉬운 발언일 것이다.

단평란에 대해서는 다음과 같이 결론지을 수 있을 것이다.

첫째, 단평은 촌철비평의 한 형태이다. 단평란을 만든 의도의 저변이 익명을 사용함으로써 어떤 효과를 노렸다손 치더라도 그것만으로는 성과를 거둘 수 없었던 것이다. 둘째, 촌철비평은 상품화한 저널리즘이 고안해낸 형식이라 본다. 400자 이내의 제한된 형식의 글을 써야 하기 때문에 그 허여된 형식 속에 저항을 느껴야 했고, 그 저항이 강렬했다면 보다 건실한 수준으로 탈각화되었을지도 모른다. 익명까지 허여됐으므로 상당수가 문단 이면사 혹은 가십난으로 착각한 혐의가 없지 않다. 셋째, 촌철비평의 전통이 전무한 한국 비평에서는 저널리즘에 이끌리어 비평가들의 저항의식이 창조적인 형태로 발전하지 못했다고 본다. 단평란 집필자는 거의 전부가 장편의 난삽한 비평을

---

9)   정순정, 「촌철비평」, 『조선중앙일보』, 1935. 10. 15~16.
10)   동유자(東遊子), 「익명 비평의 위신」, 『매일신보』 '전초병'란, 1940. 9. 27.

쓴 문인들이다. 그들로서는 아포리즘에 가까운 예민한 비평정신이 작열되기 어려웠다. 그 결과 이 형식은 자칫하면 스캔들의 나열에 그치게 되어 독자의 흥미를 상실한 것이 아닌가 한다. 사실상 이 형식에 알맞은 새로운 비평가의 무리가 형성되지 못했고, 그로 인해 이 형식이 더 이상 발전할 수가 없었던 것이다. 넷째, 이 촌철비평이 나타난 것은 장편 논문이나 논쟁이 지배하던 학예면이 서서히 리뷰화로 전면적인 방향전환을 보인 것과 상관관계가 있다. 끝으로 이 촌철비평에서는 위트, 유머, 아이러니, 새타이어 등 지적 방법을 구사할 줄 안 김문집과 최재서가 어느 정도 성공을 거둔 것으로 볼 수 있다. 가령 김문집의 「문예춘추」(『동아일보』, 1938. 2. 27~3. 16)의 연재물, 최재서의 「경기구식(輕氣球式) 비평」(『조선일보』, 1937. 10. 10)과 같은 것을 지적할 수 있다.

제2절 서평

1. 서평의 양상

촌철평의 분량에다 단행본으로 간행된 시집, 단편소설집, 장편, 평론집, 사화집 등에 대해 씌어진 이른바 서평book review을 검토해볼 필요가 있다. 이것은 저널리즘이 본궤도에 오르게 되고 작품의 상품화가 고려된 점과, 그만큼 한국문학의 양적 성장 면을 보여주어 그에 비례하여 서평이 증대된 것이다.

어떤 작가의 단행본이 나오면 신문이나 잡지에서는 이 신간에 대해 비평가나 혹은 그를 잘 아는 작가가 그 작품의 일반적인 소개 및 가치를 평가한다. 작품 선전이라는 일종의 광고에 해당되는 것도 있겠지만, 그 작품의 수준이나 결함, 미급한 점을 지적하기도 한 것이라면 서평은 마땅히 비평사의 영역에 속할 수 있는 것이다.

단행본은 약간의 전작을 제하고는 이미 잡지나 신문에 발표된 것이 수록됨이 당시의 통례이지만, 일단 단행본에 담기면 그 작가로 볼 때는 물론 문단상으로 볼 때도 하나의 체계적인 사실이 되어서 문학의 질에 대한 수준을 강요하는 일종의 질서를 형성하게 되는 것이다.

서평에 대해서는 다음 세 가지 면으로 나누어 고찰하기로 한다. 첫째는 1921년 포경생(抱耿生, 김찬영)의 「오뇌의 무도의 출생에 제(際)하여」(『동아일보』, 1921. 3. 28~30)로부터 김팔봉의 「권환의 자화상」(『매일신보』, 1943. 9. 12) 및 박승극의 「희망의 노래―권환의 자화상(希望の歌―權煥の自畫像)」[『동양지광(東洋之光)』, 1943. 11]까지에 걸치는 기간에 나타난 서평을 취급하기로 하며, 둘째 서평을 (1) 장르별, (2) 연대별, (3) 발표지별로 분류해 보이는 것이며, 셋째 이러한 서평이 단순한 서베이에 그쳤는가 아니면 서평의 기능이 얼마나 밀도를 지녔는가를 검토해 보이는 일이다.

여기서 조사한 서평은 총 120편이며 (1) 이것을 장르별로 분류해 보면 시집에 관한 것이 55편으로 으뜸이며, 장편이 20편, 단편집이 18편, 앤솔러지가 8편, 전집과 평론이 각각 4편으로 되어 있다.

여기에는 약간의 문제점이 있다. 그것은 한 단행본에 둘 혹은 셋의 서평이 겹쳐 있는 것이 있다는 점이다. 가령 김기림의 『태양의 풍속』, 김남천의『사랑의 수족관』, 박세영의『산제비』, 엄흥섭의『세기의 애인』, 이기영의『인간수업』, 이병기의『가람 시조집』 등에 각각 두번, 김남천의『대하』, 유진오의『봄』『화상보』, 임화의『문학의 논리』, 정지용의『정지용 시집』 등엔 각각 세 번씩 나왔다. 물론 이 빈도수는 그 단행본의 문단적 가치와 무관하지 않다.

발표 연대별로 보면 다음과 같은 도표(Ⅰ)을 작성할 수 있다.

[표 Ⅰ] 서평(발표 연도별)

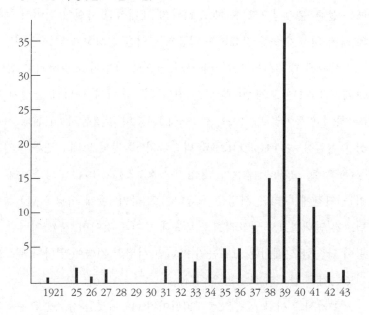

위와 다음의 두 도표에서 보면, (1) 서평 내용 항목 중 시집이 으뜸이고 평론집이 최하위이며, (2) 발표 연대는 1939년을 전후해서 소장(消長)해간 사실을 알 수 있으며, (3) 발표지는 신문이 중심이었고 그중『동아일보』학예란이 우세함을 보이고 있다.

발표지별로 보면 다음과 같은 도표(Ⅱ)가 작성된다.

[표 Ⅱ] 서평(발표지별)

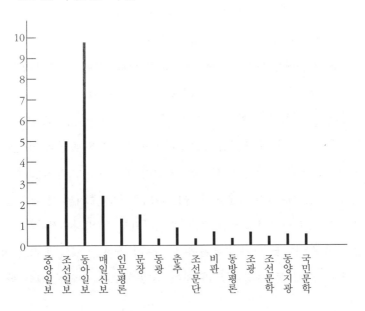

2. 서평의 기능

앞에서 든 포경생의 『오뇌의 무도』에 대한 것은 서평임엔 틀림없으나, 번역시의 특수성, 김안서의 역자적 가치를 논한 것이므로 단평으로서의 서평과는 구별되는 것이다. 즉 여기서 취급하는 서평이란 '비교적' 단평에 가까운 것을 의미하는 것이다.

서평은 그 집필 태도상으로 보아 세 유형으로 볼 수가 있다. 첫째는 해서(該書)에 대한 평범한 찬사의 태도로 일관하는 유형이며, 둘째는 혹평을 내린 부류이며, 셋째는 최고의 찬사를 던지는 유형이다.

첫째 유형은 대부분의 서평에 해당된다. 일종의 매너리즘에 빠져 서평 자체의 존재 이유의 반성이 문단 일각에서 나타난 적도 있다. "조선의 서평은 하나의 사회사령(社會辭令)이요 당파적 예찬"[11]이라 하여 서평의 존재 가치를 부정하고 있음을 본다.

둘째 유형은 다른 유파를 공격하기 위해, 가령 『카프 시인집』을 민족주의파 쪽에서 혹평하는 경우를 생각할 수 있으나 흔한 것은 아니었다. 이 부류에 굳이 넣는다면 이원조의 『영랑 시집』 평이다. 박용철은 『영랑 시집』에 대해서 "그는 부자유 빈궁 같은 물질적 현실 생활의 체취를 작품에서 추방하고 될 수 있는 대로 순수한 감각을 추구한다. […] 영랑시집 가운데서 좁은 의미의 서정주의의 한 극치를 발견"[12]한다고 최고의 찬사를 던졌으나, 이원조는 "비의욕적이다. 이 시인이 자꾸 이대로 나가면 뮤즈까지 질투할 것이다. 칭찬 공격할 필요도 없이 그냥 둘 수밖에"[13]라 하여, 서평치고는 유별한 예라 할 것이다.

세번째 유형에 속하는 것은 동수생(冬水生)의 「『대하』 독후감」(『비판』, 1939. 2), 현민의 「『대하』의 역사성」(『비판』, 1939. 2), 백철의 「『대하』를 독함」(『동아일보』, 1939. 2. 8)과 『정지용 시집』 평이다. 특히 이 후자는 전형적이라 할 수 있다. 이 시집에 대해서는 모윤숙의 「『정지용 시집』을 읽고」(『동아일보』, 1935. 12. 10), 박종화의 「감각의

11) 「신간서평」, 『매일신보』, '전초병'란, 1940. 9. 18.
12) 박용철, 「병자 시단의 1년 성과」, 『동아일보』, 1936. 12; 『박용철 전집 2—평론집』, pp. 107~108.
13) 이원조, 「영랑 시집」, 『조선일보』, 1936. 5. 14.

연주(聯珠)」(『매일신보』, 1935. 12. 12~13), 이양하의 「바라던 지용 시집」(『조선일보』, 1935. 12. 7~11)인데, 이 가운데 이양하의 글은 단평으로서의 서평 형식을 벗어나 5회에 걸치는 평론의 성격을 띠고 있다. 그는 지용 시집이 '우리 문단의 유사 이래의 자랑'이라 했는데 그 이유는 첫째, 감각의 예민한 촉수, 둘째 이렇게 예민한 감각의 촉수가 나아가 종교시의 지평을 향하고 있다는 점을 들었다. "모든 것을 일격에 붙잡지 못하면 만족하지 아니하는 촉수다. 여기 이 촉수가 다다르는 곳에 불꽃이 일어나고, 이어 격동이 생긴다"[14]라고 했는데, 불꽃, 감각, 격동이란 용어는 김기림의 "시는 한 개의 '엑스터시'의 발전체"[15]로 보는 주지주의적 비평 태도와 만나게 된다. "말의 비밀을 알고 말을 휘잡아 조종하고 구사하는 데 놀라운 천재"[16]를 보인 민감한 촉수가 「또 다른 태양」 「다른 하늘」 같은 높은 종교시를 개척한 점은 젊은 세대의 불안 해소와 함께 시 영역을 확대시켰다고 보았다.

이상에서 보아온 바와 같이, 한국 비평에 있어서의 서평은 전문적인 서평가를 가지지 못했음이 드러난다. 문단의 친지나 우정 혹은 인간적 문학적인 친밀감에 의해 씌어졌기 때문에 제삼자적 입각지를 확보하기 어려웠고, 따라서 비평의 기능이 십분 발휘되었다고는 볼 수 없다. 어떤 신문이나 잡지에 서평란이 상설되지 않아 그 난을 맡은 전문직 비평가가 없었다는 것은 서평의 발전을 위축케 한 것이다.

서평의 양적 팽창도 그 질적 기능을 수행하지 못할 때는 선전 광고 역을 크게 넘지는 못하는 것이다.

---

14) 이양하, 「바라던 지용 시집」, 『조선일보』, 1935. 12. 10.
15) 김기림, 「포에지와 모더니티—요술쟁이의 수첩에서」, 『신동아』, 1933. 7, p. 160.
16) 이양하, 같은 곳.

제3절 대담·좌담회·설문·특집

1. 대담

대담이나 설문, 좌담회 따위는 팽창한 저널리즘의 편집 기술의 다양성을 보여준 것인데, 이 중 대담이나 좌담회는 기록의 불충분, 작위적인 안배로 인해 그 신빙성이 빈약한 면도 적지 않다.[17] 또 이런 것이 살롱 비평 혹은 구두 비평으로 퇴보한 것이라 할 수도 있을 것이다. 그러나 어떤 것은 그냥 지나칠 수 없는 빈도수와 분량을 지녀 비평의 한 출구의 역할을 한 것도 있으며, 어떤 것은 비평사적인 증언이 될 수도 있다. 여기서 대상으로 삼은 것은 비평사적인 증언의 일부가 될 수 있는 것에 한정하기로 한다.

대담은 「문단 타진 즉문즉답기」(『동아일보』, 1937. 6. 3~10)를 비롯, 이광수 對(對) 양주동의 「문예사상(文藝思想) 문답」(『문예공론』, 1929. 5), 홍벽초 대 현민의 「조선 문학의 전통과 고전」(『조선일보』, 1937. 7. 16~18) 등이 내용의 심화를 보였다. 그리고 임화와 야나베 에이자부로(矢鍋永三郎)의 대담(『조광』, 1941. 3)도 지적해둘 만하다.

---

17) 이헌구, 「산주편편(散珠片片)」, 『사상계』, 1966. 10, p. 269. "『삼천리』지는 가끔 좌담회를 가졌다. [……] 그런데 실로 기이한 일은 파인은 좌담회를 사회하면서도 도무지 기록을 하지 않는 것이다. [……] 그런데 막상 잡지가 나온 것을 보면 정말 기상천외의 일이다. 말하자면 이야기는 파인이 적당히 배급을 주는 것이다. 말 많이 한 사람이나 듣고만 있었던 사람이나 할 것 없이 발언은 공동 분배되는 것이다. 그리고 더 기막히는 일은 그 자리에서 도무지 발언되지 않은 얘기가 창작되어 버젓이 기록되어 나오는 데야……"

2. 좌담회

대담이 특정한 두 인물에 한정된 발언이라면, 좌담회는 다면적이다. 또 발언을 일일이 기록할 수 없어 편집인이 배열한 것이므로 대략의 줄거리를 느낄 수 있을 뿐이다.

좌담회는 대개 신문 잡지의 신년호 특집 형식으로 장식됨이 일반 적이었고, 특수하게는 방향 전환이 필요할 때 나타난다.

중요한 좌담회를 보면 아래와 같다. 즉「조선 문학의 재건설」(『조 선일보』, 1935. 1. 1),「조선어 기술 문제」(『조선일보』, 1938. 1. 4),「명 일의 조선 문학」(『동아일보』, 1938. 1. 1~3),「건실한 조선 문학의 성 격」(『동아일보』, 1939. 1. 1),「신체제하의 조선 문학의 진로」(『삼천리』, 1940. 12),「조선 문학의 재출발을 말한다(朝鮮文學の再出發を語る)」(『국 민문학』, 1941. 11) 등을 들 수 있다.

이 가운데「평론가 대 작가 문답」(『조선일보』, 1938. 1. 1)의 문인 과 그 내용 항목을 보이면, (1)「시문학에 대하여」에서는 박용철, 정지 용, (2)「산문정신과 리얼리즘」항에서는 이원조, 유진오, (3)「장편소 설론」항에서는 이태준, 최재서, (4)「지성 옹호와 작가의 교양」엔 박 치우, 이효석, (5)「수필 문학에 대하여」에는 이헌구, 김진섭, (6)「조 선어 기술 문제」에는 김진섭, 이극로, 송석하, 유치진, 조윤제, 최익한, 최현배 등이다. (1)에서 (5)까지는 대담이라 할 수도 있으며, (6)항만 이 좌담이라 할 것이다. 1938년 『동아일보』 신년호「명일의 조선 문학 좌담회」에는 동 학예부장 서항석의 사회로 김문집, 임화, 최재서, 김 광섭, 정지용, 정인섭, 모윤숙, 김상용, 이헌구, 유진오, 박영희, 김남천, 유치진 등 14인이 동원됨을 볼 수 있는데, 여기서 우리는『동아일보』와『조선일보』에 중복된 인원 구성을 볼 수 있다.

3. 설문

설문 형식은 일반적으로 대담보다는 문학사적 증언의 요인이 훨씬 크다. 구두가 아니라 서면으로 나타날 뿐만 아니라 앙케트 자체가 긍부(肯否)를 강요하는 형식으로 제출되기 때문이다.

논쟁적인 것으로서 각자의 신념을 보인 것은「계급문학 시비」(『개벽』, 1925. 2),「조선 문단 합평회에 대한 소감」(『개벽』, 1925. 6),「사회운동과 민족운동」(『동아일보』, 1925. 1. 1~8),「민족문학과 계급문학의 합치점과 차이점」(『삼천리』, 1929. 6) 등이 의의 있는 것이다.

앙케트에서 놓칠 수 없는 것은「조선 문학의 세계적 수준」(『삼천리』, 1936. 4),「조선 문학의 정의」(『삼천리』, 1936. 8)이며,「외국 문학전공의 변」(『동아일보』, 1939. 10. 28~11. 19)도 해외문학파 연구에 한 자료가 된다.

「조선 문학의 정의」는 문학사에서 퍽 중요한 위치를 띠는 것이다. 이 설문은 (1) 조선문(朝鮮文)으로 된 것, (2) 조선인이 쓴 것, (3) 조선인에 읽히기 위한 것의 셋을 내걸었다. 춘원은 어느 나라의 문학이라 함에는 "그 나라의 문(文)으로 씌어짐이 기초 조건"이라 본 속문주의의 입장이었고, 박영희는 "조선 사람이 읽을 것만"이 조선 문학이라 하여 역시 속문주의였고, 김광섭, 서항석, 이헌구, 이태준 등이 모두 이 부류에 든다. 한편 염상섭은 "언어는 제2차적" 조건이라 했다.

민족 단위로 본 개성, 즉 "민족성을 표현하여 민족의 마음 민족의 혼 민족의 특이성을 표백(表白)하고 그 민족의 인생관 사회관과 자연관을 묘사 표현한 것"이면 바로 민족문학이 된다는 것이다. 따라서 조선 문학의 제일 조건은 조선 사람인 데 있다는 것이 된다. 박월탄은 "조선 사람에게 읽힘"에서 찾으려 했으니, 『삼국유사』는 조선 문학이며, 장혁주나 강용흘의 『초당』은 우리 글로 할 수 있는 시대인 데도 하지 않았으니까, 즉 조선인에 읽히려 함이 아니므로 비조선 문학이라 했으나, 임화는 문학은 "객관적 사정에 의해 규정"되므로 장혁주의 것은 조선 문학일 수 있다고 했으며, 김억은 조선인이 한글로 쓴 작품은 순수문학, 그렇지 않은 것은 일반문학이라 했다. 장혁주 자신은 "조선을 제재(題材)한 것"이면 조선 문학일 수 있다는 쪽에 섰다.

조선 문학 정의에서 가장 구체적인 답변을 보인 것은 이병기이다. 그는 조선 문학을 (1) 순수한 조선글로 된 것과 (2) 다른 나라 글로 된 것으로 대별하고, (1)을 다시 (A) 광의와 (B) 순수한 것으로 구분하며 (2)도 (1)과 같이 이분한다. (1)의 (A)는 일기, 기행, 서간, 전기, 전설, 담화 기록 등이며, (1)의 (B)는 시, 소설, 희곡이다. 『열하일기』 『삼국유사』 및 장혁주, 강용흘의 것은 광범한 조선 문학이며, 『구운몽』 『사씨남정기』 따위는 순수한 조선 문학이 된다. 그에 의하면, 문학의 취재는 어느 것으로 하든 상관없다고 봄으로써 조선 하층민에서 소재를 취한 나카니시 이노스케(中西伊之助)의 「너희들의 등 뒤에서(汝等の背後より)」는 조선 문학이 될 수 없다는 것이다.

이상의 제설을 검토해보면 이광수가 속문주의를 내세울 때, 한문으로 된 것을 제외한 한글만을 의미했는데, 이병기는 한문과 한글[正音]을 합해서 '순수한 조선어'라 했음을 본다.

이광수의 주장은 현대의 조선 문학을 정의함에 합당하며, 이병기의 주장은 고전과 현대의 조선 문학에 함께 적용되는 것이다. 설문이 '조선 문학'의 정의이기 때문에 이병기의 주장이 보다 타당성이 있음을 알아낼 수 있다.

4. 특집

특집은 문학사의 도표적 역할을 하는 것이라 할 수 있다.

특집 그 본래의 기능은 가장 중요하게 인식된 과제를 그 방면의 전문가들이 집단적으로 토론한다는 점에서 찾을 수 있다.

특집을 그 주제상으로 분류해보면 다음 몇 부류로 묶을 수 있다.

첫째 작가론 연구에 필요한 것으로는 「문단인의 자기고백」(『동아일보』, 1938. 10. 8~25), 「나의 창작 노트」(『조광』, 1939. 6), 「내 작품을 해부함」(『조광』, 1939. 7), 「오상순론」(『폐허』, 1921. 1), 「나의 문학 10년기」(『문장』, 1940. 2), 「이기영 검토」(『풍림』, 1937. 6), 「이광수론」(『개벽』, 1925. 1) 등을 들 수 있다.

둘째 논쟁적인 것으로는 「평론계의 SOS」(『조선일보』, 1933. 10. 3~4), 「작가로서 평론을 평함」(『조선일보』, 1934. 1. 31~2. 14), 「조선의 문예이론의 귀결은 필요한가」(『대조』, 1930. 5) 등이다.

셋째 고전론으로는 「조선 문학의 독자성」(『동아일보』, 1935. 1. 1), 「조선 문학상의 복고사상 검토」(『조선일보』, 1935. 1. 22~31), 「고문화의 재음미」(『조선일보』, 1937. 1. 1~7), 「동양문학의 재반성」(『인문평론』, 1940. 6) 등이다.

넷째 세대론으로는 「신진 작가의 문단 호소장」(『조광』, 1939. 4), 「신진 작가를 논함」(『조광』, 1939. 5), 「신인의 발언」(『조광』, 1940. 1), 「신세대론」(『인문평론』, 1940. 2) 등을 들 수 있다.

다섯째 예술가의 신년 제언으로는 「1934년 문학 건설」(『조선일보』, 1934. 1. 1~25), 「문예인의 새해 선언」(『조선일보』, 1933. 1. 1~8), 「사회여 문단에도 일고(一顧)를 보내라」(『조선중앙일보』, 1935. 1. 1~7) 등을 들 수 있다.

제4절 시평·월평·총평

1. 리뷰화의 기능

한국 문예비평을 정론적인 것과 시사적이며 리뷰화된 두 형태로 대별할 수 있다면, 후자에 해당되는 것이 시평(時評)·월평·총평이다.

문예시평은 시감(時感), 수감(隨感), 잡감(雜感), 시사감(時事感) 등으로 표기되어 나타났는데, 그 대표적인 명칭이 문예시평이라 할 수 있다. 문예시평은 문단, 작가, 작품, 시대감의 동향 따위를 어떤 형식에 얽매이지 않고 자유분방히 전개하는 대화의 광장이다. 따라서 가장 직접적이며 즉흥적 요소가 떠나지 않았고 논쟁의 형식으로 선용되었던 것이다. 이에 비하면 월평은 그달에 나타난 작품을 대상으로 했다는 제약이 있으며, 총평은 상반기 혹은 1년이라는 시기적 제약이 있다. 또 월평은 시, 소설 장르에만 집중되어 있었고, 총평은 시, 소설, 희곡, 평론에 적용되었던 것이다.

이 세 형식 중에서 문예시평이 양적으로 단연 우세하다. 분량이나 대상에 아무런 제한이 없으며 월평처럼 신문 5회분 정도라 하지만 대중이 없다. 문체는 스마트하고 평이함이 원칙이겠으나 반드시 그런 것도 아니었다. 문학이나 문단을 향한 발언이면 무엇이나 시평의 이름이 붙을 수 있었다. 물론 초기엔 월평에 해당되는 데도 시평이라 붙인 것은 흔히 볼 수 있는 현상이었다. 월평이나 총평은 대체로 전문직 비평가가 담당함이 예사였으나, 문예시평은 작가 측이 많았다. 1930년대 중기에야 전문직 비평가가 많이 나타났는데, 전문직 비평가라 해서 반드시 우수한 것도 아니었다. 1936년 한때 저널리즘은 월평을 일부러 작가에게 집필시키려는 편집 태도를 보인 적도 있다.[18]

이상과 같은 문예시평(감), 월평, 총평을 어떤 양식으로 체계화한다는 것은 거의 불가능한 일이다. 월평만 하더라도 팔봉이 활약할 때는 분석적, 실천적인 가치 평가의 양상을 보였으나, 1930년대 이후에는 리뷰화로 현저히 변모됨을 볼 수 있다.

이와 같은 리뷰화 비평 혹은 비평의 문예시평적 특징을 다음 네 가지로 분류해낼 수 있다.

첫째, 문단의 중앙집권적인 체재를 강화한 것이라 할 수 있다. 소감을 자유로이 담을 수 있는 이 형식에서 문단에 일어나는 사실이 전면적으로 드러나기 때문이다. 둘째, 논쟁이 빈번히 일어날 수 있었는데 그것을 이 형식이 수용할 수 있었다. 셋째, 문예시감이나 월평 혹은

---

18) 엄흥섭, 「작가가 본 5월 창작계」, 『조선일보』, 1936. 5. 3.

총평을 쓰는 자는 서두에 자기의 문예관을 펼쳐 보임이 일반적이다.[19] 따라서 집필자의 문예관을 알 수 있다. 넷째, 이와 같은 시평적 평론이 한국 문예비평의 심화를 방해한 것으로 볼 수도 있다. 크리티시즘으로서의 배경과 체계를 갖추어 비로소 비평에 임해야 했을 것인데, 이러한 필수 요건을 그들이 갖추지 않아도 이 형식으로 글을 쓸 수가 있었던 것이다. 그들은 이 시평적 비평가의 성격에 의해 스스로가 구속되고 만 것이다.

이러한 비평은 티보데가 말하는 '공중의 서기' 혹은 민중비평이기도 하지만,[20] 그 기능은 독자를 지도 대변하는 일면과 직업적 비평으로서의 작가를 지도하는 전문직 비평의 일면을 각각 지니고 있다고 할 것이다.

---

19) 그 대표적인 세 사람을 들 수 있다. 김환태의 「문단시평」(『조선일보』, 1934. 11. 23~30)은 「나의 비평 태도항」이 23~27일까지 나갔고, 실제 창작평 부분은 28~30일뿐이다. 박태원의 「문예시평—신춘 작품을 중심으로」(『조선중앙일보』, 1935. 1. 28~2. 13)는 요코미쓰 리이치의 영향을 받은 감각적 문장 표현에 치중한 작품평의 의도를 보인 것이며, 전향 후의 박영희는 「초추(初秋)의 문예―9월 창작평과 약간의 시평」(『조선중앙일보』, 1934. 9. 14~26)에서 앞으로의 작품관을 보였다.

20) A. Thibaudet, *Physiologie de la Critique*(1930); 『批評の生理學』, 石川湧 譯, 春秋社, 1936, pp. 25~27.

2. 시평·월평·총평의 양상

1) 시평

[표 Ⅲ] 문예시평(발표지별)

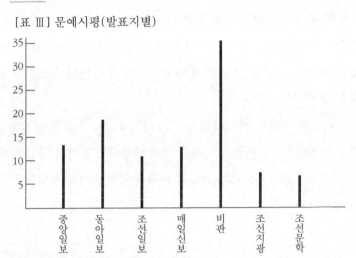

문예시평은 월평과 구별되기 어렵다.[21] 여기서 문예시평이란 문단적 발언을 중심으로 조사된 것인데, 다음에 제시된 표를 보면 총 172편 중 김팔봉과 박승극이 가장 많이 쓴 것으로 되어 있다.

2) 월평

월평은 총 157편 중, 시 부분이 21편, 소설이 126편, 기타 평론·연극 부문이 10편이다.

---

21) 여기에 보인 총계는 조사된 범위 내에서의 대체의 경향을 보인 것이지 엄격한 것은 아니다. 그것이 정밀하기 위해서는 (1) 당시의 전 자료를 검토해야 하고, (2) 시평이나 월평의 정확한 개념이 규정되어야 할 것이다. 곤란은 월평 속에 시평적인 것이 있고, 그 반대 현상도 실제 있다는 점이다.

[표 Ⅳ] 문예시평(집필자별, 세 편 이상)

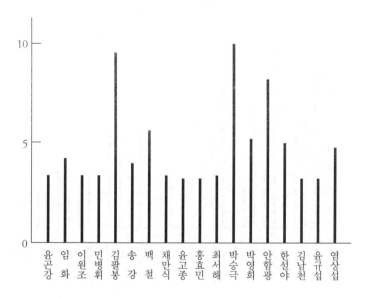

[표 Ⅴ] 월평(발표지별)

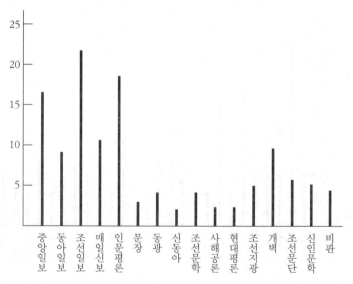

[표 Ⅵ] 월평(집필자별, 두 번 이상)

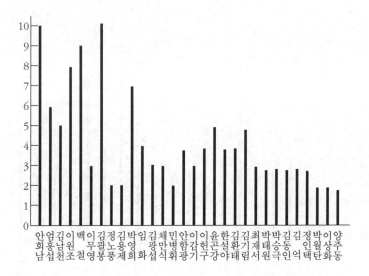

안홍남 엄흥섭 김남천 이원조 백철 이영 김정봉 정풍 김제 임만희 김병화 채섭 민함식 안갑휘 이헌광 이윤기 윤곤구 한설강 김환야 김기태 최재림 박태서 박승원 김동극 정인 박월억 이상택 양주탄 이화동

[표 Ⅶ] 총평(집필자별, 두 번 이상)

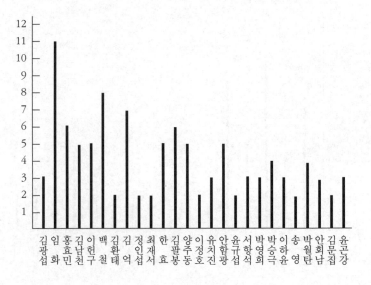

김광섭 임효화 홍남민 김헌천 이환구 백인철 김재태 김억 정서 최효 한봉서 김양동 양이봉 이유호 안치진 윤규광 서함섭 박영석 박승희 이하극 송윤 박월영 안회탄 김문남 윤곤집 강

3) 총평

장르별로 보면 문단 전체를 향한 것이 41편, 시 27편, 소설 부문이 30편, 평론이 14편, 연극 영화가 19편, 아동문학 4편, 출판이 3편, 세계 문단이 2편이다.

제5절 작가론·작품론·비평가론

1. 작가론과 작품론

작가론과 작품론 사이에는 불가분의 관계가 실질적으로 개재되어 있다. 어떤 작가의 작품을 한정해서 작품과 작품만의 관계에서만 논하기란 퍽 까다로운 일이다. 그런데 1930년대에 나온 몇몇 작품론은 대부분 작가론에 포함시킬 수 있는 것이었다.

작가론과 작품론은 문예시평이나 월평 등의 보고적 리뷰화와 혼합되어 다분히 시사적 성격을 띤 점이 드러난다. 「춘원 연구」를 제외하고는 단 한 편의 전(全) 작품론이나 작가론도 씌어지지 못했음은 작가론 역시 저널리즘의 시사성에 의존하고 있었음을 증거하는 것이다.

작가론과 작품론을 비교해볼 때 전자가 후자보다 양적 우세를 보이고 있다. 작품은 대개 월평이나 문예시평에서 언급되기 때문에, 특별한 경우가 아니면 구태여 작품론은 쓸 필요가 없었던 것이다. 뿐만 아니라 두고두고 논의할 만한 걸작이 별무했다는 점도 유의할 수 있다. 또 작가론이나 작품론도 한 평론 속에 여럿이 포함되어 리뷰적 성격을 띤 것이 대부분이었다.

작품론은 대체로 서평적 영역에서 크게 벗어난 것은 아니었다고 할 수 있다. 신춘문예 선후평까지 넣어도 40편을 넘지 못한다. 이에 비하면 작가론은 훨씬 양적 우세를 보여준다. 작가론은 신문보다는 잡지 쪽에 대부분 발표되고 있다.

작품론은 김남천, 최재서, 유진오, 민병휘, 염상섭, 백철 등이 한두 편 썼으나 작가론은 시인론이 39편, 소설가론이 72편, 평론가론이 5편, 기타 아동문학·극작가론이 몇 편 있다. 집필자로는 김문집이 10편으로 수위이며, 임화가 5편, 민병휘 6편, 김안서 7편, 김동인이 7편, 염상섭이 4편, 박영희 4편 등으로 되어 있어 작가론이 비평가의 소임임을 분명히 했다.

가장 많이 논의된 작가는 유진오, 최서해로서 각각 7편이며, 김동인이 6편, 나빈(나도향)이 4편, 춘원이 5편, 육당이 4편이며, 이기영·이효석의 순서로 되어 있다. 그런데 최서해·나빈은 사후 추도사, 회고담으로 씌어진 것이 대부분이며, 육당·공초는 특집으로 논의된 것이므로, 이 무렵 가장 문제된 작가는 유진오임을 알게 된다. 현민은 직접 평필을 잡았을 뿐 아니라 가장 인텔리 작가로서 1930년대 문단의 총아임을 여기서도 확인할 수 있다.

[표 Ⅷ] 작가론(집필자별, 두 편 이상)

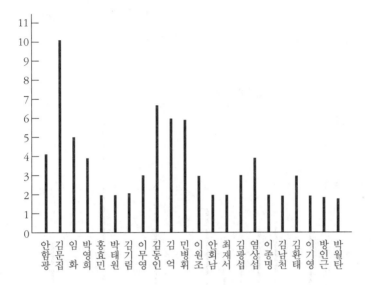

[표 Ⅸ] 작가론에서 논의된 작가별(두 번 이상)

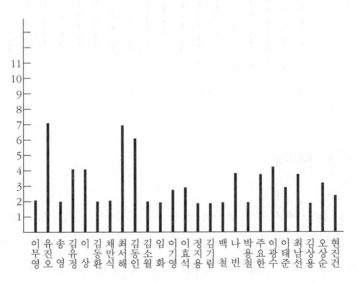

작가론과 작품론을 도표로 보이면 다음과 같다.

총 142편 중 시인에 관한 것이 39편, 소설가 71편, 평론가 15편, 극작가 1편, 아동문학가 1편, 종합이 15편이다.

[표 X] 작가론(발표지별)

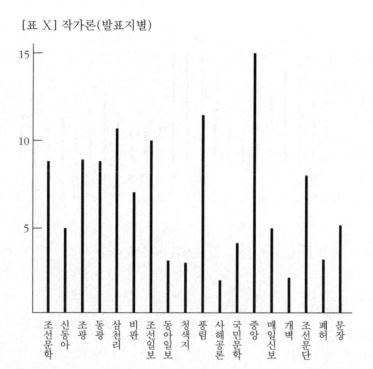

2. 비평가론

한국 문예비평사에서 전문직 비평가와 작가-시인-비평가를 구별할 수 있느냐 하는 문제는, 그럴 필요가 있느냐는 문제만큼이나 곤란하다. 전문직 혹은 직업적 비평가란 어떤 부류를 말한 것인가. 1937년을 전후로 하여 임화, 이원조, 김환태, 백철, 홍효민, 서인식, 최재서 등의 활동을 전문직이라 할 수 있는가.[22] 이들을 전문직 비평가라 한다면 그들의 활동 면에서 본 견해일 것이다. 그러나 이들은 박영희, 김팔봉, 현민, 김남천, 김문집 등 제1급에 속하는 작가 비평가와 본질적으로 구별된다고는 보기 어렵다. 한때 시인이나 작가였다든가 현재 유능한 시인, 작가이면서도 비평 행위를 하고 있는 문인과, 출발부터 비평가로 나선 최재서, 김환태, 안함광, 윤규섭 등과는, 티보데류로 말하면 구별이 될 수 있다. 이때의 구별은 그들이 제1급 시인, 소설가일 때만 가능하다. 따라서 초기에 시인-작가였다든가, 지금도 창작은 하나 그것이 한갓 여기(餘技)이며 그의 본령이 비평 쪽이라면, 그 활동 면에서 보아 전문직 비평가로 간주해야 될 것이다.

초기 문예비평은 작가나 시인이 자기 옹호를 위한 창작평 및 논쟁의 형식으로 제출된 것이거니와, 여기서 전문직 비평가의 대두까지는 퍽 긴 시간이 걸렸던 것이다. 그동안에 나타난 비평가의 성분을 다음 네 유형으로 분류할 수 있을 것이다. 그 첫째는 창작이 위주이면서 간간이 평필을 든 무리, 둘째는 창작과 비평 양편이 거의 동등한 입장의 무리, 셋째 창작보다 비평에 더 역점을 둔 무리, 넷째 그 출발부터가 비평가인 무리 등인데, 이 분류는 실질적으로 불가능하며 따라서 별로 유효하지도 못하다. 그러므로 전문직과 작가 비평가로 이분화함이 타당하며, 이 양자와 비평 방식이 만약 어떤 드러나는 차이가 없다면 이 분류조차도 무의미한 것이 될 수밖에 없을 것이다. 직업적 비평

---

22) 조연현, 「우리나라의 비평문학」, 『문학예술』, 1956. 1, p. 130. 조연현은 이들을 전문직 비평가라 했다.

이란 말은 볼테르가 지적한 것으로 알려져 있다.[23] 티보데는 비평을 자연발생적 비평, 직업적 비평, 대가의 비평으로 삼분하여 그 장단을 논한 바가 있다. 한국 비평에서는 티보데적 의미의 어느 것도 정상적으로 형성 발전되지 못한 것으로 볼 수밖에 없다. 가령 비평의 모체가 되는 강단 비평이 별로 없었고, 대가의 비평이라 할 만한 것도 뚜렷하지 못하다. 가장 전문직 비평가라 할 수 있는 최재서가 비록 강단적인, 다소 체계적 비평론을 편 바 없지는 않으나, 그것은 일시적 현상이었고 한 유형을 이룩하지 못했으며, 이광수, 김동인, 염상섭 등을 대가적 비평가라 할 수도 있지만, 김동인의 「춘원 연구」를 제하면 뚜렷하지 못하다. 또 자연발생적 비평을 굳이 캔다면 「조선문단 합평회」 및 각 신문 잡지의 좌담회 등을 고려해볼 정도일 따름이다. 그 이유는 한국 비평의 형식 발전이 신문 학예면 중심이었기 때문이며, 또 전통이 지극히 빈약했기 때문일 것이다.

이런 상황 속에서도 비교적 전문직 비평가를 든다면, 최재서, 김문집, 임화, 김팔봉, 박영희, 안함광, 한식, 백철, 한효, 홍효민, 박승극, 이갑기, 이헌구, 김환태, 이원조, 윤규섭, 윤고종, 민병휘, 김두용, 정인섭, 서인식, 신남철, 김태준, 김오성 등이고, 작가-시인-비평가로는 김기림, 윤곤강, 권환, 이광수, 김동인, 김억, 염상섭, 양주동, 박월탄, 김남천, 현민, 박용철, 김광섭, 이기영, 한설야, 안회남, 김용제, 유치진, 김진섭, 김우철, 함대훈, 엄흥섭, 김동리 등이 될 것이다. 이 두 부류의 방법론상의 차이는 양자가 함께 저널리즘에 고착되어 전개되었기 때문에, 앞에서 말했듯 엄격히 가려내기란 퍽 어렵다. 그러나 대략의 경

---

23) A. Thibaudet, 같은 책, p. 63.

향을 살펴낼 수 없을 정도는 아니다. 을유년 전에 나온 단행본 평론집으로는 최재서의『문학과 지성』(인문사, 1938. 6), 김문집의『비평문학론』(청색지사, 1938. 11), 홍효민의『문학과 자유』(광한서림, 1939), 서인식의『역사와 문화』(학예사, 1939), 임화의『문학의 논리』(학예사, 1940) 그리고 박영희의『소설·평론집』(민중서원, 1930), 박용철의『박용철 전집─평론집』(시문학사, 1940) 등이 있지만, 이것들은 저널리즘에 이미 발표된 것을 단행본으로 묶었을 뿐 전작 단행본이 아닌 것이다. 그러므로 한국 문예비평의 성격은 저널리즘의 작용을 떠나서는 논하기 어려운 바 있다.

전문직 비평가는 문학 이해를 전문으로 하는 문학연구가, 대학교수 등이며, 문학 유산을 정리하고 법칙성을 찾아내는 것이지만, 이 법칙을 작가 측에 충언적, 교훈적 기능으로 휘두른다는 것은 위험한 짓이 된다. 최재서의 주지주의 이론, 정인섭의 해외문학 소개가 다소 이런 기미를 보였을 뿐이다. 이들의 장처는 문단의 속도 조절에서 찾아야 될 것이다. 한편 시인-작가-비평가는 창작 비밀 및 기교 면을 밝히는 데 장처가 있으며, 문학을 전통적 문화유산 및 문학을 전체적으로 고찰하지 못함이 그 단점이라 할 수 있다. 김기림, 이무영, 김동리 등이 이에 해당될 것이다.

비평가의 유형은 여러 방법으로 갈라서 고찰할 수 있다. 가령 입법적 비평legislative criticism은 작가를 직접 지도하려는 의도에서 쓴 것이다. 이론적 혹은 미학적 비평은 철학적 비평이라 할 수 있고, 기술적 비평은 분석비평이며, 논쟁적인 비평도 한 형태로 다룰 수 있다.[24] 한

---

24)   G. Watson, *The Literary Critics*, Pelican Book, 1962, p. 11.

국에서는 미학적 비평 즉 '방법의 연구La recherche d'une méthode'[25]가 가장 빈약했으니, 외국 이론의 현상적인 것을 주로 도입한 까닭이라 할 것이다.

비평가론을 쓰는 데도 작가 연구에서, 한 작가가 "예술적 전통과 선입관념으로 해서 이미 부분적으로 형성되게 되는 것"[26]임을 인정해 야 될 것이다. 그런데 작가 연구에서는 그 작가의 꿈, 비자기(非自己)의 탐구가 가장 어려우며 또 본질적이라면, 비평가 연구에서도 그것이 창조적 비평가일 경우는 작가 연구와 같은 방법이 적용될 것이다. 한 국 비평가 연구에서는 이 방법은 다소 완화되어야 할 것이다. 오히려 현 단계에서는 그 비평가의 "외적인 사실들의 기록"[27] 즉 발표 연대, 편지, 독서 범위, 관습, 역사의식, 문예관의 영향 관계 등 객관적 사실 의 규명이 선행되어야 할 것으로 본다. 이러한 여건을 고려할 때, 한국 의 비평가 연구가 먼저 갖추어야 할 형태는 평전에 가까울 것이다.[28]

비평가론에 대한 목록을 제시한다면 다음과 같다.

염상섭의 「김기진 인상」(『중외일보』, 1929. 11. 28), 정인섭의 「김 진섭 군」(『조선일보』, 1929. 11. 30), 임화의 「동지 백철 군을 논함」(『조 선일보』, 1933. 6. 14~17), 안석주의 「투계(鬪鷄) 같은 백철 백세철 씨」 (『조선일보』, 1933. 2. 5), 「두문불출의 회월 박영희 씨」(『조선일보』,

---

25) J. C. Carloni & Jean-C. Filloux, *La Critique Litteraire*, Presses Universitaires de France, 1958, p. 7.

26) R. Wellek & A. Warren, *Theory of literature*, Harvest book, 1956, p. 67.

27) L. Edel, *Literary Biography*, Anchor Book, 1959, p. XIV.

28) Samuel Johnson, *Lives of the English Poets*, Kenkyusha, 1951의 서술 방법을 원용할 수 있다. 그중 시인 비평가인 '드라이든Dryden' 항을 보면, ① 전기적 사실, 작품 발표순, ② 인간적인 면, ③ 문학가로서의 면모, 영향 관계, 작품 개평(槪評) 등으로 되어 있다.

1933. 1. 31), 「조선의 발렌티노 청로(靑爐) 임화 씨」(『조선일보』, 1933. 1. 21), 민병휘의 「박영희론」(『삼천리』, 1933. 9), 「김기진론」(『삼천리』, 1934. 9), 「젊은 문화인 임화 군」(『청색지』, 1938. 12), 신산자(新山子)의 「현역 평론가 군상」(『조광』, 1937. 3), 이선희의 「조선 작가의 군상」(『조광』, 1936. 3), 이원조의 「문예비평가 군상」(『비판』, 1936. 4), 김문집의 「문단 인물지」(『사해공론』, 1938. 6~8), SSS생(生)의 「김문집 인상 소묘」(『문원』, 1937. 5), 박영희의 「현역 평론가 군상―문장으로 본 그들의 인상」(『조선일보』, 1936. 8. 28~9. 2), 윤곤강의 「임화론」(『풍림』, 1937. 4), 이동규의 「임화론」(『풍림』, 1937. 6), 김우철의 「최재서론」(동상), 계용묵의 「이원조론」(동상), 정비석의 「백철론」(동상), 김광섭의 「이헌구와 그 예술성」(『삼천리문학』, 1938. 4) 등을 들 수 있다.

결론

1930년에서 1940년까지 10여 년간의 한국 문예비평은 몇 가지 중요한 비평 형태를 실험했다는 점에서 특기할 만하다.

한 비평 유형의 완성은 그 비평 내용의 필요성에서 결정됨이 일반적이겠지만, 또 그 비평이 담길 용기인 형식 쪽에서 내용을 한정하는 경우도 있을 수 있다. 1930년대에 성행한 비평의 리뷰화 및 촌철비평은 후자, 즉 저널리즘의 요청에 의해 결정된 것으로 보인다.

비평의 리뷰화라 해도 단일한 개념은 물론 아니다. 단평으로서의 촌철비평, 서평, 시평, 월평류 및 작가론, 작품론 등이 이에 포함될 것이다. 이 중 리뷰적 비평의 전형적인 것은 서평, 월평류이며, 작가론과 작품론은 아카데믹한 것이 원칙이겠으나, 저널리즘에서 성장했기 때문에 다분히 리뷰적인 요소를 띠고 있다.

한국 비평에서는 리뷰화로서의 문예시평과 촌철살인적인 단평의 역할이 비평의 중심 과제라 할 수 있다. 이 양 분야는 한국 문예비평의 잡문화를 지닌 채 그 속에서도 응고하려는 도식에 항거한 한 가닥 광망(光芒)이었던 것이다. 이 광망은 비평계 자신에로 향해 발사된 허다한 단평에서 특히 엿볼 수 있다. 촌철비평의 의의를 여기서 찾을 수 있을 것이다.

리뷰화로서의 월평류는 지나치게 보고적(報告的)이며 비평의 비속화를 초래한 것으로 볼 수도 있다. 특출한 비평가가 없었기 때문이라 할 수도 있으나 시대성에서 오는 원인도 있는 것이다. 가령, 1928,

29년경의 김팔봉이나 박영희의 월평 혹은 시평은 영도성을 지닌 것이었다. 그러나 '구인회' 이후의 문단은 비평의 영도성이 불신되었고, 따라서 비평은 주류 탐색의 모색 비평에 기울어 혼란되었으며, 다만 촌철비평이 이것을 약간 견제했던 것이다.

작가론과 작품론을 비교해보면, 전자가 질, 양 양면에서 월등히 우세함을 보여준다. 그것은 다각적으로 한 작품을 연구할 만한 그러한 걸작이 없었다는, 단편 중심의 소설계에 책임을 물을 수도 있는 것이다.

작가론 중 비평가론은 그 양이 아주 빈약하다고는 볼 수 없으나, 그 내용이 대부분 단편적, 희화적인 것으로 되어 있다. 그것은 논의의 대상이 된 비평가들이 깊이를 지니지 못했음에서 연유된 것으로 보인다.

평론 연보

1907년

강전,「국문 편리 급(及) 한문 폐지의 설」,『태극학보』, 1907. 1.

최남선,「현시대의 요구하는 인물」,『대한유학생회학보』, 1907. 3.

한흥교,「국문과 한문의 관계」,『대한유학생회학보』, 1907. 3.

「국한문의 경중」,『대한매일신보』사설, 1907. 5. 23.

1908년

이광수,「국문과 한문의 과도시대」,『태극학보』, 1908. 5.

1910년

이광수,「문학의 가치」,『대한흥학보』, 1910. 3.

1914년

최승구,「감정적 생활의 요구」,『학지광』, 1914. 12.

1915년

김억,「예술적 생활」,『학지광』, 1915. 7.

안확,「조선의 문학,『학지광』, 1915. 7.

촌철,「오스카 와일드」,『학지광』, 1915. 7.

1916년

백대진,「신년 벽두에 인생주의과 문학자의 배출함을 기대함」,『신문계』, 1916. 1.

백대진, 「문학에 대한 신연구」, 『신문계』, 1916. 3.

1917년

이광수, 「위선 수(獸)가 되고 연후에 인(人)이 되라」, 『학지광』, 1917. 1.

이광수, 「혼인에 대한 관견(管見)」, 『학지광』, 1917. 4.

최영년, 「조선문예의 창간사」, 『조선문예』, 1917. 4.

김기전, 「"무정" 122회를 독(讀)하다가」, 『매일신보』, 1917. 6. 15.

이광수, 「우리의 이상」, 『학지광』, 1917. 11.

1918년

김환, 「미술론」, 『태서문예신보』 2~3, 1918.

최승만, 「노국 문호 도스토옙스키 씨와 그이의 "죄와 벌"」, 『태서문예신보』 3, 1918.

김억, 「노서아의 유명한 시인과 19세기의 대표적 작물」, 『태서문예신보』 4, 1918.

김억, 「프랑스 시단」, 『태서문예신보』 10, 1918.

이광수, 「현상소설 선고 여언(餘言)」, 『청춘』, 1918. 3.

현상윤, 「이광수 군의 "우리의 이상"을 독(讀)함」, 『학지광』, 1918. 3.

이광수, 「자녀중심론」, 『청춘』, 1918. 9.

최남선, 「동정받을 필요 있는 자 되지 말라」, 『유심』, 1918. 9.

1919년

이광수, 「숙명적 인생관에서 자력론적 인생관에」, 『학지광』, 1919. 1.

주요한, 「일본 근대시초」, 『창조』, 1919. 2~3.

최승만, 「르네상스」, 『창조』, 1919. 3.

김동인, 「소설에 대한 조선 사람의 사상을」, 『학지광』, 1919. 8.

황석우, 「시화」, 『매일신보』, 1919. 9. 22.

신영철, 「"매신문단"을 읽다가 느낌」, 『매일신보』, 1919. 10. 6.

황석우, 「조선시단의 발족점과 자유시」, 『매일신보』, 1919. 11. 10.

최승만, 「문예에 대한 잡감」, 『창조』, 1919. 12.

1920년

유필영,「조선과 예술」,『서광』, 1920. 1.

선자,「고선(考選)을 마치고」,『매일신보』, 1920. 1. 3.

박종화,「과거와 현대의 조선 불교」,『서광』, 1920. 3.

김동인,「글동산의 거둠─부(附) 잡평」,『창조』, 1920. 3.

노자영,「문예에 무엇을 구하는가」,『창조』, 1920. 3.

염상섭,「자기학대에서 자기해방에─생활의 성찰」,『동아일보』, 1920. 4. 6~9.

김형원,「문학과 실생활의 관계를 논하여 조선 신문학 건설의 급무를 제창함」,『동
아일보』, 1920. 4. 20~24.

동표,「문예부흥 이후의 우리의 목표」,『문우』, 1920. 5.

박종화,「심볼리즘」,『문우』, 1920. 5.

윤백남,「연극과 사회」,『동아일보』, 1920. 5. 4~16.

염상섭,「여의 평자적 가치를 논함에 답함」,『동아일보』, 1920. 5. 31~6. 2.

김동인,「제월 씨의 평자적 가치」,『창조』, 1920. 6.

김동인,「제월 씨에게 대답함」,『동아일보』, 1920. 6. 12~13.

염상섭,「김 군께 한 말」,『동아일보』, 1920. 6. 14.

김동인,「자기의 창조한 세계─톨스토이와 도스토옙스키를 비교하여」,『창조』,
1920. 7.

김억,「스핑크스의 고뇌」,『폐허』, 1920. 7.

변영로,「주아적(主我的) 생활」,『학지광』, 1920. 7.

오상순,「시대고와 그 희생」,『폐허』, 1920. 7.

황석우,「일본 시단의 2대 경향」,『폐허』, 1920. 7.

금강산인,「조선 신문투에 대하여」,『매일신보』, 1920. 7. 17.

현철,「소설 연구법」,『개벽』, 1920. 8.

묘향산인,「중국 문학의 가치를 논함」,『개벽』, 1920. 9.

현철,「희곡의 개요」,『개벽』, 1920. 11.

황석우,「최근의 시단」,『개벽』, 1920. 11.

양백화,「호적(胡適) 씨를 중심으로 한 중국의 문학혁명」,『개벽』, 1920. 11~1921. 2.

현철,「비평을 알고 비평하라」,『개벽』, 1920. 12.

1921년

김동인, 「사람의 살은 참 모양」, 『창조』, 1921. 1.

김찬영, 「"비평을 알고 비평을 하라"를 읽고」, 『개벽』, 1921. 1.

김찬영, 「현대 예술의 대안에서」, 『창조』, 1921. 1.

남궁벽, 「내외 양면의 인상―오상순」, 『폐허』, 1921. 1.

변영로, 「내가 본 오 군」, 『폐허』, 1921. 1.

염상섭, 「월평」, 『폐허』, 1921. 1.

염상섭, 「저수(樗樹) 하에서」, 『폐허』, 1921. 1.

염상섭, 「정(情)의 오 군」, 『폐허』, 1921. 1.

이광수, 「문사와 수양」, 『창조』, 1921. 1.

주요한, 「성격 파산」, 『창조』, 1921. 1.

황석우, 「주문치 아니한 시의 정의를 알려주겠다는 현철 군에게」, 『개벽』, 1921. 1.

김찬영, 「우연한 도정에서―신시의 정의를 쟁론하시는 여러 형에게」, 『개벽』, 1921.
　　2.

현철, 「소위 신시형과 몽롱체」, 『개벽』, 1921. 2.

현철, 「문학에 표현되는 감정」, 『개벽』 1921. 2~3.

김찬영, 「톨스토이 예술관」, 『개벽』, 1921. 3.

안확, 「조선문학사」, 『아성』, 1921. 3.

김찬영, 「『오뇌의 무도』 출생에 제(際)하여」, 『동아일보』, 1921. 3. 28~30.

김사국, 「예술이란 무엇인가」, 『아성』, 1921. 5.

을소부, 「비평과 시대적 양심」, 『아성』, 1921. 5.

이성해, 「예술적 양심이 결핍한 우리 문단」, 『개벽』, 1921. 5.

홍병선, 「낭만주의의 의의」, 『청년』, 1921. 5.

홍양청년무리, 「잡지 『서광』을 읽고―황석우 군에게」, 『개벽』, 1921. 5.

김동인, 「비평에 대하여」, 『창조』, 1921. 6.

김찬영, 「꽃피려 할 때―『창조』 8호를 읽고」, 『창조』, 1921. 6.

김찬영, 「작품에 대한 평자적 가치」, 『창조』, 1921. 6.

김찬영, 「『오뇌의 무도』의 출생된 날」, 『창조』, 1921. 6.

정영태, 「『창조』 8호를 읽음」, 『창조』, 1921. 6.

김억, 「근대문예」, 『개벽』, 1921. 6~1922. 3.

현철, 「독일 문예운동과 표현주의」, 『개벽』, 1921. 9.

현철, 「문학상으로 보는 사상」, 『개벽』, 1921. 9.

현철, 「예술계의 회고 1년」, 『개벽』, 1921. 12.

1922년

특집 '문예에 대한 요구 및 작가로서의 포부', 『동아일보』, 1922. 1. 1~8.

    권덕규, 「'말뚝 족제비'의 흙을 씻으라」

    민태원, 「자각·자중·노력과 기타의 희망」

    방정환, 「필연의 요구와 절대의 진실로―소설에 대하여」

    양건식, 「나는 오직 고언뿐」

    현상윤, 「생활에 접촉하고 수양에 노력하라」

    현철, 「극계에 대한 사보(私步)」

    황석우, 「시작가로서의 포부―부(附) 신년 시단에 대한 그의 추언(芻言)」

이광수, 「문학에 뜻 두는 이에게」, 『개벽』, 1922. 3.

염상섭, 「개성과 예술」, 『개벽』, 1922. 4.

박종화, 「오호 아문단―부(附) 월평」, 『백조』, 1922. 5.

강호학인, 「문학의 본체」, 『개벽』, 1922. 6.

최원순, 「이춘원에게 문(問)하노라―"민족개조론"을 읽고」, 『동아일보』, 1922. 6. 3~4.

신일용, 「춘원의 민족개조론을 평함」, 『신생활』, 1922. 7.

전해산, 「톨스토이의 일생과 인도주의」, 『공영』, 1922. 7.

권덕규, 「조선어문의 연원과 그 성립」, 『동명』, 1922. 9. 2.

김원근, 「조선 고금의 문학개론」, 『청년』, 1922. 11.

변영로, 「노농(勞農) 노국(露國)의 예술」, 『동명』, 1922. 11. 12.

1923년

박종화, 「문단의 1년을 추억하여」, 『개벽』, 1923. 1.

방정환, 「새로 개척되는 동화에 관하여」, 『개벽』, 1923. 1.

김억, 「무책임한 비평―"문단의 1년을 추억하여"의 평자에게 항의」, 『개벽』, 1923. 2.

이윤재, 「호적 씨의 건설적 문학 혁명」, 『동명』, 1923. 4. 29.

박종화, 「항의 같지 않은 항의자에게」, 『개벽』, 1923. 5.

양주동, 「'작문계'의 김억 대 박월탄의 논전을 보고」, 『개벽』, 1923. 6.

김기진, 「Promeneade Sentimental」, 『개벽』, 1923. 7.

임노월, 「사회주의와 예술」, 『개벽』, 1923. 7.

임정재, 「문사 제군에게 여(與)하는 일문(一文)」, 『개벽』, 1923. 7.

양명, 「신문학 건설과 한글 정리」, 『개벽』, 1923. 8.

이종기, 「사회주의와 예술을 말하신 임노월 씨에게 묻고자」, 『개벽』, 1923. 8.

김기진, 「클라르테 운동의 세계화」, 『개벽』, 1923. 9~11.

김억, 「시단의 1년」, 『개벽』, 1923. 12.

김운정, 「극계 1년의 개평(概評)」, 『개벽』, 1923. 12.

염상섭, 「올해의 소설계」, 『개벽』, 1923. 12.

1924년

김기진, 「지배계급 교화, 피지배계급 교화」, 『개벽』, 1924. 1.

염상섭, 「필주(筆誅)」, 『폐허 이후』, 1924. 1.

김억, 「조선심을 배경 삼아―시단의 신년을 맞으며」, 『동아일보』, 1924. 1. 1.

노자영, 「오해된 상섭 형에게―『폐허 이후』의 비평에 대하여」, 『동아일보』, 1924. 1. 7.

김기진, 「금일의 문학·명일의 문학」, 『개벽』, 1924. 2.

박영희, 「자연주의에서 신이상주의에 기울어지려는 조선 문단의 최근 경향」, 『개벽』, 1924. 2.

박영희, 「체호프 희곡에 나타난 노서아 환멸기의 고통」, 『개벽』, 1924. 2.

박종화, 「신춘 창작평」, 『개벽』, 1924. 3.

박영희, 「"악의 화"를 심은 보들레르론」, 『개벽』, 1924. 6.

김기진, 「너희의 양심에 고발한다」, 『개벽』, 1924. 8.

임노월, 「예술지상주의의 신자연관」, 『영대』, 1924. 8.

김동인, 「우리의 글자」, 『영대』, 1924. 9.

김동환, 「문학혁명의 기운 ─ '프로'와 애국 문학」, 『동아일보』, 1924. 10. 20.

박영희, 「조선을 지나가는 비너스」, 『개벽』, 1924. 11.

박종화, 「갑자(甲子) 문단 종횡관」, 『개벽』, 1924. 11.

전무길, 「남북구(南北歐) 문예의 상이와 조선 문단」, 『동아일보』, 1924. 11. 3.

김기진, 「장래의 조선 문학」, 『동아일보』, 1924. 11. 16.

김기진, 「본질에 관하여」, 『매일신보』, 1924. 11. 23.

특집 '명년도 문단에 대한 희망과 예상'(이광수, 박종화, 김기진, 양건식, 이성해, 조명
　　희), 『매일신보』, 1924. 11. 23, 30, 12. 7, 14.

　　김기진, 「지식계급의 임무와 신흥문학의 사명」, 『매일신보』, 1924. 12. 7.

　　김기진, 「조선어의 문학적 가치」, 『매일신보』, 1924. 12. 7.

임노월, 「예술과 계급」, 『영대』, 1924. 12.

1925년

특집 '이광수론', 『개벽』, 1925. 1.

　　박영희, 「문학상으로 본 이광수」

　　이성태, 「내가 본 이광수」

김억, 「시단 1년」, 『동아일보』, 1925. 1. 1.

이광수, 「조선 문단의 현상과 장래」, 『동아일보』, 1925. 1. 1.

특집 '사회운동과 민족운동 ─ 차이점과 일치점'(한용운, 최남선, 조봉암, 현상윤, 주종
　　건, 이찬), 『동아일보』, 1925. 1. 1~8.

김기진, 「1월 창작계 총평」, 『개벽』, 1925. 2.

특집 '계급문학 시비론', 『개벽』, 1925. 2.

　　김기진, 「피투성이 된 프로 혼의 표백(表白)」

　　김동인, 「예술가 자신의 막지 못할 예술욕에서」

　　김형원, 「계급을 위함이냐 문예를 위함이냐」

　　나도향, 「부르니 프로니 할 수는 없지만」

　　박영희, 「문학상 공리적 가치 여하」

　　박종화, 「인생 생활에 필연적 발생의 계급문학」

　　　　염상섭,「작가로서는 무의미한 말」

　　　　이광수,「계급을 초월한 예술이라야」

박영희,「2월 창작 총평」,『개벽』, 1925. 3.

박영희,「시의 문학적 가치 ― 현금 조선시단을 돌아보면서」,『개벽』, 1925. 3.

특집 '육당론',『조선문단』, 1925. 3.

　　　　양건식,「나의 본 육당 인상」

　　　　염상섭,「최육당 인상」

　　　　이광수,「육당의 첫 인상」

　　　　이광수,「육당 최남선」

김기진,「현 시단의 시인」,『개벽』, 1925. 3~4.

박종화,「3월 창작평」,『개벽』, 1925. 4.

이상화,「문단 측면관」,『개벽』, 1925. 4.

김기진,「신춘 문단 총관」,『개벽』, 1925. 5.

김기진,「십자교 위에서」,『개벽』, 1925. 5.

이상화,「지난달 시와 소설」,『개벽』, 1925. 6.

특집 '김동인론',『조선문단』, 1925. 6.

　　　　김억,「김동인」

　　　　방인근,「김동인은 어떠한 사람인가」

　　　　유지영,「김동인 인상기」

　　　　전영택,「김동인론」

특집 '『조선문단』 합평회에 대한 소감',『개벽』, 1925. 6.

　　　　김기진,「『조선문단』 합평회 인상기」

　　　　박영희,「진실을 잃어버린 합평」

　　　　백기만,「생각나는 대로」

　　　　이상화,「감상과 의견」

　　　　이성해,「극화(極化)하는 합평회」

　　　　조명희,「나는 이렇게 생각한다」

김기진,「문단 최근의 일경향」,『개벽』, 1925. 7.

박영희,「고민문학의 필연성」,『개벽』, 1925. 7.

박영희, 「화염 속에 있는 서간철」, 『개벽』, 1925. 11.

박영희, 「신경향파의 문학과 그 문단적 지위」, 『개벽』, 1925. 12.

박영희, 「준비 시대에 있는 '파사로프'의 부정적 정신」, 『개벽』, 1925. 12.

주요한, 「문예통속강화」, 『동아일보』, 1925. 12. 31~1926. 1. 13, 2. 1~25.

1926년

박영희, 「"문예쇄담"을 읽고서—소위 조선인의 망국 근성을 우려하는 춘원 이광수
　　군에게」, 『개벽』, 1926. 1.

박영희, 「신년의 문단을 바라보면서—프로문예의 초기」, 『개벽』, 1926. 1.

이상화, 「무산작가와 무산문학」, 『개벽』, 1926. 1.

이상화, 「신년의 문단을 바라보면서—단 한 마디」, 『개벽』, 1926. 1.

이광수, 「중용과 철저—조선이 가지고 싶은 문학」, 『동아일보』, 1926. 1. 2~3.

김억, 「현시단」, 『동아일보』, 1926. 1. 14.

양주동, 「철저와 중용—현하(現下) 조선이 가지고 싶은 문학」, 『조선일보』, 1926. 1.
　　23~24.

이광수, 「양주동 씨의 "철저와 중용"을 읽고」, 『동아일보』, 1926. 1. 27~30.

양주동, 「조선문단집설」, 『신민』, 1926. 2.

현진건, 「신춘 소설 만평」, 『개벽』, 1926. 2.

김억, 「프로문학에 대한 항의」, 『동아일보』, 1926. 2. 7~8.

최독견, 「2월 창작평」, 『신민』, 1926. 3.

방인근, 「3월 소설평」, 『조선문단』, 1926. 4.

양주동, 「3월 시단 총평」, 『조선문단』, 1926. 4.

염상섭, 「프로문학에 대한 '피(彼)' 씨의 언(言)」, 『조선문단』, 1926. 4.

이광수, 「문학과 '부르'와 '프로'」, 『조선문단』, 1926. 4.

김기진, 「4월 창작평」, 『조선문단』, 1926. 5.

김우진, 「이광수류의 문학을 매장하라」, 『조선지광』, 1926. 5.

박영희, 「문학의 초월의식과 현대적 의의」, 『문예운동』, 1926. 5.

박영희, 「향락화한 고통, 고통화한 현실」, 『문예운동』, 1926. 5.

송강, 「문예시감」, 『문예운동』, 1926. 5.

양주동, 「4월 시평」, 『조선문단』, 1926. 5.

홍명희, 「예술기원론의 일절」, 『문예운동』, 1926. 5.

「국가·민족·계급」, 『조선일보』 사설, 1926. 6. 19.

「민족의식과 계급의식과의 논점」, 『동아일보』 사설, 1926. 6. 19.

최서해, 「7, 8월 소설」, 『동아일보』, 1926. 8. 7, 10, 14, 17.

김기진, 「월평적 산문」, 『조선지광』, 1926. 11.

한설야, 「계급예술의 선언」, 『동아일보』, 1926. 11. 6.

김기진, 「감상을 그대로」, 『동아일보』, 1926. 11. 10.

김기진, 「문예월평」, 『조선지광』, 1926. 12.

1927년

김기진, 「문단 1년」, 『동광』, 1927. 1.

박영희, 「투쟁기에 있는 문예비평가의 태도」, 『조선지광』, 1927. 1.

양주동, 「병인(丙寅) 문단 개관」, 『동광』, 1927. 1.

김성근, 「조선 현대문예 개관―신춘문예 당선 평론」, 『동아일보』, 1927. 1. 1~6.

권구현, 「계급문학과 그 비판적 요소―김기진 군 대 박영희 군의 논전을 읽고」, 『동광』, 1927. 2.

박영희, 「신경향파 문학과 무산파의 문학」, 『조선지광』, 1927. 2.

정병순, 「조선주의에 대하여―김기진 씨의 시평을 읽고」, 『동아일보』, 1927. 2. 17.

양주동, 「문예비평가의 태도 기타」, 『동아일보』, 1927. 2. 28~3. 4.

박영희, 「무산예술운동의 집단적 의의―조선프롤레타리아예술동맹에 대하여」, 『조선지광』, 1927. 3.

박영희, 「문예운동의 방향전환」, 『조선지광』, 1927. 4.

한설야, 「무산문예가의 입장에서―김화산 군의 허구문예론, 관념적 당위론을 박(駁)함」, 『동아일보』, 1927. 4. 15~16, 19~21, 24~27.

염상섭, 「시조와 민요」, 『동아일보』, 1927. 4. 30.

이은상, 「시조 문제」, 『동아일보』, 1927. 4. 30~5. 4.

김기진, 「문단시평―4월의 창작」, 『현대평론』, 1927. 5.

김화산, 「뇌동성 문학의 극복」, 『현대평론』, 1927. 5.

염상섭, 「작금의 무산문학」, 『동아일보』, 1927. 5. 6~8.

염상섭, 「배울 것은 기교―일본 문단 잡관」, 『동아일보』, 1927. 6. 7~13.

양주동, 「미학적 문예론」, 『동아일보』, 1927. 6. 18~19, 22~27.

최서해, 「문단시감」, 『현대평론』, 1927. 7.

양주동, 「다시 문예비평의 태도에 취하여」, 『동아일보』, 1927. 7. 12~22.

박영희, 「문예시평과 문예잡감」, 『조선지광』, 1927. 8.

김홍희, 「자연생장과 목적의식」, 『매일신보』, 1927. 8. 14.

김기진, 「문예시평―인식불구자의 미망」, 『조선지광』, 1927. 9.

양주동, 「중국 소설의 기교」, 『동아일보』, 1927. 9. 28~10. 12.

홍현국, 「순수예술의 근본성과 및 창조적 행동예술적 사회성의 구성적 관계를 논
    함」, 『매일신보』, 1927. 10. 2~23.

양주동, 「잡상 수칙(數則)」, 『동아일보』, 1927. 12. 22~31.

1928년

김기진, 「창작계 1년」, 『동아일보』, 1928. 1. 1~3.

양주동, 「정묘(丁卯) 평단 총관―국민문학과 무산문학의 제 문제를 검토 비판함」,
    『동아일보』, 1928. 1. 1~18.

이은상, 「시조 문제 소론」, 『동아일보』, 1928. 2. 9~17.

이성로, 「신흥시에 대하여」, 『중외일보』, 1928. 3. 18.

조중곤, 「예술운동 당면의 제 문제」, 『중외일보』, 1928. 4. 1~3.

장준석, 「섬언자(言者) 일속(一束)을 논박함」, 『중외일보』, 1928. 4. 8~12.

염상섭, 「조선과 문예, 문예와 민중」, 『중외일보』, 1928. 4. 10~17.

이북만, 「사이비 변증법의 배격―특히 자칭 변증론자 한설야 씨에게」, 『조선지광』,
    1928. 5.

양주동, 「인생·문예·잡관」, 『동아일보』, 1928. 5. 19~23.

염상섭, 「소설과 민중」, 『동아일보』, 1928. 5. 27~31.

이광수, 「젊은 조선인의 소원」, 『동아일보』, 1928. 9. 4~19.

김기진, 「관념적 예술관의 파탄」, 『조선지광』, 1928. 11~12.

양주동, 「소설가로서의 토마스 하디 연구」, 『동아일보』, 1928. 12. 1~28.

1929년

유완희, 「조선의 신흥문학 운동」, 『조선사상통신』 11집, 1929.

박종화, 「대전 이후의 조선의 문예운동」, 『동아일보』, 1929. 1. 1~12.

양주동, 「구주 현대 문예사상 개관」, 『동아일보』, 1929. 1. 1~17.

이은상, 「10년간의 조선시단 총관」, 『동아일보』, 1929. 1. 13~19.

염상섭, 「전쟁과 문학」, 『동아일보』, 1929. 2. 15.

염상섭, 「작품의 명암」, 『동아일보』, 1929. 2. 17~22.

김기진, 「변증적 사실주의—양식 문제에 대한 초고」, 『동아일보』, 1929. 2. 25~3. 7.

박영희, 「문예시평」, 『조선일보』, 1929. 3. 21~26.

김기진, 「대중소설론」, 『동아일보』, 1929. 4. 14~20.

정희관, 「방향전환과 목적의식성 문제」, 『중외일보』, 1929. 4. 25~29.

민병휘, 「최근 문단에 대한 희망과 증오」, 『조선문예』, 1929. 5.

송순일, 「문예소감 편린」, 『조선문예』, 1929. 5.

윤기정, 「문예시감」, 『조선문예』, 1929. 5.

한설야, 「신춘 창작평」, 『조선지광』, 1929. 5.

염상섭, 「'토구, 비판' 3제—무산문예 양식문제 기타」, 『동아일보』, 1929. 5. 4~15.

김억, 「프로메나드 센티멘탈라」, 『동아일보』, 1929. 5. 18~30.

김기진, 「문단시사감」, 『조선문예』, 1929. 6.

김기진, 「프로시가의 대중화」, 『문예공론』, 1929. 6.

박영희, 「예술이란 무엇인가」, 『조선문예』, 1929. 6.

양주동, 「구상과 사상」, 『문예공론』, 1929. 6.

양주동, 「문예상의 내용과 형식의 문제」, 『문예공론』, 1929. 6.

염상섭, 「소설 작법 강좌」, 『문예공론』, 1929. 6.

윤기정, 「문학적 활동과 형식 문제」, 『조선문예』, 1929. 6.

한설야, 「2월 창작평 급(及) 기타」, 『조선지광』, 1929. 6.

한설야, 「문예시감」, 『문예공론』, 1929. 6.

이광수, 「문학에 대한 소견 이삼(二三)」, 『동아일보』, 1929. 7. 23~8. 1.

김동인, 「조선 근대소설고」, 『조선일보』, 1929. 7. 28~8. 16.

김기진, 「시평적 수언(隨言)」, 『조선지광』, 1929. 8.

양주동, 「문제의 소재와 이동점(異同點) ─주로 무산파 제씨에게 답함」, 『조선일보』, 1929. 8. 8~16.

김기진, 「조선 프로운동의 선구자」, 『삼천리』, 1929. 9.

김화산, 「무비판적 비판의 비판」, 『조선지광』, 1929. 9.

김기진, 「문예운동에 대하여」, 『동아일보』, 1929. 9. 20~22.

김기진, 「문예적 평론─소위 춘추필법 기타」, 『중외일보』, 1929. 10. 1~9.

「문단계의 침묵」, 『중외일보』 사설, 1929. 10. 17.

양주동, 「속(續) 문제의 소재와 이동점─형식 문제와 민족문학 문제에 관하여 김기진 씨 소론에 답함」, 『중외일보』, 1929. 10. 20~11. 9.

이향, 「논쟁에 역립(逆立)하여─민족문학과 형식 문제 소고」, 『조선일보』, 1929. 10. 31~11. 9.

염상섭, 「김기진 인상」, 『중외일보』, 1929. 11. 28.

김동인, 「내가 본 시인─주요한 군을 논함」, 『조선일보』, 1929. 11. 29~12. 3.

김기진, 「1년간 창작계」, 『동아일보』, 1929. 12. 27~1930. 1. 4.

1930년

김기진, 「예술운동의 1년간」, 『조선지광』, 1930. 1.

송호, 「대중예술론」, 『중외일보』, 1930. 2. 2~13.

정노풍, 「문예이론의 청산기」, 『중외일보』, 1930. 2. 7.

박영희, 「유물론고」, 『대조』, 1930. 4.

정노풍, 「3월 시단 개평」, 『대조』, 1930. 4.

김억, 「시론」, 『대조』, 1930. 4~8.

특집 '조선의 문예이론의 귀결은 필요한가', 『대조』, 1930. 5.

　　권경완, 「실천적 객관주의 문학으로」

　　김동인, 「불가예측」

　　김대준, 「프로문예론」(삭제)

　　김억, 「이론보다 먼저 작품을」

　　박영희, 「조선의 문예이론의 귀결은 필요한가」

　　송순일, 「문학적으로 공동 진용」

엄흥섭, 「추상적 몇 마디」

윤기정, 「아지프로」

이태준, 「문제 막연」

이하윤, 「역사적 필연성」

주요섭, 「조선의 문예이론은 어디로 귀결될까」

주요한, 「시대와 현실이 결정」

정노풍, 「실천성 있는 문예이론」

안막, 「프로예술의 형식 문제」, 『조선지광』, 1930. 6.

염상섭, 「작가가 본 평론가」, 『삼천리』, 1930. 7.

김억, 「시형, 언어, 압운」, 『매일신보』, 1930. 7. 31~8. 10.

민병휘, 「조선 프로예술운동의 과거와 현재」, 『대조』, 1930. 8.

배상철, 「조선 시인 근작 총평」, 『대조』, 1930. 8.

안막, 「조직과 문학」, 『중외일보』, 1930. 8. 1~2.

안막, 「조선 프로예술가의 당면의 긴급한 임무」, 『중외일보』, 1930. 8. 16~22.

권환, 「조선 예술운동의 당면한 구체적 과정」, 『중외일보』, 1930. 9. 1~16.

유백로, 「프로문학의 대중화」, 『중외일보』, 1930. 9. 3~10.

박영희, 「카프 작가와 동반자의 문학적 활동─신추(新秋) 창작평」, 『중외일보』,
　　　　1930. 9. 18~26.

유춘정, 「8월 창작평」, 『신인문학』, 1930. 10.

조민, 「시단 시평」, 『신인문학』, 1930. 10.

안덕근, 「프롤레타리아 소년문학론」, 『조선일보』, 1930. 10. 18~11. 7.

안함광, 「계급문학의 자유성─김성근 씨를 박(駁)함」, 『조선일보』, 1930. 11. 8.

박영희, 「예술의 형식과 내용의 합목적성」, 『해방』, 1930. 12

1931년

이병각, 「농민문학의 본질과 농본주의의 폭로」, 『문학』, 1931. 1.

조윤제, 「시조 자수고(字數考)」, 『신흥』, 1931. 1.

김동인, 「작가 4인─춘원·상섭·빙허·서해」, 『매일신보』, 1931. 1. 1~8.

김연수, 「1930년 조선 연극계」, 『매일신보』, 1931. 1. 1~8.

양주동, 「회고·전망·비판—문단 제 사조의 종횡관」, 『동아일보』, 1931. 1. 1~9.

천봉학인, 「조선 문단의 작일과 명일」, 『매일신보』, 1931. 1. 1~9.

김억, 「시가의 사실성」, 『매일신보』, 1931. 1. 1~10.

양주동, 「문단 측면관—좌우파 제씨에게 질문」, 『조선일보』, 1931. 1. 1~13.

정인섭, 「조선 문단에 호소함—30년은 자살 미수」, 『조선일보』, 1931. 1. 3~18.

유엽, 「시의 본질과 표현」, 『동아일보』, 1931. 1. 13~30.

채만식, 「평론가에 대한 작가로서의 불복」, 『동아일보』, 1931. 1. 14~15.

김기림, 「시의 기술·인식·현실 등 제 문제」, 『조선일보』, 1931. 2. 13~15.

이주홍, 「아동문학의 1년간」, 『조선일보』, 1931. 2. 14.

송열, 「박영희 씨에게」, 『조선일보』, 1931. 2. 24.

안함광, 「조선 프로예술운동의 현세와 혼란된 논단」, 『조선일보』, 1931. 3. 19~25.

김억, 「역시론(譯詩論)」, 『동광』, 1931. 5.

박태원 옮김, 「하리코프에 열린 혁명작가회의」, 『동아일보』, 1931. 5. 6~10.

권환, 「하리코프대회 성과에서 조선 프로예술가가 얻은 교훈」, 『동아일보』, 1931. 5.
  14~17.

김기림, 「상아탑의 비극—사포에서 초현실파까지」, 『동아일보』, 1931. 7. 30~8. 9.

안함광, 「농민문학 문제」, 『조선일보』, 1931. 8. 12~17.

김동인, 「문단 회고」, 『매일신보』, 1931. 8. 23~9. 22.

김억, 「김동인론」, 『동광』, 1931. 9.

김용길, 「반(反)카프 음모 급(及)『군기』에 관련된 문제」, 『이러타』, 1931. 9.

최명익, 「이광수 씨의 작가적 태도를 논함」, 『비판』, 1931. 9.

함일돈, 「상반기 창작시평」, 『동아일보』, 1931. 9. 2~3.

박기섭, 「형식주의 예술론의 비판—프로예술의 옹호」, 『조선일보』, 1931. 9. 4~12.

백철, 「농민문학론」, 『조선일보』, 1931. 10. 1~20.

안함광, 「농민문학 재론」, 『조선일보』, 1931. 10. 21~11. 5.

전무길, 「9, 10월 창작평」, 『조선일보』, 1931. 10. 24~27.

박용철, 「효과주의적 비평 논강」, 『문예월간』, 1931. 11.

함일돈, 「9월 창작평」, 『문예월간』, 1931. 11.

박용철, 「문예시평」, 『문예월간』, 1931. 12.

백철, 「문예시평」, 『혜성』, 1931. 12.

선풍아, 「조선 프롤레타리아 연극 운동의 저조」, 『신흥』, 1931. 12.

유진오, 「문학과 성격」, 『문예월간』, 1931. 12.

「프로 서기장 윤기정의 '반(反)카프 음모 사건'의 진상」, 『동광』, 1931. 12.

안함광, 「농민문학의 규정 문제―백철 군의 테마를 일축한다」, 『비판』, 1931. 12.

신유인, 「문학 창작의 고정화에 항(抗)하여」, 『중앙일보』, 1931. 12. 1~8.

안병선, 「문예평론의 대중화」, 『조선일보』, 1931. 12. 4~6.

박세영, 「1931년 시단의 회고」, 『중앙일보』, 1931. 12. 7.

박용철, 「1931년 시단의 회고와 비판」, 『중앙일보』, 1931. 12. 7~8.

이하윤, 「1931년 평론계에 대한 감상」, 『중앙일보』, 1931. 12. 7~8.

임화, 「1931년간의 카프 예술운동의 정황」, 『중앙일보』, 1931. 12. 7~13.

김억, 「신미년 시단」, 『동아일보』, 1931. 12. 10.

「문화운동의 검찰」, 『중외일보』 사설, 1931. 12. 13.

송영, 「1931년의 조선 문단 개관」, 『조선일보』, 1931. 12. 17~27.

김우철, 「아동문학에 관하여」, 『중앙일보』, 1931. 12. 20~21.

1932년

이갑기, 「예술운동의 전망―프로예맹을 중심하여」, 『비판』, 1932. 1.

임화, 「소위 '해외문학파'의 정체와 임무―이헌구 씨의 임무와 장래를 배독(拜讀)하고」, 『조선지광』, 1932. 1.

염상섭, 「문단 타진」, 『중앙일보』, 1932. 1. 1~3.

이하윤, 「지나간 한 해 동안의 세계」, 『매일신보』, 1932. 1. 1~8.

임화, 「당면 정세의 특질과 예술운동의 일반적 방향」, 『조선일보』, 1932. 1. 1~10.

이헌구, 「해외문학과 조선에 있어서 해외문학인의 임무와 장래」, 『조선일보』, 1932. 1. 1~11.

임화, 「1932년을 당하여 조선 문학운동의 신단계」, 『중앙일보』, 1932. 1. 1~28.

송영, 「1932년의 창작의 실천 방법」, 『중앙일보』, 1932. 1. 3~17.

안막, 「1932년의 문학 활동의 제 과제」, 『중앙일보』, 1932. 1. 11.

이동규, 「소년 문단의 회고와 전망」, 『중앙일보』, 1932. 1. 11.

정래동, 「과거를 청산하자」, 『조선일보』, 1932. 1. 17~2. 25.

이병기, 「시조를 혁신하자」, 『동아일보』, 1932. 1. 22~2. 4.

홍효민, 「조선프롤타리아문화연맹에의 결성 방략」, 『삼천리』, 1932. 2.

김동인, 「"발가락이 닮았다"에 대하여」, 『조선일보』, 1932. 2. 6.

이헌구, 「비과학적 이론―백철 씨에 대한 항변」, 『조선일보』, 1932. 2. 10.

김억, 「시단의 회고」, 『매일신보』, 1932. 2. 14~19.

이갑기, 「문예시평」, 『비판』, 1932. 3.

이헌구, 「문학 유산에 대한 마르크스주의자의 견해」, 『동아일보』, 1932. 3. 10~13.

이은상, 「시조 창작 문제」, 『동아일보』, 1932. 3. 31~4. 10.

유진오, 「문예시평―침통한 문학 기타」, 『동방평론』, 1932. 4.

이기영, 「"혁명가의 아내"와 이광수」, 『신계단』, 1932. 4.

안함광, 「문예시평」, 『중앙일보』, 1932. 4. 18~21.

채만식, 「문예시평」, 『비판』, 1932. 5.

홍효민, 「조선 문학과 해외문학파의 역할―그의 미온적 태도를 배격함」, 『삼천리』,
    1932. 5~6.

김억, 「시예술 창작론」, 『매일신보』, 1932. 5. 27~31.

김기림, 「김동환론」, 『동광』, 1932. 7.

김억, 「7월의 시가」, 『매일신보』, 1932. 7. 30~8. 3.

김동인, 「소설가로서의 서해」, 『동광』, 1932. 8.

안함광, 「조선 프로연극운동의 신전개」, 『비판』, 1932. 8.

민병휘, 「조선 프로작가론」, 『삼천리』, 1932. 9.

유해송, 「농민문학의 이론」, 『비판』, 1932. 9.

최진원, 「최근 소감 2제(二題)」, 『비판』, 1932. 9.

김동인, 「적막한 예원」, 『매일신보』, 1932. 9. 21~10. 6.

신유인, 「예술적 방법의 정당한 이해를 위하여」, 『신계단』, 1932. 10.

한설야, 「민족개량주의 비판」, 『신계단』, 1932. 10.

박영희, 「스피노자의 철학과 현대유물론」, 『신계단』, 1932. 11.

만년설, 「1932년 창작계 총평」, 『신계단』, 1932. 12.

박영희, 「파스큘라 시대」, 『문학건설』, 1932. 12.

박팔양,「창작방법 문제 비판」,『문학건설』, 1932. 12.

송영,「염군사 시대」,『문학건설』, 1932. 12.

안덕근,「마르크스주의 예술론」,『비판』, 1932. 12.

이원조,「문예시평」,『삼천리』, 1932. 12.

백철,「1932년도 기성 신흥 양 문단의 동향」,『조선일보』, 1932. 12. 21~25.

1933년

안함광,「1932년 창작계 총평」,『비판』, 1933. 1.

유광호,「문예시감」,『전선』, 1933. 1.

이성구,「계통발생적 프로문학론」,『전선』, 1933. 1.

홍효민,「조선 프롤레타리아예술운동의 신전망」,『전선』, 1933. 1.

백철,「1933년도 조선 문단의 전망」,『동광』, 1933. 1.

김화산,「1933년을 맞는 조선시단의 전망―겸하여 1932년의 시단을 회고함」,『조선
　　　　중앙일보』, 1933. 1. 1~2.

이하윤,「세계문학과 조선의 번역 운동」,『조선중앙일보』, 1933. 1. 1~3.

이헌구,「극단 전망」,『조선중앙일보』, 1933. 1. 1~3.

안회남,「미몽 문단의 회고와 전망」,『매일신보』, 1933. 1. 1~7.

특집 '문예인의 새해 선언',『조선일보』, 1933. 1. 1~8

　　　　김광섭,「번역문학에 좀더 관심하자」

　　　　김진섭,「문단 신안 특허」

　　　　백철,「문학운동에 대한 단상 이삼(二三)」

　　　　유진오,「문단에 대한 희망 이삼(二三)」

　　　　이헌구,「문학을 건설하는 새로운 분위기에서」

　　　　전무길,「원리·고료·발표」

　　　　조벽암,「새 내용, 새 형식」

'문인 좌담회',『동아일보』1933. 1. 1~11.

　　　　(1) 사조 경향

　　　　(2) 작품 경향

　　　　(3) 문단 진영

(사회) 이광수, 서항석

정인섭, 김억, 백철, 이은상, 이하윤, 이헌구, 김동인, 이태준

양주동, 「집단주의의 어로성(魚魯性)─이광수 씨의 소론에 대하여」, 『조선중앙일
　　보』, 1933. 1. 3~9.

이양하, 「리처즈의 문예가치론」, 『조선일보』, 1933. 1. 20~31.

이갑기, 「양주동 씨의 계급적 이반」, 『조선일보』, 1933. 1. 25.

김화산, 「신춘문예 개관」, 『매일신보』, 1933. 1. 29~2. 14.

이원조, 「시에 나타난 로맨티시즘에 대하여」, 『조선일보』, 1933. 1. 31~2. 1.

민병휘, 「신춘문예시감」, 『전선』, 1933. 2.

백철, 「신춘 문단의 신동향」, 『제일선』, 1933. 2.

이헌구, 「프로문단의 위기」, 『제일선』, 1933. 2.

황하청, 「기성 문단의 몰락」, 『제일선』, 1933. 2.

김동명, 「신춘시단 일별」, 『조선일보』, 1933. 2. 5~9.

임화, 「신춘창작 개평」, 『조선일보』, 1933. 2. 13~25.

안함광, 「신춘현상 창작평」, 『전선』, 1933. 3.

임경일, 「문예시감」, 『전선』, 1933. 3.

백철, 「문예시평」, 『조선중앙일보』, 1933. 3. 2~8.

이원조, 「최근의 창작평」, 『조선일보』, 1933. 3. 2~8.

임화, 「가톨릭 문학 비판」, 『조선일보』, 1933. 3. 11~13.

김우철, 「동맹자 문학인 농민문학의 필연성」, 『조선일보』, 1933. 3. 12~15.

이원조, 「순수문학과 대중문학」, 『조선일보』, 1933. 3. 13~20.

이원조, 「근래 시단의 한 경향─특히 낭만파와 감각파에 관하여」, 『조선일보』,
　　1933. 4. 26~29.

안덕근, 「조선 문학운동의 신계급─프로문단의 침체는 어떻게 구출될 것인가」, 『전
　　선』, 1933. 5.

윤곤강, 「반(半)종교문학의 기본적 문제」, 『신계단』, 1933. 5.

「조선농민문학」, 『동아일보』 사설, 1933. 5. 1.

안회남, 「최근 창작 개평」, 『조선일보』, 1933. 5. 24~28.

안함광, 「문학적 형식의 탐구와 그 태도에 관하여─유진오 씨의 소론과 작품을 읽

고」, 『비판』, 1933. 6.

안동수, 「문예시감」, 『비판』, 1933. 6.

이동구, 「가톨릭은 문학을 어떻게 취급할 것인가」, 『가톨릭청년』, 1933. 6.

김우철, 「민족문학의 문제 — 백철의 논문을 읽고」, 『조선일보』, 1933. 6. 5~7.

박상엽, 「감상의 7월 — 탄해 영전에」, 『매일신보』, 1933. 6. 13~29.

특집 '작가가 본 작가', 『조선일보』, 1933. 6. 14~7. 9.

　　　김기림, 「스타일리스트 이태준 씨를 논함」

　　　안회남, 「채만식 논변」

　　　이기영, 「현민 유진오론」

　　　이무영, 「이종명 소론」

　　　임화, 「동지 백철 군을 논함」

　　　한설야, 「이북명 군을 논함」

김기림, 「포에지와 모더니티」, 『신동아』, 1933. 7.

철민, 「변증법적 유물론」, 『대중』, 1933. 7.

이일구, 「문예비평의 기준」, 『조선일보』, 1933. 7. 21~25.

김남천, 「임화적 창작평과 자기비판」, 『조선일보』, 1933. 7. 29~8. 4.

백철, 「인간묘사 시대」, 『조선일보』, 1933. 8. 29~9. 1.

김우철, 「마르크스주의자 비평가의 임무」, 『조선중앙일보』, 1933. 9. 12~16.

백철, 「심리적 리얼리즘과 사회적 리얼리즘」, 『조선일보』, 1933. 9. 17.

박태원, 「문예시평 — 소설을 위하여」, 『매일신보』, 1933. 9. 20~30.

백철, 「사악한 예원의 분위기」, 『동아일보』, 1933. 9. 29~10. 2.

백철, 「비평의 옹호 — 비평무용론 비판」, 『조선중앙일보』, 1933. 9. 29.

이동구, 「문예시평」, 『가톨릭청년』, 1933. 10.

특집 '평론계의 SOS — 비평의 권위 수립을 위하여', 『조선일보』, 1933. 10. 3~4.

　　　방인근, 「저널리즘에 경고」

　　　양주동, 「시끄럽게 함부로 날뛰는 알지 못하는 비평 퇴치」

　　　이종명, 「작가의 입장을 이해하는 엄정하고 순수한 비평가의 출현」

　　　이태준, 「평가에 좀더 겸손하여라」

　　　이헌구, 「내면적 이데올로기에」

이효석, 「창작방법의 완성과 비평의 천재를 대망」

채만식, 「비평정신과 내용의 양전(兩全)에」

임화, 「평정한 문단에 거탄(巨彈)을 던진 신경향파」, 『조선일보』, 1933. 10. 5~8.

특집 '문단인의 자기 고백', 『동아일보』, 1933. 10. 8~25.

김기진, 「나의 문학에 대한 태도」

김억, 「표현으로서의 기교에」

이기영, 「작가적 양심」

이무영, 「충실한 직공으로서의 재출발」

이헌구, 「몽환과 독백」

임화, 「진실과 당파성」

홍효민, 「계급적 양심」

김남천, 「문학적 치기를 웃노라—박승극의 잡문을 반박함」, 『조선일보』, 1933. 10. 10~12.

현동염, 「수필 문학에 관한 각서」, 『조선일보』, 1933. 10. 10~24.

유진오, 「10월 창작평」, 『조선일보』, 1933. 10. 14~19.

김기림, 「예술에 있어서의 리얼리티, 모럴 문제」, 『조선일보』, 1933. 10. 22~24.

이동구, 「가톨릭 문학에 대한 당위의 문제」, 『동아일보』, 1933. 10. 24~26.

이기영, 「문학적 시감 수제(隨題)」, 『조선일보』, 1933. 10. 25~29.

김진섭, 「외국 문학 연구의 지장 외」, 『동아일보』, 1933. 11. 1~8.

이원조, 「비평의 위치」, 『조선중앙일보』, 1933. 11. 3~10.

임화, 「비평의 객관성 문제」, 『동아일보』, 1933. 11. 9~10.

한설야, 「가치 판단과 기술 비평」, 『조선일보』, 1933. 11. 11~13.

함대훈, 「해외문학과 조선 문학」, 『동아일보』, 1933. 11. 11~14.

백철, 「비평의 신임무—기준비평과 감상비평의 결합 문제」, 『동아일보』, 1933. 11. 15~19.

백철, 「창작시평」, 『중앙일보』, 1933. 11. 19~23.

안회남, 「문단시평—문단과 문단인」, 『매일신보』, 1933. 11. 23~12. 8.

임화, 「문학에 있어서의 형상의 성질 문제」, 『조선일보』, 1933. 11. 25~12. 2.

추백, 「창작방법 문제의 재토의를 위하여」, 『동아일보』, 1933. 11. 29~12. 7.

권환,「사실주의적 창작 '메토데'의 서론」,『중앙』, 1933. 12.

김기진,「단편 창작 7, 6편」,『신동아』, 1933. 12.

양주동,「예술론 ABC」,『신동아』, 1933. 12.

이정호,「아동문학 총결산」,『신동아』, 1933. 12.

김기림,「1933년도 시단의 회고와 전망」,『조선일보』, 1933. 12. 7~13.

이원조,「불안의 문학과 고민의 문학」,『조선일보』, 1933. 12. 12~16.

안함광,「조선 문예비평계의 동향」,『조선중앙일보』, 1933. 12. 13~23.

한설야,「12월 창작평」,『조선일보』, 1933. 12. 14~16.

김우철,「재토의에 오른 창작방법 문제」,『조선일보』, 1933. 12. 15~16.

백철,「시조 중심으로 본 33년도 문학계」,『조선일보』, 1933. 12. 17~21.

윤곤강,「1933년도의 시작 6편에 대하여」,『조선일보』, 1933. 12. 17~21.

임화,「비평에 있어 작가와 그 실천의 문제」,『동아일보』, 1933. 12. 19~21.

안함광,「자본론, 문학의 의미―프로문학의 역사성을 위하여」,『조선중앙일보』,
　　　　1933. 12. 24~28.

안함광,「문예시평」,『조선중앙일보』, 1933. 12. 24~28.

현동염,「"비평계의 동향" 필자에게」,『조선중앙일보』, 1933. 12. 29~30.

1934년

김기진,「조선 문학의 현재의 수준」,『신동아』, 1934. 1.

유치진,「연극의 브나로드 운동」,『조선중앙일보』, 1934. 1. 1.

권환,「33년 문예 논단의 회고와 전망」,『조선중앙일보』, 1934. 1. 1~4.

이헌구,「34년의 연극과 영화계의 전망」,『조선중앙일보』, 1934. 1. 1~6.

임화,「1933년의 조선 문학의 제 경향과 전망」,『조선일보』, 1934. 1. 1~7.

김억·홍효민,「1934년과 조선 문단」,『동아일보』, 1934. 1. 1~10.

백철,「1933년 창작계 총결산」,『조선중앙일보』, 1934. 1. 1~10.

임화,「33년을 통하여 본 현대 조선의 시문학」,『조선중앙일보』, 1934. 1. 1~11.

서항석,「세계 문단 회고와 전망」,『동아일보』, 1934. 1. 1~12.

임화,「1933년의 조선 문학의 제 경향과 전망」,『조선일보』, 1934. 1. 1~14.

특집 '1934년도 문학 건설',『조선일보』, 1934. 1. 1~25.

　　　김남천, 「당면 과제의 인식」

　　　김동인, 「감상적 기분 잊은 비애」

　　　김억, 「길을 가면서 사상을」

　　　김해강, 「대중의 감정을 기조로」

　　　송영, 「현실의 본질을 파악」

　　　엄흥섭, 「취재와 사실적 묘사」

　　　유치진, 「철저한 현실 파악」

　　　이기영, 「사회적 경험과 실제」

　　　이무영, 「작가 자신의 생활 혁명」

　　　이석훈, 「문학 건설의 열정」

　　　이응수, 「형식 내용의 동등 가치」

　　　이종명, 「문학 본래의 전통」

　　　이태준, 「작품과 생활이 경주 중」

　　　이효석, 「낭만, 리얼, 중간의 길」

　　　채만식, 「사이비 평론 거부」

김진섭, 「1933년 문예 연보」, 『조선일보』, 1934. 1. 2.

박영희, 「최근 문예이론의 신전개와 그 경향―사회사적 급(及) 문학사적 고찰」, 『동
　　　아일보』, 1934. 1. 2~11.

김기진, 「문예시감―박 군은 무엇을 말했나」, 『동아일보』, 1934. 1. 27~2. 6.

「1934년을 임하여 문단에 대한 희망」(권환, 신경순, 김기림, 안석영, 최정희, 임화, 이
　　　기영, 홍양명, 이무영, 장혁주, 김유영, 조벽암), 『형상』, 1934. 2.

박승극, 「1933년에 나타난 문학작품의 추세」, 『우리들』, 1934. 2.

윤곤강, 「신춘 시문학 총평」, 『우리들』, 1934. 2.

이동규, 「문예시감」, 『우리들』, 1934. 2.

김기진, 「문예시평」, 『동아일보』, 1934. 2. 3~6.

박영희, 「문제 상이점의 재음미―김팔봉 군의 문예시평에 답함」, 『동아일보』, 1934.
　　　2. 14~19.

윤고종, 「창작 비평가의 풍만한 태도」, 『조선중앙일보』, 1934. 2. 23~28.

이무영, 「신춘 창작평」, 『조선중앙일보』, 1934. 2. 25~28.

유치진, 「신춘 희곡 개평」, 『조선중앙일보』, 1934. 2. 27~28.

김남천, 「창작방법의 전환 문제」, 『형상』, 1934. 3.

송강, 「문예시감」, 『우리들』, 1934. 3.

안함광, 「시사문학의 옹호와 타합 나이브 리얼리즘」, 『형상』, 1934. 3.

이갑기, 「2월 창작 개론」, 『형상』, 1934. 3.

김기진, 「금춘의 문단적 수확―신인 제씨의 창작에 대하여」, 『동아일보』, 1934. 3. 1~2.

이갑기, 「문예 평단에 대한 과학적 기준의 재인식을 위하여」, 『조선일보』, 1934. 3. 1~4.

정순정, 「프로예맹에 일언―그 완고에서 탈피하라」, 『조선중앙일보』, 1934. 3. 6~12.

안함광, 「평론의 단순화에 항(抗)하여―현동염으로부터 항의를 받다」, 『조선중앙일보』, 1934. 3. 7~13.

임화, 「집단과 개성의 문제」, 『조선중앙일보』, 1934. 3. 13~20.

김동인, 「소설 학도의 서재에서―소설에 관한 관견 이삼(二三)」, 『매일신보』, 1934. 3. 15~24.

나웅, 「연극운동의 신단계―카프 연극부의 새로운 발전을 위하여」, 『조선중앙일보』, 1934. 3. 21~25.

이학인, 「문예비평의 제 문제」, 『조선중앙일보』, 1934. 3. 22~30.

박태원, 「3월 창작평」, 『조선중앙일보』, 1934. 3. 26~31.

박영희, 「창작방법과 작가의 시야」, 『중앙』, 1934. 4.

이동규, 「카프의 새로운 전환과 최근의 문제―주로 박영희 씨의 문제에 관하여」, 『동아일보』, 1934. 4. 7~8.

정순정, 「조선 문학의 발생과 그 생산 과정에 대한 검토」, 『조선중앙일보』, 1934. 4. 7~11.

박영희, 「심미적 활동의 가치 규정―예술과 항구성에 관한 일분석」, 『동아일보』, 1934. 4. 12~20.

김환태, 「문예비평가의 태도에 대하여」, 『조선일보』, 1934. 4. 19~25.

임화, 「낭만적 정신의 현실적 구조」, 『조선일보』, 1934. 4. 19~25.

홍효민, 「형상의 성질과 그 표현─인간묘사와 사회묘사 재고」, 『동아일보』, 1934. 4. 27~5. 1.

김기진, 「신춘 장편소설 시감」, 『삼천리』, 1934. 5.

송강, 「예술에 있어서의 진실의 문제」, 『동아일보』, 1934. 5. 5~10.

채만식, 「평단의 외야에서」, 『조선중앙일보』, 1934. 5. 13~18.

김우철, 「아동문학의 문제」, 『조선중앙일보』, 1934. 5. 15~18.

백철, 「인간탐구의 도정─인간묘사 논의」, 『동아일보』, 1934. 5. 24~6. 2.

송영, 「신흥 예술이 싹터올 제」, 『문학창조』, 1934. 6.

안함광, 「창작방법 문제의 토의에 기(寄)하여」, 『문학창조』, 1934. 6.

임화, 「언어와 문학」, 『문학창조』, 1934. 6.

박승극, 「정치의 우월성 문제─문예와 정치」, 『동아일보』, 1934. 6. 5~9.

특집 '선배에게', 『조선중앙일보』, 1934. 6. 17~29.

　　　박태원, 「김동인 씨에게」

　　　이무영, 「춘원 이광수에게」

　　　이종명, 「현진건 씨에게」

　　　임화, 「공초 오상순 씨에게」

　　　조용만, 「염상섭 씨에게」

　　　C. W, 「주요한 씨에게」

안함광, 「창작방법 문제」, 『조선중앙일보』, 1934. 6. 17~30.

박영희, 「문학의 이상과 실천─하기 예술 강좌」, 『조선일보』, 1934. 6. 30~7. 5.

이갑기, 「예술동맹의 해소를 제의함」, 『신동아』, 1934. 7.

이광수, 「나의 문단 생활 30년─감사와 참회」, 『신인문학』, 1934. 7.

한세광, 「수필문학론」, 『조선중앙일보』, 1934. 7. 2~5.

최재서, 「현대 주지주의 문학이론의 건설─영국 평단의 주류」, 『조선일보』, 1934. 7. 6~12.

박승극, 「조선에 있어서의 자유주의 사상」, 『조선중앙일보』, 1934. 7. 14~31.

김동인, 「근대소설의 승리─소설에 대한 개념을 말함」, 『조선중앙일보』, 1934. 7. 15~24.

정래동, 「조작 소설과 나열 소설」, 『중앙』, 1934. 8.

이원조, 「A. 지드 연구 노트 서문」, 『조선일보』, 1934. 8. 4~6.

이하윤, 「외국 문학 연구 서설」, 『조선일보』, 1934. 8. 14~18.

김동인, 「한글의 지지와 수정─조선어학회의 한글 맞춤법 통일안에 대하여」, 『조선 중앙일보』, 1934. 8. 14~24.

염상섭, 「문예시평」, 『매일신보』, 1934. 8. 15~23.

최규홍, 「문예운동에의 관견─신문학의 고민」, 『조선중앙일보』, 1934. 8. 19~9. 6.

김환태, 「M. 아널드의 문예사상 일고」, 『조선중앙일보』, 1934. 8. 24~9. 2.

윤고종, 「문예시평─조선 문학사의 한계」, 『조선중앙일보』, 1934. 8. 25~29.

최재서, 「비평과 과학─현대 주지주의 문학이론의 건설 속편」, 『조선일보』, 1934. 8. 31~9. 5.

박영희, 「문학과 고뇌의 향연」, 『중앙』, 1934. 9.

조일제, 「"장한몽"과 "쌍옥루" 번역 회고」, 『삼천리』, 1934. 9.

박영희, 「초추(初秋)의 문예─9월 창작평과 약간의 시평」, 『조선중앙일보』, 1934. 9. 14~26.

김억, 「언어의 임무는 음향과 감정에까지─번역에 대한 나의 태도」, 『조선중앙일 보』, 1934. 9. 27~29.

김억, 「나의 시단 생활 25년기」, 『신인문학』, 1934. 10.

윤곤강, 「소셜 리얼리즘론」, 『신동아』, 1934. 10.

이기영, 「문예시평」, 『청년조선』, 1934. 10.

김환태, 「예술의 순수성」, 『조선중앙일보』, 1934. 10. 26~31.

박영희, 「문예시감─과장과 실제의 분기선」, 『개벽』, 1934. 11.

이원조, 「비평의 잠식─우리의 문학은 어디로 가나」, 『조선일보』, 1934. 11. 6~11.

정학철, 「문예시평」, 『매일신보』, 1934. 11. 11~27.

염상섭, 「철자법 시비 사건」, 『매일신보』, 1934. 11. 11~29.

김기림, 「문학상 조선주의의 제양자(諸樣姿)」, 『조선일보』, 1934. 11. 14~18.

최규홍, 「문학의 비극적 인식」, 『매일신보』, 1934. 11. 20~24.

한흑구, 「현대시조 시인의 철학적 연구」, 『매일신보』, 1934. 11. 20~12. 1.

김환태, 「문예시평」, 『조선일보』, 1934. 11. 23~30.

송강, 「낭만과 사실─로맨티시즘과 리얼리즘의 조화를 위하여」, 『동아일보』, 1934.

11. 30~12. 9.

권중휘, 「문예비평의 기준」, 『신조선』, 1934. 12.

김환태, 「상허의 작품과 그 예술관」, 『개벽』, 1934. 12.

이동구, 「1934년 잡지와 작품 개관」, 『가톨릭청년』, 1934. 12.

이헌구, 「연극 시감」, 『극예술』, 1934. 12.

김동인, 「춘원 연구」, 『삼천리』, 1934. 12~1935. 10, 1939. 1~6; 『삼천리문학』, 1938.
  1~4.

이무영, 「금년의 문단을 회고함」, 『동아일보』, 1934. 12. 17~18.

박태원, 「창작 여록―표현·묘사·기교」, 『조선중앙일보』, 1934. 12. 17~31.

염상섭, 「문예시감―역사소설 시대」, 『매일신보』, 1934. 12. 20~30.

1935년

김기진, 「조선 문학의 현 단계」, 『신동아』, 1935. 1.

최문진, 「향가와 조선 문학의 여명기」, 『신동아』, 1935. 1.

특집 '조선 문학의 독자성―특질의 구명과 현상의 검토', 『동아일보』, 1935. 1.
  1~10.

  김태준, 「춘향전의 현대적 해석」

  유진오, 「장래 문학의 특징은 침통 일색일까」

  이태준, 「우리 문학의 회고」

  정인섭, 「현 문단 제 분야의 조선적 특질」

한효, 「1934년도 문학운동의 제 동향」, 『중앙일보』, 1935. 1. 2~11.

김억, 「요절한 박행(薄幸) 시인 김소월에 대한 추억」, 『조선중앙일보』, 1935. 1.
  22~26.

특집 '조선 문학상의 복고사상 검토' 『조선일보』, 1935. 1. 22~29.

  김진섭, 「고전 탐구의 의의」

  김태준, 「조선 연구열은 어디로」

  문일평, 「사상(史上)에 나타난 예술가의 조상」

박태원, 「신춘 작품을 중심으로」, 『조선중앙일보』, 1935. 1. 28~2. 13.

김억, 「소월의 생애와 시가」, 『삼천리』, 1935. 2.

장혁주,「문단 페스트균」,『삼천리』, 1935. 2.

김동인,「2월 창작평」,『매일신보』, 1935. 2. 9~19.

김환태,「신춘 창작 총평」,『개벽』, 1935. 3.

박승극,「조선 문단의 회고와 비판」,『신인문학』, 1935. 3.

현동염,「현민과 인텔리」,『신인문학』, 1935. 3.

윤고종,「문예시평―신진에 대한 태도」,『조선중앙일보』, 1935. 3. 8~11.

박승극,「리얼리즘 소고」,『조선중앙일보』, 1935. 3. 11~30.

최문진,「남작(濫作)과 작가의 양심」,『조선중앙일보』, 1935. 3. 14~29.

김동인,「3월 창작평」,『매일신보』, 1935. 3. 24~30.

김환태,「형식에의 통론자(通論者) 페이터의 예술관」,『조선중앙일보』, 1935. 3.
    30~4. 6.

현동염,「작가의 기술 문제」,『조선중앙일보』, 1935. 4. 3~10.

김억,「4월 시평」,『매일신보』, 1935. 4. 10~14.

이헌구,「행동 정신의 탐구」,『조선일보』, 1935. 4. 13~20.

김진섭,「번역과 문화」,『조선중앙일보』, 1935. 4. 17~5. 5.

김기림,「오전의 시론―제1편 기초론」,『조선일보』, 1935. 4. 20~5. 2.

김기림,「비평의 재비평」,『신동아』, 1935. 5.

이광수,「조선소설사―조선 신문예 강좌 청강기 초(抄)」,『사해공론』, 1935. 5.

이원조,「문학과 언어」,『조선문학』, 1935. 5.

임화,「언어의 현실성」,『조선문학』, 1935. 5.

김동인,「문예시평」,『조선중앙일보』, 1935. 5. 14~25.

김동인,「5월 창작평」,『매일신보』, 1935. 5. 16~29.

김동인,「문예시평―대두된 번역 운동」,『조선중앙일보』, 1935. 5. 20~25.

안회남,「저미(低迷) 부진하는 최근의 창작계」,『조선일보』, 1935. 5. 27~6. 1.

한효,「문학상의 제 문제―창작방법에 관한 현재의 과제」,『조선중앙일보』, 1935. 6.
    2~12.

학령산인(鶴嶺山人),「KAPF 해산에 관한 약간의 수감(隨感)」,『조선일보』, 1935. 6.
    5~12.

구준의,「문예시감」,『매일신보』, 1935. 6. 28~7. 25.

안함광,「창작방법 문제 재검토를 위하여」,『조선중앙일보』, 1935. 6. 30.

최재서,「풍자문학론」,『조선일보』, 1935. 7. 14~28.

김두용,「문단 동향의 타진」,『동아일보』, 1935. 7. 28~8. 1.

안필승,「최근 창작평」,『매일신보』, 1935. 7. 30~8. 1.

박승극,「문예시감」,『신조선』, 1935. 8.

박승극,「예술동맹 해산에 제하여」,『신조선』, 1935. 8.

이광수,「나의 40 반생기」,『신인문학』, 1935. 8.

정래동,「문단 숙청과 외국 문학 수입의 필요」,『동아일보』, 1935. 8. 24.

김두용,「창작방법의 문제―리얼리즘과 로맨티시즘」,『동아일보』, 1935. 8. 24~9. 1.

신남철,「최근 조선 문학사조의 변천」,『신동아』, 1935. 9.

이병기,「조선 고전문학의 접수」,『신동아』, 1935. 9.

이종수,「신문학 발생 이후의 조선 문학―민족문학 시대의 문학사상 변천」,『신동
　　아』, 1935. 9.

이청원,「아세아적 생산양식에 관하여」,『신동아』, 1935. 9.

홍효민,「행동주의 문학의 이론과 실제」,『신동아』, 1935. 9.

김환태,「작가, 평자, 역자」,『조선일보』, 1935. 9. 4~13.

김기림,「오전의 시론―기술 편」,『조선일보』, 1935. 9. 17~10. 4.

한효,「창작방법의 논의―문학상의 리얼리즘과 로맨티시즘의 문학」,『동아일보』,
　　1935. 9. 27~10. 5.

김광섭,「비평 현상의 부진」,『동아일보』, 1935. 9. 28~10. 2.

이양하,「조선 현대시의 연구」,『조선일보』, 1935. 10. 4~17.

임화,「조선 신문학사론 서설」,『조선중앙일보』, 1935. 10. 9~11. 13.

이원조,「신인론」,『조선일보』, 1935. 10. 10~17.

최재서,「비평의 형태와 기능」,『조선일보』, 1935. 10. 12~20.

이무영,「문단 페스트균의 재검토」,『동아일보』, 1935. 10. 15.

정순정,「촌철평 비판―효능성의 2방면」,『조선중앙일보』, 1935. 10. 15~16.

한효,「행동주의 문학론 비판」,『조선중앙일보』, 1935. 10. 17~24.

김남천,「조선은 과연 누가 천대하는가―안재홍 씨에 답함」,『조선중앙일보』, 1935.
　　10. 18~26.

정인섭, 「조선 문학 주류 문제」, 『동아일보』, 1935. 10. 31~11. 6.

특집 '톨스토이 특집', 『조광』, 1935. 11.

    김환태, 「사상가로서의 두옹(杜翁)」

    이광수, 「그의 종교와 인생」

    임화, 「혁명가로서의 두옹」

박승극, 「문예시론」, 『조선중앙일보』, 1935. 11. 2~8.

김문집, 「장혁주 군에게 보내는 공개장—문단 페스트균 논쟁 후감」, 『조선일보』,
    1935. 11. 3~10.

김두용, 「창작방법 문제에 대하여 재론함」, 『동아일보』, 1935. 11. 7~12. 4.

윤고종, 「문예시감—카프 해산 후의 문단」, 『조선중앙일보』, 1935. 11. 15~22.

특집 '두옹 기념 특집', 『동아일보』, 1935. 11. 20.

    신남철, 「노서아의 철학과 톨스토이의 이성애」

    이무영, 「두옹과 조선 작가」

    이하윤, 「톨스토이에 관한 조선의 문헌」

    한식, 「두옹의 예술에 있어서의 영원한 것에 대하여」

김두용, 「문학의 조직상 문제」, 『조선중앙일보』, 1935. 11. 26~12. 5.

안함광, 「인간묘사 사이에 관하여」, 『조선중앙일보』, 1935. 11. 29~12. 3.

김기림, 「현대 비평의 딜레마」, 『조선일보』, 1935. 11. 29~12. 5.

이헌구, 「소조(蕭條)한 1년의 총결산적 서사—평론계」, 『조선일보』, 1935. 11. 30~12.
    7.

백철, 「문학의 성립—인간으로 귀환하라」, 『조광』, 1935. 12.

유치진, 「을해년의 조선 연극계」, 『사해공론』, 1935. 12.

한효, 「카프 해산과 그에 관한 논의 검토」, 『신동아』, 1935. 12.

박상희, 「문단 페스트균 문제—그 반박에 대한 반박」, 『조선중앙일보』, 1935. 12.
    8~18.

엄홍섭, 「을해년의 창작 결산」, 『조선일보』, 1935. 12. 10~13.

유치진, 「을해년의 연극 결산」, 『조선일보』, 1935. 12. 14~16.

박승극, 「창작방법의 확립을 위하여」, 『조선중앙일보』, 1935. 12. 14~20.

백철, 「출감 소감—비애의 성사」, 『동아일보』, 1935. 12. 22~27.

1936년

김태준, 「조선소설발달사」, 『삼천리』, 1936. 1.

임화, 「시의 일반 개념」, 『삼천리』, 1936. 1.

장혁주, 「리얼리즘의 탐구」, 『동아일보』, 1936. 1. 1.

특집 '당래할 조선 문학을 위한 신제창', 『동아일보』, 1936. 1. 1.

　　　임화, 「위대한 낭만정신」

　　　장혁주, 「내가 본 조선 문단의 신경향」

　　　정인섭, 「당래할 조선 문학을 위한 신제창」

　　　한식, 「자유주의의 본질」

박종화, 「병자(丙子) 문단의 전망」, 『매일신보』, 1936. 1. 1~5.

신고송, 「아동문학 부흥론」, 『조선중앙일보』, 1936. 1. 1~7.

김두용, 「세계 문예사조론」, 『조선중앙일보』, 1936. 1. 1~16.

이청원, 「작년 조선학계의 수확과 추세」, 『조선중앙일보』, 1936. 1. 1~24.

김태준, 「사학 연구의 회고, 전망, 비판」, 『조선중앙일보』, 1936. 1. 1~29.

이청원, 「고전 연구의 방법론」, 『조선일보』, 1936. 1. 3~6.

백철, 「현대문학의 과제인 인간탐구와 고뇌의 정신」, 『조선일보』, 1936. 1. 12~19.

김문집, 「전통과 기교 문제」, 『동아일보』, 1936. 1. 16~24.

임화, 「문학의 비규정성의 문제」, 『동아일보』, 1936. 1. 28~2. 4.

임화, 「조선 문학의 신정세와 현대적 양상」, 『조선중앙일보』, 1936. 1. 29~2. 13.

박팔양, 「조선 신시 운동사」, 『삼천리』, 1936. 2.

윤백남, 「대중소설에 대한 사견」, 『삼천리』, 1936. 2.

이헌구, 「문단 단평─작품의 수준 문제」, 『중앙』, 1936. 2.

임화, 「기교파와 조선시단」, 『중앙』, 1936. 2.

한효, 「예술 이론의 일반적 법칙」, 『동아일보』, 1936. 2. 5.

백철, 「문예 월평─개성적 감상의 중요성, 나의 비평심」, 『조선일보』, 1936. 2.
　　13~22.

김환태, 「2월 창작 개관」, 『조선중앙일보』, 1936. 2. 19~23.

김우철, 「생활의 진실과 체험」, 『동아일보』, 1936. 2. 21~25.

한식, 「풍자문학에 대하여」, 『동아일보』, 1936. 2. 21~27.

776

김문집, 「문학 조선의 새 인식」, 『중앙』, 1936. 3.

박귀송, 「신춘 시단 시평」, 『신인문학』, 1936. 3.

박승극, 「문학의 일진보를 위하여」, 『비판』, 1936. 3.

백철, 「문예 왕성을 기할 시대」, 『중앙』, 1936. 3.

백철, 「문화의 조선적 한계성」, 『사해공론』, 1936. 3.

백철, 「신춘 창작평」, 『사해공론』, 1936. 3.

안함광, 「문예 평단의 이상 타진」, 『비판』, 1936. 3.

이선조, 「조선 작가의 군상」, 『조광』, 1936. 3.

임화, 「언어의 마술성」, 『비판』, 1936. 3.

한효, 「조선 문단의 현대적 양상」, 『조선일보』, 1936. 3. 1~8.

김우철, 「작가의 기술 문제」, 『조선중앙일보』, 1936. 3. 3~6.

이해문, 「수감수제(隨感隨題)」, 『조선중앙일보』, 1936. 3. 8~13.

임화, 「조선어와 위기하의 조선 문학」, 『조선중앙일보』, 1936. 3. 8~24.

이갑기, 「창작방법론에 항(抗)하여」, 『조선일보』, 1936. 3. 10~21.

박용철, 「시단 시평─기교주의설의 허망」, 『동아일보』, 1936. 3. 18~25.

백철, 「문예시평─낭만인가 사실인가」, 『조선일보』, 1936. 3. 19~28.

민병휘, 「3월의 창작계」, 『조선중앙일보』, 1936. 3. 21~27.

한흑구, 「현실주의 문학론」, 『조선중앙일보』, 1936. 3. 25~28.

임화, 「진보적 문학에 있어서의 두 가지 문제」, 『조선중앙일보』, 1936. 3. 28~4. 3.

전영식, 「조선적 이데올로기 문제」, 『조선중앙일보』, 1936. 3. 30~4. 11.

김두용, 「조선 문학의 평론 확립의 제 문제」, 『신동아』, 1936. 4.

안함광, 「작가 유진오 씨를 논함」, 『신동아』, 1936. 4.

「조선 문학의 세계적 수준」(이광수, 이병기, 이태준, 문일평, 염상섭, 박종화, 박영희, 유진오, 김억, 한효), 『삼천리』, 1936. 4.

이광수, 「문단 생활 30년 회고」, 『조광』, 1936. 4~7.

이원조, 「4월 창작평─문예비평의 존재 이유」, 『조선일보』, 1936. 4. 6~21.

이병각, 「시단 시평─시에 있어서의 형식과 내용」, 『조선일보』, 1936. 4. 7~8.

김중달, 「"문학" 창간호의 신년 문학 선서를 박(駁)함」, 『조선중앙일보』, 1936. 4. 7~10.

김환태,「문예시평―비평문학의 확립을 위하여」,『조선중앙일보』, 1936. 4. 12~23.

김우철,「낭만적 인간탐구」,『조선중앙일보』, 1936. 4. 15~28.

윤고종,「초대(初代) 문학에 있어서의 성격 문제에 대한 일고」,『조선중앙일보』, 1936. 4. 24~28.

김문집,「평단 파괴의 긴급성」,『조광』, 1936. 5.

박영희,「나의 문학론 서설―문학적 창조성의 제한과 분석」,『신동아』, 1936. 5.

이광수,「조선 문학의 개념」,『사해공론』, 1936. 5.

김오성,「인간탐구의 현대적 의의」,『조선일보』, 1936. 5. 1~8.

안회남,「비평의 비평―최근 창작평을 중심하여」,『조선중앙일보』, 1936. 5. 3~8.

엄흥섭,「문예시평―작가로서 본 5월 창작계」,『조선일보』, 1936. 5. 3~10.

김남천,「춘원 이광수를 말함―주로 정치와 문학과의 관련에 기하여」,『조선중앙일보』, 1936. 5. 6~8.

김태준,「정인보론」,『조선중앙일보』, 1936. 5. 15~19.

김문집,「주요한론」,『조선중앙일보』, 1936. 5. 21~27.

안함광,「창작방법론의 발전 과정과 그 전망」,『조선일보』, 1936. 5. 30~6. 5.

박영희,「작가 엄흥섭에게」,『신동아』, 1936. 6.

백철,「인간탐구의 문학」,『사해공론』, 1936. 6.

안함광,「작가 한설야 씨의 근업」,『조선문학』, 1936. 6.

한효,「이갑기, 백철 양 씨의 논(論)을 박함」,『신동아』, 1936. 6~7.

박승극,「창작방법논고」,『조선중앙일보』, 1936. 6. 2~7.

박영희,「6월 창작평―예술성의 획득과 나의 비판적 태도」,『조선일보』, 1936. 6. 7~17.

임화,「현대적 부패의 표징인 인간탐구와 고뇌의 정신」,『조선중앙일보』, 1936. 6. 10~18.

채만식,「문단시감―특히 6월 창작계를 중심하여」,『조선중앙일보』, 1936. 6. 21~30.

한식,「문학의 진실한 발전을 위하여」,『조선중앙일보』, 1936. 6. 24~7. 3.

백철,「과학적 태도와 메별(袂別)하는 나의 비평 체계」,『조선일보』, 1936. 6. 28~7. 3.

김문집,「상반기 문단 총결산」,『중앙』, 1936. 7.

한설야,「기교주의적 영향」,『비판』, 1936. 7.

홍효민,「작가 장혁주에게」,『신동아』, 1936. 7.

이석훈,「7월 창작평―저널리즘 이전의 작품」,『조선일보』, 1936. 7. 4~7.

김중원,「문학 비판의 관념적 질서 창조에 항(抗)하여」,『비판』, 1936. 7. 9.

이원조,「현 단계의 문학과 우리의 '포즈'에 대한 성찰」,『조선일보』, 1936. 7. 11~17.

한흑구,「비평문학의 방향론」,『조선중앙일보』, 1936. 7. 14~17.

박영희,「문예잡감―권태에 지친 근래 평단」,『조선일보』, 1936. 7. 19~24.

김남천,「비판하는 것과 합리화하는 것과―박영희 씨의 문장을 독함」,『조선중앙일
　　　보』, 1936. 7. 26~8. 2.

김오성,「현대문학의 신국면」,『조선일보』, 1936. 7. 31~8. 8.

이원조,「문화옹호작가회의 재음미」,『사해공론』, 1936. 8.

한식,「사회주의 리얼리즘의 재인식」,『조선문학』, 1936. 8.

한효,「진정한 리얼리즘에의 길」,『조선문학』, 1936. 8.

김환태,「8월 창작평―비평 태도에 대한 변석」,『조선일보』, 1936. 8. 6~8.

송영,「문예시감」,『매일신보』, 1936. 8. 6~13.

안회남,「현대소설의 성격―최근 창작을 중심으로」,『조선중앙일보』, 1936. 8. 13~
　　　21.

최재서,「현대시의 생리와 성격―장편시 "기상도"에 대한 소고찰」,『조선일보』,
　　　1936. 8. 21~27.

김용제,「문학에 있어서의 진취적 낙천주의」,『조선중앙일보』, 1936. 8. 22~27.

박영희,「현역 평론가 군상―문장으로 본 그들의 인상」,『조선일보』, 1936. 8. 28~9.
　　　2.

김문집,「문예비평의 사적 재음미」,『조선중앙일보』, 1936. 8. 30~9. 4.

김중원,「문예시감」,『비판』, 1936. 9.

김환태,「문예시평」,『중앙』, 1936. 9.

임화,「학예 자유의 옹호」,『사해공론』, 1936. 9.

백철,「개성과 보편성」,『동아일보』, 1936. 9. 10~11.

백철,「최근의 비평적 경향―비평과 중상(中傷)」,『조선일보』, 1936. 9. 16~23.

한효, 「창작방법론의 신방향」, 『동아일보』, 1936. 9. 19~25.

김문집, 「조선 문단의 현대적 재인식론」, 『조선문학』, 1936. 10.

임화, 「문학상의 지방주의 문제」, 『조광』, 1936. 10.

한효, 「현대 조선 작가론」, 『조선문학』, 1936. 10.

김오성, 「네오 휴머니즘론」, 『조선일보』, 1936. 10. 1~9.

안회남, 「9, 10월 창작평―문장상 19기의 모방」, 『조선일보』, 1936. 10. 9~22.

최재서, 「리얼리즘의 확대와 심화―『천변풍경』과 「날개」에 관하여」, 『조선일보』,
        1936. 10. 31~11. 7.

「장편작가회의」(이광수, 염상섭, 한용운, 이태준, 박종화, 장혁주, 김말봉, 한설야), 『삼
        천리』, 1936. 11.

한식, 「비평문학의 수립과 그 방법」, 『조선일보』, 1936. 11. 29~12. 8.

김광섭, 「1년간 극계의 동향」, 『조광』, 1936. 12.

김문집, 「조선문예학의 미학적 수립론」, 『조광』, 1936. 12.

김오성, 「네오 휴머니즘 문제」, 『조광』, 1936. 12.

김환태, 「금년의 창작계 별견」, 『조광』, 1936. 12.

백철, 「문화의 옹호와 조선 문화의 문제」, 『사해공론』, 1936. 12.

안석영, 「조선 영화계의 1년」, 『조광』, 1936. 12.

이종수, 「조선 잡지 발달사」, 『조광』, 1936. 12.

이헌구, 「생장 발전의 문화 1년간―평단 1년의 수확 점묘」, 『조광』, 1936. 12.

한효, 「휴머니즘의 현대적 의의」, 『조선문학』, 1936. 12.

백철, 「우리 문단의 휴머니즘」, 『조선일보』, 1936. 12. 23~27.

1937년

백철, 「리얼리즘의 재고」, 『사해공론』, 1937. 1.

백철, 「문예시감」, 『백광』, 1937. 1.

백철, 「웰컴! 휴머니즘」, 『조광』, 1937. 1.

안함광, 「병자년도 작단, 비평단의 회고와 그의 전망」, 『조선문학』, 1937. 1.

홍효민, 「문예 평단의 회고와 전망」, 『조선문학』, 1937. 1.

'문학 문제 좌담회', 『조선일보』, 1937. 1. 1~7.

설문

(1)「리얼리즘」(홍기문, 채만식, 최재서)

(2)「현대문학의 주류」(유진오, 이양하, 이태준)

(3)「작가와 사회적 관심」(이양하, 이헌구, 김상용)

(4)「문장 문제에 대하여」(엄흥섭, 최재서, 백철)

(5)「작가와 모럴에 대하여」(김형원, 유진오, 정지용, 이헌구)

특집 '고문화(古文化)의 재음미',『조선일보』, 1937. 1. 1~7.

고유섭,「고대미술」

박치우,「고문화 음미의 현대적 의의」

방종현,「고대 속요와 시조의 전변고(轉變攷)」

송석하,「연멸(烟滅)되어가는 고속(古俗)의 부지자(扶持者)인 고대소설」

양주동,「한문화의 재음미」

이병기,「고대 가사의 총립(叢立)은 조선 문화의 발상지」

이은상,「고시조 연구의 의의」

이희승,「고대언어 연구에서 새 술어들 몇 가지」

한설야,「조선 문학의 새 방향―휴머니즘과 현실 부정의 문학」,『조선일보』, 1937.
1. 1~7.

현영섭,「현대 문예사조의 주류」,『매일신보』, 1937. 1. 5~9.

최재서,「중편소설에 대하여―그 양과 질적 개념에 대한 시고(試攷)」,『조선일보』,
1937. 1. 29~2. 3.

김환태,「동향 없는 문단」,『사해공론』, 1937. 2.

박승극,「금일의 문학도―어떤 것이 본류이냐」,『비판』, 1937. 2.

윤고종,「사실주의의 현대적 의의」,『조선문학』, 1937. 2.

윤곤강,「병자년 시단의 회고와 전망」,『비판』, 1937. 2.

윤곤강,「신춘 시평―이데아를 상실한 현 조선의 시문학」,『풍림』, 1937. 2.

한효,「병자년 평단 회고」,『비판』, 1937. 2.

한설야,「기교주의의 검토―문단의 동향과 관련시켜」,『조선일보』, 1937. 2. 4~9.

김기림,「과학과 비평과 시」,『조선일보』, 1937. 2. 21~26.

최재서,「빈곤과 문학」,『조선일보』, 1937. 2. 27~3. 3.

김문집,「여류 작가의 성적 귀환론」,『사해공론』, 1937. 3.

김문집,「여류 작가 총평 서설」,『조선문학』, 1937. 3.

신산자,「현역 평론가 군상」,『조광』, 1937. 3.

홍효민,「신진 시인론」,『조선문학』, 1937. 3.

홍효민,「현대 조선시단의 수준」,『사해공론』, 1937. 3.

이기영,「비평과 작품에 대하여」,『조선일보』, 1937. 3. 11~16.

한설야,「문단 주류에 대하여—휴머니즘에 대한 일고찰」,『조선일보』, 1937. 3.
    23~30.

김광균,「김기림론」,『풍림』, 1937. 4.

민병균,「이은상론」,『풍림』, 1937. 4.

민병휘,「민촌 "고향"론」,『백광』, 1937. 4.

박아지,「박세영론」,『풍림』, 1937. 4.

신석정,「정지용론」,『풍림』, 1937. 4.

오장환,「백석론」,『풍림』, 1937. 4.

윤곤강,「임화론」,『풍림』, 1937. 4.

이병각,「김유정론」,『풍림』, 1937. 4.

임화,「조선 문화와 신휴머니즘론」,『비판』, 1937. 4.

윤규섭,「문단 항변—그 사상적 혼미에 대하여」,『조선일보』, 1937. 4. 3~9.

김남천,「4월 창작평—비판정신에의 대망과 논쟁 과정의 중요성」,『조선일보』,
    1937. 4. 7~11.

유진오,「개성 옹호의 한계—현대 휴머니즘의 사회적 배경」,『조선일보』, 1937. 4.
    18~23.

김문집,「고(故) 김유정 군의 예술과 그의 내적 비밀」,『조광』, 1937. 5.

김문집,「여류 작가 총평」,『조선문학』, 1937. 5.

백철,「동양문학과 풍류성」,『조광』, 1937. 5.

한식,「푸시킨의 리얼리즘의 특징과 로맨티시즘」,『조선문학』, 1937. 5.

한식,「문화의 민족성과 세계성」,『조선일보』, 1937. 5. 1~7.

최재서,「현대적 지성에 관하여」,『조선일보』, 1937. 5. 15~20.

백철,「지식계급의 변호—휴머니즘의 명예를 위하여」,『조선일보』, 1937. 5. 25~30.

김기림, 「고(故) 이상의 추억」, 『조광』, 1937. 6.

김남천·박승극, 「이기영 검토」, 『풍림』, 1937. 6.

김우철, 「최재서론」, 『풍림』, 1937. 6.

박태원, 「이상의 편모」, 『조광』, 1937. 6.

이동규, 「임화론」, 『풍림』, 1937. 6.

정비석, 「백철론」, 『풍림』, 1937. 6.

최재서, 「고문(古文) 이상의 예술」, 『조선문학』, 1937. 6.

김남천, 「고발의 정신과 작가─신창작이론의 구체화를 위하여」, 『조선일보』, 1937.
　　　6. 1~5.

특집 '문단 타진 즉문즉답기', 『동아일보』, 1937. 6. 3~10.

　　　유진오, 「현대 문단의 통폐는 리얼리즘의 오인」

　　　이태준, 「휴머니즘 운운은 평론을 위한 평론」

　　　이기영, 「스케일이 크지 못함이 작가의 최대의 결점」

　　　이효석, 「기교 문제」

　　　정지용, 「시가 멸망하다니 그게 누구 말이오」

　　　백철, 「리얼리즘 이후에는 낭만주의가 대두」

　　　정인석, 「금일 이후의 문학은 리얼과 로만의 조화」

　　　유치진, 「낭만성 무시한 작품은 기름 없는 기계」

특집 '문화 공의(公議)', 『조선일보』, 1937. 6. 6~12.

　　　이기영, 「문학청년에게 주는 글」

　　　이광수, 「해태(懈怠)의 열매」

　　　최재서, 「문화 기여자로서」

　　　박영희, 「고전 문화의 이해와 비판」

　　　유치진, 「신극 운동의 한 과제」

　　　유진오, 「문화 담당자의 사명」

김용제, 「조선 문학의 신세대─리얼리즘으로 본 휴머니즘」, 『동아일보』, 1937. 6.
　　　11~16.

김문집, 「문단 주류설 재비판」, 『동아일보』, 1937. 6. 18~22.

이원조, 「6월 창작평─빈곤과 휴머니티」, 『조선일보』, 1937. 6. 19~25.

신남철,「논단 시평―작가 심정의 문제」,『동아일보』, 1937. 6. 23~26.

안함광,「지성의 자유와 휴머니즘의 정신」,『동아일보』, 1937. 6. 27~7. 1.

한식,「문학의 대중화와 언어 문제」,『조선일보』, 1937. 7. 2~7.

김용제,「시정신과 산문정신」,『동아일보』, 1937. 7. 3~6.

박영희,「문예시감―문학적 분위기의 필요」,『동아일보』, 1937. 7. 10~11.

김남천,「창작방법의 신국면―고발문학에 대한 재론」,『조선일보』, 1937. 7. 10~15.

임화,「복고 현상의 재흥―휴머니즘 논의의 주목할 일추향(一趨向)」,『동아일보』,
　　　1937. 7. 15~20.

한식,「문학의 형상화와 언어의 확립」,『동아일보』, 1937. 7. 21~23.

안회남,「7, 8월 창작평―작품의 현실과 비평의 현실」,『조선일보』, 1937. 8. 3~4.

김용제,「창작계 상반기 문단 결산」,『동아일보』, 1937. 8. 11~13.

박영희,「상반기 평론계―위축의 길만을 걸은」,『동아일보』, 1937. 8. 14~17.

이헌구,「사상과 생활에 대한 자성」,『조선일보』, 1937. 8. 20~22.

윤규섭,「휴머니즘론―인텔리겐치아와 관련시켜」,『비판』, 1937. 9.

임화,「전형기의 조선 극단의 전망」,『사해공론』, 1937. 9.

김오성,「지성인의 문제―백철의 지식계급론을 읽고」,『사해공론』, 1937. 9.

백철,「윤리 문제의 재음미―현세대 휴머니즘의 본질」,『조선일보』, 1937. 9. 3~9.

김남천,「문학사와 문예비평」,『조선일보』, 1937. 9. 11~14.

김용제,「리얼리즘 문학 발전론」,『동아일보』, 1937. 9. 14~16.

최재서,「시와 도덕과 생활」,『조선일보』, 1937. 9. 15~19.

김오성,「문학에 있어서의 윤리와 논리」,『조선일보』, 1937. 9. 18~25.

박영희,「조선 문학의 현 단계」,『조선일보』, 1937. 10. 1~7.

최재서,「센티멘털리즘론」,『조선일보』, 1937. 10. 4~7.

임화,「사실주의의 재인식」,『동아일보』, 1937. 10. 8~14.

백철,「문화주의자가 초(草)한 현대 지식 인간론」,『동아일보』, 1937. 10. 13~17.

김용제,「리얼리즘의 옹호」,『동아일보』, 1937. 10. 14~16.

김남천,「조선 장편소설의 일고찰」,『동아일보』, 1937. 10. 19~23.

김오성,「문학에 있어서의 예술성과 사상성」,『동아일보』, 1937. 10. 24~30.

안함광,「문화에 있어서의 자유주의적 경향」,『동아일보』, 1937. 10. 27~30.

백철,「인간 문제를 중심하여」,『조광』, 1937. 11.

김남천,「11월의 창작평―순수예술 자기의 파산」,『조선일보』, 1937. 11. 2~7.

한효,「세계관의 빈곤」,『동아일보』, 1937. 11. 3~7.

윤규섭,「문학의 재인식―창작방법의 현실적 국면」,『조선일보』, 1937. 11. 9~13.

서인식,「지성의 배경―그 역사성과 자연성과의 재인식」,『조선일보』, 1937. 11.
　　10~23.

안함광,「현대 문학정신의 모색―그 의욕의 리얼리즘적 연소론(燃燒論)」,『조선일
　　보』, 1937. 11. 11~14.

임화,「주체의 재건과 문학의 세계」,『동아일보』, 1937. 11. 11~16.

김남천,「유다적인 것과 문학―소시민 출신 작가의 최초의 모럴」,『조선일보』,
　　1937. 11. 14~18.

백철,「문학의 배리, 패덕」,『조선일보』, 1937. 11. 17~23.

한식,「문화 옹호의 정열과 의의」,『동아일보』, 1937. 11. 25.

김광섭,「정축년 회고 논단편―고민의 1년 외관」,『동아일보』, 1937. 12. 7~9.

임화,「정축년 회고 창작편―사상을 신념화, 방황하는 시대정신」,『동아일보』,
　　1937. 12. 12~15.

홍효민,「출판계 1년」,『동아일보』, 1937. 12. 16~19.

박용철,「정축년 회고 시단―형성의 길을 잃은 혼란된 감정」,『동아일보』, 1937. 12.
　　21~23.

윤규섭,「주체의 재건 문제와 현실적 생활」,『동아일보』, 1937. 12. 21~25.

1938년

박용철,「시적 변용에 대하여」,『삼천리문학』, 1938. 1.

'평론가 대 작가 문답',『조선일보』, 1938. 1. 1.

　　(1)「시문학에 대하여」(정지용, 박용철)

　　(2)「산문정신과 리얼리즘」(이원조, 유진오)

　　(3)「장편소설론」(최재서, 이태준)

　　(4)「지성 옹호와 작가의 교양」(이효석, 박치우)

　　(5)「수필 문학에 대하여」(이헌구, 김진섭)

'명일의 조선 문학 좌담회', 『동아일보』, 1938. 1. 1~3.

    (1) 「리얼리즘, 로맨티시즘, 휴머니즘 논의」(박영희, 김문집, 김남천, 최재서, 임화, 서항석, 정인섭)

    (2) 「장래할 사조와 경향」(김문집, 임화, 최재서, 김광섭, 김상용, 유치진, 이헌구, 모윤숙, 기타)

    (3) 「조선어와 조선 문학」

    (4) 「조선의 특질」

'조선어 기술 문제 좌담회', 『조선일보』, 1938. 1. 4.

최재서, 「취미와 이론의 괴리」, 『조선일보』, 1938. 1. 8~13.

김문집, 「신춘 창작 대관」, 『동아일보』, 1938. 1. 15~20.

주요섭, 「문예시감—대중문학 소고」, 『동아일보』, 1938. 1. 19~22.

최재서, 「인텔리 작가 헉슬리」, 『동아일보』, 1938. 2. 4.

백철, 「나의 지드관—"소련기행" 수정을 중심하여」, 『동아일보』, 1938. 2. 5~6.

김오성, 「현대문학의 정신」, 『동아일보』, 1938. 2. 6~19.

이양하, 「엘리엇과 그의 시상(詩想)—특히 "황무지"와 "프루프록"」, 『동아일보』, 1938. 2. 13~17.

엄흥섭, 「2월 창작평—장편소설 시대의 전조」, 『동아일보』, 1938. 2. 16~19.

박영희, 「민촌 이기영론」, 『동아일보』, 1938. 2. 20~21.

백철, 「이효석론—최초 경향과 성(性)의 문학」, 『동아일보』, 1938. 2. 25~27.

박영희, 「현민 유진오론」, 『동아일보』, 1938. 2. 27~28.

이원조, 「고전부흥론 시비」, 『조광』, 1938. 3.

김남천, 「도덕의 문학적 파악—고발문학과 모럴의 개념」, 『조선일보』, 1938. 3. 8~12.

유치진, 「잃어버린 시혼을 찾아서—우선 리얼리즘의 수정부터」, 『조선일보』, 1938. 3. 9.

박영희, 「예술적 정열의 고갈과 문단 발전의 교착상」, 『조선일보』, 1938. 3. 16~20.

김용제, 「고민의 성격과 창조적 정신—자기 고발의 문학적 허약성을 분석함」, 『동아일보』, 1938. 3. 17~18.

김용제, 「조선 문학의 현대적 상모」, 『동아일보』, 1938. 3. 19~25.

임화, 「현대문학의 정신적 기축」, 『조선일보』, 1938. 3. 23~27.

한효, 「낭만주의의 현대적 의의」, 『동아일보』, 1938. 3. 26~30.

안회남, 「작가 김유정론」, 『조선일보』, 1938. 3. 29~31.

백철, 「4월 창작평—작가와 독자와 비평가」, 『조선일보』, 1938. 3. 29~4. 2.

김광섭, 「이헌구와 그 예술성」, 『삼천리문학』, 1938. 4.

김문집, 「이태준론」, 『삼천리문학』, 1938. 4.

김환태, 「정지용론」, 『삼천리문학』, 1938. 4.

백철, 「순수문화의 입장」, 『조광』, 1938. 4.

이태준, 「김상용의 인간과 예술」, 『삼천리문학』, 1938. 4.

임화, 「작가의 문학과 잉여의 세계—특히 비평의 기능을 중심으로 한 감상」, 『비
　　판』, 1938. 4.

임화, 「휴머니즘 논쟁의 총결산」, 『조광』, 1938. 4.

최재서, 「현대 작가와 고독」, 『삼천리문학』, 1938. 4.

임화, 「세태소설론」, 『동아일보』, 1938. 4. 1~6.

이효석, 「현대적 단편소설의 상모」, 『조선일보』, 1938. 4. 7~9.

김문집, 「비평의 예술적 우월성」, 『동아일보』, 1938. 4. 7~10.

김기림, 「현대와 시의 르네상스」, 『조선일보』, 1938. 4. 10~16.

최재서, 「비평의 형태와 내용」, 『동아일보』, 1938. 4. 12~15.

박영희, 「조선 문학 현상의 재검토」, 『동아일보』, 1938. 4. 16~21.

김남천, 「일신상 진리와 모럴—자기의 성찰과 개념의 주체화」, 『조선일보』, 1938. 4.
　　17~24.

최재서, 「현대 세계문학의 동향」, 『조선일보』, 1938. 4. 22~24.

이원조, 「5월 창작평—작품 구성과 음예적(陰 的) 효과」, 『조선일보』, 1938. 4. 29.

임화, 「5월 창작평」, 『동아일보』, 1938. 4. 29~5. 7.

김기진, 「문예시평」, 『삼천리』, 1938. 5.

김문집, 「비평 권위와 비평관」, 『삼천리』, 1938. 5.

백철, 「인간 연구의 최대 작가 성(聖) 도스토옙스키」, 『조광』, 1938. 5.

한설야, 「문예시평—문단시사에 관한 소감」, 『동아일보』, 1938. 5. 8~12.

김동인, 「조선 문학의 여명 "창조" 회고」, 『조광』, 1938. 6.

이상, 「문학과 정치(유고)」, 『사해공론』, 1938. 6.

최재서, 「현대와 비평정신」, 『사해공론』, 1938. 6.

김광섭, 「문예시평―문학에의 정열」, 『동아일보』, 1938. 6. 23~26.

김남천, 「문단시감―지성과 생의 철학」, 『동아일보』, 1938. 6. 28~30.

김오성, 「문화비판과 철학」, 『비판』, 1938. 7.

백철, 「지식계급론」, 『동아일보』, 1938. 7. 1~5.

김동인, 「문예시평」, 『삼천리』, 1938. 8.

백철, 「종합문학의 건설과 장편소설의 현재와 장래」, 『조광』, 1938. 8.

백철, 「휴머니즘의 본격적 경향」, 『청색지』, 1938. 8.

윤곤강, 「시의 본질과 그것의 현대적 양상」, 『비판』, 1938. 8.

안회남, 「예술의 기본 문제」, 『동아일보』, 1938. 8. 14~19.

최재서, 「문학, 작가, 지성―지성의 본질과 그 효용성」, 『동아일보』, 1938. 8. 20~23.

임화, 「사실의 재인식」, 『동아일보』, 1938. 8. 24~28.

한효, 「현실 인식의 태도와 모럴」, 『비판』, 1938. 9.

김남천, 「문예시평―비평의 시대」, 『비판』, 1938. 10.

김남천, 「인텔리 문제의 신과제」, 『비판』, 1938. 10.

임화, 「비평의 시대」, 『비판』, 1938. 10.

안석영, 「조선 문단 30년 측면사」, 『조광』, 1938. 10~1939. 6.

최재서, 「문예수감―단상」, 『비판』, 1938. 11.

김오성, 「마술적 정신과 역설적 정신―백철의 "속(續) 지식계급론"을 읽고」, 『청색
　　　지』, 1938. 12.

김광섭, 「무인(戊寅) 시단 개관」, 『조광』, 1938. 12.

김남천, 「작금의 신문소설」, 『비판』, 1938. 12.

민병휘, 「젊은 문화인 임화 군」, 『청색지』, 1938. 12.

백철, 「금년간의 창작계 개관」, 『조광』, 1938. 12.

송강, 「문예시감―사상의 통일」, 『비판』, 1938. 12.

윤규섭, 「무인(戊寅) 창작 총관」, 『비판』, 1938. 12.

이서향, 「연극계의 1년 총결산」, 『조광』, 1938. 12.

1939년

윤곤강,「시단시감」,『조선문학』, 1939. 1.

이기영,「내가 본 유진오 씨」,『조선문학』, 1939. 1.

임화,「문예시감」,『조선문학』, 1939. 1.

박승극,「동아일보 '신인 문학 콩쿠르'에 관하여」,『조선문학』, 1939. 1.

박승극,「문예시평」,『비판』, 1939. 1~2.

임화,「신인론」,『비판』, 1939. 1~2.

「건설할 조선 문학의 성격」(정지용, 백철, 임화, 김남천, 김광섭, 김상용, 안함광, 신남
　　　철),『동아일보』, 1939. 1. 1~4.

유진오,「조선 문학에 주어진 새길」,『동아일보』, 1939. 1. 10~13.

백철,「사실과 신화 뒤에 오는 이상주의 문학」,『동아일보』, 1939. 1. 15~21.

김광섭,「신년 창작평―평자의 비평 태도와 작가」,『동아일보』, 1939. 1. 21~28.

유진오,「"대하"의 역사성」,『비판』, 1939. 2.

이원조,「교양론―지성론의 발전으로서의」,『문장』, 1939. 2.

이태준,「문장강화」,『문장』, 1939. 2.

최재서,「문단 유감―문학의 수필화」,『동아일보』, 1939. 2. 3.

김오성,「문학에 있어서의 창조」,『조선문학』, 1939. 3.

이원조,「현대시의 혼란과 그 근거」,『시학』, 1939. 3.

최재서,「지성, 모럴, 가치」,『비판』, 1939. 3.

한효,「성격의 구성과 묘사」,『조선문학』, 1939. 3.

최재서,「시의 장래―낭만정신의 길」,『시학』, 1939. 3.

채만식,「3월 창작 개관―전기와 소설의 한계」,『동아일보』, 1939. 3. 7~14.

특집 '산문학의 재검토',『동아일보』, 1939. 3. 9~28.

　　　김진섭,「수필의 문학적 영역」

　　　이병기,「역사문학과 정사(正史)」

　　　이태준,「단편과 장편(掌篇)」

　　　최재서,「장편소설과 단편소설」

안함광,「문예비평의 논리와 형태」,『조광』, 1939. 4.

특집 '신진 작가의 문단 호소장',『조광』, 1939. 4.

　　　김동리, 「문학 무상(無常)」

　　　김소엽, 「문호를 개방하라」

　　　김영수, 「문단 불신임안」

　　　박영준, 「성격의 창조」

　　　이운곡, 「지성문학과 생산문학」

　　　정비석, 「평가(評家)에의 진언」

　　　차자명, 「문(文)과 향기」

　　　현경준, 「페페 르 모코의 교시」

한식, 「향수(享受)의 시대적 의의」, 『동아일보』, 1939. 4. 20~22.

서인식, 「역사에 있어서의 행동과 관상(觀想)」, 『동아일보』, 1939. 4. 23~5. 4.

김남천, 「시대와 문학의 정신―발자크적인 것에의 정열」, 『동아일보』, 4. 29~5. 7.

민병휘, 「민촌 이기영 형과 함광 안종언」, 『청색지』, 1939. 5.

이원조, 「상식문학론」, 『문장』, 1939. 5.

한흑구, 「문학과 문단」, 『비판』, 1939. 5.

특집 '신진 작가를 논함', 『조광』, 1939. 5.

　　　김동인, 「소설가 지망자에게 주는 당부」

　　　김문집, 「후계 문단자에게 고함」

　　　김환태, 「신진 작가 A군에게」

　　　유진오, 「신진에게 갖는 기대」

　　　장혁주, 「사상과 독창」

김문집, 「재생 이광수론」, 『문장』, 1939. 5~6.

서인식, 「고전과 현대」, 『비판』, 1939. 6.

유진오, 「순수에의 지향」, 『문장』, 1939. 6.

윤곤강, 「시단 월평」, 『비판』, 1939. 6.

임화, 「최근 10년간 문예비평의 주조와 변천」, 『비판』, 1939. 6.

정지용, 「시의 옹호」, 『문장』, 1939. 6.

특집 '나의 창작 노트', 『조광』, 1939. 6.

　　　김남천, 「작품의 제작 과정」

　　　방인근, 「고심하는 제목」

　　　이기영,「예술 탐광가(探鑛家)」

　　　한설야,「인간 전람회」

안함광,「시대의 특질과 문학의 태도―사실에 임하는 시대정신」,『동아일보』, 1939.
　　　6. 20~7. 6.

김환태,「시인 김상용론」,『문장』, 1939. 7.

엄흥섭,「한인택―그의 인간과 예술의 면」,『문장』, 1939. 7.

특집 '내 작품을 해부함',『조광』, 1939. 7.

　　　김남천,「양도류의 도량」

　　　박노갑,「나의 근작에 대한 소감 몇 가지」

　　　채만식,「사이비 농민소설」

　　　한설야,「자화자찬」

김동리,「'순수' 이의(異議)」,『문장』, 1939. 8.

윤곤강,「시의 진화와 방법의 전진」,『동아일보』, 1939. 8. 17~24.

이효석,「문학사상과 작가의 개성」,『동아일보』, 1939. 8. 25~27.

김문집,「조선 민족의 발전적 해소론 서설」,『조광』, 1939. 9.

서인식,「역사와 문학」,『문장』, 1939. 9.

임화,「최근 소설의 주인공」,『문장』, 1939. 9.

한식,「비평의 현대적 방법」,『동아일보』, 1939. 9. 3~5.

김진섭,「사상과 행동」,『동아일보』, 1939. 9. 9~13.

이무영,「문학의 진실성과 실제성에의 탐구」,『동아일보』, 1939. 9. 13~17.

박영희,「현 문단의 성격」,『동아일보』, 1939. 9. 28~10. 5.

김기림,「모더니즘의 역사적 위치」,『인문평론』, 1939. 10.

김남천,「9월 창작평―동시대인의 거리감」,『문장』, 1939. 10.

김종한,「시문학의 정도」,『문장』, 1939. 10.

서인식,「문화에 있어서의 전체와 개인」,『인문평론』, 1939. 10.

이원조,「비평정신의 상실과 논리의 획득」,『인문평론』, 1939. 10.

이원조,「조선 문학의 현상」,『문장』, 1939. 10.

정지용,「시와 발표」,『문장』, 1939. 10.

최재서,「성격에의 의욕」,『인문평론』, 1939. 10.

한식, 「시의 근대성」, 『문장』, 1939. 10.

'외국 문학 전공의 변', 『동아일보』, 1939. 10. 28~11.19.

　설문

　(1) 동기

　(2) 「느낀 장단점」(김광섭)

　(3) 「어느 작가의 영향이냐」(최창규)

　(4) 「우리 문학에 어떤 영향을 받았는가」(임학수)

　(5) 「번역 기회가 있다면 먼저 누구의 것을 택하겠는가」(서항석, 김태준, 김진
　　섭, 이원조, 정래동, 이양하, 김환태)

김환태, 「순수 시비」, 『문장』, 1939. 11.

박영희, 「전쟁과 조선 문학」, 『인문평론』, 1939. 11.

정지용, 「시의 위의」, 『문장』, 1939. 11.

특집 '교양론', 『인문평론』, 1939. 11.

　　박치우, 「교양의 현대적 의의」

　　유진오, 「구라파적 교양의 특질과 현대 조선 문학」

　　이원조, 「조선적 교양과 교양인」

　　임화, 「교양과 조선 문단」

　　최재서, 「교양의 정신」

특집 '대전(大戰)과 문학', 『조광』, 1939. 11.

　　김사량, 「독일과 대전 문학」

　　김환태, 「영국과 대전 문학」

　　이헌구, 「대전과 불문학」

안함광, 「문예시감―작가들의 반성 재론」, 『조선일보』, 1939. 11. 2~4.

임화, 「개설 신문학사―제2장」, 『조선일보』, 1939. 11. 2~12. 27.

윤규섭, 「문학운동과 비평」, 『조선일보』, 1939. 11. 7~11.

안회남, 「문예시평―논단의 동향과 작가」, 『조선일보』, 1939. 11. 17~25.

윤규섭, 「문화시평―전형기의 문화 형태」, 『동아일보』, 1939. 11. 18~22.

김오성, 「문화 창조와 교양」, 『매일신보』, 1939. 11. 19.

안함광, 「조선 문학의 진로」, 『동아일보』, 1939. 11. 30~12. 8.

김승구, 「기묘(己卯) 연극단 회고」, 『문장』, 1939. 12.

김억, 「시단 1년 회고」, 『조광』, 1939. 12.

김영랑, 「인간 박용철」, 『조광』, 1939. 12.

김영수, 「극계의 1년간」, 『조광』, 1939. 12.

박종홍, 「현실 파악의 길」, 『인문평론』, 1939. 12.

안함광, 「문학의 진실성과 허구성의 문제」, 『인문평론』, 1939. 12.

이석훈, 「유정의 면모」, 『조광』, 1939. 12.

이원조, 「순수는 무엇인가」, 『문장』, 1939. 12.

이하윤, 「기묘 시단 메모」, 『문장』, 1939. 12.

이헌구, 「평단 1년의 회고」, 『문장』, 1939. 12.

인정식, 「시국과 문화」, 『문장』, 1939. 12.

인정식, 「조선 농민문학의 근본적 과제」, 『인문평론』, 1939. 12.

임화, 「창작계의 1년」, 『조광』, 1939. 12.

정인섭, 「평론계의 측면관」, 『조광』, 1939. 12.

정인택, 「불쌍한 이상」, 『조광』, 1939. 12.

정지용, 「시와 언어」, 『문장』, 1939. 12.

최재서, 「평론계의 제 문제」, 『인문평론』, 1939. 12.

이원조, 「문단 1년 보고서―침체, 모색의 시기」, 『조선일보』, 1939. 12. 8~9.

김광섭, 「시단 외관과 시정신―기묘년 시단 총평」, 『동아일보』, 1939. 12. 9~12.

서인식, 「금년도 평단의 제 문제」, 『동아일보』, 1939. 12. 14~17.

김오성, 「문화 창조에의 지향」, 『동아일보』, 1939. 12. 14~19.

박치우, 「조선학의 독무대―학계 1년 보고서」, 『조선일보』, 1939. 12. 15~16.

이헌구, 「신극 운동의 전환기―1년 보고서」, 『조선일보』, 1939. 12. 20.

김남천, 「신세대론과 신인의 작품―토픽 중심으로 본 기묘년의 산문문학」, 『동아일보』, 1939. 12. 19~22.

1940년

김남천, 「12월 창작평」, 『인문평론』, 1940. 1.

김환태, 「문학의 성격과 시대」, 『문장』, 1940. 1.

이광수, 「신체제하의 예술의 방향」, 『삼천리』, 1940. 1.

이원조, 「유진오론」, 『인문평론』, 1940. 1.

이효석, 「문학 진폭 옹호의 변」, 『조광』, 1940. 1.

인정식, 「내선일체의 신과제」, 『문장』, 1940. 1.

인정식, 「내선일체의 문화적 이념」, 『인문평론』, 1940. 1.

최재서, 「조이스─젊은 예술가의 초상화」, 『인문평론』, 1940. 1.

특집 '신인의 발언', 『조광』, 1940. 1.

　　　김동리, 「문학하는 것」

　　　김소엽, 「에스페란토어 옹호의 사(辭)」

　　　김영수, 「신인 불가공호(不可恐乎)」

　　　김정한, 「새 엄두」

　　　박노갑, 「오직 쓸 뿐」

　　　박승극, 「생활적인 문학」

　　　박영준, 「무기염」

　　　안동수, 「시련기」

　　　이동규, 「무기염의 변」

　　　이찬, 「재차 등정」

　　　장만영, 「기염이 아닌 기염」

　　　정비석, 「교만과 만용의 긴요」

　　　현경준, 「적극적 생활」

한식, 「비평의 방법과 이론의 빈곤」, 『비판』, 1940. 1.

특집 '문화 현세의 총검토', 『동아일보』, 1940. 1. 1.

　　　(1) 「순수예술, 평론, 문학연구」(이태준, 임화, 정인섭)

　　　(2) 「성격론, 시단, 희곡」(최재서, 김광섭, 기타)

　　　(3) 「악단」(김용준)

최재서, 「문단 신년의 토픽 전망」, 『조선일보』, 1940. 1. 9.

김종한, 「시단 신세대의 성격」, 『동아일보』, 1940. 1. 21~23.

김기림, 「과학으로서의 시학」, 『문장』, 1940. 2.

김기림, 「시단 월평─감각, 육체, 리듬」, 『인문평론』, 1940. 2.

김오성, 「세대론의 정신적 지표」, 『인문평론』, 1940. 2.

박영희, 「문학의 이론과 실제」, 『문장』, 1940. 2.

안함광, 「문학상의 제 문제」, 『문장』, 1940. 2.

윤규섭, 「비평과 작품의 다양성」, 『문장』, 1940. 2.

조윤제, 「시조의 본령」, 『인문평론』, 1940. 2.

특집 '나의 문학 10년기', 『문장』, 1940. 2.

　　　　김기림, 「문단불참기」

　　　　박태원, 「춘향전 탐독은 이미 취학 전」

　　　　안회남, 「자기 응시 10년」

　　　　유진오, 「나의 문청 시대」

　　　　이기영, 「문학을 하게 된 동기」

　　　　이무영, 「회고도 우울한가」

　　　　이태준, 「소설의 어려움을 이제야 깨닫는 듯」

　　　　이효석, 「노마의 10년」

　　　　채만식, 「문학을 나처럼 해서야」

　　　　한설야, 「나의 생명의 연소」

특집 '신세대론', 『인문평론』, 1940. 2.

　　　　김오성, 「신세대의 정신적 지표」

　　　　김남천, 「신진 소설가의 작품 세계」

　　　　오장환, 「나의 시론」

최재서, 「토마스 만―부덴브로크 일가」, 『인문평론』, 1940. 2~3.

윤규섭, 「과학적 비평의 문제」, 『동아일보』, 1940. 2. 4~11.

김오성, 「신세대론 기본 문제」, 『매일신보』, 1940. 2. 6.

백철, 「지식과 창조」, 『매일신보』, 1940. 2. 6.

김동리, 「신세대의 문학정신―신인으로 유진오 씨에게」, 『매일신보』, 1940. 2. 21.

김종한, 「예술에 있어서의 비합법성」, 『동아일보』, 1940. 2. 22~24.

유진오, 「대립보다 협력을 요망―김동리 씨에게 답변하여」, 『매일신보』, 1940. 2.
　　　23.

정비석, 「신구세대의 공동 과제―최재서 씨에게」, 『매일신보』, 1940. 2. 24~25.

박승극,「농민문학의 옹호」,『동아일보』, 1940. 2. 24~27.

최재서,「지성 없는 문학은 오산―신인에게 기(寄)하는 서신」,『매일신보』, 1940. 2. 26.

김기진,「문예시감―문예 생활의 지표」,『매일신보』, 1940. 2. 27~29.

김오성,「역사에 있어서의 인간적인 것」,『인문평론』, 1940. 3.

김종한,「시단 개조론」,『조광』, 1940. 3.

신남철,「전환기의 인간」,『인문평론』, 1940. 3.

이병기,「시조의 형태」,『동아일보』, 1940. 3. 5~8.

김광섭,「시인과 시대성」,『동아일보』, 1940. 3. 13~16.

김남천,「발자크 연구 노트―관찰문학 소론」,『인문평론』, 1940. 4.

윤규섭,「소설과 허구성의 문제」,『인문평론』, 1940. 4.

임화,「생산소설론」,『인문평론』, 1940. 4.

최재서,「A. 헉슬리―포인트 카운터 포인트」,『인문평론』, 1940. 4.

함대훈,「춘성의 인간과 예술」,『조광』, 1940. 4.

임화,「소설 문학 20년」,『동아일보』, 1940. 4. 12~20.

김기림,「시와 과학과 회화」,『인문평론』, 1940. 5.

김남천,「발자크 연구―체험적인 것과 관찰적인 것」,『인문평론』, 1940. 5.

김동리,「신세대의 정신」,『문장』, 1940. 5.

이헌구,「4월의 작품들」,『인문평론』, 1940. 5.

임화,「시단 월평―시와 현실과의 교점」,『인문평론』, 1940. 5.

정의호,「맹목의 작품·안이의 작가―사반기 창작계 별견」,『인문평론』, 1940. 5.

안함광,「문예비평의 전통과 전망」,『동아일보』, 1940. 5. 5~6. 28.

서항석,「신연극 20년의 소장」,『동아일보』, 1940. 5. 12~18.

이하윤,「신시의 발아기, 시단의 융성기」,『동아일보』, 1940. 5. 26~6. 1.

임화,「동경(東京) 문학과 조선 문학」,『인문평론』, 1940. 6.

특집 '동양문학의 특질',『인문평론』, 1940. 6.

　　　김태준,「조선 문학의 특질」

　　　배호,「지나 문학의 특질」

　　　서두수,「일본 문학의 특질」

양주동, 「평단 20년의 추이」, 『동아일보』, 1940. 6. 2~7.

윤곤강, 「시와 직관과 표현의 위치」, 『동아일보』, 1940. 6. 12~18.

임화, 「조선 문학 연구의 과제」, 『동아일보』, 1940. 6. 13~16.

권환, 「생산문학의 전망」, 『조선일보』, 1940. 6. 25~28.

박치우, 「동아협동체론의 일성찰」, 『인문평론』, 1940. 7.

윤규섭, 「예술적 형상의 개괄」, 『인문평론』, 1940. 7.

최재서, 「소설의 서사적 연구―토마스 만」, 『인문평론』, 1940. 7.

박영희, 「문학운동의 전시체제」, 『매일신보』, 1940. 7. 6.

이광수, 「황민화의 조선 문학」, 『매일신보』, 1940. 7. 6.

윤규섭, 「현대 기술론의 과제」, 『동아일보』, 1940. 7. 7~14.

김광섭, 「박용철의 인간과 예술」, 『조광』, 1940. 8.

김남천, 「상반기의 평론계」, 『조광』, 1940. 8.

김영수, 「상반기 극단 총평」, 『조광』, 1940. 8.

이원조, 「문학의 영원성과 시사성」, 『인문평론』, 1940. 8.

이헌구, 「상반기의 창작계」, 『조광』, 1940. 8.

조남령, 「현대시조론」, 『문장』, 1940. 8.

최재서, 「7월 시평―시의 목적」, 『인문평론』, 1940. 8.

최재서, 「서사시·로만스·소설」, 『인문평론』, 1940. 8.

이광수, 「예술의 금일 명일」, 『매일신보』, 1940. 8. 3~8.

최재서, 「비평과 기교」, 『매일신보』, 1940. 8. 6.

박영희, 「포연 속의 문학」, 『매일신보』, 1940. 8. 15~20.

임화, 「예술의 평단」, 『매일신보』, 1940. 8. 21~27.

권환, 「농민문학의 제 문제」, 『조광』, 1940. 9.

김기림, 「조선 문학에의 반성」, 『인문평론』, 1940. 9.

김남천, 「소설 문학의 현상」, 『조광』, 1940. 9.

안회남, 「통속소설의 이론적 검토」, 『문장』, 1940. 9.

임화, 「창조적 비평」, 『인문평론』, 1940. 9.

이광수, 「심적 신체제와 조선 문화의 진로」, 『매일신보』, 1940. 9. 4~12.

박종화, 「도향의 인물과 작품」, 『문장』, 1940. 10.

윤규섭, 「작가의 고립―10월 창작평」, 『인문평론』, 1940. 10.

임화, 「개설 조선 신문학사」, 『인문평론』, 1940. 10~1941. 3.

김남천, 「소설의 운명」, 『인문평론』, 1940. 11.

이원조, 「장편소설의 형태」, 『조광』, 1940. 11.

최재서, 「전형기의 평론계」, 『매일신보』, 1940. 11. 11~14.

김종한, 「신윤리의 수립」, 『매일신보』, 1940. 11. 19.

김오성, 「인간 정신의 전환」, 『매일신보』, 1940. 11. 20~21.

채만식, 「대륙 경륜의 웅도」, 『매일신보』, 1940. 11. 22~23.

정인섭, 「창작방법의 제재」, 『매일신보』, 1940. 11. 25~26.

신남철, 「문학의 영역」, 『매일신보』, 1940. 11. 27~29.

김억, 「국가와 개인」, 『매일신보』, 1940. 11. 30~12. 1.

김남천, 「창작계의 동향과 업적」, 『조광』, 1940. 12.

임화, 「고전의 세계―혹은 고전주의적 심성」, 『조광』, 1940. 12.

최재서, 「평론계 아르바이트화의 경향」, 『조광』, 1940. 12.

특집 '신체제하의 조선 문학의 진로', 『삼천리』, 1940. 12.

　　　김동환, 박계주, 박영희, 유진오, 이광수, 정인섭, 최정희

이육사, 「중국 문학 50년사」, 『문장』, 1940. 12~1941. 1.

안회남, 「창작계 총관」, 『매일신보』, 1940. 12. 2~7.

임화, 「시단은 이동한다」, 『매일신보』, 1940. 12. 10~14.

1941년

김건, 「신체제하의 연극」, 『조광』, 1941. 1.

김남천, 「문단과 신체제 전환기와 작가」, 『조광』, 1941. 1.

박치우, 「전체주의의 이론적 기초」, 『조광』, 1941. 1.

「新體制下の半島文化を語る」(辛島驍, 崔載瑞, 津田剛, 兪鎭午, 星野相河, 森田芳失), 『綠旗』,
　　　1941. 1.

윤규섭, 「신체제와 문학」, 『인문평론』, 1941. 1.

임화, 「기독교와 신문화」, 『조광』, 1941. 1.

임화, 「현대의 서정정신」, 『신세기』, 1941. 1.

최재서, 「신세대론 그 후」, 『신세기』, 1941. 1.

최재서, 「전형기의 평론계」, 『인문평론』, 1941. 1.

한식, 「국민문학의 문제」, 『인문평론』, 1941. 1.

안회남, 「신춘 창작평」, 『매일신보』, 1941. 1. 16~21.

한설야, 「신문학이론의 문제」, 『매일신보』, 1941. 1. 22~23.

김오성, 「원리의 전환」, 『인문평론』, 1941. 2.

윤곤강, 「시정신의 저회(低徊)」, 『인문평론』, 1941. 2.

이원조, 「신춘 창작계」, 『인문평론』, 1941. 2.

최재서, 「전형기의 문화이론」, 『인문평론』, 1941. 2.

김남천, 「소설의 장래와 인간성 문제」, 『춘추』, 1941. 3.

최재서, 「문화정신의 전환」, 『인문평론』, 1941. 3.

김동인, 「작품과 제재 문제」, 『매일신보』, 1941. 3. 23~29.

김기림, 「동양에 관한 단상」, 『문장』, 1941. 4.

이원조, 「시의 고향―편석촌에게 부치는 단신」, 『문장』, 1941. 4.

김오성, 「개척정신과 신문화」, 『매일신보』, 1941. 4. 4~8.

박영희, 「문학의 새로운 과제」, 『매일신보』, 1941. 4. 10.

이광수, 「일본 문화와 조선」, 『매일신보』, 1941. 4. 22.

함대훈, 「국민연극의 현 단계」, 『조광』, 1941. 5.

이기영, 「작품과 작가정신」, 『매일신보』, 1941. 5. 6~11.

안함광, 「문학의 구상」, 『매일신보』, 1941. 5. 13~21.

김동인, 「소설의 묘사」, 『매일신보』, 1941. 5. 25~31.

1942년

김기진, 「국민문학의 출발」, 『매일신보』, 1942. 1. 10~14.

송영, 「국민문학의 창작」, 『매일신보』, 1942. 1. 5.

김종한, 「一枝の倫理」, 『국민문학』, 1942. 3.

주요한, 「대동아전쟁과 문화의 문제」, 『매일신보』, 1942. 3. 25.

則武三雄, 「側面的文藝時評」, 『조광』, 1942. 5.

서두수, 「문학의 일본심」, 『조광』, 1942. 5.

손명현,「동양 정신과 서양 정신」,『조광』, 1942. 5.

신남철,「동양 정신의 특색」,『조광』, 1942. 5.

함대훈,「평론의 조직화」,『매일신보』, 1942. 5. 6.

김남천,「효석과 나」,『춘추』, 1942. 6.

최재서,「新き批評のために」,『국민문학』, 1942. 7.

유진오,「作家李孝石論」,『국민문학』, 1942. 7.

신남철,「자유주의의 종언」,『매일신보』, 1942. 7. 1~4.

서정주,「시의 이야기―주로 국민시가에 대하여」,『매일신보』, 1942. 7. 13~17.

김용제,「세계관의 본의」,『매일신보』, 1942. 8. 7.

윤고종,「국민문학과 생활」,『매일신보』, 1942. 9. 21~23.

최재서,「文學者と世界觀の問題」,『국민문학』, 1942. 10.

「國民文學の一年を語る」(兪鎭午, 白鐵, 牧洋, 崔載瑞, 金鍾漢, 杉本長夫, 田中英光, 宮崎淸太郎,
    森浩),『국민문학』, 1942. 11.

백철,「決意の時代―評論の一年」,『국민문학』, 1942. 11.

유진오,「國民文學といふもの」,『국민문학』, 1942. 11.

寺本喜一,「半島詩壇の創成―詩壇の一年」,『국민문학』, 1942. 11.

임화,「백조의 문학사적 의의」,『춘추』, 1942. 11.

김종한,「조선시단의 진로」,『매일신보』, 1942. 11. 13~17.

1943년

유진오,「동양과 서양」,『매일신보』, 1943. 1. 9.

「詩壇の根本問題」(金龍濟, 趙宇植, 崔載瑞, 金鍾漢, 佐藤淸, 寺本喜一, 杉本長夫),『국민문학』,
    1943. 2.

이광수,「문학의 신도표」,『매일신보』, 1943. 2. 5.

김오성,「서사문학의 대망―동아 문예부흥에 대한 각서」,『매일신보』, 1943. 2.
    8~16.

김종한,「新進作家論」,『국민문학』, 1943. 3.

「新半島文學への要望」(崔載瑞, 菊池寬, 橫光利一, 河上徹太郎),『국민문학』, 1943. 3.

오용순,「국민문학의 재인식」,『매일신보』, 1943. 3. 24.

則武三雄, 「國民文學の基準」, 『신시대』, 1943. 4.

최재서, 「勤勞と文學」, 『국민문학』, 1943. 4.

안회남, 「금일 문학의 방향」, 『매일신보』, 1943. 4. 6~10.

박종화, 「상섭과 상화」, 『춘추』, 1943. 6.

최재서, 「思想戰の尖兵」, 『국민문학』, 1943. 6.

이광수, 「징병과 인생관」, 『매일신보』, 1943. 7. 30.

유진오, 「부상(扶桑) 견문기―제2회 대동아문학자대회로부터 돌아와서」, 『신시대』,
    1943. 10.

이광수, 「思想の簡素化」, 『신시대』, 1943. 10.

이석훈, 「金鍾漢の人及作品」, 『국민문학』, 1943. 11.

최재서, 「今日の新人群」, 『국민문학』, 1943. 12.

1944년

김동인, 「결전하 문단인의 결의」, 『매일신보』, 1944. 1. 1~4.

김기진, 「탄환과 상언(喪言)」, 『매일신보』, 1944. 1. 5~7.

김종한, 「생성하는 문학정신」, 『매일신보』, 1944. 7. 14~16.

이광수, 「戰爭と文學」, 『신시대』, 1944. 9.

1945년

이광수, 「전쟁과 문화」, 『매일신보』, 1945. 1. 1~26.

김용제, 「문단 고백」, 『매일신보』, 1945. 8. 3~6.

인명 색인

이종명(李鍾鳴) 276, 398, 644, 737

이종수(李鍾洙) 224, 692

이찬(李燦) 515

이청원(李淸源) 364, 458~60

이쿠타 슌게쓰(生田春月) 368

이태준(상허)[李泰俊(尚虛)] 191, 276, 349,
398, 403, 411, 446, 456, 464~66, 488~
90, 500, 503, 512, 513, 525, 553, 539,
572, 587, 603, 606, 644~46, 701, 725,
727, 737

이토 세이(伊藤整) 27

이필수(李弼秀) 159

이하윤(異河潤) 101, 191, 197~200, 202,
203, 215~21, 223, 227~29, 276, 452,
692, 734

이해문(李海文) 710

이해조(李海朝) 694

이향(李鄕) 102, 106, 168, 185, 276

이헌구(소천)[李軒求(宵泉)] 196~200, 203,
204, 208~12, 216, 218, 219, 223, 224,
226~29, 299, 305, 309, 310, 314, 315,
317, 326, 327, 355, 391, 396, 398, 399,
407, 425, 442, 452, 556, 572, 596, 616,
724~27, 734, 740

이호(李浩) 48, 49, 277

이호우[李鎬雨(爾豪愚)] 465

이홍종(李弘鍾) 200

이환(李煥) 623

이효상(李孝祥) 367

이효석(李孝石) 242, 276, 398, 482, 485,
488, 512, 523, 550, 552, 553, 579, 644,
649, 701, 725, 736, 737

이흡(李洽) 276, 623

이희승(李熙昇) 450, 452, 459, 464, 465

인정식(印貞植) 364, 478, 479, 569, 573,
608

임경재(任璟宰) 160

임장화(노월)[林長和(盧月)] 41, 418, 719,
721

임정제(任鼎濟) 41, 42

임종국(林鍾國) 593

임학수(林學洙) 555, 572

임화(인식, 김철우)[林和(仁植, 金鐵友)] 27,
49~53, 56, 58, 60, 97, 112, 114~17,
125, 136~39, 144, 145, 147~55, 180,
204, 208~12, 215, 216, 222, 244, 252,
253, 256~62, 267, 271, 274~76, 279~
81, 306~17, 322, 328~30, 336, 366,
369, 370, 371~74, 381, 384, 391~95,
402, 405, 418~21, 446, 448, 453, 462,
483, 485~91, 494, 495, 499, 505~12,
530, 534, 538, 540, 543, 551, 563, 570,
605, 606, 616, 617, 623, 624, 627, 632~
52, 658, 660~63, 667, 670, 672~74,
681, 689~91, 694~700, 703~705, 709,
714, 720, 725~27, 733, 734, 736, 737,
739~42

입센, H. 516, 685

조중곤(趙重滾) 51, 52, 102, 117, 134, 249, 271, 276, 278

조지훈(趙芝薰) 631

조포석(명희)[趙抱石(明熙)] 133

조희순(曹希淳) 200, 219, 228, 229

존슨, S. 742

졸라, E. 150, 219, 224, 642, 662

주요섭(朱耀燮) 40, 276, 669

주요한(朱耀翰) 276, 551, 553, 572, 618, 650, 701, 737

주종건(朱鍾建) 24, 41, 160

지드, A. 148, 224, 254, 257, 259, 291, 293, 296~98, 314, 321, 324~27, 368, 375, 388, 405, 406, 410, 418, 422, 423, 484, 535, 560, 599, 662

(ㅊ)

차자명(車自鳴) 482, 484, 505

채만식(蔡萬植) 242, 276, 312, 358, 375, 398~400, 402, 482, 485, 660, 661, 669, 733, 734, 737

체스터턴, G. H. 368

체호프, A. 199, 219, 229, 516

첸다오쑨(錢稻孫) 547

최규창(崔奎昌) 224

최금동(崔琴桐) 669

최남선(육당)[崔南善(六堂)] 24, 160, 164, 165, 168, 180, 186, 209, 276, 530, 604, 736, 737

최두선(崔斗善) 160

최명익(崔明翊) 482, 484, 488, 512, 529, 553

최문진(崔文鎭) 646

최민순(崔玟順) 367

최상덕(독견)[崔象德(獨鵑)] 156, 191, 276, 669

최서해(학송)[崔曙海(鶴松)] 40, 51, 133, 642, 675, 692, 733, 736, 737

최선익(崔善益) 162

최승일(崔承一) 40, 46, 48, 51, 250, 277

최의순(崔義順) 681

최익한(崔益翰) 461, 725

최익환(崔益煥) 162

최인준(崔仁俊) 482, 483

최재서(석경우, 학수리)[崔載瑞(石耕牛, 鶴首里)] 125, 151, 152, 178, 204, 223~27, 261, 290, 299, 311, 312, 324, 327, 331, 334~39, 341, 343, 345~65, 362, 374, 392, 393, 396, 426, 427, 437, 442, 444~49, 451, 454, 456, 478, 480, 483, 485, 490, 494, 499, 509~15, 518, 526, 529, 530, 534, 538~40, 546, 548, 551, 563, 566, 567, 569, 572, 574~81, 584~94, 597, 601, 605~609, 624, 626, 645~59, 664, 667, 668, 690, 695, 704, 705, 707, 710, 712, 713, 715, 718, 725, 726, 734, 736, 737, 739~41

최정우(崔珽宇) 200, 228

하이데거, M. 429, 545, 558

한기악(韓基岳) 162

한상직(韓相稷) 714

한설야(병도)[韓雪野(秉道)] 46, 51, 53, 56,
100, 102, 105, 133, 137, 184, 187, 189~
92, 204, 238, 249, 257, 258, 275, 276,
313, 317, 322, 328, 402, 536, 540, 642,
645, 647, 649, 663, 668, 733, 734, 740

한식(韓植) 52, 141, 146, 327, 419, 459,
552, 573, 650, 740

한용운(만해)[韓龍雲(萬海)] 24, 160, 276,
366, 645, 668

한위건(韓偉健) 279

한인택(韓仁澤) 276

한정동(韓晶東) 276

한태천(韓泰泉) 485

한효(韓曉) 59, 125, 140~45, 147, 149,
257, 309, 381, 392, 393, 646, 652, 654,
710, 740

한흑구(韓黑鷗) 224, 710

함대훈(咸大勳) 200, 203, 217~20, 223,
227~29, 309, 310, 317, 375, 399, 400,
572, 669, 740

함세덕(咸世德) 551, 594

함윤수(咸允洙) 505

함일돈(咸逸敦) 191, 199, 227

함형수(咸亨洙) 505

허보(許保) 200, 366, 367, 371

허이복(許利福) 505

허준(許俊) 482, 483, 500, 505

헉슬리, A. 224, 296, 297, 309, 332, 338,
353, 357, 362, 580, 705

헤밍웨이, E. 294

헤이스, C. 158

현경준(玄卿駿) 482, 484

현덕(玄德) 482, 483, 505, 512

현상윤(玄相允) 24, 160, 161

현인(玄人) 114, 204

현제명(玄濟明) 260

현진건(玄鎭健) 276, 453, 466, 699, 737

현철(玄哲) 270, 700

호리 다쓰오(掘辰雄) 425

혼다 슈고(本多秋五) 235, 237

혼마 히사오(本間久雄) 30, 31

혼조 가소(本莊可宗) 105

홍구(洪九) 56, 57, 275

홍기문(洪起文) 173, 451

홍명희(벽초)[洪命熹(碧初)] 162, 459, 646,
660, 669, 686, 687, 725

홍사용(洪思容) 276

홍성희(洪性熹) 162

홍순필(洪淳泌) 162

홍양명(洪陽明) 278, 279

홍일오(洪一吾) 200

홍장복(법구)[洪長福(法九)] 275

홍재범(洪在範) 197

홍증식(洪增植) 162

홍해성(洪海星) 191, 228

용어 색인

생산소설(론) 570, 643~45, 648, 649, 705

세대론 290, 304, 481~83, 509~15, 526~
40, 562, 604~606, 687, 688

세태묘사(소설) 643, 646, 660, 661, 664,
704

소설건축설 75~84, 89

순수(비순수) 논의 491~504, 507~26,
604, 605, 660

순수소설 670~72, 674, 704

순수시 371~73

시문학파 633, 634, 636

시인 비평가 615~18, 703

시조론 179~81, 191

신간회 24, 161~64

신감각파 316, 599, 644, 687

신건설사 사건(전주 사건) 251, 274, 305,
380

신경향파 38, 44, 100, 263

신고전주의 341

신인론 481, 482, 485~90, 495~506

신체제론 291, 303, 457, 467, 471, 478,
490, 550, 570~74, 581, 606~608, 626,
648, 705

심리묘사(소설) 643, 660, 664

『씨 뿌리는 사람(種蒔く人)』 30, 31

(ㅇ)

아나키즘 101~107, 123, 690

역(力)의 예술 46

연속성 339

N. R. F. 296

예술사회학 682, 686

예술파 151

외재적 비평 71~74, 82, 83, 96

이원론 65, 66, 83, 84

인간묘사론 146

인간탐구론 154, 253, 255, 258, 305, 318,
596

인문평론파 538

인민전선 293

인상주의 비평 146, 404~11, 418~24,
448, 599, 600, 637, 657

일본 낭만파 322, 435, 456, 541, 542

일원론 84, 85

(ㅈ)

자연발생적 133, 361

자연생장 98

자연주의(비평) 72, 73, 148, 661, 664, 671

잠정상태 64

전문직 비평가 615, 616, 690, 703, 730,
738~41

전체주의 626, 635

전통(론) 427~33, 470~77, 600, 603, 663,
664

전향(론) 26, 53~55, 125, 140, 144, 235~
62, 267, 378~80, 541, 690, 731, 532, 533

전향선언 55, 242~52, 316

책임 편집

서경석

서울대학교 국어국문학과와 같은 학교 대학원을 졸업했다.
대구대학교와 한양대학교 국어국문학과 교수를 역임했다. 지은 책으로
『한국 근대 리얼리즘문학사 연구』『한국근대문학사 연구』 등이 있다.

손정수

서울대학교 법학과와 같은 학교 대학원 국어국문학과를 졸업했다.
현재 계명대학교 문예창작학과 교수로 재직 중이다.
지은 책으로『개념사로서의 한국근대비평사』『텍스트와 콘텍스트,
혹은 한국 소설의 현상과 맥락』 등이 있다.

윤대석

서울대학교 법학과와 같은 학교 대학원 국어국문학과를 졸업했다.
현재 서울대학교 국어교육과 교수로 재직 중이다.
지은 책으로『식민지 국민문학론』『식민지 문학을 읽다』 등이 있다.

이수형

서울대학교 국어국문학과와 같은 학교 대학원을 졸업했다.
현재 명지대학교 국어국문학과 교수로 재직 중이다.
지은 책으로『이청준과 교환의 서사』『감정을 수행하다』 등이 있다.

정호웅

서울대학교 국어국문학과와 같은 학교 대학원을 졸업했다.
영남대학교와 홍익대학교 국어교육과 교수를 역임했다.
지은 책으로『한국의 역사소설』『문학사 연구와 문학 교육』 등이 있다.

진정석

서울대학교 국어국문학과와 같은 학교 대학원을 졸업했다.
홍익대학교와 성공회대학교 강사를 역임했다.
지은 책으로『새 민족문학사 강좌』 2(공저) 등이 있다.